AGATHA CHRISTIE

MISTÉRIOS DOS ANOS 30

Estes títulos estão publicados também na Coleção **L&PM** POCKET

O mistério Sittaford
Título original: *The Sittaford Mystery*
Tradução: Carlos André Moreira

Por que não pediram a Evans?
Título original: *Why Didn't They Ask Evans?*
Tradução: Rodrigo Breunig

É fácil matar
Título original: *Murder is Easy*
Tradução: Rodrigo Breunig

AGATHA CHRISTIE

MISTÉRIOS DOS ANOS 30

O mistério Sittaford

Por que não pediram a Evans?

É fácil matar

Texto de acordo com a nova ortografia

Título original: *Agatha Christie – 1930s Omnibus*
Capa: HarperCollins 2005. *Ilustrações*: modelo, © Condé Nast/Corbis; corda, © Getty Images
Foto da autora: © Christie Archives Trust
Revisão: L&PM Editores

CIP-Brasil. Catalogação na publicação
Sindicato Nacional dos Editores de Livros, RJ.

C749a

Christie, Agatha, 1890-1976
    Agatha Christie: Mistérios dos anos 30 / Agatha Christie; O mistério Sittaford / [tradução Carlos André Moreira]. Por que não pediram a Evans?; É fácil matar. / [tradução Rodrigo Breunig]. – 1. ed. – Porto Alegre, RS: L&PM, 2015.
    552 p. ; 23 cm.

    Tradução de: *Agatha Christie – 1930s Omnibus [The Sittaford Mystery; Why Didn't They Ask Evans?; Murder is Easy]*
    ISBN 978-85-254-3231-5

    1. Ficção inglesa. I. Moreira, Carlos André. II. Breunig, Rodrigo. III. Título.

14-10908   CDD: 823
                          CDU: 821.111-3

The Sittaford Mystery Copyright © 1931 Agatha Christie Limited. All rights reserved.
Why Didn't They Ask Evans? Copyright © 1934 Agatha Christie Limited. All rights reserved.
Murder is Easy Copyright © 1939 Agatha Christie Limited. All rights reserved.
AGATHA CHRISTIE and the Agatha Christie Signature are registered trade marks of Agatha Christie Limited in the UK and/or elsewhere. All rights reserved.
www.agathachristie.com

Todos os direitos desta edição reservados a L&PM Editores
Rua Comendador Coruja, 314, loja 9 – Floresta – 90220-180
Porto Alegre – RS – Brasil / Fone: 51.3225.5777 – Fax: 51.3221.5380

Pedidos & Depto. Comercial: vendas@lpm.com.br
Fale conosco: info@lpm.com.br
www.lpm.com.br

Impresso no Brasil
Outono de 2015

SUMÁRIO

O mistério Sittaford | 7
Por que não pediram a Evans? | 183
É fácil matar | 369
Sobre a autora | 545

O mistério Sittaford

Tradução de Carlos André Moreira

Para M.E.M.*

Com quem discuti o enredo deste livro, para escândalo daqueles à nossa volta.

---

* Max Edgar Mallowan (1904-1978), renomado arqueólogo britânico, especialista em Oriente Médio, e segundo marido de Agatha Christie, que com ele se casou em 1930. (N.T.)

CAPÍTULO 1

A mansão Sittaford

O major Burnaby calçou as galochas, abotoou o sobretudo até o pescoço, retirou uma lanterna da prateleira próxima à entrada e, com cuidado, abriu a porta da frente de seu pequeno bangalô, esticando a cabeça para fora.

A cena que seus olhos encontraram era típica da Inglaterra rural como representada em cartões de Natal e em melodramas à moda antiga. Havia neve por toda parte – montes altos de neve, e não uma mera camada de uma ou duas polegadas. A neve havia caído por todo país nos quatro últimos dias, mas ali, nas franjas de Dartmoor, havia se acumulado a grande altura. Por toda a Inglaterra, os proprietários gemiam por causa de canos estourados, e ter a amizade de um bombeiro hidráulico (ou mesmo da esposa de um) era a mais cobiçada das distinções.

Naquele vilarejo de Sittaford, que sempre fora distante do mundo e que agora estava quase completamente isolado, os rigores do inverno eram um problema bastante sério.

O major Burnaby, entretanto, era um espírito forte. Resfolegou duas vezes, grunhiu uma e se pôs em marcha, resoluto, por entre a neve.

Não estava indo muito longe. Alguns passos ao longo da alameda sinuosa, depois um portão e daí em diante uma caminhada parcialmente limpa de neve até uma casa de granito de tamanho considerável.

A porta foi aberta por uma copeira de uniforme impecavelmente limpo. O major despiu o casaco, as galochas e o velho cachecol.

Uma porta foi aberta e ele a atravessou, adentrando em uma sala que transmitia uma ilusão de mudança de cenário.

Apesar de ser apenas três e meia da tarde, as cortinas haviam sido cerradas, as lâmpadas estavam acesas e um fogo intenso tremulava alegremente na lareira. Duas mulheres em vestidos de noite se levantaram para saudar o velho e robusto guerreiro.

– Magnífico de sua parte ter vindo, major Burnaby – disse a mais velha.

– De modo algum, sra. Willet, de modo algum. Foi muito gentil de sua parte me convidar – respondeu ele, apertando a mão de ambas.

– O sr. Garfield está vindo – prosseguiu a sra. Willet –, bem como o sr. Duke. E o sr. Rycroft *disse* que viria, mas... não se pode esperar por ele, naquela idade e com este tempo. É *realmente* horrível. A gente sente que precisa fazer alguma coisa para se manter alegre. Violet, ponha mais lenha na lareira.

O major se levantou, galante, para executar a tarefa.

– Permita-me, srta. Violet.

Pôs a acha com destreza no lugar certo e retornou para a poltrona que sua anfitriã havia lhe indicado. Tentando não deixar que percebessem, lançou um olhar disfarçado ao redor da sala. Era incrível o quanto duas mulheres podiam alterar por completo a personalidade de um aposento – e sem fazer nada que se pudesse apontar como especialmente notável.

A mansão Sittaford havia sido construída há dez anos por Joseph Trevelyan, capitão da marinha Real, por ocasião de sua passagem para a reserva. Era um homem de posses, e sempre acalentara o desejo de morar em Dartmoor. Havia edificado sua casa na minúscula aldeia de Sittaford, que não ficava em um vale, como a maioria das vilas e povoados, mas empoleirada nos ombros de um rochedo à sombra do farol de Sittaford. Comprara uma grande extensão de terra, construíra uma casa confortável com gerador próprio de energia elétrica e uma bomba elétrica para poupar o trabalho de tirar água do poço. E então erguera seis bangalôs menores para vender, cada qual em seu próprio acre quadrado de terreno ao longo de uma alameda.

O primeiro, localizado defronte aos portões da mansão, havia sido entregue ao velho amigo e camarada John Burnaby – os outros foram gradualmente vendidos para umas poucas pessoas que, por gosto ou necessidade, preferiam viver retiradas do mundo. A aldeia em si constituía-se de três cabanas pitorescas mas dilapidadas, uma ferraria e uma mistura de posto de correio com confeitaria. A cidade mais próxima era Exhampton, a cerca de dez quilômetros de distância, em uma descida tão íngreme que tornava necessárias as placas de "Motoristas, reduzam a velocidade", bem frequentes nas estradas de Dartmoor.

O capitão Trevelyan, como já se disse, era um homem de posses. A despeito disso – talvez por causa disso –, tinha uma invulgar afeição pelo dinheiro. No fim de outubro, um corretor de imóveis de Exhampton escreveu-lhe perguntando se cogitava sair da mansão Sittaford. Um possível inquilino o havia consultado a respeito, desejando alugar a casa.

O primeiro impulso do capitão foi recusar, e o segundo foi pedir mais informações. O inquilino em questão revelou-se ser a sra. Willet, uma viúva com uma filha. Havia chegado recentemente da África do Sul e queria alugar uma casa em Dartmoor para o inverno.

— Para o diabo com isso, a mulher deve ser louca – disse o Capitão Trevelyan. – O que me diz, Burnaby? Não acha o mesmo?

Burnaby achava, e o disse de forma tão brutal quanto seu amigo:

— Em todo o caso, você não quer fazer o negócio. Deixe a idiota ir a algum outro lugar se deseja congelar. E vinda da África do Sul, ainda!

Mas nesse ponto a paixão do capitão Trevelyan por dinheiro já falava por si. Menos de uma vez em cem se tem a chance de alugar uma casa no auge do inverno. Ele perguntou o quanto a inquilina estaria disposta a pagar. Uma oferta de doze guinéus por semana encerrou o assunto. O capitão Trevelyan alugou uma pequena casa nas cercanias de Exhampton por dois guinéus* semanais e entregou a mansão de Sittaford para a sra. Willet, com a condição de que metade do aluguel fosse paga adiantada.

— Uma idiota e seu dinheiro não ficam juntos por muito tempo – rosnou ele.

Mas, naquela tarde, ao examinar furtivamente a sra. Willett, Burnaby concluiu que ela não parecia uma idiota. Era uma mulher alta com modos um tanto simplórios, mas as feições de seu rosto estavam mais para astutas do que para tolas. Tinha a tendência de se vestir com espalhafato, um sotaque colonial bem identificável e parecia perfeitamente satisfeita com o negócio. Estava claro que era uma mulher abastada – o que de fato tornava a coisa toda mais estranha. Não era do tipo que alguém consideraria apaixonada pela solidão.

Como vizinha, havia se mostrado amigável de um modo quase embaraçoso. Choviam convites para a mansão Sittaford. O capitão Trevelyan era constantemente instado a "agir como se nunca tivesse alugado a casa". Trevelyan, contudo, não confiava em mulheres – os rumores eram de que havia sido rejeitado por uma na juventude. Ignorou com persistência todos os convites.

Dois meses haviam se passado desde a mudança das Willett, e a curiosidade da época de sua chegada havia se dissipado.

Burnaby, silencioso por natureza, continuava a estudar sua anfitriã, esquecido de qualquer necessidade de manter a conversa. Ela gostava de se fazer de tonta, mas na verdade não o era – assim ele resumia a situação. Pousou os olhos em Violet Willett. Uma garota bonita – esquálida, é claro, todas eram, hoje em dia. O que havia de bom em uma mulher se ela não se parecia com uma? Os jornais diziam que as curvas estavam voltando à moda. Já não era sem tempo.

Percebeu que a anfitriã falava com ele.

---

* Ou 2,10 libras. (N.T.)

a senhorita entende. A cada ano, me pergunto como aguento... Mas aqui estou, correndo em volta da gralha velha até o Natal... Porque ela é bem capaz de deixar seu dinheiro para um abrigo de gatos. Tem cinco gatos. Estou sempre afagando os demônios e fingindo que sou apaixonado por eles.

– Gosto mais de cachorros do que de gatos.

– Eu também. Toda a vida. Quer dizer, um cachorro é... bem, um cachorro é um cachorro, a senhorita sabe.

– Sua tia sempre gostou de gatos?

– Acho que é uma daquelas coisas que as senhoras velhas terminam por fazer. Ugh! Odeio aqueles bichos.

– Sua tia é muito gentil, mas um tanto assustadora.

– Eu é que deveria achá-la assustadora. Vive me dando cascudos. Ela pensa que eu não tenho miolos.

– E tem?

– Ora, escute aqui, não diga mais isso. Muitos sujeitos parecem uns imbecis enquanto, no íntimo, riem.

– O sr. Duke – anunciou a copeira.

O sr. Duke era um recém-chegado. Havia comprado em setembro o último dos seis bangalôs. Um homem grande, silencioso e muito dedicado à jardinagem. O sr. Rycroft, que era um entusiasta de pássaros e vivia na cabana ao lado da dele, vinha estudando-o e era o porta-voz da opinião geral de que o sr. Duke era, claro, um homem muito gentil, um tanto modesto, mas, no fim, bastante... Bem, bastante o quê? Ele não poderia ser, talvez, um comerciante aposentado?

Mas ninguém gostaria de lhe perguntar... E de fato achavam melhor nem saber. Se alguém soubesse, poderia ser alguma coisa desagradável, e em uma comunidade tão pequena era melhor manter boas relações com todos.

– Não vai caminhar a Exhampton com esse tempo? – perguntou ao major Burnaby.

– Não. Imagino que Trevelyan dificilmente esteja à minha espera hoje.

– Que desagradável, não? – disse a sra. Willett com um arrepio. – Ficar enterrado aqui em cima, ano após ano... Deve ser terrível.

O sr. Duke lançou-lhe um rápido olhar. O major Burnaby também encarou-a com curiosidade.

Bem naquele momento o chá foi servido.

CAPÍTULO 2

A mensagem

Depois do chá, a sra. Willett sugeriu uma partida de bridge.

– Somos seis. Dois podem ficar de fora na primeira rodada.

Os olhos de Ronnie brilharam enquanto ele sugeria:

– Vocês quatro começam. A srta. Willett e eu esperamos.

Mas o sr. Duke disse que não sabia jogar bridge. O rosto de Ronnie desabou.

– Podíamos tentar outro jogo – disse a srta. Willett.

– Ou mesa-girante – sugeriu Ronnie. – Está uma noite fantasmagórica. Falávamos disso ainda outro dia, a senhora lembra? E o sr. Rycroft e eu conversávamos a respeito do mesmo assunto esta noite enquanto vínhamos para cá.

– Sou membro da Sociedade de Pesquisas Psíquicas – explicou o sr. Rycroft, com seu jeito preciso –, e consegui esclarecer meu jovem amigo sobre um ou dois pontos.

– Baboseira – disse o major Burnaby, de modo bem distinto.

– Ah, mas será muito divertido, não acha? – disse Violet Willett. – Quero dizer, não é que alguém acredite nisso ou algo do gênero. É apenas uma distração. O que diz, sr. Duke?

– O que a senhorita desejar.

– Temos de desligar as luzes e achar uma mesa apropriada. Não, essa não, mamãe, tenho certeza de que é muito pesada.

As coisas foram por fim ajustadas de modo a satisfazer a todos. Uma mesinha circular com tampo polido foi trazida de uma sala adjacente e colocada defronte à lareira, e todos se sentaram em volta dela, com as luzes apagadas.

O major Burnaby ficou entre sua anfitriã e Violet. Ao lado da garota, sentou-se Ronnie Garfield. Um sorriso cínico enrugava os lábios do major enquanto ele pensava consigo mesmo: "No tempo em que eu era jovem jogava-se 'passa-anel'." Ele tentou recordar o nome de uma garota de basta cabeleira cuja mão segurara por debaixo da mesa por um período considerável. Aquilo havia sido há muito tempo. Mas "passa-anel" era um bom jogo.

Seguiram-se os costumeiros risos, sussurros, lugares-comuns:

– Os espíritos precisam de tempo.

– O caminho é longo.

– Silêncio... Nada vai acontecer até que levemos a sério.

– Fiquem quietos... Todos.

– Não está acontecendo nada.
– É claro que não... Nunca acontece de primeira.
– Se ao menos todos calassem a boca.

Finalmente, após algum tempo, o murmúrio das conversas cessou. Fez-se silêncio.

– Esta mesa está morta como um pedaço de presunto – resmungou Ronnie Garfield, incomodado.

– Silêncio.

Um tremor percorreu a superfície polida. A mesa começou a balançar.

– Façam perguntas. Quem deve perguntar? Você, Ronnie.

– Ahn... Digo... Perguntar o quê?

– Se um espírito está presente – soprou Violet.

– Olá... Há um espírito presente?

Uma sacudida súbita.

– Isso significa "sim" – disse Violet.

– Oh! Ahn... Quem é você?

Não houve resposta.

– Peça que soletre seu nome.

A mesa começou a balançar violentamente,.

– A, B, C, D, E, F, G, H, I... Quer dizer, estamos no I ou no J?

– Pergunte. Isso foi um I?

Uma sacudida.

– Sim. A próxima letra, por favor.

O nome do espírito era Ida.

– Tem uma mensagem para alguém nesta mesa?

"Sim".

– Para quem? Srta. Willett?

"Não."

– Sra. Willett?

"Não."

– Sr. Rycroft?

"Não."

– Para mim?

"Sim."

– É para você, Ronnie. Prossiga. Faça-a contar tudo.

A mesa soletrou "Diana".

– Quem é Diana? Conhece alguém chamada Diana?

– Não, não conheço. A não ser...

– Aí está. Ele conhece.

– Pergunte se ela é viúva.

A diversão continuou. O sr. Rycroft sorria com indulgência. Os jovens precisam ter suas distrações. Durante um súbito oscilar das chamas na lareira, pôde ver o rosto de sua anfitriã. Parecia preocupada e distraída. Tinha os pensamentos longe dali.

O major Burnaby pensava na neve. Nevaria outra vez naquela noite. O inverno mais rigoroso de que ele conseguia se lembrar.

O sr. Duke estava levando o jogo muito a sério. Os espíritos, contudo, prestaram muito pouca atenção nele. Todas as mensagens pareciam ser para Violet ou Ronnie.

Foi dito a Violet que ela iria à Itália. Acompanhada. Mas não por uma mulher, e sim por um homem. Seu nome era Leonard.

Mais risadas. A mesa soletrou o nome da cidade. Um ajuntamento de letras que parecia russo – nem de longe italiano.

Foram levantadas as costumeiras acusações.

– Tome jeito, Violet – o tratamento "srta. Willett" já havia sido abandonado –, você está empurrando a mesa.

– Não estou. Olhe, eu levanto minhas mãos e ela balança do mesmo jeito.

– Gostaria que fossem batidas. Vou pedir ao espírito que dê umas pancadas na mesa. Fortes.

– Deveriam ser batidas – Ronnie virou-se para o sr. Rycroft. – Não deveriam ser umas batidas, senhor?

– Sob as presentes circunstâncias, seria difícil ouvi-las – disse o sr. Rycroft secamente.

Houve uma pausa. A mesa ficou inerte e não deu mais resposta às perguntas.

– Ida foi embora?

Houve um tremor lânguido.

– Mais algum espírito virá?

Nada. Súbito, a mesa começou a tremer e a chacoalhar violentamente.

– Arrá! Você é um novo espírito?

"Sim."

– Tem uma mensagem para alguém?

"Sim."

– Para mim?

"Não."

– Para Violet?

"Não."

– Para o major Burnaby?

"Sim."

– É para o senhor, major Burnaby. Pode nos passar a mensagem, por favor?

A mesa começou a sacudir, devagar.

– T, R, E, V... tem certeza de que é "V"? Não pode ser. T R E V... Não faz sentido.

– É Trevelyan, é claro – disse a sra. Willett. – Capitão Trevelyan.

– Está se referindo ao capitão Trevelyan?

"Sim."

– Tem uma mensagem para ele?

"Não."

– Bem, então o que é?

A mesa começou a sacudir... lenta e ritmada. Tão devagar que era fácil contar as letras.

"M..." – uma pausa – "O... R T...O."

– Morto.

– Alguém está morto?

Em vez de sim ou não, a mesa começou a sacudir de novo até alcançar a letra T.

– T... refere-se a Trevelyan?

"Sim."

– Está dizendo que Trevelyan está morto?

Houve uma sacudida bastante nítida: "Sim".

Alguém arfou. Fez-se um alvoroço ao redor da mesa.

Quando Ronnie retomou as perguntas, havia uma nota diferente em sua voz. Uma nota apreensiva e desconfortável.

– Você diz... que o capitão Trevelyan está morto?

"Sim."

Fez-se uma pausa. Era como se ninguém fizesse ideia do que perguntar a seguir ou como lidar com aquele desenrolar inesperado.

E, nesse intervalo, a mesa começou a sacudir outra vez.

Rítmica e vagarosamente, Ronnie decifrou as letras em voz alta...

A-S-S-A-S-S-I-N-A-T-O...

A senhora Willett deu um grito e tirou as mãos da mesa.

– Não vou continuar com isto. É horrível e eu não gosto.

A voz do sr. Duke ergueu-se, forte e clara. Estava interrogando a mesa.

– Você quer dizer... que o capitão Trevelyan foi assassinado?

A última palavra mal havia saído de seus lábios quando a resposta veio. A mesa sacudiu tão violenta e assertivamente que quase desabou. E houve uma única pancada.

"Sim..."

– Olhe aqui – disse Ronnie, tirando as mãos da mesa –, isso é o que eu chamo de uma piada de mau gosto.

Sua voz tremia.

– Acendam as lâmpadas – pediu o sr. Rycroft.

O major Burnaby se levantou e ligou as luzes. A claridade súbita revelou um grupo de rostos pálidos e desconfortáveis.

Olhavam uns para os outros. Ninguém sabia bem o que dizer.

– Nojento – exclamou Ronnie, com um sorriso inquieto.

– Um ridículo absurdo – disse a sra. Willett. – Ninguém deveria... fazer tais brincadeiras.

– Não sobre pessoas morrendo – emendou Violet. – É tão... Ah! Eu não gosto.

– Eu não estava empurrando – disse Ronnie, sentindo a crítica velada lançada contra ele. – Juro que não.

– Posso dizer o mesmo – manifestou-se o sr. Duke. – E quanto ao senhor Rycroft?

– Certamente que não – disse o sr. Rycroft acaloradamente.

– Vocês não acham que eu faria uma brincadeira desse tipo, acham? – rosnou o major Burnaby. – Uma piada nojenta e de mau gosto.

– Violet, querida...

– Não fui eu, mamãe. De verdade que não. Não faria tal coisa.

A garota estava quase às lágrimas.

Todos estavam embaraçados. Um peso súbito havia descido sobre a alegre reunião.

O major Burnaby arrastou sua cadeira, foi até a janela e abriu a cortina. Permaneceu ali, olhando para fora e de costas para a sala.

– São 17h25 – disse o sr. Rycroft, após um olhar de relance para o relógio. Comparou-o com seu próprio relógio e todos sentiram que a ação era de algum modo significativa.

– Deixe-me ver – disse a sra. Willet com alegria forçada. – Acho que é melhor bebermos alguns coquetéis. Poderia, por gentileza, tocar a sineta, sr. Garfield?

Ronnie obedeceu.

As garrafas foram trazidas, e Ronnie foi indicado como barman. A situação ficou um pouco mais calma.

– Bem – disse Ronnie erguendo seu copo –, um brinde.

Os outros responderam... Todos menos a figura silenciosa à janela.

– Major Burnaby, aqui está sua bebida.

O major se ergueu de um pulo e se virou devagar.

– Obrigado, sra. Willett, mas eu passo – Olhou uma vez mais para a noite lá fora, e depois voltou lentamente até o grupo na lareira. – Muito obrigado pela reunião tão agradável. Boa noite.

– Não está indo, está, major?

– Receio que eu deva me retirar.

– Não tão rápido. E com um tempo destes...

– Desculpe, sra. Willett... Mas é o que tem de ser feito. Se ao menos houvesse por aqui um telefone.

– Um telefone?

– Sim... Para dizer a verdade, eu... bem, eu gostaria de ter certeza de que está tudo bem com Joe Trevelyan. É uma superstição boba, e tudo o mais... Naturalmente, eu não creio nessa papagaiada, mas...

– Mas o senhor não vai conseguir telefonar de lugar nenhum. Não há um único aparelho em Sittaford.

– Precisamente. Como não posso telefonar, preciso ir até lá.

– Ir até lá? Mas o senhor não conseguiria um veículo! Elmer não tiraria seu carro da garagem em uma noite como esta.

Elmer era o proprietário do único automóvel do lugar, um velho Ford, alugado a bom preço para os que desejassem ir até Exhampton.

– Não, não, o carro está fora de cogitação. Minhas pernas me levarão até lá, sra. Willett.

Houve um coro de protestos.

– Ah, major Burnaby, é impossível! O senhor mesmo disse que vai nevar.

– Não antes de uma hora, talvez mais. Eu chegarei lá, não tema.

– O senhor não pode. Não vamos permitir isso.

Ela estava seriamente inquieta e preocupada.

Mas rogos e argumentos tiveram sobre o major Burnaby o mesmo efeito que teriam em uma pedra. Era um homem obstinado. Uma vez que houvesse tomado uma decisão, poder algum sobre a terra poderia demovê-lo.

Estava determinado a caminhar até Exhampton e ver com seus próprios olhos se tudo corria bem com seu velho amigo, e repetiu essa simples declaração meia dúzia de vezes. No fim, todos foram convencidos a aceitar sua decisão.

– Darei só uma passada em casa para buscar um cantil – disse, alegremente – e depois seguirei direto. Trevelyan vai me hospedar por esta noite depois que eu chegar lá. É um exagero ridículo, eu sei. É certo que está tudo bem. Não se preocupe, sra. Willett. Com ou sem neve, chegarei lá em um par de horas. Boa noite.

Ele vestiu o sobretudo, acendeu a lanterna e saiu noite adentro.

Depois que ele se afastou a passos largos, os outros voltaram para a lareira.

Rycroft examinou o céu com um olhar e murmurou para o sr. Duke:

– É certo que *vai* nevar. E vai começar bem antes de ele chegar a Exhampton. Eu... espero que ele consiga.

Duke fechou o rosto em uma carranca.

– Eu sei. Sinto que devia ter ido com ele. Um de nós deveria ter ido.

– Que horrível – dizia a sra. Willett –, que horrível. Violet, não quero que esse jogo estúpido seja realizado outra vez. Pobre major Burnaby, provavelmente vai acabar enterrado na neve – ou vai morrer exposto ao frio. Ainda mais naquela idade. Foi muito tolo da parte dele sair daquele jeito. É claro que o capitão Trevelyan está perfeitamente bem.

Os outros fizeram eco.

– É claro.

Mas mesmo assim não se sentiam muito confortáveis, na verdade.

E se alguma coisa tivesse acontecido ao capitão Trevelyan?

E se...

CAPÍTULO 3

Cinco e vinte e cinco

Duas horas e meia mais tarde, logo antes das oito da noite, o major Burnaby, lanterna em punho, cabeça inclinada para frente a fim de não receber no rosto as rajadas ofuscantes da neve, cambaleou pela trilha que levava à porta de Hazelmoor, a pequena casa alugada pelo capitão Trevelyan.

A neve havia começado a cair cerca de uma hora antes – grandes e pesados flocos. O major estava ofegante, emitindo os ruidosos suspiros e arquejos de um homem completamente exausto. Estava dormente de frio. Bateu os pés, soprou, bufou, inspirou fundo e apertou com um dedo entorpecido o botão da campainha, que ressoou estridente.

Burnaby esperou.

Depois de alguns minutos, como nada acontecia, apertou de novo.

Outra vez não houve resposta.

Burnaby tocou uma terceira vez, mantendo o dedo no botão. A campainha soou por um bom tempo – mas ainda assim não se ouviu sinal de vida na casa.

Havia uma aldrava na porta. Burnaby apanhou-a e bateu-a com vigor, produzindo um barulho semelhante ao de um trovão.

E ainda assim a casinha permaneceu em um silêncio de morte.

O major desistiu. Ficou por um momento parado, perplexo... Lentamente retomou a trilha até sair do portão e seguir adiante na estrada pela qual havia vindo até Exhampton. Mais cem jardas o levaram até o posto de polícia.

Hesitou outra vez, até que se decidiu e entrou.

O guarda Graves, que conhecia bem o major, ergueu-se surpreso.

– Meu senhor, nunca imaginei que sairia de casa em uma noite como esta.

– Escute aqui – disse Burnaby, sem rodeios. – Bati e toquei na casa do capitão e não obtive nenhuma resposta.

– O quê? Ah, claro, é sexta-feira – disse Graves, que estava a par dos hábitos dos dois. – Mas não vá me dizer que o senhor veio de lá de Sittaford com um tempo desses! Certamente o capitão nunca o esperaria.

– Quer ele me esperasse, quer não, eu vim – disse Burnaby impaciente. – E conforme estou dizendo, não o encontrei. Bati e toquei a campainha e ninguém atendeu.

Algo da inquietação do major pareceu se transferir para o policial, que franziu o cenho e disse:

– Isso é estranho.

– É claro que é estranho.

– Não é muito provável que ele esteja fora... em uma noite dessas.

– Certamente não é provável.

– Isso é *mesmo* estranho – disse Graves outra vez.

Burnaby demonstrou impaciência com a lentidão do homem:

– Não vai fazer alguma coisa? – perguntou, ríspido.

– Fazer alguma coisa?

– Sim, alguma coisa.

O policial ruminou:

– Acha que ele pode estar mal de saúde? – A face do homem se iluminou: – Vou tentar falar com ele pelo telefone.

O aparelho estava próximo ao cotovelo do policial. Ele esticou a mão e discou o número, mas, como já havia acontecido com a campainha da porta, o capitão Trevelyan não atendeu.

– Parece que ele está *mesmo* doente – disse Graves enquanto recolocava o fone no gancho. – E, além do mais, sozinho naquela casa. É melhor buscar o dr. Warren e levá-lo conosco.

A casa do dr. Warren ficava quase ao lado do posto policial. O médico recém havia sentado à mesa para jantar com a esposa e não ficou muito contente com a convocação. Entretanto, a contragosto, concordou em acompanhá-los, vestindo um velho casaco, calçando um par de botas e enrolando no pescoço um cachecol de tricô.

A neve ainda caía.

– Que noite detestável – murmurou o doutor. – Espero que os senhores não tenham me tirado de casa por um alarme falso. Trevelyan é forte como um cavalo. Nunca houve nada de grave com ele.

Burnaby não respondeu.

Chegando até Hazelmoor, de novo tocaram a campainha e bateram na porta, mas não obtiveram resposta.

O doutor sugeriu que circundassem a casa até uma das janelas dos fundos.

– São mais fáceis de arrombar do que a porta.

Graves concordou. Deram a volta. No caminho, tentaram abrir uma porta lateral, mas também estava trancada. Afinal chegaram ao gramado coberto de neve que levava até as janelas dos fundos. De repente, Warren proferiu uma exclamação:

– A janela do escritório... Está aberta!

Era verdade. A janela, de batentes, encontrava-se entreaberta. Apressaram o passo. Em uma noite como aquela, ninguém em seu juízo perfeito abriria uma janela. Uma luz acesa na sala escorria do aposento na forma de uma fina linha amarela.

Os três homens chegaram ao mesmo tempo na janela – Burnaby foi o primeiro a entrar, com o policial em seus calcanhares.

Ambos estacaram do lado de dentro, e algo como um grito abafado escapou dos lábios do ex-soldado. Em instantes Warren estava ao lado deles e pôde enxergar o que haviam visto.

O capitão Trevelyan jazia de bruços no chão, os braços bem abertos. A sala estava em desordem – gavetas arrancadas da escrivaninha, papéis jogados sobre o piso. A janela estava lascada na parte em que havia sido forçada, próximo à tranca. Ao lado do capitão jazia um cilindro de feltro verde escuro, com aproximadamente duas polegadas de diâmetro.

Warren adiantou-se e ajoelhou-se ao lado da figura prostrada.

Um minuto foi tempo suficiente para ele se levantar outra vez, o rosto pálido.

– Ele está morto? – perguntou Burnaby.

O doutor assentiu. Depois, virou-se para Graves.

– Cabe ao senhor dizer o que deve ser feito. Não posso fazer nada exceto examinar o corpo, e talvez prefira que eu não o faça até que chegue o inspetor. Posso dizer-lhes agora a causa da morte. Fratura na base do crânio. E acho que consigo adivinhar a arma.

Ele indicou o cilindro de feltro verde, cheio de areia.

– Trevelyan sempre o mantinha junto à parte de baixo da porta... para barrar correntes de ar – disse Burnaby.

Sua voz estava rouca.

– Sim... Um tipo de porrete muito eficiente.

– Meu Deus!

– Mas isto... – o guarda se interrompeu, seu juízo formando-se lentamente – quer dizer... isto é assassinato.

O policial caminhou até a mesa na qual havia um telefone.

Burnaby se aproximou do médico e perguntou, respirando com dificuldade:

– Tem alguma ideia de há quanto tempo ele está morto?

– Há cerca de duas horas, eu diria, possivelmente três. É uma estimativa apressada.

Burnaby passou a língua sobre os lábios secos.

– Diria – perguntou – que ele pode ter sido morto às 17h25?

O doutor olhou-o curioso.

– Se tivesse que fixar uma hora em definitivo, seria em torno desse horário.

– Ah, meu Deus – disse Burnaby.

Warren o encarou.

O major abriu caminho às cegas até uma cadeira, deixou-se cair nela e murmurou para si mesmo, enquanto uma espécie de terror espalhava-se por sua face.

– "São 17h25..." Oh, meu Deus, então *era* verdade no fim das contas.

CAPÍTULO 4

Inspetor Narracott

Na manhã seguinte à tragédia, dois homens estavam em pé no pequeno escritório de Hazelmoor.

O inspetor Narracott olhou em volta. Uma ruga surgiu em sua fronte.

– Si-iim – disse, pensativo. – Si-iim.

Narracott era um policial muito eficiente. Tinha uma persistência tranquila, uma mente lógica e uma atenção aguda para os detalhes, o que havia lhe trazido sucesso onde muitos outros homens poderiam ter falhado.

Era um homem alto, com maneiras calmas, olhos cinzentos um tanto afastados e uma voz suave com sotaque de Devonshire.

Chamado em Exeter para se encarregar do caso, havia chegado no primeiro trem da manhã. As estradas estavam intransitáveis para automóveis, mesmo aqueles com correntes nos pneus, caso contrário ele teria vindo na noite anterior. Estava em pé no escritório do capitão Trevelyan, e havia acabado de completar seu exame do aposento. Com ele, estava o sargento Pollock, da polícia de Exhampton.

– Si-iim – repetiu o inspetor Narracott.

Um raio da pálida claridade de inverno atravessou a janela. Lá fora, via-se a paisagem nevada. A aproximadamente dez metros da janela, havia uma cerca, e depois dela começava a íngreme subida da colina coberta de neve.

Narracott curvou-se mais uma vez sobre o cadáver que havia sido deixado intacto para sua inspeção. Ele próprio um homem atlético, reconheceu no corpo a mesma compleição: ombros largos, flancos estreitos e musculatura desenvolvida. A cabeça era pequena e bem-posicionada sobre os ombros, e a barba em ponta havia sido cuidadosamente aparada. A idade do capitão Trevelyan, havia apurado, era sessenta anos, mas ele parecia não ter mais do que cinquenta.

– Ah! – disse o sargento Pollock.

O inspetor voltou-se para ele.

– O que acha disso?

– Bem... – o sargento Pollock coçou a cabeça. Era um homem cauteloso, relutante em avançar além do necessário. – Pelo que vejo, senhor, diria que o homem veio até a janela, forçou a tranca e invadiu o aposento. Suponho que o capitão Trevelyan estivesse no andar superior. Sem dúvida o assaltante pensou que a casa estivesse vazia...

– Onde fica a cama do capitão?

– Lá em cima, senhor, sobre esta mesma sala.

– Nesta época do ano, escurece às quatro da tarde. Se o capitão Trevelyan estivesse lá em cima, em seu quarto, a luz elétrica estaria ligada, e o ladrão a teria visto quando se aproximava da janela.

– O senhor quer dizer que ele deve ter esperado?

– Nenhum homem de juízo invadiria uma casa com a luz acesa. Se alguém arrombou esta janela, o fez porque pensou que a casa estivesse vazia.

O sargento Pollock coçou a cabeça.

– Parece um tanto estranho, admito. Mas deve ter sido assim.

– Vamos deixar isso passar por enquanto. Continue.

– Bom, suponho que o capitão tenha ouvido um barulho no térreo. Ele desce para investigar. O ladrão o ouve chegando, apanha aquele cilindro, esconde-se atrás da porta e, quando o capitão entra na sala, golpeia-o pelas costas.

O inspetor Narracott anuiu.

– Sim, é verdade. Ele foi golpeado quando estava de frente para a janela. Mas de qualquer jeito, Pollock, não gosto dessa hipótese.

– Não, senhor?

– Não. Como eu disse, não acredito em casas invadidas às cinco da tarde.

– Bem... Ele pode ter achado que era uma boa oportunidade...

– Não é uma questão de oportunidade... Esgueirar-se para dentro porque encontrou uma janela destrancada. Foi um arrombamento deliberado... Olhe essa confusão toda. O que um ladrão procuraria primeiro? O armário, onde se guarda a prataria.

– É verdade – admitiu o sargento.

– E esta bagunça... Este caos – continuou Narracott –, estas gavetas reviradas, o conteúdo espalhado. Ora! É um embuste.

– Embuste?

– Olhe para a janela, sargento. *Aquela janela não foi trancada e arrombada!* Foi simplesmente fechada e depois quebrada pelo lado de fora para dar a aparência de ter sido arrombada.

Pollock examinou de perto a tranca da janela, soltando uma exclamação enquanto o fazia.

– O senhor está certo – disse, com respeito na voz. – Pensou nisso agora?

– Alguém quis lançar poeira nos nossos olhos, mas não teve sucesso.

O sargento Pollock sentiu-se grato pelo "nossos". Era em tais pequenas coisas que Narracott cativava seus subordinados.

– Então não foi um arrombamento. Quer dizer, senhor, que foi alguém admitido na casa?

O inspetor anuiu.

– Sim. A única coisa curiosa, contudo, é que eu acho que o assassino realmente entrou pela janela. Conforme você e Graves relataram, e pelo que eu posso ver com meus próprios olhos, ainda há rastros úmidos visíveis da neve que derreteu e foi pisoteada pelas botas do assassino. Esses rastros estão apenas nesta sala. O policial Graves estava bastante seguro de que não havia nada do tipo no salão de entrada quando ele e o Dr. Warren foram até lá. Neste aposento, ele os percebeu de imediato. Parece bem claro que Trevelyan permitiu que o assassino entrasse através da janela. Por isso, devia ser alguém que o capitão conhecia. O senhor é da cidade, sargento. Sabe me dizer se o capitão Trevelyan era homem de fazer inimigos com facilidade?

– Não, senhor, devo dizer que ele não tinha inimigo algum. Era um pouco sovina, e um tanto marcial... Não tolerava o menor relaxamento nas normas de cortesia, mas palavra, senhor, era respeitado por isso.

– Nenhum inimigo – disse Narracott pensativo.

– Não por aqui, quero dizer.

– É bem verdade... Não sabemos que inimigos ele pode ter feito durante sua carreira na marinha. Pela minha experiência, sargento, um homem que fez inimigos em algum lugar os fará em outro, mas concordo que não podemos pôr inteiramente de lado essa possibilidade. Chegamos, pela lógica, ao motivo seguinte, o mais comum para qualquer crime: ganância. O capitão Trevelyan, pelo que entendi, era um homem rico.

– De fato, abastado por qualquer critério. Mas mão-fechada. Era uma pessoa difícil para se pedir uma contribuição.

– Ah! – exclamou Narracott.

– É uma pena que tenha nevado tanto – disse o sargento. – Porém, por causa da neve temos estas pegadas para investigar.

– Não havia mais ninguém na casa? – perguntou o inspetor.

– Não. Nos últimos cinco anos o capitão tinha apenas um criado, um camarada da marinha aposentado. Lá em cima, em Sittaford, havia uma diarista, mas era esse homem, Evans, quem cozinhava e cuidava de seu patrão. Há cerca de um mês ele se casou, para desagrado do capitão. Creio que foi essa uma das razões pelas quais ele deixou Sittaford para aquela dama sul-africana. Ele não aceitaria uma mulher na casa. Evans vive com a esposa a cerca de um quarteirão daqui, em Fore Street, e vem diariamente para cuidar do serviço. Ele está aqui agora para ser ouvido pelo senhor. No seu depoimento, declarou que saiu desta casa ontem às duas e meia da tarde, quando o capitão não precisava de mais nada dele.

– Sim, eu vou querer falar com ele. Pode nos contar alguma coisa útil.

O sargento Pollock olhou para seu superior com curiosidade. Havia algo de muito estranho no tom de voz do inspetor.

– Acha... – ele começou.

– Acho – interrompeu Narracott, decidido – que há mais neste caso do que a vista alcança.

– Em que sentido, senhor?

O inspetor não se deixou levar.

– Você disse que esse homem, Evans, está aqui agora?

– Está esperando na sala de jantar.

– Ótimo. Eu o verei imediatamente. Que tipo de sujeito ele é?

O sargento Pollock era melhor em relatar fatos do que em fazer descrições acuradas.

– É marinheiro da reserva. Um osso duro, devo dizer.

– Bebe?

– Que eu saiba, nunca foi dos piores nessa área.

– E o que me diz dessa tal esposa? Teria alguma relação com o capitão ou algo do tipo?

– Oh! Não, senhor, nada disso. Não fazia o gênero do capitão Trevelyan, no fim das contas. Ele era conhecido por desprezar as mulheres.

– E Evans era considerado dedicado ao patrão?

– É o conceito geral, senhor, e acho que eu saberia se assim não fosse. Exhampton é pequena.

O inspetor Narracott assentiu e disse:

– Bem, não há nada mais para ver aqui. Vou interrogar Evans, dar uma olhada no resto da casa e depois subir até o Three Crowns para falar com esse major Burnaby. Aquele comentário dele a respeito da hora foi curioso. Cinco e vinte e cinco, então? Ele deve saber alguma coisa que não nos contou, senão como sugeriria com tanta precisão um horário para o crime?

Os dois homens seguiram pela porta.

– É um negócio esquisito – disse o sargento Pollock, o olhar errante sobre a bagunça no assoalho. – Todo este falso arrombamento!

– Não é isso que me intriga – disse Narracott. – Diante das circunstâncias, provavelmente era a coisa mais natural a fazer. Não... o que me intriga é a janela.

– A janela, senhor?

– Sim. Por que o assassino teve de ir até a janela? Admitindo que fosse alguém que Trevelyan conhecia e que convidaria a entrar sem fazer perguntas, por que não usou a porta da frente? Circundar a casa até aquela janela vindo da estrada em uma noite como a de ontem teria sido um procedimento árduo e desagradável, com aquela nevasca abundante. Logo, deve ter havido uma razão.

– Talvez – sugeriu Pollock – a pessoa não quisesse ser vista saindo da estrada em direção à casa.

– Não haveria muita gente na tarde de ontem para ver. Ninguém que pudesse ajudar estava fora de casa. Não... Há alguma outra razão. Bem, talvez venha à tona no seu devido tempo.

CAPÍTULO 5

Evans

Encontraram Evans à espera na sala de jantar. Ele ergueu-se respeitosamente à entrada de ambos.

Era um homem baixo e socado, com braços muito compridos e a mania de entrecerrar os punhos. Tinha o rosto bem barbeado e olhos pequenos, quase suínos – uma aparência de buldogue que era compensada por seu ar alegre e competente.

O inspetor Narracott ordenou mentalmente suas impressões: "Inteligente, astuto e prático. Parece agitado." Só então falou:

– Você é Evans, não?

– Sim, senhor.

– Nome de batismo?

– Robert Henry.

– Bem, agora me diga o que sabe a respeito deste caso.

– Coisa alguma, senhor. É um completo choque para mim. É duro pensar que o capitão se foi...

– Quando viu seu patrão pela última vez?

– Eu diria que às duas da tarde de ontem, senhor. Tirei a louça do almoço e deixei a mesa arrumada para a ceia, como pode ver. Então o capitão me disse que eu não precisava voltar.

– Isso não era comum?

– Em geral, volto ali pelas sete e fico mais umas duas horas. Nem sempre... Às vezes o capitão dizia que não era preciso.

– Então não ficou surpreso quando ele lhe disse que ontem seus serviços não seriam solicitados de novo?

– Não, senhor. Também não voltei na noite de anteontem, por causa do tempo. Um cavalheiro muito atencioso, era isso o que o capitão era, desde que não se fizesse corpo mole. Eu o conhecia bem e sabia lidar com ele.

– O que ele disse exatamente?

– Bem, olhou pela janela e disse: "Decerto Burnaby não virá hoje. Já devia imaginar. Isso se Sittaford não estiver totalmente bloqueada. Não me lembro de ter visto inverno assim desde que era garoto." Ele estava se referindo ao seu amigo, o major Burnaby, lá em cima, em Sittaford. Vinha sempre às sextas, e ele e o capitão jogavam xadrez e faziam acrósticos. E na terça-feira o capitão retribuía a visita. Muito regular em seus hábitos, o capitão era. Então ele me disse: "Pode ir agora, Evans. Não precisa voltar até amanhã de manhã."

– Além da menção ao major Burnaby, ele não falou se estava esperando mais alguém ontem à tarde?

– Não, senhor, nenhuma palavra.

– Não havia nada incomum ou de alguma forma diferente no comportamento dele?

– Não, senhor, ao menos nada que eu pudesse ver.

– Bem... Soube que se casou recentemente, Evans.

– Sim, senhor. Com a filha da sra. Belling, do Three Crowns. Coisa de dois meses atrás.

– E o capitão Trevelyan não estava exatamente satisfeito com isso.

A sombra de um esgar surgiu por um momento no rosto de Evans.

– Ele se aborreceu um bocado com isso, o capitão. Minha Rebecca é uma ótima garota e uma bela cozinheira. E eu esperava que pudéssemos trabalhar juntos para o capitão, mas ele... ele nem quis ouvir falar do assunto. Disse que não teria mulheres trabalhando em sua casa. Para dizer a verdade, senhor, as coisas estavam em um impasse quando aquela dama da África do Sul apareceu e quis alugar Sittaford para o inverno. O capitão alugou a casa. Eu vinha todo dia fazer o serviço e, não me importo em dizer, tinha esperança de que pelo fim da estação ele teria pensado melhor na ideia, e eu e Rebecca voltaríamos com ele para Sittaford. Ora, ele nem mesmo saberia que ela estava na casa. Ficaria na cozinha e daria um jeito de nunca cruzar com ele nas escadas.

– Tem alguma ideia do motivo para essa aversão do capitão Trevelyan a mulheres?

– Motivo nenhum, senhor, só costume. Já vi muitos cavalheiros assim antes. Se quer saber, acho que a razão não é outra que não timidez. Alguma donzela os esnoba quando são rapazes, e eles criam o hábito.

– O capitão não era casado?

– Não, senhor.

– Sabe se tinha algum parente?

– Creio que uma irmã em Exeter, senhor, e acho que o ouvi mencionar um ou mais sobrinhos.

– E nenhum deles jamais veio visitá-lo?

– Não, senhor. Acho que ele teve uma briga com a irmã.

– Sabe o nome dela?

– Gardner, creio eu. Mas não tenho certeza.

– Não sabe o endereço dela?

– Temo que não, senhor.

– Bem, sem dúvida vamos encontrá-lo se procurarmos nos papéis do capitão Trevelyan. Agora, Evans, o que você fez entre as quatro da tarde e o fim da tarde de ontem?

– Estava em casa, senhor.

– Onde é a sua casa?

– Logo dobrando a esquina. Fore Street, 85.

– Não saiu em momento algum?

– É certo que não, senhor. Estava caindo muita neve.

– Sim, é claro. Há alguém que possa confirmar essa sua declaração?

– Como assim, senhor?

– Há alguém que saiba que você esteve em casa durante todo esse tempo?

– Minha esposa.

– Estavam sozinhos?

– Sim, senhor.

– Bem, não tenho dúvidas de que está tudo bem. Era isso por enquanto, Evans.

O ex-marinheiro hesitou, trocando o peso do corpo de uma perna para outra.

– Há algo que eu possa fazer? Digo, para arrumar a casa.

– Não... Por enquanto, o lugar todo deve ser deixado exatamente como está.

– Entendo.

– Você pode esperar, contudo, até que eu tenha dado uma olhada por aí – disse Narracott. – Para o caso de haver alguma pergunta que eu queira lhe fazer.

– Perfeitamente, senhor.

O inspetor transferiu seu olhar atento de Evans para a sala.

O interrogatório fora realizado na sala de jantar. A ceia continuava servida sobre a mesa: língua fria, picles, queijo Stilton e biscoitos. Sobre um fogareiro a gás, havia uma panela de sopa. Em uma mesinha de serviço, viam-se uma decantadeira, um sifão com soda e duas garrafas de cerveja. Havia também uma imensa coleção de troféus de prata e, junto a eles – em uma combinação bastante incongruente –, três romances com aparência de novos.

O inspetor Narracott examinou alguns troféus, leu as inscrições gravadas e comentou:

– Um grande esportista, esse capitão Trevelyan.

– De fato, senhor – emendou Evans. – Um atleta a vida toda, isso é o que ele foi.

O inspetor Narracott leu os títulos dos romances: *O amor tem a chave*, *Os alegres homens de Lincoln*, *Prisioneiro do amor*.

– Hum – ele observou. – O gosto literário do capitão parece lamentável.

– Ah, isso? – Evans perguntou, rindo. – Não são para ler, senhor. São os prêmios que ele ganhou naquele concurso da Railway Pictures. Ele mandou umas dez respostas com nomes diferentes, incluindo o meu. Dizia que Fore Street, 85, era um endereço com boas possibilidades de ser premiado. Quanto mais comuns forem seu nome e seu endereço, mais provável que você ganhe – era o que o capitão pensava. E é claro que eu ganhei. Mas não duas mil libras, apenas três romances novos... E, em minha opinião, o tipo de romance pelo qual ninguém gastaria seu dinheiro em uma livraria.

Narracott sorriu, pediu outra vez para que Evans esperasse e prosseguiu em sua inspeção. Havia uma espécie de armário em um canto da sala. Era praticamente uma saleta à parte. Ali, guardados sem muita ordem, havia dois pares de esquis, um par de remos fixados na parede, dez ou doze presas de hipopótamo, varas, linhas e outros apetrechos de pescaria (incluindo um livro de moscas*), um saco de tacos de golfe, uma raquete de tênis, uma pata de elefante empalhada e uma pele de tigre. Parecia claro que, quando deixou mobiliada a casa de Sittaford, o capitão Trevelyan havia removido seus bens mais preciosos, desconfiado demais para deixá-los sob guarda feminina.

– Ideia estranha essa de trazer estas coisas todas – disse o inspetor. – A casa está alugada apenas por uns poucos meses, não?

– Isso mesmo, senhor.

– Seguramente esse material poderia ter ficado trancado em algum lugar na mansão de Sittaford.

Pela segunda vez no decorrer da conversa, o rosto de Evans abriu-se em um leve esgar.

– Isso teria sido um jeito muito mais fácil de fazer as coisas – concordou. – Não que haja muitos armários como esse na casa de Sittaford. O arquiteto e o capitão planejaram tudo juntos, e é preciso uma mulher para entender o valor de um armário embutido. Ainda assim, senhor, teria sido a coisa mais sensata a fazer. Carregar essa tralha até aqui deu trabalho... Um trabalhão, devo admitir. Mas o capitão não conseguiria tolerar a ideia de alguém mexendo em seus pertences. Mesmo trancados, como o senhor sugeriu, uma mulher ainda encontraria um jeito de chegar a eles. A curiosidade típica, foi o que o capitão disse. "É bom não trancar de nenhum jeito coisas que não se quer que uma mulher mexa", ele disse. "O melhor é levá-las com a gente e ter certeza de que estão em um lugar seguro. Logo, vamos levá-las", ele disse, e, como eu comentei, foi um trabalhão, e saiu bem caro, também. Mas essas coisas eram para o capitão como seus próprios filhos.

Evans fez uma pausa, sem fôlego.

O inspetor Narracott anuiu, pensativo. Havia outro ponto sobre o qual ele queria obter informações, e pareceu que aquele era um bom momento, já que o assunto havia surgido naturalmente.

---

* "Mosca" aqui se refere a um tipo de anzol recoberto por penas comumente usado em pescaria de água doce. (N.T.)

– Essa sra. Willett... – disse, em tom casual – era uma velha amiga ou conhecida do capitão?

– Não, senhor. Era uma perfeita estranha.

– Tem certeza disso? – perguntou o inspetor, severo.

– Bem... – o tom de voz do outro havia feito o velho marinheiro recuar. – O capitão nunca disse nada sobre isso, na verdade, mas... Sim, tenho certeza.

– Pergunto – explicou o inspetor – porque é uma época muito estranha do ano para locar uma propriedade. Por outro lado, se essa sra. Willett já conhecia o capitão Trevelyan e a casa, ela poderia ter escrito para ele pedindo que a alugasse.

Evans negou com um aceno de cabeça.

– Foram os corretores... Williamsons... que escreveram. Disseram que tinham uma oferta da parte de uma senhora.

O inspetor Narracott franziu o cenho. Achava aquele negócio do aluguel de Sittaford claramente esquisito.

– Suponho que o capitão Trevelyan e a sra. Willett tenham se conhecido pessoalmente – sugeriu.

– Ah, sim. Ela foi ver a casa, e ele a apresentou ao lugar.

– E você tem certeza de que eles não haviam se encontrado antes?

– Total certeza, senhor.

– Eles... ahn... – o inspetor se interrompeu, tentando formular a pergunta de modo natural – eles se deram bem? Foram amigáveis um com o outro?

– A dama foi – um vago sorriso cruzou os lábios de Evans. – Toda derretida para cima dele, como dizem. Ficou admirando a casa, perguntando se o capitão mesmo a havia projetado. Ela foi com tudo para cima dele, como se diz por aí.

– E o capitão?

O sorriso de Evans se ampliou:

– A dama, espoleta daquele jeito, não conseguiu quebrar o gelo do capitão. Educado, isso ele foi, mas nada mais. E recusou todos os convites dela.

– Convites?

– Sim, para considerar a casa como dele a qualquer hora e aparecer quando quisesse. Aparecer, foi o jeito que ela disse. Ninguém "aparece" em um lugar quando está vivendo seis milhas longe.

– Ela pareceu ansiosa para... bem... para ver o capitão de novo?

Narracott estava fazendo suposições. Teria sido essa a razão para a mulher alugar a casa? Seria apenas um preâmbulo para ser admitida entre as relações do capitão Trevelyan? Era esse o jogo? Provavelmente não teria ocorrido a ela que o capitão teria escolhido um lugar tão distante como Exhampton para viver. Pode ter calculado que ele se mudaria para um dos bangalôs menores, talvez até se hospedasse no do major Burnaby.

A resposta de Evans não foi de muito auxílio:

– Ela é uma dama muito hospitaleira, no fim das contas. Alguém com quem se poderia almoçar ou jantar a qualquer dia.

Narracott anuiu. Não conseguiria mais nada com Evans. Mas estava determinado a marcar uma entrevista com aquela sra. Willett para o mais breve possível. Sua chegada repentina merecia ser investigada.

– Venha, Pollock, vamos subir ao andar de cima – ele disse.

Deixaram Evans na sala de jantar e seguiram para o pavimento superior.

– Muito bem, o que acha? – perguntou o sargento em voz baixa, sacudindo a cabeça sobre os ombros na direção da porta fechada da sala de jantar.

– Parece falar a verdade – disse o inspetor. – Mas nunca se sabe. Não é burro, esse camarada, seja lá o que mais ele for.

– Não, é um tipo inteligente.

– A história dele parece bem autêntica – prosseguiu o inspetor. – Perfeitamente clara e ajustada. Ainda assim, como eu disse, nunca se sabe.

E com essa declaração, típica de sua mente cheia de suspeitas e cautelas, o inspetor seguiu em busca dos quartos no corredor do andar de cima.

Havia três dormitórios e um banheiro. Dois dos quartos estavam vazios e claramente ninguém entrava neles havia semanas. O terceiro, o do próprio capitão Trevelyan, estava em uma ordem estranha e imaculada. O inspetor o percorreu, abrindo gavetas e armários. Tudo estava em seu lugar. Era o dormitório de um homem de hábitos tão metódicos e caprichados que beiravam o fanatismo. Narracott terminou sua inspeção e deu uma olhada no banheiro adjacente. Ali, também, estava tudo bem-arrumado. Lançou um último olhar à cama, de lençóis bem estendidos e sobre a qual havia um pijama dobrado com cuidado.

– Nada aqui – disse ele, sacudindo a cabeça.

– Não mesmo. Tudo parece estar na mais perfeita ordem.

– Há aqueles papéis na escrivaninha do escritório. É melhor você dar uma examinada neles, Pollock. Direi a Evans que ele pode ir. Posso telefonar e encontrá-lo em sua própria casa mais tarde, se for preciso.

– Perfeitamente, senhor.

– O corpo pode ser removido. Vou querer falar com o dr. Warren. Ele mora perto daqui, não?

– Sim, senhor.

– Na calçada do Three Crowns ou do outro lado?

– Do outro, senhor.

– Então irei ao Three Crowns primeiro. Continue, sargento.

Pollock foi até a sala de jantar para dispensar Evans. O inspetor saiu pela porta da frente e caminhou rápido na direção do Three Crowns.

CAPÍTULO 6

No Three Crowns

O inspetor Narracott não conseguiria ver o major Burnaby até que houvesse passado por uma interminável entrevista com a sra. Belling – a proprietária do Three Crowns era gorda e excitável, e tão tagarela que não havia nada a fazer a não ser ouvi-la pacientemente até que em algum momento o fluxo da conversação estancasse.

– Foi uma noite como nenhuma outra – ela estava concluindo –, e nenhum de nós nem sequer poderia pensar no que estava acontecendo ao pobre cavalheiro. Esses vagabundos repulsivos... Eu já disse uma dúzia de vezes que não suporto esses vadios nojentos. E o capitão não tinha nem um cachorro para protegê-lo. Os vadios não suportam um cachorro. Oh, nunca se sabe o que pode acontecer de uma hora para a outra.

"Sim, senhor Narracott" – ela continuou, em resposta a uma pergunta do inspetor – "o major está tomando seu desjejum agora mesmo. O senhor vai encontrá-lo no restaurante do hotel. E que noite ele deve ter passado, sem sequer um pijama ou algo do tipo, e eu sou uma mulher viúva, não tinha nada que pudesse emprestar a ele. Mas acho que ele não fez caso disso, de tão estranho e perturbado que estava... E não me admira, já que teve seu melhor amigo assassinado. Os dois eram cavalheiros muito gentis, embora o capitão tivesse a fama de ser mão-fechada com seu dinheiro. Quem diria, eu sempre achei tão perigoso morar lá em cima, em Sittaford, a quilômetros longe de qualquer coisa, e eis que o capitão é abatido aqui mesmo em Exhampton. É sempre aquilo que a gente não espera nesta vida que acontece, não é mesmo, sr. Narracott?"

O inspetor disse que sim, sem dúvida, e acrescentou:
– Quem esteve hospedado aqui ontem, sra. Belling? Algum estranho?
– Deixe-me ver... O sr. Moresby e o sr. Jones... dois distintos cavalheiros de negócios. E um rapaz de Londres. Ninguém mais. E nem haveria razão para isso nesta época do ano. É muito quieto aqui no inverno. Oh, mas havia um outro jovem... chegou no último trem. Um moço narigudo. Ele ainda não se levantou.
– O último trem – perguntou o inspetor –, o que chega por volta de 22h, não? Não acho que precisemos nos preocupar com ele. E quanto ao outro... o que veio de Londres? A senhora o conhece?
– Nunca o vi antes. Não é um negociante; oh, não, nem perto disso. Não consigo me lembrar do nome dele no momento... mas o senhor o encontrará nos registros. Partiu esta manhã, no primeiro trem para Exeter.

O das seis e dez. Bastante estranho. O que ele queria por aqui, é algo que eu gostaria de saber.

– Não disse quais negócios o traziam?

– Nem uma palavra.

– Ele saiu do hotel em algum momento?

– Chegou na hora do almoço, saiu por volta de 16h30 e voltou às 18h20.

– E aonde ele foi?

– Não tenho a mais remota ideia, senhor. Pode ter apenas saído para um passeio. Foi antes da nevasca, mas não estava o que se poderia chamar de um lindo dia para uma caminhada.

– Saiu às 16h30, retornou por volta de 18h20 – disse o inspetor, pensativo. – É bastante estranho. Ele não mencionou em algum momento o capitão Trevelyan?

A sra. Belling negou balançando a cabeça decididamente.

– Não, sr. Narracott. Ele não mencionou ninguém, na verdade. Manteve-se reservado. Um rapaz de muito boa aparência... mas um tanto preocupado, eu diria.

O inspetor assentiu e foi até o balcão para verificar os registros.

– James Pearson, de Londres – leu. – Bem... isso não nos diz muita coisa. Teremos de fazer algumas investigações a respeito desse sr. James Pearson.

Avançou então a passos largos para o restaurante, à procura do major Burnaby, que era o único hóspede no salão. Bebia um café com aparência algo barrenta e tinha um exemplar do *Times* dobrado à sua frente.

– Major Burnaby?

– Sou eu.

– Sou o inspetor Narracott, de Exeter.

– Bom dia, inspetor. Alguma pista?

– Sim, senhor. Acho que temos uma pista, e creio que posso dizer isso com segurança.

– Fico feliz em ouvir isso – disse o major secamente. Sua atitude era de descrença resignada.

– Porém, há apenas alguns pontos sobre os quais eu gostaria de mais informações, major, e penso que o senhor poderá me dizer o que quero saber.

– Farei o que puder – disse Burnaby.

– O senhor sabe se o capitão Trevelyan tinha algum inimigo?

– Inimigo algum neste mundo – Burnaby foi incisivo.

– Esse criado, Evans... O senhor o considera de confiança?

– Devia ser. Sei que Trevelyan confiava nele.

– Não houve algum mal-estar pelo casamento dele?

– Não, mal-estar não. Trevelyan estava era incomodado... Não gostava de ter seus hábitos perturbados. Manias de velho solteirão, o senhor sabe.

– Falando em solteirão... Este é outro ponto. O capitão Trevelyan não era casado. Sabe se ele deixou testamento? E no caso de não haver testamento, tem alguma ideia de quem herdaria seu espólio?

– Trevelyan fez um testamento – disse prontamente Burnaby.

– Como o senhor sabe?

– Ele me nomeou seu testamenteiro. Ele mesmo me contou.

– Sabe para quem ele deixou o dinheiro?

– Não sei dizer.

– Suponho que estava muito bem de vida.

– Trevelyan era um homem rico – rebateu Burnaby. – Eu diria que ele era muito mais abastado do que qualquer um à sua volta poderia suspeitar.

– Sabe se ele tinha algum parente?

– Creio que tinha uma irmã e alguns sobrinhos e sobrinhas. Nunca via muito qualquer um deles, mas não havia nenhuma rixa.

– A respeito desse testamento: o senhor sabe onde ele está depositado?

– Na firma de Walters e Kirkwood, seus advogados aqui em Exhampton. Eles o redigiram para ele.

– Então talvez, major Burnaby, dado que o senhor é o testamenteiro, pergunto se poderia ir comigo agora até a Walters e Kirkwood. Eu gostaria de ter uma ideia do teor desse testamento o mais rápido possível.

Burnaby tornou-se subitamente alerta e disse:

– O que há? O que o testamento tem a ver com o caso?

O inspetor Narracott não estava disposto a mostrar suas cartas tão cedo:

– Este caso não está tão claro quanto pensamos. A propósito, há outra pergunta que gostaria de lhe fazer. Se entendi bem, major Burnaby, o senhor perguntou ao dr. Warren se a morte havia ocorrido às 17h25?

– Isso mesmo – concordou o major, impaciente.

– O que o fez escolher essa hora em particular, major?

– Não devia ter escolhido?

– Bem, alguma coisa deve ter colocado esse horário em sua cabeça...

Houve uma longa pausa antes de o major Burnaby responder. O interesse do inspetor Narracott havia aumentado. O major desejava intensamente esconder alguma coisa. Assisti-lo tentando fazer isso era quase burlesco.

– Por que eu não poderia ter dito 17h25? – ele perguntou, truculento – Ou 17h35... ou 16h20, por exemplo?

– Poderia ter dito, senhor – disse o inspetor Narracott com muita suavidade.

Não desejava antagonizar com o major naquele momento. Prometeu a si mesmo que iria até o fundo daquele assunto antes que o dia terminasse.

– Há uma coisa que me desperta a curiosidade, major – ele prosseguiu.
– Sim?
– Esse negócio de alugar a casa de Sittaford. Não sei o que pensar a respeito disso, mas me parece uma coisa muito curiosa.
– Se o senhor me perguntar – disse Burnaby –, direi que é uma bizarrice dos diabos.
– Essa é a sua opinião?
– É a opinião de todos.
– Em Sittaford?
– Em Sittaford e também em Exhampton. Aquela mulher deve ser doida.
– Bem, suponho que gosto não se discute – disse o inspetor.
– Um gosto bem bizarro para uma mulher daquele tipo.
– O senhor conhece a dama?
– Eu a conheço. Ora, eu estava na casa dela quando...
– O quê? – perguntou Narracott.

O major se interrompeu abruptamente.

– Nada – disse Burnaby.

O inspetor lançou-lhe um olhar penetrante. Havia alguma coisa ali que ele gostaria de entender. A confusão e o óbvio embaraço do major não haviam passado despercebidos. Estivera a ponto de dizer... o quê?

"Tudo a seu tempo", pensou Narracott consigo mesmo. "Agora não é o momento certo para refrescar-lhe a memória."

Falou em tom inocente:

– O senhor disse que estava na casa de Sittaford. Aquela senhora está vivendo lá agora... há quanto tempo?

– Uns dois meses.

O major estava ansioso para escapar às consequências de suas palavras imprudentes. O que o fez mais loquaz do que o usual.

– Uma senhora viúva e a filha?
– Isso mesmo.
– Ela deu alguma razão para sua escolha de residir por lá?
– Bem... – o major esfregou o nariz em um gesto dúbio. – Ela fala um bocado, é daquele tipo de mulher... uma beleza natural, mas fora deste mundo... esse tipo de coisa. Mas...

Fez uma pausa, bastante desamparado. O inspetor Narracott veio em seu auxílio:

– O senhor teve a impressão de que a escolha não foi natural da parte dela?

– Bem... Digamos que sim. É uma mulher de bom gosto. Veste-se de acordo com a última moda... A filha é uma garota linda e inteligente. O mais natural para elas seria hospedar-se no Ritz, ou no Claridge, ou em um grande hotel em algum outro lugar. O senhor conhece o tipo.

Narracott anuiu e perguntou:

– Elas são muito reservadas? Acha que elas têm... bem, algo a esconder?

O major negou com um vigoroso aceno de cabeça.

– Não, nada desse tipo. São muito sociáveis... um tanto sociáveis demais. Quero dizer, em um lugar pequeno como Sittaford, não há muitos compromissos, e quando chovem convites é um pouco deselegante. São do tipo excessivamente hospitaleiro... Hospitaleiras demais para os padrões ingleses.

– O toque colonial... – disse o inspetor.

– Sim, suponho que sim.

– O senhor teria alguma razão para pensar que elas já haviam travado contato previamente com o capitão Trevelyan?

– É certo que não.

– O senhor parece muito enfático nesse ponto.

– Joe teria me contado.

– Não acha que o motivo delas poderia ser... bem... estabelecer relações com o capitão?

Essa era claramente uma ideia nova para o major. Ele ponderou a respeito dela por alguns minutos.

– Bem, nunca havia pensado nisso. Elas eram de fato muito efusivas com ele. Não que tivessem conseguido mudar de alguma forma o comportamento de Joe. Mas não, acho que eram apenas suas maneiras comuns. Muito amigáveis, o senhor sabe, como são as pessoas nas colônias – disse o soldado, de temperamento bastante insular.

– Entendo. Quanto à casa propriamente dita: o capitão Trevelyan a construiu, se compreendi bem.

– Sim.

– E ninguém mais morou lá? Digo, nunca havia sido alugada antes?

– Nunca.

– Então não me parece que poderia haver algo na casa em si que fosse atraente. É um quebra-cabeça. Aposto que isso não tem nenhuma relação com o caso, mas tive a impressão de que há alguma estranha coincidência. Esta casa que o capitão alugou, Hazelmoor... Quem é o proprietário dela?

– A sra. Larpent. Uma mulher de meia-idade. Foi passar o inverno em uma casa litorânea em Cheltenham. Faz isso todos os anos. Normalmente, deixa a casa daqui fechada, mas a aluga quando pode, o que não é frequente.

Não parecia haver nada promissor ali. O inspetor balançou a cabeça de modo desanimado e continuou:
– Os Williamsons eram os corretores, não é mesmo?
– Sim.
– O escritório deles fica aqui em Exhampton?
– Ao lado do de Walters e Kirkwood.
– Ah! Então, major, se não se importa, temos de seguir nosso caminho até lá.
– Não me importo. De qualquer jeito, o senhor não encontrará Kirkwood em seu escritório antes das dez. Sabe como são os advogados.
– Então podemos ir?
O major, que havia terminado seu desjejum algum tempo antes, assentiu e se levantou.

CAPÍTULO 7

O testamento

Um homem jovem de olhos atentos se ergueu para recebê-los no escritório dos Williamsons.
– Bom dia, major Burnaby.
– Bom dia.
– Que coisa horrível, tudo isso – comentou o rapaz. – Não houve nada assim em Exhampton por anos.
Falava com entusiasmo, o que fez o major se retrair.
– Este é o inspetor Narracott – apresentou.
– Ah, sim! – disse o jovem, excitado.
– Gostaria de algumas informações e acho que poderia me fornecê-las – disse o inspetor. – Pelo que soube, os senhores trataram do aluguel da mansão de Sittaford.
– Para a sra. Willett? Sim, fomos nós.
– Pode, por favor, me dar os detalhes completos de como o negócio se concretizou? A dama fez a solicitação pessoalmente ou por carta?
– Por carta. Ela escreveu, deixe-me ver... – abriu uma gaveta e retirou dela um arquivo. – Sim, do Hotel Carlton, em Londres.
– Ela mencionou pelo nome a mansão Sittaford?
– Não, simplesmente disse que queria alugar uma casa para o inverno, que deveria ser em Dartmoor e ter no mínimo oito dormitórios. Não tinha importância se ficasse próxima a uma cidade ou estação ferroviária.

— A casa de Sittaford estava em seus registros?

— Não, não estava. Mas para falar a verdade, era a única na vizinhança que preenchia todos os requisitos. A senhora mencionou em sua carta que estava disposta a pagar até doze guinéus, e nessas circunstâncias achei que valia a pena escrever para o capitão Trevelyan e perguntar se ele consideraria alugar o imóvel. Ele respondeu afirmativamente, e nós acertamos o negócio.

— Sem que a sra. Willett tivesse visto a casa?

— Ela concordou em alugar sem vê-la e assinou o acordo. Então veio à cidade um dia, dirigiu-se até Sittaford, encontrou o capitão Trevelyan, combinou os detalhes a respeito da prataria, das roupas de mesa e de cama e vistoriou a casa.

— Ficou satisfeita?

— Ela voltou dizendo-se encantada.

— E o que o senhor achou disso tudo? – perguntou o inspetor Narracott, olhando-o atentamente.

O jovem encolheu os ombros e disse:

— A gente aprende a nunca se surpreender com nada no ramo imobiliário.

Após essa nota de filosofia, partiram, não sem antes o inspetor Narracott agradecer ao rapaz pela ajuda.

— Não há de quê. Foi um prazer – disse o jovem, acompanhando-os educadamente até a porta.

O escritório dos senhores Walters e Kirkwood ficava, como o major Burnaby dissera, no prédio ao lado da imobiliária. Ao entrarem, foram informados de que o senhor Kirkwood chegara havia pouco, e foram levados até seu gabinete.

Kirkwood era um ancião de fisionomia bondosa. Havia nascido em Exhampton e sucedera a seu pai e a seu avô na firma de advocacia.

Ele se ergueu, assumiu uma expressão enlutada, trocou um aperto de mãos com o major e disse:

— Bom dia, major Burnaby. É um caso chocante, este. Muito chocante, de fato. Pobre Trevelyan.

Ele lançou um olhar inquisitivo na direção de Narracott. O major Burnaby explicou a presença do outro em poucas e sucintas palavras.

— Está então encarregado do caso, inspetor Narracott?

— Sim, sr. Kirkwood. Em decorrência das minhas investigações, venho até o senhor em busca de algumas informações.

— Ficaria feliz em lhe dar qualquer informação, desde que esteja ao meu alcance – disse o advogado.

— É a respeito do testamento do falecido capitão Trevelyan – disse Narracott. – Se não estou enganado, o documento está aqui em seu escritório.

– Isso mesmo.
– Foi elaborado há quanto tempo?
– Cinco ou seis meses atrás. Não tenho como dizer no momento a data exata.
– Estou ansioso, sr. Kirkwood, para saber o conteúdo desse testamento o mais rápido possível. Ele pode ter um significado importante neste caso.
– Mesmo? – disse Kirkwood. – Veja só! Eu não teria pensado nisso, mas naturalmente o senhor conhece seu próprio ofício melhor do que eu. Bem... – relanceou os olhos para o oficial – o major Burnaby e eu somos ambos testamenteiros. Se ele não apresenta objeção...
– Nenhuma – interrompeu Burnaby.
– Então não vejo motivo para não atender à sua solicitação, inspetor.

Apanhando o telefone que ficava em sua escrivaninha, Kirkwood falou algumas palavras. Em poucos minutos, um secretário entrou no gabinete, depositou um envelope selado à frente do advogado e deixou a sala. O sr. Kirkwood pegou o envelope, abriu-o com uma espátula e retirou dele um documento volumoso e com aparência solene. Pigarreou e começou a leitura:

Eu, Joseph Arthur Trevelyan, residente na mansão Sittaford, em Sittaford, no condado de Devon, declaro como sendo minha última vontade a expressa neste testamento que fiz no décimo terceiro dia de agosto de mil novecentos e vinte e seis.
1) Nomeio John Edward Burnaby, residente no Chalé Sittaford nº 1, e Frederick Kirkwood, de Exhampton, meus testamenteiros e curadores.
2) Deixo a Robert Henry Evans, que me serviu longa e fielmente, a soma de cem libras, livres de tributação e para seu próprio e absoluto benefício, uma vez provado que ele ainda esteja a meu serviço na época de minha morte e não se tenha notícia de que nenhuma ordem de demissão tenha sido dada ou recebida.
3) Deixo ao já mencionado John Edward Burnaby, como símbolo de nossa amizade e de meu afeto e minha consideração por ele, todos os meus troféus esportivos, incluindo a coleção de peles e cabeças de animais, bem como quaisquer taças e prêmios a mim conferidos em qualquer competição.
4) Confio todas as minhas propriedades reais e pessoais, não dispostas de outra maneira neste testamento ou em qualquer adendo, a meus curadores para que sejam vendidas, resgatadas ou convertidas em dinheiro.

5) Meus curadores podem descontar do dinheiro obtido com tais vendas, resgates ou conversões quaisquer dívidas e despesas funerárias e testamentárias decorrentes das disposições deste documento ou de qualquer adendo.
6) Meus curadores devem reunir o que restar desse dinheiro ou dos investimentos no tempo devido, e instruo os mesmos a dividir o montante em quatro partes iguais.
7) De tal divisão, já mencionada, meus curadores devem destinar uma das partes para minha irmã Jennifer Gardner, para que use e disponha dela de acordo com sua vontade.
E meus curadores devem destinar as outras três partes uma para cada um de meus sobrinhos, filhos de minha falecida irmã Mary Pearson, para uso e benefício exclusivo de cada um deles.
Em vista dessas disposições, eu, o já mencionado Joseph Arthur Trevelyan, apus minha firma neste documento na data apresentada acima.
Assinado pelo acima nomeado testador como sua última vontade, estando presentes, simultaneamente, nós que, na presença do já referido testador, a seu pedido e na presença um do outro, subscrevemos como testemunhas.

O sr. Kirkwood estendeu o documento para o inspetor, dizendo:
– Dois secretários deste escritório foram testemunhas.
Pensativo, o inspetor correu os olhos sobre o testamento.
– "Minha falecida irmã Mary Pearson" – citou. – Pode me dizer algo sobre essa senhora Pearson, sr. Kirkwood?
– Muito pouco. Ela morreu há cerca de dez anos, acredito. O marido dela, um corretor de valores, já a havia precedido. Até onde sei, nunca veio visitar o capitão Trevelyan.
– Pearson... – disse outra vez o inspetor, para depois acrescentar: – Só mais uma coisa. O montante do espólio do capitão Trevelyan não é mencionado. Que soma o senhor acha que ele alcançaria?
– É difícil dizer com exatidão – disse o sr. Kirkwood, divertindo-se, como todos os advogados, em dar uma resposta complicada para uma pergunta simples. – É uma questão que envolve o espólio real e o pessoal. Além da mansão em Sittaford, o capitão Trevelyan tinha algumas propriedades na região de Plymouth, e vários investimentos feitos esporadicamente oscilaram de valor.
– Só quero ter uma ideia aproximada.
– Eu não devo me comprometer...

– Apenas a estimativa mais bruta, como referência. Por exemplo, seria exagero falar em vinte mil libras?

– Vinte mil libras? Ora, meu caro senhor! O espólio do capitão Trevelyan valeria pelo menos quatro vezes mais do que isso. Oitenta ou até mesmo noventa mil libras estariam mais próximo do valor.

– Eu disse que Trevelyan era um homem rico – falou Burnaby.

O inspetor Narracott se levantou e agradeceu:

– Muito obrigado pelas informações que me deu, sr. Kirkwood.

– Acha que lhe serão úteis?

O advogado estava claramente ardendo de curiosidade, mas o inspetor não parecia disposto a satisfazê-la.

– Em um caso como este, temos de levar qualquer coisa em conta – disse, sem se comprometer. – A propósito, o senhor tem os nomes e os endereços de Jenniffer Gardner e da família Pearson?

– Não sei nada sobre a família Pearson. O endereço da sra. Gardner é Laurels, Waldon Road, em Exeter.

O inspetor anotou em sua caderneta.

– Isso deve ajudar. Sabe quantos filhos tinha a falecida sra. Pearson?

– Três, eu suponho. Duas garotas e um rapaz. Ou dois rapazes e uma moça... não consigo me lembrar.

O inspetor anuiu, guardou a caderneta, agradeceu ao advogado mais uma vez e se despediu.

Quando alcançaram a rua, ele se virou subitamente para seu acompanhante e o encarou:

– Agora, senhor, diga-me a verdade sobre aquele negócio de 17h25.

O rosto do major Burnaby tornou-se rubro de contrariedade.

– Eu já lhe disse...

– Eu não acreditei, major. Sonegação de informações, é isso o que o senhor está fazendo. Alguma coisa deve ter lhe ocorrido para mencionar aquela hora específica ao dr. Warren... E acho que tenho uma ideia muito boa do que seja.

– Bem, se sabe, por que me pergunta? – reclamou o major.

– Deduzo que o senhor estava ciente de que uma certa pessoa tinha um encontro marcado com o capitão Trevelyan por volta dessa hora. É isso?

O major Burnaby o encarou surpreso e resmungou:

– Nada do gênero. Nada do gênero.

– Tenha cuidado, major Burnaby. E o que sabe a respeito de um senhor James Pearson?

– James Pearson? James Pearson... quem é ele? Refere-se a um dos sobrinhos de Trevelyan?

– Suponho que seja. Ele tinha um sobrinho chamado James, não tinha?

– Não tenho a menor ideia. Trevelyan tinha sobrinhos... Isso eu sei. Mas não tenho a mais vaga noção de quais sejam seus nomes.

– O rapaz em questão esteve no Three Crowns na noite passada. O senhor provavelmente o reconheceu aqui.

– Eu não reconheci ninguém! – rosnou o major. – E, de qualquer modo, nem poderia. Nunca em minha vida vi qualquer um dos sobrinhos de Trevelyan.

– Mas o senhor sabia que o capitão Trevelyan estava esperando a visita de um sobrinho ontem à tarde?

– Não! – rugiu o major.

Muitos transeuntes se voltaram para olhar para ele.

– Maldição, o senhor não reconhece a verdade! Eu não sabia nada sobre encontro algum. O sobrinho de Trevelyan poderia estar em Timbuctu pelo que sei.

O inspetor Narracott retraiu-se um pouco. A negação veemente do major trazia a marca de uma sinceridade clara demais para ser fingida.

– Então por que esse negócio das 17h25?

– Bem... Suponho que seja melhor contar – o major pigarreou de modo embaraçado. – Mas tenha em mente que a coisa toda é de um ridículo atroz! Uma baboseira. Como poderia um homem racional acreditar em tal absurdo?

O inspetor Narracott parecia cada vez mais surpreso, enquanto o major Burnaby ficava mais desconfortável e envergonhado a cada minuto.

– O senhor sabe como é, inspetor. É preciso participar de algumas distrações para fazer a vontade de uma dama. Claro, nunca pensei que havia qualquer coisa naquilo...

– Naquilo o que, major Burnaby?

– Mesa-girante.

– Mesa-girante?

Fosse o que fosse que Narracott esperava ouvir, não era aquilo. O major continuou se explicando. De forma entrecortada e com muitas negativas a respeito de sua própria crença no fenômeno, descreveu os eventos da tarde anterior e a mensagem que se dizia endereçada a ele.

– O que o senhor está dizendo, major Burnaby, é que a mesa soletrou o nome de Trevelyan e informou ao senhor que ele havia morrido... assassinado?

O major enxugou a testa.

– Sim, foi o que aconteceu. Eu não acreditei, naturalmente eu não acreditei naquilo – ele parecia envergonhado. – Mas era sexta-feira, e pensei, no fim das contas, que seria melhor me certificar, pondo-me a caminho para ver se estava tudo bem.

O inspetor refletiu sobre as dificuldades daquela caminhada de seis milhas, com montes de neve por todo o caminho e a perspectiva de outra nevasca intensa, e percebeu que, por mais que negasse, o major Burnaby devia ter ficado profundamente impressionado com a mensagem espírita. Narracott a analisou em sua mente. Era algo fantástico – realmente fantástico. O tipo de evento que não se podia explicar de modo satisfatório. No fim das contas, devia haver alguma coisa por trás daquele negócio de espíritos. Era o primeiro caso autêntico com o qual ele deparava.

Um assunto completamente estranho. Pelo que podia perceber, aquilo explicava a atitude do major, mas não tinha utilidade prática no caso em que ele estava envolvido. Precisava lidar com o mundo físico, não com o psíquico.

Era seu trabalho rastrear o assassino.

E, para fazer isso, não necessitava de orientação do mundo espiritual.

CAPÍTULO 8

O sr. Charles Enderby

Com uma olhadela em seu relógio, o inspetor percebeu que só conseguiria pegar o trem para Exeter se se apressasse. Estava ansioso para falar com a irmã do falecido capitão Trevelyan o mais rápido possível e obter dela o endereço dos outros membros da família. Assim, com um adeus pressuroso ao major, correu até a estação. O major, por sua vez, refez seus passos até o Three Crowns. Mal havia posto o pé na entrada quando foi abordado por um jovem efusivo, de cabelos luminosos e rosto redondo e juvenil.

– Major Burnaby? – perguntou o rapaz.
– Sim.
– Morador do chalé nº 1 de Sittaford?
– Sim.
– Eu represento o *Daily Wire* – disse o jovem – e gostaria...

Não pôde ir além. No legítimo estilo militar da velha escola, o major explodiu:

– Nem mais uma palavra – vociferou. – Conheço bem os da sua espécie. Nenhuma decência. Nenhuma discrição. Juntam-se ao redor de um homicídio como urubus rondando uma carcaça, mas uma coisa eu posso dizer, meu jovem: não terá informação nenhuma de mim. Nenhuma palavra.

Nenhuma história para seu maldito jornal. Se quer saber alguma coisa, vá perguntar à polícia, e tenha a decência de deixar em paz os amigos do morto.

O jovem não pareceu nem um pouco intimidado. Sorriu ainda mais animado do que antes.

– Devo dizer, senhor, que me entendeu mal. Nada sei a respeito de homicídio algum.

Aquilo não era verdade, estritamente falando. Ninguém em Exhampton poderia fingir ignorância do evento que havia abalado o coração do pacato vilarejo. O rapaz continuou:

– Fui encarregado, em nome do *Daily Wire*, de entregar-lhe este cheque de cinco mil libras e cumprimentá-lo por ter enviado a única resposta correta para nosso concurso sobre futebol.

O major estava completamente surpreso.

– Não tenho dúvidas – continuou o moço – de que o senhor recebeu na manhã de ontem nossa carta informando-o da boa notícia.

– Carta? – espantou-se Burnaby. – Sabia, meu jovem, que Sittaford está enterrada sob três metros de neve? Que chance de entrega regular de correspondência acha que tivemos nos últimos dias?

– Mas sem dúvida o senhor viu seu nome anunciado como vencedor no *Daily Wire* esta manhã.

– Não – negou Burnaby. – Não olhei o jornal esta manhã.

– Ah! É claro que não – disse o rapaz. – Aquele assunto triste... O homem assassinado era seu amigo, pelo que soube.

– Meu melhor amigo – disse o major.

– É mesmo difícil – falou o jovem, evitando, diplomaticamente, o olhar do outro. Depois, tirou de seu bolso um pedaço dobrado de papel cor de malva e estendeu-o para o major fazendo uma mesura. – Com os cumprimentos do *Daily Wire*.

O major Burnaby apanhou o cheque e disse a única coisa possível dadas as circunstâncias:

– Aceita uma bebida, senhor...

– Enderby. Charles Enderby é meu nome. Cheguei noite passada – explicou. – Fiz algumas perguntas sobre como chegar a Sittaford. É para nós um ponto de honra entregar os cheques aos vencedores pessoalmente, e sempre publicamos uma pequena entrevista. Interessa aos nossos leitores. Bem, todos me disseram que estava fora de cogitação: estava nevando e simplesmente não era possível, e então, com a melhor das boas sortes, descobri que o senhor estava na verdade aqui, hospedado no Three Crowns – sorriu. – E não haveria dificuldade em identificá-lo. Todos parecem se conhecer nesta parte do mundo.

– O que quer beber? – perguntou o major.
– Para mim, uma cerveja – disse Enderby.
O major pediu duas cervejas.
– Este lugar parece transtornado com esse assassinato – comentou Enderby. – Um caso bastante misterioso, sob todos os aspectos.
O major grunhiu. Encontrava-se em algo semelhante a um dilema. Seus sentimentos a respeito de jornalistas permaneciam os mesmos, mas um homem que havia acabado de lhe entregar um cheque de cinco mil libras estava em posição privilegiada. Não se pode simplesmente mandá-lo para o inferno.
– Ele tinha algum inimigo? – perguntou o jovem.
– Não – disse o major.
– Mas eu soube que a polícia não trabalha com a hipótese de assalto – prosseguiu Enderby.
– Como sabe disso? – perguntou o major.
O sr. Enderby, contudo, não revelou sua fonte.
– Soube que foi o senhor quem descobriu o corpo – disse o rapaz.
– Sim.
– Deve ter sido um choque terrível.
A conversa prosseguiu. O major Burnaby ainda estava determinado a não dar nenhuma informação, mas não era páreo para a habilidade do sr. Enderby, que fazia comentários com os quais o major era forçado a concordar ou discordar, fornecendo, em consequência disso, a informação que o jovem queria. Tão agradáveis eram suas maneiras, contudo, que o processo não era doloroso, no fim das contas, e o major descobriu-se gostando da companhia daquele rapaz bem-educado.
Dali a pouco, o sr. Enderby se levantou e disse que precisava ir ao posto do correio.
– Se o senhor puder me fazer a gentileza de dar um recibo para o cheque, senhor.
O major foi até o balcão, escreveu um recibo e o entregou ao repórter.
– Esplêndido! Gostaria de tirar algumas fotografias, o senhor entende, de seu chalé em Sittaford, e do senhor alimentando os porcos, cultivando os dentes-de-leão ou fazendo qualquer outra atividade que o senhor imagine característica. Não faz ideia de como nossos leitores apreciam esse tipo de coisa. E eu gostaria de tomar algumas poucas palavras suas sobre o que pretende fazer com as cinco mil libras. Algo rápido. Não faz ideia de como nossos leitores ficariam desapontados se não publicássemos essa informação.
– Certo, mas ouça... é impossível chegar a Sittaford com este tempo. A nevasca foi excepcionalmente intensa. Nenhum veículo conseguiu pegar

a estrada nos últimos três dias, e pode levar outros três antes que o degelo desobstrua o caminho.

– Eu sei – disse o jovem –, é *bastante* desagradável. Bem, o jeito é se conformar em rodar aqui por Exhampton. Eles nos acomodam muito bem aqui no Three Crowns. Até mais, senhor.

Enderby saiu para a rua principal de Exhampton e se encaminhou para a agência do correio. De lá, telegrafou para seu jornal dizendo que, pela melhor das sortes, estava apto a supri-los de informações saborosas e exclusivas sobre o caso do assassinato em Exhampton.

Refletiu sobre que curso de ação deveria seguir e decidiu-se por entrevistar o criado do falecido capitão Trevelyan, Evans, cujo nome o major Burnaby havia imprudentemente deixado escapar durante a conversa.

Umas poucas perguntas levaram-no até o nº 85 da Fore Street. O empregado do morto havia se transformado em uma figura importante. Todos pareciam dispostos e ansiosos para mostrar onde ele morava.

Enderby tamborilou com o nó dos dedos na porta, que foi aberta por um homem com a aparência tão típica de um ex-marinheiro que o jornalista não teve dúvidas sobre sua identidade.

– Evans, não é mesmo? – perguntou Enderby, jovial. – Eu estava falando agora mesmo com o major Burnaby.

– Oh... – Evans hesitou por um momento. – Queira passar, por favor.

Enderby aceitou o convite. Uma jovem opulenta, com cabelos negros e bochechas coradas, espreitou do fundo da sala. O repórter deduziu que fosse a recém-casada sra. Evans.

– Lamentável isso tudo com o seu antigo patrão – disse Enderby.

– Chocante, senhor, isso sim.

– Quem você acha que fez isso? – perguntou Enderby, com o ar mais ingênuo que conseguiu.

– Algum desses malditos andarilhos, eu suponho – respondeu Evans.

– Não, meu caro. Essa teoria já foi demolida.

– Mesmo?

– Foi uma pista armada. A polícia a desvendou.

– Quem lhe contou, senhor?

A verdadeira informante de Enderby havia sido a camareira do Three Crowns, cuja irmã era casada com o oficial Graves, mas ele respondeu:

– Tive uma dica da chefatura. Sim, a pista de assalto era forjada.

– Então quem eles pensam que foi? – perguntou a sra. Evans, se aproximando. Seus olhos tinham uma expressão assustada e curiosa.

– Olhe aqui, Rebecca, não se meta nisso – falou o marido.

– Cruéis e estúpidos, é isso que os policiais são – disse a sra. Evans. – Não importa de quem eles vão atrás, contanto que consigam pôr a mão em alguém. – Ela lançou um olhar de esguelha para Enderby. – Está ligado à polícia, senhor?

– Eu? Ah, não. Sou de um jornal, o *Daily Wire*. Vim ver o major Burnaby. Ele venceu nosso concurso sobre futebol e ganhou cinco mil libras.

– O quê? – gritou Evans. – Diabos, então essas coisas são mesmo honestas?

– Achava que não eram? – questionou Enderby.

– Bem, é um mundo ruim este aqui, senhor – Evans estava um pouco confuso, sentindo que sua exclamação havia deixado a desejar em termos de tato. – Já ouvi falar que há muita trapaça no meio. O falecido capitão Trevelyan costumava dizer que um prêmio nunca saía para um bom endereço. Por isso ele às vezes usava o meu.

Com uma certa ingenuidade, descreveu como o capitão havia sido premiado com os três romances. Enderby encorajou-o a falar. Via uma história muito boa a ser extraída de Evans. O fiel criado – com um toque de velho lobo do mar. Ficou se perguntando, apenas, por que a sra. Evans parecia tão nervosa, algo que atribuiu à ignorância desconfiada da classe social da mulher.

– Tem de encontrar o sacana que fez isso, senhor – disse Evans. – Dizem por aí que os jornais podem ajudar bastante a caçar um criminoso.

– Foi um assalto – disse a sra. Evans. – E isso é o que foi.

– É claro que foi um assalto – disse Evans. – Porque não há ninguém em Exhampton que pudesse querer mal ao capitão.

Enderby se levantou e disse:

– Bem, preciso ir. Agora estou com pressa mas, se for possível, gostaria de conversar mais um pouco. Se o capitão ganhou três romances em um concurso do *Daily Wire*, o jornal deve tomar como uma questão pessoal a caçada a seu assassino.

– Não podia dizer isso de um jeito mais justo, senhor. Não mesmo.

Desejando-lhes um alegre bom-dia, Charles Enderby tomou seu caminho.

– Quem realmente fez essa lambança? – murmurou para si mesmo. – Não creio que tenha sido nosso amigo Evans. Talvez tenha sido *mesmo* um assalto! Seria muito decepcionante. Não parece haver nenhuma mulher envolvida no caso, o que é uma pena. Precisamos de algum desenvolvimento sensacional, e logo, ou este caso vai desaparecer na insignificância. Bem como minha sorte. É a primeira vez que estou no local certo para cobrir um assunto desse tipo. Preciso me sair bem. Charles, meu garoto, esta é a chance da sua vida! Aproveite-a ao máximo. Pelo que vejo, nosso amigo militar logo estará comendo na minha mão se eu me lembrar de ser suficientemente respeitoso e chamá-lo de "senhor" com a frequência necessária. Será que ele esteve no levante indiano?* Não, é claro que não, não é velho o bastante para isso. A guerra sul-africana, essa sim.** Pergunte a ele sobre a guerra sul-africana, isso vai amansá-lo.

E refletindo sobre essas resoluções, o sr. Enderby saracoteou de volta para o Three Crowns.

CAPÍTULO 9

Laurels

A viagem de trem de Exhampton a Exeter levava cerca de meia hora. Às cinco para o meio-dia, o inspetor Narracott já tocava a campainha da porta da frente em Laurels.

Laurels era uma propriedade um tanto dilapidada, necessitando com urgência de uma nova demão de tinta. O jardim ao redor da casa estava malcuidado e cheio de ervas daninhas, e o portão pendia frouxo das dobradiças.

"Eles não têm muito dinheiro por aqui", pensou o inspetor Narracott consigo mesmo. "É evidente que estão quebrados."

Ele era um homem bastante imparcial em seus julgamentos, mas as primeiras investigações pareciam indicar que havia pouca possibilidade de o capitão haver sido vítima de um inimigo. Por outro lado, até onde ele sabia, a morte do velho havia beneficiado quatro pessoas com uma soma considerável. Os movimentos dessa quatro pessoas também precisavam ser investigados. A ficha de entrada no registro do hotel era sugestiva, mas no fim das contas Pearson era um nome bastante comum. O inspetor tentava, angustiado, não tomar qualquer decisão precipitadamente e manter a mente aberta enquanto cobria todas as hipóteses o mais rápido possível.

Uma empregada de aparência algo desleixada atendeu à campainha. Narracott se apresentou:

---
* Referência à Revolta dos Sipaios, em 1857, uma série de motins e levantes armados contra a ocupação britânica no centro e no norte da Índia, levados a cabo por soldados indianos que serviam na Companhia Britânica das Índias Orientais, sob ordens de oficiais ingleses. (N.T.)

** A segunda guerra dos Bôeres, de 1899 a 1902, que opôs o império colonial britânico e os fundadores de duas repúblicas independentes no nordeste da África do Sul: Transvaal e Orange. (N.T.)

– Boa tarde. Eu gostaria de falar com a sra. Gardner, por favor. É um assunto ligado à morte do irmão dela, o capitão Trevelyan, em Exhampton.

Ele achou por bem não entregar seu cartão oficial à criada. Sabia, pela experiência acumulada, que o mero fato de ser da polícia já a deixaria confusa e sem fala.

– Ela já sabe da morte do irmão? – perguntou o inspetor, em tom casual, enquanto a criada se afastava para deixá-lo entrar no saguão.

– Sim, senhor. Veio um telegrama. Do advogado, o sr. Kirkwood.

– Ótimo.

A criada conduziu-o até a sala de estar – uma sala que, como a fachada do prédio, estava bastante necessitada de algum investimento em reformas, mas que mantinha, ainda assim, um ar charmoso, que o inspetor percebeu sem ser capaz, contudo, de identificar o porquê.

– Deve ter sido um golpe para sua patroa – ele observou.

Notou que a garota respondeu de um jeito um tanto vago:

– Não se viam muito.

Estava ansioso para testar o efeito de um ataque surpresa.

– O telegrama dizia que foi assassinato? – perguntou.

– Assassinato! – a moça arregalou os olhos, com uma expressão mista de horror e de intensa curiosidade. – Quer dizer que mataram ele?

– Oh! – disse o inspetor Narracott. – Percebo que ainda não sabia. O sr. Kirkwood não deve ter desejado dar a notícia para sua patroa de modo tão abrupto, mas entenda, minha cara... Como é mesmo seu nome, a propósito?

– Beatrice, senhor.

– Bem, compreenda, Beatrice, estará nas edições de hoje dos jornais da tarde.

– Eu nunca... – disse Beatrice. – Assassinado... Que horror, não é? Racharam a cabeça dele, deram um tiro ou foi outra coisa?

O inspetor recebeu com satisfação o interesse dela pelos detalhes e acrescentou, sorrateiro:

– Creio que havia alguma combinação para sua patroa ir ver o irmão em Exhampton ontem à tarde. Mas suponho que o tempo estava ruim demais para isso.

– Não ouvi nada disso, senhor – disse Beatrice. – Acho que o senhor está enganado. A senhora saiu à tarde para fazer algumas compras e depois foi ao cinema.

– A que horas ela voltou?

– Por volta de seis da tarde.

Aquilo deixava a sra. Gardner fora de suspeita.

– Não sei muito a respeito da família – prosseguiu, em tom casual. – A sra. Gardner é viúva?

– Não, senhor, há o patrão.
– O que ele faz?
– Não faz nada – disse Beatriz, encarando-o. – Ele não pode. É paralítico.
– Ele é inválido? Lamento muito. Não sabia.
– Não pode andar. Fica deitado na cama o dia inteiro. Tem de haver sempre uma enfermeira na casa. Não é qualquer moça que aguenta ficar numa casa com uma enfermeira o tempo todo, sempre mandando fazer chá ou trazer uma bandeja de alguma coisa.
– Deve ser muito cansativo – disse o inspetor, em tom suave. – Agora, poderia, por favor, ir dizer à sua senhora que estou aqui da parte do sr. Kirkwood, em Exhampton?

Beatrice se retirou, e dentro de poucos minutos a porta se abriu e entrou na sala uma mulher alta, com aspecto autoritário. Tinha um rosto de aparência incomum, testa muito ampla acima das sobrancelhas e cabelo preto com toques cinzentos nas têmporas, que ela arrumava em um coque repuxado para trás. Lançou um olhar inquisitivo para o inspetor:

– Vem da parte do sr. Kirkwood, em Exhampton?
– Não exatamente, sra. Gardner. Foi o que eu disse à sua criada. Seu irmão, o capitão Trevelyan, foi assassinado ontem à tarde, e eu sou o inspetor de polícia Narracott, encarregado do caso.

Fosse lá o que mais a sra. Gardner pudesse ser, uma coisa ao menos era certa: era uma mulher com nervos de aço. Seus olhos se estreitaram e ela segurou abruptamente a respiração. Depois, indicando uma cadeira para o inspetor e sentando-se ela própria de frente para ele, comentou:

– Assassinado! Mas que estranho! Quem neste mundo poderia querer matar Joe?

– É o que estou ansioso para descobrir, sra. Gardner.
– É claro. Espero poder ajudá-lo de alguma forma, mas duvido. Meu irmão e eu nos vimos muito pouco nos últimos dez anos. Não sei nada sobre seus amigos ou qualquer vínculo que ele tenha criado.

– Desculpe-me pela pergunta, sra. Gardner, mas a senhora e seu irmão estavam brigados?

– Não, brigados não. Acho que "estremecidos" seria a melhor palavra para descrever a situação de nosso relacionamento. Não quero entrar em detalhes familiares, mas meu irmão ressentiu-se bastante de meu casamento. Acho que é raro irmãos aprovarem as escolhas de suas irmãs, mas normalmente, ao menos é o que imagino, disfarçam seus sentimentos melhor do que meu irmão. Ele, como talvez o senhor saiba, era um homem de grande fortuna, legada por uma tia. E tanto eu quanto minha irmã casamos com homens pobres. Quando meu marido ficou incapacitado durante a guerra pela explosão de uma granada e teve de dar baixa, uma pequena ajuda financeira teria sido para nós um maravilhoso alívio, teria me permitido dar a ele um caro tratamento médico que, de outra maneira, lhe foi negado. Pedi um empréstimo ao meu irmão, e ele recusou – o que, é claro, tinha todo o direito de fazer. Mas desde então temos nos encontrado raramente, de tempos em tempos, e mal trocamos cartas.

Era um resumo claro e sucinto.

"Personalidade intrigante a desta sra. Gardner", foi o que pensou o inspetor. De algum modo, ele não conseguia compreendê-la muito bem. Aparentava uma calma pouco natural, artificialmente pronta para uma recitação dos fatos. Ele notou, também, que, mesmo com toda a surpresa, ela não pediu mais detalhes da morte do irmão. Aquilo lhe parecia extraordinário.

– Não sei se a senhora gostaria de ouvir o que exatamente ocorreu... em Exhampton – ele começou.

Ela franziu o cenho:

– É preciso que eu ouça? Meu irmão foi assassinado... sem dor, eu espero.

– Realmente, sem dor.

– Então, por favor, poupe-me de qualquer detalhe revoltante.

"Isso é pouco natural", pensou o inspetor, "decididamente não é natural."

Como se houvesse lido sua mente, ela usou a mesma expressão:

– Suponho que o senhor ache isso pouco natural, inspetor, mas... eu já ouvi histórias de muitos horrores. Meu marido me contou coisas que viu durante a guerra – ela estremeceu. – Acho que o senhor entenderia se conhecesse melhor as minhas circunstâncias.

– Oh, é claro que sim, sra. Gardner. O motivo que realmente me trouxe aqui foi obter da senhora alguns detalhes sobre sua família.

– Sim?

– Sabe quantos parentes vivos seu irmão tinha, além da senhora?

– Parentes próximos, apenas os Pearson. Os filhos de minha irmã Mary.

– E quais são seus nomes?

– James, Sylvia e Brian.

– James?

– Ele é o mais velho. Trabalha em uma companhia de seguros.

– Que idade tem?

– Vinte e oito.

– É casado?

— Não, mas está noivo... de uma garota muito boa, acredito. Ainda não tive a oportunidade de conhecê-la.

— E qual é o endereço dele?

— Cromwell Street, 21, em Londres.

O inspetor anotou.

— Continue, sra. Gardner.

— Depois dele vem Sylvia. É casada com Martin Dering... O senhor deve ter lido algum de seus livros. É um escritor de algum sucesso.

— Obrigado pela informação. E qual o endereço deles?

— Nook, Surrey Road, em Wimbledon.

— E o que mais?

— O mais novo é Brian... Mas está na Austrália. Receio que não saiba seu endereço, mas o irmão e a irmã devem saber.

— Muito obrigado, sra. Gardner. Apenas por mera formalidade, se importa em me dizer o que a senhora fez durante a tarde de ontem?

Ela pareceu surpresa.

— Deixe-me ver... Fiz algumas compras... Sim, foi isso... Depois fui ao cinema. Voltei para casa por volta de seis da tarde e me deitei até a hora do jantar, uma vez que o filme havia me deixado com dor de cabeça.

— Obrigado, sra. Gardner.

— Mais alguma coisa?

— Não, não acho que tenha qualquer coisa mais a perguntar. Agora vou entrar em contato com seu sobrinho e sua sobrinha. Não sei se o sr. Kirkwood já a informou deste fato, mas a senhora e os três jovens Pearson herdaram o dinheiro do capitão.

Um rubor gradual mas intenso aflorou às faces da mulher.

— Isso será maravilhoso... — disse, com voz tranquila. — Tem sido tão difícil, tão terrivelmente difícil... Sempre poupando migalhas, economizando...

Ela se levantou de um salto quando a voz queixosa de um homem vibrou nas escadas, vinda do andar de cima.

— Jennifer, Jennifer, preciso de você.

— Queira me desculpar — ela disse.

Enquanto abria a porta da sala, o chamado de novo se fez ouvir, desta vez mais alto e autoritário.

— Jennifer, onde você está? Preciso de você aqui, Jennifer.

O inspetor a havia seguido até a porta. Permaneceu em pé no saguão, observando-na disparar escada acima enquanto gritava:

— Já estou indo, querido!

Uma enfermeira que descia as escadas deu um passo para o lado para deixá-la passar.

– Por favor, vá ver o sr. Gardner, ele está ficando muito agitado. A senhora sempre consegue acalmá-lo.

O inspetor Narracott postou-se deliberadamente no caminho da enfermeira quando ela alcançou o fim da escada e disse:

– Posso falar-lhe por um momento? Minha conversa com a sra. Gardner foi interrompida.

A enfermeira entrou com vivacidade na sala de estar.

– A notícia do assassinato perturbou o paciente – ela explicou, ajustando o punho muito bem engomado de sua manga. – Aquela garota estúpida, Beatrice, veio correndo e despejou a história toda.

– Lamento – desculpou-se o inspetor. – Temo que tenha sido culpa minha.

– O que é isso, o senhor não teria como saber – disse a enfermeira, de modo gracioso.

– A doença do sr. Gardner é grave? – perguntou o inspetor.

– É um caso triste. Claro, pode-se dizer que não há nada de errado com ele fisicamente. Não há deficiência visível, mas ele perdeu o uso dos membros devido a um choque nervoso.

– Ele teve algum outro motivo de choque ou tensão ontem à tarde? – questionou o inspetor.

– Não que eu saiba... – respondeu a enfermeira, um tanto surpresa.

– Esteve com ele a tarde toda?

– Era a minha intenção, mas bem... para falar a verdade, o capitão Gardner estava ansioso para que eu devolvesse dois livros para ele na biblioteca. Ele havia esquecido de pedir à esposa antes que ela saísse. Assim, para agradá-lo, eu os levei, e ele me pediu também para comprar uma ou duas coisinhas para ele... presentes para a esposa, na verdade. Ele foi muito gentil, e me disse que eu poderia tomar um chá às suas custas na Boots, porque enfermeiras não gostam de ficar sem seu chá. Uma piadinha, o senhor entende. Não saí antes de quatro horas, e com as lojas tão cheias logo antes do Natal, e devido a uma coisa e outra, só consegui voltar depois das seis da tarde, mas o pobre homem pareceu ter ficado bastante confortável. De fato, disse-me que dormiu a maior parte do tempo.

– A sra. Gardner já havia voltado a essa hora?

– Sim, creio que estava deitada.

– Ela é muito dedicada ao marido, não é mesmo?

– Tem adoração por ele. Acredito, de fato, que aquela mulher faria qualquer coisa pelo marido. É muito comovente, e bem diferente de alguns dos outros casos que já atendi. Agora mesmo, no mês passado...

Mas o inspetor soube se esquivar com considerável habilidade do escândalo prestes a ser relatado. Olhou para o relógio e exclamou em voz alta:

– Santo Deus! Vou perder meu trem. A estação não é longe daqui, não?

– St. David fica a apenas três minutos de caminhada, se é a estação que o senhor quer. Ou o senhor se refere à da Queen Street?

– Preciso correr – disse o inspetor. – Diga à sra. Gardner que sinto muito não ter podido me despedir pessoalmente. Foi um grande prazer conhecê-la. E nossa conversa foi muito agradável, enfermeira.

A enfermeira cumprimentou-o.

"Um homem bastante atraente", pensou consigo mesma enquanto o inspetor saía, fechando a porta. "Tem realmente uma boa aparência. E modos tão gentis."

Com um leve suspiro, ela subiu as escadas até seu paciente.

CAPÍTULO 10

A família Pearson

O movimento seguinte de Narracott foi relatar o caso a seu superior, o superintendente Maxwell, que ouviu a narrativa com interesse.

– Parece que será um caso grande – disse, pensativo. – Vai ganhar as manchetes dos jornais.

– Concordo com o senhor.

– Temos de ser cuidadosos. Não queremos cometer nenhum erro. Mas penso que você está na pista certa. Tem de chegar até esse tal James Pearson o mais rápido possível... Descobrir onde ele estava na tarde de ontem. Como você diz, é um sobrenome bastante comum, mas há também o primeiro nome. É claro, o fato de ele ter assinado seu próprio nome tão abertamente mostra que não havia qualquer premeditação em seus atos. Seria difícil ele ser assim tão tolo. A mim me parece que houve uma briga e uma explosão súbita. Se for o mesmo homem hospedado no hotel, deve ter ficado sabendo da morte do tio naquela noite. E, sendo assim, por que embarcou furtivamente no trem das seis na manhã seguinte, sem dizer uma palavra a ninguém? Não, isso parece errado. Sempre é bom garantir que a coisa toda não passou de coincidência. Você deve esclarecer isso o mais rápido possível.

– É o que eu penso, senhor. É melhor tomar o trem das 13h45min até a cidade. Uma hora ou outra quero ter uma palavrinha com essa senhora Willett, que alugou a casa do capitão. Algo ali não cheira bem. Mas não tenho como chegar a Sittaford no momento, as estradas ainda estão intransitáveis por causa da neve. E, de qualquer forma, ela pode não ter conexão direta alguma com o crime. Ela e a filha estavam, na verdade... bem, jogando mesa-girante na hora em que o crime foi cometido. E a propósito disso, uma coisa bastante esquisita aconteceu.

O inspetor narrou a história que havia ouvido do major Burnaby.

– Isso é bizarro! – berrou o superintendente. – Acha que o velho está dizendo a verdade? É o tipo de história inventada *a posteriori* por aqueles que acreditam em espíritos e em coisas do gênero.

– Penso que seja tudo verdade – disse Narracott, com uma careta. – Tive muita dificuldade para arrancar tudo do major. Ele não é um crédulo, bem ao contrário: velho soldado, com a atitude de "isso é tudo uma bobagem".

O superintendente anuiu, compreendendo o que o outro queria dizer, e concluiu:

– Bem, é estranho, mas não nos leva a lugar algum.

– Então tomarei o das 13h45min para Londres.

O outro assentiu.

Ao chegar à cidade, Narracott foi direto para o nº 21 da Cromwell Street. Lá, foi dito que o sr. Pearson estava no trabalho. Estaria de volta com certeza por volta de sete horas.

Narracott balançou a cabeça com indiferença, como se a informação não tivesse valor algum para ele, e disse:

– Voltarei se puder. Não é nada de importante – e partiu apressado, sem declinar seu nome.

Decidiu não ir até o escritório da seguradora, mas sim até Wimbledon, a fim de ter uma entrevista com a sra. Martin Dering, que atendia anteriormente por Sylvia Pearson.

Não havia sinais de decrepitude na residência de Nook. "Nova e pobre", foi como o inspetor a descreveu para si mesmo.

A sra. Dering estava em casa. Uma criada pequena e bem-proporcionada, vestida de lilás, admitiu-o em um vestíbulo um tanto abarrotado. Ele apresentou seu cartão de visitas para ser entregue à dona da casa. A sra. Dering veio até ele quase imediatamente, com o cartão nas mãos.

– Suponho que o senhor tenha vindo por causa do pobre tio Joseph – foi a maneira como o saudou. – É surpreendente.. de fato surpreendente! Eu já sou tão terrivelmente assustada com ladrões. Na semana passada, mandei colocar duas trancas extras na porta dos fundos, e ferrolhos novos nas janelas.

O inspetor sabia, pelo que lhe dissera a sra. Gardner, que Sylvia Dering tinha somente 23 anos, mas aparentava ter bem mais de trinta. Era pequena, clara, com aparência anêmica e um semblante cheio de preocupação e angústia. Sua voz tinha aquela nota tímida e queixosa que é provavelmente o som mais tedioso que uma voz humana pode ter. Sem dar tempo para o inspetor falar, ela continuou.

– Se houver qualquer coisa que eu possa fazer para ajudá-lo, de qualquer natureza, ficarei feliz em fazê-lo, mas ninguém na família tinha muito contato com tio Joseph. Ele não era um homem muito gentil... e tenho certeza de que ele não poderia ser. Não era o tipo de pessoa com que se pudesse contar em caso de problemas, sempre reclamando e criticando. Não era o tipo de homem que tem o mínimo conhecimento do que a literatura significa. O sucesso... o verdadeiro sucesso nem sempre é medido em termos de dinheiro, inspetor.

Afinal ela havia se interrompido, e o inspetor, para quem aqueles comentários haviam aberto certos campos de especulação, tinha a oportunidade de falar.

– Soube bem rápido da tragédia, sra. Dering.

– Tia Jennifer me mandou um telegrama.

– Entendo.

– Mas suponho que estará nos jornais da tarde. Assustador, não?

– Pelo que entendi, a senhora não viu muito seu tio nos últimos anos.

– Desde meu casamento, eu o vi apenas duas vezes. Na segunda ocasião, ele foi realmente muito grosseiro com Martin. Claro que ele sempre foi um filisteu, de qualquer maneira... Amante dos esportes e sem nenhum apreço, como eu disse há pouco, pela literatura.

"O marido pediu a ele um empréstimo e teve seu apelo recusado", foi o comentário íntimo do inspetor Narracott a respeito da situação.

– Apenas por questão de formalidade, sra. Dering, poderia me dizer quais foram seus movimentos na tarde de ontem?

– Meus movimentos? Que maneira bem estranha de falar, inspetor. Joguei bridge a maior parte da tarde e uma amiga veio me visitar e passou a noite aqui comigo, já que meu marido estava fora.

– Fora? Onde exatamente?

– Em um jantar literário – explicou a sra. Dering com ares importantes – acertado durante um almoço com um editor americano.

– Compreendo.

As declarações pareciam bem claras e francas. O inspetor prosseguiu:

– Seu irmão mais novo está na Austrália, não é, sra. Dering?

– Sim.

– Sabe o endereço dele?

– Oh, sim, posso encontrá-lo para o senhor, se assim o desejar... Um lugar de nome bem peculiar... Mas não consigo me lembrar agora. Em alguma parte de Nova Gales do Sul.

– Se possível, pode me informar também o endereço de seu irmão mais velho?

– Jim?

– Sim. Gostaria de entrar em contato com ele.

A sra. Dering apressou-se em fornecer-lhe o endereço – o mesmo que a sra. Gardner já havia informado.

Sentindo que não havia nada mais a ser dito, o inspetor abreviou a entrevista.

Olhando para o relógio, percebeu que estaria de volta a Londres por volta de sete horas. Uma hora boa, esperava, para encontrar o sr. James Pearson em casa.

Quem abriu a porta do n° 21 foi a mesma mulher de meia-idade e olhar superior que já o havia atendido. Sim, o sr. Pearson estava em casa agora. No segundo andar, se o cavalheiro não se importasse em subir.

Ela avançou à frente dele, bateu de leve em uma porta e disse, em uma voz sussurrante e obsequiosa:

– Um cavalheiro quer vê-lo.

Depois, com um passo para o lado, permitiu a entrada do inspetor.

Um homem jovem, de roupão, estava parado no meio da sala. Era de boa aparência. Podia até ser bonito, para dizer a verdade, se fossem relevadas a inclinação irresoluta dos olhos e a boca de lábios finos. Tinha uma fisionomia cansada e o ar de quem não havia dormido muito na noite anterior.

Lançou um olhar interrogativo para o inspetor enquanto este avançava.

– Sou o inspetor-detetive Narracott – apresentou-se, mas não foi muito adiante.

Com um grito rouco, o jovem deixou-se cair em uma cadeira, jogou os braços sobre a mesa à frente e, escondendo a cabeça no meio deles, murmurou:

– Meu Deus! Chegou a hora.

Depois de alguns minutos ele ergueu o rosto e disse:

– O que há? Por que não anda logo com isso, homem?

O inspetor Narracott lançou-lhe um olhar bastante apático e simplório.

– Estou investigando a morte de seu tio, o capitão Joseph Trevelyan. Posso perguntar, senhor, se tem algo a dizer sobre o caso?

O jovem se levantou devagar e disse em uma voz baixa e forçada:

– O senhor está aqui... para me prender?

– Não, senhor. Se estivesse, eu daria o aviso de praxe. Estou aqui simplesmente para perguntar quais foram suas atividades na tarde de ontem. Pode responder ou não às minhas questões, como achar melhor.

– E se eu não respondê-las, isso será usado contra mim. Ah, sim, conheço seus truques. Então descobriram que eu estive ontem em Exhampton?

– O senhor assinou seu nome no registro do hotel, sr. Pearson.
– Suponho que seja inútil negar. Eu *estive* lá. Por que não poderia estar?
– De fato, por quê? – repetiu o inspetor, compassivo.
– Fui até lá para ver meu tio.
– Um encontro marcado?
– O que quer dizer com "encontro marcado"?
– Seu tio sabia que estava indo?
– Eu... não... não sabia. Foi... um impulso repentino.
– E sem motivo algum?
– Eu... motivo? Não, por que deveria haver um? Só queria ver meu tio.
– Perfeitamente, senhor. E o senhor o viu?

Houve uma pausa... Uma pausa muito longa. A hesitação estava gravada em cada traço do rosto do jovem. O inspetor Narracott sentiu uma espécie de pena enquanto o observava. O garoto não conseguia ver que sua indecisão palpável era tão boa quando uma admissão de culpa?

Por fim, Jim Pearson soltou um longo suspiro:

– Suponho que é melhor confessar tudo. Sim... eu o vi. Perguntei na estação sobre como poderia chegar a Sittaford, e me disseram que estava fora de questão. As estradas estavam intransitáveis para qualquer veículo. Eu disse que era urgente.

– Urgente – murmurou o inspetor.
– Eu... eu queria muito ver meu tio.
– É o que parece, senhor.
– O carregador continuou a sacudir a cabeça e a dizer que era impossível. Eu mencionei o nome de meu tio e dessa vez seu rosto se iluminou, e ele me disse que meu tio estava na verdade morando em Exhampton, e me deu todas as orientações para encontrar a casa que ele havia alugado.

– A que horas foi isso, senhor?
– Por volta de uma da tarde, eu acho. Fui para a hospedaria... a Three Crowns... me acomodei em um quarto e almocei por lá. Em seguida... saí para visitar meu tio.

– Imediatamente depois?
– Não, não imediatamente.
– A que horas saiu?
– Bem, não saberia dizer com certeza.
– Três e meia? Quatro? Quatro e meia?
– Eu... – ele agora gaguejava ainda mais do que antes – não acho que tenha sido assim tão tarde.
– A sra. Belling, a proprietária da hospedaria, disse que o senhor saiu às quatro e meia.

– Saí? Não... Não, acho que ela se enganou. Não podia ser assim tão tarde.

– E o que aconteceu depois?

– Encontrei a casa de meu tio, tive uma conversa com ele e voltei para o hotel.

– Como entrou na casa de seu tio?

– Eu toquei a campainha e ele abriu a porta para mim.

– Ele não ficou surpreso em vê-lo?

– Sim, sim, bastante surpreso.

– Quanto tempo permaneceu com ele, sr. Pearson?

– Uns quinze minutos... talvez vinte. Mas escute aqui, ele estava perfeitamente bem quando eu o deixei. Perfeitamente bem, eu juro.

– E *a que horas* o senhor o deixou?

O jovem baixou os olhos. Outra vez, a hesitação foi palpável em seu tom de voz:

– Não sei com certeza.

– Eu acho que sabe, sr. Pearson.

O tom assertivo do inspetor surtiu efeito. O moço respondeu em voz baixa:

– Eram cinco e quinze da tarde.

– O senhor retornou para o Three Crowns às quinze para as seis. No máximo teria levado sete ou oito minutos da casa de seu tio até lá.

– Eu não fui direto para o hotel. Fui passear pela cidade.

– Naquele clima... Na nevasca!

– Não estava nevando àquela hora, começou a nevar mais tarde.

– Entendo. E qual foi a natureza da conversa que manteve com seu tio?

– Ah, nada em particular. Eu... eu só queria falar com o velho, dar uma olhada nele, esse tipo de coisa, o senhor entende.

"É um péssimo mentiroso", pensou o inspetor consigo mesmo. "Até eu faria melhor."

– Muito bem, senhor. Agora, posso perguntar por que, ao ouvir a notícia do assassinato de seu tio, o senhor deixou Exhampton sem revelar seu relacionamento com o morto?

– Eu estava assustado – disse o jovem, francamente. – Soube que ele havia sido morto por volta da hora em que eu deixei a casa. É um golpe que pode assustar qualquer um, não é mesmo? Recobrei o fôlego e deixei o lugar no primeiro trem disponível. Ouso dizer que fui tolo em fazer tal coisa. Mas o senhor sabe como é quando se está abalado, e qualquer um poderia ter se abalado, dadas as circunstâncias.

– É tudo o que tem a dizer, senhor?

– Sim... Sim, é tudo.

– Então talvez o senhor não faça objeção em me acompanhar para ter seu depoimento tomado por escrito. Depois, ele será lido e o senhor poderá assiná-lo.

– E isso é tudo?

– É possível que seja necessário detê-lo depois do interrogatório, sr. Pearson.

– Meu Deus – disse Jim Pearson. – Ninguém pode me ajudar?

Naquele exato momento, a porta se abriu e uma jovem entrou na sala.

Era, como o olhar observador do inspetor Narracott percebeu logo de cara, uma jovem de um tipo excepcional. Não era de uma beleza notável, mas tinha um rosto cativante e incomum, um rosto que, uma vez visto, não podia ser esquecido. Havia ao redor dela uma atmosfera de bom senso, de *savoir faire*, de determinação invencível e de um fascínio perturbador.

– Jim! – ela exclamou – O que está havendo?

– Está tudo acabado, Emily. Eles pensam que matei meu tio.

– Quem pensa isso? – quis saber Emily.

O rapaz apontou para o inspetor com um gesto:

– Este é o inspetor Narracott – disse, e acrescentou como uma débil tentativa de apresentação: – Srta. Emily Trefusis.

– Ah! – disse Emily.

Ela estudou o inspetor com um par de olhos castanhos e astutos, para depois afirmar:

– Jim é um idiota assustado. Mas não mataria ninguém.

O inspetor não disse nada.

– Suponho – continuou Emily, voltando-se para Jim – que você andou dizendo coisas terrivelmente imprudentes. Se lesse um pouco mais os jornais, Jim, saberia que não se deve falar com um policial a menos que se tenha um bom advogado ao lado fazendo objeções a cada palavra. O que aconteceu? O senhor o está prendendo, inspetor Narracott?

O inspetor explicou técnica e claramente o que estava fazendo.

– Emily – choramingou o rapaz –, não acredita que eu fiz isso, não? Não acreditará jamais que eu tenha feito tal coisa, não é mesmo?

– Não, querido – disse Emily, gentil. – É claro que não – e acrescentou em um tom pensativo: – Você não teria coragem.

– Tenho a sensação de que não tenho amigo algum neste mundo – resmungou Jim.

– Sim, você tem – disse Emily. – Tem a mim. Acalme-se, Jim. Olhe para estes diamantes brilhando no anular da minha mão esquerda. Aqui está nosso anel de noivado, o sinal de minha fidelidade. Vá com o inspetor e deixe tudo comigo.

Jim Pearson se levantou, ainda com uma expressão estupefata. Apanhou o sobretudo, que estava jogado sobre uma cadeira, e o vestiu. O inspetor Narracott entregou-lhe um chapéu que repousava em um móvel próximo. Eles se dirigiram para a porta e o inspetor disse, educadamente:
– Boa noite, srta. Trefusis.
– *Au revoir*, inspetor – retribuiu Emily, com doçura.
E se o inspetor conhecesse melhor a srta. Emily Trefusis, saberia que por trás daquelas três palavras havia um desafio.

CAPÍTULO 11

Emily se põe em ação

O exame legal do corpo do capitão Trevelyan foi realizado na manhã de segunda. Do ponto de vista da sensação provocada pelo caso, foi uma decepção que a entrega do relatório tenha sido quase imediatamente marcada para dali a uma semana, desapontando assim um grande número de curiosos. Entre sábado e segunda-feira, Exhampton havia conhecido a fama. A notícia de que o sobrinho do morto fora preso por ligação com o assassinato fez o caso inteiro pular de um mero parágrafo nas páginas internas dos jornais para as manchetes garrafais. Na segunda-feira, um grande número de repórteres chegou a Exhampton. O sr. Charles Enderby tinha razão mais uma vez para se congratular pela situação privilegiada que havia obtido pela entrega puramente fortuita daquele prêmio do concurso sobre futebol.

A intenção do jornalista era aferrar-se ao major Burnaby como uma sanguessuga e, sob o pretexto de fotografar o velho em seu chalé, obter informações exclusivas dos habitantes de Sittaford sobre suas relações com o morto.

Não escapou à observação de Enderby que, na hora do almoço, uma mesinha próxima à porta estava ocupada por uma garota muito atraente. O repórter se perguntou o que ela estava fazendo em Exhampton. Estava bem-vestida, em um estilo que tinha um tanto de discreto e outro tanto de provocante, e não parecia ser parente do falecido. Podia, menos ainda, ser rotulada como um dos curiosos indolentes que acompanhavam o caso.

"Quanto tempo será que ela ficará por aqui?", pensou o sr. Enderby. "É mesmo uma pena que eu tenha de ir para Sittaford esta tarde. Que bela sorte... Bem, não se pode ter sorte em tudo, eu suponho."

Logo depois do almoço, o sr. Enderby teve uma agradável surpresa. Estava parado à entrada do Three Crowns, observando o derretimento acelerado da neve e aproveitando os raios preguiçosos do sol de inverno, quando ouviu uma voz, uma voz extremamente charmosa, dirigida a ele:

– Por favor, me desculpe, mas o senhor poderia me dizer se há alguma coisa para se ver aqui em Exhampton?

Charles Enderby atirou-se prontamente à ocasião e disse:

– Há um castelo, eu creio. Não é nada de mais, mas é o que há para ver. Talvez a senhora me permita mostrar o caminho até lá.

– Seria muita gentileza sua – disse a jovem. – Se o senhor não estiver muito ocupado... Charles Enderby renunciou imediatamente à ideia de estar ocupado.

Juntos, puseram-se a caminho.

– O senhor é Charles Enderby, não é? – disse a moça.

– Sim. Como sabe?

– A sra. Belling me disse quem o senhor era.

– Oh, compreendo.

– Meu nome é Emily Trefusis. Sr. Enderby, preciso de sua ajuda.

– Minha ajuda? – disse Enderby. – Ora, certamente, mas...

– Entenda, sou a noiva de Jim Pearson.

– Oh! – disse Enderby, as possibilidades jornalísticas crescendo em sua mente.

– E a polícia quer prendê-lo. Eu sei que quer. Sr. Enderby, eu sei que Jim não fez aquilo. Vim até aqui para provar. Mas preciso ter alguém que me ajude. Uma mulher não pode fazer nada sem um homem. Os homens sabem mais coisas e são capazes de obter informações de muitas maneiras que são simplesmente impossíveis para as mulheres.

– Bem... sim, suponho que isso seja verdade – disse o sr. Enderby, complacente.

– Esta manhã estava observando todos aqueles jornalistas – continuou Emily. – A maioria tinha rostos tão estúpidos. Concluí que o senhor era o único realmente esperto dentre eles.

– Bom, não acho que isso seja verdade, a senhorita sabe... – emendou Enderby, mais complacente ainda.

– O que desejo lhe propor é uma espécie de parceria. Haverá, creio, benefícios para ambos os lados. Há certas coisas que eu quero investigar... certos pontos que preciso descobrir. É aí que o senhor, em seu papel de jornalista, pode me ser útil. Eu quero...

Emily fez uma pausa. O que ela realmente queria era contratar o sr. Enderby como seu próprio investigador particular, para que ele fosse aonde ela o mandasse, para fazer as perguntas que ela queria fazer. Para ser, de modo geral, uma espécie de escravo. Mas estava ciente da necessidade de formular essas proposições em termos ao mesmo tempo elogiosos e agradáveis. O fundamental era que ela fosse a chefe, mas o assunto precisava ser encaminhado cuidadosamente.

– Eu quero sentir que posso contar com o senhor.

A voz dela era adorável, líquida e tentadora. Quando completou a última frase, aflorou no peito do sr. Enderby a sensação de que aquela garota amável e desamparada poderia contar com ele até as últimas consequências.

– Deve ser terrível... – disse o sr. Enderby e, tomando a mão dela a apertou com fervor. – Mas a senhorita deve saber – ele prosseguiu, numa reação jornalística – que meu tempo não é inteiramente meu. Quer dizer, tenho de ir aonde o jornal me mandar.

– Sim – disse Emily. – Já pensei nisso, e é aí que entra minha parte no acordo. Seguramente, eu sou aquilo que os senhores chamam de um "furo de reportagem", não? O senhor pode me entrevistar todos os dias, e me fazer dizer qualquer coisa que ache que seus leitores vão gostar: "*A noiva de Jim Pearson. A garota que acredita apaixonadamente na inocência do noivo conta reminiscências da infância do acusado.*" Eu não sei nada a respeito da infância dele, o senhor entende – ela acrescentou –, mas isso não importa.

– A senhorita é maravilhosa – disse o sr. Enderby. – Realmente maravilhosa.

– E além do mais – emendou Emily, aproveitando-se da vantagem –, eu tenho acesso natural aos familiares de Jim. Posso levá-lo até eles como um amigo, porque de outra forma é bastante possível que o senhor tenha a porta fechada na sua cara.

– Não que eu não saiba disso muito bem – disse o sr. Enderby, magoado, recordando vários revezes semelhantes no passado.

Uma perspectiva gloriosa se abria diante dele. Ele havia tido sorte nesse caso desde o começo. Primeiramente a casualidade fortuita do concurso de futebol, e agora isso.

– Fechado – ele disse, com ardor.

– Ótimo – continuou Emily, tornando-se ríspida e profissional. – E agora, qual será o primeiro passo?

– Irei a Sittaford esta tarde.

Ele explicou a afortunada circunstância que o havia posto em situação favorável aos olhos do major Burnaby.

– Porque a senhorita imagine, o homem é o tipo do velho teimoso que odeia jornalistas mais do que veneno. Mas não se pode exatamente enxotar um sujeito que acabou de lhe entregar cinco mil libras, não é mesmo?

– Seria muito deselegante. Bem, se está indo a Sittaford, eu irei com o senhor.

– Esplêndido – concordou o sr. Enderby. – Não sei, contudo, se há algum lugar para ficar por lá. Até onde sei, há apenas a mansão Sittaford e uns poucos chalés pertencentes a pessoas como Burnaby.

– Vamos encontrar alguma coisa – disse Emily. – Eu sempre encontro.

O sr. Enderby podia muito bem acreditar. Emily tinha o tipo de personalidade que rapidamente transpunha qualquer obstáculo.

Haviam chegado ao castelo em ruínas, mas, sem prestar nenhuma atenção nele, sentaram-se em um pedaço de muralha à débil luz do sol, e Emily continuou a desenvolver suas ideias.

– Estou encarando esse caso, sr. Enderby, de uma forma absolutamente profissional e sem sentimentalismos. Para começo de conversa, o senhor tem de acreditar em mim quando digo que Jim não é o assassino. Não estou dizendo isso só porque estou apaixonada por ele, ou porque acredite em seu belo caráter ou qualquer coisa assim. É apenas conhecimento. Saiba que estou por minha própria conta desde que tinha dezesseis anos. Tive pouco contato com mulheres e sei bem pouco a respeito delas, mas conheço muito sobre os homens. E a menos que uma garota possa compreender por inteiro um homem e saiba como lidar com ele, jamais se sairá bem. Eu tenho me saído bem. Trabalho como manequim na Lucie's e posso dizer-lhe, sr. Enderby, que chegar até lá é um feito.

"Bem, como eu estava dizendo, eu posso avaliar um homem muito bem. Jim tem um caráter fraco em muitos aspectos. Não tenho certeza", ela continuou, esquecendo-se por um momento de seu papel de admiradora de homens fortes, "se não é por esse motivo que eu gosto dele. A sensação de que eu posso conduzi-lo e fazer dele algo melhor. Há uma porção de coisas... bem, até mesmo criminosas, que eu consigo imaginar Jim fazendo se pressionado... mas não assassinato. Ele não poderia simplesmente apanhar um saco de areia e acertar com ele a nuca de um velho, pelas costas. É provável que, se tentasse, ele faria alguma trapalhada e atingiria o homem no lugar errado. Ele é... uma criatura gentil, sr. Enderby. Não gosta nem de matar insetos. Sempre tenta colocá-los para fora da janela sem machucá-los, e normalmente acaba picado. Contudo, não é bom me alongar demais nesse ponto. O senhor tem de acreditar em minha palavra e partir da pressuposição de que Jim é inocente."

– Acha que alguém está tentando deliberadamente atribuir o crime a ele? – perguntou Charles Enderby, em seus melhores modos de jornalista.

– Acho que não. Entenda, ninguém sabia que Jim viria à cidade ver seu tio. É claro, nunca se pode ter certeza, mas eu diria que se trata da combinação de coincidência e má sorte. Temos de achar mais alguém com um motivo para matar o capitão Trevelyan. A polícia tem plena certeza de que não é obra do que chamam de "alguém de fora". Ou seja: não foi um assalto. O arrombamento da janela foi forjado.

– A polícia lhe contou tudo isso?

– Praticamente – disse Emily.

– O que quer dizer com "praticamente"?

– A camareira do hotel me contou. A irmã dela é casada com o oficial Graves, então, é lógico, ela sabe tudo o que a polícia pensa.

– Muito bem – disse Enderby. – Não foi "alguém de fora". Foi alguém de dentro, alguém próximo à vítima.

– Exato. A polícia, isto é, o inspetor Narracott, que, a propósito, considero um homem extremamente eficiente, deu início às investigações procurando quem se beneficiaria com a morte do capitão e, como Jim logo apareceu, eles não vão se dedicar muito a outras linhas de investigação. Bem, esse será o nosso trabalho.

– E que furo seria – comentou Enderby – se nós descobríssemos o verdadeiro assassino. O especialista criminal do *Daily Wire*, seria assim que me descreveriam. Mas é bom demais para ser verdade – ele acrescentou, em tom desapontado. – Esse tipo de coisa só acontece nos livros.

– Bobagem – disse Emily. – Vai acontecer comigo.

– A senhorita é simplesmente maravilhosa – repetiu Enderby.

Emily sacou uma pequena caderneta.

– Agora, vamos ordenar as coisas de forma metódica. O próprio Jim, seu irmão, sua irmã e sua tia Jennifer foram beneficiados por igual com a morte do capitão. É claro que Sylvia, a irmã de Jim, não machucaria uma mosca, mas eu não poria a mão no fogo pelo marido; ele é o que eu chamaria de um bruto repugnante. O senhor sabe, artista, desagradável, tem casos com muitas mulheres... esse tipo de coisa. É muito provável que suas finanças estejam no buraco. O dinheiro que herdarem, na verdade, será de Sylvia, mas isso não importa para ele. Logo daria um jeito de arrancá-lo dela.

– Ele parece ser uma pessoa muito desagradável – disse o sr. Enderby.

– Oh, sim! Boa aparência e personalidade confiante. As mulheres cochicham com ele sobre sexo. E os homens de verdade o odeiam.

– Bem, esse é o suspeito nº 1 – disse o sr. Enderby, também tomando notas em um caderninho. – É preciso investigar seus movimentos na sexta-feira do crime... É fácil fazer isso sob o pretexto de uma entrevista com o popular romancista ligado ao caso. O que acha?

– Perfeito – disse Emily. – Depois temos Brian, o irmão mais novo de Jim. Supostamente, ele está na Austrália, mas é bastante possível que já tenha voltado. Quero dizer, às vezes as pessoas retornam sem avisar.

– Poderíamos tentar contato com ele por telégrafo.

— É o que faremos. Suponho que tia Jennifer está fora de suspeita. Por tudo que já ouvi, é uma pessoa maravilhosa. Tem caráter. Ainda assim, no fim das contas, ela não está muito longe. Mora logo ali em Exeter. Ela *poderia* ter feito uma visita ao seu irmão, e ele *poderia* ter dito algo desagradável a respeito do marido que ela adora, e ela *poderia* ter perdido o controle, apanhado o saco de areia e acertado nele.

— Realmente acha isso? – perguntou o sr. Enderby, em tom de dúvida.

— Não, não realmente. Mas nunca se *sabe*. E há também o criado. Levou apenas cem libras no testamento, e parece boa gente. Mas, outra vez, nunca se sabe. A esposa dele é sobrinha da sra. Belling. O senhor sabe, a sra. Belling do Three Crowns. Acho que, quando voltar ao hotel, vou pedir o ombro dela emprestado para um desabafo. Ela parece uma alma bastante romântica e maternal. Acho que vai sentir muita pena de mim, com meu jovem noivo ameaçado de ir para a prisão, e pode deixar escapar algo útil. E por último, há, é claro, a mansão de Sittaford. Sabe o que eu acho realmente esquisito?

— O quê?

— Aquelas mulheres, as Willett. As únicas que alugariam a mansão mobiliada do capitão Trevelyan no meio do inverno. É uma coisa bem esquisita de se fazer.

— Sim, é estranho – concordou o sr. Enderby. – Deve haver algo por trás disso... Algo relacionado com o passado do capitão. Aquele negócio da sessão espírita foi esquisito, também – ele acrescentou. – Estou pensando em escrever sobre isso para o jornal, ouvindo as opiniões a respeito do assunto de sir Oliver Lodge e sir Arthur Conan Doyle*, e de algumas atrizes e personalidades.

— Que sessão espírita?

O sr. Enderby contou tudo com evidente satisfação. Não havia nada relacionado ao assassinato que ele não tivesse sabido de uma forma ou de outra.

— Bastante estranho, não? – ele concluiu. – Digo, faz a gente pensar e tudo o mais. Pode haver algo de verdade nessas coisas. É a primeira vez em que eu me deparo com algo autêntico.

Emily sentiu um breve calafrio e disse:

— Odeio esses assuntos sobrenaturais. Porém, apenas desta vez, parece que há algo de verdadeiro, como o senhor diz. Mas... é tão assustador!

— Essa coisa de sessão espírita sempre parece pouco prática, não? Se o velhote podia aparecer e dizer que estava morto, por que ele não podia dizer quem o matou? Seria tudo mais simples...

---

* Oliver Lodge: físico inglês (1851-1940), famoso tanto por suas pesquisas sobre transmissão de ondas de rádio e pela criação de um protótipo de telégrafo sem fio quanto por estudos sobre telepatia e pela insistência de que poderia provar e desvendar cientificamente a vida após a morte. Conan Doyle: médico e escritor britânico (1859-1930), celebrizado pelas dezenas de histórias protagonizadas pelo detetive Sherlock Holmes. Foi também ativo divulgador das doutrinas do espiritismo. (N.T.)

– Sinto que pode haver uma pista em Sittaford – disse Emily, pensativa.

– Sim, acho que devemos investigar com cuidado. Aluguei um carro e partirei para lá em mais ou menos meia hora. É melhor que a senhorita venha comigo.

– Eu irei. E quanto ao major Burnaby?

– Está indo a pé. Partiu imediatamente após o exame legal. Se me perguntasse, eu diria que ele quis se livrar da minha companhia no caminho. Ninguém poderia querer se arrastar até lá com essa neve toda derretendo.

– E o carro conseguirá subir?

– Sim. Este é o primeiro dia em que o tráfego está liberado.

– Bem – disse Emily, pondo-se de pé –, está na hora de voltarmos para o Three Crowns. Vou arrumar minha mala e fazer uma breve cena lacrimosa no ombro da sra. Belling.

– Não se preocupe, deixe tudo por minha conta.

– É exatamente o que eu pretendo fazer – mentiu Emily. – É maravilhoso ter alguém em quem confiar.

Emily Trefusis era, realmente, uma moça muito talentosa.

CAPÍTULO 12

A prisão

Em sua volta ao Three Crowns, Emily teve a boa sorte de topar de cara com a sra. Belling, parada no saguão.

– Oh, sra. Belling! – exclamou. – Vou partir esta tarde.

– É mesmo? Vai no trem das 16h10 para Exeter, senhorita?

– Não, vou subir até Sittaford.

– Até Sittaford?

A fisionomia da sra. Belling demonstrava a mais viva curiosidade.

– Sim, e gostaria de perguntar se a senhora sabe de algum lugar por lá onde eu possa ficar.

– Quer ficar por lá?

A curiosidade havia aumentado.

– Sim, é isso mesmo... Sra. Belling! Há algum lugar em que eu possa falar com a senhora por um momento, em particular?

Com algo muito semelhante a entusiasmo, a mulher levou a jovem até seu próprio santuário privativo: uma saleta confortável com uma grande lareira acesa.

– A senhora não vai contar a ninguém, vai? – começou Emily, sabendo muito bem que, de todas as introduções possíveis, aquela era a que mais certamente provocaria interesse e simpatia.

– É claro que não, senhorita – disse a sra. Belling, os olhos negros cintilando de interesse.

– Entenda, o sr. Pearson... a senhora sabe...

– O jovem cavalheiro que se hospedou aqui na sexta-feira? O que foi preso pela polícia?

– Preso? A senhora quer dizer preso de verdade?

– Sim, senhorita. Há menos de uma hora.

Emily tornou-se muito pálida.

– A senhora... a senhora tem certeza disso?

– Ah, sim, senhorita. A nossa Amy ouviu do próprio sargento.

– É por demais horrível! – bradou Emily. Ela já esperava por tal coisa, o que não tornava a situação melhor. – Compreenda, sra. Belling, eu... Eu estou noiva dele. E ele não cometeu o crime. Oh, céus, é tudo tão assustador!

Nesse momento Emily começou a chorar. Havia manifestado a Charles Enderby, mais cedo, a intenção de fazer uma cena, mas o que a surpreendia era a facilidade com que as lágrimas vinham. Chorar por vontade própria não é uma coisa fácil. Havia algo muito real naquelas lágrimas, e isso a assustava. Ela não devia desistir. Desistir não seria útil para Jim. Ser resoluta, lógica e de visão clara – eram as qualidades que fariam diferença naquele jogo. Chorumelas nunca ajudaram ninguém.

Mas, ao mesmo tempo, era um alívio deixar-se levar pelas lágrimas. No fim das contas, ela havia planejado chorar. Chorar seria um inegável passaporte para obter a ajuda e a simpatia da sra. Belling. Sendo assim, por que não aproveitar para chorar com vontade? Uma verdadeira cascata de lágrimas na qual seus problemas, dúvidas e medos inconscientes poderiam encontrar um desaguadouro por onde escoarem.

– Calma, calma, minha querida. Não fique assim – consolou-a a sra. Belling, pondo ao redor dos ombros de Emily seus braços grandes e maternais e dando-lhe tapinhas de incentivo.

– Desde o início venho dizendo que ele não faria uma coisa daquelas. É um rapaz simples e gentil. Muito cabeças-ocas é o que esses policiais são, e isso eu também já disse. Algum ladrão vagabundo seria muito mais provável. Agora, não se aflija, querida, tudo vai ficar bem, vai ver só se não.

– Eu gosto tanto dele – gemeu Emily.

O querido Jim: o querido, doce, infantil, desamparado e ingênuo Jim. Tão completamente inclinado a fazer a coisa errada no momento errado. Que chance teria ele contra aquele inspetor Narracott, tão seguro e decidido?

– Nós temos de salvá-lo – choramingou Emily.

– E nós vamos. É claro que vamos – consolou-a a sra. Belling.

Emily enxugou os olhos com vigor, fungou e engoliu uma última vez e, erguendo a cabeça, perguntou, com ímpeto:

– Onde posso me hospedar em Sittaford?

– Em Sittaford, lá em cima? Está mesmo decidida a ir para lá, minha querida?

– Sim – Emily balançou vigorosamente a cabeça.

– Bem, então... – a sra. Belling pensou sobre o assunto. – Há apenas um lugar em que você poderia ficar. Não há muita coisa em Sittaford. Há a casa grande, a mansão Sittaford, que o capitão Trevelyan construiu e que está alugada agora para uma senhora da África do Sul. E há os seis chalés erguidos pelo capitão. No nº 5 moram Curtis, que trabalhava como jardineiro na mansão Sittaford, e a sra. Curtis. Ela aluga quartos na temporada de verão, com a permissão do capitão. Não há outro lugar em que você possa ficar, e isso é um fato. Há a ferraria e o posto de correio, mas Mary Hibbert, que é a responsável, tem seis crianças e uma cunhada morando com ela, e a mulher do ferreiro está esperando seu oitavo filho, então não haverá um canto vago por lá. Mas como você irá a Sittaford, menina? Alugou um carro?

– Vou com o senhor Enderby.

– Ah, mas me pergunto onde ele vai ficar.

– Suponho que ele terá de ser alojado no chalé da sra. Curtis, também. Ela terá quartos para nós dois?

– Não sei se vai parecer correto para uma jovem como você dividir a casa com outro homem – disse a sra. Belling.

– Ele é meu primo – mentiu Emily, sentindo que, em hipótese alguma, a noção de decoro da sra. Belling deveria ser usada contra ela.

O cenho da mulher se desanuviou.

– Bem, está tudo certo, então – ela concordou, com um resmungo –, e possivelmente, se não houver acomodações confortáveis para você no chalé da sra. Curtis, eles podem hospedá-la na mansão.

– Sinto muito por ter sido tão tola agora há pouco – desculpou-se Emily esfregando outra vez os olhos.

– É perfeitamente natural, minha querida. E você deve estar se sentindo melhor agora.

– Sim, eu me sinto bem melhor – concordou Emily em tom confiante.

– Chorar para valer e depois tomar uma xícara de chá. Não há nada melhor, e uma boa xícara de chá é o que você precisa agora, minha querida, antes de pôr o pé naquela estrada fria.

– Muito obrigada, mas acho que não quero...

– Esqueça o que você quer, estou falando do que você precisa – disse a sra. Belling, erguendo-se com determinação e indo e até a porta. – E diga a Amelia Curtis que mandei dizer a ela que tome conta de você, que tenha certeza de que está fazendo suas refeições apropriadamente e que não a deixe se preocupar com nada.

– A senhora é *tão* gentil.

– E, no mais, eu vou manter olhos e ouvidos abertos aqui embaixo – concluiu a sra. Belling, assumindo com prazer seu papel naquele drama. – Há umas coisinhas que eu escuto e que nunca chegam até a polícia. Qualquer coisa que souber, repassarei a você, querida.

– Fala sério?

– Falo, sim. Não se preocupe, em pouco tempo teremos arrancado o seu jovem rapaz do meio dessa embrulhada.

– Preciso ir e aprontar minhas malas – disse Emily, pondo-se de pé.

– Vou mandar servir o chá em seu quarto.

Emily subiu as escadas, guardou na mala seus poucos pertences, lavou os olhos com água fria e aplicou no rosto uma generosa camada de pó.

– Você tem de caprichar no visual – disse ao próprio reflexo no espelho. Acrescentou um pouco mais de pó e um toque de *rouge*. – É curioso o quanto me sinto melhor – continuou. – A maquiagem compensou o rosto inchado.

Tocou a campainha. A camareira (a simpática cunhada do oficial Graves) veio prontamente. Emily presenteou-a com uma nota de uma libra e pediu, com franqueza, que ela a mantivesse informada de qualquer detalhe que obtivesse por caminhos transversos em seu círculo de relações com a polícia. A garota concordou de pronto.

– Na casa da sra. Curtis em Sittaford? Informarei, sim senhora. Peça qualquer coisa, que eu farei. Todos nós sentimos muito pela senhora, mais do que eu consigo dizer. Todo o tempo eu penso: "Imagine só se tudo isso fosse comigo e Fred". Eu perderia a cabeça. Se ouvir a menor coisa sobre o caso, passarei para a senhora.

– Você é um anjo.

– Como no romance que comprei dia desses na Woolworth.* O nome era *As mortes do lilás*. Sabe o que levou a polícia ao verdadeiro criminoso, madame? Um pouco de cera de lacre comum, dessas de carta. O seu cavalheiro é um rapaz bonitão, não é mesmo, madame? Bem diferente da foto no jornal. Vou fazer tudo o que puder por vocês dois.

---

* Rede de bazares especializada em artigos variados vendidos a baixo preço, normalmente um ou seis pence – precursora das atuais lojas de R$ 1,99. (N.T.)

Transformada desse modo em centro romântico das atenções, Emily deixou o Three Crowns, depois de haver bebido em um só gole a xícara de chá prescrita pela sra. Belling.

— A propósito — ela comunicou ao sr. Enderby quando o velho Ford partiu sacolejando —, o senhor é meu primo, não se esqueça disso.

— Por quê?

— Eles têm a mentalidade muito puritana aqui no interior. Achei que assim seria melhor.

— Esplêndido! Nesse caso — disse Enderby, agarrando-se à oportunidade —, é melhor que eu a chame de Emily.

— Está bem, primo... qual é o seu primeiro nome?

— Charles.

— Certo, Charles.

E o carro avançou pela estrada para Sittaford.

CAPÍTULO 13

Sittaford

Emily ficou bastante fascinada com a primeira visão que teve de Sittaford. Saindo da estrada principal a cerca de duas milhas de Exhampton, subiram por um caminho secundário irregular e acidentado até alcançarem uma aldeia situada bem nas margens de um penhasco, que consistia basicamente de uma ferraria e uma loja misturando confeitaria e posto de correio. De lá, seguiram por uma alameda e chegaram a uma fileira de pequenos chalés de granito, de construção recente. No segundo deles, o carro parou e o motorista informou que aquela era a casa da sra. Curtis.

A sra. Curtis era uma mulher miúda, magra e grisalha, de temperamento enérgico e sagaz. Estava toda alvoroçada pelas notícias do assassinato, que haviam chegado a Sittaford apenas naquela manhã.

— Sim, é claro que posso hospedá-la, senhorita, e o seu primo também, se ele puder esperar só até eu trocar algumas coisas de lugar. Suponho que os senhores não se importarão em fazer as refeições conosco, estou certa? Ora, quem acreditaria nisso! O capitão Trevelyan assassinado, com direito a investigação e tudo o mais! Estivemos isolados do mundo desde sexta-feira à noite, e quando soube dessa notícia hoje de manhã fiquei pasma. "O capitão morreu", eu disse para o meu marido, "o que mostra bem o tanto de crueldade que há no mundo hoje em dia." Mas estou jogando conversa fora ficando parada aqui, senhorita. Entre, por favor, e o cavalheiro também. Pus a chaleira no fogo há pouco, e os senhores podem tomar agora mesmo uma xícara de chá, devem estar moídos da viagem, ainda que hoje esteja até quente perto do que já esteve. Por aqui a neve acumulada chegou a alcançar uns três metros.

Mergulhados naquele mar de palavras, Emily e Charles Enderby foram levados até seus novos aposentos. Emily ficaria em um quartinho quadrado, escrupulosamente limpo, cuja janela dava para a ladeira que levava até o farol de Sittaford. O quarto de Charles era pequeno e estreito, de frente para a entrada da casa e a alameda, e continha apenas uma cama e uma minúscula cômoda sobre a qual havia uma bacia com um jarro.

O motorista do carro levou a mala de Charles para o quarto, colocou-a sobre a cama, recebeu o pagamento devido e partiu, com um agradecimento. Só depois Charles comentou:

— Estando hospedados aqui, se não soubermos tudo o que há para saber a respeito de todos os que moram em Sittaford dentro dos próximos quinze minutos, eu como o meu chapéu.

Dez minutos mais tarde, estavam ambos sentados na cozinha confortável do andar térreo, sendo apresentados ao senhor Curtis, um velho grisalho de aparência ranzinza, e regalados com chá forte, pão, manteiga, creme Devonshire e ovos cozidos. Enquanto comiam e bebiam, ouviam a sra. Curtis. Dentro de meia hora já sabiam tudo sobre os habitantes da pequena comunidade.

Primeiro, falou-se da senhorita Percehouse, que morava no chalé nº 4: uma solteirona bem-humorada de idade incerta que havia chegado a Sittaford procurando um lugar para morrer, de acordo com a sra. Curtis, e isso já fazia seis anos.

— Acredite ou não, senhorita, o ar de Sittaford é daqueles que enchem a gente de saúde desde o primeiro dia. O ar puro é uma maravilha para os pulmões. A srta. Percehouse tem um sobrinho que ocasionalmente vem visitá-la. De fato, está hospedado com ela agora mesmo. Vem para ter certeza de que o dinheiro da herança não sairá da família. É bastante chato aqui para um rapaz nesta época do ano. Mas há mais de um jeito de se divertir, e a chegada dele foi providencial para a jovem senhorita na mansão Sittaford. Pobre garota, que ideia trazê-la no inverno para aquela casa imensa que mais parece um quartel. Algumas mães podem ser bem egoístas. É uma jovem muito bonita, também. O sr. Ronald Garfield vai à mansão o máximo que pode sem descuidar da velha tia.

Charles Enderby e Emily trocaram um olhar significativo. Charles lembrava-se de que Ronald fora mencionado como um dos convidados no jogo da mesa-girante.

– A cabana aqui ao lado da minha, a de nº 6 – prosseguiu a sra. Curtis –, foi alugada faz bem pouco por um cavalheiro de nome Duke. Quero dizer, se podemos chamá-lo de cavalheiro. Claro, pode ser e pode não ser, não há como dizer. As pessoas hoje não são mais tão distintas como antigamente. O fato é que fez questão de deixar bem claro que estava tomando posse do lugar. É o tipo de cavalheiro bastante reservado. Pela aparência, poderia ser um militar, mas de alguma forma não parece ter os modos característicos. Não como o major Burnaby, que a gente identifica como militar desde o primeiro momento em que põe os olhos nele.

"No nº 3 temos o sr. Rycroft, um cavalheiro idoso e miúdo. Dizem que ele apanhava pássaros exóticos para o Museu Britânico. É o que chamam de naturalista. Está sempre fora, vagando pela charneca quando o tempo permite. E tem também uma bela biblioteca. O chalé dele é tomado de estantes.

"No nº 2, moram um senhor inválido, o capitão Wyatt, e seu criado indiano. Pobre sujeito, realmente passa maus bocados com o frio. O criado, digo, não o capitão. Vindo de um país tão quente, não me admira. Mantém o chalé sempre tão aquecido que a gente poderia fritar lá dentro. É como entrar em um forno.

"O chalé nº 1 é o do major Burnaby. Mora sozinho, e eu faço o serviço doméstico para ele todas as manhãs. É um cavalheiro muito caprichoso e distinto. Ele e o capitão Trevelyan eram unha e carne, amigos de vida inteira. E os dois decoram as paredes com aquelas cabeças esquisitas de animais empalhados.

"E quanto à sra. Willett e à filha, eis algo que ninguém consegue entender. Têm bastante dinheiro. Compram sempre com Amos Parker, em Exhampton, e ele me disse que a conta chega a bem mais de nove libras por semana. Não acreditariam em quantos ovos se consomem naquela casa! Trouxeram com elas empregadas de Exeter, que não gostaram nada daqui e já querem ir embora, e eu não as culpo. A sra. Willett as manda de carro a Exeter duas vezes por semana, e com isso e mais a boa vida, concordaram em ficar, mas se os senhores me perguntarem, é um negócio bem esquisito uma senhora inteligente daquelas vir se enterrar assim no interior. Bem, bem, acho que é melhor recolher a louça do chá."

Soltou um longo suspiro, e Charles e Emily fizeram o mesmo. Haviam sido quase soterrados pelo fluxo de informação liberado com tanta facilidade.

Charles arriscou-se a fazer uma pergunta:

– O major Burnaby já voltou?

A sra Curtis interrompeu-se com a bandeja na mão.

– Já sim, senhor. Veio a pé e chegou mais ou menos meia hora antes de vocês. "Mas por que o senhor faz isso?", eu reclamei com ele. "Continua vindo a pé de lá de Exhampton." E ele disse, do jeito severo de sempre: "Por que não? Se um homem tem duas pernas, não precisa de quatro rodas. De qualquer forma, sabe que faço isso uma vez por semana, sra. Curtis." E eu disse: "Oh, sim, mas desta vez é diferente. Com o choque do assassinato e do inquérito é assombroso que o senhor ainda tenha forças para vir a pé." Porém, ele apenas grunhiu e seguiu em frente. Mas não parecia bem. Foi um milagre que tenha conseguido chegar até lá na noite de sexta-feira. Muita coragem fazer isso na idade dele. Uma pernada daquelas, cinco quilômetros no meio da nevasca... Podem dizer o que quiserem, mas os jovens cavalheiros de hoje não amarram os sapatos dos mais velhos. Aquele senhor Ronald Garfield nunca teria feito o mesmo, e essa é a minha opinião, a opinião da sra. Hibbert do posto do correio e até a opinião do sr. Pound, o ferreiro. Aquele sr. Garfield nunca deveria ter deixado o major ir sozinho, deveria ter ido com ele. Se o major Burnaby tivesse se perdido na nevasca, todos iriam pôr a culpa naquele sr. Garfield. E isso é um fato.

Com esse arremate, ela desapareceu triunfalmente na copa, em meio ao tilintar da louça.

O sr. Curtis moveu, com ar pensativo, um velho cachimbo do lado direito para o esquerdo da boca e comentou:

— Mulheres... Como falam!

Fez uma pausa e em seguida murmurou:

— E na metade das vezes não sabem do que estão falando, na verdade.

Emily e Charles receberam a proclamação em silêncio. Vendo que nada mais viria do velho, contudo, Charles acrescentou, em tom de aprovação:

— Isso lá é verdade... Sim, é bem verdade.

— É... – disse o sr. Curtis, e recaiu em um silêncio contemplativo.

Charles se ergueu e informou:

— Acho que vou fazer uma visita ao velho Burnaby para dizer-lhe que a sessão de fotos será amanhã de manhã.

— Irei com você – disse Emily. – Quero saber o que ele realmente pensa a respeito de Jim e quais as ideias que tem sobre o caso em geral.

— Trouxe galochas ou algo assim? A neve ainda cobre tudo.

— Comprei um par de botas Wellington* em Exhampton.

— Que moça prática, pensa em tudo.

— Infelizmente isso não será de muita ajuda para encontrar o assassino. Seria mais útil para *cometer* um homicídio – ela acrescentou, em tom de reflexão.

---

* Galochas de borracha com saltos baixos e cano alto até os joelhos. São até hoje assim chamadas por seu uso ter se popularizado na Inglaterra, durante o século XVIII, devido a Arthur Wellesley, o primeiro duque de Wellington (1769-1852). (N.T.)

– Ora, espero que não me mate – brincou o sr. Enderby, após o que os dois saíram juntos.

A sra. Curtis retornou de imediato.

– Foram ver o major – disse o sr. Curtis

– Diga, o que achou? Formam um belo casal, não? O casamento entre primos pode gerar desastres, ao menos é o que dizem. Surdos, mudos, retardados e uma porção de outros males. Ele está gostando dela, isso é fácil de ver. Já ela me parece bem esperta, como minha tia-avó Sarah Belinda. Tem jeito para lidar com os homens. Eu me pergunto o que ela está procurando. Sabe o que eu acho, Curtis?

O marido grunhiu.

– Acho que ela está interessada mesmo é naquele rapaz que a polícia mantém preso como suspeito do assassinato. E ela veio até aqui para farejar e ver se encontra algo que possa ajudá-lo. E guarde minhas palavras – completou, por entre o ruído da louça – se houver alguma coisa para ser encontrada, ela encontrará!

CAPÍTULO 14

As Willett

Na mesma hora em que Charles e Emily saíam para visitar o major Burnaby, o inspetor Narracott encontrava-se sentado na sala de estar da mansão Sittaford, tentando formar uma impressão sobre a sra. Willett.

Não conseguira falar com ela mais cedo, uma vez que as estradas ficaram intransitáveis até aquela manhã. Não sabia muito bem o que esperava daquela conversa, mas com certeza não era aquilo. Fora a sra. Willett quem tomara conta da situação, não ele.

Ela veio até a sala apressada, inteiramente profissional e eficiente, e o inspetor viu diante de si uma mulher alta, com o rosto afilado e olhos atentos. Trajava um modelo bastante elaborado de vestido de alças feito de malha de seda – no limite do inadequado para se usar no campo. As meias rendadas de seda eram muito caras, e os sapatos de salto alto eram de couro legítimo. Usava muitos anéis valiosos e uma quantidade enorme de imitações de pérola caras e de boa qualidade.

– Inspetor Narracott? – ela perguntou. – Naturalmente, esperávamos que o senhor viesse até aqui. Que tragédia terrível. Não quer se sentar, inspetor? Esta é minha filha, Violet.

Ele mal havia notado a garota, que entrara na sala logo depois da mãe. Ainda assim, era uma jovem muito bonita, alta, loira e com grandes olhos azuis.

A sra. Willett sentou-se.

– Há alguma coisa que eu possa fazer para ajudá-lo, inspetor? Eu conhecia muito pouco o pobre capitão Trevelyan, mas se houver algo em que o senhor ache que posso ser útil...

O inspetor disse, sem pressa:

– Muito grato, madame. É claro, ninguém sabe o que pode ou não ser útil.

– Compreendo. É possível que haja algo nesta casa capaz de lançar luz sobre este triste caso, mas duvido muito. O capitão Trevelyan removeu todos os seus pertences. O pobre homem temia que eu viesse a mexer até nas suas varas de pesca – foi o comentário da sra. Willett, seguido de uma curta risada.

– A senhora o conhecia?

– Antes de alugar a casa, o senhor quer dizer? Ah, não. Convidei-o para nos visitar muitas vezes depois disso, mas nunca veio. Era terrivelmente tímido, o pobre. Esse era o problema dele. Conheci dúzias de homens assim. São chamados de misóginos e de todo o tipo de bobagem, e na verdade é apenas timidez o tempo todo. Se eu tivesse tido mais contato com ele – enfatizou a sra. Willett com determinação –, eu logo teria superado esse absurdo. Um homem daquele tipo só precisa ser resgatado.

O inspetor Narracott começava a entender a atitude fortemente defensiva do capitão para com sua inquilina.

– Nós duas o convidamos – continuou a senhora –, não foi, Violet?

– Oh, sim, mamãe.

– No fundo, ele era um simples marinheiro. E toda mulher adora um marinheiro, inspetor Narracott.

A essa altura, ocorreu ao inspetor que aquela conversa havia sido conduzida inteiramente pela sra. Willett. Estava convencido de que ela era uma mulher de extrema inteligência e podia ser tão inocente quanto aparentava. Por outro lado, podia não ser.

– Mas o ponto sobre o qual estou ansioso por obter informações é o seguinte, senhora... – ele disse e fez uma pausa.

– Sim, inspetor?

– O major Burnaby, como a senhora sem dúvida sabe, encontrou o corpo. Ele foi levado a isso por um incidente que ocorreu nesta casa.

– O senhor se refere...?

– Refiro-me à sessão espírita, se me permite...

O inspetor se virou depressa. A garota soltara débil gemido.

– Pobre Violet – disse a mãe. – Estava terrivelmente preocupada... Na verdade, todos estávamos! Foi tão inexplicável! Não sou supersticiosa, mas de fato foi uma coisa muito misteriosa.

– Então aconteceu mesmo?

A sra. Willett arregalou os olhos.

– Se aconteceu? É claro que sim. Na hora achei que fosse uma brincadeira... ainda que insensível e de muito mau gosto. Suspeitei do jovem Ronald Garfield...

– Ah, não, mamãe! Tenho certeza de que ele não fez tal coisa. Ele jurou que não.

– Estou dizendo o que pensei naquela hora, Violet. O que alguém poderia pensar além de uma piada?

– Curioso – comentou o inspetor, devagar. – Ficou muito preocupada, sra. Willett?

– Todos ficamos. Era para ser uma distração, uma bobagem leve. O senhor conhece esse tipo de coisa: diversão de uma noite de inverno. E então, de repente... aquilo! Fiquei com muita raiva.

– Raiva?

– Lógico. Pensei que alguém estava fazendo aquilo deliberadamente... Um trote, como se diz.

– E agora?

– Agora?

– Sim, o que pensa disso agora?

A sra. Willett afastou as mãos em um gesto expressivo.

– Não sei o que pensar. É... é um mistério?

– E o que me diz, srta. Willett?

– Eu? – começou a moça. – Não sei. Acho que nunca vou me esquecer daquilo. Eu sonho com aquilo. Nunca mais vou participar de algo semelhante.

– O sr. Rycroft diria que o fenômeno foi autêntico, eu suponho – continuou a mãe. – Ele acredita nesse tipo de coisas. Eu mesma estou bem inclinada a acreditar. Que outra explicação haveria exceto a de que foi uma genuína mensagem de um espírito?

O inspetor sacudiu a cabeça. Mencionara a sessão como uma isca. Seu próximo comentário soou mais casual:

– Não acha este lugar muito frio no inverno, sra. Willett?

– Nós adoramos. Uma mudança e tanto. Somos da África do Sul, o senhor sabe – disse, em um tom de voz neutro e normal.

– Mesmo? De que parte da África do Sul?

– Cidade do Cabo. Violet nunca esteve na Inglaterra antes, e está encantada... Acha a neve muito romântica. E esta casa é de fato muito confortável.

— E o que a trouxe a esta parte do mundo? – perguntou o inspetor, com um tom de gentil curiosidade na voz.

— Lemos tantos livros sobre Devonshire, especialmente sobre Dartmoor. Um deles foi lido no barco... *Tudo sobre a feira de Widdecombe*. Sempre tive o desejo de ver Dartmoor.

— E o que a fez se estabelecer em Exhampton? Não é uma cidadezinha muito conhecida.

— Bem, estávamos, como eu lhe disse, lendo aqueles livros, e um jovem a bordo falou sobre Exhampton. Seus comentários foram tão entusiasmados...

— Qual o nome dele? Ele também vinha desta região?

— E agora, qual era o nome dele? Cullen, eu acho... Não, era Smythe. Que estúpido de minha parte. Realmente não consigo me lembrar. O senhor sabe como é a bordo do navio, conhecemos tão bem as pessoas e planejamos encontrá-las de novo... e uma semana depois de desembarcarmos, não conseguimos nem recordar seus nomes!

Ela riu.

— Mas era um rapaz tão encantador... não era bonito, tinha o cabelo avermelhado, mas um sorriso delicioso.

— E por força disso as senhoras decidiram alugar uma casa nesta área? – perguntou o inspetor, com um sorriso.

— Sim. Foi ou não foi uma loucura de nossa parte?

"Esperta", pensou Narracott, "esperta de fato." Começara a perceber os métodos da sra. Willett. Ela sempre levava o combate ao terreno do inimigo.

— Então a senhora escreveu para os corretores pedindo informações sobre uma casa?

— Sim... E eles nos responderam falando especificamente de Sittaford. Parecia exatamente o que queríamos.

— Não seria minha escolha nesta época do ano – comentou, rindo, o inspetor.

— Ouso dizer que também não seria a nossa se morássemos na Inglaterra – emendou a sra. Willett, vivaz.

Narracott se pôs de pé e perguntou:

— Como a senhora sabia o nome de um corretor a quem escrever em Exhampton? Isso deve ter sido uma dificuldade.

Houve uma pausa, a primeira desde que a conversa iniciara. O inspetor pensou ter captado um vislumbre de embaraço, mais do que isso, de raiva nos olhos da sra. Willett. Ele havia tocado em um ponto para o qual ela não havia pensado na resposta. Voltou-se para a filha:

— Como soubemos, Violet? Não me lembro.

Havia um olhar diferente no rosto da jovem. Ela parecia assustada.

– Ora, é claro – continuou a sra. Willett. – O escritório de informações Delfridges. É um serviço maravilhoso. Sempre vou até lá e pergunto a respeito de qualquer coisa. Pedi a eles o nome do melhor agente imobiliário daqui e eles me disseram.

"Foi rápida", pensou o inspetor. "Bem rápida, mas não o suficiente. Eu a peguei, madame."

Ele fez um exame superficial da casa. Não encontrou nada: nem papéis, nem armários ou gavetas trancadas. A sra. Willett o acompanhou falando animadamente.

Ele se despediu, agradecendo com cortesia. Na hora de partir, captou, por cima do ombro da mãe, um lampejo do rosto da jovem. A expressão nele era inequívoca.

Foi medo o que ele viu na fisionomia da moça. O medo que a havia dominado por inteiro no momento em que ela se considerava fora de observação.

A sra. Willett continuava falando:

– É lamentável. Estamos passando por um grave inconveniente. Os problemas domésticos de sempre, inspetor. As criadas não gostam de ficar nesta região. Todas as minhas já ameaçaram ir embora em algum momento, e a notícia do assassinato parece tê-las perturbado por completo. Não sei o que devo fazer. Talvez a resposta seja contratar homens como empregados. Foi o que me sugeriram no cartório de Exeter.

O inspetor respondeu de modo automático. Não estava prestando atenção ao falatório da mulher. Continuava pensando na expressão que havia surpreendido na face da menina.

A sra. Willett havia sido esperta, mas não o bastante.

Ele deixaria a casa refletindo sobre a questão.

Se as Willett não tinham nenhuma relação com a morte do capitão, por que Violet Willett estava tão assustada?

Resolveu queimar seu último cartucho. Voltou quando já estava com o pé no limiar da porta:

– A propósito, conhecem o jovem Pearson, não é mesmo?

Não podia haver dúvida sobre a pausa dessa vez. Um silêncio de morte que durou um segundo, ao fim do qual a sra. Willett falou:

– Pearson? Não creio...

Foi interrompida por uma estranha respiração vinda da sala atrás dela e pelo som de uma queda. Quase na mesma hora, o inspetor transpôs a porta e chegou ao aposento.

Violet Willett havia desmaiado.

– Pobre criança... – choramingou a sra. Willett. – Tensão e choque demais para ela. Aquele negócio apavorante da sessão espírita e, ainda por cima, o assassinato. Ela não é muito forte. Muito obrigado, inspetor. Sim, pode pô-la no sofá, por favor. Se puder tocar a campainha para chamar as criadas... Não, não acho que o senhor possa fazer algo mais. Muito agradecida.

O inspetor desceu o caminho que levava até a casa com os lábios apertados em um ricto.

Sabia que Jim Pearson estava noivo daquela garota extremamente encantadora que ele havia visto em Londres.

Por que então Violet Willett desmaiaria à simples menção do nome dele? Qual a conexão entre Jim Pearson e as Willett?

Parou, indeciso, ao chegar ao portão da frente, e tirou do bolso uma caderneta. Nela, havia anotado uma lista dos habitantes dos seis chalés construídos pelo capitão Trevelyan, com breves comentários ao lado de cada nome. O indicador curto e grosso de Narracott parou sobre a anotação a respeito do chalé nº 6.

– Sim – disse consigo mesmo. – Melhor que este seja o próximo.

Avançou a alameda a passos largos e rápidos e desferiu batidas curtas e firmes com a aldrava na porta do nº 6 – o bangalô habitado pelo sr. Duke.

CAPÍTULO 15

Visita ao major Burnaby

Subindo a alameda até a entrada do chalé do major, o sr. Enderby bateu ritmada e alegremente na porta, que se abriu quase de imediato. O rosto colérico do major Burnaby apareceu no marco da entrada.

– É o senhor – o major comentou, sem muita animação na voz, e já estava pronto para seguir adiante no mesmo tom quando vislumbrou Emily, e sua expressão se alterou.

– Esta é a srta. Trefusis – apresentou Charles, com o ar de quem acabara de tirar um ás da manga. – Ela estava muito ansiosa para conhecê-lo.

– Posso entrar? – perguntou Emily, abrindo seu sorriso mais doce.

– Sim. Certo que sim. É claro, sim, claro que sim.

Tropeçando nas próprias palavras, o major os conduziu até sua sala de estar e começou a arrastar as mesas e a liberar cadeiras para todos.

Emily foi direto ao assunto, como era seu estilo:

— Major Burnaby, sou a noiva de Jim... Jim Pearson, o senhor sabe. E, naturalmente, estou muito angustiada por ele.

O major interrompeu o gesto de empurrar uma mesinha e disse:

— Ah, querida. É um assunto bastante desagradável. Minha jovem, lamento mais do que conseguiria expressar.

— Major, diga-me com toda a honestidade: acredita que ele seja o culpado? Não precisa ficar melindrado em me dizer, se é o que pensa. Prefiro mil vezes que as pessoas não mintam para mim.

— Não, não acho que ele seja culpado – disse o major, em um tom de voz baixo e afirmativo. Ele deu alguns tapas vigorosos em uma almofada e por fim sentou-se de frente para Emily. – Aquele jovem é um bom camarada. Entenda, ele talvez seja um tanto fraco. Não se ofenda quando eu digo que ele parece o tipo de rapaz que poderia facilmente fazer algo errado se a tentação se colocasse em seu caminho. Mas assassinato... não. E eu sei bem do que estou falando... Comandei um grande número de subordinados em meus tempos de marinha. Hoje em dia é moda fazer troça de oficiais da reserva como eu, mas ao mesmo tempo conhecemos algumas coisas neste mundo, srta. Trefusis.

— Tenho certeza que sim, e sou extremamente grata ao senhor por dizer o que disse.

— Gostariam... de um uísque com soda? – perguntou o major, para acrescentar, em tom de desculpas: – Receio que não tenha nada mais para oferecer.

— Não, obrigada, major.

— Apenas soda, então?

— Não, obrigada.

— Bom, ainda devo ser capaz de fazer um chá – emendou o major, com um toque de tristeza na voz.

— Já tomamos – disse Charles. – No chalé da sra. Curtis.

— Major Burnaby – prosseguiu Emily –, quem o senhor acha que cometeu o crime... Tem alguma ideia?

— Não, que os diabos... ahn, quer dizer... macacos me mordam se tenho qualquer ideia. Tinha por certo de que foi obra de um sujeito qualquer que invadiu a casa, mas agora a polícia descartou essa hipótese. Bem, é o trabalho deles, e suponho que eles o conheçam melhor do que eu. Eles dizem que ninguém invadiu a casa, então eu acredito. Mas ao mesmo tempo isso me confunde, srta. Trefusis. Trevelyan não tinha um inimigo sequer, até onde eu saiba.

— E, se alguém pudesse saber, seria o senhor – disse Emily.

— Sim, suponho que eu conhecia Trevelyan melhor que muitos de seus parentes.

– E consegue lembrar de alguma coisa, qualquer coisa, que pudesse ser útil? – continuou a jovem.

O major cofiou o bigode.

– Sei o que está pensando. Que, como nos livros, deveria haver algum incidente menor do qual eu pudesse me lembrar e que seria uma pista. Bem, sinto muito, mas não existe tal coisa. Trevelyan levou uma vida bastante comum. Recebeu muito poucas cartas e as escreveu menos ainda. Tenho certeza de que não havia complicações românticas em sua vida. Não, isso me intriga, srta. Trefusis.

Os três ficaram em silêncio.

– E o que me diz daquele empregado do capitão? – perguntou Charles.

– Trabalha para ele há anos. É de absoluta confiança.

– Ele casou faz pouco – continuou Charles.

– Com uma garota perfeitamente respeitável.

– Major Burnaby – interveio Emily –, perdoe-me por colocar a questão nestes termos, mas o senhor não ficou preocupado com ele naquela noite?

Burnaby coçou o nariz com o ar embaraçado que sempre assumia quando a sessão espírita era mencionada.

– Sim fiquei, não há como negar. Sabia que a coisa toda era baboseira e ainda assim...

– Também sentiu que de algum modo não era – acudiu Emily.

O major assentiu.

– É por isso que eu me pergunto... – continuou Emily.

Os dois homens olharam para ela.

– Não sei se consigo me explicar da maneira que gostaria. O que quero dizer é: o senhor diz que não acredita em todo esse negócio de sessão espírita... e ainda assim, a despeito do tempo horrível que fazia e do que deve ter parecido ao senhor o absurdo da coisa toda, sentiu-se tão... desconfortável que teve de sair, não importando em que condições climáticas, para ver com seus próprios olhos se estava tudo bem com o capitão Trevelyan. Bem, não acha que pode ser porque... porque havia alguma coisa na atmosfera? Quero dizer – ela continuou, desesperada por não ver nenhum sinal de entendimento no rosto do major – que havia alguma coisa sendo planejada na mente de alguém, e que de algum modo ou de outro o senhor a pressentiu.

– Bem, não sei – disse o major, coçando o nariz outra vez, e então acrescentou, esperançoso: – É claro, as mulheres estavam levando aquela sessão bem a sério.

– As mulheres! – exclamou Emily, e depois murmurou consigo mesma: – Sim, acredito que de um modo ou de outro elas são a chave.

Ela virou-se abruptamente para o major.

– Como são essas Willett?

– Bem... – o major remexeu na memória. Estava claro que ele era péssimo em descrever as pessoas. – Elas são muito gentis, a senhorita sabe... muito prestativas e tudo o mais.

– Por que quiseram alugar uma casa como a mansão Sittaford nesta época do ano?

– Nem imagino. Nem eu nem ninguém.

– Não acha isso muito esquisito? – insistiu Emily.

– É claro que é esquisito. Mas gosto não se discute. Foi o que o inspetor disse.

– Isso é absurdo. As pessoas não fazem as coisas sem uma razão – rebateu a jovem.

– Bem, não sei – continuou o major, cauteloso. – Algumas pessoas não... A senhorita não faria, mas algumas pessoas... – ele suspirou e balançou a cabeça.

– O senhor tem certeza de que elas já não conheciam o capitão Trevelyan?

O major considerou a ideia. Trevelyan teria lhe dito alguma coisa. Não, ele estava tão perplexo quanto qualquer um.

– Então *ele próprio* achava esquisito?

– É claro; eu disse agora mesmo que todos achávamos.

– E como foi a atitude da sra. Willett para com o capitão? Ela tentou evitá-lo? – perguntou Emily.

O major soltou uma risadinha:

– Não, na verdade foi o contrário. Infernizou a vida dele, sempre convidando-o para vir visitá-las.

– Oh! – disse Emily, pensativa. Fez uma pausa e então prosseguiu: – Sendo assim, é possível que ela tenha alugado a mansão Sittaford apenas com o propósito de travar relações com o capitão?

– Bem... – o major parecia revirar a hipótese em sua mente. – Sim, suponho que seja possível. Seria um modo bastante caro de fazer as coisas.

– Talvez. O capitão Trevelyan não seria uma pessoa fácil de se conhecer de outra maneira.

– Não, não seria – concordou o amigo do morto.

– Imagino – disse Emily.

– O inspetor também pensa o mesmo – disse Burnaby.

Emily sentiu uma súbita raiva do inspetor Narracott. Parecia que tudo o que ela pensara já havia sido cogitado antes pelo investigador. Aquilo era exasperante para uma moça que se orgulhava de ser mais inteligente do que os outros.

Ela se ergueu, estendeu a mão e disse simplesmente:
– Muito obrigada.
– Gostaria de poder ajudar mais – disse o major. – Sou um tipo meio tosco... Sempre fui. Se fosse um sujeito esperto, poderia ter esbarrado em algo que servisse como pista. De qualquer modo, conte comigo para qualquer coisa que desejar.
– Obrigada, farei isso.
– Adeus, senhor – disse Enderby. – Virei aqui amanhã de manhã com minha câmera. Para as fotos, o senhor sabe.
Burnaby grunhiu.
Emily e Charles refizeram seus passos até o chalé da sra. Curtis.
– Venha até o meu quarto, quero falar com você – convocou Emily.
Ela acomodou-se em uma cadeira e Charles sentou-se na cama. Emily arrancou seu chapéu com um puxão e o arremessou a um canto do quarto. Depois disse:
– Agora me escute. Acho que tenho um ponto de partida. Posso estar certa ou errada, mas, de qualquer forma, é uma ideia. Parece que o centro de tudo é essa história da sessão espírita. Já jogou mesa-girante?
– Sim, uma vez ou outra. Nunca a sério, a senhorita sabe.
– Não, é claro que não. É o tipo de coisa que só se faz em uma tarde chuvosa e na qual todos acusam uns aos outros de empurrar a mesa. Bem, se já jogou, o senhor sabe o que acontece. A mesa começa a soletrar, por assim dizer, um nome, e é um nome que alguém conhece. Com muita frequência esse alguém reconhece o nome e torce para que não seja aquele, e o tempo todo está empurrando a mesa inconscientemente. O que quero dizer é que o reconhecimento desse tipo de coisa faz com que alguém dê um empurrão involuntário quando a próxima letra está sendo soletrada, e faz a mesa parar. E o que menos se quer é muitas vezes o que mais acontece.
– Sim, é verdade.
– Nem por um momento acredito em espíritos ou qualquer coisa do gênero. Mas suponhamos que uma daquelas pessoas em volta da mesa soubesse que o capitão estava sendo assassinado naquele minuto...
– Ora, vamos – protestou Charles –, isso é bastante improvável.
– Bem, não precisa ser assim tão simples. Estamos apenas formulando uma hipótese, é só isso. A conclusão a que estamos chegando é que alguém sabia que o capitão Trevelyan estava morto e não pôde esconder esse conhecimento. Foi denunciado pela mesa.
– É uma tese bastante engenhosa, mas não creio nem por um minuto que seja verdade.

– Vamos supor que seja verdade – insistiu Emily com firmeza. – Tenho certeza de que na resolução de um crime não se pode ter medo de algumas suposições.

– De pleno acordo – disse o sr. Enderby. – Vamos supor que seja verdade... como quiser.

– Então o que temos de fazer é examinar com muito cuidado as pessoas que estavam jogando. Para começar, temos o major Burnaby e o sr. Rycroft. Parece muito improvável que qualquer um dos dois pudesse ser cúmplice do assassino. Então há esse tal sr. Duke. Por enquanto, não sabemos nada a respeito dele. Chegou aqui faz pouco e poderia ser um forasteiro sinistro... parte de uma quadrilha ou algo assim. Vamos marcar seu nome com um X. Agora, chegamos às Willett. Há alguma coisa bastante misteriosa com relação a elas, Charles.

– Mas o que elas teriam a ganhar com a morte do capitão Trevelyan?

– Bem, aparentemente, nada. Mas se minha teoria estiver correta, deve haver uma ligação em algum lugar. O que temos de fazer é encontrá-la.

– Certo – disse o sr. Enderby. – E se tudo isso for uma trilha falsa?

– Teremos de começar tudo de novo...

– Escute! – gritou subitamente Charles. Acenou com a mão para que ela fizesse silêncio, foi até a janela e a abriu. Só então Emily pôde ouvir também o som que havia despertado a atenção dele. O badalar distante de um grande sino.

Enquanto eles estavam parados ouvindo, a voz excitada da sra. Curtis veio do andar de baixo.

– Ouviu o sino, senhorita? Ouviu o sino?

Emily abriu a porta.

– Ouviu o sino? Alto e claro, não é? Veja só.

– O que significa? – perguntou Emily.

– É o sino de Princetown, senhorita, a quase doze milhas daqui. Significa que um preso escapou. George, George, onde se enfiou esse homem? Ouviu o sino? Há um condenado à solta.

A voz da mulher desapareceu na distância à medida que ela se dirigia para a cozinha.

Charles fechou a janela e sentou-se outra vez na cama.

– É uma pena que as coisas aconteçam fora de sintonia – comentou, impassível. – Se ao menos esse condenado tivesse escapado na sexta-feira, teria sido facilmente apontado como o nosso assassino. Não seria preciso procurar mais. Criminoso faminto e desesperado invade uma casa. Trevelyan defende seu castelo... e o criminoso acuado dá cabo dele. Seria tão simples.

— Sim, seria — concordou Emily, com um suspiro.
— Em vez disso — disse Charles —, ele escapa três dias depois. É tão... pouco narrativo.

Ele sacudiu a cabeça com tristeza.

CAPÍTULO 16

O sr. Rycroft

Na manhã seguinte, Emily acordou cedo. Como era uma garota sensata, deduziu que havia poucas possibilidades de obter a colaboração do sr. Enderby àquela hora da manhã. Assim, sentindo-se agitada e sem conseguir ficar na cama, saiu para uma breve caminhada ao longo da alameda na direção oposta à que haviam seguido na noite anterior.

Deixando para trás os portões da mansão Sittaford, à direita, a vereda descrevia uma curva abrupta para a direita e subia íngreme até um páramo aberto onde o caminho se tornava uma trilha cheia de grama no início e pedregosa mais adiante. A manhã estava bonita, fria e revigorante, e a vista era maravilhosa. Emily subiu até as pedras que marcavam o ponto mais alto de Sittaford, rochas acinzentadas de contornos fantásticos. De lá do alto, pôde ver toda a extensão da charneca, intocada, até onde a vista alcançava, por qualquer estrada ou habitação. Abaixo dela, no lado oposto ao topo, viam-se massas acinzentadas de seixos e rochas de granito. Após examinar a paisagem por alguns minutos, voltou-se para o norte, por onde havia vindo. Abaixo dela assentavam-se as construções de Sittaford, agrupadas contra o flanco da colina, a mancha quadrada e cinza da mansão e o pontilhado dos chalés além dela. No vale mais abaixo, ela podia ver Exhampton.

"Quando se está assim tão alto, devia ser fácil ver melhor as coisas", pensou Emily, um tanto confusa. "Como quando se tira o telhado de uma casa de bonecas para espiar lá dentro."

Ela desejou de todo coração que tivesse encontrado o capitão Trevelyan ao menos uma vez. Era tão difícil formar uma ideia a respeito de uma pessoa que nunca havia visto! Precisava confiar na avaliação dos outros, e Emily nunca considerou o julgamento de pessoa alguma melhor que o seu próprio. As impressões dos outros não serviam para ela. Podiam ser tão verdadeiras quanto as suas, mas não se podia agir com base nelas. Ela não podia, por assim dizer, atacar pelo ângulo de outra pessoa.

Enquanto meditava, irritada, sobre aquelas questões, Emily suspirou e mudou de posição.

Estivera tão perdida nos próprios pensamentos que não prestara atenção alguma no entorno. Foi com surpresa, portanto, que percebeu que um cavalheiro idoso e miúdo estava parado em pé a poucos metros dela, respirando rápido e segurando, de maneira cortês, o chapéu nas mãos.

– Desculpe. É a srta. Trefusis, eu suponho?

– Sim.

– Meu nome é Rycroft. Peço que me perdoe por me dirigir assim à senhorita, mas nesta nossa pequena comunidade o menor detalhe logo se faz conhecido, e sua chegada ontem naturalmente se tornou pública. Posso assegurar que todos aqui sentem uma profunda solidariedade pela sua situação, srta. Trefusis. Estamos, todos e cada um de nós, ansiosos para ajudá-la da maneira que pudermos.

– É muito gentil da sua parte – disse Emily.

– De modo algum, de modo algum. Todos se compadecem de uma bela jovem em apuros, se me perdoa a maneira antiquada como a defino. De verdade, minha cara jovem, pode contar comigo se houver qualquer coisa que eu possa fazer para ajudá-la. É uma vista bonita a que se tem daqui, não?

– Maravilhosa – concordou Emily. – A charneca é um lugar maravilhoso.

– Soube que um prisioneiro escapou ontem de Princetown?

– Sim. Ele já foi recapturado?

– Creio que ainda não. Oh, bem, pobre-diabo, ele sem dúvida será recapturado muito em breve. Penso que não estou errado ao afirmar que ninguém teve sucesso em fugir de Princetown nos últimos vinte anos.

– Em que direção fica Princetown?

O sr. Rycroft estendeu o braço e apontou para o sul, além da charneca.

– Para lá, a cerca de vinte quilômetros em linha reta. São 25 quilômetros pela estrada.

Emily sentiu um leve estremecimento. A imagem do homem perseguido e desesperado havia causado nela uma forte impressão. O sr. Rycroft, que a observava, balançou a cabeça.

– Sim, eu sinto o mesmo. É curioso como os instintos de alguém se revoltam contra a ideia de um homem sendo caçado, e, ainda assim, todos os que estão em Princetown são criminosos perigosos e violentos, o tipo que provavelmente eu ou a senhorita faríamos de tudo para confinar lá, para começo de conversa.

Ele deu uma breve risada, em tom de desculpas.

– Deve me perdoar, srta. Trefusis, por considerar o crime um objeto de estudo profundamente interessante. Um campo de estudos fascinante, sem dúvida. Ornitologia e criminologia são as minhas especialidades.

Ele fez uma pausa e então prosseguiu:

– Esta é a razão pela qual, se me permitir, eu gostaria de me associar à senhorita neste caso. Estudar um crime em primeira mão é, para mim, um sonho há muito tempo acalentado. Poderia depositar sua confiança em mim, srta. Trefusis, e me permitir colocar minha experiência à sua disposição? Já li e estudei muito sobre esse assunto.

Emily ficou um tempo em silêncio. Estava se congratulando pelo modo como as coisas pareciam cair diretamente em suas mãos. O conhecimento era-lhe oferecido como se tivesse vivido a vida inteira em Sittaford. "Atacar pelo ângulo de outra pessoa." Emily repetia para si mesma a frase que brotara em sua mente havia pouco. Ela havia tentado o ângulo do major Burnaby: objetivo, simples e direto, que tomava conhecimento dos fatos e ignorava por completo as entrelinhas. Agora, era-lhe oferecido outro ângulo que, ela suspeitava, poderia abrir um campo de visão bem diferente. Aquele cavalheiro pequeno, encurvado e formal era bastante versado na natureza humana, havia lido e estudado a fundo, tinha pela vida aquela curiosidade ávida e interessada demonstrada pelos homens de ideias, em tudo oposta à dos homens de ação. Ela disse, com simplicidade:

– Por favor, me ajude. Estou muito aflita e infeliz.

– Deve estar, minha jovem, deve estar mesmo. Agora, se eu bem entendo a situação, o sobrinho mais velho de Trevelyan foi preso ou detido, e as evidências contra ele são de natureza muito simples e óbvia. Mas eu, é claro, sou um homem de mente aberta. Deve me conceder isso.

– Isso é lógico. Senão, por que acreditaria na inocência dele sem saber nada a seu respeito?

– Uma observação muito razoável – disse Rycroft. – De fato, srta. Trefusis, me parece que a sua pessoa é um objeto de estudo muito interessante. Por falar nisso, seu nome... É original da Cornualha, como o do nosso pobre Trevelyan?

– Sim – disse Emily. – Meu pai era de lá, minha mãe era escocesa.

– Ah! Muito interessante. Agora, vamos abordar nosso pequeno problema. Por um lado, vamos supor que o jovem Jim... o nome é Jim, não é mesmo? Vamos supor que o jovem Jim tinha uma necessidade premente de dinheiro, veio até Exhampton para ver o tio e pediu um empréstimo, que Trevelyan recusou. Em um acesso de raiva, ele apanhou o saco de areia que estava na porta e acertou a cabeça do tio. O crime não foi premeditado... Na verdade, foi uma tola explosão irracional conduzida de modo deplorável.

Agora vejamos por outro lado: vamos supor que ele tenha partido furioso com o tio e alguma outra pessoa tenha entrado na casa pouco depois e cometido o crime. É o que a senhorita pensa, e, para colocar as coisas de outro modo, eu também espero que assim seja. Não gostaria que seu noivo tivesse cometido o crime, do meu ponto de vista seria bem pouco interessante. Estou apostando na outra hipótese. O crime foi cometido por outra pessoa. Vamos tomar isso como certo e ir de uma vez ao mais importante. Essa outra pessoa sabia do desentendimento que havia ocorrido pouco antes? Esse desentendimento, de algum modo, precipitou a ação do assassino? Compreende meu raciocínio? Alguém poderia estar planejando se livrar do capitão Trevelyan e aproveitou essa oportunidade, deduzindo que as suspeitas recairiam sobre o jovem Jim.

Emily ponderou o assunto por aquele ângulo.

– Nesse caso... – começou Emily, devagar.

O sr. Rycroft tirou as palavras de sua boca e disse, de pronto:

– Nesse caso, o assassino seria uma pessoa muito próxima do capitão. Teria de residir em Exhampton. E, sob qualquer hipótese, precisaria estar na casa durante ou logo após a discussão. E uma vez que não estamos em um tribunal e podemos cogitar qualquer nome livremente, o do criado, Evans, vem logo à cabeça como uma pessoa que cumpriria esses requisitos. Um homem, que muito provavelmente estaria na casa, poderia ter ouvido a discussão e aproveitado a oportunidade. Temos agora de descobrir se Evans se beneficiou de algum modo da morte de seu patrão.

– Creio que recebeu uma pequena herança – disse Emily.

– Que pode ou não constituir um motivo bom o suficiente. Temos de descobrir se Evans estava precisando de dinheiro. Temos de considerar, também, a sra. Evans... Uma senhora Evans de condição recente, pelo que sei. Se tivesse estudado criminologia, srta. Trefusis, perceberia o curioso efeito das procriações consanguíneas, especialmente nos distritos rurais. Há pelo menos quatro mulheres em Broadmoor* de modos muito agradáveis mas com um curioso desvio de temperamento que torna as vidas humanas de pouca ou nenhuma importância para elas. Não... Não devemos afastar Evans de nossas considerações.

– O que o senhor acha dessa história de sessão espírita, sr. Rycroft?

– Esse é um ponto muito estranho, de fato. Devo confessar, srta. Trefusis, que fiquei muito impressionado. Como talvez já tenha ouvido falar, acredito no mundo psíquico. Em certa medida, posso dizer que creio no espiritismo. Já escrevi um relatório completo e enviei para a Sociedade de

---

* Um dos mais conhecidos hospitais psiquiátricos de segurança máxima na Inglaterra, localizado em Berkshire. (N.T.)

Pesquisas Psíquicas. Um caso impressionante e bem testemunhado. Cinco pessoas presentes, sendo que nenhuma delas poderia ter a menor ideia ou suspeita de que o capitão Trevelyan seria assassinado.

– Eu não acho...

Emily se interrompeu. Não era fácil apresentar para o sr. Rycroft sua própria teoria de que uma daquelas cinco pessoas poderia ser um cúmplice com conhecimento prévio do assassinato, sendo ele próprio uma delas. Não que ela suspeitasse sequer por um momento que havia alguma coisa ligando o sr. Rycroft à tragédia. Ainda assim, sentia que sugerir aquilo não seria de todo diplomático. Apresentou seu ponto de vista de modo indireto.

– Tudo isso me interessa muito, sr. Rycroft; é, como o senhor diz, um acontecimento espantoso. O senhor acha que alguma daquelas pessoas, além do senhor, é claro, poderia ser algum tipo de médium?

– Minha cara jovem, eu próprio não sou um médium. Não tenho talentos nessa área. Sou apenas um observador profundamente interessado.

– O que me diz do sr. Garfield?

– Um bom rapaz, mas sem nada de extraordinário.

– Bem-sucedido, eu suponho – comentou Emily.

– Totalmente quebrado. Espero estar usando o termo em sua acepção correta. Ele vem aqui para encenar preocupação por sua tia, por quem nutre o que eu chamo de "expectativas". A srta. Percehouse é uma dama muito astuta, e sabe que a atenção dele não é desinteressada. Mas como tem um senso de humor sardônico bastante particular, ela deixa que ele represente.

– Gostaria de conhecê-la – disse Emily.

– Sim, certamente a conhecerá. Não tenho dúvidas de que ela insistirá em se encontrar com a senhorita. Ah, a curiosidade, srta. Trefusis, a curiosidade.

– Fale-me das Willett – pediu Emily.

– Encantadoras, bastante encantadoras. A seu modo colonial, é claro. Não têm verdadeira classe, se a senhorita me entende. São um tanto pródigas em sua hospitalidade, e interessadas no lado decorativo e superficial de tudo. A srta. Violet é uma moça adorável.

– Um lugar engraçado para se instalarem no inverno.

– Sim, muito estranho, não é mesmo? Mas no fim contas é apenas lógico. Nós, que moramos neste país, ansiamos pelo sol, por climas quentes, palmeiras ondulantes. E as pessoas que vivem na Austrália ou na África do Sul se encantam com a ideia de um Natal à moda antiga, com neve e gelo.

"Eu me pergunto qual delas lhe disse isso", pensou Emily.

Ponderou que não era preciso enterrar-se em uma aldeia no meio da charneca para ter um Natal à moda antiga com neve e gelo. Parecia claro que o sr. Rycroft não via nada de suspeito no local que as Willett haviam escolhido para suas férias de inverno. Mas talvez isso fosse natural para um homem que era ornitólogo e criminalista. Aparentemente, Sittaford era a residência ideal para o sr. Rycroft, e ele não conseguia conceber que alguém considerasse o lugar um ambiente inadequado.

Haviam descido devagar pela encosta da montanha e agora caminhavam pela alameda dos chalés.

– Quem mora naquela cabana? – perguntou Emily, de forma abrupta.

– O capitão Wyatt... Ele é inválido. Receio que seja bastante antissocial.

– Era amigo do capitão Trevelyan?

– Não era um amigo íntimo, de forma alguma. Trevelyan fazia meras visitas formais a ele uma vez ou outra. Para falar a verdade, Wyatt não encoraja visitantes. É um homem mal-humorado.

Emily ficou em silêncio. Estava revisando as possibilidades de ela própria se tornar uma visitante do capitão. Não tinha a intenção de deixar qualquer ângulo inexplorado.

De repente, lembrou-se do único membro da sessão ainda não mencionado.

– E quanto ao sr. Duke? – perguntou, vivaz.

– O que tem o sr. Duke?

– Quem é ele?

– Bem... – disse o sr. Rycroft, devagar. – Isso é algo que ninguém sabe.

– Que extraordinário – disse Emily.

– Nem tanto, para falar a verdade – comentou Rycroft. – Entenda, Duke é um indivíduo sem segredo algum. Imagino que o único mistério a seu respeito seja sua origem social... não muito clara, se a senhorita me entende. Mas é um camarada muito bom, de verdade – apressou-se em acrescentar.

Emily não disse nada.

– Este é o meu chalé – disse Rycroft, interrompendo a caminhada. – Talvez a senhorita pudesse me dar a honra de entrar para conhecê-lo.

– Eu gostaria muito.

Seguiram pelo caminho até a porta e entraram no chalé.

O interior era um encanto. Estantes de livros cobriam as paredes. Emily foi de uma a outra, olhando os títulos dos livros com grande curiosidade. Uma seção versava sobre ocultismo, outra era de ficção policial moderna, mas a maior parte das prateleiras era dedicada a criminologia e a julgamentos famosos. Os livros sobre ornitologia ocupavam uma parte comparativamente pequena da biblioteca.

– É tudo tão agradável – disse Emily. – Preciso voltar agora. Creio que o sr. Enderby já está acordado e à minha espera. Para falar a verdade, ainda não tomei o desjejum. Havíamos combinado com a sra. Curtis às nove e meia, e vejo que já são dez horas. Estou terrivelmente atrasada... isso porque o senhor é uma pessoa tão interessante... e foi de tanta ajuda.

– Pode contar comigo para qualquer coisa – arrulhou o senhor Rycroft enquanto Emily lançava-lhe um olhar encantador. – Somos colaboradores.

Emily pegou na mão do homem e a apertou calorosamente.

– É maravilhoso – disse ela, usando a frase que no curso de sua curta vida havia se provado tão eficaz – sentir que há alguém em quem se pode confiar de verdade.

CAPÍTULO 17

A srta. Percehouse

Emily retornou para encontrar a mesa posta com ovos e presunto, e Charles à sua espera.

A sra. Curtis ainda estava febril de excitação com o assunto da fuga do prisioneiro:

– Faz dois anos desde que o último escapou, e três dias foi o tempo que levaram para encontrá-lo. Estava perto de Moretonhampstead.

– Acha que ele virá para cá? – perguntou Charles.

A sabedoria nativa rejeitava essa suposição.

– Nunca vêm para este lado. É tudo charneca aberta, e quando se sai dela só há aldeias. Ele vai seguir para Plymouth, é o mais provável. Mas eles vão apanhá-lo bem antes disso.

– Ele poderia achar um bom esconderijo entre as pedras no outro lado do rochedo – cogitou Emily.

– A senhorita está certa, e *há* mesmo um esconderijo por lá. Chamam de Caverna das Fadas. Uma entrada estreita entre duas rochas, difícil de encontrar, mas que se alarga no interior. Dizem que uma vez um dos aliados do rei Charles escondeu-se lá por duas semanas, e que a empregada de uma fazenda levava-lhe comida.

– Preciso dar uma olhada nessa Caverna das Fadas. – disse Charles.

– Vai ficar surpreso com a dificuldade que é encontrá-la, senhor. Muitos grupos de piquenique de verão procuraram por ela uma tarde inteira sem sucesso, mas se o senhor a achar, deixe um alfinete lá dentro, para dar sorte.

– Eu me pergunto – disse Charles, quando ele e Emily já haviam terminado o desjejum e estavam dando uma volta pelo pequeno jardim – se eu não devia ir até Princetown. É incrível como as notícias se empilham à sua frente uma vez que se tem um pouco de sorte. Aqui estou eu... Comecei com um simples prêmio de um concurso de futebol e, antes que eu percebesse aonde estava indo, avancei diretamente para o caso de um condenado fugitivo e o de um assassinato. É maravilhoso!

– E quanto à sessão de fotos no chalé do major Burnaby?

Charles levantou os olhos para o céu e disse:

– Hum... Acho que eu deveria dizer que com esse clima a luz está ruim. Tenho de me agarrar à *raison d'être* de minha permanência em Sittaford o máximo possível, e acho que a está muito nebuloso. Ah... e espero que não se importe, mas enviei para o meu jornal uma entrevista com a senhorita.

– Está tudo bem – disse Emily mecanicamente. – O que me fez declarar?

– Ah, aquele tipo de coisas que as pessoas sempre querem ouvir – disse o sr. Enderby. – "Nosso enviado especial registra uma entrevista com a srta. Emily Trefusis, noiva do sr. James Pearson, preso pela polícia e implicado na morte do capitão Trevelyan." E depois minhas impressões da senhorita como um garota linda e espirituosa.

– Obrigada – disse Emily.

– E cabeça-dura.

– O que quer dizer com "cabeça-dura"?

– É o que a senhorita é.

– Bem, é claro que sim – disse Emily. – Mas para que mencionar isso?

– Nossas leitoras sempre gostam de saber. Foi uma entrevista brilhante. Não faz ideia de como acrescentaram um belo toque feminino as coisas que disse sobre lutar por seu homem, não importando se o mundo inteiro está contra ele.

– Eu disse isso mesmo? – perguntou Emily com um leve estremecimento.

– Ficou chateada? – disse o sr. Enderby, angustiado.

– Oh, não! Aproveite, doçura.

O sr. Enderby parecia um pouco perplexo

– Está tudo certo – continuou Emily. – Estava citando uma frase que havia em um avental que tive quando criança... O dos domingos. O dos dias de semana dizia: "Não seja gulosa".

– Ah, entendo. Também coloquei no texto bastantes observações sobre a carreira do capitão Trevelyan na marinha, e uma breve sugestão a respeito de alguns ídolos pilhados em um país estrangeiro e a possibilidade de o crime ser a estranha vingança de um sacerdote... Apenas uma sugestão, a senhorita entende.

– Bem, parece que o senhor fez sua boa ação do dia.

– E o que a senhorita estava fazendo? Levantou bem cedo, sabe Deus por quê.

Emily descreveu seu encontro com o sr. Rycroft.

Interrompeu-se de súbito, e Enderby, com uma olhada por sobre o ombro na direção do olhar dela, percebeu um rapaz de aspecto rosado e saudável inclinado sobre o portão e pigarreando para chamar a atenção de ambos.

– Sinto terrivelmente por interrompê-los e tudo o mais. É bastante embaraçoso, mas fui mandado aqui por minha tia.

Emily e Charles disseram "oh" ao mesmo tempo, em um tom interrogativo, como se não estivessem muito satisfeitos com a explicação.

– Minha tia – continuou o jovem – é uma pessoa medonha. Quando ela diz para ir, a gente vai, se entendem o que quero dizer. É claro, acho de uma informalidade terrível aparecer aqui em uma hora como esta, mas se conhecessem minha tia... e se fizerem o que ela deseja, a conhecerão dentro de uns poucos minutos...

– Sua tia é a srta. Percehouse? – interrompeu Emily.

– Correto – disse o moço, parecendo mais aliviado. – Então já sabe tudo sobre ela? A velha Mamãe Curtis lhe contou, eu suponho. Ela sabe ser linguaruda, não sabe? Não que seja má pessoa, não me entenda mal. Bem, o fato é: minha tia disse que gostaria de vê-la, e eu fui mandado aqui para dar o recado, apresentar nossos cumprimentos, e aquilo tudo, e perguntar se não seria demasiado incômodo... Ela é uma pessoa inválida e não pode sair, e seria uma grande gentileza de sua parte... bem, a senhorita conhece esse tipo de coisa, não preciso dizer tudo. O motivo real é curiosidade, é claro, e se a senhorita disser que está com dor de cabeça, ou que tem cartas a escrever, por mim está bem, não precisa se incomodar.

– Oh, mas eu gostaria de me incomodar – disse Emily. – Irei com o senhor agora mesmo. O sr. Enderby está de saída para ver o major Burnaby.

– Estou? – perguntou Enberby em voz baixa.

– Está – respondeu Emily com firmeza.

Ela o dispensou com um breve aceno e juntou-se ao seu novo amigo na estrada.

– Imagino que seja o sr. Garfield.

– Exato. Eu devia ter me apresentado.

– Ora – disse Emily –, não foi muito difícil de adivinhar.

– Que ótimo a senhorita ter vindo de imediato. Muitas garotas ficariam bastante ofendidas, mas sabe como são as tias velhas.

– Não vive por aqui, não é mesmo, sr. Garfield?

– Pode apostar sua vida que não – disse Ronnie, enfático. – Já viu lugar mais desolado do que este? Nem no cinema se vê tal coisa. Me admira que ninguém cometa um homicídio para...

Fez uma pausa, aterrorizado com o que havia dito.

– Sinto muito mesmo. Sou o pobre-diabo mais desafortunado que já viveu. Sempre dizendo a coisa errada. Nem por um segundo quis me referir...

– Estou certa que não – disse Emily, tranquilamente.

– Aqui estamos – indicou o sr. Garfield.

Ele abriu o portão, e Emily passou por ele, seguindo pelo caminho que levava a um pequeno chalé idêntico aos demais. Na sala de estar, que dava para o jardim, havia um sofá no qual estava deitada uma senhora idosa com um rosto magro vincado de rugas e um dos narizes mais pontudos e inquisitivos que Emily jamais vira. Ela ergueu-se sobre um cotovelo com um pouco de dificuldade e disse:

– Então você a trouxe. Minha querida, foi muito gentil de sua parte visitar esta velha. Mas sabe com são as coisas quando se é uma mulher inválida, temos de ficar de olho nos doces que passam e, se não pudermos ir até eles, é melhor garantir que eles venham até nós. Não deve achar que se trata de mera curiosidade... É mais do que isso. Ronnie, vá lá para fora pintar a mobília do jardim. Está no galpão nos fundos: duas cadeiras de vime e um banco. Vai encontrar lá pincel e tinta.

– Agora mesmo, tia Caroline.

O sobrinho obediente desapareceu.

– Sente-se – disse a srta. Percehouse.

Emily acomodou-se na cadeira indicada. Por estranho que fosse, de imediato foi tomada de amizade e simpatia bem claras por aquela mulher inválida de meia-idade e língua afiada. Sentia, de fato, que tinha uma espécie de afinidade com ela.

"Eis aqui alguém", pensou, "que vai direto ao ponto, faz seu próprio caminho e controla a todos. Exatamente como eu, só que eu faço isso com minha aparência, e ela tem de fazê-lo pela força de seu caráter."

– Se entendi bem, você é a moça que está comprometida com o sobrinho de Trevelyan. – começou a srta. Percehouse. – Sei tudo a seu respeito e agora que a vi compreendo exatamente para que veio. E desejo-lhe boa sorte.

– Obrigada – disse Emily.

– Odeio mulheres choronas – continuo a anfitriã. – Gosto das que se levantam e vão atrás do que querem.

Olhou para Emily com atenção.

– Suponho que tenha pena de mim... deitada aqui, incapaz de me pôr de pé e caminhar por aí.

– Não – disse Emily, pensativa. – Não sei o que eu faria em seu lugar, mas acho que, se alguém tem determinação, sempre consegue obter o que quer na vida. Se não conseguir de um jeito, conseguirá de outro.

— Muito bem – disse a srta. Percehouse. – É preciso olhar a vida por um ângulo diferente, e isso é tudo.

— Ângulo de ataque – murmurou Emily.

— O que disse?

Emily explicou o mais claramente que pôde a teoria que havia formulado naquela manhã e a aplicação que havia tirado dela para o caso em questão.

— Nada mal – disse a srta. Percehouse, sacudindo a cabeça. – Agora, minha querida, vamos direto ao assunto. Como não nasci ontem, suponho que veio até esta aldeia para descobrir o que puder a respeito das pessoas daqui, incluindo aí algo relacionado ao assassinato. Bom, qualquer coisa que queira saber sobre os habitantes de Sittaford eu posso contar a você.

Emily não perdeu tempo. De modo conciso e profissional, perguntou, diretamente:

— Major Burnaby?

— O típico oficial reformado, de mentalidade estreita, visão limitada e temperamento desconfiado. É um crédulo em questões de dinheiro, o tipo de homem capaz de investir em uma bolha especulativa nos Mares do Sul porque não consegue ver um palmo adiante do próprio nariz. Gosta de pagar suas dívidas em dia e detesta pessoas que não limpam os pés no capacho.

— E o sr. Rycroft?

— Um homenzinho esquisito e bastante egocêntrico. Um pomposo. Gosta de pensar em si mesmo como um sujeito excepcional. Suponho que já se ofereceu para ajudá-la a solucionar o crime alegando possuir maravilhosos conhecimentos de criminologia.

Emily admitiu que havia sido exatamente esse o caso.

— E quanto ao sr. Duke?

— Não sei coisa alguma sobre esse homem... embora devesse saber. É um tipo bastante comum. Eu deveria saber, mas não sei. É estranho. É como ter um nome na ponta da língua e passar a vida inteira sem conseguir lembrar.

— E as Willett?

— Ah, as Willett! – a srta. Percehouse içou-se sobre os cotovelos outra vez, com grande excitação. – De fato, o que dizer das Willett? Vou lhe dizer uma coisa a respeito delas, minha querida. Pode ser útil para você ou não. Vá até a minha escrivaninha e puxe a gavetinha de cima... aquela à esquerda... Isso mesmo. Agora me traga o envelope branco que está aí.

Emily trouxe o envelope, como a mulher lhe havia instruído.

— Não digo que seja importante... Provavelmente não é – disse srta. Percehouse. – Todos contam uma mentira ou outra de vez em quando, e a sra. Willett tem o direito de fazer o mesmo.

Ela apanhou o envelope e meteu a mão dentro dele.

– Vou lhe contar tudo. Quando as Willett chegaram aqui, com suas belas roupas e suas criadas e suas malas cheias de artigos da moda, mãe e filha vieram para Sittaford em um automóvel, e as criadas e os baús vieram pelo ônibus. E naturalmente, dado que a chegada delas era um acontecimento, como se diria, eu estava olhando a passagem da comitiva quando vi uma etiqueta colorida descolar-se de uma das malas e cair em um dos meus canteiros. E se há uma coisa que eu odeio mais do que qualquer outra é papel jogado ou bagunça de qualquer tipo, e por isso mandei Ronnie sair para recolhê-lo. Estava prestes a jogar o papel fora, mas ele era bonito e brilhante, e vi que eu poderia muito bem guardá-lo para os álbuns de recortes que faço para entreter as crianças do hospital. Bem, eu não teria pensado de novo nisso se a sra. Willet não tivesse mencionado deliberadamente em duas ou três ocasiões que Violet nunca havia saído da África do Sul, e que ela própria só havia estado na África do Sul, na Inglaterra e na Riviera.

– É mesmo? – perguntou Emily.

– Exato. Mas agora... olhe isto.

A sra. Percehouse empurrou para as mãos de Emily uma etiqueta de bagagem que trazia a inscrição "Hotel Mendle, Melbourne".

– A Austrália – disse a velha – não é a África do Sul... ao menos não no meu tempo. Não digo que tenha muita importância, mas vale pensar a respeito. E digo mais: ouvi a sra. Willett chamar a filha usando um "Cooee"*, o que, outra vez, é mais típico da Austrália do que da África do Sul. E é muito esquisito, é só o que tenho a dizer. Por que alguém não desejaria admitir que esteve na Austrália se de fato esteve?

– Com certeza, é curioso – concordou Emily. – Como também é curioso elas terem escolhido vir morar aqui em pleno inverno, como fizeram.

– Isso salta aos olhos – disse a srta. Percehouse. – Já encontrou com elas?

– Não. Pensei em ir até lá esta manhã. Só não sabia direito com que motivo.

– Vou providenciar um pretexto para você. Vá buscar minha caneta tinteiro, algumas folhas de papel e um envelope. Certo. Agora, deixe-me ver...

A mulher fez uma pausa deliberada, após a qual, sem o menor aviso, ergueu a voz em um grito pavoroso:

– Ronnie, Ronnie, Ronnie! Esse rapaz é surdo? Por que não consegue vir quando é chamado? Ronnie! Ronnie!

---

* Palavra derivada de um chamamento dos aborígines australianos que passou ao idioma inglês daquele país como interjeição para chamar a atenção de alguém em uma conversa. (N.T.)

Ronnie chegou em um trote rápido, com um pincel na mão.

– Aconteceu alguma coisa, tia Caroline?

– E por que deveria acontecer alguma coisa? Eu estava chamando você, isso é tudo. Ontem, quando foi à casa das Willett, você comeu algum bolo em particular à hora do chá?

– Bolo?

– Bolo, sanduíche, qualquer coisa. Como você é devagar, garoto! Que petiscos havia para acompanhar o chá?

– Bolo de café... – disse Ronnie, bastante confuso – e alguns sanduíches de patê.

– Bolo de café... Isso serve – comentou a sra. Percehouse, começando a escrever rapidamente. – Pode voltar à sua pintura, Ronnie. Não fique em volta, parado aí com a boca aberta. Tiraram as suas adenoides quando tinha oito anos, então nem essa desculpa você tem mais.

Ela continuou a escrever:

Cara sra. Willett,
Soube que serviu o mais delicioso bolo de café ontem com o chá da tarde. Poderia ter a grande gentileza de me dar a receita? Sei que não vai se importar com o que estou lhe pedindo... Uma inválida como eu tem tão poucas exceções para variar sua dieta. Como Ronnie está ocupado esta manhã, a portadora, srta. Trefusis, prometeu-me gentilmente entregar este bilhete.
Não achou essas notícias todas sobre o prisioneiro tão assustadoras?
Sinceramente sua,
Caroline Percehouse

Colocou o bilhete em um envelope, selou e pôs o endereço.

– Aqui está, mocinha. Provavelmente, vai encontrar a porta da frente apinhada de repórteres. Vi uma porção deles passando pela alameda em um ônibus. Mas pergunte pela sra. Willett e diga que tem um bilhete de minha parte e a deixarão entrar. Não preciso dizer-lhe para manter os olhos abertos e aproveitar a visita o máximo que puder. Você vai fazer isso de qualquer jeito.

– A senhora é realmente muito gentil – disse Emily.

– Eu ajudo aqueles que se ajudam. A propósito, você ainda não me perguntou o que eu penso de Ronnie. Presumo que ele esteja na sua lista. Ele é um bom rapaz, a seu modo, mas fraco de dar pena. Me dói dizer que ele faria quase qualquer coisa por dinheiro. Veja o que ele aguenta de mim! E ele não tem miolos para ver que eu gostaria dez vezes mais dele se ele se irritasse comigo vez ou outra e me mandasse para o inferno. A única outra pessoa da aldeia é o capitão Wyatt. Acho que ele fuma ópio. E é, fácil, fácil, o homem mais mal-humorado da Inglaterra. Há algo mais que queira saber?

– Acho que não – disse Emily. – O que a senhora me contou parece bastante abrangente.

CAPÍTULO 18

Emily visita a mansão Sittaford

Enquanto caminhava rápido pela alameda, Emily percebeu mais uma vez como a feição da manhã estava mudando. A neblina estava se tornando cerrada.

"Que lugar horrível para se viver na Inglaterra", pensou. "Se não está chovendo, nevando ou ventando, está enevoado. E se o sol não brilha é tão frio que não se consegue sentir os dedos."

Foi interrompida em suas reflexões por uma voz muito áspera falando bem perto de seu ouvido direito:

– Mil perdões, mas a senhorita por acaso viu por aí uma cadelinha bull terrier?

Emily se virou de olhos arregalados. Inclinado sobre um portão estava um homem alto, magro, com a pele muito morena, cabelo grisalho e olhos injetados. Apoiava um lado do corpo em uma muleta e olhava Emily com enorme interesse. Ela não teve dificuldade em identificá-lo como o capitão Wyatt, o proprietário inválido do chalé nº 2.

– Não, não vi – respondeu Emily.

– Ela fugiu. Uma criatura afetuosa, mas completamente tola. Com todos esses carros passando...

– Achava que poucos automóveis transitavam por este caminho – disse Emily.

– Há uma linha de ônibus turístico no verão – retrucou o capitão, ríspido. – É o passeio matinal de três pence e meio que vem de Exhampton. Sobe até o farol de Sittaford, com uma parada na metade do caminho para a compra de refrescos.

– Sim, mas não estamos no verão.

— De qualquer jeito, um ônibus subiu há pouco. Repórteres, eu suponho, querendo dar uma olhada na mansão Sittaford.

— O senhor conhecia bem o capitão Trevelyan? — perguntou Emily.

Deduziu que o incidente com a bull terrier havia sido um mero pretexto usado pelo capitão Wyatt para satisfazer uma compreensível curiosidade. Ela era, estava bem ciente disso, o principal objeto de atenção em Sittaford no momento, e era natural que o capitão quisesse dar uma olhada nela, como todos os outros.

— Não posso dizer que o conhecia muito bem — respondeu o capitão. — Ele me vendeu este chalé.

— É mesmo? — perguntou Emily, em tom encorajador.

— Um avarento, isso é o que ele era. O acordo era que ajustaria o lugar ao gosto do comprador, e só porque eu quis janelas cor de chocolate e caixilhos cor de limão ele queria que eu pagasse metade da pintura. Disse que o acordo era apenas para a cor padrão.

— O senhor não gostava muito dele...

— Estava sempre discutindo com ele. Mas eu discuto com todo mundo — acrescentou após pensar um pouco. — Em um lugar como este é preciso ensinar as pessoas a deixarem um homem em paz. Estão sempre batendo à porta, fazendo visitas inesperadas e querendo conversa. Não me importo de ver gente quando estou com a disposição certa... Mas tem de ser a minha disposição, não a dos outros. Não bastasse Trevelyan tomando-se ares de lorde e aparecendo sem avisar toda vez que lhe dava na veneta. Agora, não há alma alguma neste lugar que se aproxime de mim — completou, com satisfação.

— Oh! — exclamou Emily.

— Essa é a melhor parte de se ter um criado indiano. Eles sabem cumprir ordens. Abdul! — ele rosnou.

Um hindu alto de turbante saiu do chalé e postou-se à espera, atencioso.

— Entre para beber alguma coisa e conhecer meu pequeno chalé — disse o capitão Wyatt.

— Sinto muito, mas estou com pressa.

— Oh, não, não está.

— Sim, estou — disse Emily. — Tenho um encontro marcado.

— Ninguém entende a arte de viver hoje em dia — reclamou o capitão Wyatt. — Tomando trens, marcando encontros, fixando horários para qualquer coisa... Tudo uma besteira. Sempre digo: levante-se com o sol, faça as refeições quando estiver com fome e nunca se prenda a calendários ou relógios. Eu poderia ensinar as pessoas a viver se elas me ouvissem.

Os resultados daquele excelso modo de vida não pareciam muito auspiciosos, Emily pensou. Ela nunca havia visto ninguém tão semelhante ao destroço de um naufrágio quanto aquele capitão Wyatt. Contudo, sentindo que sua curiosidade fora satisfeita o suficiente por aquele momento, insistiu mais uma vez que tinha um encontro e seguiu seu caminho.

A mansão de Sittaford tinha uma porta da frente sólida, de carvalho, um gracioso sino com cordel, um imenso capacho de arame e uma brilhante caixa postal de latão polido. O conjunto representava, como Emily não podia deixar de notar, conforto e decoro. Uma criada muito formal e arrumada atendeu a porta.

Emily deduziu o estrago que os jornalistas que a precederam haviam causado quando a criada disse de imediato e em um tom distante:

– A sra. Willet não receberá ninguém esta manhã.

– Eu trouxe um bilhete da srta. Percehouse – declarou.

Aquilo claramente mudava a situação. O rosto da criada expressou indecisão e, em seguida, ela alterou seus modos.

– Queira entrar, por favor.

Emily foi introduzida no que os corretores de imóveis descreveriam como um "vestíbulo bem mobiliado", e dali em uma grande sala de estar. A lareira acesa brilhava, e havia na sala traços evidentes de ocupação feminina. Estavam dispostos pelo lugar alguns vasos com tulipas, uma elaborada sacola de costura, um chapéu feminino e um Pierrô com pernas muito longas. Não havia nenhuma fotografia.

Tendo observado tudo, Emily aquecia as mãos na frente da lareira quando a porta da sala se abriu e uma moça da sua idade entrou. A garota era muito bonita, vestia-se de modo caro e elegante e, Emily notou, achava-se em um estado de apreensão nervosa que jamais vira igual. Entretanto, nada disso aparecia na superfície. A srta. Willett fazia uma graciosa encenação de quem estava se sentindo inteiramente confortável. Avançou para Emily e apertou-lhe a mão:

– Bom dia. Lamento que mamãe não possa descer, mas ela passou a manhã na cama.

– Sinto muito. Temo ter aparecido numa hora imprópria.

– Não, é claro que não. A cozinheira está anotando a receita daquele bolo agora mesmo. Ficamos encantadas em atender a srta. Percehouse. Está hospedada com ela?

Emily refletiu, sorrindo por dentro, que aquela talvez fosse a única casa em Sittaford cujos moradores não estavam cientes de quem ela era e de por que estava ali. A mansão tinha uma rígida separação entre empregadas e empregadoras. As empregadas talvez soubessem algo sobre ela – quanto às empregadoras, estava claro que não.

– Não exatamente. Na verdade, estou no chalé da sra. Curtis.
– É claro, as cabanas são muito pequenas, e a srta. Percehouse já tem o sobrinho, Ronnie, morando lá. Suponho que não haveria um lugar também para a senhorita. Ela é uma pessoa maravilhosa, não é mesmo? Tem muita força de caráter, mas na verdade me assusta bastante.
– É uma tirana, não é mesmo? – concordou Emily, jovial. – Mas deve ser bastante tentador ser uma tirana, especialmente se as pessoas não a enfrentam.

A srta. Willett suspirou e disse:
– Bem que eu gostaria de saber enfrentar as pessoas. Tivemos uma manhã horrível, importunadas o tempo todo por aqueles repórteres.
– Oh, é claro. Esta casa é na verdade do capitão Trevelyan, não? O homem que foi assassinado em Exhampton.

Emily tentava determinar a causa exata do nervosismo de Violet Willett. A garota estava claramente à beira de um ataque. Algo a assustava – e muito. Foi com tal propósito que Emily mencionou o capitão Trevelyan. Contudo, a garota não reagiu ao nome de modo perceptível, mas talvez já esperasse por aquele comentário.

– Sim. Assustador, não é mesmo?
– Por favor, me conte... isto é, se não se importar de falar do assunto.
– Oh, não, não... É claro que não... Por que me importaria?

"Há algo de muito errado com essa garota", pensou Emily. "Mal sabe o que fala. O que a teria deixado assim nesta manhã em particular?"

– Fale da tal sessão espírita. Ouvi de passagem algo a respeito e me pareceu algo tremendamente interessante... quero dizer, absolutamente horrível.

"Medos de mulherzinha", pensou consigo mesma, "é por aí que devo ir."

– Oh, foi terrível – respondeu Violet. – Nunca me esquecerei daquela noite! Pensamos, é lógico, que alguém estava brincando... ainda que pareça uma brincadeira muito desagradável.
– E então?
– Nunca vou me esquecer do momento em que acendemos as luzes... Todos pareciam tão estranhos. Não o sr. Duke e o major Burnaby, eles são do tipo estoico, jamais admitiriam que estavam impressionados com algo assim. Mas dava para ver que o major Burnaby ficou realmente agitado com tudo aquilo. Acho que na verdade ele acreditou mais do que qualquer outra pessoa. Pensei que o pobre sr. Rycroft ia ter um ataque do coração, porque ele se dedica a essas pesquisas psíquicas, e Ronnie... Ronnie Garfield, a senhorita sabe... Ele parecia ter visto um fantasma... E na verdade viu mesmo. Até mamãe estava muito perturbada... Mais do que jamais a vi.
– Deve ter sido apavorante – disse Emily. – Gostaria de ter estado aqui para ver.

O MISTÉRIO SITTAFORD

– Foi realmente bastante assustador. Todos tentamos fingir que havia sido só... uma brincadeira, sabe, mas não era o que parecia. E aí o major Burnaby, de súbito, resolveu ir até Exhampton e todos tentamos impedi-lo, dizendo que ele acabaria enterrado pela nevasca, mas ele foi assim mesmo. E ficamos todos aqui, depois que ele partiu, nos sentindo preocupados e assustados. E então, ontem à noite, não, ontem pela manhã, recebemos a notícia.

– Acha que era o espírito do capitão Trevelyan – perguntou Emily em uma voz assustada – ou um episódio de clarividência ou telepatia?

– Não sei. Mas nunca, nunca mais vou rir de uma coisa assim outra vez.

A criada entrou com um pedaço de papel dobrado em uma bandeja e entregou-o a Violet. Depois que a empregada saiu, Violet desdobrou o papel, examinou-o e estendeu-o para Emily:

– Aqui está a receita. Para falar a verdade, a senhorita chegou bem a tempo. Esse negócio do assassinato assustou as criadas. Acham que é perigoso morar nesta área tão fora de mão. Mamãe perdeu a paciência com elas ontem e mandou-as arrumar suas coisas. Vão embora depois do almoço. Vamos contratar dois homens para substituí-las. Um empregado para o serviço da casa e um mordomo. Acho que assim as coisas vão funcionar muito melhor.

– Criadas são tão bobas, não? – comentou Emily.

– Sim, mesmo que de fato o capitão Trevelyan tivesse sido morto nesta casa.

– O que as fez vir morar aqui? – disse Emily, tentando fazer a pergunta soar espontânea.

– Ah, pensamos que seria divertido.

– Não acha o lugar enfadonho?

– Ah, não. Eu adoro o campo – disse Violet, mas seus olhos evitaram os de Emily. Por um momento, pareceu temerosa e desconfiada. Remexeu-se desconfortável na cadeira e Emily, ainda que com relutância, se levantou e disse:

– Agora preciso ir. Muito obrigado, srta. Willett. Espero que sua mãe melhore.

– Ela está bastante bem, na verdade. São só as criadas... E todas as preocupações.

– Entendo.

Com destreza, sem ser percebida pela outra, Emily largou suas luvas sobre uma mesinha. Violet Willett a acompanhou até a porta da frente e elas se despediram com poucas e breves saudações.

A criada que recebera Emily havia destrancado a fechadura, mas quando Violet Willett fechou a porta à saída da convidada, Emily não ouviu nenhum som de chave sendo girada. Por isso, quando alcançou o portão, refez, devagar, os passos até a entrada.

A visita havia mais do que confirmado suas teorias sobre a mansão Sittaford. Havia alguma coisa estranha acontecendo ali. Ela não achava que Violet Willett estivesse diretamente implicada – ou isso ou era uma atriz muito hábil. Mas havia alguma coisa errada, algo que *devia* ter alguma ligação com a tragédia. *Tinha* de haver algum vínculo entre as Willett e o capitão Trevelyan, e nesse vínculo podia estar a pista para solucionar todo o mistério.

Foi até a porta, torceu a maçaneta muito delicadamente e atravessou o umbral. O saguão estava deserto. Emily fez uma pausa, incerta do que fazer a seguir. Tinha uma desculpa, as luvas esquecidas distraidamente na sala de estar. Ficou parada e imóvel, ouvindo com atenção. Não havia ruído em parte alguma, a não ser um suave murmúrio vindo do andar de cima. Tão silenciosa quanto possível, Emily pôs o pé no primeiro degrau da escadaria e olhou para cima. Depois, subiu ligeiro um degrau por vez. Aquele era um movimento arriscado. Ela não poderia fingir que suas luvas haviam andado sozinhas até o andar superior, mas tinha um desejo ardente de escutar um pouco da conversa que estava se desenrolando. Os construtores modernos não faziam portas decentes, na opinião de Emily. Era possível ouvir um murmúrio de vozes no andar de baixo. Logo, quem alcançasse a porta poderia ouvir claramente a conversa que ocorria no interior do aposento. Outro degrau. Mais outro... Vozes de duas mulheres... Violet e a mãe, sem dúvida.

Súbito, a conversa se interrompeu – um dos degraus havia rangido. Emily recuou rapidamente.

Quando Violet Willett abriu a porta do quarto da mãe e desceu as escadas, ficou surpresa de encontrar a convidada de há pouco em pé no saguão, espiando em volta com um ar de cachorro perdido.

– Minhas luvas. Acho que as esqueci – explicou.

– Espero que estejam aqui – disse Violet.

Entraram na sala de estar e ali, como era de se esperar, encontraram as luvas perdidas depostas em uma mesinha próxima ao local em que Emily estivera sentada.

– Muito obrigada – agradeceu Emily. – Fui tão estúpida. Estou sempre esquecendo as coisas.

– E vai precisar mesmo de luvas com este tempo. Está tão frio – comentou Violet.

Novamente se despediram, e desta vez Emily ouviu a chave girando na fechadura.

Desceu a estrada com uma porção de coisas na cabeça. Antes que aquela porta no andar de cima fosse aberta, ela ouviu, com nitidez, uma frase dita pela voz aflita e chorosa de uma mulher mais velha:

– Deus meu! Não aguento mais! A noite de hoje não vai chegar nunca?

CAPÍTULO 19

Teorias

Emily voltou para o chalé e não encontrou seu jovem amigo. A sra. Curtis explicou que ele havia saído com vários outros rapazes, mas haviam chegado dois telegramas para a jovem senhorita. Enquanto Emily os apanhava, abria-os e depois os guardava no bolso do casaco de lã, a sra. Curtis lançava-lhe olhares famintos. Até que perguntou:

– Espero que não sejam más notícias.
– Oh, não – respondeu Emily.
– Telegramas sempre me põem em sobressalto.
– Entendo – disse Emily. – São mesmo perturbadores.

Naquele momento, ela não sentia vontade de nada que não fosse ficar sozinha. Queria organizar as ideias. Subiu para seu quarto e, tomando um lápis e um bloco de notas, começou a ordenar o que sabia de modo sistemático. Depois de vinte minutos nesse exercício, foi interrompida pelo sr. Enderby:

– Olá, olá, aí está a senhorita. A imprensa procurou-a com afinco a manhã toda, mas perderam seu rastro em algum ponto. De qualquer forma, já ouviram de mim que não quer ser incomodada. No que concerne à senhorita, sou a fonte oficial.

Sentou-se na cadeira – Emily ocupava a cama –, soltou uma risadinha e continuou:

– Inveja e malícia não me enganam! Tenho lidado bem com a situação. Conheço todo mundo e estou no caminho certo. É bom demais para ser verdade. Fico me beliscando e com a sensação de que vou acordar de um minuto para o outro. Ah, notou essa neblina?

– Ela não vai me impedir de ir esta tarde a Exeter, espero.
– Quer ir a Exeter?
– Sim. Tenho um encontro marcado lá com o sr. Dacres. Meu advogado, o senhor sabe... o que está cuidando da defesa de Jim. Ele quer me ver. E acho que devo fazer uma visita à tia de Jim, Jennifer, enquanto estiver por lá. No fim das contas, Exeter fica a apenas meia hora de viagem.

– O que significa que ela poderia ter dado um pulo em Exhampton de trem, nocauteado o irmão e ninguém teria notado sua ausência.

– Sei que soa bastante improvável, mas é preciso examinar todas as possibilidades. Não que eu queira que seja a tia Jennifer... Preferiria que fosse Martin Dering. Odeio homens que, por estarem na família, acham que podem fazer determinadas coisas em público sem levar uma bofetada.

– Ele é desse tipo?

— Bem desse tipo. É o suspeito ideal para um homicídio... Sempre recebendo telegramas de corretores de apostas e perdendo dinheiro nos cavalos. É irritante que ele tenha um álibi tão bom, pelo que me disse o sr. Dacres. Um encontro com um editor e um banquete literário parecem sólidos e convincentes.

— Um banquete literário na sexta-feira à noite – disse Enderby. – Martin Dering... Deixe-me ver... Martin Dering... Sim... Tenho quase certeza de que é isso. "Quase" uma vírgula, eu tenho é bastante certeza, mas posso confirmar com um telegrama para Carruthers.

— Do que está falando?

— Escute. Sabe que viajei para Exhampton na noite de sexta-feira. Bem, havia algumas informações que eu precisava obter de um colega do jornal, Carruthers é o nome dele. Ele iria me encontrar às seis e meia, se pudesse... primeiro precisava cobrir um banquete literário. É um sujeito bastante chato. Se não conseguisse me ver, enviaria as informações pelo correio para Exhampton. Bem, ele não pôde ir e me mandou uma carta.

— E o que isso tudo tem a ver com a história? – perguntou Emily.

— Não seja tão impaciente, estou chegando ao ponto. O camarada estava em um estado lastimável quando me escreveu... Havia enchido a cara no banquete... Daí que, após me dar a informação que eu desejava, seguiu adiante com uma longa e picante descrição do jantar. Você sabe, sobre os discursos, e quem disse o que, e qual famoso romancista ou célebre dramaturgo estava por lá. E reclamou que havia sido muito mal posicionado. Indicaram-lhe um lugar no qual havia uma cadeira vazia de um lado, reservada para a escritora best-seller Ruby McAlmott, e um assento vazio do outro, onde deveria estar, mas não estava, o especialista erótico, Martin Dering, e que ele tentou remediar a situação trocando de lugar e sentando-se próximo a um poeta muito conhecido em Blackheath. Vê aonde quero chegar?

— Charles, querido! – a excitação transformava a voz de Emily em um trinado. – Que maravilha! Então o bruto não estava no banquete, no fim das contas?

— Exatamente.

— Tem certeza de que o nome era esse?

— Positivo. Por azar, já joguei a carta fora, mas sempre se pode mandar um telegrama para Carruthers para confirmar. Mas tenho certeza absoluta de que não estou enganado.

— Só que ainda há o encontro com o editor – ponderou Emily. – Aquele com o qual ele teria passado a tarde. Mas acho que era um editor que já estava com passagem de volta para os Estados Unidos comprada e, se for assim, parece suspeito. Quero dizer, é como se ele tivesse escolhido alguém que não poderia ser interrogado com facilidade.

– Acha que topamos com uma pista? – perguntou Charles Enderby.

– Bem, assim parece. Penso que a melhor coisa a fazer é ir direto àquele gentil inspetor Narracott e contar a ele esses fatos novos. Quer dizer, não temos como entrar em contato com um editor americano que pode estar agora a bordo do *Mauritânia*, ou do *Berengária*, ou de outro navio qualquer. Esse é um trabalho para a polícia.

– E se acontecer, terá sido pela minha dica. Que furo! – disse o sr. Enderby. – Se tudo der certo, penso que o *Daily Wire* não poderia me oferecer menos que...

Emily interrompeu com rudeza os sonhos de progresso do rapaz:

– Não devemos perder a calma e jogar tudo para o alto. Preciso ir a Exeter. Não acho que eu consiga voltar a Sittaford até amanhã. Mas tenho uma missão para você.

– Que tipo de missão?

Emily descreveu sua visita às Willett e a frase estranha que havia ouvido antes de deixar a casa.

– Temos de descobrir com total e absoluta certeza o que vai acontecer esta noite. Há algo no ar.

– Que coisa extraordinária!

– E não é? É claro que pode ser uma coincidência. Ou não... Mas note que as criadas estão sendo tiradas do caminho. Alguma coisa esquisita está para acontecer esta noite, e você tem de estar lá para ver o que é.

– Está sugerindo que eu passe a noite inteira tremendo de frio escondido em um arbusto no jardim?

– Bem, se não se importa... Jornalistas não medem esforços atrás de uma boa história.

– Quem lhe disse tal coisa?

– Não importa quem me disse, eu sei que é assim. Vai ou não vai fazer isso?

– Claro que vou. Não vou perder um só detalhe. Se algo esquisito acontecer esta noite em Sittaford, eu estarei lá.

Emily contou-lhe a história da etiqueta de bagagem.

– É estranho – comentou Enderby. – Austrália não é onde o terceiro integrante da família Pearson está? O mais novo. Não que isso signifique alguma coisa, mas ainda assim... Bem, pode haver uma ligação.

– Hum... Acho que isso é tudo. Tem algo a relatar de sua parte?

– Bem – começou Charles –, eu tive uma ideia.

– Qual?

– O que eu não sei é se você não vai ficar... incomodada.
– O que quer dizer com isso?
– Não vai brigar comigo por causa do que pensei, vai?
– Imagino que não. Acho que posso ouvir qualquer coisa com tranquilidade e sensatez.
– Bem, a questão é... – prosseguiu Charles Enderby, lançando a ela um olhar desconfiado. – Não pense que eu queira ser ofensivo ou algo assim, mas já se perguntou se aquele seu jovem noivo se ateve estritamente à verdade em suas declarações?
– O senhor quer dizer: se ele cometeu o homicídio, no fim das contas? Bom, tem todo o direito de adotar esse ponto de vista, se assim desejar. Desde o início eu lhe disse que era a hipótese mais natural, mas também disse que tínhamos de trabalhar com a presunção de que ele é inocente.
– Não quis dizer isso. Estou com a senhorita em presumir que ele não matou o tio. O que estou dizendo é: o quanto a versão dele é verdadeira? Ele alega que veio até Exhampton, teve uma conversa com o velho e saiu, deixando-o vivo e bem.
– Sim.
– Bem, o que me ocorreu foi: não acha possível que ele tenha vindo aqui e, na verdade, encontrado o capitão já morto? Ele pode ter perdido a cabeça, se assustado, fugido e depois não quis admitir.

Charles propôs sua teoria em tom hesitante, mas ficou aliviado ao ver que Emily não demonstrava sinal algum de irritação. Em vez disso, franzia a testa e unia as sobrancelhas em uma expressão pensativa.

– Não vou me iludir. É possível. Não havia pensado nisso antes. Sei que Jim não mataria ninguém, mas poderia muito bem ficar nervoso e contar uma mentira idiota que depois, é claro, teria de sustentar. Sim, é bem possível.
– O problema é que não pode perguntar algo a ele sobre isso agora. Quer dizer, eles não deixariam vocês dois se encontrarem sozinhos, não?
– Posso mandar o sr. Dacres até ele – disse Emily. – Creio que é possível falar em particular com o advogado. O pior em Jim é que ele é temerariamente obstinado: uma vez que tenha dito uma coisa, vai insistir nela.
– "Esta é a minha história e eu vou sustentá-la" – disse o sr. Enderby, em tom compreensivo.
– Exato. Fico feliz que tenha mencionado essa possibilidade, Charles, não havia me ocorrido. Estávamos procurando alguém que esteve na casa *depois* de Jim... Mas se foi *antes*...

Fez uma pausa, perdida em pensamentos. Duas teorias muito diferentes seguiam em direções opostas. Havia a sugerida pelo sr. Rycroft, na qual uma discussão de Jim com o tio era o ponto determinante. A outra teoria, contudo, não tomava, em absoluto, conhecimento de Jim. A primeira coisa a fazer, Emily sentia, era falar com o médico que havia sido o primeiro a examinar o corpo. Se houvesse a possibilidade de o capitão Trevelyan ter sido morto às... digamos, quatro horas, faria uma diferença considerável na questão dos álibis. Outra coisa a fazer era pedir ao sr. Dacres que insistisse com seu cliente sobre a necessidade de falar a verdade sobre aquele ponto.

Ela se levantou e disse:

– Bem, o melhor que tem a fazer é me ajudar a descobrir como chegar a Exhampton. Creio que o ferreiro tem algum tipo de automóvel. Pode ir até lá e combinar o transporte com ele? Vou partir imediatamente depois do almoço. Há um trem às 15h10 para Exeter. Isso me dará tempo para falar com o médico primeiro. Que horas são agora?

– Meio-dia e meia – disse o sr. Enderby, consultando seu relógio.

– Então vamos os dois até a aldeia acertar o assunto do carro. Há só mais uma coisa que quero fazer antes de deixar Sittaford.

– O quê?

– Uma visita ao sr. Duke. É a única pessoa em Sittaford que ainda não encontrei. E era um dos presentes à sessão espírita.

– Bem, nós vamos passar pelo chalé dele no caminho para a ferraria.

O chalé do sr. Duke era o último da fileira. Emily e Charles abriram o portão e seguiram até a entrada. Foi então que uma coisa bastante surpreendente aconteceu: a porta se abriu e um homem saiu da casa. Esse homem era o inspetor Narracott.

Ele também pareceu surpreso e, ao menos foi o Emily imaginou, constrangido. Ela abandonou sua intenção original.

– Fico muito contente de encontrá-lo, inspetor Narracott. Há algumas coisas sobre as quais gostaria de falar com o senhor, se fosse possível.

– Seria um prazer, srta. Trefusis – disse o homem com uma olhada no relógio. – Mas receio que tenhamos de ser rápidos. Tenho um carro me esperando. Preciso voltar agora mesmo para Exhampton.

– Que sorte extraordinária. Poderia, então, me dar uma carona até lá, inspetor?

O policial disse, bastante sem jeito, que seria um prazer.

– Busque minha mala, Charles – ordenou Emily. – Já está arrumada.

Charles partiu imediatamente.

– É uma grande surpresa encontrá-la aqui, srta. Trefusis – disse o inspetor Narracott.

– Eu bem que havia lhe dito *au revoir* – Emily lembrou.

– Na hora não notei.

– O senhor nem de longe chegou a me notar – disse Emily, em tom cândido. – Saiba, inspetor, que cometeu um engano. Jim não é o homem que o senhor procura.

– Verdade?

– E tem mais: acredito, do fundo do coração, que o senhor concorda comigo.

– E o que a faz pensar assim, srta. Trefusis?.

– O que estava fazendo na cabana do sr. Duke? – retrucou Emily.

Narracott ficou embaraçado. Emily aproveitou a vantagem.

– O senhor tem dúvidas, inspetor... É isso mesmo, o senhor está em dúvida. Pensou que havia apanhado o homem certo, agora já não tem tanta certeza, e por isso está fazendo mais algumas investigações. Bem, tenho de lhe dizer algumas coisas que podem ajudá-lo. Contarei tudo no caminho para Exhampton.

Ouviu-se um som de passadas um pouco mais abaixo na alameda, e Ronnie Garfield apareceu. Tinha o ar de um estudante matando aula: envergonhado e ofegante.

– Srta. Trefusis – ele começou –, que tal dar um passeio comigo esta tarde? Enquanto minha tia faz a sesta, quero dizer.

– Impossível – foi a resposta de Emily. – Estou partindo. Vou para Exeter.

– O quê? Não está falando sério! Vai em definitivo?

– Ah, não. Devo estar de volta amanhã.

– Esplêndido.

Emily retirou algo do bolso de seu casaco e estendeu para ele.

– Poderia entregar isto para sua tia? É a receita para o bolo de café, e diga que ela fez o pedido na hora certa. A cozinheira está indo embora hoje, bem como as demais criadas. Não esqueça de dizer isso, ela vai ficar interessada.

Um grito longínquo foi trazido pela brisa. Dizia "Ronnie, Ronnie, Ronnie".

– É minha tia – disse Ronnie, se pondo nervoso. – Acho melhor eu ir.

– Também acho. Ah, o senhor está com tinta verde na bochecha esquerda – avisou Emily. Ronnie Garfield desapareceu pelo portão do chalé da tia.

– Ah, ali vem meu jovem amigo com minha mala – disse Emily. – Vamos, inspetor. Conto-lhe tudo no carro.

CAPÍTULO 20

Visita à tia Jennifer

Às duas e meia da tarde, o dr. Warren recebeu uma visita de Emily. Foi tomado de imediato fascínio por aquela garota expedita e atraente, que fazia perguntas bastante diretas.

— Sim, srta. Trefusis, compreendo o que quer dizer. Deve entender que, ao contrário do que pensam os leitores de romances policiais, é bem difícil fixar com precisão a hora da morte. Examinei o corpo às oito horas da noite. Posso dizer com certeza que o capitão Trevelyan já estava morto no mínimo duas horas antes disso. Agora, quanto tempo antes seria difícil dizer. Se a senhorita me contasse que ele morreu às quatro horas, eu responderia que é possível, embora a minha opinião particular se inclinasse por um horário posterior a esse. Por outro lado, ele com certeza não pode ter morrido muito antes disso. Quatro horas e meia antes seria o limite máximo.

— Muito obrigado — agradeceu Emily. — É tudo o que eu precisava saber.

Ela tomou o trem das 15h10 e, da estação, dirigiu-se diretamente para o hotel em que o sr. Dacres estava hospedado.

A conversa foi profissional e desapaixonada. O sr. Dacres conhecia Emily desde que ela era criança e havia se encarregado dos seus negócios desde que atingira a maioridade.

— Tem de se preparar para uma surpresa desagradável, Emily. As coisas estão muito piores do imaginávamos para o lado de Jim Pearson.

— Piores?

— Sim. Não é bom ficar de rodeios. Vieram a público certos fatos que contribuíram para mostrá-lo sob uma luz bem desfavorável. Foram esses fatos, na verdade, que levaram a polícia a indiciá-lo pelo crime. Eu não estaria agindo em seu interesse se sonegasse isso.

— Por favor, conte-me tudo.

A voz dela estava perfeitamente calma e tranquila. Qualquer que fosse seu abalo interior, não tinha a intenção de demonstrar seus sentimentos. Sentimentos não iriam ajudar Jim Pearson, e sim inteligência. Precisava manter a cabeça fria.

— Não há dúvida de que ele estava precisando de dinheiro com urgência. Não vou entrar nos aspectos éticos da situação por enquanto. Aparentemente, Pearson já havia algumas vezes tomado dinheiro emprestado (para usar um eufemismo) da firma em que trabalha, sem o conhecimento de seus chefes. Estava interessado em especular em ações e, em uma ocasião anterior, sabendo que certos dividendos estavam para ser creditados em sua conta dentro de uma semana, usou o dinheiro da firma para comprar certas ações cujo valor subiria em breve, segundo informações seguras. A transação foi bastante satisfatória, o dinheiro foi devolvido e Pearson não parece ter tido nenhuma dúvida quanto à honestidade da operação. Aparentemente ele a repetiu há uma semana, e dessa vez ocorreu um imprevisto. Os livros da empresa são auditados em datas predeterminadas, mas por alguma razão dessa vez o processo foi antecipado, e Pearson se viu frente a um dilema bastante desagradável. Estava bem ciente de como seus atos seriam interpretados, e não tinha condições de levantar a soma de dinheiro necessária. Ele próprio admite que tentou empréstimos em toda parte, sem sucesso. E, como último recurso, abalou-se até Devonshire para se ajoelhar diante do tio e convencê-lo a ajudar. E isso era uma coisa que o capitão Trevelyan com certeza se recusaria a fazer.

"Portanto, Emily querida, não teremos como impedir esses fatos de virem à tona. A polícia já desenterrou o assunto. E você entende, não é mesmo, que o que temos agora é um motivo urgente e muito forte para o crime. Uma vez que o capitão estivesse morto, Pearson poderia, com facilidade, obter o montante necessário do sr. Kirkwood, como um adiantamento da herança, e poderia assim salvar-se do desastre e de um possível processo criminal."

– Ah, aquele idiota – disse Emily, desamparada.

– De acordo – concordou o sr. Dacres, com secura. – A mim me parece que nossa única chance reside em provar que Jim Pearson não tinha conhecimento algum das disposições testamentárias de seu tio.

Houve um momento de silêncio enquanto Emily pensava no assunto. Então disse, calmamente:

– Temo que seja impossível. Todos os três sabiam... Sylvia, Jim e Brian. Eles com frequência faziam comentários e piadas sobre o tio rico de Devonshire.

– Querida, querida... Isso é muito ruim.

– Não acha que ele seja culpado, não é, senhor Dacres? – perguntou Emily.

– É curioso, mas não acho – respondeu o advogado. – Em algumas coisas, Jim Pearson é um rapaz bem transparente. Ele não tem (se me permite o comentário, Emily) padrões muito elevados de honestidade comercial, mas não acredito nem por um minuto que pudesse ter batido com aquele cilindro de areia na cabeça do tio.

– Isso é bom. Queria que a polícia achasse o mesmo.

– Concordo. Nossas impressões e ideias não têm nenhuma utilidade prática. O caso contra ele, infelizmente, é forte. Não vou esconder de você, minha criança, que a perspectiva é ruim. Eu sugeriria que fosse contratado o senhor Lorimer, do Conselho Real de Direito. Chamam-no de "o defensor dos desesperados" – ele acrescentou, em tom alegre.

– Há uma coisa que eu gostaria de saber – continuou Emily. – O senhor tem, é claro, visto Jim.

– Com certeza.

– Quero que me diga com toda a honestidade se acha que ele falou a verdade a respeito de outras coisas – ela esboçou a hipótese que Enderby havia sugerido.

O advogado refletiu sobre o assunto com cuidado antes de responder:

– Tenho a impressão de que ele está falando a verdade quando descreve sua entrevista com o tio. Mas há poucas dúvidas sobre o fato de ele haver metido os pés pelas mãos. Se deu a volta na casa, entrou pela janela daquele jeito e encontrou o cadáver de seu tio... É possível que tenha ficado assustado demais para admitir e inventou a outra história.

– É o que eu penso – disse Emily. – Da próxima vez que o vir, sr. Dacres, poderia insistir com ele para que diga a verdade? Pode fazer uma tremenda diferença.

– Farei isso – o advogado fez uma breve pausa e continuou: – Mas de qualquer maneira acho que sua teoria está equivocada. As notícias sobre a morte do capitão Trevelyan se espalharam por Exhampton por volta das oito e meia da noite. Nessa hora o último trem estava saindo para Exeter, mas Jim Pearson pegou o primeiro comboio disponível na manhã seguinte – um procedimento bem pouco inteligente, que chamou atenção para suas atitudes, que de outra forma poderiam ter passado despercebidas se ele tivesse tomado um trem em um horário mais convencional. E há mais uma coisa. Se, como sugere, ele descobriu o cadáver do tio algum tempo depois das quatro, acho que teria deixado Exhampton logo depois. Há um trem que parte pouco depois das seis e outro que sai às quinze para as oito.

– Esse é um ponto – admitiu Emily. – Não havia pensado nisso.

– Eu o questionei incisivamente sobre o método que usou para entrar na casa do tio – prosseguiu o sr. Dacres. – Ele alega que o tio o fez tirar as botas e deixá-las na entrada. Isso explica por que não foram descobertas pegadas úmidas no saguão.

– Ele disse se ouviu algum barulho... qualquer coisa... que possa ter dado a ele a ideia de que havia mais alguém na casa?

– Não mencionou nada, mas vou perguntar.

– Obrigada – disse Emily. – Se eu escrever um bilhete, pode entregar a ele?

– Estará, é óbvio, sujeito à leitura prévia das autoridades.

– Será algo bem discreto.

Ela foi até a escrivaninha e redigiu umas poucas palavras:

Meu querido Jim,
Tudo vai dar certo, portanto alegre-se. Tenho trabalhado como uma escrava da pior espécie para descobrir a verdade.
Como você foi idiota, meu querido.

Com amor,
Emily

– Aqui está.

O sr. Dacres leu o bilhete, mas não fez comentários. Foi Emily quem falou:

– Tomei bastante cuidado com a caligrafia, assim as autoridades da prisão poderão lê-lo com facilidade. Agora, preciso ir.

– Permita-me oferecer-lhe uma xícara de chá.

– Não, obrigada, sr. Dacres, não tenho tempo a perder. Estou indo visitar a tia de Jim, Jennifer.

Em Laurels, Emily foi informada que a sra. Gardner havia saído, mas retornaria em breve.

Com um sorriso para a criada, disse:

– Então posso entrar e esperar?

– Gostaria de falar com a enfermeira Davis?

Emily estava sempre pronta para falar com qualquer pessoa, e disse "sim" prontamente.

Poucos minutos depois, a enfermeira Davis apareceu, empertigada e curiosa. Emily a cumprimentou:

– Como vai? Sou Emily Trefusis... quase sobrinha da sra. Gardner. Isto é, futura sobrinha, mas meu noivo, Jim Pearson, foi preso, como presumo que saiba.

– Ah, foi tão horrível – disse a enfermeira. – Vimos tudo nos jornais esta manhã. Que coisa terrível. Parece estar suportando maravilhosamente bem, srta. Trefusis.

Havia uma débil nota de desaprovação no tom da enfermeira. Trazia implícita a noção de que enfermeiras podiam aguentar qualquer coisa devido à força de seu caráter, mas não se esperava o mesmo das simples mortais.

– Bem, não posso deixar-me abater. Espero que isso não a afete. Quer dizer, deve ser embaraçoso para a senhora estar associada com uma família na qual houve um assassinato.

— É bastante desagradável, é claro — disse a enfermeira Davis, cedendo àquela prova de consideração —, mas o dever para com um paciente vem antes de qualquer coisa.

— Magnífico! Deve ser maravilhoso para tia Jennifer sentir que tem alguém em quem pode confiar.

— Imagine! — disse a enfermeira, afetando modéstia. — A srta. é muito gentil. Mas é claro que eu já tive algumas experiências curiosas antes desta. Ora, no último caso que atendi...

Emily ouviu pacientemente uma longa e escandalosa anedota que abrangia um divórcio complicado e questões de paternidade. Após elogiar a enfermeira por seu tato, discrição e *savoir faire*, Emily voltou sorrateira ao tópico dos Gardner:

— Eu não conheço o marido de tia Jennifer. Ainda não o encontrei pessoalmente. Ele nunca sai de casa, é isso?

— Não, pobre homem.

— Qual é exatamente o problema dele?

A enfermeira Davis embarcou na conversa com evidente satisfação. Ao fim da explicação, Emily murmurou, pensativa:

— Então, na verdade, ele poderia ficar bem novamente a qualquer hora.

— Estaria muito fraco.

— É claro. Mas parece que isso oferece alguma esperança.

A enfermeira sacudiu a cabeça com ceticismo profissional:

— Não creio que haverá cura alguma neste caso.

Emily havia anotado em sua caderneta os horários do que ela chamava o "álibi" de tia Jennifer. Fez uma tentativa:

— É bem estranho pensar que tia Jennifer estava no cinema enquanto seu irmão estava sendo assassinado.

— Muito triste, não é mesmo? — disse a enfermeira. — É claro que ela não poderia saber... mas o choque depois foi tão forte.

Emily vasculhou em sua mente para encontrar um modo de saber o que desejava sem fazer uma pergunta direta:

— Ela não teve algum tipo esquisito de visão ou premonição? Não foi a senhora que a encontrou no saguão, na chegada, e comentou que ela parecia bastante abalada?

— Ah, não. Não fui eu. Eu não a vi até que estivéssemos sentadas à mesa do jantar, e nessa hora ela parecia em seu estado normal. Que intrigante!

— Acho então que estou confundindo com alguma outra história — disse Emily.

— Talvez tenha sido outra pessoa — sugeriu a enfermeira Davis. — Eu mesma cheguei bem tarde aquele dia. Até me senti bastante culpada de deixar meu paciente sozinho por tanto tempo, mas ele mesmo havia insistido para que eu saísse.

Ela olhou de súbito para o relógio.

– Oh, céus. Ele me pediu outra bolsa de água quente. Preciso providenciar isso de uma vez. Pode me dar licença, srta. Trefusis?

Emily despediu-se da mulher, foi até a lareira e tocou a campainha.

Uma jovem desajeitada apareceu com uma expressão bastante assustada.

– Qual é seu nome? – perguntou Emily.

– Beatrice, senhorita.

– Beatrice, acho que não vou poder esperar a volta de minha tia, a sra. Gardner... Gostaria de fazer algumas perguntas a ela sobre as compras que fez na sexta-feira. Sabe se ela trouxe um pacote grande para casa?

– Não, senhorita, eu não a vi chegar.

– Achei que tivesse dito que ela voltou às seis da tarde.

– Sim, senhorita. Eu não a vi entrar, mas quando fui levar um pouco de água quente até o quarto dela, às sete horas, tomei um choque ao vê-la deitada na cama, no escuro. "Oh, madame", eu disse a ela, "a senhora me deu um susto." "Cheguei faz bastante tempo, às seis horas", foi o que ela disse. E não vi pacote grande em lugar algum – disse Beatrice, tentando ao máximo se fazer útil.

"É tudo tão difícil", pensou Emily. "É preciso inventar tanta coisa... Já falei de uma premonição e de um pacote grande, mas ainda acho que preciso inventar mais alguma coisa se não quiser soar suspeita." Ela sorriu com doçura e disse:

– Está tudo bem, Beatrice, não importa.

Beatrice deixou a sala. Emily retirou da bolsa um pequeno guia ferroviário e o consultou:

– Saída de Exeter às 15h10 – ela murmurou. – Chegada em Exhampton, 15h42. Tempo para ir até a casa do irmão e matá-lo (como soa bestial e premeditado dito dessa forma): digamos de meia hora a 45 minutos. Quais os horários para a viagem de volta? Há um trem às 16h25 e aquele que o sr. Dacres mencionou, às 18h10, que chegaria às 18h40. Sim, qualquer um dos dois seria possível. É uma pena que não haja razão para suspeitar da enfermeira. Esteve fora a tarde toda e ninguém sabe aonde foi. É claro, não acredito de verdade que ninguém nesta casa tenha matado o capitão Trevelyan, mas de certa forma é reconfortante saber que elas poderiam ter feito isso. Ahn? Há alguém na porta da frente.

Houve um murmúrio de vozes no saguão e a porta se abriu para a entrada de Jennifer Gardner na sala. Emily se apresentou:

– Sou Emily Trefusis. A senhora sabe... a noiva de Jim Pearson.

– Então você é Emily – disse a sra. Gardner apertando-lhe a mão. – Que surpresa!

De repente, Emily sentiu-se pequena e muito fraca. Como uma menininha flagrada fazendo algo muito idiota. Tia Jennifer era uma pessoa extraordinária. E se havia alguma coisa que se podia dizer dela é que tinha caráter. Tinha caráter o bastante para duas ou três pessoas em vez de uma.

– Já tomou chá, minha querida? Não? Então tomará comigo. Só me dê um momento. Preciso subir e dar uma olhada em Robert primeiro.

Uma expressão estranha aflorou no rosto da tia ao mencionar o nome do marido. A voz bonita e dura amaciou. Foi como uma luz incidindo sobre ondas escuras de água.

"Ela o venera", pensou Emily, deixada sozinha na sala de estar. "Ao mesmo tempo, há algo assustador em tia Jennifer. Eu me pergunto se tio Robert gosta de ser adorado tanto assim."

Quando Jennifer Gardner retornou, havia tirado o chapéu. Emily admirou a fronte ampla e a linha plana do cabelo penteado para trás.

– Quer falar sobre o que aconteceu com Jim, Emily? Se não quiser, eu entendo.

– Falar não ajuda muito, não é mesmo?

– Só podemos esperar que eles encontrem rápido o verdadeiro assassino. Pode tocar a campainha para mim, Emily? Vou mandar servir o chá da enfermeira lá em cima. Não a quero de conversa fiada aqui em baixo. Como eu odeio essas enfermeiras!

– Ela é boa?

– Suponho que sim. De qualquer modo, Robert diz que é. Eu a detesto, sempre detestei, mas Robert diz que ela é, de longe, a melhor enfermeira que já tivemos.

– Ela é bastante atraente – disse Emily.

– Bobagem. Com aquelas mãos grosseiras e horrendas?

Emily observou os dedos brancos e delgados da tia lidarem com a jarra de leite e o pegador de torrões de açúcar.

Beatrice veio, apanhou a xícara de chá e uma bandeja com petiscos e deixou a sala.

– Robert tem andado muito preocupado com tudo isso – comentou a sra. Gardner. – Anda em grande estado de nervos. Suponho que seja devido à sua doença, na verdade.

– Ele não conhecia muito bem o capitão Trevelyan, não é mesmo?

– Não conhecia nem gostava dele. Para ser honesta, eu mesma não posso fingir que sinto muito a morte dele. Era um homem cruel e ganancioso. Sabia das dificuldades que temos enfrentado. Da pobreza! Sabia que um empréstimo no momento certo poderia ter financiado para Robert um tratamento especial que teria feito toda a diferença. Bem, aqui se faz, aqui se paga – disse a mulher, em uma voz profunda e ameaçadora.

"Que mulher estranha", pensou Emily. "Bela e terrível, como saída de uma tragédia grega."

– Pode não ser tarde demais – continuou a sra. Gardner. – Escrevi aos advogados em Exhampton hoje para perguntar se poderia obter uma certa soma de dinheiro como adiantamento da herança. O tratamento do qual estou falando é em alguns aspectos o que chamariam de charlatanice, mas tem sido bem-sucedido em um grande número de casos. Emily, que maravilhoso seria se Robert pudesse andar novamente.

A face dela brilhava, com se uma lâmpada a iluminasse.

Emily estava cansada. Havia tido um dia longo, comera pouco ou quase nada, e achava-se extenuada pelas próprias emoções reprimidas. Era como se a sala se afastasse e voltasse outra vez.

– Não está se sentindo bem, querida?

– Está tudo certo – ofegou Emily e, para sua própria surpresa, contrariedade e humilhação, rompeu em lágrimas.

A sra. Gardner não tentou se levantar para consolá-la – para gratidão de Emily. Apenas ficou sentada em silêncio até a jovem sossegar o choro. Murmurou em um tom de voz pensativo:

– Pobre menina. É muito azar que Jim tenha sido preso... muito azar. Queria que alguma coisa pudesse ser feita.

CAPÍTULO 21

Conversas

Entregue a suas próprias determinações, Charles Enderby não relaxou em seus esforços. Para se familiarizar com o modo de vida na aldeia, só precisou apelar para a sra. Curtis – como alguém que abrisse a válvula de um hidrante. Enquanto ouvia, levemente aturdido, o fluxo de anedotas, reminiscências, boatos, suposições e detalhes meticulosos, esforçava-se valentemente para selecionar o que pudesse ser útil. Mencionava então outro nome e de imediato a força da enxurrada corria para aquela direção. Ficou sabendo tudo sobre o capitão Wyatt, seu humor turbulento, sua rudeza, suas rixas com os vizinhos, sua cortesia ocasional e surpreendente, sempre voltada para jovens bonitas. A vida que levava ao lado do criado indiano, as horas peculiares nas quais fazia suas refeições e a descrição exata de sua dieta. Soube também da biblioteca do sr. Rycroft, de seus tônicos capilares, sua insistência em ordem e pontualidade estritas, sua curiosidade desordenada a respeito das ações de outras pessoas, a recente venda de algumas antigas e prezadas propriedades, seu inexplicável gosto por pássaros e a ideia corrente de que a sra. Willett estava de olho nele. Ficou a par da srta. Percehouse e de sua língua ferina, e da maneira como ela tiranizava seu sobrinho, e dos rumores sobre a vida dissoluta que aquele mesmo sobrinho levava em Londres. Ouviu de novo tudo a respeito da amizade do major Burnaby com capitão Trevelyan, suas reminiscências do passado e a paixão de ambos pelo xadrez. Foi informado do que se sabia sobre as Willett, incluindo a crença geral de que a srta.Violet Willett estava dando corda para o sr. Ronnie Garfield e de que ela não estava realmente interessada nele. Alguém sugeriu que ela fazia excursões misteriosas à charneca e que havia sido vista por lá passeando com um rapaz. E sem dúvida era por isso, assim supunha a sra. Curtis, que elas haviam vindo para aquela região desolada. A mãe havia levado-a para lá para fazê-la superar alguma antiga paixão. Mas... "garotas podem ser muito mais astuciosas do que suas mães sonham". A respeito do sr. Duke, curiosamente, havia pouco a contar. Estava lá havia pouco tempo, e sua atividade exclusiva parecia ser a horticultura.

Eram três e meia da tarde e, com a cabeça girando por causa da conversa com a sra. Curtis, Charles Enderby saiu para uma caminhada. Sua intenção era travar contato mais próximo com o sobrinho da srta. Percehouse. Um prudente reconhecimento nas cercanias do chalé da srta. Percehouse foi de pouca serventia, mas por um golpe de sorte topou com o jovem bem na hora em que este emergia desconsolado dos portões da mansão Sittaford. Tinha toda a aparência de quem fora mandado embora com a pulga atrás da orelha.

– Olá – disse Charles. – Diga-me, aquela é a casa do capitão Trevelyan?

– Exato – respondeu Ronnie.

– Esperava poder tirar uma foto dela esta manhã. Para o meu jornal, o senhor sabe – acrescentou. – Mas está um tempo horrível para fotografias.

Ronnie aceitou aquela declaração de boa-fé, sem pensar que se só fosse possível tirar fotografias em dias de sol brilhante, poucas seriam as publicadas nos jornais diários.

– Deve ser um trabalho muito interessante, esse seu.

– Uma vida de cachorro – disse Charles, fiel à convenção de nunca demonstrar entusiasmo pelo próprio trabalho. Olhou por cima do ombro para a mansão Sittaford e comentou: – O lugar é mais deprimente do que eu imaginava.

— E isso que está bem diferente desde que as Willett se mudaram para lá – emendou Ronnie – Eu estava por aqui no ano passado mais ou menos nesta mesma época, e dificilmente se poderia dizer que era o mesmo lugar. Ainda que eu não saiba muito bem o que elas fizeram. Trocaram a mobília de lugar, suponho, arranjaram umas almofadas e coisas desse tipo. Posso dizer é que para mim tem sido uma bênção a presença delas por aqui.

— Suponho que, via de regra, não seja um lugar muito animado.

— Animado? Se eu morasse aqui por uma quinzena que fosse perderia completamente o juízo. Me espanta que minha tia consiga se agarrar à vida do jeito que tem feito. Ainda não viu os gatos, não é mesmo? Tive de escovar um deles esta manhã, e olhe como o demônio me arranhou – ele mostrou a mão e o braço.

— Que má sorte – comentou Charles.

— Diria que foi mesmo. Diga-me, está fazendo alguma investigação? Se sim, posso ajudá-lo? Ser o Watson para o seu Sherlock, ou algo do gênero?

— Há alguma pista na mansão Sittaford? – perguntou Charles, em tom casual. – O capitão Trevelyan deixou alguma coisa por lá?

— Acho que não. Minha tia conta que ele se mudou de armas e bagagens. Levou suas patas empalhadas de elefante, presas de hipopótamo, rifles de caça e tudo o mais.

— Quase como se ele não pretendesse voltar – comentou Charles.

— Opa, essa é uma ideia. Acha que ele cometeu suicídio?

— Um homem que conseguisse acertar a si próprio em cheio na nuca com um saco de areia seria algo semelhante a um artista do suicídio.

— É verdade. Bem que achei a ideia ruim. Mas é como se ele tivesse tido uma premonição. – O rosto de Ronnie se iluminou: – Escute, e que tal essa? Inimigos estão em seu encalço, ele sabe que estão a caminho, então limpa tudo e passa a casa adiante, como de fato o fez, para as Willett.

— A aparição das Willett foi um milagre.

— Sim, não consigo entender. Imagine alguém se enterrar desse jeito aqui no campo. Violet não parece se importar... Na verdade, até diz que gosta. Não sei qual é o problema com ela hoje. Suponho que seja a questão doméstica. Não sei por que as mulheres se afligem tanto por causa de criadas. Se elas se comportarem mal, é só mandá-las embora.

— Mas foi o que elas fizeram, não foi? – disse Charles.

— Sim, eu sei, mas estão muito agitadas por causa disso. A mãe deitada, gritando histérica, e a filha descontrolada. Acabou agora mesmo de me expulsar de lá.

— Elas receberam a visita da polícia?

Ronnie arregalou os olhos:

– Polícia? Não, por que receberiam?
– Bem, foi o que imaginei. Vi o inspetor Narracott em Sittaford hoje pela manhã.

Ronnie deixou cair a bengala com estrépito e se inclinou para apanhá-la:
– Ouvi bem o que disse? O inspetor Narracott estava em Sittaford esta manhã?
– Sim.
– E ele... é o encarregado do caso Trevelyan?
– Exato.
– E o que ele estava fazendo aqui? Onde o viu?
– Suponho que apenas fuçava por aí – disse Charles –, averiguando a vida pregressa do capitão, por assim dizer.
– Acha que é só isso?
– Penso que sim.
– Ele não acha que alguém em Sittaford tem alguma relação com o crime, acha?
– Isso seria muito improvável, não é mesmo?
– Bastante. Mas sabe como é a polícia: sempre batendo no prego errado. Ao menos é o que dizem nos romances policiais.
– Penso que são, na verdade, uma corporação de homens bastante inteligentes – discordou Charles. – Claro, a imprensa os ajuda bastante – acrescentou –, mas se um dia acompanhar um caso cuidadosamente, vai se impressionar com a maneira como eles rastreiam assassinos quase sem nenhuma evidência para seguir.
– Bem... É ótimo saber disso. E com certeza eles pegaram aquele tal de Pearson bem rápido. Parece um caso bastante claro.
– Como cristal. Que bom que não fomos nem eu nem você, não? Bem, preciso despachar alguns telegramas. Por aqui, se a gente gasta mais de meia coroa em uma mensagem, as pessoas nos olham como se fôssemos lunáticos fugitivos.

Charles enviou seus telegramas, comprou um pacote de cigarros, alguns selos de aparência duvidosa e dois romances baratos editados em papel-jornal bastante amarelado. Depois, voltou para o chalé, atirou-se na cama e dormiu como um bebê, ignorando candidamente que ele e seus assuntos, em particular a srta. Emily Trefusis, estavam sendo debatidos em várias partes da vizinhança.

É possível afirmar com segurança que havia naquele momento apenas três tópicos de conversação em Sittaford. Um era o assassinato, outro era a fuga do prisioneiro e o terceiro, a srta. Emily Trefusis e seu primo. Na verdade, em determinado momento, quatro conversas diferentes tinham-na como tema central.

A primeira delas tinha lugar na mansão Sittaford, onde Violet Willett e a mãe haviam acabado de lavar elas próprias a louça do chá, em decorrência da retirada dos empregados.

– Foi a sra. Curtis quem me contou – disse Violet, ainda pálida e abatida.

– É quase uma doença o tanto que aquela mulher fala – disse a mãe.

– Eu sei. Parece que a garota está na verdade hospedada lá, com um primo ou algo assim. Ela mencionou hoje de manhã que estava no chalé da sra. Curtis, mas achei que fosse simplesmente porque não havia lugar para ela na casa da srta. Percehouse. E agora parece que ela nunca havia encontrado a srta. Percehouse até hoje!

– Como eu detesto aquela mulher! – comentou a sra. Willet.

– A sra. Curtis?

– Não, a tal Percehouse. O tipo de mulher perigosa. Vive para tentar saber da vida dos outros. Enviar aquela garota até aqui por causa de uma receita de bolo de café! Gostaria de poder mandar um bolo envenenado para ela. Isso a faria parar de uma vez por todas de se meter onde não é chamada.

– Acho que eu devia ter percebido... – começou Violet, mas não conseguiu concluir, interrompida pela mãe.

– Como você poderia, minha querida? E de qualquer forma, não houve prejuízo algum.

– Por que acha que aquela moça veio até aqui?

– Não acho que tinha nada definido em mente. Estava apenas reconhecendo o terreno. A sra. Curtis tem certeza de que ela é noiva de Jim Pearson?

– Creio que foi o que ela disse para o sr. Rycroft. A sra. Curtis disse que suspeitou disso desde o início.

– Bem, então a coisa toda é bastante natural. Ela está procurando, ainda sem um objetivo definido, por algo que possa ajudar.

– A senhora não a viu, mamãe – comentou Violet. – Ela não é alguém sem um objetivo.

– Gostaria de tê-la visto. Mas meus nervos estavam em pedaços hoje de manhã. Uma reação, eu suponho, àquela conversa de ontem com o inspetor de polícia.

– A senhora foi maravilhosa, mamãe. Se ao menos eu não tivesse sido uma completa idiota... desmaiar daquele jeito. Oh, estou tão envergonhada de mim por ter dado aquele show. E lá estava a senhora, perfeitamente calma e controlada... sem um fio de cabelo fora do lugar.

– Tenho um bom treinamento – disse a sra. Willett, em um tom de voz duro e seco. – Se você tivesse passado por tudo o que eu já passei... Mas espero que nunca passe, minha filha. Tenho confiança de que terá à sua frente uma vida feliz e pacífica.

Violet sacudiu a cabeça.

– Estou assustada... Estou mesmo assustada.

– Bobagem... E quanto ao que disse, sobre ter dado um show com o desmaio de ontem... longe disso. Não se preocupe.

– Mas aquele inspetor... Ele pode pensar que...

– Que foi a menção ao nome de Jim Pearson que a fez desmaiar? Sim... Ele vai pensar isso mesmo. Não é tolo, aquele inspetor Narracott. Mas e daí se ele pensar? Ele vai suspeitar de uma ligação... E vai procurar por ela... *E não vai encontrá-la.*

– A senhora acha que não?

– É claro que não! Como poderia? Confie em mim, Violet, querida. Tenho absoluta certeza. De certo modo, talvez o seu desmaio tenha sido uma ocorrência feliz. De qualquer jeito, vamos torcer para que sim.

A conversa número dois se dava na cabana do major Burnaby, e era mais como um monólogo apresentado pela sra. Curtis, que havia passado por lá para recolher a roupa suja do capitão e já estava há meia hora pronta para ir embora.

– Igual à minha bisavó Sarah Belinda, foi o que eu disse ao Curtis esta manhã – falou a mulher em tom triunfal. – Profunda... e do tipo que pode ter todos os homens na palma da mão.

O major Burnaby soltou um sonoro resmungo. A sra. Curtis continuou:

– Noiva de um rapaz e carregando outro a tiracolo. É bem o tipo da minha bisavó Sarah Belinda. E não faz isso por diversão, pode escrever. Não é só capricho... Ela tem substância. E agora o sr. Garfield... Ela vai tê-lo na ponta do laço antes que o senhor consiga dizer "opa". Nunca vi um jovem cavalheiro parecer tanto com uma ovelha quanto ele esta manhã... E esse é um sinal forte.

Ela fez uma pausa para tomar fôlego.

– Bem, bem, não quero lhe atrasar mais, sra. Curtis.

– O Curtis vai estar à espera do chá, sou capaz de apostar – disse ela, sem se mover. – Nunca fui de ficar fazendo fofoca. Faça seu trabalho, é o que eu sempre digo. E falando de trabalho, o que o senhor acha de eu fazer uma bela faxina geral?

– Não! – disse o major, com veemência.

– Já faz um mês desde a última.

– Não. Gosto de saber onde encontrar cada uma das minhas coisas. E depois dessas faxinas nada é posto de volta no lugar certo.

A sra. Curtis suspirou. Era apaixonada por uma boa limpeza.

– O capitão Wyatt é que precisaria de uma faxina de primavera. Aquele indiano desagradável... Gostaria de saber o que ele pode saber a respeito de limpeza. Sujeitinho repugnante.

— Não há nada melhor do que um empregado indiano – retrucou o major Burnaby. – Eles sabem fazer seu trabalho e não ficam jogando conversa fora.

Qualquer indireta que pudesse haver na última frase não foi captada pela sra. Curtis. Sua mente havia recuado até um assunto anterior.

— Ela recebeu dois telegramas... Os dois chegaram no intervalo de meia hora. Me deram um bruta susto. Mas ela os leu friamente, como se não fossem nada. E aí me disse que estava indo para Exeter e que não voltaria até amanhã.

— E levou aquele rapaz com ela? – perguntou o major com um lampejo de esperança.

— Não, ele ainda está aqui. É um jovem cavalheiro agradável e bem falante. Os dois formam um belo par.

Seguiu-se mais um resmungo do major Burnaby.

— Bem – disse a sra. Curtis –, agora eu vou embora.

O major mal ousava respirar, com o receio de distraí-la de sua intenção. Mas desta vez a sra. Curtis cumpriu a palavra. A porta se fechou às costas dela.

Com um suspiro de alívio, o major deu de mão em seu cachimbo e começou a ler o folheto de uma certa companhia de mineração cujo valor era alardeado com um otimismo tão espalhafatoso que teria despertado suspeitas no coração de qualquer um que não fosse uma viúva ou um militar aposentado.

— Doze por cento... – murmurou. – Parece muito bom...

No chalé vizinho, o capitão Wyatt estava dando uma bronca no sr. Rycroft:

— Sujeitos como você – dizia ele – não conhecem nada do mundo. Nunca viveram. Nunca passaram dificuldades.

O sr. Rycroft não disse nada. Era tão difícil não falar a coisa errada para o capitão Wyatt que normalmente o mais seguro a fazer era não dizer nada.

O capitão inclinou-se em sua poltrona, olhando em volta:

— Onde aquela cadela se meteu? Garota bonita – acrescentou.

A associação de ideias era bastante natural na mente do capitão, mas não na do sr. Rycroft, que o olhou, escandalizado.

— O que ela faz aqui é o que o eu gostaria de saber. Abdul! – chamou Wyatt.

— *Sahib*?

— Onde está Bully? Ela saiu outra vez?

— Na cozinha, *sahib*.

— Não a alimente ainda – ele se recostou em sua poltrona e continuou no segundo assunto: – O que ela quer aqui? Com quem estava indo falar em um lugar como este? Vocês todos, velhos ultrapassados, vão entediá-la com suas conversas chatas. Troquei algumas palavras com ela hoje pela manhã. Acho que ficou surpresa de encontrar um homem como eu em um lugar como este – o capitão cofiou o bigode.

– Ela é noiva de James Pearson – disse o sr. Rycroft. – Você sabe, o homem que foi preso pelo assassinato de Trevelyan.

O copo de uísque que Wyatt havia levado aos lábios caiu, espatifando-se no piso. O capitão imediatamente rugiu para Abdul e amaldiçoou-o em termos bem pouco moderados por não colocar a mesa em um ângulo mais adequado com a poltrona. Depois, retomou a conversa.

– Então é ela. Boa demais para aquele almofadinha. Uma garota como aquela precisa de um homem de verdade.

– O jovem Pearson é muito bem-apessoado – interveio o sr. Rycroft.

– Ora, bem-apessoado... uma garota não quer um manequim de loja. O que esse tipo de rapaz que trabalha o dia todo em um escritório sabe da vida? Que experiência já teve com a realidade?

– Talvez a experiência de ser acusado de homicídio seja realidade suficiente para ele – retrucou, seco, o sr. Rycroft.

– A polícia tem certeza de que foi ele, não?

– Devem ter plena certeza ou não o teriam prendido.

– São um bando de caipiras – disse o capitão, sarcástico.

– Nem tanto. O inspetor Narracott me pareceu nesta manhã um homem hábil e competente.

– Onde você o viu nesta manhã?

– Ele esteve em minha casa.

– E não veio à minha – disse o capitão, em tom ofendido.

– Bem, você não era amigo íntimo de Trevelyan ou algo do gênero.

– Não sei o que quer dizer com isso. Trevelyan era um avarento, e eu disse isso na cara dele. E eu não puxava o saco dele como o resto das pessoas daqui. Estava sempre "dando uma passadinha"... Uma passadinha... Passadinhas demais. Se eu não quiser ver ninguém por uma semana, um mês ou ano, isso é problema meu.

– Já fazia uma semana que você não via ninguém, não?

– Não, e por que deveria? – Wyatt, irritado, desferiu um soco na mesa. O sr. Rycroft percebeu que, como de hábito, havia dito a coisa errada. – Por que diabos eu deveria? Diga-me.

O sr. Rycroft manteve um silêncio prudente. A raiva do capitão se dissipou.

– Mesmo assim – resmungou –, se a polícia quer saber alguma coisa sobre Trevelyan, sou eu o homem que devem procurar. Já rodei pelo mundo todo, e tenho bom senso. Posso avaliar o valor de um homem. De que adianta procurar um bando de velhos fracotes e de mulheres? O que eles precisam é do juízo de um *homem*.

Desferiu outro soco na mesa.

– Bem – disse o sr. Rycroft –, suponho que eles saibam o que estão procurando.

– Perguntaram a meu respeito, naturalmente.

– Ahn... Não me lembro bem – disse o sr. Rycroft, cauteloso.

– Como assim não se lembra? Você não devia estar na idade de caducar.

– É provável que eu tenha ficado... ahn... nervoso.

– Nervoso, você? Com medo da polícia? Eu não tenho medo deles. Deixe que venham, é o que eu digo, e eu mostrarei a eles. Sabia que eu acertei um gato a cem jardas de distância uma noite dessas?

– É mesmo? – disse o Rycroft.

O hábito do capitão de disparar seu revólver contra gatos reais ou imaginários era uma dura provação para seus vizinhos.

– Estou cansado – disse, de súbito, o capitão Wyatt. – Bebe mais um drinque antes de ir?

Interpretando corretamente a sugestão, o sr. Rycroft se levantou. O capitão continuou insistindo em oferecer-lhe mais um drinque.

– Você valeria o dobro se bebesse um pouco mais. Um homem que não sabe aproveitar uma bebida não é um homem, no fim das contas.

Mas o sr. Rycroft persistiu em recusar a oferta. Já havia consumido uma dose bem forte de uísque com soda, algo pouco comum para ele.

– Que chá você toma? – perguntou Wyatt. – Não sei nada a respeito de chás. Diga a Abdul para servir-lhe um. Gostaria que aquela garota pudesse vir aqui tomar um chá qualquer dia. Uma moça danada de bonita. É preciso fazer alguma coisa por ela. Deve se entediar à morte em um lugar como este, sem ninguém com quem conversar.

– Está acompanhada de um rapaz – disse o sr. Rycroft.

– Os rapazes de hoje me dão nojo. O que há de bom neles?

Sendo aquela uma pergunta difícil de responder de forma satisfatória, o sr. Rycroft sequer tentou. Despediu-se do capitão.

A cadela bull terrier o acompanhou até o portão, provocando nele grande alarme.

No chalé nº 4, a srta. Percehouse conversava com o sobrinho, Ronald:

– Se você gosta de babar atrás de uma moça que não lhe dá a mínima, essa é para você, Ronald. Muito mais do que aquela menina Willett, com quem você poderia ter uma chance, embora eu ache isso bastante improvável.

– Ora... – protestou Ronnie.

– A outra coisa que tenho a dizer é que, se havia um oficial de polícia em Sittaford, eu deveria ter sido informada. Quem sabe eu pudesse ter dado a ele alguma informação válida.

– Eu mesmo só soube depois que ele havia ido embora.

– Isso é tão típico de você, Ronnie.

– Desculpe, tia Caroline.

– E quando estiver pintando a mobília do jardim, não há necessidade de pintar o seu rosto também. Não melhora em nada sua aparência e ainda é um desperdício de tinta.

– Desculpe, tia Caroline.

– Agora – disse a srta. Percehouse, cerrando os olhos –, não discuta mais comigo. Estou cansada.

Ronnie arrastou os pés, parecendo desconfortável.

– O que é? – perguntou a velha, ríspida.

– Ah, nada... É só que...

– Sim?

– É que... eu estava me perguntando se a senhora se importaria que eu desse um pulo em Exeter amanhã.

– Para quê?

– Bem, quero encontrar um amigo por lá.

– Que espécie de amigo?

– Só um amigo.

– Se um rapaz quer contar mentiras, deve saber fazer isso – disse a srta. Percehouse.

– Lamento... Mas...

– Não se desculpe.

– Então está tudo bem? Posso ir?

– Não sei o que você quer, perguntando "posso ir?" como se fosse uma criancinha. Você já é maior de idade.

– Sim, mas o que estou dizendo é que não quero...

A srta. Percehouse fechou outra vez os olhos.

– Já pedi uma vez para não discutir. Estou cansada e quero repousar. Tudo o que eu tenho a dizer é que se o "amigo" que você vai encontrar em Exeter usa saias e se chama Emily Trefusis, você é mais idiota do que eu pensava...

– Olhe aqui, tia...

– Estou cansada, Ronald. Já chega.

CAPÍTULO 22

As aventuras noturnas de Charles

Charles não contemplava com nenhum prazer a perspectiva de sua vigília noturna. No íntimo, já imaginava que aquilo seria, muito provavelmente, um tiro n'água. Emily era uma garota possuída por uma imaginação muito vívida, pensava ele. Estava convencido de que o sentido que ela havia interpretado nas poucas palavras que ouvira tinha origem em sua própria cabeça. Era provável que a pura fadiga induzisse a sra. Willet a ansiar pela chegada da noite.

Olhou para fora de sua janela e tremeu. Era uma noite gélida, enevoada, de um frio cortante – a última noite que alguém gostaria de passar vagando a descoberto, à espera de que alguma coisa de natureza muito nebulosa viesse a acontecer.

Ainda assim, ele não ousaria ceder ao desejo intenso de permanecer confortavelmente entre quatro paredes. Recordava-se do tom líquido e melodioso da voz de Emily enquanto dizia: "É maravilhoso ter alguém em quem confiar".

Ela confiava nele, Charles, e aquela confiança não seria depositada em vão. Decepcionar aquela garota linda e indefesa? Jamais.

"Além disso", pensava ele enquanto vestia toda a roupa de baixo que havia trazido para depois se envolver em dois pulôveres e em um sobretudo, "as coisas poderiam ficar para lá de desagradáveis se Emily percebesse, ao retornar, que ele não havia cumprido a promessa." Era possível que dissesse as coisas mais terríveis. Não, ele não podia se arriscar. Mas quanto a algo acontecer...

De qualquer modo, como e quando aconteceria? Ele não poderia estar em toda parte. Provavelmente o acontecimento, fosse lá qual fosse, se daria dentro da casa, e ele não ficaria sabendo de coisa alguma a respeito.

– Igual a qualquer garota... Saracoteando por Exeter e me deixando aqui para fazer o trabalho sujo – ele queixou-se consigo mesmo. Depois, lembrou-se outra vez das tonalidades aquosas da voz de Emily enquanto expressava sua confiança nele e sentiu vergonha pelo acesso de raiva.

Ele terminou de se vestir – parecia ter seguido Tweedledee* como modelo – e efetuou uma retirada furtiva do chalé.

A noite estava ainda mais fria e desagradável do que ele imaginara. Será que Emily dava-se conta de tudo o que ele estava prestes a sofrer em nome dela? Esperava que sim.

---

* Referência a um dos "dois homenzinhos gordos" que Alice encontra no quinto capítulo de *Alice no País do Espelho*, de Lewis Carroll. O outro é Tweedledum. (N.T.)

Sua mão deslizou com cuidado para dentro do bolso e acariciou uma garrafinha no interior dele.

– O melhor amigo do homem – murmurou. – Ao menos numa noite como esta.

Com as precauções adequadas, passou pelos portões da mansão Sittaford. As Willett não tinham cachorro, então não havia por que temer um sinal de alarme. A falta de luz no galpão de jardinagem mostrava que não havia ninguém lá dentro. A própria mansão Sittaford estava às escuras, exceto por uma janela iluminada no primeiro andar.

"Aquelas duas estão sozinhas na casa", pensou Charles. "Eu mesmo não gostaria de estar lá dentro. É assustador!"

Questionava-se se Emily havia realmente entreouvido aquela frase, "*A noite de hoje não vai chegar nunca?*". O que significava?

"Eu me pergunto... E se elas estiverem pensando em se mudar às escondidas? Bem, aconteça o que acontecer, o jovem Charles vai estar aqui para ver", pensou.

Circulou a casa a uma distância discreta. Devido à noite enevoada, não tinha receio de ser observado. Até onde ele podia ver, tudo parecia estar normal. Uma visita aos fundos mostrou que as entradas estavam trancadas.

– Espero que alguma coisa aconteça – disse Charles após algum tempo. Tomou um gole econômico da garrafinha. – Nunca senti frio igual a este. "O que você passou durante a Grande Guerra, papai?" Seja lá o que for, não pode ser pior do que isto.

Deu uma espiada no relógio e ficou surpreso de saber que ainda faltavam vinte minutos para a meia-noite. Havia se convencido de que o amanhecer estava próximo.

Um som inesperado o deixou agitado e de ouvidos alertas. Era o som de uma tranca sendo retirada gentilmente de seu lugar, e vinha da direção da casa. Charles deu uma corrida silenciosa de arbusto em arbusto. Sim, ele estava certo, a pequena porta lateral estava se abrindo devagar. Uma silhueta escura apareceu no limiar, espreitando a noite com gestos ansiosos.

"Será a sra. ou a srta. Willett?", Charles pensou. "Acho que é a doce Violet."

Depois de alguns minutos de espera, a silhueta saiu para o pátio, fechou sem ruído a porta atrás de si e começou a andar em direção aos fundos da casa. Uma trilha seguia por trás da mansão Sittaford, passando através de um arvoredo e depois para fora do terreno, em plena charneca.

A trilha fazia uma curva perto dos arbustos onde Charles estava escondido – tão perto que Charles conseguiu reconhecer a mulher quando ela passou por ele. Sua suposição estava correta: era Violet Willett. Usava uma boina e um casaco preto muito comprido.

Ela seguiu na trilha, e Charles foi atrás, tão silenciosamente quanto possível. Não tinha medo de ser visto, mas estava ciente do risco de ser ouvido. Estava preocupado em não alertar a garota, e devido aos cuidados que tomava para isso, ela se acabou distanciando. Por alguns momentos, receou que pudesse perdê-la, mas, enquanto caminhava ansioso pelo arvoredo, viu-a parada não muito longe dele, no ponto em que a mureta que circundava a propriedade era interrompida por um portão. Violet Willett estava em pé ao lado do portão, inclinada para o outro lado e tentando enxergar algo através da noite escura.

Charles se esgueirou para o mais perto que conseguiu e esperou. O tempo passava. A garota tinha consigo uma lanterna de bolso e, como a acendia apenas por um breve momento, apontando-a para si mesma, Charles deduziu que ela tentava ver as horas no relógio de pulso. Depois, debruçava-se sobre o portão na mesma atitude de interesse expectante. De repente, Charles ouviu um assobio fraco, repetido duas vezes.

Viu que a garota se pôs subitamente atenta, inclinou-se ainda mais sobre o portão e respondeu com o mesmo sinal – um leve assobio emitido duas vezes.

Com rapidez surpreendente, a silhueta de um homem emergiu da noite. A garota sussurrou uma exclamação e deu dois passos para trás. O portão girou para o lado de dentro, e o homem juntou-se a ela. Começaram a falar em um tom baixo e urgente. Incapaz de entender o que diziam, Charles se aproximou sem muita cautela. Um ramo estalou sob seus pés e o desconhecido virou-se para ele instantaneamente e gritou:

– Quem está aí?

Charles tentou fugir mas o homem percebeu seu vulto batendo em retirada.

– Você aí, pare! O que está fazendo aqui?

O homem pulou sobre Charles, que se virou para enfrentá-lo cara a cara. No instante seguinte ambos rolavam agarrados pelo chão.

A batalha foi curta. O adversário de Charles era, de longe, o mais forte dos dois, e logo se ergueu, arrastando seu prisioneiro.

– Acenda aquela sua lanterna, Violet – disse. – Vamos dar uma olhada neste sujeito.

A moça, que havia ficado paralisada de medo a alguns passos de distância, avançou e, obediente, acendeu a luz.

– Deve ser o homem que está hospedado na aldeia – ela disse. – Um jornalista.

– Um jornalista, é? – exclamou o outro. – Detesto essa raça. O que estava fazendo, seu pulha, bisbilhotando propriedade privada a esta hora de noite?

A lanterna oscilou na mão de Violet. Pela primeira vez, Charles pôde ter uma visão completa de seu antagonista. Por alguns minutos havia acalentado a desvairada ideia de que o visitante pudesse ser o condenado fugitivo. Um olhar para o outro dissipou tal pensamento. Era um homem jovem, com não mais do que 24 ou 25 anos. Alto, de boa aparência e determinado, com nada que lembrasse o criminoso procurado.

– Agora – disse o rapaz, ríspido –, qual é o seu nome?

– Meu nome é Charles Enderby. E você não me disse o seu.

– Que cara de pau!

Charles teve uma súbita inspiração. Um palpite inspirado já o havia salvo mais de uma vez. Era um tiro no escuro, mas achava que estava certo. Disse, em um tom de voz tranquilo:

– Acho, contudo, que posso adivinhar.

– Como?

O outro estava claramente perplexo.

– Penso – continuou Charles – que tenho o prazer de me dirigir ao sr. Brian Pearson, residente na Austrália. Não é assim?

Houve um silêncio bastante longo. Charles tinha a sensação de que havia virado o jogo. Por fim, o homem disse:

– Nem posso pensar em como diabos você sabia, mas está certo. Meu nome é Brian Pearson.

– Neste caso – disse Charles –, suponho que possamos transferir esta conversa para o interior da casa e falar às claras!

CAPÍTULO 23

Em Hazelmoor

O major Burnaby estava fazendo contas ou – para usar uma frase mais ao gosto de Dickens – estava cuidando de seus negócios. Era um homem extremamente metódico. Mantinha, em um livro encadernado em couro, um registro de ações compradas e vendidas e o balanço dos rendimentos e das perdas – estas últimas mais frequentes, uma vez que, como muitos militares da reserva, o major tinha atração por taxas altas de juros em vez de percentagens modestas que trouxessem mais segurança.

– Aqueles poços de petróleo pareciam ótimos – ele murmurava. – A impressão era de que valiam uma fortuna. E quase tão ruins quanto aquela mina de diamantes! Terras no Canadá... Isso agora deve ser seguro.

Seus cálculos foram interrompidos pela aparição do rosto do sr. Ronald Garfield na janela aberta.

– Olá – disse Ronnie, jovial –, espero não estar incomodando.

– Se quer entrar, dê a volta até a porta da frente. E cuidado com os cactos. Creio que está pisando neles neste exato momento.

Ronnie retirou-se com um pedido de desculpas e em seguida surgiu na entrada do chalé.

– Limpe os pés no capacho, por gentileza – gritou o major.

Achava os jovens extremamente irritantes. De fato, o único rapaz por quem sentira alguma simpatia em muito tempo fora o jornalista, Charles Enderby.

"Um moço muito gentil", pensou o major. "E muito interessado no que eu contei sobre a guerra dos bôeres."

O major não sentia o mesmo por Ronnie Garfield. Praticamente tudo o que desafortunado rapaz fazia ou dizia era interpretado da maneira errada por Burnaby. Ainda assim, hospitalidade era hospitalidade, e o major, leal à tradição, perguntou:

– Bebe alguma coisa?

– Não, obrigado. Para falar a verdade, dei uma passada aqui para ver se podíamos viajar juntos. Gostaria de ir a Exhampton hoje e ouvi dizer que Elmer já está agendado para levar o senhor até lá.

Burnaby anuiu e explicou.

– Preciso arrumar as coisas de Trevelyan. A polícia já liberou o local.

– Bem... – disse Ronnie, um tanto desajeitado. – Gostaria particularmente de ir a Exhampton hoje. Pensei que podíamos ir juntos e dividir as despesas. O que me diz?

– Certamente – concordou o major. – Por mim está bem. Mas o senhor faria muito melhor se fosse a pé – acrescentou. – Exercício. Nenhum de vocês rapazolas de hoje faz exercícios. Uma marcha rápida de dez quilômetros na ida e outros dez na volta faria todo o bem do mundo ao senhor. Eu mesmo, se não precisasse do carro para trazer algumas coisas de Trevelyan para cá, iria caminhando. Essa moleza é o grande mal dos dias de hoje.

– Oh, bem... Não gosto de me cansar. Mas fico feliz de que tenhamos acertado tudo. Elmer me disse que o senhor vai partir às onze horas. Está correto?

– Isso mesmo.

– Ótimo. Estarei lá.

Ronnie não era muito bom em cumprir sua palavra. Sua ideia de "estar no local" foi chegar com dez minutos de atraso. Encontrou o major Burnaby bufando, cuspindo fogo e sem nenhuma intenção de ser aplacado por uma desculpa qualquer.

"Como fazem estardalhaço esses velhotes", pensou Ronnie consigo mesmo. "Não têm ideia do incômodo que são para todo mundo com sua mania de pontualidade, de querer tudo feito na hora exata e com seus malditos exercícios para se manter em forma."

Por algum tempo, sua mente brincou agradavelmente com a ideia de um casamento entre o major Burnaby e sua tia. Perguntava-se qual dos dois levaria a melhor. Sua tia, é claro. Era muito divertido pensar nela batendo palmas e gritando completamente histérica para chamar o major.

Afastando aquelas reflexões, tentou começar uma conversa casual.

– Sittaford tornou-se um lugar bem movimentado... De uma só vez temos a srta. Trefusis, seu amigo Enderby e o rapaz da Austrália... A propósito, chegou quando? Esta manhã, lá estava ele, e ninguém sabia de onde havia vindo. Minha tia quase perdeu o fôlego de preocupação.

– Ele está hospedado com as Willett – disse o major, azedo.

– Sim, mas de onde apareceu? Mesmo as Willett não têm uma pista de pouso particular. Acho que há alguma coisa por demais misteriosa por trás desse jovem Pearson. Ele tem o que eu chamaria de um brilho desagradável nos olhos... Umas cintilações bem incômodas. Tenho a impressão de que é o sujeito que acertou o pobre do velho Trevelyan.

O major não respondeu.

– Eis o modo como vejo a coisa – continuou Ronnie. – Esses camaradas que vão para as colônias normalmente não são flor que se cheire. Os familiares não gostam deles e por isso os despacham para lá. Muito bem... Um dia, o sujeito volta, precisando de grana, e visita o tio rico perto da época de Natal. O parente abastado se recusa a abrir a mão para o sobrinho necessitado... E este lhe acerta uma cacetada. Isso é o que eu chamo de teoria.

– Deveria mencioná-la para a polícia – comentou Burnaby.

– Pensei que o senhor pudesse fazer isso, já que é amiguinho de Narracott, não? A propósito, ele não andou xeretando por Sittaford outra vez, andou?

– Não que eu saiba.

– Ele não o visitou em sua casa hoje?

A brevidade das respostas do major pareceu por fim vencer as tentativas de Ronnie.

– Bem, é isso – disse vagamente, e depois caiu em um silêncio pensativo.

Em Exhampton, o carro estacionou à frente do Three Crowns. Ronnie desembarcou e, depois de combinar com o major que se encontrariam ali às quatro e meia para a viagem de volta, saiu para ver o comércio que a cidade tinha a oferecer.

O major foi primeiro ver o sr. Kirkwood. Depois de uma breve conversa, apanhou as chaves e rumou, depressa, para Hazelmoor.

Havia dito a Evans para encontrá-lo lá ao meio-dia, e achou o fiel servidor esperando sentado nos degraus. Com o rosto carrancudo, o major usou a chave para abrir a porta da frente e entrou na casa vazia, com Evans em seus calcanhares. Não estivera lá desde a noite da tragédia e, a despeito de sua determinação férrea de não demonstrar fraqueza, sentiu um leve calafrio enquanto atravessava a sala de visitas.

Evans e Burnaby trabalhavam em silêncio e em plena sintonia. Quando um deles fazia um breve comentário, sabia que o outro logo o compreenderia e manifestaria sua apreciação.

– É uma tarefa desagradável, mas tem de ser feita – dizia o major Burnaby, e Evans, contando pijamas e separando as meias em montes bem ordenados, respondia:

– Não parece certo. Mas, como o senhor disse, tem de ser feito.

Evans era hábil e competente em seu trabalho. Tudo foi minuciosamente separado, arrumado e classificado em pilhas. À uma da tarde, foram ao Three Crows para um almoço rápido. Quando voltaram para a casa, o major segurou num repente o braço de Evans enquanto este fechava a porta de entrada atrás de si.

– Silêncio. Está ouvindo um som de passos no andar de cima? Vem... do quarto de Joe.

– Deus meu, senhor. É mesmo.

Uma espécie de terror supersticioso manteve-os paralisados por alguns instantes, depois do que, erguendo os ombros com irritação, o major avançou até os degraus mais baixos da escadaria e gritou em uma voz estentórea.

Para sua surpresa, irritação e, ainda que não quisesse confessar, ligeiro alívio, Ronnie Garfield, parecendo bastante embaraçado, surgiu no topo da escada e disse:

– Olá. Estava procurando pelo senhor.

– Como assim, procurando por mim?

– Bem, queria dizer-lhe que não devo estar pronto às quatro e meia para a volta. Tenho de ir até Exeter. Portanto, não espere por mim. Terei de alugar um carro aqui mesmo em Exhampton.

– Como entrou nesta casa? – perguntou o major.

– A porta estava aberta – exclamou Ronnie. – Naturalmente, pensei que o senhor estivesse aqui.

O major virou-se, ríspido, para Evans:

– Não trancou a porta quando saiu?

– Não, é o senhor quem tem a chave.

– Burrice minha – resmungou o major.

– Não ficou brabo, não é? – disse Ronnie. – Não vi ninguém aqui embaixo, então subi as escadas e dei uma olhada.
– Claro, não importa – devolveu o major. – Você me assustou, só isso.
– Bem – disse Ronnie, jovial –, tenho de ir agora. Até mais.

O major grunhiu. Ronnie desceu as escadarias e perguntou, com um ar maroto:

– O senhor se importa de me dizer... ahn... onde aconteceu?

O major moveu o polegar na direção do escritório.

– Posso dar uma olhada?

– Se quiser – resmungou Burnaby.

Ronnie abriu a porta do escritório. Ficou lá dentro alguns minutos e depois voltou.

O major havia subido as escadas, mas Evans ainda se encontrava no saguão. Tinha o ar de um cão de guarda; seus olhos miúdos e encovados observavam Ronnie com uma espécie de curiosidade maliciosa.

– Quem diria – disse Ronnie. – Achava que fosse quase impossível remover manchas de sangue. Pensava que, não importando quantas vezes você as lavasse, elas sempre voltavam. Oh, mas é claro, o velho homem foi atingido com um saco de areia, não? – e, dizendo isso, apanhou o saco comprido e estreito encostado contra a outra porta. Sopesou-o com cuidado, balançando-o nas mãos. – Belo brinquedo, hein? – Girou o objeto algumas vezes no ar, como um porrete.

Evans continuou calado.

– Bem – disse Ronnie, percebendo que o silêncio do outro não era de aprovação –, é melhor eu ir. Receio ter agido com muito pouco tato. – Ergueu o queixo na direção do andar de cima. – Esqueci-me de que eles eram amigos tão próximos e essa coisa toda. Indivíduos da mesma estirpe, não é mesmo? Bem, agora preciso ir de verdade. Peço desculpas se disse alguma coisa errada.

Ele atravessou o saguão e saiu pela porta da frente. Evans permaneceu em pé, impassível, e só subiu as escadas para se juntar ao major depois de ouvir a batida do portão à saída do sr. Garfield. Sem nenhuma palavra ou comentário, retomou as tarefas que havia deixado inacabadas, cruzando o quarto e ajoelhando-se à frente do armário das botas.

Às três e meia, o serviço estava terminado. Um baú cheio de roupas foi dado para Evans, e outro estava embalado e pronto para ser enviado ao Orfanato da Marinha. Papéis e contas foram guardados em uma maleta e foram dadas instruções a Evans para contratar uma empresa local de mudanças para a armazenagem de vários troféus esportivos e cabeças empalhadas, já que não havia lugar para aquilo no bangalô do major. Uma vez que Hazelmoor fora alugada já com a mobília, não havia nenhuma outra questão a considerar.

Quando tudo estava acertado, Evans pigarreou algumas vezes, nervoso, e disse:

– Mil perdões, senhor, mas... Estou à procura de trabalho como secretário de um cavalheiro, como fui secretário do capitão.

– Sim, sim, pode dizer a qualquer pessoa que fale comigo se precisar de referências. Vai ficar tudo certo, assim.

– Se o senhor me desculpa, não era bem isso o que eu tinha em mente. Rebeca e eu, senhor, conversamos ontem à noite e estávamos pensando que... talvez o senhor pudesse nos conceder um período de experiência em sua casa.

– Oh! Mas... bem... Eu tomo conta de mim mesmo, como você sabe. Aquela senhora vai ao meu chalé, faz a limpeza uma vez por dia e cozinha de vez em quando. E isso... é tudo o que eu posso pagar.

– O dinheiro não tem muita importância, senhor – Evans apressou-se em dizer. – Veja, eu gostava muito do capitão e... bem, se eu pudesse fazer pelo senhor o mesmo que fazia por ele, então... seria quase a mesma coisa, se o senhor me entende.

O major pigarreou e desviou o olhar.

– Muito digno de sua parte. Dou minha palavra de que vou pensar no assunto.

E, saindo apressado, o major quase disparou em direção à estrada. Evans permaneceu no mesmo lugar e, com um sorriso compreensivo, seguiu-o com o olhar.

– Cara de um, focinho do outro, ele e o capitão – murmurou.

Ao dizer isso, uma expressão intrigada aflorou ao seu rosto.

– Em que será que eles discordavam? É um tanto esquisito. Preciso perguntar a Rebecca o que ela acha.

CAPÍTULO 24

Inspetor Narracott discute o caso

– Não estou inteiramente satisfeito, senhor – disse o inspetor Narracott.

O comissário olhava-o com uma expressão de curiosidade.

– Não – repetiu o inspetor Narracott. – Não estou nem perto de estar feliz com o andamento deste caso como já estive.

– Acha que pegamos o homem errado.

– Não estou satisfeito. No começo, tudo apontava em uma única direção, mas agora... é diferente.

– As evidências contra Pearson permanecem as mesmas.
– Sim, senhor, mas veio à luz um bom número de outros elementos. Há o outro Pearson... Brian. Achando que não tínhamos de procurar mais, aceitei como verdadeira a informação de que ele estava na Austrália. Agora, confirmou-se que ele estava na Inglaterra o tempo todo. Parece que voltou a Londres há dois meses... Aparentemente, veio no mesmo barco que as Willett, e teria se enamorado da garota durante a viagem. Em todo caso, seja lá por que razão, ele não fez contato com ninguém da família. Nem a irmã nem o irmão tinham a menor ideia de que ele estava no país. Na quinta-feira da semana passada, deixou o Hotel Ormsby, em Russel Square, e rumou para Paddington. E agora se recusa terminantemente a informar o que fez desde então até a noite desta terça, quando Enderby esbarrou com ele.
– Você o alertou para a gravidade de tal curso de ação?
– Sim, e ele disse que não dava a mínima. Que não tinha nenhuma relação com o assassinato e que nós é que deveríamos provar o contrário. Que a maneira como gastou seu tempo era da conta dele, e não da nossa, e que se negava, em definitivo, a declarar onde havia estado e o que havia feito.
– Bastante inusitado – disse o comissário.
– O caso todo é inusitado, senhor. Entenda, não ajuda em nada fugir dos fatos, e esse homem é muito mais o tipo do criminoso do que o outro. Há algo que não se encaixa em James Pearson acertando a cabeça de um homem velho com um saco de areia... Mas para Brian Pearson isso seria apenas mais um dia de trabalho, por assim dizer. É um jovem mandão e cabeça quente... e receberá o mesmo que o irmão na herança, lembra-se?
– Sim...
– Ele veio até aqui esta manhã com o sr. Enderby, alegre e faceiro. Sua atitude foi franca e direta. Mas não me convence, senhor. Não mesmo.
– Hum... Você quer dizer...
– Quem diz são os fatos. Por que ele não apareceu antes? A morte de seu tio estava nos jornais de sábado. O irmão foi preso na segunda. E ele não deu sinal de vida. E nem teria dado se aquele jornalista não o tivesse descoberto no jardim da mansão Sittaford à meia-noite de ontem.
– O que ele fazia lá? O Enderby.
– Sabe como são esses repórteres – disse Narracott. – Sempre metendo o bedelho em tudo. São imprevisíveis.
– Na maioria das vezes, eles são um incômodo dos diabos. Ainda que às vezes possam ser úteis.
– Penso que foi a moça quem o colocou na pista – comentou Narracott.
– A jovem senhorita?
– Emily Trefusis.

– Como ela poderia saber qualquer coisa a esse respeito?
– Estava xeretando por Sittaford. E é o que se poderia chamar de uma moça muito esperta. Não há muita coisa que possa lhe escapar.
– E Brian Pearson disse o que estava fazendo por lá?
– Disse que foi a Sittaford para encontrar sua jovem senhorita, Violet Willett. Ela deixou a casa para se encontrar com ele quando todos estavam dormindo porque não queria que sua mãe soubesse. Essa foi a história que contaram.

A voz do inspetor expressava uma descrença muito nítida.
– Na minha opinião, senhor, ele nunca teria se apresentado se não tivesse sido descoberto por Enderby. Teria voltado para a Austrália e reclamado de lá sua parte na herança.

Os lábios do comissário se retorceram em um breve sorriso e ele murmurou:
– Como ele deve ter amaldiçoado as pestes intrometidas desses jornalistas!
– E mais um detalhe veio à tona – continuou o inspetor. – Como o senhor sabe, há três irmãos Pearson, e Sylvia Pearson é casada com Martin Dering, o romancista. Ele me disse que havia almoçado e passado a tarde com um editor americano e que à noite fora a um banquete literário, mas agora parece que ele não esteve no jantar, afinal de contas.
– Quem disse isso?
– Enderby de novo.
– Preciso conhecer esse Enderby – disse o comissário. – Parece que ele é uma dos fios condutores desta investigação. Eu não duvidaria, o *Daily Wire* tem alguns rapazes brilhantes em seu staff.
– Bem, é claro que essa informação pode significar muito pouco ou nada – prosseguiu o inspetor. – O capitão Trevelyan foi morto antes das seis da tarde e, assim, não faz diferença de fato onde Dering passou a noite... mas por que ele mentiria para nós deliberadamente? Há algo aí que não me agrada.
– Nem a mim – concordou o comissário. – Parece um tanto desnecessário.
– Faz pensar que a coisa toda possa ser falsa. Suponho que seja uma conjectura exagerada, mas Dering *poderia* ter saído de Paddington no trem que parte às 12h10, chegado a Exhampton em algum momento depois das cinco, matado o velho, tomado o trem das 18h10 e chegado em casa antes da meia-noite. Em qualquer caso, é algo a ser verificado. Temos de investigar sua situação financeira, ver se ele estava desesperadamente duro. Qualquer dinheiro que a esposa recebesse estaria à disposição dele... Só é preciso olhar para a mulher para saber disso. Temos de ter plena certeza de que o álibi da tarde não se sustenta.

— Isso tudo é extraordinário — comentou o comissário. — Mas ainda acho que a evidência contra Pearson é bastante conclusiva. Vejo que você não concorda comigo... Tem a sensação de que pegou o homem errado.

— A evidência é forte — admitiu o inspetor Narracott. — Circunstancial e tudo o mais, mas qualquer júri o condenaria com base nela. Ainda assim, o que o senhor diz é verdade. Não o vejo como um assassino.

— E a jovem noiva tem sido muito ativa neste caso.

— Sim, a srta. Trefusis. Ela é única, sem dúvida. Uma moça boa de verdade. E absolutamente determinada a libertá-lo. Conseguiu a simpatia daquele jornalista, Enderby, e agora ele está trabalhando para ela. É uma verdadeira pérola, boa demais para o sr. James Pearson. Além da boa aparência, eu não diria que há muita coisa notável no caráter dele.

— Mas se ela está fazendo tal esforço é porque gosta dele — disse o comissário.

— Ah, bem. Gosto não se discute. Então, concorda, senhor, que o melhor a fazer é averiguar sem demora o álibi de Dering?

— Sim, faça isso de uma vez. E quanto à quarta parte interessada no testamento? Há mais um herdeiro, não?

— Sim, a irmã. Mas ela está perfeitamente limpa. Fiz algumas investigações por lá e ela estava em casa às seis da tarde. Vou seguir adiante com o negócio de Dering.

Cerca de cinco horas mais tarde, o inspetor achava-se de novo na pequena sala de estar em The Nook. Desta vez o sr. Dering estava em casa. De início a criada havia dito que ele não podia ser incomodado enquanto escrevia, mas o inspetor sacou seu cartão timbrado e pediu que ela o entregasse a seu patrão o mais rápido possível. Enquanto esperava, andava para um lado e outro da sala, com a mente trabalhando em grande atividade. De quando em quando, pegava da mesa algum pequeno objeto, olhava-o quase sem ver e o recolocava no lugar. A cigarreira de fibra australiana — era provável que fosse um presente de Brian Pearson. Apanhou um velho livro bastante surrado. *Orgulho e preconceito*. Abriu a capa e teve dificuldade em ler um nome escrito no frontispício com tinta bastante apagada: Martha Rycroft. O sobrenome Rycroft lhe parecia familiar, mas ele não conseguiu em momento algum se lembrar por quê. Foi interrompido pelo abrir da porta e pela entrada de Martin Dering na sala.

O romancista era um homem de estatura mediana, com uma cabeleira castanha basta e abundante. Era bonito de um jeito meio grosseiro, com uma boca de lábios vermelhos e carnudos.

Uma aparência que não impressionou o inspetor Narracott.

— Bom dia, sr. Dering. Desculpe incomodá-lo outra vez.

– Não tem importância, inspetor, mas realmente não tenho como lhe informar qualquer coisa além do que já foi dito.

– Fomos levados a acreditar que o seu cunhado, o sr. Brian Pearson, estava na Austrália. Agora, descobrimos que ele esteve na Inglaterra pelos últimos dois meses. Acho que poderiam ter me dado essa informação. A sua esposa me disse com todas as letras que ele estava em Nova Gales do Sul.

– Brian na Inglaterra! – o espanto de Dering parecia genuíno. – Posso lhe assegurar, inspetor, que eu não tinha o menor conhecimento desse fato, e tenho certeza de que nem minha mulher.

– Ele não se comunicou com os senhores de algum modo?

– De verdade não. Sei disso porque durante esse tempo Sylvia mandou duas cartas para ele na Austrália.

– Bem, neste caso, aceite minhas desculpas. Mas naturalmente pensei que ele faria contato com seus parentes, e estava um pouco irritado com os senhores por terem ocultado isso de mim.

– Bem, como eu disse, não sabíamos. Aceita um cigarro, inspetor? A propósito, ouvi dizer que vocês recapturaram o seu fugitivo.

– Sim, nós o pegamos na quinta-feira à noite. Aquela neblina foi o grande azar dele. Ela o fez andar em círculos. Depois de percorrer umas vinte milhas, no fim das contas ele se encontrava a meia milha de distância de Princetown.

– É uma coisa extraordinária como todos parecem andar em círculos no meio da névoa. Sorte dele que não escapou na sexta-feira. Suponho que ele na certa teria sido acusado deste homicídio.

– É um homem perigoso. Freddy Australiano, era como lhe chamavam. Assalto com agressão, invasão de domicílio... Levava uma singular vida dupla. Na metade do tempo, se passava por um homem rico, respeitável e de boa instrução. Eu mesmo não tenho certeza se Broadmoor não seria o melhor lugar para ele. Era assaltado de tempos em tempos por uma espécie de delírio criminoso, desaparecia e ia conviver com os tipos mais baixos.

– Suponho que não seja fácil escapar de Princetown.

– É quase impossível. Mas esta fuga em particular foi extraordinariamente bem planejada e executada. Ainda nem chegamos perto de entender como ele conseguiu.

– Bem – disse Dering, pondo-se de pé e olhando para o relógio –, se não há nada mais que eu possa fazer pelo senhor, inspetor... Infelizmente sou um homem muito ocupado...

– *Há* mais uma coisa que pode fazer por mim, sr. Dering. Gostaria de saber por que mentiu que estava em um banquete literário no Cecil Hotel na noite de sexta-feira.

– Eu... não estou entendendo, inspetor.
– Acho que está. O senhor não esteve naquele jantar.
Martin Dering hesitou. Seus olhos pularam incertos do rosto do inspetor para o teto, depois para a porta e então para os próprios pés.
O inspetor esperava, calmo e impassível. Por fim, Martin Dering disse:
– Bem. E se eu não estivesse? Que diabos o senhor tem a ver com isso? Por que minhas atividades, cinco horas após a morte de meu tio, seriam da conta do senhor ou de qualquer outra pessoa?
– O senhor nos deu uma declaração, sr. Dering, e quero averiguar a veracidade dela. Uma parte já provou não ser verdadeira. Preciso verificar a outra. O senhor diz que almoçou e passou a tarde com um amigo.
– Sim... Meu editor americano.
– Qual o nome dele?
– Rosenkraun. Edgar Rosenkraun.
– E o endereço?
– Ele já deixou a Inglaterra, sábado passado.
– Com destino a Nova York?
– Sim.
– Então deve estar em alto mar neste exato momento. Em que navio ele embarcou?
– Eu... realmente não me lembro.
– Sabe qual a companhia? Cunard ou White Star?
– Eu não me lembro... De verdade.
– Bem – disse o inspetor –, vamos passar um telegrama para a editora em Nova York. Lá eles saberão.
– Foi o *Gargântua* – disse Dering, de má vontade.
– Muito obrigado, sr. Dering. Achei que conseguiria lembrar se tentasse. Agora, o senhor disse que almoçou com o sr. Rosenkraun e passou a tarde com ele. A que horas se despediram?
– Por volta de cinco da tarde.
– E o que fez depois disso?
– Não sou obrigado a responder, não é assunto seu. Já disse tudo o que o senhor queria saber.
Narracott balançou a cabeça, pensativo. Se Rosenkraun confirmasse o depoimento de Dering, colocaria por terra qualquer evidência contra ele. Quaisquer que fossem suas misteriosas atividades naquela noite, não fariam diferença para o caso.
– O que o senhor pretende fazer agora? – perguntou Dering, desconfortável.

— Passar um telegrama para o *Gargântua*, aos cuidados do sr. Rosenkraun.

— Maldição — reclamou Dering —, vai me envolver em todo tipo de escândalo. Olhe aqui...

Foi até a escrivaninha, rabiscou algumas palavras em um pedaço de papel e entregou-o ao inspetor.

— Suponho que esteja apenas fazendo seu trabalho — disse, ríspido. — Mas ao menos permita que seja do meu jeito. Não é justo arrastar um bom amigo para esta confusão.

No papel estava escrito:

Rosenkraun
S.S. Gargântua.
Pode, por favor, confirmar minha declaração de que estive com você sexta-feira, dia 14, do almoço até as cinco da tarde?
Martin Dering

— Peça que ele mande a resposta diretamente para o senhor, não me importa. Mas não para a Scotland Yard ou para uma delegacia. Não sabe como são esses americanos. Qualquer insinuação de que estou envolvido em um caso de polícia fará o novo contrato que eu e ele discutimos virar fumaça. Pode manter o assunto em sigilo?

— Não faço objeção, sr. Dering. Tudo o que quero é saber a verdade. Vou mandar a mensagem com resposta paga, pedindo que seja enviada para meu endereço particular em Exeter.

— Obrigado, o senhor é um bom sujeito. Não é nada fácil viver de literatura. Vai ver que a resposta será positiva. Menti a respeito do jantar porque, para falar a verdade, havia dito à minha esposa que estaria lá, e pensei que deveria contar a mesma história para o senhor. De outra forma, poderia me meter em um bocado de complicações.

— Se o sr. Rosekraun confirmar suas declarações, não tem mais nada a temer, sr. Dering.

"Que personagem desagradável", pensou o inspetor ao sair da casa. "Mas ele parece bastante seguro de que o editor americano vai confirmar a veracidade de sua história."

Enquanto esperava pelo trem que o levaria de volta a Devon, foi assaltado por uma lembrança repentina.

— Rycroft — disse. — É claro! É o nome do velho cavalheiro que vive em um dos chalés de Sittaford. Curiosa coincidência.

CAPÍTULO 25

No Café Deller

Emily Trefusis e Charles Enderby estavam sentados a uma mesinha no Café Deller, em Exeter. Eram três e meia, e o lugar estava relativamente tranquilo e silencioso. Uns poucos fregueses tomavam chá, e o restaurante estava deserto.

– Bem – disse Charles –, o que acha dele?

Emily franziu o cenho:

– É difícil dizer.

Após o depoimento à polícia, Brian Pearson havia almoçado com eles. Fora cortês ao extremo para com Emily – cortês até demais, na opinião dela.

O comportamento dele parecera bastante artificial para a astuta jovem. Ali estava um moço que estivera mantendo um caso de amor clandestino e que chegara incógnito do estrangeiro. E ainda assim, havia sido levado para lá e para cá como um cordeirinho; aceitara a sugestão de Charles de pegar um carro e ir conversar com a polícia. Por que tal atitude de concordância submissa? Parecia algo inteiramente atípico da verdadeira natureza que Emily adivinhara em Brian Pearson. Tinha certeza de que um "vão para o inferno" teria sido mais condizente com o temperamento dele.

Aquele comportamento passivo era suspeito. Tentou comunicar algo de suas impressões para Enderby.

– Entendo o que quer dizer – disse o jornalista. – O nosso amigo Brian tem algo a esconder, e por isso não pode agir com seu natural jeito arrogante.

– Exatamente.

– Acha que ele pode ter matado o velho Trevelyan?

– Brian é, bem, uma hipótese a se levar em conta. Acho que ele é bastante inescrupuloso e, se quisesse alguma coisa, não creio que deixaria os padrões da moralidade convencional ficarem em seu caminho. Nesse sentido ele não é completamente civilizado.

– Deixando de lado seus sentimentos pessoais, acha que ele faz mais o tipo criminoso do que Jim? – perguntou Enderby.

Emily assentiu.

– Muito mais. E conseguiria se sair bem... Ele nunca perde a calma.

– Honestamente, Emily, acha que foi ele?

– Eu... não sei. Ele é o único que preenche os requisitos.

– O que quer dizer com requisitos?

– Bem... – disse ela, pondo-se a contar nos dedos: – 1) Motivo. O mesmo que Jim teria. Vinte mil libras. 2) Oportunidade. Ninguém sabe onde ele estava na tarde de sexta-feira. E se estivesse em qualquer lugar que pudesse revelar sem se comprometer... Bem, com certeza já teria feito isso. Então devemos presumir que estava nas adjacências de Hazelmoor na sexta-feira.

– Não acharam ninguém que o tivesse visto em Exhampton – Charles recordou. – E ele é um sujeito fácil de ser notado.

Emily balançou a cabeça com desdém.

– Ele não andou por Exhampton, Charles. Não percebe que, se ele cometeu o crime, planejou tudo com antecedência? Só mesmo o pobre e inocente Jim iria se hospedar lá, como um perfeito idiota. Temos aqui perto Lydford, Chagford, talvez até Exeter. Ele poderia ter ido a pé de Lydford a Exhampton pela estrada principal, que não havia sido interditada pela neve. Teria sido a melhor rota.

– Suponho que teremos de sair perguntando por aí.

– A polícia já está fazendo isso – disse Emily – e pode fazê-lo melhor do que nós. Eles têm mais recursos para essas investigações públicas. É nas coisas pessoais e particulares que devemos nos deter, como ouvir as histórias da sra. Curtis, seguir uma dica da srta. Percehouse ou ficar de olho nas Willett. Aí podemos conseguir algo.

– Ou não, dependendo do caso – disse Charles.

– O que nos leva de volta ao fato de que Brian Pearson cumpre os requisitos. Já falamos de dois, motivo e oportunidade, e há um terceiro... o mais importante, no meu modo de ver.

– Qual?

– Tive desde o início a sensação de que não podíamos ignorar aquele negócio esquisito da mesa-girante. Tenho tentado encarar tudo com o máximo possível de lógica e clareza. Há apenas três explicações para a mensagem espírita: 1) Foi uma manifestação sobrenatural. Claro que é possível, mas, pessoalmente, estou deixando essa de fora. 2) Foi uma fraude. Alguém fez aquilo de propósito, mas como não conseguimos imaginar nenhum motivo plausível, podemos descartar essa também. 3) Foi acidental. Alguém deixou escapar sem perceber... Na verdade, sem querer. Uma denúncia inconsciente. Se foi assim, uma daquelas seis pessoas sabia com certeza que o capitão Trevelyan seria morto em uma determinada hora daquela tarde, ou que alguém teria com ele uma conversa que poderia resultar em violência. Nenhum dos seis poderia ser o verdadeiro assassino, mas um deles poderia estar mancomunado com o criminoso. Não há ligação aparente entre o major Burnaby e os demais, e o mesmo vale para o sr. Rycroft e para Ronald Garfield. Mas com as Willett a situação é diferente. Há uma relação entre Violet Willett e Brian Pearson. Aqueles dois são bastante íntimos, e a garota estava uma pilha de nervos depois do homicídio.

– Acha que ela sabia? – disse Charles.

– Ela ou a mãe... Uma ou outra.
– Deixou uma pessoa de fora: o sr. Duke.
– Eu sei – admitiu Emily. – É estranho. Ele é a única pessoa sobre quem não se sabe absolutamente nada. Tentei visitá-lo duas vezes e não tive sucesso. Não parece haver nenhuma ligação entre ele e o capitão Trevelyan, ou entre ele e os familiares do capitão. Não há nada que o ligue de qualquer forma ao caso, e ainda assim...
– O quê? – perguntou Charles Enderby depois que Emily fez uma pausa.
– Ainda assim nós encontramos o inspetor Narracott saindo do bangalô dele. O que Narracott sabe a respeito dele que nós não sabemos? Gostaria de descobrir.
– Acha...
– Vamos admitir que Duke é um personagem suspeito e que a polícia sabe disso. Agora, suponhamos que o capitão Trevelyan tenha descoberto alguma coisa sobre Duke. Lembre-se de que ele era exigente com os inquilinos. Vamos imaginar agora que o capitão estivesse prestes a contar o que sabia à polícia. Duke poderia ter feito um acordo com um cúmplice para matá-lo. Sei que soa terrivelmente melodramático quando posto dessa forma mas, ainda assim, algo do gênero pode ter acontecido.
– Com certeza é uma ideia – avaliou Charles, devagar.
Ficaram ambos em silêncio, perdidos em pensamentos.
De repente, Emily disse:
– Sabe aquela sensação estranha de que há alguém nos observando? Agora mesmo senti como se houvesse um par de olhos queimando minha nuca. É imaginação ou há de fato alguém olhando para mim neste instante?
Charles afastou um pouco a cadeira, observou o salão de modo casual e por fim relatou:
– Há uma mulher sentada a uma mesa próxima à janela. Alta, morena e bonita. Está olhando para a srta.
– Jovem?
– Não muito. Oh, aí está!
– O que foi?
– Ronnie Garfield. Acabou de entrar e apertar a mão dela, e agora está sentando-se à mesa. Acho que ela está dizendo alguma coisa a nosso respeito.
Emily abriu a bolsa e, de modo ostensivo, começou a passar um pouco de pó no rosto, ajeitando o espelhinho em um ângulo apropriado.
– É a tia Jennifer – disse, baixinho. – Eles estão conversando.
– É o que parece. Quer falar com ela?
– Não. Acho que é melhor fingir que não a vi.

— Enfim, não vejo porque sua tia não poderia conhecer Ronnie Garfield e convidá-lo para um chá.
— Não vejo como poderia.
— E por que não poderia?
— Ah, pelo amor de Deus, Charles. Não vamos ficar nisso o dia todo, *poderia, não poderia, poderia, não poderia.* É absurdo e não faz nenhum sentido! Mas estávamos agora mesmo falando que ninguém mais naquela sessão espírita tinha qualquer ligação com a família, e nem cinco minutos depois vemos Ronnie Garfield tomando chá com a irmã do capitão Trevelyan.
— O que prova que não se pode ter certeza de nada.
— O que prova que estamos sempre tendo de começar de novo.
— Em mais de um sentido — disse Charles.
Emily olhou para ele.
— O que quer dizer com isso?
— No momento, nada.
Ele pôs a mão sobre a dela, que não a retirou.
— Mas teremos de resolver isso mais tarde — continuou Charles.
— Mais tarde?
— Eu faria qualquer coisa por você, Emily. Simplesmente qualquer coisa.
— É mesmo? — disse Emily. — É muito gentil da sua parte, Charles querido.

CAPÍTULO 26

Robert Gardner

Apenas vinte minutos mais tarde, Emily tocava a campainha da porta da frente em Laurels. Havia seguido um súbito impulso.

Sabia que tia Jennifer ainda estaria no Deller, com Ronnie Garfield. Quando Beatrice abriu a porta, Emily deu-lhe um sorriso radiante.

— Sou eu de novo. Sei que a sra. Gardner está fora, mas posso falar com o sr. Gardner?

Estava claro que um pedido daqueles era bastante incomum. Beatrice pareceu em dúvida.

— Bem, não sei. A senhorita quer que eu vá lá em cima perguntar a ele se é possível?

— Sim, faça isso.

Beatrice subiu as escadas, deixando Emily sozinha no vestíbulo. Voltou em poucos minutos para pedir à jovem dama que a acompanhasse.

Robert Gardner estava deitado em um sofá próximo à janela, no quarto grande do primeiro andar. Era um homem corpulento, de olhos azuis e cabelos claros. Emily pensou que ele lembrava Tristão no terceiro ato de *Tristão e Isolda**, mais até do que qualquer tenor wagneriano.

– Olá – disse ele – Você é a futura esposa do criminoso, não?

– Sim, tio Robert. Suponho que eu possa chamá-lo assim, não?

– Se Jennifer quiser... Como é saber que o seu rapaz está mofando na prisão?

Um sujeito cruel, concluiu Emily. Um homem que sentia um prazer maldoso em aplicar alfinetadas nos pontos mais sensíveis. Mas ela era um adversário à altura. Disse, sorridente:

– Muito emocionante.

– Para o Jim, nem tanto.

– Bem, ao menos é uma experiência, não?

– Vai ensinar a ele que a vida é mais do que tomar cerveja e jogar boliche – disse Robert Gardner, com malícia. – Ele não era jovem demais para lutar na Grande Guerra? Mas não para viver no bem-bom. Ora, ora... Tomou na cabeça por outro lado.

Olhou-a com curiosidade.

– Por que veio me ver?

Havia um toque de suspeita na voz dele.

– Bom, se queremos entrar para uma família é melhor conhecer com antecedência os futuros parentes.

– Para descobrir os podres antes que seja tarde. Então acha mesmo que vai se casar com o jovem Jim?

– Por que não?

– Apesar da acusação de assassinato?

– Sim, apesar da acusação.

– Se é assim, nunca conheci ninguém mais estúpida. Alguém poderia pensar que você está se divertindo.

– E estou. Seguir o rastro de um assassino é terrivelmente emocionante – disse Emily.

– O quê?

– Eu disse que seguir o rastro de um assassino é terrivelmente emocionante – ela repetiu.

Robert Gardner a encarou por um momento, e depois se recostou nos travesseiros e disse, em um tom irritado:

---

* Tristão passa o terceiro ato da ópera de Richard Wagner delirante e febril, debilitado por um grave ferimento de espada infligido pelo seu ex-amigo Melot em um duelo no fim do ato anterior. (N.T.)

— Estou cansado. Não consigo mais falar. Enfermeira. Onde está ela? Enfermeira, estou cansado!

A enfermeira Davis atendeu o chamado com rapidez, vinda de um quarto contíguo:

— O sr. Gardner se cansa muito fácil. Acho que é melhor a senhorita ir embora, se não se importa.

Emily levantou-se, balançou a cabeça com vigor e disse:

— Adeus, tio Robert. Talvez eu volte algum dia desses.

— O que quer dizer?

— *Au revoir* – disse Emily.

Ela já estava saindo pela porta da frente quanto se deteve e disse a Beatrice:

— Oh, deixei minhas luvas lá em cima.

— Vou buscá-las, senhorita

— Não se incomode, eu mesma vou.

Subiu correndo as escadas e entrou no quarto sem bater.

— Mil perdões, lamento muitíssimo. Esqueci minhas luvas – disse ela, apanhando ostensivamente o que havia ido buscar. Sorriu com doçura para os dois ocupantes do aposento, sentados de mãos dadas, e desceu depressa a escadaria, deixando a casa em seguida.

— Essa artimanha de esquecer as luvas é excelente – pensou alto. – É a segunda vez que funciona. Pobre tia Jennifer. Será que sabe de alguma coisa? Provavelmente não. Preciso me apressar para não deixar Charles esperando.

Enderby a aguardava no Ford de Elmer no local em que haviam marcado encontro.

— Teve sorte? – ele perguntou, enquanto a ajudava a vestir a capa.

— Em certo sentido, sim. Não tenho certeza.

Enderby lançou um olhar curioso que ela não tardou em responder:

— Não. Não vou lhe dizer nada a respeito. Pode não ter relação com o caso... E se for assim, não seria correto de minha parte.

Enderby suspirou.

— Isso é o que eu chamo de jogo duro.

— Desculpe – disse Emily com firmeza –, mas é assim que vai ser.

— Bom, faça como quiser – respondeu Charles, em tom frio.

Viajaram em silêncio – Charles em um silêncio ofendido; Emily, quieta e distraída.

Estavam já perto de Exhampton quando ela fez um comentário totalmente inesperado:

— Charles, sabe jogar bridge?

— Sei sim, por quê?

– Estava pensando. Sabe o que dizem que se deve fazer para avaliar o valor das cartas que temos em mãos? Se estiver na defensiva, preste atenção em quem está ganhando, mas se estiver no ataque, observe os perdedores. Estamos no ataque neste nosso assunto em particular... Mas talvez estejamos fazendo as coisas do jeito errado.

– O que quer dizer?

– Bem, estamos procurando os ganhadores, não é? Digo, pensando em todas as pessoas que poderiam ter matado o capitão Trevelyan, por mais improvável que pareça. E talvez por isso estamos tão desnorteados.

– Eu não estou desnorteado – retrucou Charles.

– Eu estou. Tão confusa que não consigo nem pensar. Vamos olhar o caso de outro ângulo e prestar atenção em quem está perdendo – as pessoas que não poderiam ter matado o capitão Trevelyan.

– Bem, vejamos... – refletiu Enderby. – Para começar, temos as Willett, Burnaby, Rycroft e Ronnie... Oh, sim, e Duke.

– Sim – concordou Emily. – Sabemos que nenhum deles poderia tê-lo matado. Porque na hora em que foi morto estavam em Sittaford, uns às vistas dos outros e eles não podem estar todos mentindo. Sim, estão todos fora de suspeita.

– Para falar a verdade, todos em Sittaford estão fora de suspeita – disse Enderby. – Até o Elmer ali – baixou o tom de voz, já que o motorista podia estar ouvindo –, uma vez que a estrada para Sittaford estava interditada para veículos na sexta-feira.

– Ele podia ter ido a pé – disse Emily, em voz igualmente baixa. – Se o major Burnaby conseguiu chegar lá naquela noite, Elmer poderia ter partido à hora do almoço, chegado a Exhampton por volta das cinco da tarde, matado o capitão e feito o caminho de volta.

Enderby sacudiu a cabeça.

– Acho que ele não conseguiria voltar a pé. Lembre-se de que começou a nevar por volta das seis e meia. De qualquer modo, você não está acusando Elmer, está?

– Não – disse Emily –, embora nada o impeça de ser um maníaco homicida.

– Quieta – advertiu Charles. – Se ele ouvir o que está dizendo, vai se ofender.

– Em todo caso, não se pode dizer com absoluta certeza que ele não teve chance de matar o capitão Trevelyan.

– Quase. Ele não poderia ter ido caminhando a Exhampton e voltado sem que toda Sittaford ficasse sabendo e comentasse o quanto era estranho.

– De fato, é um lugar em que todos sabem da vida uns dos outros – concordou Emily.

– Exato. E por isso digo que todos em Sittaford estão fora de suspeita. Os únicos que não estavam nas Willett, a srta. Percehouse e o capitão Wyatt, são inválidos. Não poderiam se aventurar contra a nevasca. E há ainda os queridos Curtis. Se qualquer um deles tivesse cometido o crime, teria passado um fim de semana confortável em Exhampton e voltado quando a poeira houvesse baixado.

Emily riu.

– Um deles não poderia passar um fim de semana fora de Sittaford sem que o outro notasse.

– Se a sra. C. ficasse um fim de semana fora, Curtis notaria pelo silêncio.

– Claro que poderia ser Abdul. Poderia ser uma trama de romance. Talvez ele seja na verdade um marinheiro hindu, e o capitão Trevelyan tenha atirado seu irmão favorito ao mar depois de um motim, alguma coisa do tipo.

– Eu me nego a acreditar – comentou Charles – que aquele indiano de aparência triste seja capaz de matar alguém. Já sei! – ele disse de repente.

– O quê?

– A mulher do ferreiro. A que está esperando o oitavo filho. A despeito de seu estado, a intrépida mulher foi a pé o caminho todo até Exhampton e nocauteou o capitão com o saco de areia.

– E por que ela faria isso, gentil senhor?

– Porque, é claro, embora o ferreiro seja o pai das outras sete crianças, o que está para nascer era filho do capitão Trevelyan.

– Charles, não seja indelicado – queixou-se Emily. – E, de qualquer modo, se assim fosse, teria sido o ferreiro o autor do crime. Agora sim temos uma hipótese muito boa. Pense no estrago que aqueles braços musculosos fariam usando o saco de areia! E a mulher dele nunca perceberia sua ausência com sete filhos para cuidar. Não teria tempo para notar os movimentos de um simples homem.

– Isto está degenerando em mera palhaçada – disse Charles.

– Tem razão. Prestar atenção nos perdedores não foi uma ideia tão boa.

– E o que me diz de você?

– Eu?

– Onde você estava quando o crime foi cometido?

– Fantástico! Não havia me dado conta disso. Estava em Londres, é lógico, mas não sei se conseguiria provar. Estava sozinha em meu apartamento.

– Aí está – disse Charles. – E você tem um motivo e tudo o mais. Seu jovem noivo herdaria vinte mil libras. O que mais poderia querer?

– Você é inteligente, Charles. De fato, eu poderia ser incluída entre os maiores suspeitos. Nunca havia pensado nisso.

CAPÍTULO 27

Narracott age

Dois dias depois, Emily estava sentada no escritório do inspetor Narracott. Viera de Sittaford naquela mesma manhã.

O inspetor a avaliava com o olhar. Admirava a determinação corajosa de Emily, sua bravura, para não falar de sua alegria inabalável. Era uma lutadora, e ele apreciava esse tipo de pessoa. Em sua opinião, ela era um partido bom demais para aquele Jim Pearson, mesmo que o rapaz fosse inocente.

– Nos romances policiais – ele começou – geralmente se diz que a polícia quer encontrar um bode expiatório e, desde que haja evidências o suficiente para condená-lo, não dá a mínima se a vítima escolhida é ou não inocente. Isso não é verdade, srta. Trefusis. O culpado é nosso único objetivo.

– Com honestidade, inspetor Narracott, acredita que Jim seja o culpado?

– Não posso dar uma resposta oficial, srta. Trefusis. Mas digo-lhe que estamos examinando com cuidado não apenas as evidências contra ele como também as que existem contra outras pessoas.

– O senhor se refere ao irmão dele, Brian?

– Um cavalheiro muito desagradável, esse sr. Brian Pearson. Recusou-se a responder a perguntas ou a dar qualquer informação sobre si próprio, mas acho... – o inspetor abriu devagar seu amplo sorriso de Devonshire – que tenho um palpite muito bom a respeito de algumas de suas atividades. Saberei dentro de meia hora se estou certo. E há também o marido daquela senhora, Dering.

– O senhor falou com ele? – perguntou Emily, cheia de curiosidade.

O inspetor Narracott olhou para o rosto vivo da jovem e sentiu-se tentado a relaxar a precaução oficial. Recostando-se em sua poltrona, relatou a entrevista com o sr. Dering, e então retirou de um arquivo a seu lado uma cópia do telegrama que havia despachado para o sr. Rosenkraun.

– Esta é a mensagem que eu mandei. E esta é a resposta.

Emily leu:

Narracott
Drysdale Road, 2, Exeter.
Certamente confirmo declaração sr. Dering. Esteve em minha companhia toda tarde de sábado.

Rosenkraun

— Ah, droga — disse Emily, escolhendo uma palavra mais suave do que a que pretendia usar. Sabia que o major era um cavalheiro à moda antiga e se chocava com facilidade.

— Sim — disse o inspetor, pensativo. — É de aborrecer, não é mesmo? E então seu sorriso gradual emergiu outra vez.

— Mas sou um homem desconfiado, srta. Trefusis. Os motivos do sr. Dering soavam bastante plausíveis... Mas achei que seria imprudente jogar totalmente pelas cartas dele. Então, enviei outra mensagem.

Outra vez alcançou a ela dois pedaços de papel.

O primeiro dizia:

Informação solicitada ref. assassinato capitão Trevelyan. Sustenta álibi sr. Martin Dering para tarde de sexta-feira?

Inspetor de polícia Narracott
Exeter

A resposta denunciava preocupação e completo descaso pelo preço que seria pago pelo telegrama:

Não fazia ideia de que se tratava de uma investigação criminal. Não me encontrei com Martin Dering na sexta-feira. Concordei em confirmar sua declaração como favor de um amigo para o outro, por acreditar que a esposa o havia posto sob vigilância para um processo de divórcio.

— Oh — disse Emily —, como o senhor é esperto, inspetor!

Era evidente que o próprio inspetor achava que havia sido mesmo bastante esperto. Recebeu o elogio com um sorriso gentil e satisfeito.

— Como os homens encobrem as safadezas uns dos outros! — continuou Emily, olhando para os telegramas. — Pobre Sylvia. Em certo sentido, acho que os homens são realmente uns animais. E é por isso — ela acrescentou — que é tão bom quando se encontra um homem em quem se pode confiar de verdade — disse ela, sorrindo para o inspetor, cheia de admiração.

— Essas informações são confidenciais, srta. Trefusis — ele a advertiu. — Fui mais longe do que devia em deixá-la saber tais coisas.

— Achei adorável de sua parte. Nunca me esquecerei disso.

— Lembre-se. Nenhuma palavra. Para *ninguém*.

— O senhor está me dizendo para não contar nada a Charles... ao sr. Enderby?

– Repórteres são todos iguais – disse o inspetor. – Não importa o quanto a senhorita o mantenha no cabresto uma notícia é sempre uma notícia.
– Então não direi nada a ele. Acho que o tenho sob controle, mas, como o senhor disse, jornalistas são todos iguais.
– Nunca partilhe informação alguma sem necessidade. Essa é a minha regra – declarou o inspetor.

Um leve brilho surgiu nos olhos de Emily, acompanhando o pensamento silencioso de que Narracott havia infringido bastante aquela regra na última meia hora.

Uma recordação súbita aflorou à mente da jovem. Naturalmente, aquilo agora podia não ter mais importância. Tudo parecia apontar em uma direção bem diferente. Ainda assim, seria bom saber. Perguntou, de repente:
– Inspetor Narracott, quem é o sr. Duke?
– Sr. Duke?

Percebeu que sua pergunta havia posto o inspetor em alerta.
– Deve se lembrar. Nós o encontramos saindo do chalé dele em Sittaford.
– Ah, sim, sim, eu me recordo. Para dizer a verdade, senhorita Trefusis, achei que gostaria de ter um segundo relato desse negócio da mesa-girante. O major Burnaby não é uma ajuda de primeira ordem quando se trata de descrever alguma coisa.
– Ainda assim – continuou Emily, pensativa –, se eu fosse o senhor, teria ido procurar alguém como o sr. Rycroft. Por que o sr. Duke?

Houve um silêncio, ao fim do qual o inspetor disse:
– Só uma questão de preferência.
– Eu me pergunto se a polícia sabe alguma coisa a respeito do sr. Duke.

O inspetor Narracott não respondeu. Mantinha-se com os olhos fixos no papel manchado.
– Um homem que leva uma vida sem culpa! – continuou Emily. – Isso parece descrever com surpreendente precisão o sr. Duke, mas essa vida pode não ter sido sempre isenta de culpas. E talvez a polícia saiba disso...

Viu o rosto do inspetor tremer de leve enquanto ele tentava disfarçar um sorriso.
– Gosta de adivinhações, não é mesmo, srta. Trefusis? – ele perguntou, com amabilidade.
– Quando as pessoas não nos contam as coisas, temos de adivinhar – retaliou Emily.
– Se, como a senhorita diz, um homem está levando uma vida sem culpas, e se seria um aborrecimento e um inconveniente para ele ter seu passado devassado, bem, nesse caso a polícia é capaz de manter o assunto em foro interno. Não temos o desejo de comprometer ninguém.

— Entendo. Mas mesmo assim, o senhor foi vê-lo, não? Parece, de qualquer maneira, que seu primeiro pensamento foi que ele poderia ter alguma relação com o caso. Eu gostaria, ah, como gostaria de saber quem, na verdade, é o sr. Duke e que artigo específico do código penal ele infringiu no passado.

Lançou um olhar atraente para o inspetor Narracott, mas este manteve o rosto impassível e, percebendo que àquela altura não poderia acalentar a esperança de comovê-lo, Emily suspirou e se despediu.

Quando ela saiu, o inspetor permaneceu sentado com os olhos fixos no mata-borrão, um resquício de sorriso ainda visível nos lábios. Até que a campainha tocou e um dos seus subordinados entrou.

— E então? – perguntou Narracott.

— Estava certo, senhor. Só que não foi no Duchy em Princetown, e sim no hotel em Two Bridges.

— Ah! – o inspetor apanhou os papéis que o auxiliar lhe estendera. – Bem, isso se ajusta com perfeição. Investigou os movimentos do outro camarada na sexta-feira?

— Ele certamente chegou a Exhampton no último trem, mas não descobri ainda a que horas saiu de Londres. Estamos investigando.

Narracott assentiu.

— Aqui está a informação vinda de Somerset House*, senhor.

Narracott desdobrou o papel. Era o registro de um casamento celebrado em 1894 entre William Martin Dering e Martha Elizabeth Rycroft.

— Ótimo – disse o inspetor. – Alguma coisa mais?

— Sim. O sr. Brian Pearson veio da Austrália em um navio da companhia Blue Funnel, o *Fídias*, que fez uma escala na Cidade do Cabo. Mas nenhuma passageira de sobrenome Willett subiu a bordo. Na verdade, o barco não trouxe nenhuma dupla de mãe e filha da África do Sul. Havia uma sra. e uma srta. Evans e uma sra. e uma srta. Johnson, de Melbourne. Estas últimas correspondem à descrição das Willett.

— Hum – disse o inspetor. – Johnson. Provavelmente o nome correto não é nem Johnson nem Willett. Acho que as pegamos direitinho. Algo mais?

Pelo jeito, não havia mais nada.

— Bem – comentou Narracott –, acho que temos o suficiente para entrar em ação.

---

* Palácio no centro de Londres onde funcionou por 150 anos o Registro Geral de Nascimentos, Casamentos e Mortes da Inglaterra. (N.T.)

CAPÍTULO 28

Botas

— Minha querida jovem – disse o sr. Kirkwood –, o que espera encontrar em Hazelmoor? Todos os pertences do capitão Trevelyan já foram retirados. A polícia fez uma busca minuciosa na casa. Compreendo sua situação e sua ansiedade para que o sr. Pearson seja... inocentado, se possível. Mas o que a senhorita pode fazer?

– Não espero encontrar nada – Emily respondeu –, nem descobrir coisa alguma que a polícia tenha deixado passar. Não sei explicar, sr. Kirkwood. Eu quero... Quero sentir a atmosfera do lugar. Por favor, me empreste a chave. Não haveria mal algum nisso.

– Certamente não haveria mal algum – disse o sr. Kirkwood com dignidade.

– Então faça essa gentileza, por favor – pediu Emily.

O sr. Kirkwood foi gentil e entregou a chave com um sorriso indulgente. Fez o que pôde para acompanhá-la, catástrofe que Emily só conseguiu evitar usando de firmeza e de muito tato.

Naquela manhã, Emily recebera uma carta escrita nos seguintes termos pela sra. Belling:

Cara srta. Trefusis,
A senhorita nos disse o quanto gostaria de ser informada se acontecesse alguma coisa um tanto fora do comum, mesmo que não fosse importante, e, como houve algo peculiar, ainda que de modo algum importante, achei que era minha obrigação contar-lhe tudo de uma vez, e espero que esta carta chegue às suas mãos ainda hoje ou na primeira remessa de amanhã. Minha sobrinha, que me contou a história, disse que o fato era curioso, mas não importante, e eu concordo com ela. A polícia informou, e assim foi aceito por todos, que nada foi levado da casa do capitão Trevelyan, mas "nada" é uma maneira de dizer "nada de valor", porque há algo faltando, ainda que não tenha sido notado na época porque não era importante. Parece, senhorita, que sumiu um par de botas do capitão, algo que Evans notou enquanto arrumava as coisas com o major Burnaby. Ainda que eu não ache que isso seja de grande importância, pensei que a senhorita gostaria de saber. Eram umas botas bem grossas, do tipo que se manda engraxar e escovar, e o capitão poderia ter feito isso se houvesse saído para caminhar na neve, mas como ele não

saiu, a coisa parece não fazer sentido. O fato é que estão sumidas e ninguém sabe quem pegou, e embora eu saiba muito bem que isso não é relevante, senti que era meu dever escrever para lhe contar, e espero que esta carta chegue logo às suas mãos, e espero também que não esteja muito preocupada com seu jovem cavalheiro.

Da sua sempre amiga,
Sra. J. Belling

Emily leu e releu a carta. Discutiu seu conteúdo com Charles, que comentou, pensativo.

– Botas. Não parece fazer sentido.

– Tem de significar alguma coisa – indicou Emily. – Por que deveria estar faltando um par de botas?

– Não acha que Evans está inventando?

– Por que faria isso? Além do mais, quando as pessoas se dão ao trabalho de inventar, inventam algo de importância, não uma coisa insignificante e idiota como essa.

– Botas sugerem alguma ligação com pegadas – aventou Charles.

– Sim, eu sei. Mas não parece haver lugar para pegadas neste caso. Talvez se não tivesse caído outra nevasca.

– Talvez, mas mesmo assim.

– Ele pode ter dado as botas para algum mendigo – sugeriu Charles.

– Suponho que seja possível – disse Emily. – Mas não soa muito como algo que o capitão Trevelyan faria. Talvez pudesse ter arranjado um trabalho para o homem, ou dado um xelim, mas não daria suas melhores botas de inverno.

– Bom, eu desisto – disse Charles.

– Eu não vou desistir – disse Emily. – De um jeito ou de outro, vou desvendar este mistério.

Com esse propósito, ela rumou para Exhampton, e foi primeiro encontrar a sra. Belling, que a recebeu com grande entusiasmo.

– E seu jovem noivo ainda está na prisão, senhorita! Bem, é uma vergonha cruel, ninguém na cidade acredita que ele seja culpado. Ao menos pelas conversas que posso ouvir enquanto estou aqui. Então, recebeu a minha carta? Quer visitar Evans? Bem, ele mora dobrando a próxima esquina à direita, na Fore Street, 85. Gostaria de poder ir com você, mas não posso deixar o hotel agora. Mas não tem como se enganar.

Emily não se enganou. Evans havia saído, mas a sra. Evans atendeu a porta e a convidou para entrar. Emily sentou-se e convenceu a sra. Evans a fazer o mesmo. Mergulhou de uma vez no assunto que a trazia ali.

– Vim falar a respeito do que seu marido contou à sra. Belling. Falo do par de botas do capitão pelas quais ele deu falta.

– Coisa muito estranha, mesmo – disse a moça.

– Seu marido tem plena certeza disso?

– Oh, sim. O capitão andava com aquelas botas quase o tempo todo no inverno. Eram bem grandes, e ele as usava com um par de meias grossas.

Emily anuiu.

– Não podem ter sido mandadas para conserto ou qualquer coisa do tipo? – sugeriu.

– Não sem que Evans soubesse, isso não – disse a orgulhosa esposa.

– Acho que não mesmo.

– É bem esquisito – disse a sra. Evans –, mas não acha que tenha alguma ligação com o assassinato, não é, senhorita?

– Parece pouco provável – concordou Emily.

– Descobriram mais alguma coisa, senhorita? – a voz da moça parecia ansiosa.

– Sim, uma coisa ou duas... Nada muito importante.

– Logo vi. Depois que o inspetor de Exeter esteve aqui outra vez, hoje, pensei que tinham descoberto algo.

– O inspetor Narracott?

– Sim, senhorita, esse aí mesmo.

– Ele veio no mesmo trem que eu?

– Não, veio de carro. Foi até o Three Crowns primeiro e perguntou pela bagagem do jovem cavalheiro.

– Bagagem de qual cavalheiro?

– O que tem andado por aí com a senhorita.

Emily arregalou os olhos.

– Fizeram perguntas ao Tom – continuou a jovem. – Passei por ele logo depois disso, e ele me contou tudo. Se há alguém bom para notar as coisas, esse é o Tom. Ele se lembrava que havia duas etiquetas na bagagem do moço, uma para Exeter e uma para Exhampton.

Um sorriso repentino iluminou o rosto de Emily enquanto ela imaginava Charles cometendo o crime a fim de providenciar um grande furo de reportagem para si mesmo. Concluiu que seria possível escrever um conto de horror sobre o tema. Mas admirou o quanto o inspetor Narracott estava sendo meticuloso em verificar cada detalhe a respeito de qualquer pessoa, por mais remota que fosse sua conexão com o homicídio. Ele devia ter saído de Exeter logo depois da conversa que tiveram. Um carro veloz poderia facilmente chegar antes do trem, e em todo caso ela ainda tinha feito uma pausa para almoçar em Exeter.

– Para onde o inspetor foi em seguida? – perguntou.
– Para Sittaford, senhorita. Foi o que Tom o ouviu dizer ao motorista.
– Para a casa grande em Sittaford?
Ela sabia que Brian Pearson ainda estava hospedado na mansão com as Willett.
– Não senhorita. Para o chalé do sr. Duke.
Duke outra vez. Emily sentiu-se irritada e confusa. Sempre Duke – o fator desconhecido. Devia ter sido capaz de deduzir algo assim pelas evidências, mas Duke parecia produzir nela o mesmo efeito que em todos: o de um homem normal, comum e agradável.
"Preciso visitá-lo", pensou Emily consigo mesma. "Quando voltar a Sittaford, irei direto até ele."
Depois disso, agradecera à sra. Evans, fora até o sr. Kirkwood, obtivera a chave e agora estava parada no saguão de Hazelmoor, perguntando a si mesma o que esperava sentir ali.
Subiu as escadas lentamente e entrou no primeiro quarto do andar de cima. Estava claro que aquele era o do capitão Trevelyan. Como o sr. Kirkwood havia dito, fora esvaziado de quaisquer pertences pessoais. Os cobertores haviam sido dobrados em uma pilha bem-arrumada, as gavetas estavam vazias, e no armário havia sobrado apenas um cabide. O armarinho das botas mostrava uma fileira de prateleiras nuas.
Emily suspirou, depois se virou e desceu as escadas. Ali estava o gabinete onde corpo do homem fora encontrado, com a neve entrando pela janela aberta.
Tentou visualizar a cena. Que mão teria golpeado o capitão Trevelyan, e por quê? Teria sido morto às 17h25, como todos acreditavam, ou Jim tinha de fato perdido a cabeça e mentido? Talvez ele não tivesse conseguido se fazer ouvir na porta de entrada e então resolveu dar a volta na casa até a janela, olhou para dentro, viu o cadáver do tio e fugiu em medo e agonia. Se ao menos ela soubesse... De acordo com o sr. Dacres, Jim havia permanecido firme em sua versão dos fatos. Sim – mas Jim podia ter perdido a cabeça. Não havia como ter certeza.
Teria havido, como o sr. Rycroft sugerira, alguma outra pessoa na casa – alguém que tenha entreouvido a discussão e aproveitado a oportunidade?
Se tivesse sido assim, que luz isso jogaria sobre o mistério das botas? Teria alguém subido as escadas – talvez até o quarto do capitão Trevelyan? Emily atravessou outra vez o saguão e deu uma olhada rápida na sala de jantar. Havia um par de caixas ordenadamente embaladas e etiquetadas. O aparador estava vazio. As taças de prata já estavam no bangalô do major Burnaby.

Notou, entretanto, que os três romances que o capitão recebera como prêmio – uma história que Charles havia escutado de Evans e depois recontado a ela com divertido exagero – tinham sido esquecidos e jaziam, rejeitados, em uma cadeira.

Olhou em volta do quarto e balançou a cabeça. Não havia nada lá.

Subiu de novo as escadas e entrou no quarto mais uma vez.

Precisava saber por que aquelas botas haviam sumido. Até que conseguisse inventar uma teoria razoavelmente satisfatória que explicasse o desaparecimento, não seria capaz de tirar aquilo da cabeça. A coisa toda estava tomando proporções ridículas, apequenando tudo mais que tivesse relação com o caso. Não haveria *nada* que pudesse ajudá-la?

Removeu todas as gavetas e tateou o fundo do móvel. Em histórias de detetive era sempre ali que havia um pedaço de papel bastante útil. Mas era óbvio que não se podia esperar por tais incidentes fortuitos na vida real – ou isso ou o inspetor Narracott e seus homens haviam sido maravilhosamente criteriosos em suas buscas. Procurou por tábuas soltas, tateou a borda do tapete com os dedos, averiguou o colchão de mola. Mal sabia o que esperava encontrar em todos aqueles lugares, mas continuava procurando com tenaz perseverança.

E então, quando endireitou as costas e ficou de pé, seus olhos captaram a única coisa que não combinava com aquele quarto de ordem imaculada: uma pequena pilha de fuligem na grade da lareira.

Emily lançou às cinzas o olhar fascinado de um pássaro para uma serpente. Chegou mais perto. Não fora nenhuma dedução lógica, nenhum raciocínio de causa e efeito, simplesmente a visão da fuligem sugerira uma determinada possibilidade. Emily arregaçou as mangas e meteu os dois braços na chaminé.

Um momento mais tarde, contemplava, com prazer incrédulo, um pacote enrolado frouxamente em jornal. Desfez o embrulho e ali, diante dela, estava o par de botas desaparecidas.

– Por quê? – perguntou-se Emily. – Aqui estão elas. Mas por quê? Por quê? Por quê? Por quê?

Olhou-as fixamente. Virou-as. Examinou-as por dentro e por fora e a mesma pergunta continuava martelando, monótona, em seu cérebro. Por quê?

Parecia claro que alguém havia removido as botas do capitão e escondido-as na chaminé. Mas por quê?

– Oh! – gritou Emily, desesperada. – Acho que vou ficar louca!

Colocou as botas com cuidado no meio do quarto e, arrastando uma cadeira, sentou-se no lado oposto. Pôs-se a pensar deliberadamente no caso desde o começo, examinando cada detalhe que havia descoberto por si mesma ou que ouvira por outras pessoas. Considerou cada ator naquele drama e fora dele.

E de repente, uma ideia estranha e nebulosa começou a tomar forma... Uma ideia sugerida por aquele inocente par de botas ali pousadas no chão.

– Mas se foi assim... – disse Emily

Pegou as botas e apressou-se em descer a escadaria. Abriu com um empurrão a porta da sala de jantar e foi até o armário no canto. Ali estavam guardados, em uma mistura heterogênea, os troféus e equipamentos esportivos, todas as coisas que o capitão não quisera deixar ao alcance das inquilinas. Os esquis, os remos, a pata de elefante, as presas, as varas de pesca – ainda à espera dos senhores Young e Peabody, que embalariam tudo com perícia e depois transportariam para o depósito.

Emily curvou-se com as botas ainda nas mãos.

Minutos depois, ficou ereta novamente, incrédula, o rosto afogueado.

– Então foi isso – disse ela. – Então foi isso.

Afundou em uma cadeira. Havia muita coisa que ainda não entendera.

Após alguns minutos, levantou-se, pensando alto:

– Sei quem matou o capitão Trevelyan. Mas não sei por quê. Nem consigo imaginar o porquê. Mas não tenho tempo a perder.

Saiu apressada de Hazelmoor. Encontrar um carro para conduzi-la a Sittaford levou apenas alguns minutos. Pediu que o motorista a deixasse em frente ao bangalô do sr. Duke. Pagou a corrida e entrou pátio adentro tão logo o carro partiu.

Levantou a aldrava e bateu com força.

Após um intervalo de alguns minutos, a porta foi aberta por um homem alto e bem-proporcionado, com rosto impassível.

Era a primeira vez que Emily se encontrava cara a cara com ele.

– Sr. Duke? – perguntou.

– Sim.

– Sou a srta. Trefusis. Posso entrar, por favor?

Houve uma hesitação momentânea, após o que ele deu passo para o lado, abrindo caminho. Emily avançou até a sala de visitas. Ele fechou a porta da frente e a seguiu.

– Gostaria de ver o inspetor Narracott – disse Emily. – Ele está?

De novo houve uma pausa. O sr. Duke parecia não ter certeza do que responder. Por fim, chegou a uma decisão e sorriu – um sorriso bastante curioso.

– O inspetor Narracott está aqui. Sobre o que deseja falar com ele?

Emily desfez o embrulho que estava carregando, tirou dele um par de botas e colocou-as em cima da mesa à frente do homem. Só então disse:

– Eu gostaria de falar com ele a respeito destas botas.

CAPÍTULO 29

A segunda sessão espírita

— Olá... Olá – chamou Ronnie Garfield.
O sr. Rycroft, que subia lentamente a encosta escarpada da alameda, vindo do posto de correio, fez uma pausa até que Ronnie o alcançasse.
— Esteve na Harrods* local, hein? – brincou Ronnie. – Na velha mamãe Hibbert.
— Não – disse Rycroft. – Saí para dar uma breve caminhada um pouco além da ferraria. Está um clima delicioso hoje.
Ronnie deu uma olhada no céu azul.
— Sim, bem diferente da semana passada. A propósito, suponho que o senhor esteja indo visitar as Willett.
— Estou. O senhor também?
— Sim. As Willett são nosso farol luminoso em Sittaford. É preciso não se deixar abater, é seu lema. A vida segue, como sempre. Minha tia diz que é uma insensibilidade da parte delas fazer um convite para o chá tão pouco tempo após o funeral e sei lá mais o que, mas é tudo bobagem. Ela só diz isso porque está se sentindo abalada por causa do Imperador do Peru.
— O Imperador do Peru? – perguntou o sr. Rycroft, surpreso.
— Um de seus preciosos gatos. Só depois de dar o nome foi descobrir que se tratava na verdade de uma imperatriz, o que naturalmente irritou tia Caroline. Ela não gosta desses problemas de sexo... E por isso, como eu disse, desafoga seus sentimentos fazendo observações maliciosas sobre as Willett. Por que elas não poderiam convidar para um chá? Trevelyan não era parente delas ou coisa do gênero.
— Isso lá é bem verdade – disse o sr. Rycroft, virando a cabeça para examinar um pássaro que passara voando e no qual pensou reconhecer uma espécie rara. – Ah, que pena que não trouxe meus óculos – murmurou.
— Ah, sim! Falando em Trevelyan, acha que a sra. Willett o conhecia melhor do que quer nos contar?
— Por que a pergunta?
— Por causa da mudança que se percebe nela. Já viu coisa igual? Parece ter envelhecido uns vinte anos na última semana. O senhor deve ter notado.
— Sim, eu notei.
— Pois aí está. A morte de Trevelyan deve ter sido para ela um choque tremendo, de um jeito ou de outro. Seria estranho descobrir que, no fim das

---

* Referência à famosa e tradicional loja de departamentos aberta em Londres em 1834 e existente até hoje. (N.T.)

contas, ela era a esposa perdida a quem Trevelyan abandonou na juventude e que ele não a reconheceu.

– Creio que tal coisa é bem pouco provável, sr. Garfield.

– Parece muito a trama de um filme, não? Em todo caso, coisas bem estranhas acontecem neste mundo. Tenho lido sobre alguns fatos realmente impressionantes no *Daily Wire*... Coisas nas quais o senhor não acreditaria se não estivessem impressas no jornal.

– E estar nos jornais torna-as mais fáceis de acreditar? – perguntou o sr. Rycroft, ácido.

– O senhor antipatiza com o jovem Enderby, não é mesmo?

– Não gosto de tipos mal-educados metendo o nariz em coisas que não lhes dizem respeito – disse o sr. Rycroft.

– Bom, em certo sentido dizem respeito sim – insistiu Ronnie. – O que estou dizendo é que bisbilhotar por aí é o trabalho do pobre sujeito. Ele parece ter conseguido domar por completo o velho Burnaby. O que é engraçado, porque enquanto isso o velhote mal aguenta me ver. É como se eu fosse para ele o que um pano vermelho é para um touro.

O sr. Rycroft não respondeu.

– Por Júpiter! – disse Ronnie, olhando mais uma vez para o céu. – O senhor se deu conta de que hoje é sexta-feira? Neste mesmo dia, uma semana atrás, mais ou menos a esta mesma hora, estávamos seguindo para o chá das Willett, exatamente como agora. Mas o clima mudou um bocado.

– Uma semana... – disse o sr. Rycroft. – Parece muito mais tempo.

– Está mais para um ano, não? Oh, olá, Abdul.

Estavam passando na frente do portão do chalé do capitão Wyatt, sobre o qual se debruçava o indiano melancólico.

– Boa tarde, Abdul – cumprimentou o sr. Rycroft. – Como vai seu patrão?

O hindu sacudiu a cabeça.

– Mestre mal hoje, *sahib*. Não ver ninguém. Não ver ninguém por longo tempo.

– O senhor percebe – disse Ronnie enquanto seguiam caminho – que aquele camarada poderia assassinar Wyatt facilmente e ninguém saberia? Poderia continuar semanas balançando a cabeça e dizendo "o mestre não vai ver ninguém" sem que nenhum de nós notasse nada de suspeito.

O sr. Rycroft admitiu a veracidade daquele comentário:

– Mas ainda haveria o problema de se livrar do corpo – apontou.

– Sim, é sempre esse o porém, não é verdade? Coisa muito inconveniente, um corpo humano.

Passaram pelo chalé do major Burnaby. Ele estava em seu jardim, lançando olhares severos para as ervas daninhas que cresciam onde não devia haver erva nenhuma.

– Boa tarde, major – disse Rycroft. – Também vai ao chá na mansão Sittaford?

Burnaby coçou o nariz.

– Acho que não. Elas mandaram um bilhete me convidando, mas... Bem... Não estou com ânimo. Espero que entenda.

O sr. Rycroft curvou a cabeça em sinal de compreensão e disse:

– Em todo caso, gostaria que fosse. Tenho meus motivos.

– Que motivos?

Rycroft hesitou. Estava claro que a presença de Ronnie Garfield o constrangia, mas Ronnie, completamente alheio a esse fato, sequer se mexeu, continuando a ouvir a conversa com ingênuo interesse.

– Gostaria de fazer um experimento – disse, por fim.

– Que tipo de experimento? – perguntou Burnaby.

O sr. Rycroft titubeou outra vez:

– Prefiro não dizer antecipadamente. Mas, se for até lá conosco, pedirei que me apoie em qualquer sugestão que eu venha a dar.

A curiosidade de Burnaby fora despertada:

– Tudo bem, eu irei. Pode contar comigo. Onde será que deixei meu chapéu?

Ele entrou na cabana e voltou a juntar-se a eles em um minuto, com o chapéu na cabeça. Os três entraram no pátio da mansão Sittaford.

– Ouvi dizer que está esperando visitas, Rycroft – disse Burnaby em tom casual.

Uma sombra de irritação cruzou o rosto do mais velho.

– Quem lhe contou?

– A sra. Curtis, aquela gralha tagarela. Ela é honesta e asseada, mas sua língua nunca sossega, nem dá a mínima se você a escuta ou não.

– É verdade – concordou Rycroft. – Estou esperando para amanhã a chegada de minha sobrinha, sra. Dering, e de seu marido.

Tinham chegado à porta da frente da mansão. A um toque de campainha, foram atendidos por Brian Pearson. Enquanto removiam seus sobretudos no saguão, o sr. Rycroft observava com um olhar interessado o rapaz alto e de ombros largos.

"Um belo espécime", pensou. "Realmente um belo espécime. Constituição forte. A mandíbula tem um ângulo curioso. Pode ser um osso duro em determinadas circunstâncias. O que se poderia chamar de um jovem perigoso."

O major Burnaby foi assaltado por uma estranha impressão de irrealidade ao entrar na sala de estar e ver a sra. Willett levantar-se para cumprimentá-lo.

– Magnífico de sua parte ter vindo.

As mesmas palavras da semana anterior. O mesmo fogo ardendo na lareira. Imaginava, mas não tinha certeza, de que até os vestidos das duas mulheres eram os mesmos.

Aquilo produzia uma sensação estranha. Como se fosse a semana anterior outra vez, como se Joe Trevelyan não tivesse morrido, como se nada tivesse acontecido ou mudado. Espere, isso estava errado. A Willett mais velha havia mudado. Uma ruína, era a única maneira de descrevê-la. Não era mais a mulher do mundo, próspera e determinada, e sim uma criatura de nervos destroçados que fazia um esforço óbvio e patético para manter a aparência de normalidade.

"Que me enforquem se eu não gostaria de saber o que a morte de Joe significou para ela", pensou o major.

Pela centésima vez, registrou a impressão de que havia algo singular nas Willett. Como de hábito, acordou para o fato de que estava em silêncio e que alguém falava com ele:

– Receio que seja nossa última reunião – dizia a sra. Willett.

– O quê? – Ronnie Garfield ergueu subitamente os olhos.

– Sim – a sra. Willett balançou a cabeça com a sombra de um sorriso.

– Desistimos de passar o resto do inverno em Sittaford. Pessoalmente, é claro que eu adoro este lugar, a neve, os rochedos, a atmosfera selvagem e tudo o mais, mas os problemas domésticos! São muito árduos, e terminaram por me vencer!

– Pensei que iam contratar um mordomo e um criado – disse o major Burnaby.

Um arrepio repentino cruzou o corpo da sra. Willett e ela disse:

– Não. Eu... desisti dessa ideia.

– Oh, minhas caras – disse o sr Rycroft. – É um grande golpe para todos nós. Com certeza é muito triste. Depois que partirem, vamos nos afundar de novo em nossa pequena rotina. Quando pretendem ir, a propósito?

– Segunda-feira, eu espero – disse a sra. Willett. – A menos que eu consiga sair já amanhã. É tudo tão difícil sem as empregadas. É claro, preciso acertar algumas coisas com o sr. Kirkwood. Aluguei a casa para quatro meses.

– Vão para Londres? – perguntou o sr. Rycroft.

– É provável, nem que seja apenas no início. Depois, espero que possamos seguir para o Exterior, para a Riviera.

– Uma grande perda – disse Rycroft curvando-se, galante.

A sra. Willett deu uma risadinha estranha e desorientada.
— É muito gentil de sua parte, sr. Rycroft. Bem, vamos tomar o chá?

O chá estava pronto. A sra. Willett serviu, e Ronnie e Brian foram distribuindo os petiscos. Uma espécie estranha de embaraço havia caído sobre a reunião.

— E o que me diz de você? — Burnaby disse, de repente, a Brian Pearson. — Está de partida também?

— Para Londres, sim. Naturalmente, eu não posso sair do país até que o assunto esteja resolvido.

— Que assunto?

— Até que meu irmão seja inocentado daquelas acusações ridículas.

Arremessou as palavras de maneira tão desafiadora que ninguém soube o que dizer. Foi Burnaby quem aliviou a situação:

— Nunca acreditei que ele tivesse cometido o crime. Nem por um momento.

— *Nenhum* de nós pensa que foi ele — disse Violet, lançando-lhe um olhar agradecido.

O tilintar da campainha interrompeu a pausa que se seguiu.

— Deve ser o sr. Duke — disse a sra. Willett. — Faça-o entrar, Brian.

O jovem Pearson, que havia se achegado à janela, comentou:

— Não é Duke. É o maldito jornalista.

— Oh, meu Deus — disse a sra. Willett. — Bem, suponho que devamos deixá-lo entrar, no fim das contas.

Brian assentiu e reapareceu em alguns minutos trazendo Charles Enderby.

O repórter entrou com seu costumeiro ar ingênuo e de radiante satisfação. Não parecia lhe ocorrer a ideia de que não era bem-vindo ali.

— Olá, sra. Willett. Como vai? Pensei em dar uma passada por aqui para ver como vão as coisas. Estava me perguntando para onde havia ido todo mundo em Sittaford. Agora já sei.

— Aceita um chá, sr. Enderby?

— Muita gentileza sua. Aceito, sim. Vejo que Emily não está aqui. Suponho que esteja com sua tia, sr. Garfield.

— Não que eu saiba — disse Ronnie, encarando-o. — Pensei que ela tivesse ido a Exhampton.

— Foi, mas já voltou. Como eu sei? Um passarinho me contou. O pássaro Curtis, para ser exato. Viu o carro passar pela estação de correios, seguir alameda acima e voltar vazio. Ela não está no nº 5 e não está aqui na mansão. Mistério... Onde ela estará? Se não se encontra com srta. Percehouse, deve estar tomando chá com aquele sujeito com cara de assassino, o capitão Wyatt.

— Pode ter subido até o farol de Sittaford para ver o pôr do sol – sugeriu o sr. Rycroft.

— Acho que não – disse Burnaby. – Eu a teria visto. Passei a última hora no jardim.

— Bem, não creio que seja nada grave – disse Charles, jovial. – Quer dizer, não acho que ela tenha sido raptada ou assassinada ou qualquer coisa do tipo.

— O que é uma pena, do ponto de vista do seu jornal, não? – rosnou Brian.

— Mesmo que fosse por uma grande história, eu jamais sacrificaria Emily – disse Charles, e acrescentou, em tom pensativo: – Ela é única.

— Encantadora – concordou o sr. Rycroft. – Uma garota encantadora. Eu e ela somos... colaboradores.

— Todos já terminaram o chá? – perguntou a sra. Willett – Que tal uma partida de bridge?

— Um momento, por favor – disse o sr. Rycroft, limpando a garganta com imponência.

Todos olharam para ele.

— Sr. Willett, sou, como sabe, um homem profundamente interessado em fenômenos psíquicos. Na sexta-feira da semana passada, nesta mesma sala, vivemos uma experiência surpreendente e, com certeza, assustadora.

Violet Willett deixou escapar um débil gemido. Rycroft virou-se para ela.

— Eu sei, minha cara senhorita Willett, eu sei. A experiência a deixou transtornada, e foi mesmo perturbadora, não vou negar. Desde que o crime foi cometido, a força policial vem procurando pelo assassino do capitão Trevelyan. Eles efetuaram uma prisão. Mas pelo menos alguns dos aqui presentes não acreditam que o sr. James Pearson seja o culpado. O que tenho a propor é que repitamos a experiência da última sexta-feira, embora desta vez com um propósito um pouco diferente.

— Não! – gritou Violet.

— "Não" digo eu – exclamou Ronnie. – Isso já é um pouco demais. Não me juntarei a vocês de jeito nenhum.

O sr. Rycroft não tomou conhecimento das objeções do jovem.

— Sra. Willett, o que me diz?

Ela hesitou.

— Sinceramente, sr. Rycroft, não gosto da ideia. Não gosto mesmo. Aquele incidente miserável da semana passada provocou-me a mais desagradável das impressões. Vou levar um longo tempo para me esquecer daquilo.

– Aonde quer chegar com isso exatamente? – perguntou Enderby, interessado. – O senhor está sugerindo que os espíritos nos dirão o nome do assassino do capitão Trevelyan? Parece que está pedindo demais.

– Assim como seria pedir demais, como o senhor diz, que na semana passada uma mensagem viesse nos informar que o capitão Trevelyan estava morto.

– Isso é verdade – concordou Enderby. – Mas... Bem... Espero que saiba que essa sua ideia pode ter consequências que o senhor não levou em conta.

– Tais como?

– Vamos supor que um nome seja mencionado. Como pode ter certeza de que alguma das pessoas aqui presentes não vá, deliberadamente...

Fez uma pausa e Ronnie Garfield completou a frase:

– Empurrar a mesa, é isso o que ele quer dizer. Imagine que alguém vá e balance a mesa de propósito.

– Este é um experimento sério, senhor – disse acaloradamente o sr. Rycroft. – Ninguém aqui faria uma coisa dessas.

– Não sei – disse Ronnie, em um tom de dúvida. – Eu não descartaria a hipótese. Não que eu pretenda movimentar a mesa, juro que não, mas e se todos apontarem para mim e disserem que empurrei? Seria bastante desagradável.

– Sra. Willett, pode confiar em mim – disse o pequeno idoso, ignorando Ronnie. – Eu lhe imploro: deixe-nos fazer a experiência.

Ela se mostrou indecisa.

– Não gosto disso, não gosto mesmo. Eu... – olhou em volta, desconfortável, como se à procura de uma rota de fuga. – Major Burnaby, o senhor era o melhor amigo do capitão Trevelyan. O que me diz?

Os olhos do major encontraram os do sr. Rycroft, e ele compreendeu que esta era a contingência que o outro havia previsto.

– Por que não? – concordou, impaciente.

A frase teve todo o caráter de um voto de Minerva.

Ronnie entrou no quarto adjacente e trouxe a mesma mesinha que havia sido usada antes. Posicionou-a no meio do assoalho, e as cadeiras foram dispostas em volta. Ninguém falava. Estava claro que a ideia era impopular.

– Acho que está tudo certo – disse Rycroft. – Estamos prestes a repetir a experiência da sexta-feira passada sob circunstâncias bastante similares.

– Não inteiramente – objetou a sra. Willett. – Está faltando o sr. Duke.

– É verdade. É mesmo uma grande pena que ele não esteja aqui. Bem... podemos pensar em substituí-lo pelo sr. Pearson.

– Não se envolva nisso, Brian, eu lhe imploro. Por favor, não – disse Violet.

– Que importância tem? De qualquer forma, é tudo uma grande bobagem.
– Essa disposição de espírito está completamente errada – disse o sr. Rycroft, severo.
Brian Pearson não respondeu, mas sentou-se ao lado de Violet.
– Sr. Enderby... – começou Rycroft, no que foi interrompido por Charles.
– Não contem comigo. Sou um repórter e vocês desconfiam de mim. Vou fazer anotações estenográficas de qualquer... fenômeno (é essa a palavra, não?) que venha a ocorrer.
A questão ficou assim resolvida. Os outros seis tomaram seus lugares em volta da mesinha. Charles desligou as luzes e sentou-se perto da lareira.
– Um momento: que horas são? – disse ele, olhando, à luz do fogo, para o mostrador de seu relógio de pulso. – É estranho.
– O que é estranho?
– São exatamente 17h25.
Violet deixou escapar um gritinho.
– Silêncio – disse o sr. Rycroft.
Minutos se passaram. A atmosfera agora era bem diferente daquela da semana anterior. Não havia risos em voz baixa nem comentários sussurrados – somente silêncio, rompido afinal por um leve estalo vindo da mesa.
A voz do sr. Rycroft se fez ouvir:
– Há alguém aí?
Outro estalo, um som assustador no escuro da sala.
– Há alguém aí?
Não houve estalo desta vez, e sim uma tremenda e ensurdecedora pancada.
Violet e a sra. Willett gritaram.
A voz de Brian Pearson se elevou, tranquilizadora:
– Está tudo bem, isso foi uma batida na porta da frente. Eu abro – disse, saindo da sala.
Ninguém falava nada.
De repente, a porta foi aberta e as luzes se acenderam.
O inspetor Narracott achava-se parado na entrada. Atrás dele, o sr. Duke e Emily Trefusis.
Narracott deu um passo para dentro da sala e falou:
– John Burnaby, está preso pelo assassinato de Joseph Trevelyan na sexta-feira, dia 14 do corrente, e aviso que tudo o que disser será registrado e poderá ser usado como prova.

CAPÍTULO 30
Emily explica

O grupo, surpreso demais para falar, se aglomerou à volta de Emily Trefusis, enquanto o inspetor Narracott conduzia seu prisioneiro para fora da sala.

Charles foi o primeiro a reencontrar a própria voz:
– Pelos céus, desembuche, Emily! Preciso ir ao posto do telégrafo e cada momento conta.
– Foi o major Burnaby quem matou o capitão Trevelyan.
– Bem, acabo de ver Narracott prender o major, e suponho que o inspetor esteja em seu pleno juízo e não tenha perdido a cabeça de repente. Mas como Burnaby pode ter matado Trevelyan? Digo, como é humanamente possível? Se Trevelyan foi assassinado às 17h25...
– Não foi. A morte ocorreu por volta das 17h15.
– Mas mesmo assim...
– Eu sei. Ninguém jamais adivinharia se não soubesse o que procurar. Esquis... Essa é a explicação.
– Esquis? – repetiram todos.
Emily anuiu.
– Sim. Ele forjou deliberadamente aquela mensagem na mesa. Não foi acidental nem inconsciente como nós pensávamos, Charles. A alternativa correta era a segunda, a que rejeitamos: alguém fez de propósito. Ele percebeu que ia nevar muito em breve, o que lhe permitiria agir com segurança e apagaria qualquer rastro. Plantou a sugestão de que o capitão Trevelyan estava morto, deixando a todos preocupados. Então, fingiu estar angustiado e insistiu em ir para Exhampton.

"Ele foi para casa, calçou os esquis (ficavam guardados em um barracão no jardim, com uma porção de outros equipamentos) e partiu. Ele é um exímio esquiador. O caminho todo até Exhampton é uma longa descida – uma pista maravilhosa. Levou apenas uns dez minutos para chegar lá.

"Chegou à janela e bateu. Trevelyan deixou-o entrar, sem suspeitar de nada. Quando o capitão deu-lhe as costas, o major aproveitou a oportunidade, pegou o saco de areia... e o matou. Argh! Me sinto mal só de pensar."

Ela estremeceu e continuou:
– Daí em diante foi tudo muito fácil. Ele teve tempo de sobra. Deve ter limpado e esfregado os esquis e então guardou-os no armário na sala de jantar, jogados no meio de todas as outras coisas. Depois disso, suponho que forçou a janela e revirou todas as gavetas e papéis da sala, para fazer parecer que alguém havia invadido o lugar.

"E, pouco antes das oito da noite, tudo o que ele teve de fazer foi sair, tomar um desvio até a estrada, um pouco acima, e ir soprando e arfando até Exhampton como se tivesse caminhado todo o trajeto desde Sittaford. Uma vez que ninguém suspeitasse dos esquis, ele estaria perfeitamente a salvo. O doutor não deixaria de dizer que o capitão havia sido morto pelo menos duas horas antes. E, como eu disse, enquanto ninguém se lembrasse dos esquis, o major teria o álibi perfeito."

– Mas eles eram amigos, Burnaby e Trevelyan – disse o sr. Rycroft. – Velhos amigos, amigos de uma vida inteira. É inacreditável.

– Eu sei – concordou Emily. – Foi o que pensei. Eu não conseguia entender o porquê. Depois de muito quebrar a cabeça, vim procurar o inspetor Narracott e o sr. Duke.

Fez uma pausa e olhou para o impassível sr. Duke:
– Posso contar a eles? – perguntou.
Duke sorriu:
– Se assim deseja, srta. Trefusis.

– Em todo caso, talvez prefira que eu não conte. Fui até eles e esclarecemos o caso. Charles, lembra-se do que me contou, aquilo que ouviu de Evans sobre o capitão mandar cartas para concursos no nome dele? Que achava que mansão Sittaford era um endereço muito nobre para ganhar? Bem, ele fez o mesmo no concurso sobre futebol pelo qual você pagou cinco mil libras ao major. A resposta vencedora era na verdade do capitão Trevelyan, e ele a enviou no nome de Burnaby porque achava que "Chalé nº 1, Sittaford", soava muito melhor. Entende agora o que aconteceu? Na manhã de sexta-feira, o major recebeu a carta dizendo que havia ganhado cinco mil libras. (E a propósito, isso devia ter nos feito suspeitar de algo errado. Burnaby lhe disse que nunca recebera carta alguma, que nenhuma correspondência havia sido entregue na sexta-feira devido ao clima. Era mentira. A manhã de sexta foi o último dia antes que as estradas ficassem intransitáveis.) Onde eu estava? Ah, sim... O major Burnaby recebeu a carta. Ele queria aquelas cinco mil libras, ah, como queria. Havia investido em ações e títulos furados e perdera uma boa soma de dinheiro.

"Penso que a ideia deve ter vindo de repente à sua cabeça. Talvez quando percebeu que iria nevar aquela tarde. Se Trevelyan morresse... ele poderia guardar o dinheiro e ninguém jamais saberia."

– Impressionante – murmurou o sr. Rycroft. – Bastante surpreendente. Eu nunca teria sonhado... Mas minha cara jovem, como descobriu tudo isso? O que a colocou no caminho certo?

Ao responder, Emily falou da carta da sra. Belling e contou como havia encontrado as botas na chaminé.

– Olhar para elas foi o que despertou algo em minha mente. Entenda, eram botas para esquiar e, por associação, me fizeram pensar em esquis. E de súbito, fiquei imaginando se talvez... Corri escada abaixo até o armário e me certifiquei de que havia dois pares de esquis nele. Um par era mais longo do que o outro. E as botas serviam no par mais longo, mas não no outro. As travas estavam ajustadas para um par de botas muito menor. O par mais curto devia pertencer a outra pessoa.

– Ele deveria ter escondido os esquis em algum outro lugar – observou o sr. Rycroft, com artística desaprovação.

– Não, não – disse Emily. – Onde mais ele poderia escondê-los? Era um lugar muito bom. Em um ou dois dias toda a coleção seria enviada para um depósito, e nesse meio-tempo era pouco provável que a polícia se preocupasse em saber se o capitão Trevelyan tinha um ou dois pares de esquis.

– Mas por que esconder as botas?

– Acho – disse Emily – que ele tinha medo de que a polícia fizesse o que eu fiz. A presença de botas de esquiar na casa poderia fazê-los averiguar os esquis. Então ele as enfiou na chaminé. E foi aí que cometeu um erro, porque Evans deu pela falta delas, e eu fiquei sabendo.

– Ele pretendia deliberadamente jogar a culpa do crime em Jim? – perguntou Brian Pearson, zangado.

– Oh, não. Isso foi só o azar normal do idiota do Jim. Ele *foi* um idiota, pobre cordeiro.

– Ele vai ficar bem agora – disse Charles. – Não precisa se preocupar. Contou a história toda, Emily? Porque se contou, devo correr até o posto do telégrafo. Queiram me desculpar – despediu-se, saindo apressado da sala.

– O fio condutor... – brincou Emily.

– A senhorita também foi um fio condutor neste caso – disse o sr. Duke, com sua voz grave.

– Sim, você foi maravilhosa – disse Ronnnie, admirado.

– Oh, céus! – exclamou Emily de repente, deixando-se cair, mole, em uma cadeira.

– O que você precisa é de algo para levantar o moral – disse Ronnie. – Que tal um coquetel?

Emily sacudiu a cabeça.

– Uma dose de brandy? – sugeriu o sr. Rycroft, solícito.

– Uma xícara de chá? – interveio Violet.

– Gostaria de passar um pouco de pó no rosto – pediu Emily, pensativa. – Deixei meu estojo de maquiagem no carro, e sei que estou transpirando de excitação.

Violet a conduziu até o andar de cima em busca de seu estojo e de um sedativo para os nervos.

— Assim é melhor — disse Emily, empoando o nariz. — Foi muita gentileza sua. Tem um batom que eu possa usar? Já me sinto quase humana.

— A senhorita foi maravilhosa — comentou Violet. — Tão corajosa!

— Não de verdade. Debaixo desta camuflagem eu tremia como geleia e sentia uma espécie de náusea.

— Entendo. Eu mesma me senti assim. Tive tanto medo nestes últimos dias... por Brian, sabe. Naturalmente eles não poderiam enforcá-lo pela morte do capitão Trevelyan, mas se ele tivesse dito uma vez sequer onde esteve durante sua estada na Inglaterra, logo deduziriam que fora ele quem planejara a fuga de papai.

— Como assim? — perguntou Emily, parando por um momento de retocar o rosto.

— O prisioneiro que escapou era meu pai. Foi essa a razão de virmos pra cá, mamãe e eu. Pobre papai, ele andou um tanto... estranho por uns tempos. Então fez aquelas coisas terríveis. Encontramos Brian no embarque na Austrália e ele e eu... Bem... Ele e eu...

— Entendo — ajudou Emily. — É claro que sim.

— Contei a ele toda a minha situação, e juntos elaboramos um plano. Brian foi maravilhoso. Felizmente, tínhamos bastante dinheiro. É bem difícil escapar de Princetown, mas Brian conseguiu arquitetar a fuga com sucesso. Foi de fato uma espécie de milagre. A combinação era de que depois de sair da prisão papai deveria seguir em linha reta através do campo e se esconder na Caverna das Fadas. Mais tarde, ele e Brian se passariam por nossos dois empregados. Chegamos a Sittaford com muita antecedência, imaginando que assim estaríamos completamente fora de suspeita. Foi Brian que nos falou sobre o lugar, e sugeriu que oferecêssemos ao capitão Trevelyan um valor alto pelo aluguel.

— Sinto muitíssimo. Soube que deu tudo errado.

— Isso arrasou mamãe por completo — disse Violet. — Acho que Brian é um homem maravilhoso. Não são todos os que aceitariam casar com a filha de um condenado. Mas não acho que seja realmente culpa de papai. Ele levou um coice de um cavalo na cabeça há uns quinze anos, e desde então tem estado um pouco estranho. Brian diz que, se tivesse passado por um tratamento, hoje ele estaria melhor. Mas agora chega de falar sobre mim.

— Há algo que possa ser feito?

Violet sacudiu a cabeça.

— Ele está muito doente. As noites que passou ao relento neste frio terrível... Está com pneumonia. Não consigo evitar a sensação de que se ele

morrer... Bom, de que poderia ser melhor. Dito assim soa terrível, mas a senhorita sabe o que eu quero dizer.
– Pobre Violet – disse Emily. – É mesmo uma pena.
A garota balançou a cabeça.
– Eu tenho Brian. E a senhorita tem...
Embaraçada, interrompeu o que ia dizer.
– Sim... – comentou Emily, pensativa. – É isso mesmo.

CAPÍTULO 31

O sortudo

Dez minutos mais tarde, Emily, apressada, descia a alameda. O capitão Wyatt, debruçado sobre o portão da sua casa, tentou deter o seu avanço.
– Olá, srta. Trefusis. O que foi isso tudo que ouvi dizer?
– A mais pura verdade – respondeu Emily, acelerando o passo.
– Sim, mas escute. Entre... Beba comigo uma taça de vinho ou uma xícara de chá. Tem tempo de sobra, não precisa se apressar. Isso é o que há de pior em vocês, pessoas civilizadas.
– Somos horríveis, sabemos disso – emendou Emily, e seguiu seu caminho.

Ela irrompeu no chalé da srta. Percehouse com a força explosiva de uma bomba:
– Vim contar-lhe tudo sobre o caso.

E, de uma vez só, despejou a história toda. Foi pontualmente interrompida por várias exclamações da srta. Percehouse, como "Deus nos abençoe", "Você não disse isso?" e "Eu sabia!". Quando Emily terminou sua narrativa, a senhorita Percehouse ergueu-se sobre os cotovelos, balançou o dedo de modo imponente e declarou:
– O que foi que eu disse? Eu bem disse que Burnaby era um homem invejoso. Amigos, pois sim! Por mais de vinte anos Trevelyan fez tudo um pouco melhor do que Burnaby. Esquiava melhor, escalava melhor, atirava melhor e até fazia palavras cruzadas melhor. Burnaby não era homem o suficiente para aguentar isso. Trevelyan era rico, e ele era pobre.

"Foi sempre assim. Posso dizer com certeza que é uma coisa muito difícil para um homem continuar amigo de alguém que consegue fazer tudo melhor do que ele. Burnaby era mesquinho e intolerante, e deixou que isso o afetasse."
– Creio que a senhora está certa – disse Emily. – Bem, eu tinha de vir aqui contar-lhe tudo. Pareceu tão injusto que ficasse sem saber! A propósito,

sabia que seu sobrinho conhecia minha tia Jennifer? Estavam tomando chá juntos no Deller, na quarta-feira.

– É a madrinha dele. Então ela era o "amigo" que ele queria visitar em Exeter. Estava pedindo dinheiro, se eu bem conheço Ronnie. Vou falar com ele.

– Eu a proíbo de implicar com qualquer pessoa em um dia tão feliz quando este! – disse Emily. – Adeus, preciso me apressar. Tenho muita coisa a fazer.

– O que ainda tem a fazer, minha jovem? Eu diria que você já fez um bocado.

– Ainda não. Preciso ir a Londres ver os patrões de Jim na companhia de seguros e convencê-los a não processá-lo por aquele assunto do dinheiro emprestado.

– Hum.

– Está tudo bem. Jim vai se manter na linha daqui para frente. Ele aprendeu a lição.

– Talvez. E acha que vai conseguir convencê-los?

– Sim – disse Emily, com firmeza.

– Bem – disse a srta. Percehouse –, talvez consiga mesmo. E depois disso?

– Depois disso, caso encerrado. Terei feito tudo o que podia por Jim.

– Você não me entendeu. Quis dizer... O que vem depois?

– Como?

– O que vem depois? Ou, se quiser que eu ponha as coisas de maneira mais clara, *quem vem depois?* Qual deles?

– Oh! – disse Emily.

– Exato. É isso que quero saber. Qual deles será o sortudo?

Emily sorriu, inclinou-se, beijou o rosto da velha dama e disse:

– Não se faça de boba. Sabe perfeitamente bem qual deles.

A srta. Percehouse riu.

Emily saiu apressada da casa e atravessou o portão bem na hora em que Charles vinha correndo alameda acima.

Ele tomou-lhe as mãos.

– Emily, querida!

– Charles! Tudo isto não é maravilhoso?

– Tenho vontade de lhe dar um beijo – disse o sr. Enderby, e foi o que fez. – Com esse furo, estou feito, Emily. Agora escute aqui, querida. E quanto àquele nosso assunto?

– Que assunto?

– Bem... Quero dizer... É claro que não seria correto pôr as cartas na mesa com o pobre e velho Jim na prisão e tudo o mais. Mas ele está livre agora, e vai ter de aceitar os fatos, como qualquer outro.

— Afinal, *do que* você está falando? — disse Emily.
— Sabe muito bem que eu sou louco por você — disse o sr. Enderby.
— E você gosta de mim. Pearson foi só um engano. O que eu quero dizer é... Bem... Eu e você fomos feitos um para o outro. Esse tempo todo ambos sabíamos disso, não? Prefere no civil ou no religioso?
— Se está pensando em casamento — disse Emily —, nada feito.
— O quê? Mas eu...
— Não.
— Mas... Emily...
— Se quer saber — disse Emily —, eu amo Jim. Apaixonadamente.
Charles a encarou, confuso e sem palavras.
— Não pode amar aquele homem.
— Posso! E amo! E sempre amei! E vou amar para sempre!
— Você me fez pensar...
— Eu só disse — interrompeu Emily, demonstrando timidez — que era maravilhoso ter alguém em quem confiar.
— Sim, mas eu pensei que...
— Não posso evitar que você pense...
— Você é um demônio inescrupuloso, Emily.
— Eu sei, Charles querido, eu sei. Eu sou tudo o que você quiser me chamar. Mas esqueça disso. Pense em como você fará sucesso. Cavou seu furo de reportagem! Uma notícia exclusiva para o *Daily Wire*. Está feito! E de qualquer modo, o que é uma mulher? Menos do que pó. Nenhum homem realmente forte precisa de uma mulher. Ela apenas o atrapalha, agarrando-se a ele como a hera. Todo grande homem é independente das mulheres. Uma carreira... Não há nada tão belo, tão absolutamente recompensador para um homem quanto uma grande carreira. E você é um homem forte, Charles, um homem que pode viver bem sozinho.
— Vai parar de falar, Emily? Parece um programa de rádio! Você partiu meu coração. Não sabe o quanto parecia encantadora quando entrou naquela sala com Narracott. Como uma estátua triunfante e vingadora que tivesse descido do pedestal.
Ouviram o som de passos na alameda, e o sr. Duke apareceu.
— Ah, está aí, sr. Duke — disse Emily. — Charles, deixe-me apresentá-lo. Este é o ex-inspetor-chefe Duke, da Scotland Yard.
— O quê? — exclamou Charles, reconhecendo o nome famoso. — Não *o* inspetor Duke?
— Sim — disse Emily. — Quando se aposentou, veio morar aqui. E, sendo um homem gentil e modesto, não quis que sua reputação se espalhasse. Agora eu sei por que os olhos do inspetor Narracott cintilaram de malícia quando pedi que ele me contasse que tipo de crime o sr. Duke havia cometido.

O sr. Duke sorriu.

Charles hesitou. Houve uma breve desavença entre o apaixonado e o jornalista. O jornalista venceu.

– Estou encantado em conhecê-lo, inspetor. Agora, me pergunto se conseguiríamos convencê-lo a nos dar uma breve entrevista, digamos umas oitocentas palavras, sobre o caso Trevelyan.

Emily subiu rápido a alameda e entrou no chalé da sra. Curtis. Foi para seu quarto buscar sua mala. A sra. Curtis a seguiu escada acima.

– Não está indo embora, está, senhorita?

– Estou. Tenho muita coisa a fazer: Londres e o meu jovem cavalheiro.

A sra. Curtis chegou mais perto.

– Só me diga uma coisa, senhorita: qual deles?

Emily estava jogando as roupas desordenadamente na mala.

– O que está na prisão, é claro. Nunca houve outro.

– Ah... Não acha, senhorita, que talvez esteja cometendo um erro? Tem certeza de que o outro cavalheiro é mais valoroso que esse que está aí embaixo?

– Oh, não! Ele não é. Este aqui tem um grande futuro – olhou de relance pela janela e percebeu que Charles ainda conversava com o ex-inspetor-chefe. – É o tipo de rapaz que simplesmente nasceu para ter sucesso... Mas não sei o que aconteceria com o outro se eu não estivesse lá para cuidar dele. Olhe onde ele estaria agora se não fosse por mim?

– Não precisa falar mais nada, senhorita – disse a sra. Curtis, e desceu para o andar de baixo, onde o marido estava sentado com o olhar perdido na distância.

– Ela é a imagem viva da minha bisavó Sarah Belinda – disse a sra. Curtis –, que se atirou com tudo o que pôde para salvar aquele miserável George Plunket do hotel Three Cows, que estava hipotecado e tudo o mais. E em dois anos estavam com a hipoteca paga, e o lugar era um sucesso.

– Ah... – disse o sr. Curtis, movendo levemente o cachimbo.

– Era um sujeito bonitão, o George Plunket – disse a sra. Curtis, em tom saudoso.

– Ah... – repetiu o sr. Curtis.

– Mas depois que se casou com Belinda, nunca mais nem olhou para outra mulher.

– Ah...

– Ela nunca lhe deu chance.

– Ah...

Por que não pediram a Evans?

Tradução de Rodrigo Breunig

Para Christopher Mallock
em memória de Hinds

CAPÍTULO 1

O acidente

Bobby Jones posicionou a bola no tee* para a tacada inicial, fez um swing de treino, recuou o taco lentamente no ar e então o projetou à frente, desferindo o golpe com a rapidez de um raio.

Será que a bola voou pelo campo liso numa trajetória virtuosa, elevando-se no ar e passando direto pelo banco de areia para pousar nos limites de uma tranquila tacada de aproximação rumo ao *green* do buraco 14?

Não, nada disso. Pessimamente golpeada, correu pelo terreno e se cravou com firmeza no banco de areia!

Não havia quaisquer ávidos espectadores para gemer de consternação. A única testemunha da tacada não manifestou surpresa alguma. E isso é fácil de explicar, pois quem havia executado a tacada não era um ás americano, era simplesmente o quarto filho do vigário de Marchbolt – uma cidadezinha litorânea de Gales.

Bobby soltou um palavrão.

Ele era um jovem de expressão afável com cerca de 28 anos. Seu melhor amigo não o teria considerado bonito, mas seu rosto era extremamente simpático, e os olhos castanhos eram honestos e amigáveis como os de um cão.

– Estou jogando cada vez pior – resmungou, abatido.

– Continue insistindo – disse seu companheiro.

O dr. Thomas era um homem de meia-idade com cabelos grisalhos e um rosto vermelho e jovial. Praticava tacadas leves, curtas e diretas, e geralmente vencia golfistas mais brilhantes, mas menos regulares.

Bobby golpeou a bola com ferocidade usando um ferro nove. A terceira tentativa foi exitosa. A bola parou a uma pequena distância do *green*, que o dr. Thomas alcançara com duas tacadas precisas.

– O buraco é seu – disse Bobby.

Os dois foram para o tee do buraco seguinte.

O doutor jogou primeiro – um golpe direto e elegante, mas sem grande alcance.

---

* Tee (pino): É como no jogo de golfe se convenciona chamar o lugar onde fica a bola na primeira tacada de cada um dos dezoito buracos. (N.E.)

Bobby suspirou, posicionou sua bola, ajeitou-a melhor, ergueu o taco por um longo tempo, recuou os braços e enrijeceu o corpo, fechou os olhos, ergueu a cabeça, deixou cair o ombro direito, fez tudo o que não devia ter feito – e desferiu um foguete que foi parar no meio do campo.

Respirou fundo com satisfação. A bem conhecida melancolia do golfista sumiu de seu rosto eloquente para ser substituída pela igualmente bem conhecida exultação do golfista.

– Eu sabia o que estava fazendo – Bobby falou sem o menor respeito à verdade.

Com outra tacada longa perfeita e um cirúrgico golpe de aproximação, a bola morreu no buraco. Bobby completara o trajeto com uma tacada a menos em relação ao "par" do campo, e o dr. Thomas limitara-se a uma tacada a mais.

Cheio de confiança, Bobby encaminhou-se para o buraco 16. Voltou a fazer tudo o que não devia ter feito, e desta vez não houve milagre algum. Ocorreu uma formidável, magnífica e quase sobre-humana tacada de raspão! A bola disparou numa fuga perpendicular.

– Se essa tivesse pegado em cheio... uau! – o dr. Thomas exclamou.

– Se... – Bobby retrucou com azedume. – Ei, parece que ouvi um grito! Espero que a bola não tenha acertado ninguém...

Virou o rosto à direita. A luz não ajudava. O sol estava prestes a desaparecer no horizonte, e, olhando na direção dele, era difícil enxergar qualquer coisa com clareza. Também havia uma leve névoa subindo do mar. A beira do penhasco ficava a poucas centenas de metros dali.

– A trilha vai até lá – Bobby disse. – Mas a bola não poderia ter ido tão longe. De qualquer forma, acho que ouvi mesmo um grito. Você não ouviu?

Mas o médico não escutara nada.

Bobby saiu à procura de sua bola. Teve certa dificuldade para encontrá-la, mas por fim a busca deu resultado. A bola estava cravada num arbusto de tojo completamente "injogável". Ele tentou algumas batidas toscas, mas acabou levantando a bola e gritando ao companheiro que desistia do buraco.

O médico veio ao encontro dele, já que o tee do buraco seguinte ficava bem na beira do penhasco.

O buraco 17 era o bicho-papão particular de Bobby. Era preciso mandar a bola por cima de um precipício. A distância não era efetivamente tão grande, mas a atração das profundezas abaixo era avassaladora.

Os dois haviam atravessado a trilha que agora seguia por dentro do campo à esquerda, acompanhando a beira do penhasco. O médico desfechou uma tacada cuja força foi suficiente para deixar a bola em segurança do outro lado.

Bobby respirou fundo e desceu o taco. A bola correu pelo campo e desapareceu no abismo.

– Toda maldita vez – Bobby falou com amargura – eu repito a mesma maldita idiotice!

Ele andou ao longo do precipício, espiando para baixo. No fundo distante o mar cintilava, mas nem todas as bolas estavam perdidas em suas profundezas. A queda era abrupta na parte mais alta, mas depois iam se formando aos poucos algumas saliências.

Bobby seguiu caminhando devagar. Havia, ele sabia bem, um ponto por onde se podia descer com relativa facilidade. Os caddies faziam isso, lançando-se por sobre a borda e reaparecendo, triunfantes e ofegantes, com a bola perdida.

De súbito, Bobby enrijeceu o corpo e chamou seu companheiro.

– Doutor, venha ver uma coisa. O que pode ser aquilo?

Pouco mais de dez metros abaixo se via uma forma escura amontoada, parecendo uma pilha de roupas velhas.

O médico prendeu a respiração.

– Meu Deus... – ele disse. – Alguém caiu no penhasco. Precisamos chegar até lá.

Lado a lado, os dois homens foram descendo pelas rochas – com Bobby, o mais atlético, ajudando o outro. Afinal alcançaram o sinistro fardo escuro. Era um homem com cerca de quarenta anos que ainda respirava, embora estivesse inconsciente.

O doutor o examinou, tocando seus membros, sentindo seu pulso, abaixando-lhe as pálpebras. Ajoelhou-se ao lado do homem e completou seu exame. Então levantou os olhos para Bobby, que se mantinha de pé, sentindo-se bastante mal, e sacudiu lentamente a cabeça.

– Não há nada que possamos fazer – ele disse. – Chegou a hora dele, pobre coitado. Quebrou a espinha. Acho que ele não tinha intimidade com a trilha e, quando a névoa subiu, avançou além da beira. Mais de uma vez eu avisei ao conselho que devia existir uma grade bem aqui.

O médico voltou a se levantar.

– Vou buscar ajuda – ele falou. – Providenciar o resgate do corpo. Vai escurecer e não vamos nem saber onde estamos. Você fica aqui?

Bobby confirmou com a cabeça.

– Não podemos fazer nada por ele, então? – perguntou.

O médico balançou a cabeça.

– Nada – confirmou. – Não vai demorar muito... o pulso está enfraquecendo depressa. Ele vai viver mais uns vinte minutos no máximo. É bem possível que recobre a consciência antes do fim; mas é muito provável que não. Mesmo assim...

– Certo – Bobby falou rápido. – Vou ficar. Vá em frente. Se ele de fato voltar a si, não há nenhum remédio ou qualquer coisa que... – ele hesitou.

O médico sacudiu a cabeça.

– Ele não vai sentir dor alguma – falou.

Virando-se, o doutor começou a escalar rapidamente o penhasco. Bobby o observou até que ele desapareceu no topo com um aceno da mão.

Bobby deu dois ou três passos na estreita laje de rocha, sentou-se numa saliência e acendeu um cigarro. Sentia-se abalado com a situação. Até então, nunca entrara em contato com doença ou morte.

Que azares detestáveis havia no mundo! Um deslocamento de névoa num belo entardecer, um passo em falso – e a vida se acabava. E um belo homem, de aspecto saudável, ainda por cima... provavelmente nunca ficara doente na vida. A palidez da morte próxima não conseguia esconder o forte tom bronzeado da pele. Um homem que vivera uma vida ao ar livre... talvez no exterior. Bobby o examinou com mais atenção... o cabelo viçoso, encaracolado e castanho, com toques de grisalho nas têmporas, o nariz grande, o queixo forte, os dentes brancos mostrando-se um pouco entre os lábios entreabertos. Depois os ombros largos e as mãos belas e vigorosas. As pernas estavam retorcidas num ângulo curioso. Bobby estremeceu e subiu o olhar de novo para o rosto. Um rosto atraente, bem-humorado, determinado, desembaraçado. Os olhos, ele pensou, provavelmente eram azuis...

E ele mal chegara nesse ponto em seu raciocínio quando as pálpebras de súbito se abriram.

Os olhos *eram* azuis – um azul claro e profundo. O homem encarava Bobby. Não havia nada de incerto ou nebuloso naqueles olhos, que pareciam totalmente conscientes, alertas e, ao mesmo tempo, pareciam perguntar algo.

Bobby se levantou com rapidez para se aproximar do homem. Enquanto se aproximava, o homem falou. A voz não era fraca – saiu de modo claro e ressonante.

– *Por que não pediram a Evans?* – ele disse.

E então um estremecimento estranho percorreu seu corpo, as pálpebras caíram, o queixo caiu...

O homem estava morto.

CAPÍTULO 2

A respeito de pais

Bobby se ajoelhou ao lado dele, mas não havia dúvida. O homem estava morto. Um último instante de consciência, a pergunta repentina, e então – o fim.

Com muito respeito, Bobby enfiou a mão no bolso do homem e, retirando um lenço de seda, estendeu-o de modo reverente sobre seu rosto. Não havia mais nada que ele pudesse fazer.

Então percebeu que, com seu gesto, havia puxado do bolso outra coisa. Era uma fotografia. No ato de recolocá-la no lugar, vislumbrou o rosto retratado.

Era um rosto de mulher, de uma qualidade estranha e fascinante. Uma mulher de olhos claros bem separados. Parecia pouco mais do que uma garota, certamente abaixo dos trinta, mas o elemento hipnótico de sua beleza, mais do que a beleza em si, foi o que arrebatou a imaginação do rapaz. Era um tipo de rosto, ele pensou, difícil de esquecer.

Com reverência e delicadeza, recolocou a fotografia no bolso do qual ela saíra e se sentou de novo para esperar a volta do médico.

O tempo passava devagar – ou pelo menos era essa a impressão do rapaz enquanto aguardava. Ele prometera para seu pai tocar o órgão no serviço religioso das seis da tarde, e agora faltavam dez minutos para as seis. Naturalmente, seu pai seria compreensivo devido às circunstâncias, mas, mesmo assim, Bobby lamentava não ter se lembrado de mandar uma mensagem pelo doutor. O reverendo Thomas Jones era um homem de temperamento extremamente nervoso. Era irritadiço por excelência, e, quando se incomodava, seu aparelho digestivo sofria um colapso e ele tinha dores lancinantes. Bobby, embora considerasse o pai um velho tolo e lastimável, gostava muito dele. O reverendo Thomas, por outro lado, considerava seu quarto filho um *jovem* tolo e lastimável, e, com menos tolerância do que Bobby, procurava impor aprimoramentos ao rapaz.

"Coitado do papai", Bobby pensou. "Decerto vai ficar andando de um lado para outro. Não vai saber se começa o serviço ou não. Vai ficar aflito até sentir aquela dor na barriga, e aí não vai conseguir comer a ceia. Ele não vai se dar conta de que eu não o deixaria na mão a não ser que isso fosse totalmente inevitável... e, de qualquer jeito, que diferença faz? Mas ele nunca vai pensar dessa maneira. Ninguém com mais de cinquenta tem um mínimo de bom senso... ficam se preocupando até a morte com ninharias que não têm importância. Receberam uma educação toda errada, eu acho, e agora não conseguem evitar. Pobre do meu velho pai, ele tem menos bom senso do que uma galinha!"

Ele ficou ali pensando no pai com um misto de afeto e exasperação. Sua vida em casa lhe parecia um longo sacrifício às ideias peculiares do pai. Para o sr. Jones, no entanto, a mesma coisa parecia ser um longo sacrifício de *sua* parte, mal compreendido ou pouco apreciado como ele era pela geração mais jovem. A que ponto podiam ser diferentes as ideias sobre um mesmo assunto...

O doutor estava levando um século! Sem dúvida àquela altura já poderia ter voltado.

Bobby se levantou e bateu o pé, taciturno. Naquele momento, ouviu algo vindo do alto e olhou para cima, grato porque o auxílio estava próximo e seus préstimos já não seriam necessários.

Mas não era o médico. Era um homem com calça esportiva que Bobby não conhecia.

– Vejam só – disse o recém-chegado. – Algum problema? Houve um acidente? Posso ajudar de alguma forma?

Era um homem alto com agradável voz de tenor. Bobby não conseguia vê-lo com muita clareza, pois agora escurecia cada vez mais rápido. Explicou o que acontecera enquanto o estranho fazia comentários estarrecidos.

– Não há nada que eu possa fazer? – ele perguntou. – Buscar ajuda ou qualquer coisa?

Bobby explicou que o auxílio já estava a caminho, e perguntou-lhe se conseguia ver algum sinal dos socorristas.

– Não vejo nada neste momento.

– Bem – Bobby prosseguiu –, é que tenho um compromisso às seis.

– E o senhor não gostaria de deixar...

– Não, não gostaria muito – disse Bobby. – Quero dizer, o pobre camarada está morto e tudo mais, e é claro que não se pode fazer nada, mas mesmo assim...

Ele se calou, encontrando, como sempre, dificuldades para expressar emoções confusas com palavras.

O outro, contudo, pareceu compreender.

– Eu entendo – ele disse. – Ouça, vou descer até aí... isto é, se eu conseguir enxergar onde piso... e vou ficar até a chegada desse pessoal.

– Ah, o senhor poderia fazer isso? – Bobby retrucou, agradecido. – Sabe, é por causa do meu pai. Ele não é má pessoa, realmente, e qualquer coisa o deixa nervoso. O senhor está enxergando onde pisa? Um pouco mais à esquerda... agora à direita... aí mesmo. Não é realmente tão difícil.

Ele encorajou o outro com orientações até que os dois ficaram frente a frente no estreito platô. O recém-chegado era um homem com cerca de 35 anos. Tinha um rosto um tanto indeciso que parecia implorar por um monóculo e um pequeno bigode.

– Eu não sou daqui – ele explicou. – Meu nome é Bassington-ffrench. Vim ver uma casa. Mas que coisa pavorosa! Ele caminhou sem querer além da beira?

Bobby confirmou com a cabeça.

– Um pouco de névoa estava subindo – ele explicou. – Este trecho da trilha é perigoso. Bem, até logo. Muito obrigado. Preciso me apressar. É uma tremenda bondade sua.

– Bondade nenhuma – o outro protestou. – Qualquer um faria o mesmo. Não dá para deixar o pobre sujeito aí desse jeito... bem, quero dizer, não seria decente.

Bobby tratou de escalar a trilha íngreme. No topo, acenou com a mão para o outro e então atravessou o campo numa corrida enérgica. Para economizar tempo, saltou o muro do pátio da igreja em vez de contornar até o portão na estrada – um procedimento observado da janela da sacristia pelo vigário, e considerado com profunda desaprovação.

Eram seis e cinco, mas o sino ainda tocava.

As explicações e as recriminações foram adiadas para depois do serviço religioso. Ofegante, Bobby desabou em seu banco e manipulou os registros do antigo órgão. Uma associação de ideias levou seus dedos à marcha fúnebre de Chopin.

Mais tarde, com mais tristeza do que raiva (como fez questão de assinalar), o vigário passou uma reprimenda no filho.

– Se você não consegue fazer uma coisa direito, meu querido Bobby – ele disse –, é melhor não fazer nada. Sei que você e todos os seus jovens amigos parecem não ter a menor noção de tempo, mas existe Alguém que não deveríamos deixar esperando. Você se ofereceu para tocar o órgão por sua própria iniciativa. Eu não o forcei. Em vez disso, frouxo, você preferiu ficar jogando...

Bobby achou melhor interromper o discurso antes que o pai fosse longe demais.

– Desculpe, pai – ele disse, no tom jovial e despreocupado com o qual sempre falava, qualquer que fosse o assunto. – Não foi culpa minha dessa vez. Eu estava vigiando um cadáver.

– Você estava o quê?

– Vigiando o corpo de um sujeito que caiu do penhasco. Naquele lugar da fenda... no 17º ponto de partida. Havia um pouco de névoa bem naquela hora, e ele decerto seguiu caminhando reto e despencou.

— Céus! — exclamou o vigário. — Que tragédia! O homem teve morte instantânea?

— Não. Ele estava inconsciente. O dr. Thomas foi buscar ajuda, e ele morreu pouco depois. Mas é claro que eu achei que devia ficar ali agachado... não podia simplesmente dar o fora e abandonar o camarada. Aí um outro sujeito apareceu, e eu lhe passei a tarefa de velar o morto e vim correndo.

O vigário suspirou.

— Ah, meu querido Bobby... — ele disse. — Será que nada é capaz de abalar sua deplorável insensibilidade? Isso me deixa mais entristecido do que sou capaz de expressar. Eis que você esteve frente a frente com a morte... com uma morte repentina. E consegue fazer piada disso! Você não se comove. Tudo... tudo, por mais solene, por mais sagrado que seja, é um mero gracejo aos olhos da sua geração.

Bobby arrastou os pés no chão.

Se seu pai não conseguia perceber que, obviamente, você fazia piada de algo porque se sentia mal a respeito... bem, ele não conseguia perceber isso! Não era o tipo da coisa fácil de explicar. Diante de morte ou tragédia, era preciso aguentar firme.

Mas o que se podia esperar? Ninguém com mais de cinquenta entendia qualquer coisa em absoluto. Eles tinham as mais extraordinárias ideias.

"Deve ter sido a guerra", Bobby pensou com lealdade. "A guerra os perturbou, e eles nunca mais voltaram ao normal."

Sentiu-se envergonhado pelo pai e teve pena dele.

— Sinto muito, pai — ele disse, com a constatação realista de que uma explicação era impossível.

O vigário teve pena do filho — que parecia embaraçado —, mas também sentiu-se envergonhado por ele. O rapaz não tinha noção nenhuma da seriedade da vida. Até seu pedido de desculpas era jovial e impenitente.

Os dois seguiram na direção do vicariato, cada um fazendo um enorme esforço para encontrar meios de desculpar o outro.

O vigário pensou: "Quando será que Bobby vai encontrar uma ocupação?".

Bobby pensou: "Por mais quanto tempo será que eu vou aguentar ficar aqui...?".

No entanto, eram ambos extremamente apegados um ao outro.

CAPÍTULO 3

Uma viagem de trem

Bobby não testemunhou os desdobramentos imediatos de sua aventura. Na manhã seguinte, foi a Londres para lá encontrar um amigo que estava pensando em abrir uma oficina e julgava que a cooperação de Bobby poderia ser valiosa.

Dois dias depois, após resolver as coisas a contento de todos, Bobby pegou o trem das 11h30 da manhã de volta para casa. Pegou o trem, é verdade, mas por muito pouco não o perdeu. Chegou a Paddington quando o relógio marcava 11h28, correu pela passagem subterrânea, emergiu na plataforma número três bem no momento em que o trem ia começando a se mover e se atirou no primeiro vagão que viu, sem dar atenção aos indignados cobradores e carregadores em sua retaguarda imediata.

Escancarando a porta, caiu de quatro no chão do compartimento e tratou de se levantar. A porta foi batida com força por um ágil carregador, e Bobby se viu encarando a única ocupante do compartimento.

Aquele era um vagão de primeira classe, e, sentada no canto oposto à locomotiva, uma jovem morena fumava um cigarro. Ela vestia uma saia vermelha, um casaco curto verde e uma boina azul brilhante, e, apesar de certa semelhança com um macaquinho de realejo (a jovem tinha grandes e pesarosos olhos escuros e um rosto contraído), era distintamente atraente.

No meio de um pedido de desculpas, Bobby se interrompeu.

– Puxa, é você, Frankie! – ele disse. – Faz séculos que eu não te vejo.

– Ora, eu posso dizer o mesmo. Sente-se, vamos conversar.

Bobby sorriu amarelo.

– O meu bilhete é da cor errada.

– Não faz mal – Frankie falou com gentileza. – Eu pago a diferença para você.

– A minha indignação viril se revolta contra essa ideia – disse Bobby. – Como eu poderia deixar uma dama pagar por mim?

– Parece que não servimos para mais nada hoje em dia – Frankie retrucou.

– Eu mesmo vou pagar a diferença – Bobby falou heroicamente ao passo que um corpulento sujeito em traje azul aparecia na porta do corredor.

– Deixe comigo – disse Frankie.

A jovem olhou com um sorriso gracioso para o cobrador, que tocou a ponta do boné ao pegar o cartão branco da mão dela para perfurá-lo.

– O sr. Jones só está aqui para conversar um pouquinho comigo – ela informou. – Não faz mal, faz?
– Não há problema, vossa senhoria. O cavalheiro não irá permanecer por muito tempo, eu imagino... – ele tossiu diplomaticamente. – Só estarei aqui de volta depois de Bristol – acrescentou de forma significativa.
– Os poderes de um sorriso... – Bobby falou enquanto o funcionário se retirava.
Lady Frances Derwent balançou a cabeça, pensativa.
– Não tenho tanta certeza de que seja o sorriso – ela disse. – Acredito mais que o poder venha do hábito do meu pai de dar cinco xelins de gorjeta para todo mundo sempre que viaja.
– Pensei que você tivesse abandonado Gales de uma vez por todas, Frankie.
Frances suspirou.
– Meu querido, você sabe como é. Você sabe como os pais podem ser uns chatos bolorentos. Com isso e com os banheiros no estado em que estão, e nada para fazer nem ninguém para ver... e as pessoas simplesmente não vão mais ao campo para ficar hoje em dia! Dizem que estão economizando e que não podem ir tão longe. Bem, quer dizer, o que é que uma garota pode fazer?
Bobby balançou a cabeça, reconhecendo com tristeza o problema.
– No entanto – Frankie continuou –, depois da festa em que eu estive ontem à noite, achei que nem em casa poderia ser pior.
– O que havia de errado com a festa?
– Nada em absoluto. Era uma festa igual a qualquer outra, só que igual demais. Para começar, era no Savoy às oito e meia. Alguns da turma só apareceram por volta das nove e quinze, e, é claro, acabamos nos enredando com outras pessoas, mas nos desvencilhamos pelas dez. E nós jantamos e um pouco depois seguimos para o Marionette... havia um boato de que ocorreria uma batida de inspeção, mas nada aconteceu... o lugar estava moribundo, e nós bebemos um pouco e aí seguimos para o Bullring e lá estava mais morto ainda, e depois fomos tomar café numa barraquinha, e depois fomos para um lugar que servia peixe frito, e aí resolvemos tomar café da manhã com o tio de Angela para ver se ele ficava chocado, mas não ficou... ele só fez uma cara de tédio, e então a gente se mandou para casa com aquela sensação de fracasso. Honestamente, Bobby, não vale a pena.
– Pois é... – disse Bobby, sufocando uma pontinha de inveja.
Nunca em seus mais loucos pensamentos ele sonhara ser capaz de frequentar o Marionette ou o Bullring.
Seu relacionamento com Frankie era peculiar.

Na infância, ele e seus irmãos haviam brincado com as crianças do castelo. Agora que estavam todos crescidos, poucas vezes topavam uns com os outros. Quando chegavam a se ver, ainda se tratavam pelos primeiros nomes. Nas raras ocasiões em que Frankie estava em casa, Bobby e seus irmãos apareciam para jogar tênis. Mas Frankie e seus dois irmãos nunca eram convidados para visitar o vicariato. Parecia ser tacitamente admitido que isso não seria divertido para eles. Por outro lado, companheiros extras para o tênis eram sempre bem-vindos. Talvez houvesse um traço de constrangimento, apesar dos primeiros nomes. Os Derwent eram, talvez, um tantinho mais amáveis do que o necessário para mostrar que "não havia diferença". Os Jones, por sua vez, mostravam-se um tantinho formais, como se estivessem determinados a não reivindicar mais amizade do que aquela que lhes era oferecida. As duas famílias não tinham agora nada em comum exceto certas lembranças de infância. Contudo, Bobby gostava muito de Frankie e sempre ficava contente nas raras ocasiões em que o destino lhes proporcionava um encontro.

– Eu estou tão cansada de tudo... – Frankie disse com uma voz esgotada. – Você não está?

Bobby ponderou.

– Não, acho que não estou.

– Meu querido, que fantástico – disse Frankie.

– Não quero dizer que eu esteja me sentindo empolgado – Bobby retrucou, ávido por não causar uma má impressão. – Eu simplesmente não suporto pessoas empolgadas.

Frankie estremeceu com a mera menção da palavra.

– Eu sei – disse. – Elas são medonhas.

Os dois se entreolharam com simpatia.

– A propósito – Frankie falou de repente –, que história é essa sobre um homem que caiu do penhasco?

– Eu e o dr. Thomas o encontramos – disse Bobby. – Como soube disso, Frankie?

– Pelo jornal. Veja.

Ela apontou com o dedo um pequeno parágrafo sob o título "Acidente fatal na névoa marinha".

A vítima da tragédia em Marchbolt foi identificada ontem à noite por meio de uma fotografia que tinha consigo. O retrato provou ser o da sra. Leo Cayman. A sra. Cayman foi informada e viajou de imediato para Marchbolt, onde identificou o falecido como sendo seu irmão, Alex Pritchard. O sr. Pritchard retornara recentemente do Sião. Havia permanecido fora da Inglaterra por dez anos e mal estava iniciando uma extensa caminhada a pé. O inquérito será realizado em Marchbolt amanhã.

Os pensamentos de Bobby recuaram para o rosto estranhamente arrebatador da fotografia.

– Creio que terei de prestar depoimento no inquérito – ele disse.

– Que emocionante. Vou lá ouvir você.

– Não acho que eu tenha qualquer coisa de emocionante para dizer – Bobby falou. – Nós só encontramos o homem, mais nada.

– Ele estava morto?

– Não, ainda não. Morreu uns quinze minutos depois. Eu estava sozinho com ele.

Bobby fez uma pausa.

– Que droga – Frankie disse, com a instantânea compreensão que havia faltado ao pai de Bobby.

– Ele não sentiu nada, é claro...

– Não?

– Mas mesmo assim... entende, ele parecia incrivelmente cheio de vida... aquele tipo de pessoa... um jeito meio desgraçado de morrer... simplesmente pisar em falso num penhasco por causa de uma maldita névoa.

– Falou bem, Steve – Frankie disse, e de novo a frase brincalhona transmitia simpatia e compreensão.

– Você chegou a ver a irmã? – ela perguntou pouco depois.

– Não, eu fiquei na cidade por dois dias. Precisava conversar com um amigo meu sobre uma oficina que estamos planejando. Você vai se lembrar dele. Badger Beadon.

– Vou mesmo?

– Claro que sim. Você decerto vai se lembrar do velho Badger. Ele é vesgo.

Frankie enrugou a testa.

– Ele tem uma risada muito idiota... hó hó hó... mais ou menos assim – Bobby continuou, esperançoso.

A testa de Frankie permanecia enrugada.

– Caiu de um pônei quando éramos crianças – Bobby continuou. – Caiu de cabeça na lama, ficou meio entalado e precisamos puxá-lo pelas pernas.

– Ah! – Frankie exclamou, numa onda de recordação. – Agora eu sei quem é. Ele gaguejava.

– Ainda gagueja – Bobby falou, orgulhoso.

– Ele não investiu numa criação de galinhas que quebrou? – indagou Frankie.

— Isso mesmo.
— E aí entrou numa corretora de valores e foi despedido depois de um mês?
— Isso mesmo.
— E aí o mandaram à Austrália e ele voltou?
— Sim.
— Bobby — disse Frankie. — Você não está colocando nenhum dinheiro nesse negócio de risco, eu espero...
— Não tenho nenhum dinheiro para colocar no negócio — Bobby falou.
— Melhor assim — Frankie retrucou.
— Claro — Bobby prosseguiu. — Badger tentou arranjar alguém com um pouco de capital para investir. Mas não é assim tão fácil como se poderia pensar.
— Olhando por aí — disse Frankie —, ninguém acreditaria que as pessoas tivessem um mínimo de bom senso... mas elas têm.
O objetivo dos comentários pareceu por fim chegar ao entendimento de Bobby.
— Veja bem, Frankie... — ele disse. — Badger é um sujeito de primeira... um sujeito dos melhores.
— Eles sempre são — Frankie retrucou.
— Eles quem?
— Os que são mandados à Austrália e acabam voltando. Como foi que ele arranjou o dinheiro para começar o negócio?
— Uma tia ou algo assim morreu e lhe deixou uma garagem para seis carros com três quartos em cima, e a família desembolsou cem libras para ele comprar carros usados. Você ficaria surpresa com os belos negócios que carros usados podem render.
— Uma vez eu comprei um — Frankie disse. — É um assunto doloroso. Nem vamos falar nisso. Por que você quis sair da Marinha? Eles não cortaram você, cortaram? Não com a sua idade...
Bobby corou.
— Os meus olhos — ele retrucou com rispidez.
— Você sempre teve problemas com os olhos, eu lembro.
— Pois é. Mas eu me esforçava e conseguia me virar. Depois teve o serviço no exterior... e a luz forte, sabe... isso acabou com a minha visão. Aí... bem... eu tive que sair.
— Que droga — Frankie murmurou, olhando pela janela.
Houve um silêncio eloquente.
— Mesmo assim, é uma lástima — Bobby irrompeu. — Os meus olhos não estão tão ruins assim... e não vão piorar, segundo dizem. Eu podia ter continuado tranquilamente.

– Não vejo nada de errado neles – disse Frankie.

Ela sondou diretamente as profundezas daqueles honestos olhos castanhos.

– Sendo assim – Bobby falou –, vou entrar no negócio com Badger.

Frankie assentiu com a cabeça.

Um auxiliar abriu a porta e disse:

– Primeiro almoço.

– Vamos? – Frankie falou.

Os dois seguiram para o vagão-restaurante.

Bobby fez uma breve retirada estratégica durante o período em que o cobrador era esperado.

– Não queremos que o sujeito fique com a consciência pesada demais – ele disse.

Mas Frankie afirmou não acreditar que cobradores tivessem qualquer espécie de consciência.

Passava um pouco das cinco da tarde quando chegaram a Sileham, a estação mais próxima de Marchbolt.

– O carro está me esperando – disse Frankie. – Posso lhe dar uma carona.

– Obrigado. Isso vai me poupar de carregar essa coisa monstruosa por três quilômetros.

Ele deu um chute depreciativo em sua mala.

– Cinco quilômetros, não três – Frankie corrigiu.

– Três quilômetros se você atalhar pela trilha no campo de golfe.

– Aquela onde...

– Sim... onde aquele camarada despencou.

– Será que ninguém o empurrou? – Frankie perguntou enquanto entregava a maleta de toucador para sua criada.

– Alguém o empurrou? Deus do céu, não... Por quê?

– Bem, isso tornaria o caso bem mais emocionante, não é? – Frankie falou despreocupadamente.

CAPÍTULO 4

O inquérito

O inquérito sobre a morte de Alex Pritchard ocorreu no dia seguinte. O dr. Thomas testemunhou sobre a descoberta do corpo.

– Ainda havia sinais de vida? – perguntou o juiz de instrução.
– Sim, o falecido ainda respirava. Não existia, no entanto, nenhuma esperança de recuperação. O...
Aqui o médico se tornou altamente técnico. O juiz de instrução interveio em auxílio do júri:
– Em linguagem simples e corriqueira, a espinha do homem estava quebrada?
– Se o senhor prefere dessa forma... – o dr. Thomas retrucou com tristeza.
Ele descreveu como saíra para buscar ajuda e deixara o moribundo aos cuidados de Bobby.
– E, quanto à causa dessa tragédia, qual é a sua opinião, dr. Thomas?
– Eu diria, segundo todas as probabilidades (isto é, na falta de qualquer indício sobre o estado de espírito do falecido), que ele pisou em falso, inadvertidamente, além da beira do penhasco. Havia uma névoa subindo do mar, e naquele específico ponto a trilha dobra de modo abrupto para se afastar do precipício. Devido à névoa, o falecido pode não ter se dado conta da fenda e seguido direto em frente... nesse caso, dois passos o levariam além da beira.
– Não havia sinais de violência? Algo que pudesse ter sido infligido por terceiros?
– Só posso afirmar que os ferimentos existentes são de todo compatíveis com o choque do corpo nas rochas uns quinze ou dezesseis metros abaixo.
– Resta uma possibilidade de suicídio?
– Isso, é claro, é perfeitamente possível. Se o falecido caminhou além da beira ou se atirou, essa é uma questão sobre a qual não posso afirmar nada.
Robert Jones foi chamado a seguir.
Bobby explicou que estava jogando golfe com o doutor e dera uma tacada torta, lançando sua bola na direção do mar. Uma névoa subia na ocasião, e a visibilidade estava prejudicada. Pensou ter ouvido um grito, e por um momento imaginou que a bola poderia ter atingido alguém que estivesse subindo pela trilha. Concluiu, no entanto, que de modo algum a bola poderia ter ido tão longe.
– O senhor encontrou a bola?
– Sim, a cerca de cem metros da trilha.
Bobby explicou, então, que eles haviam seguido para o próximo ponto de partida e que ele mesmo havia feito a bola mergulhar na fenda.
Aqui o juiz de instrução o interrompeu, visto que seu depoimento teria sido uma repetição do testemunho do médico, mas o interrogou com minúcia sobre o grito que ouvira ou pensara ter ouvido.
– Foi só um grito.

– Um grito de socorro?
– Não, só uma espécie de berro. Na verdade, não tive muita certeza de que eu havia escutado aquilo.
– Um tipo de grito assustado?
– Sim, foi mais isso – Bobby respondeu, agradecido. – O tipo de som que um camarada poderia deixar escapar se uma bola o atingisse de um modo inesperado.
– Ou se ele pisasse em falso no nada quando pensava estar seguindo uma trilha?
– Sim.
Em seguida, tendo explicado que o homem de fato morrera cerca de cinco minutos após a saída do médico em busca de ajuda, a provação de Bobby chegou ao fim.
O juiz de instrução mostrava-se ansioso, agora, para dar cabo de um caso perfeitamente claro.
A sra. Leo Cayman foi chamada.
Bobby arquejou, com profundo desapontamento. Onde estava o rosto da foto que caíra do bolso do morto? Os fotógrafos, Bobby pensou com decepção, eram mentirosos da pior espécie. A foto obviamente devia ter sido tirada anos antes, mas mesmo assim era difícil acreditar que a encantadora beldade de olhos separados pudesse ter se transformado naquela mulher de aspecto atrevido, com sobrancelhas depiladas e cabelos obviamente pintados. O tempo, Bobby pensou de súbito, era uma coisa muito apavorante. Como estaria Frankie, por exemplo, dali a vinte anos? Ele estremeceu ligeiramente.
Enquanto isso, Amelia Cayman, moradora do número 17 de St. Leonard's Gardens, Paddington, já prestava testemunho.
O falecido era seu único irmão, Alexander Pritchard. Ela o vira pela última vez na véspera do dia trágico, quando ele anunciara sua intenção de fazer uma excursão a pé por Gales. Seu irmão chegara pouco antes do Oriente.
– Ele parecia estar num estado de espírito normal e alegre?
– E como! Alex estava sempre animado.
– Então, até onde a senhora sabe, ele não tinha nenhuma inquietação?
– Ah, não tinha, eu tenho certeza. Ele estava empolgado com a perspectiva da viagem.
– Não houve nenhum problema financeiro... ou outros problemas de qualquer tipo na vida dele nos últimos tempos?
– Bem, eu realmente não poderia dizer nada quanto a isso – respondeu a sra. Cayman. – Entenda, ele mal havia retornado, e antes disso eu não o via há dez anos, e ele nunca foi muito de escrever. Mas ele me levou para teatros e restaurantes em Londres, e me deu alguns presentes, então não creio que

estivesse mal de dinheiro, e ele estava tão animado que eu não acredito que tenha havido qualquer outra coisa.

— Qual era a profissão do seu irmão, sra. Cayman?

A dama pareceu ficar ligeiramente embaraçada.

— Bem, não posso afirmar com segurança. Prospecção... isso é o que ele dizia. Alex vinha muito raramente à Inglaterra.

— Não lhe ocorre nenhuma razão que pudesse levá-lo a tirar a própria vida?

— Ah, não... E eu não consigo acreditar que ele tenha feito uma coisa dessas. Deve ter sido um acidente.

— Como a senhora explica o fato de que seu irmão não tinha nenhuma bagagem consigo, nem mesmo uma mochila?

— Ele não gostava de carregar mochilas. Pretendia enviar embrulhos pelo correio em dias alternados. Enviou um na véspera da partida com o necessário para dormir e um par de meias, só que endereçou o embrulho para Derbyshire em vez de Denbighshire, de modo que o pacote só chegou aqui hoje.

— Ah! Isso esclarece um ponto bastante curioso.

A sra. Cayman prosseguiu explicando como haviam chegado a ela por meio dos fotógrafos cujo nome aparecia na foto levada pelo irmão. Ela viera com seu marido para Marchbolt e no mesmo instante reconhecera o corpo do irmão.

Com estas últimas palavras, a mulher fungou de modo audível e começou a chorar.

O juiz investigador disse algumas palavras de conforto e a dispensou. Então se dirigiu ao júri. A tarefa dos jurados era determinar como havia morrido aquele homem. Por sorte, a questão parecia ser bastante simples. Não havia nenhum indício de que o sr. Pritchard estivesse preocupado ou deprimido, ou num estado de espírito em que corresse o risco de tirar a própria vida. Ao contrário, vinha se mostrando animado, com boa saúde, aguardando com expectativa sua longa caminhada. Era inquestionável, infelizmente, que quando subia uma névoa do mar a trilha junto ao penhasco ficava bastante perigosa, e os jurados possivelmente concordariam com ele que já estava na hora de encontrar uma solução para o problema.

O veredicto do júri foi pronunciado sem demora.

— Concluímos que o falecido veio a morrer por acidente, e gostaríamos de fazer um adendo indicando que, na nossa opinião, o Conselho Municipal deveria tomar imediatas providências para instalar uma cerca ou grade no trecho da trilha que costeia o precipício.

O juiz de instrução fez um gesto de aprovação com a cabeça.

O inquérito estava terminado.

CAPÍTULO 5
O sr. e a sra. Cayman

Chegando ao vicariato cerca de meia hora depois, Bobby descobriu que sua ligação com a morte de Alex Pritchard ainda não terminara. Foi informado de que o sr. e a sra. Cayman haviam aparecido para vê-lo e estavam no gabinete com seu pai. Bobby encaminhou-se para lá e encontrou o pai tentando bravamente manter uma conversação adequada, mas aparentemente não apreciando muito a tarefa.

– Ah! – ele exclamou com certa dose de alívio. – Eis aqui Bobby.

O sr. Cayman se levantou e avançou na direção do jovem com a mão estendida. O sr. Cayman era um homem grandalhão e corado, com pretensos modos afáveis e um olhar frio e meio matreiro que desmentia bastante seus modos. Quanto à sra. Cayman, embora sua aparência atrevida e vulgar pudesse ser considerada atraente, pouco tinha em comum, agora, com aquele retrato antigo, e não restava nenhum vestígio daquela expressão melancólica. Na verdade, Bobby refletiu, se ela não tivesse reconhecido seu próprio retrato, seria difícil que mais alguém o fizesse.

– Fiz questão de vir com a patroa – disse o sr. Cayman, tomando a mão de Bobby num aperto doloroso e firme. – Precisava lhe dar apoio, sabe; é natural que ela esteja perturbada.

A sra. Cayman fungou.

– Viemos falar com você – prosseguiu o sr. Cayman. – Entenda, o meu pobre cunhado praticamente morreu nos seus braços, por assim dizer. Naturalmente ela queria saber tudo que você pudesse lhe contar sobre os últimos momentos do irmão.

– Sem dúvida – Bobby falou, pesaroso. – Ah, sem dúvida.

Ele forçou um sorriso com nervosismo e no mesmo instante percebeu um suspiro de seu pai – um suspiro de resignação cristã.

– Pobre Alex – disse a sra. Cayman, enxugando os olhos. – Pobre, pobre Alex.

– Pois é – disse Bobby. – Foi uma coisa terrível.

Ele se contorceu com desconforto.

– Entenda – falou a sra. Cayman, olhando para Bobby, esperançosa –, se ele falou quaisquer últimas palavras ou deixou alguma mensagem, eu gostaria de saber.

– Ah, é claro – disse Bobby –, mas, para falar a verdade, ele não disse nada.

– Nada em absoluto?

A sra. Cayman parecia desapontada e incrédula. Bobby ficou sem jeito.
– Não... bem... para falar a verdade, nada em absoluto.
– Foi melhor assim – disse o sr. Cayman, solene. – Morrer inconsciente... sem dor... ora, você deveria considerar isso uma bênção, Amelia.
– Suponho que sim – disse a sra. Cayman. – O senhor acha que ele não sentiu nenhuma dor?
– Tenho certeza disso – Bobby respondeu.
A sra. Cayman soltou um suspiro profundo.
– Bem, devemos ficar gratos por isso. Acho que eu tinha uma esperança de que ele tivesse deixado uma última mensagem, mas entendo que é melhor assim. Pobre Alex! Um homem tão afeito ao ar livre...
– Ele era mesmo, não? – Bobby comentou.
O jovem se lembrou do rosto bronzeado, dos olhos de um azul profundo. Uma personalidade atraente, a de Alex Pritchard, atraente até mesmo tão perto da morte. Era estranho que ele pudesse ser irmão da sra. Cayman e cunhado do sr. Cayman. Parecia ter sido digno de coisas melhores, Bobby pensou.
– Bem, ficamos lhe devendo muitíssimo, tenho certeza – disse a sra. Cayman.
– Ah, não foi nada – Bobby retrucou. – Quer dizer... bem, eu não poderia ter feito qualquer outra coisa... quer dizer...
Ele se atrapalhou ao máximo.
– Não esqueceremos o que você fez – disse o sr. Cayman.
Bobby precisou enfrentar mais uma vez o aperto doloroso. Recebeu a mão flácida da sra. Cayman. Seu pai prolongou as despedidas. Bobby acompanhou os Cayman até a porta da frente.
– E o que você faz da vida, meu jovem? – indagou o sr. Cayman. – Está em casa de licença? Algo desse tipo?
– Eu passo a maior parte do tempo procurando emprego – Bobby respondeu.
O jovem se calou por um momento antes de continuar:
– Eu estava na Marinha.
– A situação está difícil... está difícil hoje em dia – disse o sr. Cayman, sacudindo a cabeça. – Bem, lhe desejo muito boa sorte.
– Muito obrigado – Bobby falou com polidez.
Ele os observou enquanto se afastavam pelo caminho de entrada, tomado de ervas daninhas.
Parado ali de pé, caiu numa profunda ponderação. Várias ideias se entrechocaram de modo caótico em sua mente – reflexões confusas – a fotografia, o rosto da jovem com os olhos separados e cabelos claros – e dez ou

quinze anos depois a sra. Cayman com sua maquiagem pesada, as sobrancelhas delineadas, aqueles olhos separados afundados em dobras de carne a tal ponto que lembravam olhos suínos, e os gritantes cabelos tingidos de hena. Todos os traços de inocência e juventude haviam desaparecido. Tudo era tão lastimável! Talvez aquilo decorresse do casamento com o salafrário afável que devia ser o sr. Cayman. Se ela tivesse se casado com outra pessoa, possivelmente teria envelhecido de uma forma mais harmoniosa. Um toque de grisalho nos cabelos, os olhos ainda separados sobressaindo num rosto claro e liso. Mas, talvez, de qualquer forma...

Bobby suspirou e balançou a cabeça.

– Isso é o pior do casamento – falou com voz melancólica.

– O que você disse?

Bobby despertou de sua meditação e notou a presença de Frankie, cuja aproximação não escutara.

– Oi – ele disse.

– Oi. Por que casamento? E casamento de quem?

– Eu estava fazendo uma reflexão de natureza geral – Bobby disse.

– A saber...?

– Sobre os efeitos devastadores do casamento.

– Quem foi devastado?

Bobby explicou. Frankie não se mostrou compreensiva.

– Bobagem. A mulher é exatamente igual à fotografia.

– Quando foi que você a viu? Você estava no inquérito?

– É claro que eu estava no inquérito. O que você acha? Já tem bem pouca coisa para fazer por aqui. Um inquérito é uma verdadeira dádiva. Eu nunca tinha presenciado um. Foi emocionante! Claro, teria sido melhor se tivesse sido um misterioso caso de envenenamento, com o relatório de um legista e tudo mais; mas não devemos ser tão exigentes quando esses simples prazeres cruzam o nosso caminho. Até o final fiquei esperando a suspeita de um crime, mas o caso todo pareceu ser bem normal, lamentavelmente.

– Que instinto sanguinário você tem, Frankie.

– Eu sei. Provavelmente é atavismo. (É assim mesmo que se diz? Nunca sei direito.) Você não acha? Tenho certeza de que eu sou atávica. O meu apelido na escola era Cara de Macaco.

– Por acaso macacos gostam de assassinatos? – Bobby questionou.

– Isso soa como uma correspondência num jornal dominical – disse Frankie. – "Solicitamos as opiniões de nossos correspondentes acerca do assunto."

– Sabe – disse Bobby, retornando ao tópico original –, não concordo com você quanto à senhora Cayman. A foto dela era encantadora...

— Retocada... só isso – Frankie o interrompeu.

— Bem, então estava tão retocada que era impossível dizer que as duas eram a mesma pessoa.

— Você está cego – Frankie falou. – O fotógrafo fez o que a arte fotográfica permite, mas mesmo assim o resultado ficou péssimo.

— Eu discordo totalmente de você – Bobby falou com frieza. – De qualquer forma, onde você a viu?

— No *Evening Echo*, aqui de Marchbolt.

— Provavelmente a reprodução estava ruim.

— Acho que você ficou completamente biruta – retrucou Frankie, irritada – por causa de uma vagabunda pintada e acabada... sim, eu falei *vagabunda*... como essa tal de Cayman.

— Frankie – disse Bobby –, eu estou surpreso com você. Na entrada do vicariato, ainda por cima... Um chão quase sagrado, por assim dizer.

— Bem, você não devia ter sido tão ridículo.

Houve uma pausa, e então o súbito ataque de mau humor de Frankie se abrandou.

— O que *é* ridículo – ela disse – é brigar por causa dessa maldita mulher. Eu vim sugerir uma partida de golfe. Que tal?

— Ok, chefe – Bobby respondeu num tom alegre.

Os dois partiram numa conversação amigável, discutindo coisas como tacadas enviesadas e retas e a maneira perfeita de fazer uma bola saltar antes do *green*.

A tragédia recente sumiu dos pensamentos de ambos até que Bobby, executando uma tacada leve e longa para encurtar pela metade a distância do décimo primeiro buraco, soltou de repente uma exclamação.

— O que foi?

— Nada. Eu acabei de me lembrar de uma coisa.

— O quê?

— Bem, aqueles dois, os Cayman... estiveram na minha casa para perguntar se o sujeito tinha dito alguma coisa antes de morrer... e eu falei que não tinha.

— E daí?

— E eu acabei de me lembrar que ele falou.

— Não é um de seus dias mais brilhantes, de fato.

— Veja bem, não foi o tipo de coisa que eles deram a entender. Foi por isso, eu acho, que aquilo me escapou.

— O que foi que ele disse? – Frankie perguntou, curiosa.

— Ele disse: "*Por que não pediram a Evans?*".

— Que coisa engraçada de se dizer. Mais nada?

— Não. Ele só abriu os olhos e disse isso... bem de repente... e aí morreu, o pobre coitado.

— Ora — disse Frankie, revolvendo a ideia em sua mente. — Não vejo por que se preocupar. Não era importante.

— Não, claro que não. Mesmo assim, eu gostaria de ter mencionado isso. Entenda, eu falei que ele não tinha dito absolutamente nada.

— Bem, dá no mesmo — Frankie falou. — Quero dizer, não é que tenha sido algo como "Diga para Gladys que eu sempre a amei", ou "O testamento está na cômoda de nogueira", ou qualquer uma das típicas e românticas Últimas Palavras que encontramos nos livros.

— Você acha que não vale a pena escrever para eles a respeito?

— Eu não perderia tempo com isso. Não tem como ser importante.

— Acho que você está certa — Bobby falou, voltando sua atenção para o jogo com renovado vigor.

Mas o assunto não saiu realmente de sua cabeça. A questão era pequena, mas o incomodava, fazia com que sentisse um pequeno desconforto. O ponto de vista de Frankie era, ele tinha certeza, o mais correto e sensato. O fato não tinha importância... deixe para lá. Mas sua consciência continuava lhe fazendo uma leve censura. Ele afirmara que o morto não havia dito nada. Isso não era verdade. Era tudo muito trivial e tolo, mas ele não conseguia se sentir completamente à vontade.

Por fim, naquela noite, agindo por impulso, sentou-se para escrever ao sr. Cayman.

Caro sr. Cayman, acabei de me lembrar que seu cunhado efetivamente falou algo antes de morrer. Acredito que as palavras exatas foram: "Por que não pediram a Evans?". Peço desculpas por não ter mencionado isso nesta manhã, mas eu não atribuíra grande importância às palavras na ocasião, e por isso, suponho, elas escaparam da minha memória.

Sinceramente,
ROBERT JONES.

Dois dias depois ele recebeu uma resposta:

Caro sr. Jones (escrevia o sr. Cayman), *sua carta do dia 6 em mãos. Muitíssimo obrigado por comunicar as últimas palavras do meu pobre cunhado com tamanha meticulosidade, a despeito de seu caráter trivial. O que a minha esposa esperava era que seu irmão pudesse ter lhe deixado alguma mensagem final. De todo modo, obrigado por ter sido tão conscienioso.*

Com os melhores cumprimentos,
Leo Cayman.

Bobby se sentiu menosprezado.

CAPÍTULO 6

Fim de um piquenique

No dia seguinte, Bobby recebeu uma carta bastante diferente.

Está tudo arranjado, meu velho (escreveu Badger em rabiscos iletrados que não davam crédito algum ao caro colégio que o educara). *Consegui de verdade cinco carros ontem por quinze libras o lote: um Austin, dois Morris e um par de Rovers. No momento eles não estão nem andando de verdade, mas podemos dar uma mexida neles que vai dar conta, eu acho. Que diabo, um carro é um carro, ora essa. Desde que ele leve o comprador pra casa sem pifar no caminho, ninguém pode reclamar. Eu estava pensando em abrir segunda que vem e estou contando com você, então não vai me deixar na mão, pode ser, meu velho? Preciso reconhecer que a velha tia Carrie foi muito gente fina. Uma vez eu quebrei a janela de um sujeitinho vizinho dela que tinha sido grosso por causa dos gatos dela, e ela nunca mais tirou isso da cabeça. Todo Natal ela me mandava uma nota de cinco... e agora isso.*
Certo que vamos nos dar bem. O negócio é tiro e queda. Quer dizer, um carro é um carro, ora essa. Dá pra comprar carro a preço de banana. É só botar uma mão de tinta em cima que os idiotas de sempre já acham bom. Nós vamos arrebentar. Então vê se não esquece. Segunda que vem. Eu estou contando com você.

Seu amigo,
Badger.

Bobby informou ao pai que iria para Londres na segunda-feira seguinte para começar num emprego. A descrição do emprego não despertou no vigário nada que se assemelhasse a um entusiasmo. Ele já tinha, é preciso salientar, topado com Badger Beadon no passado. Limitou-se a proferir para Bobby um longo sermão sobre a pertinência de que não se fizesse responsável por nada. Sem ser uma autoridade em questões comerciais ou financeiras, seu conselho era tecnicamente vago, mas o significado era inequívoco.

Na quarta-feira daquela semana, Bobby recebeu outra carta. A caligrafia do remetente era inclinada num estilo estrangeiro. O conteúdo foi um tanto surpreendente para o jovem.

A carta era da firma Henriquez e Dallo, de Buenos Aires, e, em suma, oferecia a Bobby um emprego com um salário de mil por ano.

Nos primeiros dois ou três minutos, ele pensou que só podia estar sonhando. Mil por ano. Releu a carta com mais cuidado. Mencionava-se a preferência por um ex-integrante da Marinha. Uma sugestão de que o nome dele havia sido indicado por alguém (alguém que não era nomeado). Bobby teria de aceitar imediatamente, e precisava estar preparado para ir a Buenos Aires dentro de uma semana.

– Puxa, mas que diabo! – Bobby exclamou, dando vazão a seus sentimentos de uma forma um tanto infeliz.

– Bobby!

– Desculpe, pai. Esqueci que o senhor estava aí.

O sr. Jones limpou a garganta.

– Eu gostaria de lhe salientar...

Bobby sentiu que o discurso – que tinha tudo para ser longo – precisava ser evitado a todo custo. Obteve o feito com uma simples declaração:

– Alguém está me oferecendo mil por ano.

O vigário ficou de boca aberta, incapaz de fazer qualquer comentário naquele momento.

"Agora ele sem dúvida perdeu a linha", Bobby pensou com satisfação.

– Meu caro Bobby, por acaso eu entendi bem? Você está dizendo que alguém está lhe oferecendo mil por ano? *Mil?*

– Acertou na primeira tacada, papai – disse Bobby.

– É impossível – o vigário retrucou.

Bobby não se ofendeu com essa franca incredulidade. Sua estimativa de seu próprio merecimento monetário pouco diferia da estimativa do pai.

– Eles devem ser completamente pirados – concordou com sinceridade.

– Quem... hã... quem é essa gente?

Bobby lhe passou a carta. O vigário, procurando nos bolsos o pincenê, olhou-a com desconfiança. Por fim, leu-a com cuidado duas vezes.

– Espantoso – comentou afinal. – Muitíssimo espantoso.

– Lunáticos – disse Bobby.

– Ah!, meu rapaz... – disse o vigário – No fim das contas, é uma enorme vantagem ser inglês. Honestidade. Isso é o que nós representamos. A Marinha difundiu esse ideal pelo mundo todo. O mundo é dos ingleses! Essa firma sul-americana tem noção do valor de um jovem cuja integridade é inabalável e cuja lealdade aos empregadores é assegurada. Você sempre pode confiar num inglês que joga no seu time...

– E que joga dentro das regras – Bobby falou.

O vigário olhou com desconfiança para o filho. A frase, uma máxima excelente, de fato estivera na ponta de sua língua, mas havia transparecido algo no tom de Bobby que lhe soava como não de todo sincero.

O jovem, no entanto, parecia estar falando com a mais perfeita seriedade.

– Ainda assim, pai – ele disse –, por que eu?

– Como assim, por que você?

– Existem inúmeros ingleses na Inglaterra – disse Bobby. – Sujeitos honestos, conhecedores de todas as regras. Por que foram pensar em mim?

– Provavelmente o seu antigo oficial-comandante o recomendou.

– Sim, deve ser isso – Bobby falou, ainda em dúvida. – Mas não faz diferença, de qualquer forma, porque não posso aceitar o emprego.

– Não pode aceitar? Meu rapaz, como assim?

– Bem, entenda, eu já estou comprometido. Com Badger.

– Badger? Badger Beadon? Tolice, meu caro Bobby. Isso é sério.

– É difícil, eu reconheço – Bobby falou com um suspiro.

– Qualquer acordo infantil que você tenha feito com o jovem Beadon não pode ser levado em conta nem por um segundo.

– *Eu* levo em conta.

– O jovem Beadon é completamente irresponsável. Ele foi mais de uma vez, segundo eu sei, uma fonte de consideráveis problemas e despesas para os pais.

– Ele não teve muita sorte. Ele confia demais nas pessoas.

– Sorte... sorte! Eu diria que esse jovem nunca botou a mão na massa em sua vida toda.

– Bobagem, pai. Ora, ele se levantava às cinco da manhã para alimentar aquelas galinhas infernais. Não foi culpa dele se todas pegaram bouba ou crupe ou seja lá o que fosse.

– Eu nunca aprovei esse projeto de oficina. Puro disparate. Você precisa desistir disso.

– Não posso, senhor. Eu prometi. Não posso deixar o velho Badger na mão. Ele está contando comigo.

A discussão prosseguiu. O vigário, influenciado pelo preconceito em relação a Badger, era incapaz de encarar qualquer promessa feita para o jovem como um compromisso. Via o filho como um rapaz obstinado, determinado com todas as forças a levar uma vida ociosa na pior das companhias possíveis. Bobby, por outro lado, repetia impassivelmente, e sem originalidade, que "não podia deixar o velho Badger na mão".

Por fim o vigário saiu da sala, irritado, e Bobby se sentou naquele mesmo instante para escrever à firma Henriquez e Dallo recusando a oferta.

Suspirou enquanto escrevia. Estava deixando escapar uma chance que provavelmente nunca mais iria se repetir. Mas não lhe ocorria qualquer alternativa.

Mais tarde, no campo de golfe, apresentou o problema para Frankie. Ela o escutou com atenção.

– Você precisaria ir à América do Sul?

– Sim.

– E teria gostado disso?

– Sim, por que não?

Frankie suspirou.

– De qualquer forma – ela falou num tom decidido –, acho que você fez o mais certo.

– Em relação a Badger, você quer dizer?

– Isso.

– Eu não podia deixar o velhinho na mão, podia?

– Não, mas tenha cuidado para que o velhinho, como você diz, não o meta numa encrenca.

– Ah! Eu terei cuidado. Seja como for, não vou correr perigo. Não tenho quaisquer recursos.

– Isso deve ser divertido – disse Frankie.

– Por quê?

– Não sei por quê. Isso só me soa bem legal, livre, irresponsável. Mas acho que, pensando bem, também não tenho muitos recursos. Quer dizer, meu pai me dá uma mesada, e tenho várias casas para morar, e roupas e criadas e algumas horrendas joias de família e um belo crédito nas lojas; mas tudo isso é a família, na verdade. Não sou *eu*.

– Não, mas mesmo assim... – Bobby se calou.

– Ah, é bem diferente, eu sei.

– Sim – disse Bobby –, é bem diferente.

De súbito ele se sentiu muito deprimido.

Os dois andaram em silêncio até o ponto de partida seguinte.

– Estou indo à cidade amanhã – Frankie falou enquanto Bobby posicionava sua bola.

– Amanhã? Ah... e eu ia convidar você para um piquenique.

– Eu gostaria de ir. Mas já está tudo arranjado. O meu pai teve um ataque de gota de novo, sabe...

– Você devia ficar para cuidar dele – disse Bobby.

– O meu pai não gosta que cuidem dele. Fica terrivelmente incomodado. Prefere o segundo lacaio, que tolera tudo e não se importa que joguem coisas nele ou que o chamem de maldito idiota.

Bobby desferiu uma tacada medonha e a bola afundou no banco de areia.

– Que azar – Frankie comentou antes de lançar com elegância uma bola reta que passou direto por cima do banco.

– A propósito – ela falou –, nós poderíamos fazer algo juntos em Londres. Você vai logo para lá?

– Na segunda. Mas... bem... não vai dar, você não acha?

– Como assim, não vai dar?

– Bem, é que eu vou ficar trabalhando como mecânico na maior parte do tempo. Quer dizer...

– Mesmo assim – Frankie retrucou –, acho que você é tão capaz de ir a um coquetel e se embebedar quanto qualquer um dos meus amigos.

Bobby limitou-se a balançar a cabeça.

– Eu faço uma festinha com cerveja e salsicha se você preferir – Frankie falou para incentivá-lo.

– Ah, tente entender, Frankie, não adianta... Quer dizer, você não tem como misturar as turmas. A sua turma é diferente da minha turma.

– Eu lhe garanto – Frankie retrucou – que a minha turma é bem variada.

– Você está fingindo não entender.

– Você pode levar Badger junto se quiser.

– Você tem uma espécie de preconceito contra o Badger.

– Arrisco dizer que é a gagueira dele. Gente que gagueja sempre me faz gaguejar também.

– Tente entender, Frankie, não vai dar certo e você sabe que não dá. Por aqui até que tudo bem. Não tem muito para fazer, e acho que eu sou melhor do que nada. Quer dizer, você sempre é super decente comigo e tudo mais, e eu fico grato. Mas o que eu quero dizer é que eu sei que não sou ninguém... quer dizer...

– Quando você terminar de vez de dar expressão ao seu complexo de inferioridade – Frankie disse com frieza –, quem sabe você tenta usar um ferro nove em vez desse taco de aproximação para sair da areia.

– Por acaso eu... Ah! Que droga!

Ele botou o taco de aproximação no saco tirou o ferro nove. Frankie ficou observando com maliciosa satisfação enquanto ele fazia, com incompetência, cinco tentativas seguidas de lançar a bola. Nuvens de areia se levantaram em volta dos dois.

– O buraco é seu – disse Bobby, recolhendo a bola.

– Acho que é – Frankie retrucou. – E com isso a vitória é minha.

– Vamos jogar o buraco extra?

– Não, acho que não. Tenho muita coisa para fazer.

– É claro. Você deve ter mesmo.

Os dois caminharam em silêncio até a sede do clube.

– Bem... – disse Frankie, estendendo a mão. – Adeus, meu caro. Foi maravilhoso poder usar você enquanto eu estive por aqui. Talvez eu volte a enxergar você por aí quando eu não tiver nada melhor para fazer.

– Ora essa, Frankie...

– Talvez você acabe se dignando a comparecer à minha festa de traje típico. Acredito que dá para comprar botões de madrepérola bem baratos na Woolworth's.

– Frankie...

Suas palavras foram abafadas pelo ruidoso motor do Bentley no qual Frankie acabara de dar partida. Ela se foi com um etéreo aceno da mão.

– Que inferno! – Bobby exclamou num tom sentido.

Frankie, ele ponderou, havia se comportado de uma maneira ultrajante. Talvez ele não tivesse se manifestado com grande tato, mas, que diabo, o que dissera era mais do que verdadeiro.

Talvez, no entanto, ele não devesse ter dito nada.

Os três dias seguintes lhe pareceram interminavelmente longos.

O vigário contraíra uma inflamação na garganta que o deixava obrigado a falar aos sussurros – isso quando sequer falava alguma coisa. Falava muito pouco, obviamente suportando a presença de seu quarto filho como devia fazer um bom cristão. Duas ou três vezes, citou Shakespeare no sentido de que os dentes de uma serpente etc.

No sábado, Bobby sentiu que já não podia mais suportar a tensão da vida doméstica. Obteve da sra. Roberts – que com seu marido "administrava" o vicariato – um pacote de sanduíches, e, suplementando esse farnel com uma garrafa de cerveja que comprou em Marchbolt, saiu para um piquenique solitário.

Sentira terrivelmente a falta de Frankie naqueles últimos dias. As pessoas mais velhas eram o fim... Ficavam batendo na mesma tecla sem parar.

Bobby se deitou numa encosta repleta de samambaias e ponderou se deveria comer o lanche primeiro e dormir depois ou dormir primeiro e comer depois.

Enquanto cogitava, o assunto se resolveu com o jovem pegando no sono sem perceber.

Quando ele acordou, eram três e meia! Bobby sorriu amarelo ao imaginar como seu pai iria desaprovar aquele jeito de passar o dia. Uma boa caminhada pelo campo – algo como uns vinte quilômetros – era o tipo de coisa que um jovem saudável devia fazer. Isso levava inevitavelmente ao famoso comentário: "E agora, eu creio, fiz por merecer este almoço".

"Que idiotice", Bobby pensou. "Por que fazer por merecer um almoço fazendo uma caminhada interminável que você não quer nem mesmo começar? Qual é o mérito disso? Se você gosta muito de andar, então é pura autoindulgência, e, se você não gosta, é uma burrice sair caminhando."

Sendo assim, ele atacou seu lanche imerecido e o comeu com gosto. Com um suspiro de satisfação, abriu a tampa da garrafa de cerveja. Cerveja estranhamente amarga, mas sem dúvida refrescante...

Ele se deitou de novo, tendo atirado a garrafa de cerveja vazia numa moita de urze.

Relaxando ali ao ar livre, sentia-se quase como um deus. O mundo a seus pés. Era uma frase feita, mas uma boa frase. Podia fazer qualquer coisa – qualquer coisa que quisesse. Projetos de grande esplendor e ousada iniciativa lampejaram em sua mente.

Então ficou sonolento de novo. Uma letargia o arrebatou.

Ele dormiu...

Um sono pesado, anestesiante...

CAPÍTULO 7

Escapando da morte

Conduzindo seu grande Bentley verde, Frankie estacionou junto ao meio-fio na frente de uma vasta e antiquada mansão sob cujo pórtico se lia "St. Asaph's".

Frankie desceu e, virando-se, pegou um grande ramalhete de lírios. Então tocou a campainha. Uma mulher com uniforme de enfermeira veio abrir a porta.

– Eu poderia falar com o sr. Jones? – Frankie indagou.

Os olhos da enfermeira assimilaram o Bentley, os lírios e Frankie com enorme interesse.

– Que nome devo anunciar?

– Lady Frances Derwent.

A enfermeira ficou impressionada – seu paciente cresceu em sua estima. Ela levou Frankie escada acima até um quarto no primeiro andar.

– Uma visita, sr. Jones. E quem o senhor imagina que é? Uma bela surpresa para o senhor...

Disse tudo isso no costumeiro tom "radiante" usado nas casas de repouso.

– Puxa! – Bobby exclamou, bastante surpreso. – Se não é Frankie!

– Oi, Bobby. Eu trouxe as flores de praxe. Elas meio que fazem lembrar um cemitério, mas eu não tive muita escolha.

– Ah, Lady Frances – disse a enfermeira –, elas são adoráveis. Vou colocá-las na água.

A enfermeira saiu do quarto.

Frankie se sentou numa óbvia cadeira de visitantes.

– Bem, Bobby – ela falou. – Que história é essa?

– Boa pergunta – disse Bobby. – Eu sou a grande sensação deste lugar. Oito grãos de morfina, nada menos! Vão escrever sobre mim no *Lancet* e no *BMJ*...

– O que é o *BMJ*? – Frankie o interrompeu.

– O *British Medical Journal*.

– Certo. Vá em frente. Recite mais algumas siglas.

– Você sabia, minha garota, que meio grão é uma dose fatal? Eu devia ter morrido umas dezesseis vezes. É verdade que já ocorreram recuperações com dezesseis grãos... ainda assim, oito é uma bela dose, você não acha? Eu sou o herói daqui. Nunca houve um caso que se assemelhasse ao meu.

– Que bom para eles.

– Não é? Isso lhes dá um assunto para conversar com todos os outros pacientes.

A enfermeira retornou carregando os lírios em vasos.

– É verdade, não é mesmo, enfermeira? – Bobby perguntou. – Que vocês nunca viram um caso como o meu?

– Ah, o senhor nem devia estar aqui! – exclamou a enfermeira. – Devia estar é no cemitério. Mas só os bons é que morrem cedo, como dizem.

Ela riu de sua própria piada e saiu.

– Viu só? – disse Bobby. – Você vai ver, eu vou ficar famoso na Inglaterra toda.

Ele seguiu falando. Todos os sinais do complexo de inferioridade que revelara em seu último encontro com Frankie haviam desaparecido por completo agora. O jovem obtinha um sólido e egoísta prazer em relatar todos os detalhes de seu caso.

– Já basta – disse Frankie, reprimindo seu amigo. – Não ligo a mínima para lavagens estomacais. Ouvindo você, uma pessoa pensaria que ninguém nunca foi envenenado antes.

– Pouquíssimos já foram envenenados com oito grãos de morfina e voltaram para contar – Bobby salientou. – Que diabo, você nem começou a ficar impressionada.

– Bem revoltante para quem tentou envenenar você – disse Frankie.

– Pois é. Desperdício de uma ótima morfina.

– Estava na cerveja, não estava?

– Sim. Veja só, alguém me encontrou dormindo como um morto, tentou me acordar e não conseguiu. Então se alarmou, me carregou até uma casa de fazenda e mandou chamar um médico...

– Dessa parte em diante eu sei tudo – Frankie falou às pressas.

– A princípio, imaginaram que eu tinha tomado aquele negócio deliberadamente. Depois, quando ouviram a minha história, saíram em busca da garrafa de cerveja e a encontraram onde eu a jogara e fizeram uma análise... aparentemente, a borra no fundo era mais do que suficiente para isso.

– Nenhuma pista de como a morfina foi parar na cerveja?

– Nenhuma em absoluto. Interrogaram o pessoal do bar onde eu a comprei e abriram outras garrafas e tudo estava na mais perfeita ordem.

– Alguém deve ter colocado esse troço na cerveja enquanto você estava dormindo...

– É isso. Eu lembro que o papel no gargalo não estava grudado direito.

Frankie balançou a cabeça, pensativa.

– Bem – ela disse –, isso mostra que o que eu disse no trem naquele dia estava certo.

– O que você disse?

– Que aquele homem... Pritchard... tinha sido empurrado no penhasco.

– Não foi no trem. Você disse isso na estação – Bobby retrucou com voz fraca.

– Dá no mesmo.

– Mas por quê...

– Querido... é óbvio. Por que alguém iria querer que *você* fosse eliminado? Você não é herdeiro de uma fortuna ou qualquer coisa.

– Talvez eu seja. Alguma tia-avó de quem nunca ouvi falar, da Nova Zelândia ou sei lá onde, pode ter me deixado todo o seu dinheiro.

– Bobagem. Não sem conhecer você. E se ela não conhecia você, por que deixar dinheiro para um quarto filho? Ora, nestes tempos difíceis nem mesmo um clérigo deveria ter um quarto filho. Não, está tudo bastante claro. Ninguém se beneficia com a sua morte, por isso essa hipótese pode ser descartada. Depois temos a vingança. Você não seduziu a filha de um farmacêutico, por acaso?

– Não que eu me lembre – Bobby retrucou com dignidade.

– Pois é. Com tantas seduções, fica complicado manter a conta. Mas eu diria de antemão que você nunca seduziu ninguém.

– Você está me fazendo corar, Frankie. E por que teria de ser justamente a filha de um farmacêutico?

– Livre acesso a morfina. Não é tão fácil botar as mãos em morfina.

– Bem, eu não seduzi nenhuma filha de farmacêutico.

– E você não tem inimigos, até onde sabe?

Bobby balançou a cabeça.

– Bem, viu só? – Frankie falou, triunfante. – Só pode ser por causa do homem que foi empurrado no penhasco. O que a polícia acha?

– Acham que deve ter sido um maluco.

– Bobagem. Malucos não andam por aí com suprimentos ilimitados de morfina para colocar dentro da primeira garrafa de cerveja que aparecer. Não, alguém empurrou Pritchard penhasco abaixo. Você chegou um ou dois minutos depois, e ele pensou que você o vira dar o empurrão e assim resolveu eliminar você.

– Acho que essa dedução não dá pé, Frankie.

– Por que não?

– Bem, para começar, eu não vi nada.

– Sim, mas ele não sabia disso.

– E se eu tivesse visto alguma coisa, eu teria contado no inquérito.

– Acho que sim... – Frankie falou a contragosto.

A jovem ficou pensando por alguns momentos.

– Talvez ele tenha pensado que você tinha visto alguma coisa que lhe pareceu não ser nada, mas que na verdade era algo. Eu me expressei sem a menor lógica, mas você entende a ideia?

Bobby confirmou com a cabeça.

– Sim, eu entendi o que você quer dizer, mas não me parece muito provável, por algum motivo.

– Eu tenho certeza de que o negócio do penhasco tem alguma relação com isso. Você estava lá... a primeira pessoa lá...

– Thomas estava lá também – Bobby lembrou. – E ninguém tentou envenená-lo.

– Talvez ainda tentem – Frankie retrucou com jovialidade. – Ou talvez tenham tentado e falharam.

– Tudo isso parece muito forçado.

– Acho que é bem lógico. Quando a gente vê duas coisas bizarras acontecendo num lugar estagnado como Marchbolt... espere... há uma terceira coisa!

– O quê?

– O emprego que lhe ofereceram. É uma coisa bem pequena, é claro, mas foi estranho, você tem que admitir. Nunca ouvi falar numa firma estrangeira que fosse especializada em ir atrás de desqualificados ex-oficiais da Marinha.

– Você disse desqualificados?

– Você ainda não tinha saído no *BMJ* naquela altura. Mas entende aonde eu quero chegar? Você viu algo que não devia ter visto... ou pelo menos é o que eles (quem quer que sejam) pensam. Pois bem. Primeiro eles tentam se livrar de você lhe oferecendo um emprego no exterior. Depois, quando isso não dá certo, tentam eliminar você de uma vez por todas.

– Isso não é um tanto drástico? Um risco muito grande de se assumir, de qualquer jeito?

– Ah!, mas os assassinos são sempre extremamente arrojados. Quanto mais assassinatos cometem, mais assassinatos querem cometer.

– Como em *A terceira mancha de sangue* – Bobby falou, lembrando-se de um de seus livros de ficção favoritos.

– Sim, e na vida real também... Smith e suas esposas e Armstrong e aquela gente.

– Sim, só que, Frankie, que raio foi que o assassino acha que eu vi?

– Essa, claro, é a questão – Frankie admitiu. – Concordo que não deve ter sido o empurrão em si, porque você teria relatado isso. Deve ser algo sobre o próprio sujeito. Talvez ele tivesse um sinal de nascença ou dedos ultraflexíveis ou alguma estranha peculiaridade física.

– A sua cabeça está cheia de histórias do dr. Thorndyke, pelo que eu estou vendo. Não pode ter sido nada disso, porque tudo que eu pudesse ter visto a polícia teria visto também.

– Teria mesmo. Essa foi uma especulação idiota. É muito difícil, não é?

– É uma teoria satisfatória – disse Bobby. – E faz com que eu me sinta importante, mas, mesmo assim, não acredito que seja muito mais do que uma teoria.

– Tenho certeza de que estou certa – Frankie se levantou. – Agora eu preciso me mandar. Você quer que eu venha vê-lo de novo amanhã?

– Ah, por favor! A conversinha maliciosa das enfermeiras é sempre muito monótona. Aliás, você não voltou de Londres rápido demais?

– Meu querido, tão logo fiquei sabendo do que aconteceu com você eu voltei a mil por hora. É muito emocionante ter um amigo romanticamente envenenado.
– Não sei se morfina é algo tão romântico assim – Bobby falou, rememorando.
– Bem, eu venho amanhã. Devo lhe dar um beijo ou não?
– Não é contagioso – disse Bobby, encorajando-a.
– Então vou cumprir sem restrições o meu dever com o doente.
Ela lhe deu um leve beijo.
– Vejo você amanhã.
A enfermeira entrou com o chá de Bobby enquanto a jovem saía.
– Já vi fotos dela nos jornais várias vezes. Mas ela não é lá muito parecida com os retratos. E já a vi dirigindo por aí, mas eu nunca tinha visto a moça tão de perto, por assim dizer. Ela não é nem um pouco arrogante, não é mesmo?
– Ah, não! – disse Bobby. – Eu jamais chamaria Frankie de arrogante.
– Eu disse à Irmã, disse mesmo, que ela é muito normal. Nem um pouco convencida. Eu disse à Irmã, ela é que nem eu ou você, disse mesmo.
Discordando silenciosa e terminantemente dessa opinião, Bobby não retrucou. A enfermeira, frustrada por não receber resposta, deixou o quarto.
Bobby ficou a sós com seus pensamentos.
Terminou seu chá. Depois repassou em sua mente as possibilidades da teoria espantosa de Frankie, recusando, de modo relutante, qualquer uma delas. Então olhou em volta em busca de alguma outra distração.
Seu olhar se deteve nos vasos de lírios. Uma tremenda doçura da parte de Frankie lhe trazer todas aquelas flores, e eram adoráveis, claro, mas Bobby preferia que tivesse ocorrido a ela lhe trazer alguns romances policiais. Ele fixou seu olhar na mesa de cabeceira. Havia um romance de Ouida, um exemplar de *John Halifax, cavalheiro* e o *Marchbolt Weekly Times* da semana anterior. Pegou *John Halifax, cavalheiro*.
Cinco minutos depois, colocou o livro de lado. Para uma mente nutrida com *A terceira mancha de sangue, O caso do arquiduque assassinado* e *A estranha aventura da adaga florentina, John Halifax, cavalheiro*, o livro ficava devendo em matéria de dinamismo.
Com um suspiro, Bobby pegou o *Marchbolt Weekly Times.*
Alguns instantes depois, pressionou a campainha embaixo do travesseiro com um vigor que fez a enfermeira irromper correndo quarto adentro.
– Qual é o problema, sr. Jones? Está passando mal?
– Ligue para o castelo – Bobby exclamou. – Diga para Lady Frances que ela precisa voltar para cá o quanto antes.

— Ah, sr. Jones... O senhor não pode mandar um recado desse jeito.
— Não posso? — Bobby retrucou. — Se me deixassem levantar desta maldita cama, a senhora logo veria se eu posso ou não posso. Mas como não me deixam, a senhora precisa fazer isso por mim.
— Mas ela nem deve ter chegado ainda...
— A senhora não conhece aquele Bentley.
— Ela não deve ter tomado ainda seu chá.
— Ouça uma coisa, minha querida jovem — disse Bobby —, não fique aí parada discutindo comigo. Vá ligar como eu lhe pedi. Diga que ela precisa vir para cá o quanto antes porque eu tenho algo muito importante para lhe dizer.

Vencida, mas a contragosto, a enfermeira saiu. Tomou algumas liberdades com a mensagem de Bobby.

Se não fosse nenhum incômodo para Lady Frances, o sr. Jones gostaria de saber se ela se importaria de voltar visto que o jovem queria lhe contar algo, mas, é claro, Lady Frances não deveria se submeter a nenhuma espécie de transtorno.

Lady Frances respondeu sucintamente que voltaria de pronto.
— Podem apostar — a enfermeira falou às colegas —, ela tem uma queda pelo moço! Esse é o negócio.

Frankie apareceu muito ansiosa.
— O que significa essa intimação desesperada? — ela indagou.

Bobby estava sentado na cama, um borrão vermelho em cada bochecha. Acenou o exemplar do *Marchbolt Weekly Times* que tinha na mão.
— Veja isso aqui, Frankie.

Frankie olhou.
— Sim? — ela indagou.
— Esse é o retrato ao qual você se referia quando disse que estava retocado mas era bem semelhante à tal sra. Cayman.

O dedo de Bobby apontou a reprodução meio desfocada de uma fotografia. Embaixo se lia: "Retrato encontrado com o morto e por meio do qual ele foi identificado. Sra. Amelia Cayman, irmã do morto".

— Foi o que eu disse, e continua sendo verdade. Não consigo ver nada de arrebatador nesse rosto.
— E eu muito menos.
— Mas você disse...
— Eu sei o que eu disse. Mas Frankie... — a voz de Bobby assumiu um tom imponente —, *esta não é a fotografia que eu coloquei de volta no bolso do morto...*

Os dois se entreolharam.
— Então, nesse caso... — Frankie começou devagar.

– Ou havia duas fotografias...
– O que não é provável...
– Ou então...
Os dois fizeram uma pausa.
– *Aquele homem...* qual é o nome dele? – Frankie perguntou.
– Bassington-ffrench! – disse Bobby.
– *Eu* tenho certeza!

CAPÍTULO 8

O enigma de uma fotografia

Os dois ficaram olhando um para o outro enquanto tentavam se ajustar à nova situação.
– Não pode ter sido mais ninguém – disse Bobby. – Nenhuma outra pessoa teve a oportunidade.
– A menos, como nós dissemos, que existissem *duas* fotografias.
– Nós concordamos que isso é improvável. Se existissem duas fotografias, teriam tentado identificá-lo por meio de ambas... não por apenas uma.
– De qualquer forma, isso é bem fácil de descobrir – disse Frankie. – Podemos perguntar à polícia. Vamos supor por enquanto que só existia uma fotografia, aquela que você viu e colocou de volta no bolso do homem. Ela estava lá quando você o deixou, e não estava lá quando a polícia chegou, portanto a única pessoa que *poderia* ter levado a foto consigo e colocado a outra no lugar foi esse tal Bassington-ffrench. Como ele era, Bobby?
O rapaz franziu a testa num esforço de recordação.
– Um sujeito sem nada de incomum. Voz agradável. Um cavalheiro e tudo mais. Na verdade, mal cheguei a observá-lo. Ele disse que era um forasteiro... e algo sobre estar querendo comprar uma casa.
– Isso nós podemos verificar, de todo modo – Frankie falou. – Wheeler & Owen são os únicos corretores de imóveis.
De súbito ela estremeceu.
– Bobby, você já pensou? Se Pritchard foi empurrado... *Bassington--ffrench deve ter sido quem o empurrou...*
– Isso é bem sinistro... – disse Bobby. – Ele parecia ser um sujeito tão simpático e agradável... Mas veja bem, Frankie, nós não temos certeza de que ele foi realmente empurrado.
– Eu tenho certeza!

– Você teve desde o início.

– Não, eu só queria que fosse assim porque isso deixava tudo mais emocionante. Mas agora está mais ou menos provado. Se foi assassinato, tudo se encaixa. O seu aparecimento inesperado, que atrapalha os planos do assassino. A sua descoberta da fotografia e, por consequência, a necessidade de eliminar você.

– Tem uma falha nisso – disse Bobby.

– Por quê? Você foi a única pessoa que viu a fotografia. Tão logo Bassington-ffrench ficou sozinho com o corpo, ele trocou a fotografia que só você tinha visto.

Mas Bobby continuou balançando a cabeça.

– Não, isso não se sustenta. Vamos admitir de momento que aquela fotografia fosse tão importante que eu precisava ser "eliminado", como diz você. Soa um tanto absurdo, mas suponho que seja bem possível. Bem, então o que quer que devesse ser feito precisaria ser feito *de imediato*. O fato de eu ter ido a Londres e não ter visto o *Marchbolt Weekly Times* ou os outros jornais que publicaram a fotografia foi puro acaso... uma possibilidade com a qual ninguém poderia contar. O mais provável era que eu dissesse de imediato: "Essa não é a fotografia que eu vi". Por que esperar até depois do inquérito, quando tudo estava satisfatoriamente resolvido?

– Isso faz algum sentido – Frankie admitiu.

– E tem outro ponto. Não tenho absoluta certeza, claro, mas eu quase poderia jurar que, quando recoloquei a fotografia no bolso do morto, Bassington-ffrench não estava por perto. Ele só chegou uns cinco ou dez minutos depois.

– Ele poderia estar observando você o tempo todo – Frankie argumentou.

– Não vejo como isso teria sido possível – Bobby falou devagar. – Só há realmente um único lugar de onde se pode ver de cima exatamente o ponto em que estávamos. Mais além, o penhasco projeta saliências e recua por baixo, de modo que você não consegue enxergar nada por cima. Só existe aquele lugar, e quando Bassington-ffrench chegou eu pude ouvi-lo de imediato. Os passos ecoam lá embaixo. Ele podia já estar por perto, mas até então não estava nos olhando de cima... posso jurar.

– Então você acha que ele não sabia que você tinha visto a fotografia?

– Não imagino como ele poderia saber.

– E ele não poderia ter receado que você o tivesse visto fazendo aquilo... o assassinato, eu quero dizer... porque, como você diz, isso é absurdo. Você jamais teria deixado de fazer a denúncia. Ao que parece, deve ter sido algo completamente diferente.

– Só que eu não sei o que pode ter sido.

– Algo que eles só ficaram sabendo depois do inquérito. Não sei por que motivo eu falo "*eles*".

– Por que não? Afinal de contas, os Cayman devem estar envolvidos também. Provavelmente é uma quadrilha. Gosto de quadrilhas.

– Que mau gosto – Frankie retrucou distraidamente. – Um assassino trabalhando sozinho tem muito mais classe. Bobby!

– Sim?

– O que foi que Pritchard disse... pouco antes de morrer? Sabe, o que você me contou aquele dia no campo de golfe. Aquela pergunta engraçada...

– "*Por que não pediram a Evans?*"

– É. Será que foi *isso*?

– Mas isso é ridículo.

– Soa ridículo, mas pode ser realmente importante. Bobby, eu tenho *certeza* de que é isso! Ah, não, estou sendo uma idiota... você não chegou a contar isso aos Cayman, certo?

– Para falar a verdade, eu contei – Bobby falou devagar.

– Você *contou*?

– Sim. Escrevi para eles naquela noite. Dizendo, é claro, que provavelmente não era nada importante.

– E o que aconteceu?

– Cayman me escreveu uma resposta polidamente concordando, é claro, que não era nada de mais, mas me agradecendo pela preocupação. Eu me senti um tanto menosprezado.

– E dois dias depois você recebeu aquela carta de uma firma subornando-o para ir trabalhar na América do Sul?

– Sim.

– Bem – disse Frankie –, não sei o que mais você pode querer. Eles tentam isso primeiro; você recusa a oferta, e o próximo passo é que eles ficam seguindo você e aproveitam uma boa oportunidade para despejar uma enorme dose de morfina na sua garrafa de cerveja.

– Então os Cayman *estão* envolvidos?

– É claro que os Cayman estão envolvidos!

– É – Bobby falou, pensativo. – Se a sua reconstituição está correta, eles devem estar envolvidos. De acordo com a nossa nova teoria, o negócio é o seguinte: o morto X é empurrado deliberadamente no abismo... presumivelmente por BF (desculpe essas iniciais). É importante que X não seja identificado corretamente, de modo que o retrato da sra. C é colocado em seu bolso e o retrato da bela desconhecida é removido. (Quem seria ela, eu me pergunto?)

– Não perca o fio da meada – Frankie falou num tom severo.

– A sra. C espera a publicação da foto e se apresenta como a irmã mortificada, identificando X como seu irmão que veio do exterior.

– Você não acredita que ele realmente seja irmão dela?

– Nem por um segundo! Ora, isso me intrigou desde o começo. Os Cayman são de uma classe completamente diferente. O morto era... bem, parece uma coisa medonha de se dizer, e vai soar como se eu estivesse falando de uma venerável autoridade anglo-indiana, mas o morto era um *pukka sahib*.

– E os Cayman, definitivamente, não eram?

– *Definitivamente*.

– E aí, justo quando tudo tinha dado certo sob o ponto de vista dos Cayman... a bem-sucedida identificação do cadáver, o veredicto de morte acidental, tudo um mar de rosas... *você* aparece para esculhambar tudo – Frankie cismou.

– "*Por que não pediram a Evans?*" – Bobby repetiu a pergunta, pensativo. – Ora, eu não consigo entender que raio pode haver nisso para meter medo em alguém.

– Ah, isso é porque você não sabe! É como fazer palavras cruzadas. Você escreve uma dica e acha que é uma idiotice de tão simples e que todo mundo vai adivinhar na mesma hora, e fica incrivelmente surpreso quando as pessoas simplesmente não chegam perto de acertar. "*Por que não pediram a Evans?*" deve ter sido uma frase muito significativa para eles, e eles não perceberam que não significava absolutamente nada para você.

– Porque eles são muito tolos.

– Ah, e como. Mas é bem possível que tenham pensado que, se Pritchard disse isso, poderia ter dito mais alguma coisa que você acabaria lembrando no devido tempo. Seria mais seguro eliminar você.

– Eles se arriscaram demais. Por que não arquitetaram outro "acidente"?

– Não, não. Isso teria sido uma estupidez. Dois acidentes a menos de uma semana um do outro? Isso poderia ter sugerido uma ligação entre os dois, e aí as pessoas começariam a desconfiar do primeiro. Não, acho que existe uma simplicidade nua e crua no método deles que na verdade revela uma grande esperteza.

– Mas você acabou de dizer que não é fácil arranjar morfina.

– E não é mesmo. Você precisa assinar registros de posse de veneno e coisas assim. Ah, é claro, eis uma pista! Quem quer que seja o criminoso tinha fácil acesso a um suprimento de morfina.

– Um médico, uma enfermeira, ou um farmacêutico – Bobby sugeriu.

– Bem, eu estava pensando mais em medicamentos importados ilicitamente.

– Você não pode fazer tanta mistura de tipos diferentes de crime – disse Bobby.

– Veja, a ausência de uma motivação seria o ponto principal. A sua morte não beneficia ninguém. Então o que é que a polícia iria pensar?

– Um maluco – Bobby falou. – E isso é o que eles pensam mesmo.

– Está vendo? Na verdade, é absurdamente simples.

Bobby começou a rir de repente.

– Você está achando graça do quê?

– De como eles devem ter ficado revoltados! Toda aquela morfina... o bastante para matar cinco ou seis pessoas... e aqui estou eu, vivo e vendendo saúde.

– Uma das pequenas ironias da vida que a gente não consegue prever – Frankie concordou.

– A questão é: o que vamos fazer agora? – Bobby perguntou de modo prático.

– Ah, milhares de coisas! – Frankie retrucou prontamente.

– Tais como...?

– Bem... vamos investigar a fotografia... se existe uma só e não duas... e sobre a procura de uma casa por parte de Bassington-ffrench.

– Isso provavelmente vai se mostrar impecável e livre de suspeita.

– Por que você diz isso?

– Veja bem, Frankie, pense um pouquinho. Bassington-ffrench *só pode* estar acima de qualquer suspeita. *Só pode* estar limpo e ter uma conduta impecável. Não apenas não pode haver nada que o ligue de qualquer modo ao morto, como ele tem que ter um motivo razoável para estar aqui. Deve ter inventado a história da casa no susto, mas aposto que tomou alguma providência nesse sentido. Não pode haver qualquer indício de um "estranho misterioso visto nas proximidades do acidente". Imagino que Bassington-ffrench seja seu nome verdadeiro, e que ele é o tipo de pessoa que estaria acima de qualquer suspeita.

– Sim – Frankie retrucou, pensativa. – É uma ótima dedução. Não deve existir nada em absoluto que ligue Bassington-ffrench a Alex Pritchard. Agora, se nós soubéssemos quem o morto realmente era...

– Ah, aí poderia ser diferente.

– De forma que era muito importante que o corpo não fosse reconhecido... daí toda essa encenação dos Cayman. Mesmo assim, estavam correndo um grande risco.

– Você esquece que a sra. Cayman o identificou tão logo isso foi humanamente possível. Depois disso, mesmo que tivessem aparecido fotos dele nos jornais (você sabe como as reproduções são bem pouco nítidas), as pessoas apenas diriam: "Curioso... esse tal de Pritchard, que caiu do penhasco, de fato é extraordinariamente parecido com o sr. X".

— Mas não deve ser só isso — Frankie falou astutamente. — X decerto era um homem cuja falta não seria sentida de imediato. Quero dizer, provavelmente ele não era um homem próximo da família, cuja esposa ou parentes fossem procurar a polícia sem demora para comunicar seu desaparecimento.

— Fico feliz por você, Frankie. Não, por certo ele mal tinha partido para o exterior ou quem sabe mal tinha chegado (sua pele estava maravilhosamente bronzeada... como um caçador de grandes animais... ele parecia esse tipo de pessoa), e provavelmente não tinha parentes próximos que soubessem por onde andava.

— Estamos fazendo deduções magníficas — disse Frankie. — Espero que não estejamos deduzindo tudo errado.

— É bem provável — Bobby retrucou. — Mas acredito que o que dissemos até agora é razoavelmente fundamentado e sensato... isto é, levando em consideração a tremenda improbabilidade da coisa toda.

Frankie afastou a tremenda improbabilidade com um gesto da mão.

— O negócio é: o que vamos fazer agora? — ela falou. — Parece-me que temos três ângulos de ataque.

— Prossiga, Sherlock.

— O primeiro é *você*. Eles já cometeram um atentado contra a sua vida. Provavelmente vão tentar de novo. Aí poderemos obter, como dizem, "uma linha" de ataque contra eles. Usando você como isca, é claro.

— Não, muito obrigado, Frankie — Bobby retrucou com fervor. — Tive muita sorte desta vez, mas poderei não ser tão sortudo de novo se optarem agora por um instrumento contundente. Eu estava pensando em tomar muito cuidado comigo mesmo no futuro. A ideia da isca pode ser descartada.

— Eu temia que você fosse dizer isso — Frankie retrucou com um suspiro. — Os rapazes de hoje em dia são tristemente degenerados. É o que o meu pai diz. Não gostam de desconforto ou de fazer coisas perigosas e desagradáveis. É uma pena.

— Uma grande pena — Bobby concordou, mas falando com firmeza. — Qual é o segundo plano da operação?

— Trabalhar a partir da pista *"Por que não pediram a Evans?"* — disse Frankie. — Provavelmente o morto veio até aqui procurar Evans, seja lá quem ele for. Ora, se nós pudéssemos encontrar Evans...

— Quantos Evans — Bobby a interrompeu — você acha que existem em Marchbolt?

— Setecentos, eu diria — Frankie admitiu.

– No mínimo! Nós poderíamos fazer algo nesse sentido, mas tenho lá minhas dúvidas.
– Poderíamos fazer uma lista de todos e visitar os mais prováveis.
– E lhes perguntar... o quê?
– Essa é a dificuldade – Frankie falou.
– Precisamos saber um pouco mais – disse Bobby. – Aí essa sua ideia poderia se mostrar útil. Qual é a opção três?
– Esse homem chamado Bassington-ffrench. Nele nós *temos* de fato um caminho tangível para seguir. É um nome incomum. Vou perguntar para o meu pai. Ele conhece todos esses nomes de família do condado e seus vários ramos.
– Sim – disse Bobby. – Poderíamos fazer algo nesse sentido.
– De todo modo, vamos mesmo fazer alguma coisa?
– Claro que vamos. Você acha que eu vou deixar me darem oito grãos de morfina sem fazer nada?
– É assim que se fala – disse Frankie.
– Além disso – Bobby falou –, preciso compensar a indignidade da lavagem estomacal.
– Já chega – disse a jovem. – Se eu deixar que você continue, você vai ficar mórbido e indecente de novo.
– Você não tem nem um pingo de compaixão feminina – Bobby retrucou.

CAPÍTULO 9

A respeito do sr. Bassington-ffrench

Frankie não perdeu tempo lançando-se ao trabalho. Atacou seu pai naquela mesma noite.
– Pai – ela falou –, o senhor conhece os Bassington-ffrench?
Lord Marchington, que estava lendo um artigo de política, não assimilou de todo a pergunta.
– São mais os americanos do que os franceses – ele afirmou num tom severo. – Toda essa palhaçada de conferências... jogando fora o tempo e o dinheiro do país...
Frankie abstraiu sua mente até que Lord Marchington, disparando como uma locomotiva por um trilho costumeiro, parou o trem, por assim dizer, numa estação.

— Os Bassington-ffrench — Frankie repetiu.
— O que há com eles? — Lord Marchington perguntou.
Frankie não sabia o que havia com eles. Sabendo muito bem que seu pai adorava contradizer tudo, declarou:
— São uma família de Yorkshire, não são?
— Que disparate... são de Hampshire. Existe um ramo em Shrospshire, é claro, e há o bando irlandês. Os seus amigos são de qual?
— Não tenho certeza — disse Frankie, aceitando a implicação de amizade com diversas pessoas desconhecidas.
— Não tem certeza? Como assim? Devia ter certeza.
— As pessoas se deslocam tanto hoje em dia — Frankie retrucou.
— Elas se deslocam... se deslocam... não sabem fazer outra coisa. No meu tempo, bastava perguntar às pessoas. Assim você situava o sujeito... o camarada dizia que era do ramo de Hampshire... muito bem, sua vó se casou com meu primo em segundo grau. Criava-se um elo.
— Aposto que era uma delícia — disse Frankie. — Mas hoje em dia realmente não existe mais tempo para pesquisas genealógicas e geográficas.
— Não... hoje em dia vocês não têm tempo para nada que não seja beber os seus coquetéis venenosos.
Lord Marchington soltou um uivo repentino de dor enquanto mexia a perna acometida de gota, que não havia melhorado com a livre ingestão do vinho do Porto da família.
— São ricos? — Frankie perguntou.
— Os Bassington-ffrench? Não sei dizer. O bando de Shropshire passou por um belo aperto, se não me engano... impostos sucessórios e uma coisa ou outra. Um integrante do ramo de Hampshire se casou com uma herdeira. Uma americana.
— Um deles esteve por aqui outro dia — informou Frankie. — Procurando uma casa, eu creio.
— Que engraçado. Por que alguém iria querer uma casa por aqui?
Eis, pensou Frankie, a questão.
No dia seguinte, ela foi até o escritório dos senhores Wheeler & Owen, corretores de imóveis.
O sr. Owen em pessoa saltou de pé para recebê-la. Frankie lhe deu um sorriso amável e se atirou numa cadeira.
— E o que podemos muito prazerosamente fazer pela senhorita, Lady Frances? Não deseja vender o castelo, espero. Ha! Ha! — o sr. Owen riu de sua própria espirituosidade.
— Eu gostaria que pudéssemos — disse Frankie. — Não, para falar a verdade, acredito que um amigo meu esteve aqui outro dia... o sr. Bassington--ffrench. Ele estava procurando uma casa.

– Ah, sim, de fato! Eu me lembro perfeitamente do nome. Dois efes minúsculos.

– Isso mesmo – disse Frankie.

– Ele pediu detalhes a respeito de várias pequenas propriedades, com vistas a adquirir uma. Tinha de voltar à cidade no dia seguinte, de modo que não podia visitar todas as casas, mas, pelo que eu entendi, não tinha grande pressa. Desde que ele esteve aqui, uma ou duas propriedades adequadas foram colocadas no mercado e eu lhe mandei as características, mas não recebi resposta.

– O senhor escreveu para Londres... ou para... hã... para o endereço no campo? – Frankie perguntou.

– Pois deixe-me ver.

Ele chamou um auxiliar.

– Frank, o endereço do sr. Bassington-ffrench.

– Ilmo. Sr. Roger Bassington-ffrench, Merroway Court, Staverley, Hants – informou com loquacidade o auxiliar.

– Ah! – disse Frankie. – Então não era o meu sr. Bassington-ffrench. Esse deve ser o primo dele. Achei esquisito ele ter aparecido por aqui sem me procurar.

– Com efeito... com efeito – disse o sr. Owen, compreensivo.

– Deixe-me ver, deve ter sido na quarta-feira que ele veio falar com o senhor...

– Isso mesmo. Pouco antes das seis e meia da tarde. Nós fechamos às seis e meia. Lembro precisamente porque foi o dia em que ocorreu aquele triste acidente. O homem que caiu do penhasco. O sr. Bassington-ffrench havia inclusive permanecido junto ao corpo até a chegada da polícia. Parecia muito perturbado quando chegou aqui. Uma tragédia muito triste, essa, e já era tempo de alguém fazer algo a respeito daquele trecho da trilha. O Conselho Municipal tem sido amplamente criticado, eu posso lhe garantir, Lady Frances. Muitíssimo perigoso. Como é que não temos mais acidentes do que já tivemos, isso eu não consigo entender.

– É extraordinário – disse Frankie.

Ela saiu do escritório mergulhada em pensamentos. Como Bobby profetizara, todas as ações do sr. Bassington-ffrench pareciam ser imaculadas e acima de qualquer suspeita. Ele era um dos Bassington-ffrench de Hampshire, fornecera o endereço certo e efetivamente mencionara para o corretor sua participação na tragédia. Seria possível, afinal de contas, que o sr. Bassington-ffrench fosse a pessoa completamente inocente que aparentava ser?

Frankie teve um escrúpulo de dúvida. Então o refutou.

"Não", ela disse consigo. "Um homem que quisesse comprar uma casinha teria vindo aqui mais no início do dia, ou então teria ficado até o dia seguinte. Não iria procurar um corretor de imóveis no fim da tarde, às seis e meia, e partir para Londres no dia seguinte. Por que sequer fazer a viagem? Por que não escrever?"

Não, ela concluiu, Bassington-ffrench era culpado.

Sua próxima visita foi à delegacia de polícia.

O inspetor Williams era um antigo conhecido, tendo rastreado com êxito uma criada com falsas referências que fugira levando algumas joias de Frankie.

– Boa tarde, inspetor.

– Boa tarde, milady. Não há nada de errado, eu espero.

– Não por enquanto, mas estou pensando em assaltar o banco sem demora, porque estou ficando mal de dinheiro.

O inspetor soltou uma gargalhada estrondosa em reconhecimento à espirituosidade da jovem.

– Para falar a verdade, eu vim lhe fazer algumas perguntas por pura curiosidade – disse Frankie.

– É mesmo, Lady Frances?

– Pois me diga uma coisa, inspetor... aquele homem que caiu do penhasco... Pritchard ou seja lá qual era o nome dele...

– Pritchard, isso mesmo.

– Ele tinha consigo somente *uma* fotografia, não é? Alguém me disse que ele tinha três...

– Era uma mesmo – disse o inspetor. – Uma fotografia da irmã dele. Ela veio identificá-lo.

– Que absurdo falarem que havia três!

– Ah, não é nada de mais, milady. Os exageros desses repórteres não têm limite, e no mais das vezes eles entendem tudo errado.

– Pois é – disse Frankie. – Já ouvi histórias bem bizarras.

Ela se calou por um momento e deixou sua imaginação correr solta.

– Ouvi falar que os bolsos do sujeito estavam estufados de papéis que o revelavam como agente bolchevique, e tem outra história de que os bolsos estavam cheios de drogas, e ainda uma outra dizendo que ele tinha os bolsos cheios de cédulas falsas.

O inspetor riu com gosto.

– Essa é boa.

– Acho que ele realmente devia ter nos bolsos as coisas de sempre...

– E bem poucas coisas. Um lenço sem marca. Alguns trocados, um maço de cigarros e alguns títulos do tesouro soltos, sem carteira. Nenhuma carta. Teríamos passado trabalho para identificá-lo se não fosse pela foto. Uma foto providencial, pode-se dizer.

– Eu me pergunto... – Frankie falou.

Em vista do que sabia, ela considerou "providencial" um adjetivo especialmente inadequado. Mudou de assunto.

– Ontem eu fui visitar o sr. Jones, o filho do vigário. Aquele que foi envenenado. Que coisa extraordinária...

– Ah! – o inspetor exclamou. – Tem razão, foi extraordinária. Nunca ouvi falar que nada parecido tivesse acontecido antes. Um jovem simpático sem nenhum inimigo, ou pelo menos é o que a gente imagina... Sabe, Lady Frances, existem umas criaturas bem esquisitas circulando por aí. Mesmo assim, nunca ouvi falar num maníaco homicida que agisse dessa forma.

– Existe alguma pista quanto ao envenenador?

Frankie, de olhos arregalados, era pura curiosidade.

– É tão interessante ouvir tudo isso – ela acrescentou.

O inspetor inflou o peito de tanta satisfação. Agradava-lhe aquela conversa amigável com a filha de um conde. Não havia nada de presunçoso ou esnobe em Lady Frances.

– Um carro foi visto nas redondezas – disse o inspetor. – Um Talbot sedã azul-escuro. A placa de um Talbot azul-escuro foi anotada em Lock's Corner. Placa GG 8282, seguindo na direção de St. Botolph's.

– E no seu entender...

– GG 8282 é a placa do carro do bispo de Botolph's.

Frankie acalentou por alguns instantes a ideia de um bispo assassino que sacrificava filhos de clérigos, mas a rejeitou com um suspiro.

– O senhor não suspeita do bispo, é claro... – ela falou.

– Descobrimos que o carro do bispo não saiu da garagem do palácio em nenhum momento naquela tarde.

– Então era uma placa falsificada.

– Sim. Temos isso como ponto de partida, sem dúvida.

Tendo expressado admiração, Frankie se despediu. Não fez nenhum comentário desqualificador, mas pensou consigo:

"Por certo existe uma enorme quantidade de Talbots azul-escuros na Inglaterra".

Chegando em casa, pegou uma lista telefônica de Marchbolt no lugar habitual, na escrivaninha da biblioteca, e a levou para seu quarto. Examinou-a por algumas horas.

O resultado não foi satisfatório.

Existiam 482 Evans em Marchbolt.

– Que droga! – Frankie exclamou.

Ela começou a fazer planos para o futuro.

CAPÍTULO 10

Preparativos para um acidente

Uma semana depois, Bobby juntara-se a Badger em Londres. Recebera diversos comunicados enigmáticos de Frankie, a maioria em rabiscos tão ilegíveis que ele não pôde fazer muito mais do que tentar adivinhar seu significado. Entretanto, a ideia geral parecia indicar que Frankie tinha um plano, e que ele (Bobby) não deveria fazer nada até receber notícias dela. Melhor assim, porque Bobby certamente não teria tido tempo para fazer qualquer coisa, visto que o azarado Badger já conseguira enredar a si mesmo e seu negócio com a maior engenhosidade possível, e Bobby se mantinha ocupado desemaranhando a extraordinária barafunda na qual seu amigo parecia estar afundado.

Nesse meio-tempo, o jovem se mantinha rigorosamente em alerta. O efeito dos oito grãos de morfina foi tornar-se um consumidor extremamente desconfiado em matéria de comida ou bebida e também induzi-lo a trazer para Londres um revólver, cuja posse considerava maçante ao extremo.

Estava justamente começando a sentir que o negócio todo não passara de um pesadelo extravagante quando o Bentley de Frankie desceu rugindo pelo beco e estacionou na frente da oficina. Bobby, com seu macacão sujo de graxa, saiu para recebê-la. Frankie estava sentada ao volante, e ao lado dela via-se um jovem de aspecto bastante sombrio.

– Oi, Bobby – disse Frankie. – Este é George Arbuthnot. Ele é médico, e vamos precisar dele.

Bobby se retraiu um pouco enquanto George Arbuthnot e ele reconheciam vagamente a presença um do outro.

– Você tem certeza de que vamos precisar de um médico? – ele perguntou. – Não está sendo um pouquinho pessimista?

– Eu não quis dizer que vamos precisar dele dessa forma – Frankie retrucou. – Preciso dele para um plano que eu bolei. Me diga uma coisa, tem algum lugar onde nós possamos conversar?

Bobby olhou em volta.

– Bem, tem o meu quarto – ele falou em dúvida.

– Excelente – disse Frankie.

Ela desceu do carro, acompanhada de George Arbuthnot, seguiu Bobby subindo alguns degraus externos que os conduziram até um quarto microscópico.

– Não sei – Bobby falou, olhando em volta com desconfiança – se tem algum lugar para sentar.

Não havia. A única cadeira estava tomada por algo que consistia, aparentemente, na totalidade das roupas de Bobby.

– A cama serve – disse Frankie.

Ela se deixou cair na cama.

George Arbuthnot fez o mesmo e a cama rangeu em protesto.

– Já tenho tudo planejado – disse Frankie. – Para começar, nós precisamos de um carro. Um dos seus carros serve.

– Você está querendo dizer que quer comprar um dos nossos carros?

– Sim.

– É realmente muito legal da sua parte, Frankie – Bobby falou com calorosa gratidão. – Mas não precisa. Eu realmente me imponho como regra não explorar os meus amigos.

– Você entendeu tudo errado – disse Frankie. – Não é nada disso. Eu sei o que você quer dizer... é como comprar roupas e chapéus horrorosos de uma amiga que acabou de abrir uma loja. Uma chateação, mas é um mal necessário. Só que não é nada disso. Eu realmente preciso de um carro.

– E o Bentley?

– O Bentley não presta.

– Você está louca – Bobby retrucou.

– Não, não estou. O Bentley não presta para o uso que eu quero fazer.

– Que uso?

– Arrebentar o carro.

Bobby gemeu e levou a mão à cabeça.

– Eu não pareço estar muito bem hoje.

George Arbuthnot falou pela primeira vez. Sua voz era profunda e melancólica.

– Ela quer dizer – falou – que vai se acidentar com o carro.

– Como ela sabe? – Bobby perguntou freneticamente.

Frankie deu um suspiro exasperado.

– De alguma forma – ela disse –, parece que não estamos falando a mesma língua. Agora ouça em silêncio, Bobby, e tente compreender o que eu vou dizer. Sei que o seu cérebro é praticamente insignificante, mas você deve ser capaz de entender se você se concentrar de verdade.

Ela fez uma pausa e então continuou:

– Eu estou no rastro de Bassington-ffrench.

– Sou todo ouvidos.

– Bassington-ffrench, o nosso Bassington-ffrench em pessoa, mora em Merroway Court, no vilarejo de Staverley, em Hampshire. Merroway Court pertence ao irmão de Bassington-ffrench, e o nosso Bassington-ffrench mora lá com seu irmão e a esposa dele.

– Esposa de quem?

– Esposa do irmão, é claro. A questão não é essa. A questão é como você ou eu ou nós dois vamos conseguir nos infiltrar na casa. Já estive por lá e fiz um reconhecimento do terreno. Staverley é um mero vilarejo. Estranhos que aparecessem lá para passar algum tempo se destacariam de longe. É o tipo de coisa que simplesmente não funciona. De modo que eu elaborei um plano. O que vai acontecer é o seguinte: Lady Frances Derwent, dirigindo seu carro com mais imprudência do que perícia, bate contra o muro perto dos portões de Merroway Court. Destruição completa do carro, destruição não tão completa de Lady Frances, que é carregada para dentro da casa, abalada pela concussão e pelo choque, e não pode ser removida sob hipótese alguma.

– Quem diz que ela não pode ser removida?

– George. Agora você percebe onde George entra na história. Não podemos nos arriscar que um médico afirme não haver nada de errado comigo. Ou que alguma alma prestativa leve o meu corpo prostrado para um hospital nas proximidades. Não, o que vai acontecer é o seguinte: George está passando, também de carro (é melhor que você nos venda mais um), presencia o acidente, desce do carro e assume a responsabilidade. "Eu sou médico. Afastem-se todos." (Isto é, se houver alguém para ser afastado.) "Precisamos levá-la para dentro dessa casa, como é o nome mesmo, Merroway Court? Vamos lá. Decerto terei condições de fazer um exame adequado." Sou carregada para o melhor quarto desocupado, com os Bassington-ffrench solidários ou resistindo amargamente, mas, em todo caso, George se impõe. George me examina e dá o veredito. Felizmente, não é tão sério quanto ele pensava. Nenhum osso quebrado, mas perigo de concussão. De modo algum devo ser removida por dois ou três dias. Depois terei condições de voltar para Londres. E aí George se despede, cabendo a mim a partir de então a tarefa de me congraçar com os moradores da casa.

– E onde eu entro na história?

– Você não entra.

– Mas ouça...

– Minha querida criança, tenha em mente, por favor, que Bassington-ffrench conhece você. Ele nunca viu a minha cara. E eu conto com uma vantagem tremenda, porque tenho um título. Você percebe o quanto isso é útil? Não sou simplesmente uma jovem qualquer tentando ser admitida na casa com propósitos misteriosos. Sou filha de um conde, e, portanto, sou altamente respeitável. E o George é médico de verdade, totalmente acima de qualquer suspeita.

– Ah, acho que é isso mesmo... – Bobby retrucou com ar de tristeza.

– É um plano muito bem tramado, eu creio – Frankie falou com orgulho.

– E eu não faço absolutamente nada? – Bobby perguntou.

Ainda se sentia magoado – como um cão que tivesse sido inesperadamente privado de um osso. Aquele crime, Bobby pensou, era mais seu do que de qualquer outra pessoa, e agora ele estava sendo deixado de fora.

– É claro que você faz alguma coisa, querido. Você deixa crescer o seu bigode.

– Ah! Eu deixo crescer o meu bigode, é?

– Sim. Quanto tempo vai levar?

– Duas ou três semanas, eu acho.

– Céus! Eu não tinha ideia de que o processo era tão lento. Você não consegue acelerar o crescimento?

– Não. Por que não posso usar um falso?

– Eles têm sempre um aspecto tão falso e ficam tortos ou caem ou cheiram a cola. Espere... na verdade, acho que existe um que você pode grudar fio por fio, por assim dizer, e é quase impossível de ser descoberto. Acho que um fabricante de perucas para teatro conseguiria colocar um em você.

– Ele provavelmente pensaria que eu sou um fugitivo da justiça.

– Não importa o que ele vai pensar.

– Quando eu já tiver o bigode, o que é que eu faço?

– Coloque um uniforme de chofer e vá com o Bentley para Staverley.

– Ah, entendi.

O rosto de Bobby se iluminou.

– Veja só, a minha ideia é a seguinte – disse Frankie. – Ninguém olha para um chofer do mesmo jeito que olha para uma *pessoa*. Em todo caso, Bassington-ffrench só viu você por um ou dois minutos, e decerto estava inquieto demais, pensando se conseguiria trocar a tempo a fotografia, para ficar observando você. Para ele, você era só um jovem idiota jogando golfe. Não é como aconteceu com os Cayman, que se sentaram na sua frente para conversar com você e ficaram deliberadamente tentando avaliá-lo. Posso apostar qualquer coisa que, vendo você com um uniforme de chofer, Bassington-ffrench não o reconheceria mesmo sem o bigode. Ele poderia até pensar que o seu rosto era parecido com o de alguém... não mais do que isso. E com o bigode nós por certo estaremos em perfeita segurança. Agora me diga, o que você acha do plano?

Bobby revolvia o plano em sua mente.

– Para lhe dizer a verdade, Frankie – ele falou, generoso –, acho que é ótimo.

– Nesse caso – Frankie retrucou energicamente –, tratemos de comprar os carros. Ora, acho que George quebrou a sua cama.

– Não importa – disse Bobby, hospitaleiro. – Nunca foi uma cama decente.

Os três desceram à garagem, onde um jovem de aspecto nervoso e sorriso afável, curiosamente desprovido de queixo, saudou-os com um vago "He, he, he!". Sua aparência era ligeiramente desfigurada pelo fato de que seus olhos tinham uma distinta relutância a olhar na mesma direção.

– Oi, Badger – disse Bobby. – Você se lembra de Frankie, não?

Badger claramente não se lembrava, mas voltou a fazer "He, he, he" de modo afável.

– Na última vez que vi você – disse Frankie –, você estava com a cabeça enfiada na lama e nós tivemos de puxá-lo pelas pernas.

– Não, é mesmo? – Badger retrucou. – Ora, isso d-d-deve ter sido em G-g-g-Gales.

– Isso mesmo – disse Frankie. – Foi.

– Sempre fui um p-p-péssimo c-c-c-cavaleiro – disse Badger. – Ainda s-s-s-sou.

– Frankie quer comprar um carro – Bobby falou.

– Dois carros – disse Frankie. – George precisa de um também. – O dele está batido no momento.

– Podemos alugar um para ele – disse Bobby.

– Bem, venham ver o que t-t-temos em estoque – disse Badger.

– Eles são uma graça – Frankie comentou, deslumbrada com os matizes sensacionais de verde-maçã e escarlate.

– Eles são uma graça *à primeira vista* – Bobby retrucou, lúgubre.

– Fazemos um b-b-b-belo preço por este C-C-Chrysler usado – disse Badger.

– Não, esse não – disse Bobby. – Seja lá o que ela comprar, precisa rodar no mínimo sessenta quilômetros.

Badger lançou um olhar de reprovação para seu amigo.

– O Standard está basicamente no último suspiro – ponderou Bobby. – Mas acho que chegaria lá com tranquilidade. O Essex é meio bom demais para um serviço desses. Roda pelo menos uns trezentos antes de enguiçar.

– Certo – disse Frankie. – Vou ficar com o Standard.

Badger puxou seu amigo de lado.

– O q-q-que você acha em matéria de p-p-preço? – murmurou. – Não quero explorar d-d-demais uma amiga sua. D-d-d-Dez libras?

– Dez libras está ótimo – disse Frankie, intrometendo-se na discussão. – Pago agora.

– Quem é ela mesmo? – Badger perguntou num sussurro alto.

Bobby lhe cochichou em resposta.

– É a p-p-primeira vez que vejo alguém com t-t-t-título p-p-pagando em dinheiro vivo – Badger falou com respeito.

Bobby seguiu os outros dois até o Bentley.

– Quando é que vai acontecer esse negócio? – ele indagou.

– Quanto antes melhor – disse Frankie. – Nós tínhamos pensado em amanhã à tarde.

– Ouça, será que eu não posso estar lá? Coloco uma barba se você quiser.

– De modo algum – disse Frankie. – A barba provavelmente estragaria tudo caindo no momento errado. Mas não vejo nada contra você ser um motociclista... todo paramentado com boné e óculos de proteção. O que acha, George?

George Arbuthnot falou pela segunda vez.

– Está bem – ele disse. – Quanto mais gente melhor.

Sua voz soou ainda mais melancólica do que antes.

CAPÍTULO 11

O acidente ocorre

O encontro dos conspiradores do grande acidente estava marcado para um ponto a cerca de um quilômetro e meio do vilarejo de Staverley, onde a estrada que levava para Staverley se desviava da estrada principal para Andover.

Os três chegaram ao local em segurança, embora o Standard de Frankie tivesse mostrado inequívocos sinais de decrepitude a cada colina.

O horário combinado era uma da tarde.

– Não queremos ser interrompidos quando estivermos fazendo a encenação – Frankie dissera. – Eu diria que dificilmente acontece alguma coisa naquela estrada, mas na hora do almoço por certo estaremos em perfeita segurança.

Seguiram pela estrada secundária por quase um quilômetro e então Frankie apontou o local que havia escolhido para o acidente.

– Não poderia ser melhor, na minha opinião – ela disse. – A estrada desce direto essa colina e aí, como se pode ver, faz uma curva muito abrupta e acentuada em volta daquele muro saliente. O muro é efetivamente o muro de Merroway Court. Se dermos partida no carro e o deixarmos descer a colina, ele vai bater direto no muro e decerto algo bem drástico vai ocorrer.

— Eu diria que sim – Bobby concordou. – Mas alguém deveria ficar vigiando na curva para se certificar de que ninguém esteja se aproximando na direção contrária.

— É verdade – disse Frankie. – Não queremos envolver ninguém mais na confusão ou quem sabe até machucar uma pessoa. George pode descer com seu carro até lá embaixo e virá-lo como se estivesse vindo da outra direção. Aí, quando ele acenar seu lenço, esse será o sinal de que está tudo em ordem.

— Você está tão pálida, Frankie... – Bobby falou com ansiedade. – Tem certeza de que está bem?

— Eu me maquiei assim – Frankie explicou. – Preparada para uma concussão. Você não vai querer que eu seja carregada casa adentro com o rosto radiando saúde...

— Como são maravilhosas as mulheres – Bobby comentou com apreço. – Você parece um macaquinho doente.

— Que grosseria da sua parte – disse Frankie. – Pois bem, vou descer agora para dar uma olhada no portão de entrada de Merroway Court, que fica deste lado do muro. Por sorte não há porteiro. Quando George acenar seu lenço e eu acenar o meu, você dá partida no carro.

— Combinado – disse Bobby. – Vou ficar no estribo para guiar o carro até o aceleramento se intensificar e aí eu salto fora.

— Trate de não se machucar – disse Frankie.

— Vou ser extremamente cuidadoso. Ficaria tudo bem complicado se tivéssemos um acidente real no lugar do falso.

— Bem, vá em frente, George – pediu Frankie.

George assentiu com a cabeça, entrou no outro carro e desceu lentamente a colina. Bobby e Frankie ficaram observando-o enquanto se afastava.

— Você... você vai se cuidar, não vai, Frankie? – Bobby disse com uma aspereza súbita. – Quer dizer... não vá fazer nenhuma bobagem.

— Vou me cuidar bem. Prudência total. Aliás, acho melhor não escrever direto para você. Vou escrever para George ou para minha criada ou para qualquer pessoa que possa lhe repassar a carta.

— Eu me pergunto se George vai se dar bem em sua profissão...

— E por que não se daria?

— Ele não parece ter adquirido ainda um mínimo de loquacidade para tratar de pacientes.

— Acho que ele vai acabar desenvolvendo isso – disse Frankie. – É melhor eu ir agora. Avisarei quando eu quiser que você venha com o Bentley.

— Vou me dedicar ao bigode. Até logo, Frankie.

Os dois se entreolharam por um momento. Em seguida, Frankie assentiu com a cabeça e começou a caminhar colina abaixo.

George havia dado meia-volta com o carro e recuado para trás do muro. Frankie desapareceu por um momento e então reapareceu na estrada, acenando um lenço. Um segundo lenço ondulou ao fundo na curva.

Bobby engatou a terceira no carro e então, de pé no estribo, soltou o freio. O carro avançou de má vontade, contido por estar engrenado. A descida, no entanto, era suficientemente íngreme. O motor deu partida. O carro ganhou velocidade. Bobby firmou a direção. No último instante, saltou.

O carro desceu a colina e bateu contra o muro com uma força considerável. Correra tudo bem – o acidente foi um sucesso.

Bobby viu Frankie correr rapidamente até a cena do crime e se estatelar entre os destroços. George fez a curva com seu carro e o estacionou.

Com um suspiro, Bobby montou em sua motocicleta e se foi na direção de Londres.

Na cena do acidente, as coisas estavam agitadas.

– Devo rolar um pouco na estrada – Frankie perguntou – para ficar empoeirada?

– Pode ser – disse George. – Me dê aqui o seu chapéu.

Ele pegou o chapéu e o amassou sem dó. Frankie soltou um fraco grito de angústia.

– Eis a concussão – George explicou. – Agora fique bem parada onde você está. Acho que ouvi uma campainha de bicicleta.

Com efeito, naquele momento um rapaz com cerca de dezessete anos apareceu apitando na curva. Ele parou de chofre, encantado com o espetáculo prazeroso que seus olhos contemplaram.

– Opa! – ele exclamou. -- Foi um acidente?

– Não – George retrucou com sarcasmo. – A jovem bateu seu carro contra o muro de propósito.

Vendo nesse comentário, como era esperado, mais uma ironia do que a simples verdade comunicada, o rapaz comentou com gosto:

– A coisa parece feia, não parece? Ela está morta?

– Ainda não – disse George. – Precisa ser levada imediatamente para algum lugar. Eu sou médico. Que propriedade é essa aqui?

– Merroway Court. Pertence ao sr. Bassington-ffrench. Ele é juiz de paz.

– Ela precisa ser levada até a casa imediatamente – George falou, autoritário. Vamos, deixe aí a sua bicicleta e me dê uma mão.

Com a maior disposição, o rapaz encostou sua bicicleta no muro e se prontificou. Juntando forças, George e o rapaz carregaram Frankie pela entrada da propriedade até uma bela mansão de aspecto antiquado.

A aproximação dos dois tinha sido observada, pois um mordomo idoso veio ao encontro deles.

– Houve um acidente – George falou de modo lacônico. – Existe algum quarto para onde eu possa carregar esta dama? Ela precisa ser examinada imediatamente.

O mordomo correu de volta para o vestíbulo com afobação. George e o rapaz o seguiram de perto, carregando ainda o corpo inerte de Frankie. O mordomo entrou num aposento à esquerda, de onde saiu uma mulher. Era alta, de cabelos ruivos, com cerca de trinta anos. Seus olhos eram de um azul claro e suave.

Ela reagiu à situação com rapidez.

– Temos um quarto desocupado no térreo – afirmou. – Podem levá-la para lá? Devo telefonar para um médico?

– Eu sou médico – George explicou. – Eu estava passando de carro e presenciei o acidente.

– Ah, que tremenda sorte! Venham por aqui, sim?

Ela os conduziu até um quarto aprazível cujas janelas davam para o jardim.

– Ela está muito ferida? – indagou.

– Ainda não posso dizer.

A sra. Bassington-ffrench entendeu a indireta e se retirou. O rapaz acompanhou-a e se lançou a uma descrição do acidente como se tivesse sido uma efetiva testemunha.

– O carro estourou direto na parede. Ficou todo arrebentado. Lá ficou ela, deitada no chão, com o chapéu todo amassado. O cavalheiro ia passando de carro...

Ele seguiu de improviso até que a mulher se livrou dele com meia coroa.

Enquanto isso, Frankie e George conversavam em sussurros cuidadosos.

– George, querido, isso não vai prejudicar a sua carreira, vai? Não vão cassar o seu registro ou seja lá o que for, vão?

– É provável – disse George, soturno. – Isto é, se chegarem a descobrir.

– Não vão – disse Frankie. – Não se preocupe, George. Não vou deixar você mal.

Ela acrescentou, pensativa:

– Você fez muito bem a sua parte. Nunca o vi falando tanto antes.

George suspirou. E consultou seu relógio.

– Vou esperar mais três minutos para concluir o meu exame – ele falou.

– E quanto ao carro?

– Vou providenciar numa oficina que venham removê-lo.

– Ótimo.

George continuou a vigiar seu relógio. Por fim afirmou com um ar de alívio:

– Está na hora.

– George – disse Frankie –, você foi um anjo. Não sei por que fez isso.

– Nem eu – disse George. – Foi uma coisa bem tola.

George inclinou a cabeça para ela.

– Tchau. Divirta-se.

– Será que eu vou conseguir? – Frankie retrucou.

Ela estava pensando na voz fria e impessoal com um ligeiro sotaque americano.

George saiu em busca da dona da voz. Encontrou-a esperando por ele na sala de visitas.

– Bem – ele falou de modo abrupto. – Fico feliz por dizer que não é tão ruim quanto eu temia. Concussão muito leve, já passando. Ela deveria repousar onde está por um ou dois dias, no entanto – ele fez uma pausa. – Parece que a jovem se chama Lady Frances Derwent.

– Ah, imagine só! – exclamou a sra. Bassington-ffrench. – Então eu conheço alguns primos dela, os Draycott, muito bem.

– Não sei se lhe será inconveniente tê-la aqui – disse George. – Mas se ela *pudesse* permanecer onde está por um ou dois dias...

George fez outra pausa.

– Ah, é claro. Não vejo problema nenhum, dr. ...?

– Arbuthnot. Aliás, vou tomar providências quanto ao carro. Passarei por uma oficina.

– Muito obrigada, dr. Arbuthnot. Que tremenda sorte que o senhor estivesse passando. Acho que um médico deveria examiná-la amanhã só para ver se está tudo indo bem com ela.

– Não creio que seja necessário – disse George. – Ela só precisa de descanso.

– Mas eu ficaria mais tranquila. E a família dela deveria tomar conhecimento.

– Vou cuidar disso – George falou. – E quanto à questão do acompanhamento médico... bem, parece que ela é cientista cristã e não aceita médicos de modo algum. Não ficou muito satisfeita quando me viu atendendo-a.

– Minha nossa! – exclamou a sra. Bassington-ffrench.

– Mas ela vai ficar absolutamente bem – George tranquilizou-a. – A senhora pode acreditar no que eu digo.

– Se o senhor realmente pensa isso, dr. Arbuthnot... – disse a sra. Bassington-ffrench, com certa dúvida.

– Penso mesmo – George afirmou. – Até logo. Ah, minha nossa, deixei um dos meus instrumentos no quarto.

Ele entrou rapidamente no quarto e foi até a cabeceira.

– Frankie – falou num sussurro apressado –, você é uma cientista cristã. Não se esqueça.

– Mas por quê?

– Precisei improvisar. Não havia outro jeito.

– Certo – disse Frankie. – Não vou esquecer.

CAPÍTULO 12

No campo inimigo

"Bem, aqui estou eu", pensou Frankie. "Inserida com segurança no campo do inimigo. Agora é comigo."

Houve uma batida na porta e a sra. Bassington-ffrench entrou.

Frankie se soergueu ligeiramente em seus travesseiros.

– Lamento muitíssimo – ela falou com voz fraca. – Estar lhe causando todo esse transtorno...

– Bobagem – disse a sra. Bassington-ffrench.

Frankie, voltando a escutar aquela voz arrastada, calma e atraente, marcada por um leve sotaque americano, lembrou-se que Lord Marchington dissera que um dos Bassington-ffrench de Hampshire havia se casado com uma herdeira americana.

– O dr. Arbuthnot afirmou que a senhorita ficará boa dentro de um ou dois dias, basta que permaneça em repouso.

Frankie sentiu que deveria, naquele momento, falar algo acerca de "erro" ou "mente mortal", mas ficou com medo de dizer a coisa errada.

– Ele parece simpático – falou. – Foi muito bondoso.

– Pareceu ser um jovem dos mais capacitados – disse a sra. Bassington-ffrench. – Foi muita sorte que ele estivesse passando bem no momento.

– Sim, não foi mesmo? Não que eu realmente precisasse dele, é claro.

– Mas a senhorita não deve ficar falando – continuou a anfitriã. – Vou mandar a minha criada lhe trazer algumas coisas e então a senhorita poderá se deitar com mais conforto.

– É uma imensa bondade sua.

– De modo algum.

Frankie sentiu um escrúpulo momentâneo enquanto a mulher se retirava.

"Uma criatura simpática e bondosa", disse consigo. "E, fantasticamente, não suspeita de nada."

Pela primeira vez, sentiu estar aplicando um truque sujo em sua anfitriã. Sua mente se ocupara tanto com a visão de um Bassington-ffrench assassino empurrando uma vítima descuidada num precipício que personagens menores do drama não haviam passado por sua imaginação.

"Bem", pensou Frankie, "preciso ir até o fim agora. Mas eu gostaria que ela não tivesse sido tão simpática."

A moça passou uma tarde e uma noite enfadonhas deitada em seu quarto escurecido. A sra. Bassington-ffrench apareceu na porta uma ou duas vezes para ver como ela estava, mas não chegou a entrar.

No dia seguinte, porém, Frankie permitiu que fossem abertas as janelas e revelou desejar companhia, e sua anfitriã veio ficar com ela por algum tempo. As duas descobriram vários amigos e conhecidos mútuos, e ao final do dia Frankie sentiu, com um escrúpulo de culpa, que haviam se tornado amigas.

A sra. Bassington-ffrench mencionou diversas vezes o marido e o filho pequeno, Tommy. Parecia ser uma mulher simples, com profundo apego pelo lar, mas, por algum motivo, Frankie julgou que ela não era de todo feliz. Surgia uma expressão ansiosa em seus olhos, por vezes, que não era típica de uma mente tranquila.

No terceiro dia Frankie se levantou e foi apresentada ao soberano da casa.

Era um homem grande, de queixo imponente, com um ar bondoso mas um tanto distraído. Parecia passar grande parte do tempo trancado em seu gabinete. No entanto, Frankie o considerou muito afeiçoado à mulher, embora se preocupasse bem pouco com os interesses dela.

Tommy, o filho pequeno, tinha sete anos, e era uma criança saudável e travessa. Sylvia Bassington-ffrench obviamente o venerava.

– É tão adorável aqui – Frankie falou com um suspiro.

Ela estava deitada numa espreguiçadeira no jardim.

– Não sei se foi a pancada na cabeça ou outra coisa, mas eu simplesmente não sinto a menor vontade de me mexer. Gostaria de ficar aqui deitada por dias a fio.

– Bem, então fique – Sylvia Bassington-ffrench retrucou com seu tom calmo e desinteressado. – Não, estou falando sério mesmo. Não tenha pressa para voltar à cidade. Entenda – prosseguiu –, para mim é um grande prazer tê-la aqui. Você é tão divertida e radiante. A sua presença me anima bastante.

O pensamento "Então ela precisa de animação" lampejou na mente de Frankie.

Ao mesmo tempo, a jovem se sentiu envergonhada.

– Sinto que nós realmente nos tornamos amigas – continuou a outra.

Frankie se sentiu ainda mais envergonhada.

Era uma maldade o que ela estava fazendo... maldade – maldade – maldade. Ela precisava desistir! Voltar à cidade...

Sua anfitriã prosseguiu:

– Não vai ser tão enfadonho assim por aqui. Amanhã retorna o meu cunhado. Você vai gostar dele, eu tenho certeza. Todos gostam de Roger.

– Ele mora aqui?

– De vez em quando. É uma criatura inquieta. Considera-se o vagabundo da família, e de certo modo talvez isso seja verdade. Ela nunca permanece muito tempo num emprego... de fato, acho que nunca trabalhou de verdade ao longo da vida toda. Mas certas pessoas são bem assim... especialmente nas famílias antigas. E geralmente são pessoas encantadoras. Roger é magnificamente simpático. Não sei o que eu teria feito sem ele nessa primavera, quando Tommy ficou doente.

– Qual foi o problema com Tommy?

– Ele teve uma queda feia do balanço. O balanço decerto estava amarrado num galho podre, que acabou cedendo. Roger ficou transtornado porque ele é quem estava empurrando o garoto na ocasião... empurrando forte o balanço, sabe, bem como as crianças gostam. Pensamos a princípio que a coluna de Tommy tinha sofrido algum dano, mas acabou sendo uma lesão insignificante, e ele está ótimo agora.

– Ele certamente parece ótimo – disse Frankie, sorrindo ao escutar uma leve gritaria ao longe.

– Pois é. Ele parece estar em perfeitas condições. É um alívio tão grande. Ele é muito azarado em matéria de acidentes. Quase se afogou no último inverno.

– Não diga! – Frankie exclamou, pensativa.

Ela parou de acalentar a ideia de voltar a Londres. O sentimento de culpa diminuíra.

Acidentes!

Frankie especulou: será que Roger Bassington-ffrench era um especialista em acidentes?

Falou:

– Se você me garante que está falando sério, eu adoraria permanecer um pouco mais. Mas o seu marido não vai se importar que eu fique me intrometendo desse modo?

– Henry? – os lábios da sra. Bassington-ffrench se retorceram numa expressão estranha. – Não, Henry não vai se importar. Henry não se importa com nada hoje em dia.

Frankie olhou para ela com curiosidade.

"Se me conhecesse melhor, por certo me contaria algo", pensou consigo. "Creio que mil coisas estranhas devem estar acontecendo nesta casa."

Henry Bassington-ffrench juntou-se às duas para o chá, e Frankie o analisou com grande atenção. Havia certamente algo de esquisito naquele homem. Era um tipo comum – o cavalheiro rural simples, jovial e esportivo. Mas um homem como aquele não deveria ficar sentado daquele modo, com tiques nervosos, os nervos obviamente tensos, ora mergulhado em pensamentos dos quais era impossível despertá-lo, ora dando respostas amargas e sarcásticas a qualquer coisa que lhe dissessem. Não que agisse sempre assim. Mais tarde naquela noite, durante o jantar, mostrou-se sob uma luz bem diferente. Brincou, riu, contou histórias e se revelou, para um homem de suas habilidades, simplesmente fulgurante. Fulgurante demais, Frankie julgou. Tal brilho era anormal e incongruente com a personalidade dele.

"Seus olhos são tão esquisitos", ela pensou. "Eles me assustam um pouco."

Entretanto, certamente ela não suspeitava de *Henry* Bassington-ffrench... fora o seu irmão, e não ele, quem estivera em Marchbolt naquele dia fatal.

Quanto ao irmão, Frankie aguardava com ávido interesse a oportunidade de vê-lo. No entender dela e de Bobby, o homem era um assassino. Ela iria ficar frente a frente com um assassino.

Sentiu-se nervosa por um momento.

Mas, afinal de contas, como poderia ele adivinhar?

Como poderia ele, de qualquer forma, relacioná-la com um crime executado com sucesso?

"Você está vendo assombrações onde não há nada", ela disse consigo.

Roger Bassington-ffrench chegou pouco antes do chá na tarde seguinte. Frankie não o viu antes da hora do chá. Ainda se esperava que ela "descansasse" no período da tarde.

Quando ela saiu para o gramado onde o chá era servido, Sylvia disse com um sorriso:

– Eis a nossa convalescente. Este é o meu cunhado, Lady Frances Derwent.

Frankie contemplou o homem alto, jovem e esguio com pouco mais de trinta anos e olhos muito simpáticos. Embora entendesse o que Bobby queria dizer afirmando que ele devia ter no rosto um monóculo e um bigodinho, ela mesma inclinou-se a dar mais atenção ao azul intenso de seus olhos. Apertaram-se as mãos.

Ele disse:

– Estive ouvindo todos os detalhes de como a senhorita tentou derrubar o muro do parque.

— Admito — disse Frankie — que sou a pior motorista do mundo. Mas eu estava dirigindo um calhambeque velho imprestável. O meu carro estava no conserto, e eu comprei um carro barato de segunda mão.

— Ela foi resgatada dos destroços por um médico jovem e muito bonito — disse Sylvia.

— Ele foi um doce — Frankie concordou.

Tommy apareceu naquele momento e se jogou em cima do tio com guinchos de alegria.

— Você me trouxe um trem Hornby? Você disse que ia trazer! Você disse que ia trazer.

— Ah, Tommy! Você não deve ficar pedindo coisas — disse Sylvia.

— Não tem problema, Sylvia. Era uma promessa. Eu trouxe o seu trem sim, meu velho.

Ele olhou casualmente para sua cunhada.

— Henry não vem para o chá?

— Acho que não — havia um traço de constrangimento na voz dela. — Ele não está se sentindo muito bem hoje, eu imagino.

Então acrescentou de modo impulsivo:

— Ah, Roger, fico contente por você estar de volta.

Ele colocou a mão no braço dela por um instante.

— Está tudo bem, Sylvia, minha garota.

Após o chá, Roger brincou de trem com o sobrinho.

Frankie os observava, sua mente tumultuada.

Certamente aquele não era o tipo de homem capaz de empurrar pessoas em penhascos! Aquele jovem encantador não poderia ser um assassino de sangue frio!

Mas também... ela e Bobby por certo estavam errados desde o começo. Isto é, errados quanto a essa parte da questão.

Frankie agora estava certa de que não era Bassington-ffrench quem empurrara Pritchard no penhasco.

Então quem era?

Continuava convicta de que ele tinha sido empurrado. Quem o fizera? E quem havia colocado morfina na cerveja de Bobby?

Com a ideia da morfina, de repente lhe ocorreu uma explicação para o estranho olhar de Henry Bassington-ffrench, com suas pupilas minúsculas.

Seria Henry Bassington-ffrench um viciado em drogas?

CAPÍTULO 13

Alan Carstairs

Por mais estranho que parecesse, ela obteve a confirmação de sua teoria já no dia seguinte, e por meio de Roger.

Os dois haviam jogado tênis um contra o outro e estavam sentados, bebericando refrescos gelados.

Haviam falado sobre vários assuntos superficiais, e Frankie assimilava cada vez mais o charme de alguém que, como Roger Bassington-ffrench, viajara pelo mundo inteiro. O vagabundo da família, ela não pôde deixar de pensar, contrastava muito favoravelmente com seu irmão sisudo e ponderoso.

Caíra um silêncio enquanto esses pensamentos passavam pela mente de Frankie. O silêncio foi rompido por Roger – que falou, dessa vez, com um tom de voz completamente diferente.

– Lady Frances, vou fazer uma coisa bastante peculiar. Eu a conheço há menos de 24 horas, mas sinto instintivamente que a senhorita é a pessoa para quem posso pedir um conselho.

– Um conselho? – Frankie repetiu, surpresa.

– Sim. Não consigo me decidir entre dois procedimentos.

Ele fez uma pausa. Estava inclinado à frente, balançando a raquete entre os joelhos, a testa levemente franzida. Parecia preocupado e aborrecido.

– Trata-se do meu irmão, Lady Frances.

– Sim?

– Ele está usando drogas. Eu tenho certeza disso.

– O que o faz pensar isso? – Frankie perguntou.

– Tudo. Sua aparência. Suas extraordinárias mudanças de humor. E a senhorita notou os olhos dele? As pupilas estão sempre minúsculas.

– Eu já tinha notado isso – Frankie admitiu. – E o que o senhor pensa que é?

– Morfina ou alguma forma de ópio.

– Isso vem ocorrendo faz tempo?

– Pelos meus cálculos, começou uns seis meses atrás. Lembro que ele se queixava bastante de insônia. Não sei como foi que ele veio a tomar o negócio pela primeira vez, mas acho que deve ter começado logo depois.

– Como ele consegue a droga? – perguntou Frankie, pragmática.

– Acho que ele a recebe pelo correio. A senhorita já notou como ele fica particularmente nervoso e irritado certos dias na hora do chá?

– Sim, já notei.

– Suspeito que é quando ele terminou seu suprimento e está esperando mais. Depois, quando já passou o correio das seis da tarde, ele se fecha em seu gabinete e emerge para o jantar num estado de espírito completamente diferente.

Frankie confirmou com a cabeça. Lembrava-se da vivacidade anormal da conversação em certos momentos nos jantares.

– Mas de onde vem o suprimento? – ela perguntou.

– Ah, isso eu não sei. Nenhum médico respeitável o abasteceria. Existem em Londres, eu acho, várias fontes de onde seria possível obter um suprimento pagando-se um bom preço.

Frankie concordou com a cabeça, pensativa.

Lembrava-se de ter dito a Bobby algo sobre um grupo de traficantes de drogas e de como ele retrucara que não se podia misturar tantos crimes. Era esquisito que logo no início de suas investigações já tivessem topado com vestígios de algo assim.

Era esquisito que o principal suspeito a fizesse atentar ao fato. Isso a deixava mais inclinada do que nunca a absolver Roger Bassington-ffrench da acusação de assassinato.

Restava, no entanto, a inexplicável questão da fotografia trocada. Os indícios contra ele, ela lembrou a si mesma, eram ainda exatamente os mesmos. Sua personalidade era o único indício favorável. E todo mundo dizia que os assassinos eram pessoas encantadoras!

Ela rechaçou essas reflexões e se voltou para o companheiro.

– Por que o senhor está me contando tudo isso? – ela perguntou francamente.

– Porque eu não sei o que fazer em relação a Sylvia – ele retrucou com simplicidade.

– O senhor acha que ela não sabe?

– É claro que ela não sabe. Será que eu deveria lhe contar?

– É muito difícil...

– *É* difícil. Foi por isso que achei que a senhorita poderia me ajudar. Sylvia caiu de amores pela senhorita. Ela não liga muito para ninguém aqui nas redondezas, mas gostou à primeira vista da senhorita. O que devo fazer, Lady Frances? A verdade será um tremendo fardo na vida dela.

– Se ela soubesse, poderia fazer alguma coisa – Frankie sugeriu.

– Duvido. Num caso de vício em drogas, ninguém, nem mesmo a pessoa mais próxima e mais estimada, tem a mínima influência.

– Esse é um ponto de vista um tanto pessimista, não é?

– É um fato. Existem outros meios, é claro. Se Henry aceitasse ser internado... e até existe uma clínica perto daqui. Dirigida por um certo dr. Nicholson.

– Mas ele nunca aceitaria, não é mesmo?

– Poderia aceitar. Se você pegar um viciado em morfina num dia de extremo remorso, ele faz qualquer coisa para se curar. Até creio que Henry poderia ser induzido com mais facilidade a isso caso pensasse que Sylvia não sabe de nada... se a revelação a ela fosse usada contra Henry com uma espécie de ameaça. Se a cura fosse bem-sucedida (o caso dele seria tratado como um problema "nervoso", é claro), Sylvia não precisaria tomar conhecimento.

– Ele teria de se afastar muito para o tratamento?

– A clínica que eu citei fica a uns cinco quilômetros daqui, do outro lado do vilarejo. É dirigida por um canadense... o dr. Nicholson. Um homem muito inteligente, acredito. E, felizmente, Henry gosta dele. Silêncio... Sylvia está vindo.

A sra. Bassington-ffrench juntou-se a eles, comentando:

– Gastaram bastante energia?

– Três sets – disse Frankie. – E eu levei a pior em todos.

– A senhorita joga muito bem – disse Roger.

– Sou terrivelmente preguiçosa para o tênis – disse Sylvia. – Precisamos convidar os Nicholson um dia desses. Ela gosta muito de jogar. O quê?... O que foi?

Ela percebera que os outros dois haviam trocado um rápido olhar.

– Nada... Só que eu estava justamente falando a Lady Frances sobre os Nicholson.

– É melhor você chamá-la de Frankie, como eu faço – disse Sylvia. – Não é curioso como, sempre que a gente fala de alguma pessoa ou coisa, alguém faz o mesmo logo depois?

– Eles são canadenses, não são? – Frankie perguntou.

– Ele é, certamente. Eu imagino que ela seja inglesa, mas não estou certa. Ela é uma criaturinha linda... totalmente encantadora, com olhos adoráveis, grandes e melancólicos. Por algum motivo, não acredito que seja muito feliz. Deve ter uma vida deprimente.

– Ele dirige uma espécie de sanatório, não é mesmo?

– Sim... para casos de nervos e pessoas drogadas. Ele é muito bem-sucedido, eu creio. Um homem impressionante.

– Você gosta dele?

– Não – Sylvia respondeu abruptamente. – Não gosto.

Instantes depois, acrescentou com bastante veemência:

– Nem um pouco.

Mais tarde, mostrou para Frankie a fotografia de uma encantadora mulher de olhos grandes que estava em cima do piano.

– É Moira Nicholson. Um rosto atraente, não é mesmo? Um homem que esteve aqui certo tempo atrás com alguns amigos nossos ficou enfeitiçado por essa foto. Queria ser apresentado a ela, eu acho.

Ela riu.

– Vou convidá-los para jantar aqui amanhã à noite. Gostaria de saber o que você acha dele.

– Dele?

– Sim. Como eu lhe disse, não gosto dele, mas se trata de um homem bastante atraente.

Algo no tom de sua voz fez Frankie lhe lançar um olhar de relance, mas Sylvia Bassington-ffrench havia se virado e estava retirando algumas flores mortas de um vaso.

"Preciso organizar as minhas ideias", Frankie pensou enquanto passava um pente por seus espessos cabelos escuros ao se arrumar naquela noite para o jantar. "E", acrescentou de modo resoluto, "já está na hora de fazer algumas experiências."

Roger Bassington-ffrench era ou não era o vilão pelo qual ela e Bobby o haviam tomado? Ela e Bobby concordavam que quem quer que tivesse tentado eliminar este último por certo contava com fácil acesso a morfina. Ora, de certa forma isso valia para Roger Bassington-ffrench. Se o irmão recebia morfina pelo correio, seria mais do que fácil, para Roger, furtar um pacote de modo a usá-lo para seus próprios fins.

"Memorando", Frankie escreveu numa folha de papel:

"(1) Descobrir onde Roger estava no dia 16 – dia em que Bobby foi envenenado".

Ela pensava já ter uma boa ideia de como podia fazer isso sem levantar suspeitas.

"(2)", escreveu. "Apresentar retrato do morto e observar as eventuais reações. Também verificar se R.B.F. admite ter estado em Marchbolt na ocasião."

Ela se sentia levemente nervosa no tocante à segunda resolução. Significava quase abrir o jogo. Por outro lado, a tragédia se dera na região em que ela vivia, e mencioná-la casualmente seria a coisa mais natural do mundo.

Frankie amassou a folha de papel e a queimou.

No jantar, conseguiu introduzir o primeiro tópico de maneira bastante natural.

– Sabe – ela disse a Roger com franqueza –, não consigo me livrar da sensação de que já nos vimos antes. E nem faz tanto tempo assim... Será que não foi, por acaso, na festa de Lady Shane no Claridge's? Foi no dia 16.

– Não poderia ter sido no dia 16 – Sylvia retrucou rapidamente. – Roger estava aqui nesse dia. Eu me lembro porque nós fizemos uma festa infantil, e simplesmente não sei o que eu teria feito sem Roger.

Ela lançou um olhar agradecido para seu cunhado, que o retribuiu com um sorriso.

– Não me parece que eu tenha encontrado a senhorita antes – ele disse a Frankie, pensativo, e acrescentou: – Estou certo de que, se tivesse, por certo me recordaria.

Seu tom era bastante simpático.

"Um tópico esclarecido", Frankie pensou. "Roger Bassington-ffrench não estava em Gales no dia em que Bobby foi envenenado."

O segundo tópico apareceu mais tarde sem a menor dificuldade. Frankie conduziu a conversa para o cotidiano no campo, a monotonia inerente, e o interesse despertado por qualquer novidade emocionante na região.

– Na minha região, um homem caiu do penhasco no mês passado – ela comentou. – Ficamos arrepiados dos pés à cabeça. Fui assistir ao inquérito cheia de animação, mas foi tudo bem enfadonho, na verdade.

– Não foi num lugar chamado Marchbolt? – Sylvia perguntou de súbito.

Frankie confirmou com a cabeça.

– Derwent Castle fica bem perto de Marchbolt, pouco mais de dez quilômetros – ela explicou.

– Roger, só pode ter sido esse o seu morto! – Sylvia exclamou.

Frankie olhou para ele com uma expressão interrogativa.

– Na verdade, eu estive no local do acidente – disse Roger. – Fiquei com o corpo até a chegada da polícia.

– Pensei que um dos filhos do vigário tivesse ficado com ele – disse Frankie.

– Ele precisava sair para tocar órgão ou algo assim... de modo que eu assumi seu posto.

– É simplesmente extraordinário – Frankie falou. – Eu de fato ouvi falar que outra pessoa tinha estado lá, mas não cheguei a escutar o nome. Então foi *o senhor*?

Instalou-se um clima de "Que coisa curiosa, o mundo não é mesmo pequeno?".

Nos momentos seguintes, cheios de exclamações, todos concordaram que o mundo era mesmo pequeno. Frankie sentiu que estava se saindo bastante bem.

– Talvez tenha sido lá que você me viu antes... em Marchbolt – Roger sugeriu.

– Na verdade eu não estava lá na ocasião do acidente – Frankie retrucou. – Voltei de Londres alguns dias depois. O senhor esteve no inquérito?

– Não. Voltei para Londres na manhã seguinte à tragédia.

– Ele teve uma ideia absurda de comprar uma casa por lá – disse Sylvia.

– Um disparate completo – disse Henry Bassington-ffrench.

– Nem um pouco – Roger retrucou com bom humor.

– Você sabe perfeitamente bem, Roger, que assim que comprasse a casa você sentiria uma vontade irresistível de viajar e partiria para o exterior de novo.

– Ah, um dia eu ainda vou me fixar, Sylvia.

– Quando esse dia chegar, será melhor você se fixar perto de nós – disse Sylvia. – E não em Gales.

Roger riu. Então se voltou para Frankie.

– Alguma descoberta interessante sobre o acidente? Não concluíram que foi um suicídio ou algo assim?

– Não, foi tudo dolorosamente normal, e uns parentes horrorosos apareceram e identificaram o sujeito. Ao que parece, ele estava fazendo uma excursão a pé. Uma grande tristeza, na verdade, porque era um homem incrivelmente bonito. Vocês viram o retrato dele nos jornais?

– Acho que eu vi – Sylvia respondeu de modo vago. – Mas não me lembro.

– Eu tenho um recorte do nosso jornal lá em cima.

Frankie era pura avidez. Subiu correndo as escadas e desceu com o recorte na mão. Entregou-o para Sylvia. Roger se aproximou e olhou por sobre o ombro de Sylvia.

– Não concordam que é um homem bonito? – Frankie perguntou como se fosse uma adolescente.

– É mesmo – disse Sylvia. – Ele é muito parecido com aquele homem, Alan Carstairs, você não acha, Roger? Eu me lembro de ter dito isso na ocasião.

– Aqui se percebe uma forte semelhança – concordou Roger. – Mas na realidade ele não era tão parecido assim, sabe.

– Não podemos nos basear nessas fotografias de jornal, não é mesmo? – Sylvia falou enquanto devolvia o retrato.

Frankie concordou que não se podia.

A conversa mudou para outros assuntos.

Frankie foi se deitar indecisa. Todos pareciam ter reagido com perfeita naturalidade. O golpe da procura de uma casa por parte de Roger não tinha sido nenhum segredo.

A única coisa que ela conseguira obter com êxito era um nome. O nome Alan Carstairs.

CAPÍTULO 14

O dr. Nicholson

Frankie abordou Sylvia na manhã seguinte.
Começou perguntando despreocupadamente:
– Qual era o nome daquele homem que você mencionou ontem à noite? Alan Carstairs, era isso? Tenho certeza de que já ouvi antes esse nome.
– Deve ter ouvido mesmo. Ele é até uma celebridade a seu modo, eu acredito. É canadense... um naturalista, caçador de grandes animais, explorador. Mas não o conheço de verdade. Alguns amigos nossos, os Rivington, trouxeram-no para almoçar aqui certo dia. Um homem muito atraente... alto e bronzeado, com belos olhos azuis.
– Eu estava certa de que já tinha ouvido falar dele.
– Ele nunca tinha vindo à Inglaterra antes, acredito. No ano passado, fez uma excursão pela África com aquele milionário John Savage, aquele que pensou estar com câncer e se matou de modo tão trágico... Carstairs já viajou pelo mundo todo. África Oriental, América do Sul, simplesmente por todos os cantos, eu acredito.
– Deve ser um sujeito muito fascinante, aventureiro – disse Frankie.
– Ah, sem dúvida. Atraente ao extremo.
– Que engraçado ele ser tão parecido com o homem que caiu do penhasco em Marchbolt – disse Frankie.
– Eu me pergunto se todo mundo tem um sósia.
As duas compararam exemplos, citando Adolf Beck e referindo ligeiramente o filme *The Lyons Mail*. Frankie teve o cuidado de não fazer referências adicionais a Alan Carstairs. Demonstrar um interesse demasiado por ele seria fatal.
Entretanto, sentia no íntimo que agora estava progredindo.
Estava mais do que convencida de que Alan Carstairs tinha sido a vítima da tragédia no penhasco em Marchbolt. Ele preenchia todos os requisitos. Não tinha quaisquer parentes ou amigos íntimos no país, e seu desaparecimento provavelmente não seria percebido por algum tempo. Não seria notada de imediato a falta de um homem que percorria frequentemente a África Oriental e a América do Sul. Além do mais, Frankie notara que, embora Sylvia Bassington-ffrench tivesse comentado sobre a semelhança da reprodução do jornal, sequer por um momento lhe ocorrera que de fato aquele fosse o próprio sujeito.
Essa, pensou Frankie, era uma questão psicológica bastante interessante. Raramente suspeitamos que as pessoas que são "notícia" possam ser pessoas que conhecemos ou vemos com frequência.

Muito bem, então. Alan Carstairs era o morto. O próximo passo era descobrir mais a respeito de Alan Carstairs. Sua ligação com os Bassington-ffrench parecia ter sido das mais superficiais. Alguns amigos o haviam trazido ali muito por acaso. Qual era o nome mesmo? Os Rivington. Frankie guardou o nome na memória para uso futuro.

Aquele era certamente um caminho possível na investigação. Mas seria bom proceder com calma. As indagações a respeito de Alan Carstairs precisavam ser feitas de modo muito discreto.

"Não quero ser envenenada ou levar uma paulada na cabeça", Frankie pensou com uma careta. "Eles não hesitaram nem por um segundo em acabar com Bobby praticamente a troco de nada..."

Seus pensamentos voaram no rumo da frase tantalizante que dera início ao negócio todo.

Evans! Quem era Evans? Onde Evans entrava na história?

"Uma quadrilha de traficantes", Frankie decidiu. Talvez algum parente de Carstairs tivesse sido uma vítima, e ele se determinou a desbaratá-la. Talvez ele tivesse vindo à Inglaterra com esse fim. Evans poderia ter sido um integrante da quadrilha que se aposentara para ir morar em Gales. Carstairs o subornara para denunciar os outros e Evans consentira, e Carstairs foi ao encontro dele, e alguém o seguiu e o matou.

Seria esse alguém Roger Bassington-ffrench? Parecia muito improvável. Os Cayman, por sua vez, eram bem mais condizentes com a imagem que Frankie fazia de uma quadrilha de traficantes de drogas.

Entretanto... a fotografia... Se ao menos houvesse alguma explicação para aquela fotografia...

O dr. Nicholson e sua esposa eram esperados para o jantar naquela noite. Frankie estava terminando de se vestir quando ouviu o carro dos visitantes se aproximando na entrada da casa. Sua janela dava para o lado da frente, e ela olhou para fora.

Um homem alto acabara de descer do assento do motorista de um Talbot azul-escuro.

Frankie recuou a cabeça para dentro, pensativa.

Carstairs era canadense. O dr. Nicholson era canadense. E o dr. Nicholson tinha um Talbot azul-escuro.

Era um absurdo firmar uma hipótese com base nisso, mas não seria levemente sugestivo?

O dr. Nicholson era um homem grandalhão com uma postura que sugeria grandes reservas de força. Sua fala era lenta, de um modo geral mal falava, mas ele dava um jeito, de alguma forma, de fazer com que cada palavra soasse significativa. Usava lentes grossas, e por trás delas os olhos de um azul muito claro cintilavam reflexivamente.

Sua esposa era uma criaturinha com talvez 27 anos, bonita, realmente linda. Parecia, Frankie pensou, ligeiramente nervosa, conversando de forma um tanto frenética como se quisesse esconder esse fato.

– Eu soube que a senhorita sofreu um acidente, Lady Frances – o dr. Nicholson falou enquanto sentava-se a seu lado à mesa do jantar.

Frankie explicou a catástrofe. Perguntou a si mesma que motivo tinha para se sentir tão nervosa enquanto lhe respondia. A postura do médico era interessada e normal. Que motivo ela tinha para sentir como se estivesse ensaiando uma defesa para uma acusação que sequer tinha sido feita? Haveria alguma razão no mundo para que o médico não acreditasse em seu acidente?

– Que lástima – ele disse ao terminar de ouvi-la, tendo, talvez, ouvido uma história mais detalhada do que o que parecia ser rigorosamente necessário. – Mas a senhorita parece ter se recuperado muito bem.

– Não vamos admitir que ela já esteja curada. Queremos mantê-la conosco – disse Sylvia.

O olhar do médico se deslocou para Sylvia. Algo semelhante a um débil sorriso passou por seus lábios, mas desapareceu quase no mesmo instante.

– Eu a manteria por aqui pelo maior tempo possível – ele falou com voz grave.

Frankie estava sentada entre seu anfitrião e o dr. Nicholson. Henry Bassington-ffrench mostrava-se decididamente num dia ruim. Suas mãos se contorciam, ele não comia quase nada e não tomava parte na conversa.

A sra. Nicholson, na frente, não soube como lidar com a situação e se voltou para Roger com evidente alívio. Ficou falando com ele de uma maneira inconstante, mas Frankie notou que seus olhos nunca se afastavam por muito tempo do rosto do marido.

O dr. Nicholson falava sobre a vida no campo.

– A senhorita sabe o que é uma cultura, Lady Frances?

– O senhor está se referindo ao aprendizado dos livros? – Frankie perguntou, um tanto perplexa.

– Não, não. Eu estava me referindo a germes. Eles se desenvolvem, sabe, num soro especialmente preparado. O campo, Lady Frances, é um pouco semelhante. Há tempo e espaço e ócio infinito... condições adequadas, perceba, para o desenvolvimento de uma cultura.

– O senhor está se referindo a coisas ruins? – Frankie perguntou, perplexa.

– Depende, Lady Frances, do tipo de germe cultivado.

"Que conversa idiota", Frankie pensou, "e não sei por que isso me dá um calafrio, mas dá!"

Ela falou com petulância:

– Então creio que estou desenvolvendo todos os tipos de qualidades sinistras.

O dr. Nicholson olhou para ela e disse com tranquilidade:

– Ah, não, acredito que não, Lady Frances. Creio que a senhorita estaria sempre ao lado da lei e da ordem.

Será que houvera uma suave ênfase na palavra *lei*?

De súbito, do outro lado da mesa, a sra. Nicholson disse:

– O meu marido se orgulha de ser um bom avaliador de personalidade.

O dr. Nicholson assentiu de leve com a cabeça.

– Isso mesmo, Moira. As pequenas coisas me interessam.

Ele se voltou para Frankie de novo:

– Eu já ouvira falar do seu acidente, sabe... Fiquei muito intrigado com uma circunstância.

– Sim? – Frankie retrucou, seu coração batendo com força.

– O médico que estava passando... aquele que a trouxe para dentro de casa.

– Sim?

– Ele decerto tem uma personalidade curiosa... para ter dado meia-volta antes de sair para socorrer a senhorita.

– Não entendo.

– Claro que não entende. A senhorita estava inconsciente. Mas Reeves, o rapazinho mensageiro, vinha de Staverley com sua bicicleta, e nenhum carro passou por ele. No entanto, ele fez a curva e viu o desastre, mas o carro do médico estava voltado na mesma direção em que ele seguia... para Londres. A senhorita percebe? O médico não veio da direção de Staverley, de modo que só pode ter vindo do outro sentido, descendo a colina. Mas, nesse caso, seu carro devia estar apontando para Staverley. Só que não estava. Portanto, ele deve ter dado meia-volta.

– A menos que tivesse vindo de Staverley algum tempo antes – disse Frankie.

– Aí o carro dele já devia estar ali parado quando a senhorita desceu a colina. Estava?

Os olhos azul-claros a observavam com grande atenção através das lentes grossas.

– Eu não me lembro – Frankie respondeu. – Acho que não.

– Você está parecendo um detetive, Jasper – disse a sra. Nicholson. – E tudo isso por causa de uma insignificância.

– As coisas pequenas me interessam – Nicholson falou.

Ele se virou para sua anfitriã, e Frankie respirou aliviada.

Por que ele a constrangera daquela maneira? De que modo ele conseguira descobrir tudo aquilo sobre o acidente? "As coisas pequenas me interessam", ele dissera. Será que era só isso?

Frankie se lembrou do Talbot sedã azul-escuro e do fato de que Carstairs era canadense. Pareceu-lhe que o dr. Nicholson era um homem sinistro.

Ela manteve-se afastada dele depois do jantar, aferrando-se à gentil e frágil sra. Nicholson. Notou que os olhos da sra. Nicholson ainda observavam o tempo todo seu marido. Seria amor, Frankie perguntou, ou medo?

Nicholson dedicou-se a Sylvia, e, às dez e meia, respondeu aos olhares da esposa. Os dois se levantaram para sair.

– Bem – disse Roger, depois que eles haviam saído – o que achou do nosso dr. Nicholson? Uma personalidade muito vigorosa, não é mesmo?

– Concordo com Sylvia – disse Frankie. – Acho que não gosto muito dele. Gosto mais dela.

– Bonita, mas um tanto tolinha – Roger retrucou. – Ou ela o venera ou então morre de medo dele... não sei qual das duas coisas.

– Foi justamente a dúvida que eu tive – Frankie concordou.

– Não gosto dele – disse Sylvia –, mas devo admitir que ele tem muita... *força*. Acredito que já curou drogados de um jeito magnífico. Pessoas cujos parentes estavam no auge do desespero. Entraram lá em sua última esperança e saíram absolutamente curadas.

– Sim! – Henry Bassington-ffrench exclamou de repente. – E por acaso vocês sabem o que acontece lá dentro? Têm alguma ideia do sofrimento medonho, do tormento mental? Eles pegam um homem que está habituado a uma droga e o privam dela... eles o privam dela... até que ele enlouquece de fúria por causa da abstinência e tenta estourar a cabeça na parede. Isso é o que ele faz... o seu "vigoroso" doutor tortura as pessoas... tortura... faz da vida delas um inferno... enlouquece as pessoas...

Ele tremia violentamente. De súbito, deu as costas e saiu da sala.

Sylvia Bassington-ffrench exibia uma expressão sobressaltada.

– Qual é o problema com Henry? – ela perguntou, perplexa. – Parece estar transtornado.

Frankie e Roger não ousavam olhar um para o outro.

– Ele não parecia bem desde o início da noite – Frankie arriscou.

– É verdade, eu notei. Ele está passando por uma fase bem ruim. Eu gostaria que ele não tivesse abandonado a equitação. Ah, aliás, o dr. Nicholson convidou Tommy para ficar com eles amanhã, mas não gosto muito que ele fique lá... não com todos aqueles doentes dos nervos e drogados.

– Não creio que o doutor fosse lhe permitir entrar em contato com os pacientes – disse Roger. – Ele parece gostar muito de crianças.

– Sim, acho que é uma grande frustração ele não ter filhos. Provavelmente para ela também. Ela parece muito triste... e terrivelmente delicada.

– Ela é como uma Madona triste – Frankie falou.

– Sim, essa é uma ótima descrição dela.

– Se o dr. Nicholson gosta tanto de crianças, ele deve ter vindo à festa infantil, não? – Frankie perguntou despreocupadamente.

– Infelizmente, ele esteve fora por um ou dois dias bem naquela ocasião. Acho que precisou ir a Londres para uma conferência.

– Ah.

Todos foram para seus quartos. Antes de se deitar, Frankie escreveu para Bobby.

CAPÍTULO 15

Uma descoberta

Bobby havia enfrentado dias maçantes. Sua inatividade forçada lhe causava uma exasperação extrema. Estava detestando ficar quieto em Londres sem fazer nada.

George Arbuthnot telefonara para lhe contar, de modo bastante lacônico, que tudo correra bem. Dois dias mais tarde, recebera uma carta de Frankie através da criada desta, com a carta tendo sido enviada disfarçadamente para ela na casa de Lord Marchington em Londres.

Desde então, não tivera mais notícias.

– Uma carta para você – Badger anunciou.

Bobby correu ao encontro dele, animado, mas a carta estava endereçada com a caligrafia de seu pai e tinha o carimbo de Marchbolt.

Naquele momento, no entanto, ele avistou a silhueta da criada de Frankie, elegantemente vestida de preto, descendo pelo beco. Cinco minutos depois ele rasgava o envelope da segunda carta de Frankie.

Querido Bobby (escrevia Frankie), *acho que já está na hora de você vir para cá. Deixei instruções em casa para lhe entregarem o Bentley quando você pedir. Arranje uma libré de motorista – as nossas são sempre num verde-escuro. Coloque na conta do meu pai na Harrods. Tente se concentrar bem na tarefa do bigode. Um bigode faz uma diferença enorme no rosto de qualquer um.*

Venha para cá e pergunte por mim. Você pode me trazer um pretenso bilhete do meu pai. Informe que o carro já está funcionando de novo. A garagem aqui só tem espaço para dois automóveis, e, como está ocupada pelo Daimler da família e pelo carro esportivo de Roger Bassington-ffrench, felizmente está cheia, de modo que você terá de ficar em Staverley.

Enquanto estiver lá, tente obter a maior quantidade possível de informações locais – particularmente sobre um certo dr. Nicholson que dirige uma clínica para viciados em drogas. Diversas circunstâncias suspeitas a respeito dele – o sujeito tem um sedã Talbot azul-escuro, estava fora de casa no dia 16, quando a sua cerveja foi adulterada, e demonstra um interesse absolutamente minucioso pelas circunstâncias do meu acidente.

Acho que identifiquei o cadáver!!!

Au revoir, meu companheiro detetive.

      Lembranças carinhosas da sua plenamente contundida
      Frankie.

P.S. Eu mesma enviarei esta carta.

O estado de espírito de Bobby se elevou ao máximo.

Tirando seu macacão e comunicando para Badger a notícia de sua partida imediata, ele já estava prestes a sair correndo quando se lembrou de que não abrira ainda a carta do pai. Abriu o envelope com um entusiasmo bastante moderado, visto que as cartas do vigário eram movidas por um espírito mais de dever do que de prazer, exalando uma atmosfera de clemência cristã que era altamente deprimente.

O vigário transmitia conscienciosas notícias dos acontecimentos em Marchbolt, descrevendo seus próprios problemas com o organista e comentando sobre a falta de espírito cristão de um dos sacristães. A nova encadernação dos hinários também foi mencionada. E o vigário esperava que Bobby estivesse se dedicando ao trabalho varonilmente, tentando fazer o bem, e mantinha-se sempre seu muito afetuoso pai.

Havia um pós-escrito:

Aliás, alguém apareceu para pedir o seu endereço em Londres. Eu não estava em casa na ocasião, e ele não deixou o nome. A sra. Roberts o descreve como um homem alto de ombros caídos e pincenê. Pareceu lamentar muito não encontrá-lo e muito ansioso por vê-lo de novo.

Um homem alto de ombros caídos e pincenê. Bobby vasculhou sua memória em busca de alguém dos seus conhecidos que pudesse se encaixar nessa descrição, mas não conseguiu pensar em ninguém.

De súbito, uma suspeita instantânea lampejou em sua mente. Seria esse o prenúncio de um novo atentado contra sua vida? Estariam seus misteriosos inimigos, ou seu misterioso inimigo, tentando localizá-lo?

Ele se sentou e começou a refletir seriamente. O inimigo, quem quer que fosse, acabara de descobrir que ele havia deixado sua residência. Sem suspeitar de nada, a sra. Roberts entregara seu novo endereço.

De modo que ele, quem quer que fosse, já devia estar de vigia nas redondezas. Se Bobby saísse, seria seguido – e, na presente situação, isso seria péssimo.

– Badger – Bobby falou.
– Diga, meu velho.
– Venha aqui.

Os cinco minutos seguintes foram empregados num trabalho verdadeiramente pesado. Ao final de dez minutos, Badger conseguia repetir suas instruções de cor.

Quando Badger já estava com todas as palavras na ponta da língua, Bobby entrou num Fiat esportivo de 1902 e desceu o beco a toda velocidade. Estacionou o Fiat na St. James's Square e caminhou direto para o seu clube. Ali, fez alguns telefonemas, e duas horas depois recebeu alguns embrulhos. Afinal, por volta das três e meia da tarde, um chofer de libré verde-escura veio caminhando até St. James's Square e se dirigiu rapidamente para um grande Bentley que tinha sido estacionado ali cerca de meia hora antes. O fiscal do estacionamento lhe fez um aceno com a cabeça – o cavalheiro que deixara o carro havia comentado, gaguejando ligeiramente, que seu chofer viria buscá-lo dentro em pouco.

Bobby soltou a embreagem e arrancou com suavidade. O Fiat abandonado continuava recatadamente esperando seu dono. Bobby, apesar do intenso desconforto em seu lábio superior, começou a se divertir. Seguiu na direção norte, não na sul, e logo a possante máquina já estava avançando pela Great North Road.

Tratava-se somente de uma precaução extra que ele estava tomando. Tinha quase certeza de que ninguém o seguia. Pouco depois, fez um desvio à esquerda e rumou para Hampshire por várias estradas secundárias.

Foi logo depois do chá que o motor do Bentley se fez ouvir na entrada de Merroway Court, tendo ao volante um chofer empertigado e correto.

– Vejam só – Frankie falou num tom tranquilo –, chegou o carro.

Ela foi até a porta da frente. Sylvia e Roger acompanharam-na.

– Está tudo em ordem, Hawkins?
O chofer tocou seu boné com a mão.
– Sim, milady. Foi feita uma revisão completa.
– Está ótimo, então.
O chofer apresentou um bilhete.
– É de Lord Marchington, milady.
Frankie o pegou.
– Você vai ficar, Hawkins, na... como é o nome mesmo?... Anglers' Arms, em Staverley. Eu telefono de manhã se precisar do carro.
– Pois não, vossa senhoria.
Bobby recuou o carro, deu meia-volta e acelerou rumo à saída.
– Sinto muito que não tenhamos lugar aqui – disse Sylvia. – É um carro adorável.
– Você deve chegar a uma bela velocidade com ele – disse Roger.
– Eu chego – Frankie admitiu.

Ela estava satisfeita: não se manifestara o menor tremor de reconhecimento no rosto de Roger. E teria ficado surpresa se isso tivesse ocorrido. Nem mesmo ela reconheceria Bobby se o encontrasse casualmente. O pequeno bigode tinha um aspecto bem natural, e isso, somado à postura formal tão pouco característica de Bobby, completava o disfarce realçado pela libré de motorista.

A voz também se mostrara magnífica, muito diferente da voz de Bobby. Frankie começou a pensar que Bobby era bem mais talentoso do que havia julgado até então.

Enquanto isso, Bobby obtivera com êxito seu alojamento na Anglers' Arms.

Era missão dele, agora, representar o papel de Edward Hawkins, chofer de Lady Frances Derwent.

Em relação ao comportamento dos motoristas particulares na vida privada, Bobby não tinha noção nenhuma, mas imaginou que certa altivez não seria uma característica desproposital. Ele tentou se sentir uma criatura superior e agir de acordo. A reação admirada de várias jovens empregadas na Anglers' Arms teve um efeito distintamente incentivador, e ele logo descobriu que Frankie e seu acidente haviam fornecido o principal tópico de conversação em Staverley desde então. Bobby relaxou diante do proprietário, um homem robusto e cordial chamado Thomas Askew, e deixou escapar algumas informações.

– O jovem Reeves passou por lá e viu como aconteceu – declarou o sr. Askew.

Bobby abençoou a falsidade natural dos jovens. Agora o famoso acidente era validado por uma testemunha ocular.

– Ele pensou que sua hora tinha chegado – prosseguiu o sr. Askew. – O carro veio descendo a colina direto pra cima dele... e aí pegou o muro em vez dele. Um espanto aquela jovem dama não ter morrido.

– Sua senhoria tem sete vidas – disse Bobby.

– Ela já teve muitos acidentes?

– Teve sorte – disse Bobby. – Mas eu lhe garanto, sr. Askew, que toda vez que sua senhoria decide assumir o volante no meu lugar, como às vezes ela faz... bem, me dá a certeza de que a minha hora chegou.

Diversas pessoas presentes balançaram a cabeça de modo sensato e disseram que não se admiravam e que era justamente o que teriam pensado.

– Muito agradável este seu estabelecimento, sr. Askew – Bobby falou com gentileza e condescendência. – Muito agradável e aconchegante.

O sr. Askew exprimiu sua satisfação.

– Merroway Court é a única grande propriedade nas vizinhanças?

– Bem, nós temos a granja, sr. Hawkins. Não que dê pra chamar de propriedade exatamente. Não tem nenhuma família morando lá. Não, ela esteve vazia por anos até que o doutor americano ficou com ela.

– Um doutor americano?

– Isso mesmo... Nicholson é o nome dele. E se o senhor quiser saber mesmo, sr. Hawkins, tem umas coisas muito esquisitas acontecendo lá.

Nesse momento a garçonete comentou que o dr. Nicholson lhe dava arrepios, dava sim.

– Acontecendo, sr. Askew? – Bobby repetiu. – O que o senhor quer dizer com "acontecendo"?

O sr. Askew sacudiu a cabeça, lúgubre.

– Tem gente lá que não quer estar lá. São internados pelos parentes. Eu lhe garanto, sr. Hawkins, os gemidos, os berros e as lamúrias que dá pra ouvir de lá o senhor nem seria capaz de acreditar.

– Por que a polícia não interfere?

– Ah, veja bem, a impressão é que está tudo dentro da normalidade. Doentes dos nervos e assim por diante. Doidos que não são tão doidos assim. O diretor é médico e está tudo dentro da normalidade, por assim dizer...

Aqui o estalajadeiro afundou o rosto atrás de um caneco de cerveja e emergiu outra vez para balançar a cabeça como quem enfrenta sérias dúvidas.

– Ah! – Bobby exclamou num tom sombrio e significativo. – Se a gente soubesse tudo que se passa nesses lugares...

E se dedicou também a um caneco de estanho.

A garçonete se intrometeu com avidez:

– Isso é o que eu sempre digo, sr. Hawkins. O que é que acontece por lá? Ora, uma noite dessas uma pobre criaturinha fugiu... só de camisola ela estava... e o médico e algumas enfermeiras saíram atrás dela. "Ah, não deixem que eles me levem de volta!", foi o que ela ficou gritando. Dava pena. E que ela era riquíssima e que os parentes tinham internado ela. Mas levaram a coitada de volta e o médico explicou que ela tinha uma mania de perseguição... foi assim que ele chamou. Meio que imaginando que todo mundo estava contra ela. Mas muitas vezes eu me perguntei... sim, muitas vezes eu me perguntei...

– Ah! – exclamou o sr. Askew. – É bem fácil dizer...

Alguém presente explicou que não havia como saber o que se passava em lugares como aquele. E outra pessoa falou que era isso mesmo.

Por fim a reunião se desfez, e Bobby anunciou sua intenção de sair para uma caminhada antes de se deitar.

A granja ficava, ele sabia, do outro lado do vilarejo em relação a Merroway Court, de modo que ele encaminhou seus passos para essa direção. O que ouvira naquela noite lhe parecia digno de atenção. Muito daquilo podia ser descartado, é claro. Os vilarejos costumam ter preconceitos contra recém-chegados, e ainda mais se o recém-chegado tiver uma nacionalidade diferente. Se Nicholson administrava uma clínica para curar drogados, segundo todas as probabilidades sons estranhos seriam ouvidos nas redondezas – gemidos e até mesmo berros poderiam ser percebidos sem qualquer razão sinistra para eles, mas, mesmo assim, a história da jovem fugitiva causava uma impressão desagradável em Bobby.

E se a granja fosse realmente um lugar onde as pessoas eram mantidas a contragosto? Alguns casos genuínos poderiam ser admitidos como camuflagem.

Nesse ponto de suas meditações, Bobby chegou a um muro alto com um portão de ferro forjado na entrada. Ele se aproximou e tentou abrir um dos lados do portão. Estava trancado. Ora, afinal de contas, por que não?

No entanto, de alguma forma, o toque daquele portão trancado lhe transmitiu uma sensação levemente sinistra. O lugar era como uma prisão.

Bobby avançou um pouco mais pela estrada, medindo o muro com os olhos. Seria possível escalá-lo? O muro era liso e alto, não apresentava quaisquer fendas de sustentação. Ele balançou a cabeça. De súbito, topou com uma portinha. Sem maiores esperanças, tentou abri-la. Para sua surpresa, a porta cedeu. Não estava trancada.

"Um pequeno descuido aqui", Bobby pensou com um sorriso forçado. Ele se enfiou pela abertura, fechando a porta com suavidade atrás de si.

Viu-se numa trilha que seguia por entre arbustos. Avançou por ela, que serpenteava bastante – com efeito, a trilha o fazia lembrar o caminho de *Alice através do espelho*.

De repente, sem o menor aviso, a trilha fazia uma curva brusca e emergia num espaço aberto nas proximidades da casa. A noite estava enluarada, e o espaço estava iluminado com clareza. Quando deu por si, Bobby já se viu totalmente exposto pela luz do luar.

Ao mesmo tempo, um vulto de mulher contornou o canto da casa. Ela dava passos muito suaves, olhando para os dois lados com – ou assim pareceu ao espectador Bobby – a prontidão alerta e nervosa de um animal acossado. De súbito ela estacou e esperou, oscilando como se fosse desabar.

Bobby correu ao seu encontro e a segurou. Os lábios da mulher estavam brancos, e o jovem sentiu que nunca vira um medo tão tenebroso em um semblante humano.

– Está tudo bem – ele disse, tranquilizador, com uma voz muito baixa. – Está tudo bem.

A jovem, pouco mais do que uma menina, soltou um leve gemido com as pálpebras semicerradas.

– Eu estou tão assustada... – ela murmurou. – Eu sinto um medo terrível.

– O que houve? – Bobby perguntou.

A jovem limitou-se a sacudir a cabeça e repetir com voz fraca:

– Eu estou tão assustada... Eu sinto um medo horrível.

De súbito, um som pareceu chegar aos ouvidos da moça. Ela se empertigou num salto, afastando-se de Bobby. Então se voltou para ele.

– Vá embora daqui – ela disse. – Vá embora o quanto antes.

– Eu quero ajudar você – Bobby falou.

– Quer mesmo?

Ela olhou para Bobby por alguns instantes, um olhar estranho e comovente. Era como se estivesse sondando a alma do rapaz.

Então sacudiu a cabeça.

– Ninguém pode me ajudar.

– Eu posso – disse Bobby. – Eu faria qualquer coisa. Só me diga o que é que a deixa tão assustada.

Ela balançou a cabeça.

– Agora não. Ah, rápido!... eles estão vindo! Você não vai conseguir me ajudar a menos que vá embora neste instante. Agora mesmo... agora mesmo.

Bobby cedeu à urgência da jovem.

Com um sussurrado "Eu estou no Anglers' Arms", mergulhou de volta na trilha. A última imagem que viu dela foi um gesto urgente lhe pedindo que se apressasse.

Subitamente ele ouviu um som de passos mais à frente na trilha. Alguém entrara pela portinha e se aproximava pelo caminho. Bobby mergulhou abruptamente nos arbustos ao lado da trilha.

Ele não se equivocara. Um homem vinha seguindo pela trilha. Passou perto de Bobby, mas estava escuro demais para que o jovem conseguisse ver seu rosto.

Quando o homem já passara, Bobby retomou sua retirada. Sentiu que não conseguiria fazer nada mais naquela noite.

De todo modo, sua mente estava imersa num turbilhão.

Pois ele havia reconhecido a jovem – ele a tinha reconhecido acima de qualquer dúvida possível.

Tratava-se da jovem da fotografia que tão misteriosamente desaparecera.

CAPÍTULO 16

Bobby se torna um advogado

— Sr. Hawkins?

— Sim – disse Bobby, sua voz ligeiramente abafada por um grande bocado de ovos com bacon.

— Telefonema para o senhor.

Bobby bebeu um gole apressado de café, limpou a boca e se levantou. O telefone ficava num pequeno corredor escuro. Ele pegou o receptor.

— Alô – disse a voz de Frankie.

— Alô, Frankie – foi a resposta descuidada de Bobby.

— Aqui é Lady Frances Derwent – disse a voz com frieza. – É Hawkins quem fala?

— Sim, milady.

— Vou precisar do carro às dez horas para me levar até Londres.

— Muito bem, vossa senhoria.

Bobby recolocou o receptor no lugar.

"Quando é que se deve dizer 'milady' e quando se deve dizer 'vossa senhoria'?", ele cogitou. "Eu deveria saber, mas não sei. É o tipo de coisa que pode fazer com que um chofer ou mordomo de verdade me desmascare."

Na outra extremidade, Frankie pendurou o receptor e se virou para Roger Bassington-ffrench.

— É um aborrecimento – ela observou num tom ameno – precisar ir até Londres hoje. Tudo por causa da inquietação do meu pai.

– Mesmo assim – disse Roger –, você estará de volta hoje à noite?

– Sim, claro!

– Eu estava meio que pensando em lhe pedir uma carona até a cidade – Roger retrucou despreocupadamente.

Frankie esperou uma fração de segundo antes dar sua resposta – com aparente prontidão.

– Ora, é claro – ela disse.

– Mas, pensando bem, não acho bom ir hoje – Roger prosseguiu. – Henry está com uma aparência ainda mais esquisita do que a de sempre. Por algum motivo, não gosto muito da ideia de deixar Sylvia sozinha com ele.

– Pois é – disse Frankie.

– Você mesma vai dirigir? – Roger perguntou casualmente enquanto os dois se afastavam do telefone.

– Sim, mas levarei Hawkins. Tenho algumas compras para fazer também, e é um aborrecimento quando eu mesma estou dirigindo... não consigo deixar o carro em lugar nenhum.

– Sim, é claro.

Roger não disse mais nada, mas, quando o carro se aproximou, com Bobby muito formal e correto no volante, ele acompanhou-a na saída pela porta da frente.

– Até logo – disse Frankie.

Naquela circunstância, ela não pensou em estender-lhe uma mão, mas Roger tomou a dela e a segurou por um minuto.

– Você *vai* voltar, não vai? – ele perguntou com uma insistência curiosa.

Frankie riu.

– É claro. O meu "até logo" é só até esta noite.

– Não vá sofrer nenhum outro acidente.

– Se você achar melhor, posso deixar que Hawkins dirija.

Ela se jogou no assento ao lado de Bobby, que tocou seu boné com a mão. O carro se deslocou rumo à saída, com Roger ainda de pé na escada, observando.

– Bobby – disse Frankie –, você acha possível que Roger tenha uma queda por mim?

– Ele tem? – Bobby perguntou.

– Bem, só me passou pela cabeça...

– Você deve conhecer os sintomas muito bem – falou Bobby.

Mas falou distraído. Frankie lhe lançou um rápido olhar.

– Alguma coisa... aconteceu? – ela perguntou.

– Sim, aconteceu. Frankie, eu encontrei o original da fotografia!

– Você está querendo dizer... *a* foto... aquela da qual você tanto falou... aquela que estava no bolso do morto?

– Isso.

– *Bobby!* Eu tenho algumas coisas para lhe contar, mas nada que se compare a isso. Onde você a encontrou?

Bobby torceu a cabeça para trás por sobre o ombro.

– Na casa de repouso do dr. Nicholson.

– Conte tudo.

Cuidadosa e meticulosamente, Bobby descreveu os acontecimentos da noite anterior. Frankie o escutou sem fôlego.

– Então nós *estamos* na pista certa – ela disse. – E o dr. Nicholson *está* envolvido em tudo isso! Eu tenho medo daquele homem.

– Como ele é?

– Ah! Grande, imponente... e fica observando a pessoa. Muito fixamente por trás dos óculos. E você sente que ele sabe tudo sobre você.

– Onde você o conheceu?

– Ele veio jantar.

Frankie descreveu o jantar e a insistência do dr. Nicholson nos detalhes do "acidente".

– Senti que ele suspeitava de algo – Frankie concluiu.

– Certamente é esquisito que ele queira entrar em detalhes desse jeito – disse Bobby. – O que você acha que está por trás de todo esse negócio, Frankie?

-- Bem, eu estou começando a pensar que a sua sugestão de uma quadrilha de traficantes, em relação à qual eu fui tão arrogante na ocasião, não é um palpite tão ruim assim afinal de contas.

– Com o dr. Nicholson como chefe da quadrilha?

– Sim. O negócio da casa de repouso seria um belo disfarce para esse tipo de coisa. Ele teria no estabelecimento um certo suprimento de drogas com absoluta legitimidade. Ao passo que finge curar viciados em drogas, ele poderia na verdade estar abastecendo seus pacientes com o troço.

– Isso parece mais do que plausível – Bobby concordou.

– Eu não lhe contei sobre Henry Bassington-ffrench.

Bobby ouviu atentamente uma descrição das idiossincrasias do anfitrião de Frankie.

– A mulher dele não suspeita de nada?

– Tenho certeza de que não suspeita.

– Como ela é? Inteligente?

– Nunca pensei nisso efetivamente. Não, acho que ela não é muito inteligente. No entanto, de certa maneira, ela parece bastante sagaz. Uma mulher franca e agradável.

— E o nosso Bassington-ffrench?

— Esse é um mistério para mim – Frankie falou devagar. – Você não acha, Bobby, que é bem possível que nós estejamos totalmente enganados a respeito dele?

— Absurdo – Bobby retrucou. – Reviramos a questão toda e chegamos à conclusão de que ele só pode ser o vilão da história.

— Por causa da fotografia?

— Por causa da fotografia. Ninguém mais *poderia* ter trocado a fotografia por outra.

— Eu sei – disse Frankie. – Mas esse único incidente é tudo que temos contra ele.

— É o bastante.

— Suponho que sim. No entanto...

— Sim?

— Não sei, mas tenho uma sensação esquisita de que ele é inocente... de que não está envolvido no caso de jeito nenhum.

Bobby olhou para ela com frieza.

— Você tinha dito que ele estava caído por você ou que você estava caída por ele? – perguntou polidamente.

Frankie ficou vermelha.

— Não seja tão absurdo, Bobby. Eu só pensei que podia existir alguma explicação inocente, isso é tudo.

— Eu não vejo como. Especialmente agora que nós de fato encontramos a jovem nas redondezas. Isso parece encerrar a discussão. Se ao menos nós tivéssemos algum indício quanto à identidade do morto...

— Ah, mas eu tenho. Eu lhe contei na minha carta. Tenho quase certeza de que o morto era um sujeito chamado Alan Carstairs.

Ela mergulhou na narrativa outra vez.

— Pois é – disse Bobby –, nós estamos realmente progredindo. Agora precisamos tentar, mais ou menos, reconstituir o crime. Vamos colocar os fatos na mesa e ver que tipo de proveito conseguimos tirar deles.

Ele se calou por um momento e o carro diminuiu de velocidade, como que num sinal de simpatia. Então voltou a pisar no acelerador e falou ao mesmo tempo:

— Primeiro, vamos supor que você está certa em relação a Alan Carstairs. Ele certamente preenche os requisitos. É o tipo certo, levava uma vida errante, tinha bem poucos amigos e conhecidos na Inglaterra, e, caso desaparecesse, provavelmente sua falta não seria sentida, ele não seria procurado. Até aí tudo bem. Alan Carstairs vem para Staverley com os... como você disse que era o nome deles?

— Rivington. Nisso nós temos um caminho possível para investigar. Na verdade, acho que deveríamos partir desse ponto.

— Faremos isso. Muito bem, Carstairs vem para Staverley com os Rivington. Ora, existe algo por trás disso?

— Você está se perguntando se ele os trouxe para cá deliberadamente?

— Isso mesmo. Ou foi só por mero acaso? Será que ele foi trazido para cá pelos Rivington e então topou com a jovem por acaso, como eu topei? Presumo que ele já conhecesse a jovem, caso contrário não teria consigo a foto dela.

— A alternativa seria – falou Frankie, pensativa – ele já estar rastreando Nicholson e sua quadrilha.

— E usou os Rivington como um meio de aparecer naturalmente nesta região.

— É uma teoria bem possível – disse Frankie. – Ele poderia estar na pista dessa quadrilha.

— Ou simplesmente na pista da jovem.

— Da jovem?

— Sim. Ela poderia ter sido raptada. Ele poderia ter vindo à Inglaterra para encontrá-la.

— Bem, só que, se ele a localizou em Staverley, por que iria para Gales?

— Obviamente, ainda resta muita coisa que não sabemos – Bobby retrucou.

— Evans... – disse Frankie, pensativa. – Não conseguimos desencavar nada sobre Evans. O fator Evans deve ter a ver com Gales.

Ambos ficaram em silêncio por alguns instantes. Então Frankie se deu conta da paisagem em volta.

— Minha nossa, nós já estamos em Putney Hill... Parece que se passaram cinco minutos. Para onde nós vamos e o que vamos fazer?

— Diga você. Eu nem mesmo sei por que viemos à cidade.

— A viagem à cidade era só uma desculpa para poder conversar com você. Eu não podia me arriscar a ser vista caminhando pelas vielas de Staverley numa íntima conversação com o meu chofer. Usei a pseudocarta do meu pai como desculpa para ir de carro até Londres e conversar com você no caminho, e até isso quase foi arruinado com o desejo de Bassington-ffrench de me acompanhar.

— Isso teria estragado tudo.

— Na verdade, não teria. Nós o teríamos deixado onde quer que ele pedisse e aí teríamos seguido para Brook Street e conversado lá. Acho melhor fazermos isso, de todo modo. A sua oficina pode estar sendo vigiada.

Bobby concordou e relatou o fato de que haviam perguntado por ele em Marchbolt.

— É melhor optarmos pela residência londrina dos Derwent – disse Frankie. – Não há ninguém lá exceto a minha criada e dois caseiros.

Eles guiaram até a Brook Street. Frankie tocou a campainha e abriram a porta para ela, com Bobby permanecendo do lado de fora. Dentro em pouco, Frankie abriu a porta de novo e o chamou com um gesto. Os dois subiram as escadas até a grande sala de visitas e levantaram algumas das persianas e removeram a capa de um dos sofás.

— Tem outra coisa que eu esqueci de lhe contar – disse Frankie. – No dia 16, o dia em que você foi envenenado, Bassington-ffrench estava em Staverley, mas Nicholson tinha viajado... estava supostamente numa conferência em Londres. E o carro dele é um Talbot azul-escuro.

— E ele tem acesso à morfina – Bobby falou.

Os dois trocaram olhares significativos.

— Não é exatamente uma prova, eu acho – disse Bobby –, mas se encaixa muito bem.

Frankie foi até uma mesinha e voltou com uma lista telefônica.

— O que você vai fazer?

— Procurar o nome Rivington.

Ela virou as páginas com agilidade.

— A. Rivington & Filhos, Construtores. B.A.C. Rivington, cirurgião dentista. D. Rivington, Shooters Hill, acho que não. Srta. Florence Rivington. Cel. H. Rivington, D.S.O., esse tem mais jeito de ser, Tite Street, Chelsea.

Ela continuou sua procura.

— Tem um M. R. Rivington, Onslow Square. Esse é uma possibilidade. E tem um William Rivington em Hampstead. Acho que Onslow Square e Tite Street são os mais prováveis. Precisamos falar com os Rivington sem demora, Bobby.

— Acho que você está certa. Mas o que é que nós vamos dizer? Invente uma boa mentira, Frankie. Não sou muito bom nesse tipo de coisa.

Frankie refletiu por alguns instantes.

— Eu creio – ela disse – que você vai ter que participar. Você acha que consegue representar o sócio minoritário de uma firma de advocacia?

— Esse parece ser um papel bem cavalheiresco – Bobby retrucou. – Eu estava com medo de que você inventasse algo bem pior do que isso. Mesmo assim, você não concorda que é um pouco despropositado?

— Como assim?

— Bem, os advogados não costumam fazer visitas pessoais, costumam? Certamente eles sempre escrevem e cobram por cada carta, ou então escrevem pedindo que a pessoa marque uma hora no escritório.

— Esta específica firma de advocacia não é convencional – disse Frankie. – Espere um pouco.

Ela saiu da sala e voltou com um cartão.

– "*Sr. Frederick Spragge*" – ela disse, entregando-o para Bobby. – Você é um jovem membro da firma Spragge, Spragge, Jenkinson e Spragge, de Bloomsbury Square.

– Você inventou essa firma, Frankie?

– Por certo que não. São os advogados do meu pai.

– E se eles acabarem me desmascarando?

– Não há como. Não existe nenhum jovem Spragge. O único Spragge tem uns cem anos, e de qualquer maneira ele come na minha mão. Eu ajeito tudo com ele se algo der errado. Ele é um grande esnobe... adora lordes e duques, por mais ínfimo que seja o dinheiro que lhes arranca.

– E quanto às roupas? Devo ligar para Badger e lhe pedir que me traga algo?

Frankie pareceu ficar em dúvida.

– Não quero insultá-lo pelas suas roupas, Bobby – ela disse –, ou esfregar a sua pobreza na sua cara, nada disso. Mas será que elas vão transmitir uma imagem convincente? Eu acho, pessoalmente, que deveríamos atacar o roupeiro do meu pai. As roupas dele não vão cair mal em você.

Quinze minutos depois, Bobby, trajando um fraque com calças listradas – conjunto de corte requintadamente impecável que lhe assentava de modo passável –, examinava-se perante o espelho do aparador de Lord Marchington.

– O seu pai se sai muito bem na escolha das roupas – ele comentou graciosamente. – Com o poder de Savile Row sobre mim, sinto um enorme crescimento da minha autoconfiança.

– Creio que você terá que manter o bigode – disse Frankie.

– O bigode está grudado em mim – Bobby retrucou. – É uma obra de arte que não poderia ser recriada às pressas.

– Melhor mantê-lo, então. Se bem que um rosto barbeado dá uma aparência mais jurídica.

– É melhor do que uma barba – Bobby falou. – Pois bem, Frankie, será que seu pai poderia me emprestar um chapéu?

CAPÍTULO 17

A sra. Rivington fala

– E se – Bobby falou, parando no vão da porta – o próprio sr. M.R. Rivington de Onslow Square for também um advogado? Esse seria um golpe duro.

— Melhor tentar o coronel da Tite Street primeiro — Frankie disse. — Ele não vai saber nada sobre advogados.

Sendo assim, Bobby pegou um táxi para Tite Street. O coronel Rivington não estava. A sra. Rivington, no entanto, estava em casa. Bobby entregou à elegante criada seu cartão, no qual escrevera: *"Da parte dos srs. Spragge, Spragge, Jenkinson & Spragge. Muito urgente"*.

O cartão e as roupas de Lord Marchington provocaram a impressão esperada na criada. Nem por um segundo ela suspeitou de que Bobby tivesse aparecido para vender miniaturas ou arrebanhar clientes para seguradoras. O jovem foi conduzido a uma bela sala de visitas, luxuosamente mobiliada, e pouco depois a sra. Rivington — bela e luxuosamente vestida e maquiada — entrou no aposento.

— Preciso lhe pedir desculpas pelo incômodo, sra. Rivington — disse Bobby. — Mas o assunto era um tanto urgente, e desejávamos evitar a demora do correio.

Que qualquer advogado desejasse evitar uma demora parecia ser algo tão nitidamente impossível, que Bobby especulou ansiosamente, por um momento, se a sra. Rivington perceberia a farsa.

A sra. Rivington, no entanto, era obviamente uma mulher mais dotada de beleza do que de inteligência, e aceitava os fatos como lhe eram apresentados.

— Ah, sente-se, por favor! — ela pediu. — Recebi agora mesmo um telefonema do seu escritório informando que o senhor estava a caminho.

Bobby aplaudiu mentalmente o lampejo brilhante que havia ocorrido a Frankie em cima da hora. Ele se sentou e tentou assumir um ar jurídico.

— Trata-se do sr. Alan Carstairs, nosso cliente — ele declarou.

— Ah, sim?

— Talvez ele tenha mencionado que somos seus representantes.

— Será que mencionou? Creio que sim — disse a sra. Rivington, arregalando os enormes olhos azuis; ela era claramente de um tipo sugestionável. — Mas, é claro, já ouvi falar nos senhores. Os senhores representaram Molly Maltravers quando ela atirou naquele costureiro tenebroso, não é mesmo? O senhor decerto sabe de todos os detalhes, não?

Ela o encarou com franca curiosidade. Bobby teve a impressão de que a sra. Rivington seria presa fácil.

— Sabemos de muitos detalhes que nunca chegam ao tribunal — ele falou sorrindo.

— Ah, devem saber mesmo — a sra. Rivington olhou para o jovem com inveja. — Diga-me, por acaso ela realmente... quero dizer, ela estava vestida como aquela mulher falou?

– Essa história foi desmentida no tribunal – Bobby afirmou num tom solene.
Ele baixou ligeiramente o canto de uma pálpebra.
– Ah, eu entendo – arquejou a sra. Rivington, maravilhada.
– Quanto ao sr. Carstairs – disse Bobby, sentindo que já estabelecera relações amigáveis e que podia dar prosseguimento à missão –, ele deixou a Inglaterra subitamente, como talvez a senhora saiba.
A sra. Rivington balançou a cabeça.
– Ele deixou a Inglaterra? Eu não sabia. Faz algum tempo que não o vemos.
– Ele lhes contou por quanto tempo esperava ficar aqui?
– Ele disse que poderia ficar aqui por uma ou duas semanas, ou poderiam ser seis meses ou um ano.
– Onde ele estava hospedado?
– No Savoy.
– E a senhora o viu pela última vez... quando?
– Ah, faz umas três semanas, ou um mês. Não consigo recordar.
– E o levaram para Staverley um dia?
– É claro! Foi a última vez, acredito, que nós o vimos. Ele ligou para saber quando poderia nos ver. Acabara de chegar a Londres. E Hubert ficou desolado porque nós faríamos uma viagem à Escócia no dia seguinte, e estávamos indo a Staverley para almoçar e jantar com umas pessoas tenebrosas das quais não conseguíamos nos livrar, e ele queria ver Carstairs porque gostava muito dele, e assim eu disse: "Querido, vamos levá-lo à casa dos Bassington-ffrench conosco. Eles não vão se importar". E foi o que nós fizemos. E, é claro, eles não se importaram.
Ela se calou, ofegante.
– Ele lhes contou seus motivos para estar na Inglaterra? – Bobby perguntou.
– Não. Ele tinha algum motivo? Ah, sim, já sei. Nós achamos que era algo a ver com aquele milionário, aquele amigo dele que teve uma morte tão trágica. Um médico lhe disse que ele tinha câncer e ele se matou. É uma tremenda maldade um médico fazer uma coisa dessas, o senhor não concorda? E muitas vezes eles estão totalmente enganados. O nosso médico falou outro dia que a minha filhinha estava com sarampo, e no fim das contas era uma espécie de brotoeja. Eu falei a Hubert que por mim eu trocava de médico.
Ignorando o fato de que a sra. Rivington tratava os médicos como se fossem livros de biblioteca, Bobby voltou ao ponto em questão.
– O sr. Carstairs conhecia os Bassington-ffrench?

— Ah, não! Mas acho que gostou deles. Embora tenha se mostrado muito esquisito e sorumbático no caminho de volta. Suponho que alguém havia dito algo que o deixou perturbado. Ele é canadense, sabe, e muitas vezes me parece que os canadenses são tão suscetíveis...

— A senhora não sabe o que foi que o perturbou?

— Não faço a menor ideia. As coisas mais tolas às vezes nos perturbam, não é mesmo?

— Ele deu alguma caminhada pelas redondezas? – Bobby perguntou.

— Ah, não! Mas que ideia estranha! – ela o encarou fixamente.

Bobby tentou de novo:

— Houve alguma festa? Ele conheceu algum dos vizinhos?

— Não, éramos só nós e eles. Mas é esquisito que o senhor diga que...

— Sim? – Bobby a encorajou enquanto ela fazia uma pausa.

— Porque ele fez uma quantidade incrível de perguntas a respeito de um pessoal que morava lá perto.

— A senhora se lembra do nome?

— Não, não me lembro. Não era ninguém muito interessante... um médico qualquer.

— Dr. Nicholson?

— Acho que era esse o nome. Ele queria saber tudo a respeito dele e da esposa, quando haviam chegado lá... as mais diversas coisas. Parecia tão esquisito, já que ele não os conhecia e, via de regra, ele não era um homem nem um pouco curioso. Mas, é claro, talvez ele só estivesse puxando conversa, sem conseguir pensar em nada para dizer. Todo mundo age assim de vez em quando.

Bobby concordou que todo mundo agia assim, e perguntou de que maneira o assunto dos Nicholson havia surgido, mas a sra. Rivington não foi capaz de lhe responder. Ela saíra para o jardim com Henry Bassington-ffrench e, ao entrar, encontrara os outros falando sobre os Nicholson.

Até ali a conversa avançara sem dificuldade, Bobby interrogava a dama sem qualquer camuflagem, mas então ela manifestou uma repentina curiosidade.

— Mas o que é que o senhor quer saber sobre o sr. Carstairs? – ela perguntou.

— Na verdade, preciso do endereço dele – Bobby explicou. – Como a senhora sabe, somos seus representantes e acabamos de receber um telegrama bem importante de Nova York... a senhora deve saber, houve há pouco uma violenta flutuação no valor do dólar...

A sra. Rivington assentiu com afoita compreensão.

– E por isso – Bobby continuou com rapidez – queríamos entrar em contato com ele... para obter instruções... e ele não deixou nenhum endereço... e, por tê-lo ouvido mencionar que era amigo dos Rivington, julguei ser possível que vocês tivessem notícia dele.

– Ah, eu entendo – disse a sra. Rivington, totalmente satisfeita. – Que pena. Mas ele sempre parece um tanto vago, eu diria.

– Ah, sem dúvida, muito vago – Bobby retrucou. – Bem – ele se levantou –, eu lhe peço desculpas por tomar tanto do seu tempo.

– Ah, de modo algum – disse a sra. Rivington. – E é tão interessante saber que Dolly Maltravers realmente estava... como o senhor disse que ela estava.

– Eu não disse nada em absoluto – Bobby falou.

– Sim, mas é que os advogados são tão discretos, não são? – disse a sra. Rivington com uma risadinha gorgolejante.

"Então está ótimo", Bobby pensou enquanto ia descendo a Tite Street. "Ao que parece, acabei de vez com a reputação de Dolly Não-sei-quem, mas ouso dizer que ela merece, e aquela mulher encantadora e idiota nunca vai se perguntar por que raios eu, precisando do endereço de Carstairs, não optei por simplesmente ligar para pedi-lo!"

Tendo voltado à Brook Street, ele e Frankie discutiram o assunto sob todos os ângulos.

– Parece que foi realmente um puro acaso que o levou aos Bassington-ffrench –Frankie falou, pensativa.

– Pois é. Mas evidentemente, quando ele estava lá, algum comentário casual direcionou sua atenção para os Nicholson.

– De modo que, na realidade, é Nicholson quem está no centro do mistério, e não os Bassington-ffrench?

Bobby olhou para ela.

– Ainda preocupada em reabilitar o seu herói? – ele indagou com frieza.

– Meu querido, eu só estou salientando as aparências. O que estimulou Carstairs foi a menção a Nicholson e sua clínica. Ele ser levado à casa dos Bassington-ffrench foi pura questão de acaso. Você precisa admitir isso.

– Parece que é isso.

– Por que só "parece"?

– Bem, existe apenas uma outra possibilidade. De alguma forma, Carstairs pode ter descoberto que os Rivington iam almoçar com os Bassington-ffrench. Ele pode ter escutado algum comentário casual num restaurante... no Savoy, talvez. Então liga para eles, precisa vê-los com muita urgência, e o que ele espera que aconteça de fato acontece. Eles estão com uma agenda muito comprometida e sugerem que ele os acompanhe... os amigos não vão se importar e eles querem tanto vê-lo... Isso é possível, Frankie.

– É *possível*, eu acho. Mas parece ser um método bastante tortuoso de se fazer as coisas.

– Não é mais tortuoso do que o seu acidente – disse Bobby.

– O meu acidente foi uma ação vigorosa e objetiva – Frankie falou com frieza.

Bobby tirou as roupas de Lord Marchington e as recolocou onde as encontrara. Então trajou seu uniforme de chofer outra vez e pouco depois os dois já estavam voando de volta para Staverley.

– Se Roger tem uma queda por mim – disse Frankie recatadamente –, ele vai ficar contente por me ver de volta tão cedo. Vai pensar que eu não suporto ficar longe dele por muito tempo.

– Também não sei muito bem se você consegue suportar – Bobby retrucou. – Sempre ouvi dizer que os criminosos realmente perigosos são particularmente atraentes.

– Por algum motivo, não consigo acreditar que ele seja um criminoso.

– Você já comentou isso antes.

– Bem, é o que eu sinto.

– Você não pode descartar a fotografia.

– Que se dane a fotografia! – Frankie exclamou.

Bobby guiou o carro pela entrada em silêncio. Frankie saltou e entrou na casa sem olhar para trás. Bobby se foi com o carro.

A casa parecia estar muito silenciosa. Frankie conferiu de relance o relógio. Eram duas e meia.

"Eles não esperam que eu volte antes de mais algumas horas", ela pensou. "Onde é que estão todos?"

Ela abriu a porta da biblioteca e entrou, parando de repente no limiar.

O dr. Nicholson estava sentado no sofá, segurando ambas as mãos de Sylvia Bassington-ffrench nas suas.

Saltando de pé, Sylvia cruzou o recinto na direção de Frankie.

– Ele estava me contando... – Sylvia falou.

Sua voz se mostrava sufocada. Levou ambas as mãos ao rosto, como se quisesse escondê-lo.

– É terrível demais – ela soluçou, e, passando de raspão por Frankie, saiu correndo do recinto.

O dr. Nicholson se levantara. Frankie avançou um passo ou dois na direção do homem. Os olhos do médico, vigilantes como sempre, encontraram os dela.

– Pobre senhora – ele falou com suavidade. – Foi um grande choque para ela.

Os músculos do canto de sua boca se contorceram. Por alguns instantes, Frankie imaginou que ele estivesse se divertindo. E então, muito subitamente, compreendeu que se tratava de uma emoção bastante diversa.

O homem estava com raiva. Estava se controlando, escondendo sua raiva por trás de uma máscara branda e suave, mas a emoção estava lá. Era o máximo que ele conseguia fazer para reprimir essa emoção.

Houve um momento de silêncio.

– Era melhor que a sra. Bassington-ffrench tomasse conhecimento da verdade – disse o médico. – Quero que ela convença o marido a se entregar aos meus cuidados.

– Receio – Frankie falou gentilmente – ter interrompido o senhor – e fez uma pausa. – Voltei mais cedo do que pretendia.

CAPÍTULO 18

A jovem da fotografia

Tendo retornado, Bobby foi cumprimentado na hospedaria com a informação de que alguém estava esperando por ele.

– É uma dama. O senhor irá encontrá-la na salinha de estar do sr. Askew.

Bobby se encaminhou para lá com ligeira perplexidade. A menos que tivesse asas para voar até ali, Frankie não poderia de modo algum ter chegado ao Anglers' Arms antes dele, e sequer lhe passou pela cabeça que sua visitante pudesse ser qualquer outra pessoa que não Frankie.

Ele abriu a porta do pequeno aposento que o sr. Askew mantinha como sua sala de estar particular. Sentada na mais ereta postura numa poltrona, havia uma esbelta figura vestida de preto – a jovem da fotografia.

Bobby ficou tão atônito que, por alguns instantes, não conseguiu falar. Então percebeu que a jovem estava terrivelmente nervosa. Suas mãos pequenas tremiam, abrindo-se e fechando-se nos braços da poltrona. Parecia nervosa demais para sequer abrir a boca, mas seus olhos grandes transmitiam uma espécie de apelo aterrorizado.

– Então é a senhorita? – Bobby falou afinal.

Ele fechou a porta atrás de si e avançou até a mesa. A jovem continuou calada – continuou olhando para Bobby com aqueles olhos grandes e aterrorizados. Por fim as palavras saíram – um mero sussurro rouco:

– O senhor disse... o senhor disse... que me ajudaria. Talvez eu não devesse ter vindo.

Aqui Bobby interveio, procurando as palavras certas enquanto tentava tranquilizá-la.

– Não deveria ter vindo? Bobagem. A senhorita fez muito bem em vir. É claro que devia ter vindo. E eu farei qualquer coisa... qualquer coisa no mundo... para ajudar a senhorita. Não tenha medo. A senhorita está totalmente segura agora.

A cor assomou um pouco no rosto da jovem. Ela disse abruptamente:

– Quem é o senhor? O senhor... o senhor... não é um chofer. Quero dizer, até pode ser um chofer agora, mas na realidade não é um chofer.

– A gente faz todo tipo de serviço hoje em dia – ele retrucou. – Eu era da Marinha. Para falar a verdade, não sou exatamente um chofer, mas isso não importa agora. Mas, de qualquer modo, eu lhe garanto que a senhorita pode confiar em mim e... e me contar tudo.

O rubor da jovem se aprofundou.

– O senhor deve pensar que eu sou louca – ela murmurou. – Deve pensar que eu sou completamente louca.

– Não, não.

– Sim... por ter vindo aqui desse jeito. Mas eu estava tão assustada... tão absurdamente assustada...

Sua voz se extinguiu. Seus olhos se arregalaram como se enxergassem uma visão de terror.

Bobby pegou sua mão com firmeza.

– Ouça – ele disse –, está tudo bem. Tudo vai ficar bem. Você está segura agora... com... com um amigo. Nada vai lhe acontecer.

Ele sentiu a pressão dos dedos da jovem em resposta.

– Quando você apareceu ao luar naquela noite – ela falou com uma voz baixa e apressada –, foi como um sonho, um sonho de libertação. Eu não sabia quem o senhor era ou de onde vinha, mas aquilo me deu esperança e eu me determinei a vir encontrá-lo... para... lhe contar.

– Ótimo – Bobby a encorajou. – Conte. Conte tudo.

Ela recuou a mão subitamente.

– Se eu contar, o senhor vai pensar que eu sou louca... que eu não bato bem da cabeça por conviver com aquela gente naquele lugar.

– Não, não pensarei. Não pensarei mesmo.

– Vai pensar sim. Isso vai *soar* como loucura.

– Eu saberei que não é. Conte. Por favor, conte.

A jovem se afastou um pouco mais dele, endireitando as costas e olhando fixamente um ponto à frente.

– É só isto – ela disse. – Eu estou com medo de ser assassinada.

Sua voz saía seca e áspera. Ela falava com óbvio autocontrole, mas suas mãos tremiam.

– Assassinada?

– Sim, isso soa como loucura, não? É como... como é que se diz mesmo?... Uma mania de perseguição.

– Não – disse Bobby –, a senhorita não soa nem um pouco louca... só amedrontada. Diga-me, quem quer matá-la, e por quê?

Ela ficou calada por um minuto, torcendo e destorcendo as mãos. Então falou em voz baixa:

– O meu marido.

– Seu marido? – pensamentos turbilhonaram na cabeça de Bobby. – Quem é a senhora? – ele perguntou abruptamente.

Foi a vez da jovem de parecer surpresa.

– O senhor não sabe?

– Não faço a menor ideia.

Ela disse:

– Meu nome é Moira Nicholson. Meu marido é o dr. Nicholson.

– Então a senhora não é uma paciente?

– Uma paciente? Ah, não! – seu rosto se fechou de súbito. – O senhor deve achar que eu falo como uma.

– Não, não, eu não quis dar a entender nada disso – ele se empenhou em tranquilizá-la. – Honestamente, eu não estava pensando isso. Só fiquei surpreso por constatar que a senhora é casada... e... tudo mais. Agora, continue o que estava me contando... sobre o seu marido querer assassiná-la.

– Soa como loucura, eu sei. Mas não é... não é! Vejo isso em seus olhos quando ele olha para mim. E coisas estranhas aconteceram... acidentes.

– Acidentes? – Bobby repetiu bruscamente.

– Sim. Ah! Eu sei que fico parecendo uma histérica, como se eu estivesse inventando tudo...

– Nem um pingo – disse Bobby. – Isso me soa perfeitamente razoável. Prossiga. Fale sobre esses acidentes.

– Foram só acidentes. Ele deu ré no carro sem ver que eu estava lá... pulei para o lado a tempo... e um troço que estava no frasco errado... ah, coisas estúpidas... e coisas sobre as quais ninguém desconfiaria, mas deveria desconfiar... coisas *propositais*. Eu tenho certeza. E isso está me desgastando... ficar sempre vigilante... de sobreaviso... tentando preservar a minha vida.

Ela soluçou convulsivamente.

– Por que o seu marido quer acabar com a senhora? – Bobby perguntou.

Talvez ele não esperasse uma resposta definitiva – mas a resposta veio de pronto:

– Porque ele quer se casar com Sylvia Bassington-ffrench.
– O quê? Mas ela já é casada.
– Eu sei. Mas ele está dando um jeito nisso.
– Como assim?
– Não sei ao certo. Mas sei que ele está tentando internar Henry Bassington-ffrench na granja.
– E então?
– Não sei, mas acho que algo aconteceria.

A jovem estremeceu.

– Ele tem algum poder sobre o sr. Bassington-ffrench. Não sei o que é.
– Bassington-ffrench é viciado em morfina – Bobby falou.
– Então é isso? Jasper deve dar a morfina para ele.
– Ele a recebe pelo correio.
– Talvez Jasper não a entregue diretamente... ele é muito astuto. O sr. Bassington-ffrench pode não saber que vem de Jasper... mas eu estou certa de que vem. E aí Jasper o internaria na granja com o pretexto de curá-lo... e, quando ele estivesse lá...

Ela fez uma pausa e estremeceu.

– As coisas mais diversas acontecem na granja – continuou a jovem. – Coisas esquisitas. As pessoas se internam lá para se curar... só que elas não melhoram... elas pioram.

Enquanto ela falava, Bobby vislumbrou uma atmosfera estranha e malévola. Sentiu algo do terror que marcara por tanto tempo a vida de Moira Nicholson.

Ele falou abruptamente:

– A senhora disse que o seu marido quer se casar com a sra. Bassington-ffrench?

Moira confirmou com a cabeça.

– Ele é doido por ela.
– E ela?
– Não sei – Moira retrucou devagar. – Não consigo chegar a uma conclusão. À primeira vista, parece apegada ao marido e ao filho pequeno, tranquila e contente. Parece ser uma mulher muito simples. Mas às vezes me passa pela cabeça que ela não é tão simples como parece. Com frequência cheguei até mesmo a especular se ela não seria uma mulher completamente diferente daquilo que todos nós pensamos que ela é... se ela não estaria, talvez, desempenhando um papel, e o desempenhando muito bem... Mas na verdade, creio eu, isso é bobagem... uma tola imaginação da minha parte... Quando você vive num lugar como a granja, a sua mente fica distorcida, você vai começando a imaginar coisas.

— E quanto ao irmão, Roger? — Bobby perguntou.

— Não sei muito a respeito dele. Ele é uma boa pessoa, creio eu, mas é o tipo de sujeito bem fácil de enganar. Jasper tem grande controle sobre ele, eu sei. E agora está maquinando para persuadir o sr. Bassington-ffrench a se internar na granja. Ele deve acreditar, aposto, que é tudo ideia dele mesmo — ela se inclinou à frente, de súbito, e segurou a manga de Bobby. — Não o deixe se internar na granja — ela implorou. — Se ele fizer isso, algo terrível vai acontecer. Eu sei que vai.

Bobby ficou em silêncio por alguns momentos, revolvendo em sua mente aquela história espantosa.

— Há quanto tempo a senhora está casada com Nicholson? — ele perguntou afinal.

— Pouco mais de um ano... — ela estremeceu.

— Nunca pensou em abandoná-lo?

— Como poderia? Não tenho para onde ir. Não tenho dinheiro. Se alguém me acolhesse, que espécie de história eu poderia contar? Uma fábula fantástica de que o meu marido queria me assassinar? Quem acreditaria em mim?

— Bem, eu acredito na senhora — disse Bobby.

Ele se calou por um momento, como que pensando na linha de ação mais correta. Então prosseguiu:

— Ouça — falou sem rodeios —, vou lhe fazer uma pergunta objetiva. A senhora conhecia um homem chamado Alan Carstairs?

Ele viu a cor assomar em suas faces.

— Por que o senhor me faz essa pergunta?

— Porque é muito importante que eu saiba. A minha suposição é que a senhora conhecia de fato Alan Carstairs, e que talvez, numa ocasião qualquer, tenha dado para ele uma fotografia sua.

Ela ficou em silêncio por um instante, olhando para baixo. Então levantou a cabeça e o encarou.

— É verdade — ela disse.

— A senhora o conheceu antes de se casar?

— Sim.

— Ele veio aqui visitá-la quando a senhora já estava casada?

Ela hesitou antes de responder:

— Sim, uma vez.

— Isso foi cerca de um mês atrás?

— Sim. Acho que faz um mês.

— Ele sabia que a senhora estava morando aqui?

— Não sei como ele soube... eu não lhe contara. Não escrevi para ele depois do meu casamento.

— Mas ele descobriu e veio aqui para vê-la. O seu marido tomou conhecimento disso?

— Não.

— A senhora acha que não. Mesmo assim, ele poderia ter tomado conhecimento, não?

— Creio que poderia, mas ele nunca disse nada.

— A senhora chegou a mencionar o seu marido na conversa com Carstairs? Falou dos seus temores quanto à sua segurança?

Ela sacudiu a cabeça.

— Eu ainda não tinha começado a suspeitar.

— Mas estava infeliz?

— Sim.

— E disse isso para ele?

— Não. Tentei não demonstrar de modo algum que o meu casamento não dera certo.

— Mas ele poderia ter adivinhado assim mesmo — Bobby falou gentilmente.

— Acho que poderia — ela admitiu numa voz baixa.

— A senhora acha... não sei como dizer... mas acha que ele sabia de algo sobre o seu marido? Que ele suspeitava, por exemplo, que essa clínica poderia não ser exatamente o que parecia ser?

Ela enrugou a testa enquanto tentava pensar.

— É possível — falou afinal. — Ele fez uma ou duas perguntas bem estranhas... mas... não. Não creio que ele realmente pudesse saber de coisa alguma.

Bobby ficou em silêncio de novo por alguns instantes. Então perguntou:

— A senhora diria que o seu marido é um homem ciumento?

A resposta o deixou bastante surpreso.

— Sim. Muito ciumento.

— Ele tem ciúme, por exemplo, da senhora...

— Mesmo não ligando, é isso que o senhor quer dizer? É, ele tem ciúme mesmo assim. Veja bem, eu sou propriedade dele. Ele é um homem bizarro... um homem bastante bizarro.

Moira Nicholson estremeceu. Então perguntou de repente:

— O senhor não tem nenhum tipo de ligação com a polícia, tem?

— Eu? Não, não!

— Eu estava pensando, quer dizer...

Bobby baixou os olhos para sua libré de chofer.

— É uma história bem longa — ele falou.

— O senhor é o chofer de Lady Frances Derwent, não é? Foi o que o estalajadeiro me disse. Eu a conheci num jantar dias atrás.

– Eu sei – Bobby fez uma pausa. – Precisamos entrar em contato com ela – ele disse. – E para mim é um pouco difícil fazer isso. A senhora acha que poderia ligar pedindo para falar com ela, e fazer com que ela fosse ao seu encontro em algum lugar fora de casa?

– Creio que poderia – Moira respondeu devagar.

– Sei que isso deve estar lhe parecendo um tanto extraordinário. Mas vai deixar de parecer quando eu tiver explicado tudo. Precisamos entrar em contato com Frankie tão logo seja possível. Isso é essencial.

Moira se levantou.

– Muito bem – ela disse.

Com a mão no trinco da porta, a jovem hesitou.

– Alan – ela disse –, Alan Carstairs. O senhor afirmou tê-lo visto?

– Sim, eu o vi – Bobby falou devagar. – Mas não recentemente.

Ele pensou, com um choque: "Mas é claro... ela não sabe que o sujeito está morto...". E disse:

– Ligue para Lady Frances. Então eu lhe contarei tudo.

CAPÍTULO 19

Uma conferência de três

Moira retornou alguns minutos depois.

– Consegui falar com ela – disse. – Pedi que fosse me encontrar num pequeno quiosque perto do rio. Ela deve ter achado muito esquisito, mas disse que iria.

– Ótimo – Bobby retrucou. – Pois bem, onde exatamente fica esse lugar?

Moira descreveu detalhadamente o quiosque e o caminho até ele.

– Certo – disse Bobby. – Vá primeiro. Eu sigo depois.

Com a estratégia combinada entre os dois, Bobby se demorou na hospedaria para trocar uma palavra com o sr. Askew.

– Que coincidência... – ele comentou num tom casual. – Essa dama, a sra. Nicholson. Eu já trabalhei para um tio dela, um cavalheiro canadense.

A visita de Moira, ele imaginou, poderia dar origem a fofocas, e a última coisa que ele desejava era que fofocas desse tipo se disseminassem e acabassem chegando aos ouvidos do dr. Nicholson.

– Então é isso? – disse o sr. Askew. – Eu estava justamente me perguntando.

— É — disse Bobby. — Ela me reconheceu e veio saber o que eu estava fazendo agora. Uma dama simpática e agradável.

— Muito agradável, de fato. Ela não deve ter uma vida muito boa morando lá na granja.

— Não seria do *meu* gosto — Bobby concordou.

Sentindo que alcançara seu objetivo, ele caminhou até o vilarejo e, como quem passeia sem rumo, encaminhou-se para o local indicado por Moira.

Chegou com êxito ao local marcado e a encontrou ali esperando por ele. Frankie ainda não aparecera.

O olhar de Moira era francamente inquiridor, e Bobby sentiu que precisava executar a tarefa um tanto difícil da explicação.

— Tem muita coisa que eu preciso lhe dizer — ele começou a falar, parando sem jeito.

— Sim?

— Em primeiro lugar — Bobby foi em frente —, não sou realmente um chofer, embora eu trabalhe numa oficina em Londres. E o meu nome não é Hawkins... é Jones, Bobby Jones. Sou de Marchbolt, Gales.

Moira o escutava com atenção, mas era evidente que a menção a Marchbolt nada significava para ela. Bobby cerrou os dentes e foi bravamente ao âmago da questão.

— Ouça, receio que a senhora vá sentir um tremendo choque... Esse amigo seu... Alan Carstairs... Ele está, bem... a senhora precisa saber... ele está morto.

Bobby sentiu o sobressalto da jovem e, com tato, desviou os olhos do rosto dela. Ela estava muito abalada? Será que sentia — que diabo — algo mais forte pelo sujeito?

Ela ficou em silêncio por alguns instantes e depois falou numa voz baixa e pensativa:

— Então foi por isso que ele não voltou? Eu estava me perguntando...

Bobby se arriscou a olhar seu rosto de relance. Seu ânimo melhorava. Parecia tristonha e pensativa — mas isso era tudo.

— Conte-me como foi — ela pediu.

Bobby obedeceu.

— Ele caiu de um penhasco em Marchbolt... a localidade onde eu moro. Por acaso eu e o médico de lá o encontramos...

Bobby fez uma pausa e então acrescentou:

— Ele tinha uma fotografia sua no bolso.

— Tinha? — ela exibiu um sorriso doce e um tanto triste. — Querido Alan, ele era... muito fiel.

Houve silêncio por alguns instantes, e então ela perguntou:
– Quando isso aconteceu?
– Cerca de um mês atrás. No dia 3 de outubro, para ser exato.
– Isso deve ter sido logo depois que ele esteve aqui.
– Foi. Ele mencionou que estava indo para Gales?
Ela negou com a cabeça.
– A senhora não conhece alguém chamado Evans, conhece? – Bobby perguntou.
– Evans? – Moira franziu o cenho, tentando pensar. – Não, acho que não. É um nome muito comum, é claro, mas não consigo me recordar de ninguém. Quem é ele?
– É justamente o que não sabemos. Ah, aí vem Frankie.
Frankie vinha com passos apressados pela trilha. Quando avistou Bobby e a sra. Nicholson conversando lado a lado, seu rosto se transformou num mostruário de emoções conflitantes.
– Oi, Frankie – disse Bobby. – Fico contente que você tenha vindo. Precisamos fazer uma grande deliberação. Para começar, a retratada *daquela* fotografia é a sra. Nicholson.
– Ah! – Frankie exclamou inexpressivamente.
Ela olhou para Moira e soltou uma súbita risada.
– Meu caro – ela falou para Bobby –, agora eu entendo agora por que a visão da sra. Cayman no inquérito foi um choque tão grande para você!
– Exatamente – disse Bobby.
Que tolo ele tinha sido. De modo algum ele poderia ter imaginado, sequer por um segundo, que qualquer período de tempo pudesse ter transformado uma Moira Nicholson numa Amelia Cayman.
– Meu Deus, como eu fui idiota! – ele exclamou.
Moira exibia uma expressão perplexa.
– Temos tanta coisa para contar – disse Bobby –, e eu nem sei bem como dar conta de tudo.
Ele descreveu os Cayman e como haviam feito a identificação do corpo.
– Mas eu não estou entendendo – disse Moira, perplexa. – O corpo era de quem na verdade, do irmão dela ou de Alan Carstairs?
– É aí que a sujeira entra – Bobby explicou.
– E então – Frankie continuou – Bobby foi envenenado.
– Oito grãos de morfina – Bobby falou, reminiscente.
– Nem comece – disse Frankie. – Você é capaz de ficar falando do assunto por horas a fio, e isso é realmente muito tedioso para os outros. Deixe-me explicar.
Ela respirou fundo.

— Veja bem — falou —, esses tais Cayman foram procurar Bobby depois do inquérito para lhe perguntar se o tal irmão (suposto irmão) tinha dito alguma coisa antes de morrer, e Bobby disse "Não". Mas depois ele se lembrou que o sujeito tinha dito algo sobre um homem chamado Evans, de modo que lhes escreveu para contar isso, e alguns dias depois recebeu uma proposta de trabalho no Peru ou não sei onde, e, como não aceitou, o que ocorreu a seguir foi que alguém colocou um monte de morfina...

— Oito grãos — disse Bobby.

— ...em sua cerveja. Só que, dotado de um organismo dos mais extraordinários ou algo assim, ele sobreviveu. E aí nós constatamos na mesma hora que Pritchard... ou Carstairs, claro... devia ter sido empurrado no penhasco.

— Mas por quê? — Moira perguntou.

— A senhora não percebe? Ora, para nós parece perfeitamente claro. Creio que que não lhe contei a história muito bem. De todo modo, concluímos que ele tinha sido empurrado, e que o assassino era provavelmente Roger Bassington-ffrench.

— Roger Bassington-ffrench? — Moira repetiu num tom vivaz, como se achasse o fato muito engraçado.

— Foi a solução à qual chegamos. Veja, ele estava lá na ocasião, e a sua fotografia desapareceu, e ele parecia ser a única pessoa que poderia ter tirado a foto.

— Entendo — disse Moira, pensativa.

— E depois — Frankie continuou — aconteceu que eu me acidentei bem aqui. Uma coincidência espantosa, não é mesmo? — ela lançou para Bobby um firme olhar de admoestação. — Então telefonei para Bobby sugerindo que ele viesse para cá fingindo ser meu chofer de modo que investigássemos a questão.

— A senhora deve estar entendendo melhor agora — Bobby falou, aceitando aquele único desvio de Frankie em relação à verdade. — E o clímax de tudo foi ontem à noite, quando invadi o terreno da granja e topei direto com a senhora... a jovem da fotografia misteriosa.

— O senhor me reconheceu muito rapidamente — Moira disse com um leve sorriso.

— Sim — disse Bobby. — Eu teria reconhecido a jovem daquela fotografia em qualquer lugar.

Por algum motivo, Moira corou.

Então uma ideia pareceu lhe ocorrer, e ela olhou rispidamente para os dois.

— Vocês estão me dizendo a verdade? — ela perguntou. — É realmente verdade que vieram parar aqui... por acidente? Ou vieram porque... porque... — sua voz vacilou a contragosto — suspeitavam do meu marido?

Bobby e Frankie se entreolharam. Então Bobby falou:
– Eu lhe dou a minha palavra de honra que nunca sequer tínhamos ouvido falar no seu marido antes de chegar aqui.
– Ah, entendo – ela se voltou para Frankie. – Sinto muito, Lady Frances, mas, perceba, eu me lembrei daquela noite na qual jantamos juntas. Jasper ficou incomodando a senhora sem parar... pedindo detalhes do seu acidente. Eu não conseguia imaginar o motivo. Mas agora estou pensando que ele talvez suspeitasse que o acidente tinha sido encenado.
– Bem, se a senhora quer realmente saber, foi encenado mesmo – Frankie retrucou. – Ufa... Agora eu me sinto bem melhor! Encenamos tudo com o maior cuidado. Mas não tinha nada que ver com o seu marido. O negócio todo foi armado porque nós queríamos... como se diz?... Desencavar alguma prova contra Roger Bassington-ffrench.
– Roger? – Moira franziu o cenho e exibiu um sorriso de perplexidade. – Isso me parece absurdo – ela falou com franqueza.
– Mesmo assim, fatos são fatos – disse Bobby.
– Roger... ah, não – ela sacudiu a cabeça. – Ele pode ser fraco... ou imprudente. Poderia se endividar ou se envolver num escândalo... mas empurrar alguém num penhasco... não, eu simplesmente não consigo imaginar algo assim.
– Veja só – disse Frankie –, eu também não consigo imaginar algo assim.
– Mas ele deve ter tirado aquela fotografia – Bobby insistiu, obstinado.
– Ouça, sra. Nicholson, vou repassar todos os fatos.
Ele o fez lenta e cuidadosamente. Quando terminou, a jovem fez um gesto de compreensão com a cabeça.
– Entendi o que o senhor quer dizer. Parece muito esquisito.
Ela se calou por um minuto e então falou inesperadamente:
– Por que o senhor não pergunta para ele?

CAPÍTULO 20

Conferência de dois

Por um momento, a ousada simplicidade da sugestão praticamente os deixou sem fôlego. Tanto Frankie como Bobby se puseram a falar ao mesmo tempo.
– Isso é impossível... – Bobby começou.
E no mesmo instante Frankie disse:
– Isso não daria certo de jeito nenhum.

Então ambos calaram-se de supetão enquanto as possibilidades daquela ideia iam sendo assimiladas.

– Ouçam – Moira disse com avidez –, eu entendo bem o que vocês querem dizer. Parece mesmo que Roger *deve* ter tirado aquela fotografia, mas não acredito nem por um segundo que ele tenha empurrado Alan. Por que razão ele faria isso? Ele nem mesmo conhecia Alan. Os dois só tinham se encontrado uma vez, num almoço aqui. Nunca tinham topado um com o outro em lugar algum. Não há motivo.

– Então quem o empurrou de fato? – Frankie perguntou com brusquidão.

Uma sombra tomou conta do rosto de Moira.

– Eu não sei – ela respondeu, constrangida.

– Diga uma coisa – Bobby falou. – A senhora se importa se eu contar para Frankie o que me contou? Sobre os seus temores?

Moira virou o rosto.

– Se quiser. Mas vai soar tão melodramático e histérico... Neste momento nem eu mesma consigo acreditar.

E uma afirmação nua e crua do fato, feita sem emoção ao ar livre naquela serena paragem do campo inglês, parecia mesmo curiosamente desprovida de realismo.

Moira se levantou abruptamente.

– Sinto realmente que agi como uma completa idiota – ela falou com um tremor nos lábios. – Por favor, não leve em conta nada do que eu disse, sr. Jones. Foi só... foram os meus nervos. De qualquer forma, preciso ir. Adeus.

A jovem se afastou com rapidez. Bobby saltou de pé para segui-la, mas Frankie o segurou com firmeza.

– Fique aqui, seu idiota, deixe comigo.

Ela saiu correndo atrás de Moira. Retornou alguns minutos depois.

– E então? – Bobby indagou, ansioso.

– Está tudo bem. Eu consegui acalmá-la. Foi meio duro para ela ter seus temores secretos revelados diante de uma terceira pessoa. Eu a fiz prometer que faríamos outra reunião, nós três, em breve. Agora que você não está embaraçado pela presença dela, trate de me contar tudo.

Bobby contou. Frankie ouviu com atenção. Então ela falou:

– Isso se encaixa com dois fatos. Em primeiro lugar, acabei de voltar e me deparar com Nicholson segurando as duas mãos de Sylvia Bassington-ffrench... e ele me fuzilou com os olhos! Se olhar matasse, tenho certeza de que ele teria me transformado num cadáver ali mesmo.

– Qual é o segundo fato? – Bobby perguntou.

– Ah, só um incidente. Sylvia contou que a fotografia de Moira causou uma forte impressão num estranho que tinha visitado a casa. Você pode apostar, foi Carstairs. Ele reconheceu a fotografia, e a sra. Bassington--ffrench lhe informou que era um retrato da sra. Nicholson, e assim fica explicado como ele veio a descobrir onde ela estava. Mas, sabe, Bobby, ainda não consigo ver onde Nicholson entra na história. Por que ele desejaria eliminar Alan Carstairs?

– Você está pensando que foi ele, e não Bassington-ffrench? Seria uma bela coincidência que ele e Bassington-ffrench estivessem ambos em Marchbolt no mesmo dia.

– Bem, coincidências acontecem. Mas, se foi Nicholson, ainda não consigo ver o motivo. Será que Carstairs estaria desmascarando Nicholson como chefe de uma quadrilha de traficantes de drogas? Ou teria sido a sua nova amiga o motivo do assassinato?

– Talvez as duas coisas – Bobby sugeriu. – Ele pode ter descoberto que Carstairs havia tido um encontro com sua esposa, e pode ter achado que a esposa o denunciara de alguma forma.

– Ora, essa é uma possibilidade – disse Frankie. – Mas a primeira coisa que se deve fazer é ter certeza quanto a Roger Bassington-ffrench. A única coisa que temos contra ele é a história da fotografia. Se ele puder se safar disso satisfatoriamente...

– Você vai abordar esse assunto com ele? Frankie, será que isso é sensato? Se ele for o vilão da história, como julgamos que só pode ser, isso significa que vamos abrir o nosso jogo.

– Não exatamente... não do jeito como eu vou proceder. Afinal de contas, sob todos os outros aspectos ele tem se mostrado perfeitamente inabalável e acima de suspeita. Nós deduzimos que seria um tremendo ardil da parte dele... mas e se for apenas inocência? *Se* ele conseguir explicar a fotografia... e eu vou ficar de olho quando ele explicar... e se houver o menor sinal de hesitação ou culpa eu vou perceber... como eu disse, se ele conseguir explicar a fotografia... aí ele poderá ser um aliado valioso.

– Como assim, Frankie?

– Meu querido, a sua amiguinha pode até ser uma alarmista emotiva que gosta de exagerar, mas suponhamos que não seja... que tudo que diz seja a mais pura verdade... então é porque seu marido quer se livrar dela para se casar com Sylvia. Você não percebe que, nesse caso, Henry Bassington-ffrench também está correndo um perigo mortal? Custe o que custar, precisamos impedir que ele seja internado na granja. E, de momento, Roger Bassington-ffrench está do lado de Nicholson.

– Que bom para você, Frankie – Bobby falou tranquilamente. – Vá em frente com o seu plano.

Frankie se levantou para ir embora, mas, antes de partir, deteve-se por um momento.

– Não é esquisito? – ela falou. – De alguma forma, parece que entramos nas páginas de um livro. Estamos no meio de uma história que não é nossa. É uma sensação incrivelmente estranha.

– Eu entendo o que você está querendo dizer – Bobby retrucou. – Tem alguma coisa meio fantástica nessa história. Eu diria que é mais uma peça do que um livro. É como se nós aparecêssemos no palco no meio do segundo ato e não tivéssemos realmente nenhum papel em absoluto para interpretar, mas precisássemos improvisar, e o que torna tudo tão incrivelmente difícil é que não fazemos a menor ideia do que foi encenado no primeiro ato.

Frankie fez um gesto ávido de assentimento.

– Não tenho nem mesmo certeza de que seja o segundo ato... acho que é mais o terceiro. Bobby, estou certa de que precisamos recuar bastante no tempo... E precisamos ser rápidos, porque eu sinto que a peça está extremamente avançada, e a cortina final quase descendo.

– Com cadáveres espalhados por todos os lados – disse Bobby. – E o que nos lançou no meio do espetáculo foi uma deixa comum, seis palavras que não fazem o menor sentido pelo menos para nós.

– "*Por que não pediram a Evans?*" Não é estranho, Bobby, que, embora tenhamos descoberto um bocado de coisas e que mais e mais personagens continuem subindo ao palco, nunca conseguimos chegar nem perto desse misterioso Evans?

– Eu tenho um palpite sobre Evans. Tenho um pressentimento de que Evans, na verdade, não tem nenhuma importância em absoluto... que embora tenha sido um ponto de partida, por assim dizer, em si mesmo, no entanto, ele não é nada essencial. Vai ser como naquele conto de Wells em que um príncipe construiu um maravilhoso palácio ou templo ao redor da tumba de sua amada. E quando finalizaram a obra se via justamente uma única coisa que destoava. Então ele falou: "Tirem aquilo dali". E a coisa era de fato a própria tumba.

– Às vezes – disse Frankie –, eu não acredito que exista um Evans.

Dito isso, ela acenou com a cabeça para Bobby e refez seus passos no rumo da casa.

CAPÍTULO 21

Roger responde a uma pergunta

A sorte a favoreceu, pois ela topou com Roger não muito longe da casa.
– Olá – ele disse. – Você voltou cedo de Londres.
– Eu não estava no clima para ficar em Londres – Frankie retrucou.
– Já esteve na casa? – ele perguntou, com seu rosto assumindo uma expressão grave. – Nicholson, eu soube, andou contando a verdade sobre o nosso pobre Henry para Sylvia. Pobre coitada, o golpe foi duro. Ao que parece, ela não suspeitava de nada.
– Eu sei – disse Frankie. – Estavam ambos na biblioteca quando eu cheguei. Ela estava... muito transtornada.
– Ouça, Frankie – Roger falou –, Henry precisa ser curado a todo custo. Não dá para dizer que o vício já tenha realmente se apoderado dele. Não faz tanto tempo assim que ele se droga. E ele tem todos os motivos do mundo para se empenhar num tratamento: Sylvia, Tommy, seu lar. Precisamos fazer com que ele veja com clareza sua situação. Nicholson é a pessoa certa para levar esse tratamento a cabo. Outro dia ele estava falando comigo. Nicholson tem tido alguns êxitos maravilhosos... até mesmo com pessoas que se deixaram escravizar durante anos por esse troço monstruoso. Se Henry consentisse em se internar na granja...
Frankie o interrompeu.
– Ouça – ela disse –, tem algo que eu quero lhe perguntar. Uma pergunta só. Espero que você não me julgue impertinente demais.
– O que é? – Roger quis saber, sua atenção despertada.
– Você se importaria de me dizer se tirou uma fotografia do bolso daquele homem? Do homem que caiu do penhasco em Marchbolt?
Ela o observava com grande cuidado, vigiando cada traço de sua expressão. Ficou satisfeita com o que viu.
Ligeiro aborrecimento, um leve embaraço – nenhum lampejo de culpa ou consternação.
– Ora, como foi que você conseguiu adivinhar isso? – ele perguntou. – Ou será que Moira lhe contou? Mas, pensando bem, ela não sabe...
– Você tirou, então?
– Não posso deixar de admitir.
– Por quê?
Roger pareceu ficar embaraçado de novo.
– Bem, tente ver a situação como eu vi. Estou ali, na tarefa de resguardar o cadáver de um estranho. Algo aparece despontando no bolso dele.

Dou uma olhada. Por uma espantosa coincidência, é a fotografia de uma mulher que eu conheço... uma mulher casada... e uma mulher que, segundo me parece, não é lá muito feliz no casamento. O que é que vai acontecer? Um inquérito. Publicidade. Talvez o nome da desgraçada jovem em todos os jornais. Agi por impulso. Tirei a fotografia e a rasguei. Ouso dizer que agi errado, mas Moira Nicholson é uma boa criaturinha, e eu não queria que ela fosse metida num escândalo.

Frankie respirou fundo.

– Então foi isso – ela disse. – Se o senhor soubesse...

– Soubesse o quê? – Roger retrucou, intrigado.

– Não sei se posso lhe contar agora – disse Frankie. – Talvez eu conte mais adiante. É tudo bastante complicado. Entendo muito bem o motivo que o fez tirar a foto, mas houve alguma coisa que o impediu de dizer que reconhecera o homem? Você não deveria ter contado à polícia quem ele era?

– Reconhecera o homem? – Roger repetiu; ele parecia perplexo. – Como eu poderia reconhecê-lo? Eu não o conhecia.

– Mas você tinha sido apresentado a ele aqui... cerca de uma semana antes.

– Minha cara jovem, que loucura é essa?

– Alan Carstairs... você não foi apresentado a Alan Carstairs?

– Ah, sim! O homem que veio com os Rivington. Mas o morto não era Alan Carstairs.

– Era *sim*!

Os dois se entreolharam, e então Frankie falou com renovada desconfiança:

– Você certamente o reconheceu...

– Não cheguei a ver o rosto dele – disse Roger.

– O quê?

– Não vi. Havia um lenço por cima do rosto.

Frankie o encarou fixamente. De súbito recordou que, no primeiro relato que Bobby fizera da tragédia, ele mencionara que havia colocado um lenço sobre o rosto do morto.

– Você não pensou em dar uma olhada? – Frankie prosseguiu.

– Não. Por que eu faria isso?

"É claro", Frankie pensou, "se *eu* encontrasse a fotografia de uma pessoa conhecida no bolso de um morto, não conseguiria de modo algum deixar de olhar seu rosto. Como são magnificamente desprovidos de curiosidade os homens!"

– Pobrezinha – ela disse. – Sinto tanta pena dela...

– De quem você está falando? De Moira Nicholson? De quem sente tanta pena?

– É porque ela está com medo – Frankie retrucou devagar.

– Ela sempre parece estar quase morrendo de medo. O que é que a deixa tão apavorada?

– O marido.

– Eu mesmo não sei se gostaria de enfrentar Jasper Nicholson – Roger admitiu.

– Ela está certa de que o marido está tentando assassiná-la – Frankie falou abruptamente.

– Minha nossa! – ele olhou a jovem com incredulidade.

– Sente-se – Frankie pediu. – Vou lhe contar um monte de coisas. Preciso lhe provar que o dr. Nicholson é um criminoso perigoso.

– Um criminoso?

O tom de Roger era francamente incrédulo.

– Espere até ouvir a história toda.

Ela lhe fez um relato claro e meticuloso de tudo o que ocorrera desde o dia em que Bobby e o dr. Thomas haviam encontrado aquele corpo. Só não revelou o fato de que seu acidente tinha sido encenado, mas deixou transparecer que havia se demorado em Merroway Court devido a seu intenso desejo de chegar ao fundo do mistério.

Ela não poderia reclamar de falta de interesse por parte de seu ouvinte. Roger parecia estar fascinado pela história.

– Isso é realmente verdade? – ele quis saber. – Toda essa história sobre o jovem Jones ser envenenado e tudo mais?

– A mais pura verdade, meu caro.

– Peço desculpas pela minha incredulidade... mas esses fatos são meio difíceis de engolir, não são?

Ele ficou em silêncio por um minuto, com a testa franzida.

– Ouça – disse por fim –, por mais fantástica que a coisa toda possa parecer, acho que você deve estar certa na sua primeira dedução. Esse homem, Alex Pritchard ou Alan Carstairs, deve ter sido assassinado. Se não foi, não há sentido para o ataque a Jones. Se a chave do mistério é ou não a frase "Por que não pediram a Evans?", não me parece importar muito, visto que vocês não têm nenhuma pista de quem é esse Evans ou do que deviam ter pedido a ele. Vamos imaginar que o assassino ou os assassinos achassem que Jones tinha certas informações que, soubesse o jovem ou não, eram perigosas para eles. Sendo assim, tentaram eliminá-lo, e provavelmente tentariam de novo se o localizassem. Até aqui tudo parece plausível... mas não consigo entender a linha de raciocínio pela qual vocês decidiram que Nicholson é o criminoso.

— Ele é um homem muito sinistro e tem um Talbot azul-escuro e se ausentou daqui no dia em que Bobby foi envenenado.

— São evidências bem frágeis.

— Tem todas as coisas que a sra. Nicholson contou para Bobby.

Frankie repetiu a história da sra. Nicholson, que novamente, em voz alta, soou melodramática e inconsistente no contraste com a pacata paisagem inglesa.

Roger encolheu os ombros.

— Ela acha que o marido fornece a droga para Henry... mas isso é pura conjectura, ela não tem nem a mais ínfima prova disso. Acha que o marido quer levar Henry à granja na condição de paciente... bem, esse é um desejo muito natural para um médico. Todo médico deseja o maior número possível de pacientes. E acha que ele está apaixonado por Sylvia. Bem, quanto a isso, claro, não posso dizer nada...

— Se ela acredita nisso, provavelmente está certa — Frankie o interrompeu. — Uma mulher não se enganaria em relação ao próprio marido.

— Bem, admitindo que seja esse o caso, isso não significa necessariamente que o homem seja um criminoso perigoso. Vários cidadãos respeitáveis costumam se apaixonar pelas esposas de outros.

— E ela acha que o marido quer assassiná-la — Frankie instou.

Roger olhou para ela com um ar zombeteiro.

— Você leva isso a sério?

— Seja como for, ela acredita nisso.

Roger assentiu com a cabeça e acendeu um cigarro.

— A questão é até que ponto devemos dar atenção a essa crença dela — ele disse. — A granja é um lugar meio sinistro, cheio de indivíduos esquisitos. Vivendo ali, uma mulher tende a perder o equilíbrio emocional, especialmente se for de um tipo tímido e nervoso.

— Então você não acredita que seja verdade?

— Eu não diria isso. Ela provavelmente acredita com a mais profunda sinceridade que o marido está tentando matá-la... mas será que essa crença tem algum fundamento na realidade? Não me parece que tenha.

Frankie se lembrou com curiosa clareza de Moira dizendo: "São os meus nervos". E, de alguma forma, o simples fato de que ela tivesse dito isso lhe pareceu salientar o fato de que não era um problema dos nervos. Mas Frankie julgou ser difícil encontrar uma maneira de explicar seu ponto de vista para Roger.

Enquanto isso, seu interlocutor continuava:

— Tenha em mente que, se vocês conseguissem demonstrar que Nicholson estava em Marchbolt no dia da tragédia do penhasco, seria muito diferente, ou, se conseguíssemos encontrar qualquer motivo definido que o conectasse a Carstairs... mas me parece que vocês estão ignorando os verdadeiros suspeitos.

– Que suspeitos verdadeiros?

– Os... como é mesmo que você os chamou? Hayman?

– Cayman.

– Isso mesmo. Ora, sem dúvida eles estão envolvidos até o pescoço. Em primeiro lugar, temos a falsa identificação do corpo. Depois temos a insistência deles em querer saber se o pobre coitado disse alguma coisa antes de morrer. E me parece lógico deduzir, como vocês deduziram, que a proposta de Buenos Aires partiu deles, ou foi arranjada por eles.

– É meio irritante – disse Frankie – alguém fazer os mais árduos esforços para tirar você do caminho, porque você sabe de alguma coisa... e você mesmo não saber o que é essa coisa que você sabe. Que diabo... como a gente se complica com as palavras...

– Sim – Roger retrucou com expressão sombria –, esse foi um erro da parte deles. Um erro que vão levar a vida toda para remediar.

– Ah! – Frankie exclamou. – Acaba de me ocorrer uma coisa. Até agora, eu dera como certo que a fotografia de Moira Nicholson tinha sido substituída pela foto da sra. Cayman.

– Posso lhe garantir – Roger falou com seriedade – que nunca guardei a imagem da sra. Cayman junto ao coração. Ela me parece ser uma criatura das mais repulsivas.

– Bem, ela é bonita de certo modo – Frankie admitiu. – De um modo atrevido, grosseiro, vampiresco. Mas o ponto é: Carstairs decerto tinha no bolso a foto dela, bem como a da sra. Nicholson.

Roger assentiu com a cabeça.

– E você acha... – ele a incentivou.

– Acho que uma era por amor e a outra por trabalho! Carstairs carregava o retrato da sra. Cayman por alguma razão. Queria que alguém a identificasse, talvez. Pois veja, o que deve ter acontecido? Alguém, talvez o sr. Cayman, está seguindo Carstairs, e, aproveitando uma boa oportunidade, se aproxima dele sorrateiramente no nevoeiro e lhe dá um empurrão. Carstairs despenca no penhasco com um grito de susto. O sr. Cayman some dali tão rápido quanto consegue; não sabe quem pode estar por perto. Suponhamos que ele não sabe que Alan Carstairs está carregando no bolso aquela fotografia. O que acontece a seguir? A foto é publicada...

– Para consternação do casal Cayman – Roger ajudou.

– Exatamente. O que lhes resta fazer? Uma coisa ousada... eles partem para o trabalho sujo. Quem conhece Carstairs como Carstairs? Praticamente ninguém nesta região. E lá vem a sra. Cayman, derramando lágrimas de crocodilo e reconhecendo aquele corpo como sendo de um conveniente irmão. E eles aplicam também o truque de despachar alguns embrulhos pelo correio para reforçar a teoria da excursão a pé.

– Ora, Frankie, acho que isso é absolutamente brilhante – Roger falou com admiração.

– Também acho que não é nada mau – disse Frankie. – E você está coberto de razão. Devíamos nos dedicar a seguir a pista dos Cayman. Não sei por que já não fizemos isso.

Não se tratava exatamente da verdade, pois Frankie sabia muito bem a razão – qual seja, que haviam se dedicado a seguir a pista do próprio Roger. No entanto, ela sentiu que seria muita falta de tato revelar tal fato justamente naquele momento.

– O que é que nós vamos fazer em relação à sra. Nicholson? – ela perguntou abruptamente.

– Como assim, fazer em relação a ela?

– Bem, a pobre coitada está quase morta de pavor. Acho que você está sendo muito insensível em relação a ela, Roger.

– Não estou sendo, juro, mas pessoas que não conseguem se ajudar sempre me irritam.

– Ah! Seja razoável, por favor. O que é que ela pode fazer? Ela não tem dinheiro e nenhum lugar para onde ir.

Roger falou de modo inesperado:

– Se você estivesse no lugar dela, Frankie, você saberia o que fazer.

– Ah! – Frankie ficou bastante desconcertada.

– Sim, você saberia. Se realmente pensasse que alguém estava tentando assassiná-la, não ficaria simplesmente ali parada, mansamente esperando ser assassinada. Você fugiria e trataria de ganhar a vida de algum jeito, ou então trataria de assassinar a outra pessoa primeiro! Você faria *alguma coisa!*

Frankie tentou pensar no que faria.

– Alguma coisa eu decerto faria – ela disse, pensativa.

– A verdade nua e crua é que você tem fibra e ela não – Roger falou num tom decidido.

Frankie se sentiu lisonjeada. Moira Nicholson não era realmente o tipo de mulher que ela admirava, e ela também se sentira levemente contrariada por ver Bobby tão hipnotizado pela jovem. "Bobby", pensou consigo, "tem uma queda pelas mulheres desamparadas." E se lembrou do curioso fascínio que a fotografia exercera sobre ele desde o início do caso.

"Ah, ora", Frankie pensou, "de qualquer forma, Roger é diferente."

Roger, isso estava claro, não tinha uma queda pelas mulheres desamparadas. Moira, por outro lado, claramente não tinha a menor consideração por Roger. Ela o chamara de fraco e desdenhara da possibilidade de que ele tivesse fibra para matar alguém. Talvez ele fosse fraco – mas inegavelmente ele tinha charme. Frankie sentira isso desde o primeiro minuto de sua estadia em Merroway Court.

Roger disse com calma:

– Se você quisesse, Frankie, você poderia fazer de um homem o que bem desejasse...

Frankie sentiu uma súbita palpitação no peito – e ao mesmo tempo um profundo embaraço. Mudou às pressas de assunto.

– Quanto ao seu irmão... – ela falou – Você ainda acha que ele deveria ser internado na granja?

CAPÍTULO 22

Outra vítima

– Não – disse Roger –, não acho. Afinal, existem dezenas de outros lugares onde ele pode ser tratado. O que realmente importa é fazer com que Henry consinta.

– Você acha que isso vai ser difícil? – Frankie perguntou.

– Receio que vai. Você ouviu o que ele disse naquela noite. Por outro lado, se conseguirmos apanhá-lo num momento de arrependimento, aí será bem diferente. Opa... aí vem Sylvia.

A sra. Bassington-ffrench saiu da casa e ficou olhando em volta; em seguida, tendo avistado Roger e Frankie, atravessou o gramado na direção dos dois.

Era visível sua expressão extremamente preocupada e tensa.

– Roger – ela começou a falar –, eu fiquei procurando você por todos os cantos...

E então, quando Frankie fez menção de deixá-los:

– Não, minha querida, não vá. Em todo caso, acho que você já sabe de tudo. Você já suspeitava desse negócio há algum tempo, não é mesmo?

Frankie confirmou com a cabeça.

– Ao passo que eu estava cega... cega... – Sylvia falou com amargura. – Vocês dois enxergaram e eu nunca sequer desconfiei. Eu só me perguntava por que Henry tinha mudado tanto conosco. Eu me sentia muito infeliz, mas nunca suspeitei do motivo.

Ela se calou e então prosseguiu com uma ligeira mudança de tom:

– Tão logo eu soube da verdade através do dr. Nicholson, fui direto falar com Henry. Acabei de ter uma conversa com ele.

Ela fez mais uma pausa, engolindo um soluço.

– Roger... vai ficar tudo bem. Ele concordou. Vai se internar na granja e se submeter aos cuidados do dr. Nicholson amanhã.

– Ah, não! – a exclamação foi proferida simultaneamente por Roger e Frankie.

Sylvia olhou para os dois – atônita.

Roger falou sem jeito:

– Sabe, Sylvia, eu andei pensando melhor e não creio que a granja possa ser um bom plano, afinal de contas.

– Você acha que ele conseguiria lutar contra o vício sozinho? – Sylvia perguntou em dúvida.

– Não, não acho. Mas existem outros lugares... lugares não... tão... bem, não tão próximos daqui. Estou convencido de que permanecer neste distrito seria um equívoco.

– Eu tenho certeza disso – Frankie falou em seu auxílio.

– Ah! Eu não concordo – disse Sylvia. – Eu não suportaria que ele fosse para um lugar longe daqui. E o dr. Nicholson foi tão bondoso e compreensivo... Vou ficar feliz sabendo que Henry está sob os cuidados dele.

– Achei que você não gostava de Nicholson, Sylvia – Roger disse.

– Eu mudei de ideia – ele retrucou com simplicidade. – Ninguém poderia ter sido mais amável ou mais bondoso do que ele foi hoje. Meu tolo preconceito contra ele desapareceu por completo.

Houve um silêncio por instantes. A situação era embaraçosa. Nem Roger e tampouco Sylvia sabiam bem o que dizer a seguir.

– Pobre Henry – disse Sylvia. – Ele desabou. Ficou extremamente transtornado por saber que eu descobrira. Concordou que precisava lutar contra esse vício terrível por mim e por Tommy, mas disse que eu não tinha noção do que isso significava. Acho que não tenho mesmo, embora o dr. Nicholson tenha explicado bem a fundo. Isso se torna uma espécie de obsessão... as pessoas já não são responsáveis por suas ações... foi o que ele afirmou. Ah, Roger, isso parece tão terrível. Mas o dr. Nicholson foi realmente amável. Confio nele.

– Mesmo assim, acho que seria melhor... – Roger começou.

Sylvia retorquiu:

– Não estou entendendo você, Roger. Por que você mudou de ideia? Meia hora atrás você era totalmente a favor de internar Henry na granja.

– Bem... eu... eu tive tempo para pensar melhor no assunto desde...

De novo Sylvia o interrompeu:

– Seja como for, já estou decidida. Henry será internado na granja e em nenhum outro lugar.

Eles a confrontaram em silêncio, e então Roger disse:

– Sabe de uma coisa? Acho que vou ligar para Nicholson. Ele deve estar em casa agora. Eu gostaria de... só vou ter uma conversa com ele sobre algumas questões.

Sem esperar pela réplica, deu as costas e se foi depressa no rumo da casa. As duas mulheres ficaram observando-o se afastar.

– Não consigo entender Roger – Sylvia falou com impaciência. – Cerca de quinze minutos atrás ele estava insistindo comigo que devíamos dar um jeito de internar Henry na granja.

Sua voz transmitia um nítido tom de raiva.

– Mesmo assim – disse Frankie –, concordo com ele. Eu li em algum lugar que as pessoas sempre deveriam ir se curar num lugar bem longe de onde moram.

– Acho isso simplesmente um disparate – disse Sylvia.

Frankie se via num dilema. A inesperada obstinação de Sylvia estava deixando tudo difícil, e ao mesmo tempo ela parecia ter se tornado tão violentamente pró-Nicholson quanto antes havia se mostrado inimiga do médico. Era muito complicado saber que argumentos usar. Frankie considerou contar a história toda para Sylvia – mas será que Sylvia iria acreditar? Nem mesmo Roger se mostrara muito impressionado com a teoria da culpa do dr. Nicholson. Sylvia, com seu partidarismo recém-descoberto no tocante ao médico, provavelmente se mostraria ainda menos impressionada. Poderia inclusive ir contar o negócio todo para ele. Era sem dúvida difícil.

Um avião passou bem baixo no crepúsculo que se adensava, enchendo o ar com um forte barulho de motores. Tanto Sylvia quanto Frankie olharam para cima, contentes com a trégua proporcionada, uma vez que nenhuma das duas sabia bem o que dizer a seguir. Frankie ganhou tempo para organizar seus pensamentos, e Sylvia ganhou tempo para se recuperar de seu súbito ataque de raiva.

Enquanto o avião desaparecia além das árvores e seu ruído sumia na distância, Sylvia se voltou bruscamente para Frankie.

– Tem sido tão terrível... – ela falou com uma voz entrecortada. – E vocês dois parecem querer mandar Henry para longe de mim.

– Não, não... – disse Frankie. – Não foi nada disso.

Ela meditou por alguns instantes.

– Eu só pensei que ele merecia receber o melhor tratamento. E acho de fato que o dr. Nicholson é meio... bem, meio charlatão.

— Não concordo com isso – disse Sylvia. – Acho que ele é um homem muito astuto, justamente o especialista do qual Henry precisa.

Ela olhou para Frankie com uma expressão desafiadora. Frankie estava espantada com o domínio que o dr. Nicholson obtivera sobre a mulher em tão pouco tempo. Toda a sua desconfiança anterior em relação ao sujeito parecia ter desaparecido por inteiro.

Não encontrando nada para dizer, Frankie caiu no silêncio. Dentro em pouco, Roger saiu da casa. Parecia estar ligeiramente sem fôlego.

— Nicholson não chegou ainda – ele disse. – Eu deixei um recado.

— Não entendo por que você quer ver o dr. Nicholson com tanta urgência – Sylvia falou. – Você sugeriu esse plano, e já está tudo arranjado, e Henry aceitou.

— Acho que tenho direito de opinar nesse assunto, Sylvia – Roger retrucou num tom afável. – Afinal de contas, Henry é meu irmão.

— Você mesmo sugeriu esse plano – Sylvia falou com teimosia.

— Sim, mas desde então eu ouvi algumas coisas a respeito de Nicholson.

— Que coisas? Ah, não acredito em você...

Ela mordeu o lábio, se afastou e sumiu de novo dentro da casa.

Roger olhou para Frankie.

— Isso é um pouco embaraçoso – ele disse.

— Muito embaraçoso, de fato.

— Quando Sylvia coloca uma coisa na cabeça, ela sabe ser teimosa que nem o diabo.

— O que é que nós vamos fazer?

Os dois se sentaram de novo no banco do jardim e repassaram a questão com grande cuidado. Roger concordou com Frankie que contar a história toda para Sylvia seria um equívoco. O melhor plano, em sua opinião, seria abordar o médico.

— Mas o que você vai dizer exatamente?

— Não creio que eu deva falar grande coisa... mas devo insinuar um bocado. De todo modo, concordo com você num ponto: Henry não pode ser internado na granja. Mesmo que acabemos expondo tudo, precisamos impedir isso.

— Se fizermos isso, vamos entregar o jogo todo – Frankie o advertiu.

— Eu sei. É por isso que precisamos tentar todas as alternativas antes. Maldita Sylvia, por que diabos ela precisava teimar justamente agora?

— Isso mostra o poder do sujeito – Frankie disse.

— Sim. Sabe, isso acaba me levando a crer que, tendo ou não tendo provas, você pode estar certa em relação a ele afinal de contas... o que é isso?

Ambos saltaram de pé.

– Parece ter sido um tiro – disse Frankie. – Dentro da casa.

Os dois se entreolharam e então correram na direção do prédio. Entraram pela porta de vidro da sala de visitas e rumaram para o vestíbulo. Sylvia Bassington-ffrench estava ali parada, seu rosto branco como papel.

– Vocês ouviram? – ela perguntou. – Foi um tiro... no gabinete de Henry.

Sylvia oscilou e Roger colocou um braço em volta dela para segurá-la. Frankie foi até a porta do gabinete e girou a maçaneta.

– Está trancada – ela disse.

– A janela – Roger falou.

Ele acomodou num conveniente canapé a quase desfalecente Sylvia e saiu correndo de novo pela sala de visitas, com Frankie no seu encalço. Os dois contornaram a casa e chegaram à janela do gabinete. Esta encontrava-se fechada, mas eles encostaram o rosto no vidro e espiaram para dentro. O sol estava se pondo e não havia muita luz – mas eles conseguiam enxergar bastante bem o interior do gabinete.

Henry Bassington-ffrench estava desabado em cima da escrivaninha. Havia um ferimento de bala nitidamente visível na têmpora, e um revólver jazia no chão, para onde caíra depois de se soltar da mão dele.

– Ele se matou – disse Frankie. – Que horror!...

– Dê alguns passos para trás – Roger pediu. – Eu vou quebrar a janela.

Ele enrolou seu casaco em volta da mão e desferiu na vidraça um golpe vigoroso que a estilhaçou. Roger recolheu os cacos com grande cuidado, e então os dois adentraram o recinto. Enquanto faziam isso, a sra. Bassington-ffrench e o dr. Nicholson se aproximaram às pressas pelo terraço.

– Eis aqui o doutor – disse Sylvia. – Ele acabou de chegar. Aconteceu... aconteceu alguma coisa com Henry?

Então ela viu o vulto esparramado e soltou um grito.

Roger saiu rapidamente pela porta de vidro e o dr. Nicholson transferiu Sylvia para os braços dele.

– Tire-a daqui – ele falou de modo sucinto. – Cuide dela e lhe dê um pouco de conhaque se ela quiser. Faça o possível para que ela não veja mais nada.

O médico entrou pela porta de vidro e se juntou a Frankie. Balançou a cabeça devagar.

– Que negócio trágico... – comentou. – Pobre coitado. Então ele achou que não aguentaria o tranco. Que lástima. Que lástima.

Ele se curvou por sobre o corpo e então se endireitou de novo.

– Não podemos fazer nada. A morte deve ter sido instantânea. Será que escreveu alguma coisa antes? Geralmente eles fazem isso.

Frankie avançou até ficar ao lado dele. Uma folha de papel na qual apareciam algumas palavras rabiscadas, evidentemente escritas pouco antes, podia ser vista junto ao cotovelo de Bassington-ffrench. O conteúdo era mais do que claro.

Sinto que esta é a melhor saída (Henry Bassington-ffrench escrevera). *Esse vício fatal me dominou demais para que eu consiga lutar contra ele agora. Quero fazer o melhor que posso por Sylvia – por Sylvia e Tommy. Deus abençoe vocês dois, meus queridos. Perdoem-me...*

Frankie sentiu um nó se formando em sua garganta.
– Não devemos tocar em nada – disse o dr. Nicholson. – Haverá um inquérito, sem dúvida. Precisamos chamar a polícia.
Em obediência a seu gesto, Frankie se encaminhou para a porta. Então parou.
– A chave não está na fechadura – ela disse.
– Não está? Talvez esteja no bolso dele.
O dr. Nicholson se ajoelhou, investigando delicadamente. De um bolso do casaco do morto, tirou uma chave.
Testou-a na fechadura. A chave serviu. Juntos, os dois passaram para o vestíbulo. O dr. Nicholson foi direto até o telefone.
Frankie, equilibrando-se sobre joelhos trêmulos, sentiu uma repentina náusea.

CAPÍTULO 23

Moira desaparece

Frankie ligou para Bobby cerca de uma hora depois.
– É Hawkins? Olá, Bobby... você soube do que aconteceu? Soube. Precisamos nos encontrar em algum lugar o quanto antes. Amanhã bem cedo seria melhor, eu acho. Vou sair para caminhar antes do café da manhã. Digamos que às oito horas... no mesmo lugar em que nos encontramos hoje.
Ela desligou enquanto Bobby proferia seu terceiro respeitoso "Sim, vossa senhoria" em benefício de quaisquer ouvidos curiosos.
Bobby chegou primeiro ao local marcado, mas Frankie não o fez esperar por muito tempo. Estava pálida e transtornada.

– Oi, Bobby, não é horrível? Não consegui dormir a noite toda.

– Não fiquei sabendo de nenhum detalhe – disse Bobby. – Só que o sr. Bassington-ffrench tinha se matado com um tiro. Foi isso mesmo?

– Foi. Sylvia tinha conversado com ele, tentando persuadi-lo a se submeter a um tratamento, e ele disse que o faria. Depois, eu suponho, deve ter lhe faltado coragem. Ele foi até o gabinete, trancou a porta, escreveu algumas palavras numa folha de papel... e... se matou. Bobby, é pavoroso demais. É... é medonho.

– Pois é – Bobby retrucou em voz baixa.

Os dois ficaram em silêncio por um momento.

– Vou precisar ir embora hoje, é claro – Frankie falou pouco depois.

– Sim, acho que vai. Como está ela? A sra. Bassington-ffrench?

– Ela está arrasada, a pobrezinha. Não a vi desde que nós... encontramos o corpo. O choque deve ter sido horrível para ela.

Bobby assentiu com a cabeça.

– É melhor você trazer o carro por volta das onze – Frankie continuou.

Bobby não respondeu. Frankie olhou para ele com impaciência.

– Qual é o problema com você, Bobby? Você parece estar bem longe daqui.

– Me desculpe. Para falar a verdade...

– O quê?

– Bem, eu estava pensando... E se... e se estiver tudo certo?

– Como assim, tudo certo?

– Eu quero dizer: será que é inquestionável que ele *cometeu* mesmo suicídio?

– Ah! – Frankie exclamou. – Entendi.

Ela pensou por um minuto e disse:

– Sim, foi um suicídio mesmo.

– Você tem absoluta certeza? Veja, Frankie, nós temos a palavra de Moira garantindo que o dr. Nicholson queria eliminar duas pessoas. Bem, *eis que uma delas se foi*.

Frankie meditou de novo, mas voltou a sacudir a cabeça.

– Só pode ser suicídio – ela disse. – Eu estava no jardim com Roger quando escutamos o tiro. No mesmo instante nós saímos correndo e atravessamos a sala de visitas até o vestíbulo. A porta do gabinete estava trancada por dentro. Contornamos a casa até a janela. Esta também estava fechada e Roger precisou quebrá-la. Foi só nesse momento que Nicholson apareceu.

Bobby refletiu sobre essa informação.

– Aparentemente, tudo dentro da ordem – ele concordou. – Mas Nicholson apareceu de uma maneira muito repentina.

– Ele esquecera uma bengala à tarde e tinha voltado para pegá-la.

Bobby franzia o cenho enquanto desenvolvia seu raciocínio.

– Ouça, Frankie. Vamos supor que, na verdade, Nicholson atirou em Bassington-ffrench...

– Tendo induzido Bassington-ffrench, primeiro, a escrever uma carta de despedida?

– Eu diria que isso deve ser a coisa mais fácil do mundo de falsificar. Qualquer alteração na caligrafia seria atribuída à emoção.

– Sim, isso é verdade. Prossiga com a sua teoria.

– Nicholson atira em Bassington-ffrench, deixa a carta de despedida e sai depressa, trancando a porta... e reaparece alguns minutos depois como se tivesse acabado de chegar.

Frankie balançou a cabeça com pesar.

– É uma boa ideia... mas não tem fundamento. Para começar, a chave estava no bolso de Henry Bassington-ffrench...

– Quem a encontrou nesse bolso?

– Bem, para falar a verdade, foi Nicholson.

– Aí está. O que seria mais fácil, para ele, do que fingir ter encontrado a chave ali?

– Eu não tirei os olhos dele... lembre-se. Tenho certeza de que a chave estava no bolso.

– É o que todo mundo diz enquanto não tira os olhos de um mágico. Você *vê* o coelho sendo colocado no chapéu! Se Nicholson é um criminoso de primeira categoria, então um truque simples como esse seria brincadeira de criança para ele.

– Bem, você pode estar certo em relação a isso, mas, falando sinceramente, Bobby, o negócio todo é impossível. Sylvia Bassington-ffrench estava de fato na casa quando o tiro foi disparado. Assim que o escutou, ela foi correndo até o vestíbulo. Se Nicholson tivesse disparado esse tiro e saído pela porta do gabinete, Sylvia não teria como deixar de vê-lo. Além disso, ela nos contou que o médico de fato veio caminhando pela frente da casa. Ela o viu chegando enquanto nós contornávamos a casa correndo e saiu ao encontro dele e o levou por fora até a porta de vidro do gabinete. Não, Bobby, detesto dizer isso, mas o sujeito tem um álibi.

– Por princípio, desconfio de pessoas que têm álibis – Bobby falou.

– Eu também. Mas não vejo como você pode desconsiderar esse.

– Pois é. A palavra de Sylvia Bassington-ffrench deveria bastar.

– Sem dúvida.

– Bem – Bobby falou com um suspiro –, acho que teremos de nos contentar com suicídio. Pobre diabo. E qual é o próximo ângulo de ataque, Frankie?

– Os Cayman – Frankie respondeu. – Não sei como fomos tão omissos a ponto de não investigar os Cayman antes. Você guardou o endereço do qual Cayman escreveu, não guardou?
– Sim. É o mesmo que eles deram no inquérito. St. Leonard's Gardens 17, Paddington.
– Você não concorda que nós negligenciamos demais essa linha de investigação?
– Sem sombra de dúvida. Mesmo assim, Frankie, tenho uma intuição muito forte de que os pássaros já nos escaparam da mão. Eu diria que os Cayman não nasceram ontem.
– Mesmo se tiverem partido, talvez eu acabe descobrindo alguma coisa sobre eles.
– Por que *eu*?
– Porque, mais uma vez, acho que seria melhor você não aparecer na história. Seria como ter vindo para cá quando achávamos que Roger era o vilão do espetáculo. Você é conhecido por eles, e eu não sou.
– E como você propõe travar conhecimento com eles? – Bobby perguntou.
– Vou interpretar alguma coisa política – Frankie respondeu. – Angariando votos para o Partido Conservador. Vou aparecer com panfletos.
– É uma ideia razoável – aprovou Bobby. – Mas, como eu disse antes, acho que os pássaros já nos escaparam da mão. No momento há outra questão que merece ser considerada: Moira.
– Meu Deus – Frankie falou. – Eu tinha me esquecido completamente dela.
– Foi o que eu percebi – Bobby retrucou com um toque de frieza em sua postura.
– Você está certo – disse Frankie, pensativa. – Precisamos fazer alguma coisa em relação a ela.
Bobby confirmou com a cabeça. Aquele rosto estranho e fascinante surgiu perante seus olhos. Havia nele algo trágico. Ele sempre tivera essa sensação, desde o primeiro momento em que havia tirado a fotografia do bolso de Alan Carstairs.
– Se você tivesse visto Moira naquela noite, quando eu invadi a granja! – Bobby exclamou. – Ela estava enlouquecida de medo... e eu lhe garanto, Frankie, *ela está certa*. Não se trata de um problema dos nervos ou qualquer coisa desse tipo. E se Nicholson quer se casar com Sylvia Bassington-ffrench, dois obstáculos precisam ser removidos. Um deles se foi. Tenho um pressentimento de que a vida de Moira está por um fio, e qualquer demora pode ser fatal.
Frankie se deixou convencer pelo fervor das palavras do amigo.

— Meu querido, você tem razão — ela disse. — Devemos agir com rapidez. O que faremos?
— Precisamos persuadi-la a abandonar a granja... o quanto antes.
Frankie concordou com a cabeça.
— Já sei o que vamos fazer — ela falou. — É melhor ela ir para Gales, ficar no castelo. Só Deus sabe, lá ela deverá estar mais do que segura.
— Se você conseguisse arranjar isso, Frankie, nada poderia ser melhor.
— Bem, é a coisa mais simples do mundo. O meu pai nunca se dá conta de quem entra ou sai. Ele vai gostar de Moira... praticamente qualquer homem gostaria... ela é tão feminina... É extraordinário como os homens gostam de mulheres desamparadas.
— Não acho que Moira seja particularmente desamparada — Bobby disse.
— Bobagem. Ela é como um passarinho que fica imóvel esperando ser comido por uma cobra sem esboçar nenhuma reação.
— O que é que ela poderia fazer?
— Milhares de coisas — Frankie respondeu com vigor.
— Bem, não vejo dessa maneira. Ela não tem nada de dinheiro, e nenhum amigo.
— Meu amigo, não fique batendo na mesma tecla. Parece que você está querendo inscrevê-la na Sociedade de Apoio às Jovens.
— Sinto muito — disse Bobby.
Houve um silêncio ofendido.
— Bem — Frankie falou, recuperando a compostura —, desconsidere o que eu disse. Acho que seria melhor colocar o nosso plano em ação o mais depressa possível.
— Também acho — Bobby retrucou. — Falando sério, Frankie, acho muitíssimo decente da sua parte...
— Não é nada — Frankie o interrompeu. — Não me importo de proteger essa moça, contanto que você não fique dizendo disparates a respeito dela, como se ela não tivesse mãos ou pés ou língua ou cérebro.
— Eu simplesmente não sei o que você quer dizer — Bobby falou.
— Bem, não precisamos ficar falando sobre isso — Frankie retrucou. — A minha ideia é: seja lá o que vamos fazer, devemos fazê-lo rápido. Isso não é uma citação?
— É a paráfrase de uma citação. Prossiga, Lady Macbeth.
— Sabe, eu sempre achei — disse Frankie, desviando de súbito por uma desenfreada digressão — que Lady Macbeth incitou Macbeth a cometer todos aqueles assassinatos com o simples e único motivo de que estava incrivelmente entediada com a vida... e, por consequência, com o próprio Macbeth. Tenho certeza de que ele era um desses homens mansos e inofensivos que levam

suas esposas à loucura de tanto tédio. No entanto, uma vez que cometeu um assassinato pela primeira vez na vida, ele começou a se sentir um sujeito importante dos diabos e passou a desenvolver uma egomania para compensar seu complexo de inferioridade anterior.

– Você deveria escrever um livro a respeito, Frankie.

– Eu escrevo muito mal. Pois bem, onde estávamos? Ah, sim, o resgate de Moira. Melhor você trazer o carro às dez e meia. Vou dirigir até a granja para perguntar por Moira, e, se Nicholson estiver lá quando eu falar com ela, vou lembrá-la quanto a sua promessa de vir me visitar, e então a levarei embora de lá no mesmo instante.

– Excelente, Frankie. Fico contente que não vamos perder tempo. Tenho um medo enorme de que outro acidente aconteça.

– Dez e meia, então – disse Frankie.

Quando ela chegou de volta a Merroway Court, já eram nove e meia. O desjejum tinha sido servido pouco antes, e Roger enchia sua xícara de café. Ele tinha uma expressão exausta e abatida.

– Bom dia – disse Frankie. – Eu tive uma noite terrível de sono. No fim, levantei por volta das sete da manhã e saí para caminhar.

– Lamento muitíssimo que você tenha entrado numa fria com toda essa preocupação – Roger falou.

– Como está Sylvia?

– Deram-lhe um sedativo ontem à noite. Ainda está dormindo, acredito. Pobre coitada, fico extremamente triste por ela. Sylvia era muito dedicada a Henry.

– Eu sei.

Frankie fez uma pausa antes de explicar seus planos de partida.

– Receio que você terá de partir mesmo – Roger retrucou com pesar. – O inquérito começa na sexta-feira. Avisarei se precisarem falar com você. Tudo depende do juiz de instrução.

Ele engoliu a xícara de café com uma fatia de torrada e então saiu para tratar das inúmeras coisas que exigiam sua atenção. Frankie sentiu muita pena dele. Conseguia imaginar muito bem a quantidade de mexericos e curiosidade que um suicídio na família iria provocar. Tommy apareceu, e ela se dedicou a entreter a criança.

Bobby trouxe o carro por volta das dez e meia; a bagagem de Frankie foi descida. Ela se despediu de Tommy e deixou um bilhete para Sylvia. O Bentley se afastou.

Os dois percorreram o trajeto até a granja em bem pouco tempo. Frankie nunca estivera naquele lugar antes, e os grandes portões de ferro e os arbustos excessivamente crescidos a deprimiram.

– É um lugar macabro – ela comentou. – Não admira que Moira fique aterrorizada morando aqui.

Eles pararam o carro na frente da casa, e Bobby desceu e tocou a campainha. Não obteve resposta por alguns minutos. Por fim, uma mulher com uniforme de enfermeira veio abri-la.

– A sra. Nicholson está? – Bobby perguntou.

A mulher hesitou antes de recuar no vestíbulo e abrir mais a porta. Frankie saltou do carro e adentrou a casa. A porta foi fechada atrás dela com um desagradável estrépito ecoante. Frankie notou que a porta estava repleta de sólidos ferrolhos e barras. De um modo bastante irracional, sentiu medo – como se estivesse ali, naquela casa sinistra, na condição de prisioneira.

"Bobagem", ela disse a si mesma. "Bobby está lá fora no carro. Entrei aqui à vista de todos. Nada pode acontecer comigo." Assim, expulsando da mente a sensação ridícula, seguiu a enfermeira pelas escadas e ao longo de um corredor. A enfermeira escancarou uma porta e Frankie entrou numa sala de estar pequena, graciosamente decorada com tecidos estampados e flores em vasos. Seu ânimo melhorou. Murmurando alguma coisa, a enfermeira se retirou.

Cerca de cinco minutos depois a porta se abriu e o dr. Nicholson entrou.

Frankie se viu completamente incapaz de controlar um ligeiro sobressalto, mas o mascarou com um sorriso de boas-vindas e um aperto de mãos.

– Bom dia – ela disse.

– Bom dia, Lady Frances. Espero que não tenha vindo me trazer más notícias da sra. Bassington-ffrench...

– Ela ainda estava dormindo quando eu saí – Frankie falou.

– Pobre mulher. Seu médico particular, é claro, deve estar cuidando dela...

– Ah, sim!

Frankie fez uma pausa e prosseguiu:

– Tenho certeza de que o senhor deve estar ocupado. Não pretendo tomar o seu tempo, sr. Nicholson. Na verdade, eu vim com o propósito de falar com sua esposa.

– Falar com Moira? É muita bondade sua.

Seria imaginação dela? Ou aqueles olhos azul-claros por trás das lentes grossas haviam mesmo se endurecido bem de leve?

– Sim – ele repetiu. – É muita bondade sua.

– Se ela não está de pé ainda – Frankie disse com um sorriso amável –, eu posso esperar.

– Ah, ela já levantou – disse o dr. Nicholson.

– Ótimo – Frankie retrucou. – Eu queria convencê-la a vir me fazer uma visita. Ela praticamente me prometeu isso – e sorriu de novo.

– Ora, é realmente muita bondade da sua parte, Lady Frances... muita bondade mesmo. Estou certo de que Moira teria gostado muito de visitá-la.

– Teria? – Frankie perguntou bruscamente.

O dr. Nicholson sorriu, exibindo sua bela fileira de dentes brancos e nivelados.

– Infelizmente, minha esposa partiu nesta manhã.

– Partiu? – Frankie exclamou, desconcertada. – Para onde?

– Ah, ela quis mudar um pouco de ares... Sabe como são as mulheres, Lady Frances. Este é um lugar bastante sombrio para uma jovem. De vez em quando, Moira sente que precisa se divertir um pouco, e então lá se vai ela.

– O senhor não sabe para onde ela foi? – Frankie perguntou.

– Para Londres, imagino. Lojas e teatros. A senhora sabe, esse tipo de coisa...

Frankie sentiu que o sorriso daquele homem era a coisa mais repulsiva com a qual jamais topara.

– Estou indo para Londres hoje – ela falou despreocupadamente. – O senhor poderia me dar o endereço dela?

– Ela geralmente se hospeda no Savoy – disse o dr. Nicholson. – Em todo caso, é provável que eu receba notícias dela dentro de um ou dois dias. Ela não é uma correspondente muito boa, receio... E eu acredito numa perfeita liberdade entre marido e mulher. Mas acho que o Savoy é o lugar mais plausível para encontrá-la.

O médico abriu a porta e Frankie se viu apertando-lhe a mão e sendo conduzida rumo à porta da frente, onde a enfermeira a esperava. A última coisa que Frankie ouviu foi a voz do dr. Nicholson, suave e, talvez, quase imperceptivelmente irônica:

– Foi muita bondade da sua parte pensar em convidar minha esposa para uma visita, Lady Frances.

CAPÍTULO 24

Na pista dos Cayman

Bobby passou algum trabalho para preservar sua impassibilidade de chofer quando Frankie saiu sozinha.

Tendo a enfermeira como espectadora, ela ordenou:

– De volta para Staverley, Hawkins.

O carro deslizou pela saída e atravessou os portões. Depois, quando chegaram a um trecho deserto da estrada, Bobby parou o Bentley e olhou interrogativamente para sua companheira.

– E aí? – ele perguntou.

Um tanto pálida, Frankie respondeu:

– Bobby, não estou gostando. Aparentemente, ela saiu de casa.

– *Saiu de casa*? Nesta manhã?

– Ou ontem à noite.

– Sem nos dizer uma única palavra?

– Bobby, eu simplesmente não acredito nisso. O homem estava mentindo... tenho certeza disso.

Bobby ficara muito pálido. Ele murmurou:

– Tarde demais! Idiotas que fomos! Não devíamos de modo algum ter deixado Moira voltar para casa ontem.

– Você não acha que ela está... morta, acha? – Frankie sussurrou com uma voz trêmula.

– Não – Bobby retrucou com um tom de voz violento, como se precisasse tranquilizar a si mesmo.

Ficaram ambos calados por um ou dois minutos, e então Bobby expôs suas deduções com um tom mais calmo.

– Ela por certo ainda está viva, por causa do descarte do corpo e tudo mais. Sua morte precisaria ter parecido natural e acidental. Não, ou sumiram com ela em algum lugar, contra sua vontade, ou então... e é nisso que eu acredito... ela ainda está lá.

– Na granja?

– Na granja.

– Bem – disse Frankie –, o que é que nós vamos fazer?

Bobby pensou por alguns instantes.

– Não creio que você possa fazer alguma coisa – ele disse afinal. – Seria melhor você voltar para Londres. Você sugeriu tentar localizar os Cayman. Trate de fazer isso.

– Ah, Bobby!

– Minha querida, você não terá nenhum proveito ficando por aqui. Você é conhecida... conhecida demais a esta altura. Anunciou que está partindo... o que pode fazer? Não pode permanecer em Merroway. Não pode ir se hospedar no Anglers' Arms. Ninguém na vizinhança seria capaz de segurar a língua. Não, você precisa ir embora. Nicholson talvez até suspeite, mas ele não pode ter *certeza* de que você sabe de alguma coisa. Você vai voltar para Londres, e eu vou ficar.

– No Anglers' Arms?

– Não, eu acho que o seu chofer vai desaparecer agora. Vou me instalar no meu quartel-general em Ambledever, que fica a quinze quilômetros daqui, e, se Moira estiver ainda naquela casa monstruosa, eu hei de encontrá-la.

Frankie ainda objetava um pouco.

– Bobby, você promete que vai se cuidar?

– Serei ardiloso como uma serpente.

Com um peso no coração, Frankie cedeu. O que Bobby dizia era por certo bastante sensato. Ela mesma não poderia fazer nada mais de útil ali. Bobby a levou no carro até a cidade, e Frankie, tendo aberto a porta da casa na Brook Street, sentiu-se subitamente desamparada.

Ela não era, no entanto, do tipo que ficava plantada no mesmo lugar. Às três da tarde, uma jovem vestida com muita elegância – mas sobriamente –, exibindo no rosto sisudo um pincenê e um cenho franzido, pôde ser vista chegando a St. Leonard's Gardens com um maço de panfletos e papéis na mão.

St. Leonard's Gardens, em Paddington, era um conjunto de casas notavelmente sombrias, a maioria delas um tanto dilapidada. O lugar tinha um aspecto geral de que vira "dias melhores" muito tempo atrás.

Frankie foi caminhando ao longo das casas, conferindo as numerações. De repente ela se deteve com uma careta de desgosto.

O número 17 exibia uma placa anunciando estar à venda ou disponível para aluguel sem mobília.

No mesmo instante Frankie se desfez do pincenê e da expressão sisuda.

Parecia que a angariadora de votos não seria necessária.

Eram informados os nomes de diversos corretores imobiliários. Frankie escolheu dois e os anotou. Em seguida, tendo determinado seu plano de ação, tratou de colocá-lo em execução.

Os primeiros corretores eram os senhores Gordon & Porter da Praed Street.

– Bom dia – disse Frankie. – Será que poderiam me dar o endereço de um cavalheiro chamado Cayman? Até pouco tempo atrás ele morava no número 17 de St. Leonard's Gardens.

– Isso mesmo – falou o jovem a quem Frankie se dirigira. – Mas ele ficou lá por bem pouco tempo, não ficou? Nós representamos os proprietários... O sr. Cayman fez uma locação trimestral, pois poderia ter de assumir um posto no exterior a qualquer momento. Acredito que de fato foi o que aconteceu.

– Então o senhor não tem o endereço dele?

– Receio que não.

– Ele acertou as contas conosco e foi só.

– Mas decerto deixou algum endereço registrado quando alugou a casa.
– Um hotel... acho que era o G.W.R., Paddington Station.
– Referências... – Frankie sugeriu.
– Ele pagou o aluguel do trimestre adiantado e fez um depósito para cobrir os gastos de luz elétrica e gás.
– Ah! – Frankie exclamou, desalentada.

Ela percebeu que o jovem olhava para ela com alguma dose de curiosidade. Corretores de imóveis são adeptos da prática de avaliar a "classe" dos clientes. Ele obviamente considerava o interesse de Frankie pelos Cayman um tanto inesperado.

– Ele me deve um bocado de dinheiro – Frankie mentiu.

O rosto do jovem assumiu no mesmo instante uma expressão de choque. Totalmente compadecido com a beldade em apuros, vasculhou arquivos de correspondência e fez tudo que podia, mas nenhum vestígio da atual ou última residência do sr. Cayman foi encontrado.

Frankie lhe agradeceu e partiu. Pegou um táxi até a imobiliária seguinte. Não perdeu tempo em repetir o processo. Os primeiros corretores eram os que haviam alugado a casa para Cayman. Aqui o escritório só tinha o encargo de alugá-la de novo em nome do proprietário. Frankie solicitou uma autorização para visitar o imóvel.

Dessa vez, para contrabalançar a expressão de surpresa que viu surgir no rosto do funcionário, explicou que desejava uma propriedade barata com o propósito de abrir um albergue para moças. A expressão de surpresa desapareceu, e Frankie saiu com a chave do número 17 de Leonard's Gardens, as chaves de duas outras "propriedades" que ela não tinha a menor vontade de ver e uma autorização para visitar ainda uma quarta.

Foi um lance de sorte, Frankie pensou, que o funcionário não tivesse desejado acompanhá-la, mas talvez eles só fizessem isso quando se tratava do aluguel de uma casa mobiliada.

Um cheiro de casa mofada invadiu as narinas de Frankie quando ela abriu a porta da frente do número 17.

A casa era pouco acolhedora, com decoração barata e tinta suja e descascada. Frankie a vistoriou metodicamente do sótão ao porão. Não haviam limpado a casa quando de sua desocupação. Podiam ser vistos pedaços de barbante, jornais velhos e alguns pregos e ferramentas. De natureza pessoal, porém, nem mesmo um fragmento de uma carta rasgada Frankie conseguiu encontrar.

A única coisa que lhe pareceu ter alguma possível importância foi um guia ferroviário ABC que estava jogado, aberto, num dos assentos de janela.

Não havia nada indicando que qualquer um dos nomes da página aberta tivessem qualquer importância específica, mas Frankie os copiou todos num pequeno caderno de anotações como fracos substitutos de tudo que havia esperado encontrar.

Quanto ao paradeiro dos Cayman, foi malsucedida. Consolou-se com a reflexão de que não se poderia esperar outra coisa. Se o sr. e a sra. Cayman estavam associados ao lado errado da lei, então tomariam as maiores precauções para que ninguém conseguisse localizá-los. Ao menos era uma espécie de evidência confirmatória negativa.

Mesmo assim, Frankie sentia-se definitivamente desapontada quando devolveu as chaves aos corretores e proferiu garantias falsas de que entraria em contato com eles dentro de poucos dias.

Ela se encaminhou para o parque um tanto deprimida e se perguntando que raios faria em seguida. Tais pensamentos infrutíferos foram interrompidos por uma repentina e violenta pancada de chuva. Não havia nenhum táxi à vista, e Frankie apressadamente salvou um de seus chapéus favoritos correndo às pressas até o metrô mais próximo. Comprou um bilhete para Piccadilly Circus e alguns jornais numa banca.

Tendo entrado no trem – quase vazio àquela hora do dia –, rechaçou resolutamente todos os pensamentos relativos ao problema incômodo e, abrindo um jornal, esforçou-se para concentrar suas atenções no conteúdo.

Leu fragmentos dispersos aqui e ali. O número de mortes nas estradas. O misterioso desaparecimento de uma colegial. A festa de Lady Peterhampton no Claridge's. A convalescença de Sir John Milkington após seu acidente de iate – o *Astradora*, famoso iate que havia pertencido ao sr. John Savage, o falecido milionário. Não era um barco azarado? O homem que o projetara tivera uma morte trágica, o sr. Savage cometera suicídio – e Sir John Milkington escapara da morte por um milagre.

Frankie colocou o jornal no colo, franzindo a testa num esforço de recordação.

O nome do sr. John Savage tinha sido mencionado duas vezes antes – uma vez por Sylvia Bassington-ffrench, quando esta falara sobre Alan Carstairs, e outra por Bobby, quando este relatara sua conversa com a sra. Rivington.

Alan Carstairs tinha sido amigo de John Savage. A sra. Rivington manifestara uma vaga ideia de que a presença de Carstairs na Inglaterra tinha algo a ver com a morte de Savage. Savage havia... o que era mesmo?... Havia cometido suicídio porque pensava estar com câncer.

E se... e se Alan Carstairs não tivesse ficado satisfeito com o relato da morte do amigo? E se ele tivesse vindo para investigar a história toda? E se isso – as circunstâncias que cercavam a morte de Savage – fosse o primeiro ato do drama no qual ela e Bobby estavam atuando?

"É possível", Frankie pensou. "Sim, é possível."

Ela refletiu profundamente, especulando sobre a melhor maneira de abordar aquela nova fase do caso. Não fazia a menor ideia de quem eram os parentes ou amigos de John Savage.

Então uma ideia lhe ocorreu: o testamento dele. Se de fato havia qualquer aspecto suspeito sobre o fim que ele tivera, seu testamento forneceria uma possível pista.

Num determinado ponto de Londres, Frankie sabia, havia um lugar no qual você podia consultar testamentos mediante o pagamento de um xelim. Mas ela não conseguia se lembrar de onde ficava.

O trem parou numa estação, e Frankie percebeu que já estava no British Museum. Ela passara duas estações além de Oxford Circus, onde queria ter trocado de linha. Levantou-se num pulo e saiu do trem. Quando chegou à rua, veio-lhe uma ideia. Uma caminhada de cinco minutos a levou ao escritório dos senhores Spragge, Spragge, Jenkinson & Spragge.

A jovem foi recebida com deferência e conduzida no mesmo instante ao reduto particular do sr. Spragge, o sócio mais velho da firma.

O sr. Spragge era um homem da máxima cordialidade. Tinha uma voz sonora, melodiosa e persuasiva que seus clientes aristocráticos consideravam extremamente tranquilizadora quando precisavam ser livrados de alguma enrascada. Corriam rumores que o sr. Spragge conhecia mais segredos desonrosos a respeito das famílias nobres do que qualquer outro homem em Londres.

– Isto é de fato um prazer, Lady Frances – disse o sr. Spragge. – Sente-se, por favor. Tem certeza de que essa cadeira está confortável? Sim, sim. O tempo está encantador agora, não está? Um veranico de outono. E como vai Lord Marchington? Vai bem, espero?

Frankie respondeu de modo adequado a essas e outras indagações.

Então o sr. Spragge retirou o pincenê do nariz e assumiu mais precisamente o papel de guia e conselheiro legal.

– E agora, Lady Frances – ele disse –, a que devo o prazer de ver a senhorita no meu... hmm... esquálido escritório nesta tarde?

"Chantagem?", perguntavam-se suas sobrancelhas. "Cartas indiscretas? Um relacionamento com certo jovem indesejável? Processada pela costureira?"

Mas as sobrancelhas faziam essas indagações de uma forma muito discreta, como convinha a um advogado com a renda e a experiência do sr. Spragge.

– Quero ver um testamento – Frankie falou. – E não sei aonde se deve ir ou o que se deve fazer. Mas existe um lugar onde você pode pagar um xelim, não existe?

– No Somerset House – informou o sr. Spragge. – Mas que testamento é esse? Creio que posso lhe contar tudo que desejar saber sobre... hã... os testamentos da sua família. Posso afirmar a minha crença de que nossa firma teve a honra de elaborá-los ao longo de muitos anos.

– Não é um testamento da minha família – Frankie retrucou.

– Não? – disse o sr. Spragge.

E tão forte era seu poder quase hipnótico de arrancar confidências de seus clientes que Frankie, contrariando sua intenção inicial, sucumbiu à persuasão e lhe contou:

– Eu queria ver o testamento do sr. Savage, John Savage.

– Não... diga... – um genuíno assombro se manifestou na voz do sr. Spragge, que não havia esperado por isso. – Ora, isso é de fato extraordinário... mais do que extraordinário.

Havia um timbre tão incomum em sua voz que Frankie olhou para ele com surpresa.

– Sinceramente... – disse o sr. Spragge. – Sinceramente, não sei o que fazer. Talvez, Lady Frances, a senhorita possa me dar as suas razões para desejar ver esse testamento...

– Não – Frankie retrucou devagar. – Receio que não possa.

Chamava sua atenção o fato de que o sr. Spragge, por algum motivo, estivesse reagindo de um modo que mal lembrava seu costumeiro comportamento afável e onisciente. O advogado parecia estar efetivamente preocupado.

– Realmente acredito – disse o sr. Spragge – que é meu dever preveni-la.

– Prevenir-me? – Frankie repetiu.

– Sim. Os indícios são vagos, muito vagos mesmo, mas está bem claro que existe algo em andamento. E não gostaria, por nada no mundo, de vê-la envolvida em quaisquer negócios escusos.

No que dizia respeito a isso, Frankie poderia ter dito a ele que já estava envolvida até o pescoço num negócio que sem dúvida ele teria desaprovado. Mas limitou-se a encará-lo interrogativamente.

– A coisa toda é de fato uma extraordinária coincidência – o sr. Spragge ia dizendo. – Está bem claro que há algo em andamento... bem claro. Mas o que é... isso, de momento, eu não tenho condições de dizer.

Frankie continuou a encará-lo de modo interrogador.

– Uma informação acaba de chegar ao meu conhecimento – continuou o sr. Spragge, seu peito inflado de indignação. – Alguém agiu se passando por mim, Lady Frances, se passando por mim deliberadamente. O que a senhorita me diz disso?

Por um momento de puro pânico, Frankie não conseguiu dizer nada em absoluto.

CAPÍTULO 25

O sr. Spragge fala

Por fim ela gaguejou:
— Como foi que o senhor descobriu?
Não era o que queria dizer de modo algum. Um instante depois, com efeito, teve vontade de cortar a própria língua pela estupidez, mas as palavras já estavam ditas, e o sr. Spragge não seria um advogado decente se deixasse de perceber que suas palavras continham uma confissão.
— Então sabe algo dessa história, Lady Frances?
— Sim — Frankie respondeu.
Ela fez uma pausa, respirou fundo e falou:
— Na verdade, a história toda é obra minha, sr. Spragge.
— Fico espantado — retrucou o sr. Spragge.
Havia uma batalha em sua voz, o profissional ultrajado estava em conflito com o paternal advogado de família.
— Como foi que isso se deu? — ele perguntou.
— Foi só uma brincadeira — Frankie respondeu sem jeito. — Nós... nós não tínhamos o que fazer.
— E quem — indagou o sr. Spragge — teve a ideia de se fazer passar por mim?
Frankie olhou para ele, com suas faculdades mentais voltando ao funcionamento, e tomou uma decisão rápida.
— Foi o jovem duque de No... — ela se interrompeu. — Realmente não posso mencionar nomes. Não é justo.
Mas ela sabia que a maré havia virado em seu favor. Era duvidoso que o sr. Spragge pudesse ter perdoado tamanho atrevimento por parte de um mero filho de vigário, mas sua fraqueza por nomes da nobreza o fez olhar a impertinência de um duque com tolerância. Seus modos benévolos retornaram.
— Ora, essa juventude aristocrática... essa juventude aristocrática — ele murmurou, com um gesto de censura do dedo indicador — Em que enrascadas vocês se metem! A senhorita ficaria surpresa, Lady Frances, com a quantidade de complicações legais que poderia resultar de uma brincadeira aparentemente inofensiva improvisada no calor do momento. Só um excesso de espirituosidade... mas às vezes extremamente difícil de solucionar no tribunal.
— Acho que o senhor é simplesmente maravilhoso, sr. Spragge — Frankie falou com fervor. — Acho mesmo. Nem mesmo uma pessoa em mil teria reagido como o senhor. Eu me sinto incrivelmente envergonhada.

– Não, não, Lady Frances – disse paternalmente o sr. Spragge.
– Ah, mas eu me sinto. Suponho que tenha sido a sra. Rivington quem... o que foi exatamente que ela lhe contou?
– Acho que tenho a carta aqui. Eu a li faz apenas meia hora.

Frankie estendeu a mão e o sr. Spragge lhe entregou a carta como quem diz: "Pronto, veja só o que arranjaram com essa tolice".

Caro sr. Spragge (a sra. Rivington escrevera), *É uma grande estupidez da minha parte, mas acabei de me lembrar de uma coisa que poderia tê-lo ajudado no dia em que me visitou. Alan Carstairs mencionou que estava indo para um lugar chamado Chipping Somerton. Não sei se isso pode lhe ser útil de algum modo.*
Fiquei muito interessada no que o senhor me contou sobre o caso Maltravers.
Com os melhores cumprimentos,
EDITH RIVINGTON.

– Como a senhorita pode ver, o resultado poderia ter sido muito grave – disse severamente o sr. Spragge, mas com uma severidade suavizada pela benevolência. – Deduzi que algo extremamente questionável devia estar em andamento. Se tinha relação com o caso Maltravers ou com o meu cliente, o sr. Carstairs...

Frankie o interrompeu:
– Alan Carstairs era um cliente seu? – ela perguntou, alvoroçada.
– Era. Ele me consultou na última vez em que esteve na Inglaterra, no mês passado. Conhece o sr. Carstairs, Lady Frances?
– Creio poder afirmar que sim – Frankie respondeu.
– Uma personalidade das mais atraentes – disse o sr. Spragge. – Ele trouxe ao meu escritório um belo sopro de... hã... das grandes paisagens ao ar livre.
– Ele veio lhe consultar sobre o testamento do sr. Savage, não veio? – Frankie perguntou.
– Ah! – exclamou o sr. Spragge. – Então foi a senhorita quem o aconselhou a me procurar? Ele não conseguia se lembrar ao certo de quem tinha sido. Lamento não ter podido auxiliá-lo mais.
– O que foi exatamente que o senhor o aconselhou a fazer? – Frankie quis saber. – Ou seria pouco profissional me contar?
– Não nesse caso – o sr. Spragge retrucou sorrindo. – Na minha opinião, não havia nada que se pudesse fazer... nada, isto é, a menos que os parentes do sr. Savage estivessem preparados para gastar bastante dinheiro

para levar o caso em frente... e, segundo deduzi, eles não estavam preparados ou sequer tinham condições de fazê-lo. Nunca aconselho um cliente a levar um caso ao tribunal a menos que exista total esperança de sucesso. A lei, Lady Frances, é uma senhora muito incerta. Ela tem voltas e reviravoltas que surpreendem a mente leiga. Um acordo fora dos tribunais sempre foi o meu lema.

– O caso todo era muito curioso – Frankie afirmou, pensativa.

Ela tinha em certa medida uma sensação de quem anda com pés descalços num piso repleto de tachinhas. A qualquer momento ela poderia pisar num deles... e então o jogo terminaria.

– Casos como esse não são tão incomuns como a senhorita poderia imaginar – disse o sr. Spragge.

– Casos de suicídio? – Frankie indagou.

– Não, não, estou me referindo a casos de abuso de influência. O sr. Savage era um empedernido homem de negócios, e no entanto era claramente manipulado como um boneco por aquela mulher. Não tenho a menor dúvida de que ela sabia bem o que estava fazendo.

– Eu gostaria que o senhor me contasse a história toda com mais detalhes – Frankie pediu com audácia. – O sr. Carstairs estava... bem, estava tão acalorado que eu não consegui entender direito.

– O caso é extremamente simples – disse o sr. Spragge. – Posso lhe recapitular os fatos, que são acessíveis a qualquer pessoa, de modo que nada me impede de lhe contar.

– Então me conte tudo – Frankie pediu.

– Ocorreu que o sr. Savage estava voltando dos Estados Unidos à Inglaterra em novembro do ano passado. Ele era, como a senhorita sabe, um homem extremamente rico e sem parentes próximos. Nessa viagem, travou conhecimento com certa dama... uma tal... hã... sra. Templeton. Não se sabe muito a respeito da sra. Templeton, exceto que era uma mulher muito bonita e que tinha um marido em algum canto, num conveniente segundo plano.

"Os Cayman", Frankie pensou.

– Essas travessias oceânicas são perigosas – o sr. Spragge continuou, sorrindo e balançando a cabeça. – O sr. Savage ficou claramente arrebatado. Aceitou o convite da dama para ir passar uns dias em seu pequeno chalé em Chipping Somerton. Não fui capaz de averiguar quantas vezes ele esteve lá, mas não há dúvida de que foi caindo cada vez mais sob a influência da sra. Templeton. Então ocorreu a tragédia. O sr. Savage vinha se mostrando preocupado nos últimos tempos com seu estado de saúde. Receava que pudesse estar sofrendo de certa doença...

– Câncer? – Frankie falou.

– Bem, para falar a verdade, isso mesmo, câncer. A ideia se tornou uma verdadeira obsessão para ele. Ele estava hospedado com os Templeton na ocasião. Os dois o persuadiram a ir a Londres para consultar um especialista. Ele foi. Pois nesse ponto, Lady Frances, eu mantenho uma mente aberta. Esse especialista... um médico de excelente reputação que tem uma posição das mais elevadas na profissão há muitos anos... jurou no inquérito que o sr. Savage não estava sofrendo de câncer e que lhe dissera isso, mas que o sr. Savage estava tão obcecado por sua crença que não foi capaz de aceitar a verdade quando defrontado com ela. Ora, falando sem o menor preconceito, Lady Frances, e conhecendo a profissão médica, acredito que as coisas podem ter se passado de uma forma um pouco diferente. Se os sintomas do sr. Savage confundiram o médico, talvez ele tenha falado num tom sério, fazendo uma cara de preocupação, talvez tenha mencionado certos tratamentos caros e tenha, mesmo tentando tranquilizá-lo quanto ao câncer, transmitido a impressão de que havia um problema muito sério. O sr. Savage, tendo ouvido falar que os médicos costumam ocultar de seus pacientes o fato de que estes *estão* sofrendo dessa doença, por certo interpretaria esse parecer a seu próprio modo. As palavras tranquilizadoras do médico *não* eram verdadeiras... ele *havia* contraído a doença que julgava padecer. De todo modo, o sr. Savage voltou para Chipping Somerton num estado de grande perturbação mental. Via pela frente uma morte lenta e dolorosa. Segundo eu soube, alguns membros de sua família haviam morrido de câncer, e ele estava determinado a não passar pelos sofrimentos que testemunhara. Mandou chamar um advogado, membro muito respeitável de uma firma eminentemente respeitável, e este elaborou ali mesmo um testamento que o sr. Savage assinou e então deixou aos cuidados do advogado por segurança. Naquela mesma noite o sr. Savage tomou uma overdose de cloral e deixou uma carta na qual explicava que preferia uma morte rápida e indolor a uma lenta e dolorosa. Pelo testamento, o sr. Savage deixou uma soma de 700 mil libras à sra. Templeton, com isenção de impostos de herança, e o restante para determinadas instituições de caridade.

O sr. Spragge se recostou na cadeira. Agora ele estava se divertindo.

– O júri chegou ao costumeiro veredicto compassivo de suicídio por desequilíbrio mental, mas não creio que possamos argumentar a partir disso que ele estivesse necessariamente passando por um desequilíbrio mental quando fez o testamento. Creio que nenhum júri acreditaria nisso. O testamento foi feito na presença de um advogado cuja opinião é de que o morto estava sem dúvida equilibrado e na plena posse de suas faculdades mentais. Tampouco acredito que possamos provar um abuso de influência. O sr. Savage não deserdou nenhuma pessoa próxima e querida. Seus únicos parentes eram primos distantes que ele quase nunca via. Eles moravam de fato na Austrália, eu acredito.

O sr. Spragge fez uma pausa.

– O sr. Carstairs contestou que um testamento como aquele não era nem um pouco típico do sr. Savage. O sr. Savage nunca tivera qualquer simpatia por organizações de caridade e sempre havia se aferrado à ideia de que o dinheiro devia passar para parentes consanguíneos. Entretanto, o sr. Carstairs não tinha nenhuma prova documentada de tais afirmações, e, como salientei para ele, os homens costumam mudar de opinião. Na contestação desse testamento, seria preciso enfrentar, além da sra. Templeton, as instituições de caridade. Além disso, o testamento já tinha passado pela legitimação.

– Não houve nenhum alarido na ocasião? – Frankie perguntou.

– Como eu disse, os parentes do sr. Savage não moravam neste país e mal tinham conhecimento do assunto. Foi o sr. Carstairs quem levantou a questão. Ele voltou de uma excursão pelo interior da África, ficou sabendo aos poucos dos detalhes desse caso e veio ao nosso país para ver se algo podia ser feito. Eu me vi forçado a lhe dizer que, no meu ponto de vista, não havia nada que se pudesse fazer. A posse é noventa por cento da lei, e a sra. Templeton já estava de posse. Além disso, ela deixara o país para ir viver, creio eu, no sul da França. Recusou-se a fazer qualquer comunicação em torno do assunto. Sugeri que o sr. Carstairs solicitasse um aconselhamento legal, mas ele decidiu que não era necessário e aceitou a minha opinião de que não havia nada que se pudesse fazer, ou de que, fosse lá o que pudesse ter sido feito na ocasião, e no meu entender isso era imensamente duvidoso, agora já era tarde demais.

– Entendo – disse Frankie. – E ninguém sabe nada sobre essa sra. Templeton?

O sr. Spragge balançou a cabeça e comprimiu os lábios.

– Um homem como o sr. Savage, com seu conhecimento de vida, não poderia ter se deixado enganar com tanta facilidade, mas...

O sr. Spragge sacudiu a cabeça com tristeza enquanto passava por sua mente uma visão de inumeráveis clientes que deveriam ter ouvido a voz da razão e ter recorrido a ele, de modo que seus casos fossem resolvidos fora do tribunal.

Frankie se levantou.

– Os homens são criaturas extraordinárias – ela disse.

Então estendeu a mão.

– Até logo, sr. Spragge. O senhor foi maravilhoso... simplesmente maravilhoso. Eu me sinto mais do que envergonhada.

– Vocês, jovens aristocráticos, deveriam ser mais cuidadosos – afirmou o sr. Spragge, sacudindo a cabeça para Frankie.

– O senhor foi um anjo – Frankie retrucou.

Apertou a mão do advogado com fervor e se despediu.

O sr. Spragge voltou a se sentar atrás de sua escrivaninha. Estava refletindo.

"O jovem duque de..."

Só existiam dois duques que podiam ser descritos assim.

Qual deles era?

Ele pegou uma nobiliarquia.

CAPÍTULO 26

Aventura noturna

A inexplicável ausência de Moira deixava Bobby mais preocupado do que ele gostaria de admitir. O jovem repetia consigo que era absurdo tirar conclusões apressadas – que era fantasioso demais imaginar que Moira tivesse sido eliminada numa casa cheia de possíveis testemunhas – que era bem provável que houvesse uma explicação muito simples e que, na pior das hipóteses, ela seria somente uma prisioneira na granja.

Bobby não acreditava nem por um segundo que a jovem tivesse saído de Staverley por sua livre e espontânea vontade. Estava convencido de que ela jamais teria partido assim sem lhe mandar um bilhete de explicação. Além disso, ela declarara enfaticamente que não tinha para onde ir.

Não, o sinistro dr. Nicholson estava por trás de tudo aquilo. De um modo ou de outro ele devia ter tomado conhecimento das atividades de Moira, e agora executava sua retaliação. Em algum lugar, no interior das sinistras paredes da granja, Moira era mantida prisioneira, incapaz de se comunicar com o mundo exterior.

Mas poderia não permanecer como prisioneira por muito tempo. Bobby acreditava implicitamente em cada palavra que Moira proferira. Os temores da jovem não eram nem resultado de uma imaginação vívida e tampouco de nervos abalados. Eram a verdade simples e cristalina.

Nicholson pretendia se livrar de sua esposa. Por diversas vezes, seus planos haviam malogrado. Agora, comunicando seus temores a outros, a esposa forçara o marido a tomar uma providência. Ou ele agia com rapidez ou então não agia em absoluto. Teria ele o sangue-frio para agir?

Bobby acreditava que teria. Por certo ele sabia que, mesmo que esses estranhos tivessem dado ouvidos aos temores de sua esposa, não teriam prova nenhuma. Além disso, imaginava que só teria de lidar com Frankie. Era possível que tivesse suspeitado dela desde o começo – seu pertinente questionamento quanto ao "acidente" dela parecia sinalizar isso –, mas, na condição de chofer de Lady Frances, Bobby não acreditava que o sujeito pudesse suspeitar que ele fosse qualquer outra coisa senão o que parecia ser.

Sim, Nicholson agiria. O corpo de Moira seria provavelmente encontrado em algum distrito longe de Staverley. Poderia ser jogado na praia pelas ondas do mar. Ou poderia ser encontrado ao pé de um penhasco. O negócio iria parecer, Bobby tinha quase certeza, um "acidente". Nicholson era especialista em acidentes.

Todavia, Bobby acreditava que o planejamento e a execução de tal acidente demandariam tempo – não muito, mas algum tempo. Nicholson estava sendo forçado a tomar uma providência – tinha de agir mais rápido do que havia previsto. Parecia razoável supor que ao menos 24 horas transcorreriam antes que ele conseguisse colocar qualquer plano em execução.

E Bobby pretendia encontrar Moira, se ela estivesse na granja, nesse meio-tempo.

Após deixar Frankie na Brook Street, ele tratou de colocar seus planos em ação. Julgou ser prudente passar bem longe do beco. Até onde sabia, o lugar podia estar sendo vigiado. Quanto a Hawkins, ele mesmo acreditava que ainda estivesse livre de suspeitas. Agora Hawkins, por sua vez, estava prestes a desaparecer.

Naquele fim de tarde, um jovem de bigode trajando um terno azul-escuro barato chegou à movimentada cidadezinha de Ambledever. O jovem se hospedou num hotel perto da estação, registrando-se como George Parker. Tendo deixado sua mala no hotel, saiu a pé e entrou em negociação para alugar uma motocicleta.

Às dez da noite, um motociclista com boné e óculos de proteção passou pelo vilarejo de Staverley e parou num trecho deserto da estrada não muito longe da granja.

Empurrando apressadamente a moto para trás de alguns arbustos convenientes, Bobby observou a estrada de alto a baixo. Estava deserta.

Então avançou ao longo do muro até chegar à pequena porta. Como da vez anterior, não estava trancada. Lançando mais um olhar pela estrada para ter certeza de que não era observado, Bobby passou furtivamente para o lado de dentro. Enfiou a mão no bolso do casaco, onde uma saliência indicava a presença do revólver. Tocá-lo era tranquilizador.

No interior da propriedade, tudo parecia silencioso.

Bobby arreganhou os dentes ao recordar histórias de gelar o sangue nas quais o vilão do enredo mantinha no lugar um guepardo ou outra inquieta fera predadora para lidar com os intrusos.

O dr. Nicholson parecia se contentar com meros ferrolhos e barras – e mesmo nisso parecia um tanto negligente. Bobby tinha certeza de que aquela portinha não devia ter sido deixada aberta. No papel de vilão da história, o dr. Nicholson se mostrava lamentavelmente descuidado.

"Nenhuma serpente domesticada", Bobby pensou. "Nenhum guepardo, nenhuma cerca eletrificada... o sujeito é vergonhosamente antiquado."

Ele fazia essas reflexões mais para se animar do que por qualquer outra razão. Toda vez que pensava em Moira, um estranho aperto parecia envolver seu coração.

O rosto da jovem flutuava no ar diante dele – os lábios trêmulos – os olhos arregalados e aterrorizados. Tinha sido bem ali que a vira pela primeira vez em carne e osso. Ele se sentiu atravessado por um frêmito de emoção ao recordar como a envolvera com os braços para segurá-la...

Moira – onde ela estaria agora? O que aquele médico sinistro fizera com ela? Se ao menos ainda estivesse viva...

– Só pode estar – Bobby falou sombriamente entre lábios apertados. – Não vou pensar em qualquer outra coisa.

Ele fez um cuidadoso reconhecimento do entorno da casa. Algumas janelas do andar superior tinham luzes acesas, e havia uma janela iluminada no andar térreo.

Bobby se arrastou furtivamente na direção dessa janela. As cortinas estavam corridas, mas havia uma ligeira fresta entre elas. Bobby apoiou um joelho no peitoril e alçou o corpo sem fazer ruído. Espiou pela fenda.

Conseguiu enxergar o braço e o ombro de um homem se movendo de leve, como se estivesse escrevendo. Dentro em pouco, o homem mudou de posição e seu perfil ficou à vista. Era o dr. Nicholson.

A posição era curiosa. Sem ter consciência de estar sendo observado, o médico seguia escrevendo num ritmo constante. Uma estranha espécie de fascinação tomou conta de Bobby. O homem estava tão perto dele que, se não fosse o vidro, poderia ter estendido o braço para tocá-lo.

Pela primeira vez, Bobby sentiu, estava realmente vendo aquele homem. Era um perfil imponente, com o nariz grande e agressivo, o queixo saliente, a bem escanhoada e incisiva linha do maxilar. As orelhas, Bobby notou, eram pequenas e coladas por inteiro na cabeça, e os lóbulos de fato se uniam às faces. Ele tinha a impressão que orelhas como aquelas, segundo se dizia, tinham algum significado especial.

O médico continuava escrevendo – com calma e sem pressa, aqui e ali parando por instantes, como que procurando a palavra certa, para em seguida retomar a escrita. Sua caneta se movia sobre o papel com precisão e regularidade. Num dado momento, ele tirou o pincenê, limpou as lentes e o recolocou no rosto.

Por fim, com um suspiro, Bobby se deixou escorregar silenciosamente até o chão. Pelo jeito, Nicholson continuaria escrevendo por algum tempo ainda. Agora era o momento para tentar entrar na casa.

Se Bobby conseguisse forçar a entrada por uma das janelas do andar superior enquanto o médico escrevia em seu gabinete, ele poderia explorar o prédio à vontade numa hora mais avançada da noite.

Ele voltou a circular a casa e se concentrou numa janela do primeiro andar. O caixilho de cima estava aberto, mas não havia luz no aposento, que, portanto, provavelmente estava desocupado no momento. Além disso, uma árvore muito conveniente parecia prometer um fácil meio de acesso.

Um minuto depois Bobby já estava trepando a árvore. Tudo estava indo bem e ele já esticava um braço para se apoiar no parapeito da janela quando um estalido agourento veio do galho sobre o qual pisava, e no momento seguinte esse ramo apodrecido cedeu, e Bobby foi lançado de cabeça numa moita de hortênsias abaixo que, por sorte, amorteceu sua queda.

A janela do gabinete de Nicholson ficava mais adiante no mesmo lado da casa. Bobby ouviu uma exclamação na voz do médico e a janela foi escancarada. Recobrando-se do choque inicial da queda, o jovem saltou de pé, desembaraçou-se das hortênsias e saiu em disparada pelo escuro trecho sombreado até o caminho que levava à portinha. Avançou um pouco pela trilha e então mergulhou entre a folhagem.

Escutou um som de vozes e avistou luzes movendo-se perto das hortênsias pisoteadas e despedaçadas. Bobby se manteve imóvel e prendeu a respiração. Eles poderiam vir pela trilha. Se viessem, encontrariam a porta aberta e provavelmente concluiriam que que alguém fugira por ali, desistindo de investir na busca.

Entretanto, os minutos se passavam e ninguém se aproximava. Dentro em pouco, Bobby ouviu a voz de Nicholson se elevar numa pergunta. Não conseguiu escutar as palavras, mas escutou uma resposta, proferida por uma voz rouca e bastante inculta:

– Todo mundo presente, tudo na ordem, senhor. Fiz a ronda.

Gradualmente os sons se extinguiram, as luzes desapareceram. Todos pareciam ter entrado de novo.

Com muita cautela, Bobby saiu de seu esconderijo. Emergiu na trilha com ouvidos atentos. Silêncio total. Ele deu dois passos na direção da casa.

E então, do meio das trevas, algo o golpeou por trás na nuca. Ele caiu para a frente... nas trevas.

CAPÍTULO 27

"Meu irmão foi assassinado"

Na sexta-feira de manhã o Bentley verde estacionou na frente do Station Hotel, em Ambledever.

Frankie havia telegrafado a Bobby sob o nome que os dois tinham combinado – George Parker –, informando que teria de prestar depoimento no inquérito sobre Henry Bassington-ffrench e faria uma parada em Ambledever no caminho para Staverley.

Ela tinha esperado um telegrama de resposta marcando um encontro, mas não recebera nada, de modo que se dirigira para o hotel.

– O sr. Parker, senhorita? – disse o engraxate do hotel. – Acho que não tem nenhum cavalheiro com esse nome hospedado aqui, mas vou dar uma olhada.

Voltou alguns minutos depois.

– Ele chegou aqui na quarta de noite, senhorita. Deixou a mala e disse que talvez só voltasse bem tarde. A mala ainda está aqui, mas ele não voltou pra pegar ela.

Frankie sentiu de repente um forte mal-estar. Apoiou-se numa mesa para não cair. O homem a encarava com expressão compadecida.

– A senhorita está se sentindo mal? – ele perguntou.

Frankie balançou a cabeça.

– Está tudo bem – conseguiu responder. – Ele não deixou nenhum recado?

O homem se afastou e, quando voltou, sacudiu a cabeça.

– Chegou um telegrama pra ele – afirmou. – É só.

Olhava para ela com curiosidade.

– Tem algo que eu possa fazer, senhorita? – ele perguntou.

Frankie negou com a cabeça.

Naquele momento, ela só queria sair dali.

Precisava de tempo para decidir o que fazer a seguir.

– Está tudo bem – ela falou, e, entrando no Bentley, foi embora.

Observando-a afastar-se, o homem assentiu com a cabeça como quem compreende tudo.

– Deu um bolo nela, foi isso – disse consigo. – Deixou ela na pior. Deu no pé. Que belo pedaço de mau caminho que ela é. Como deve ser ele?

Perguntou à jovem da recepção, mas a jovem não conseguia se lembrar.

– Dois grã-finos – o engraxate falou como quem sabe tudo. – Iam se casar escondido... e ele deu o fora.

Enquanto isso, Frankie dirigia na direção de Staverley, sua mente um labirinto de emoções conflitantes.

Por que Bobby não retornara para o Station Hotel? Só poderiam existir dois motivos: ou ele estava na pista certa, e essa pista o levara para algum lugar longe dali, ou então... ou então algo dera errado. O Bentley deu uma guinada perigosa. Frankie recuperou o controle no último instante.

Ela estava sendo uma idiota – imaginando coisas. É claro, Bobby estava bem. Estava seguindo uma pista – era só isso – seguindo uma pista.

Mas por que, outra voz lhe perguntou, Bobby não deixara um recado para tranquilizá-la?

Isso era mais difícil de explicar, mas existiam explicações. Circunstâncias difíceis – falta de tempo ou de oportunidade – Bobby por certo sabia que ela, Frankie, não ficaria temerosa por ele. Tudo estava bem – só podia estar.

O inquérito se passou como um sonho. Roger estava lá e Sylvia também – belíssima em seu traje de viúva. Sua figura causava uma impressão marcante – e comovente. Frankie se surpreendeu admirando-a como se estivesse admirando uma performance num teatro.

Os interrogatórios foram conduzidos com bastante tato. Os Bassington-ffrench eram populares na região, e tudo foi feito de modo a evitar maiores sofrimentos da viúva e do irmão do morto.

Frankie e Roger prestaram seus depoimentos – o dr. Nicholson prestou o dele – a carta de despedida do morto foi apresentada. A coisa toda pareceu levar um minuto e o veredicto proferido foi "Suicídio por desequilíbrio mental".

O veredicto "compassivo", como dissera o sr. Spragge.

Os dois acontecimentos se associaram na mente de Frankie.

Dois suicídios por desequilíbrio mental. Será que havia – poderia existir alguma ligação entre eles?

Que este último era mais do que genuíno, disso ela sabia, pois estivera presente à cena. A teoria de assassinato imaginada por Bobby tinha sido descartada por ser insustentável. O álibi do dr. Nicholson era sólido como aço – corroborado pela própria viúva.

Frankie e o dr. Nicholson permaneceram quando as demais pessoas partiram – o juiz de instrução se despedira de Sylvia com um aperto de mãos e havia proferido algumas palavras de consolo.

– Creio que chegaram algumas cartas para você, minha querida Frankie – disse Sylvia. – Se vocês não se importam, vou deixá-los agora e me deitar. Foi tudo tão horrível...

Ela estremeceu e saiu da sala. Nicholson acompanhou-a, murmurando algo a respeito de um sedativo.

Frankie se voltou para Roger.
– Roger, Bobby desapareceu.
– Desapareceu?
– Sim!
– Onde e quando?
Frankie explicou em sucintas palavras.
– E ninguém o viu desde então? – Roger perguntou.
– Não. O que você acha disso?
– Isso não me parece nada bom – Roger respondeu devagar.
Frankie sentiu o coração desfalecer.
– Você não está pensando que...
– Ah, pode ser que esteja tudo bem, mas... silêncio, aí vem Nicholson.
O médico entrou na sala com seus passos inaudíveis. Vinha esfregando as mãos e sorrindo.
– Tudo correu muito bem – ele disse. – Muito bem mesmo. O dr. Davidson teve muito tato, foi bastante ponderado. Podemos nos considerar afortunados em tê-lo como juiz de instrução da região.
– Acho que sim – Frankie retrucou mecanicamente.
– Faz uma enorme diferença, Lady Frances. O encaminhamento de um inquérito fica inteiramente nas mãos do juiz de instrução. Seus poderes são amplos. Ele pode dificultar ou facilitar as coisas como bem quiser. Nesse caso, tudo correu perfeitamente bem.
– Na verdade, foi uma boa encenação teatral – Frankie falou num tom ríspido.
Nicholson olhou para ela com surpresa.
– Entendo como Lady Frances está se sentindo – disse Roger. – Sinto a mesma coisa. O meu irmão foi assassinado, dr. Nicholson.
Ele estava parado atrás do outro e por isso não viu, como Frankie viu, a expressão sobressaltada que surgiu nos olhos do dr. Nicholson.
– Estou falando sério – Roger continuou, interrompendo Nicholson, que estava prestes a retrucar. – A lei pode não considerar assim, mas foi assassinato. Os criminosos bárbaros que induziram meu irmão a se tornar um escravo daquela droga o assassinaram tão efetivamente como se tivessem atirado nele.
Ele avançara um pouco, e agora seu olhar enraivecido encarava diretamente o rosto do médico.
– Vou me vingar de quem fez isso – ele afirmou; e suas palavras soaram como uma ameaça.
Os olhos azul-claros do dr. Nicholson baixaram perante o desafio. Ele sacudiu a cabeça com tristeza.

– Não posso dizer que discordo – ele falou. – Sei mais a respeito do consumo de drogas do que o senhor, sr. Bassington-ffrench. Induzir um homem a consumir drogas é um crime dos mais terríveis.

Ideias turbilhonavam na cabeça de Frankie – uma ideia em particular.

"Não pode ser", ela dizia consigo. "Isso seria monstruoso demais. Entretanto... o álibi dele depende todo da palavra dela. Mas nesse caso..."

Voltando a si, constatou que Nicholson estava falando com ela.

– Veio de carro, Lady Frances? Nenhum acidente dessa vez?

Frankie sentiu que simplesmente detestava aquele sorriso.

– Não – ela respondeu. – Acho que não vale a pena exagerar nos acidentes... o senhor não concorda?

Frankie especulou se as pálpebras dele realmente haviam tremido por um momento... ou seria imaginação sua?

– Talvez o seu motorista tenha dirigido dessa vez...

– O meu motorista – Frankie retrucou – desapareceu.

Ela encarou Nicholson fixamente.

– Não diga!

– Na última vez em que foi visto, estava seguindo na direção da granja.

Nicholson ergueu as sobrancelhas.

– É mesmo? Será que eu tenho... algum objeto de desejo na cozinha? – seu tom de voz era o de quem estava se divertindo. – Não posso acreditar.

– Seja como for, é onde o viram pela última vez – Frankie retrucou.

– A senhorita me soa um tanto dramática – disse Nicholson. – Talvez esteja dando atenção demais aos boatos locais. Os boatos não são nem um pouco confiáveis. Já ouvi as histórias mais disparatadas.

Ele fez uma pausa. O tom de sua voz se alterou ligeiramente:

– Já chegou aos meus ouvidos até mesmo uma história de que a minha esposa e o seu chofer tinham sido vistos conversando perto do rio.

Outra pausa.

– Tratava-se, Lady Frances, de um jovem bastante superior, no meu entender.

"Será isso?", Frankie pensou. "Será que ele vai inventar que a esposa fugiu com o meu chofer? Será esse o joguinho dele?"

Em voz alta ela disse:

– Hawkins é bem acima da média para um motorista particular.

– É o que parece – disse Nicholson.

Ele se voltou para Roger:

– Preciso ir. Acredite em mim, o senhor e a sra. Bassington-ffrench contam com a minha total solidariedade.

Roger saiu com ele pelo vestíbulo. Frankie os seguiu. Na mesa do vestíbulo encontravam-se duas cartas endereçadas a ela. Uma das cartas era uma conta. A outra...
Seu coração deu um pulo.
A outra exibia a caligrafia de Bobby.
Nicholson e Roger estavam no vão da porta.
Ela rasgou o envelope.

Querida Frankie (Bobby escrevia), *afinal encontrei uma pista. Siga-me tão logo possível até Chipping Somerton. Seria melhor vir de trem e não de carro. O Bentley chama muito a atenção. Os trens não são muito bons, mas você chega lá, claro. Trate de procurar uma casa conhecida como o Tudor Cottage. Não pergunte o caminho.* (Aqui se seguiam instruções minuciosas). *Ficou bem claro? Não diga nada para ninguém.* (Esta frase estava sublinhada com força) *Ninguém mesmo.*

Sempre seu,
Bobby.

Frankie amassou a carta com entusiasmo na palma da mão.
Então estava tudo bem.
Nada de tenebroso havia ocorrido com Bobby.
Ele tinha uma pista – e, por coincidência, a mesma que ela descobrira. Ela estivera em Somerset House para examinar o testamento de John Savage. Rose Emily Templeton constava como a esposa de Edgar Templeton, com residência em Tudor Cottage, Chipping Somerton.

E isso também se mostrara condizente com a página aberta do guia ferroviário na casa em St. Leonard's Gardens. Chipping Somerton era uma das estações na página aberta. Os Cayman haviam ido para Chipping Somerton.

Tudo estava se encaixando. Eles estavam chegando à reta final da caçada.
Roger Bassington-ffrench se virou e veio até ela.
– Algo interessante na sua carta? – perguntou num tom casual.
Frankie hesitou por um momento. Por certo Bobby não incluíra Roger quando lhe rogara que não dissesse nada para ninguém...

Então se lembrou da frase sublinhada com força – e se lembrou também de sua própria ideia recente, sua teoria monstruosa. Se *essa* ideia fosse verdadeira, Roger poderia traí-los ambos na maior inocência. Ela não ousava lhe insinuar suas próprias suspeitas.

Assim, estava tomada sua decisão.
– Não – ela falou. – Nada em absoluto.

Ela iria se arrepender amargamente dessa decisão antes que 24 horas tivessem se passado.

Mais de uma vez, no decorrer das horas que se seguiram, lastimou amargamente a determinação de Bobby de que o carro não deveria ser usado. Chipping Somerton não ficava tão longe assim em linha reta, mas eram necessárias três baldeações, com uma longa e tenebrosa espera em cada uma das estações rurais, e, para alguém com o temperamento impaciente de Frankie, esse método lento de locomoção era extremamente difícil de suportar com força de espírito.

Mesmo assim, ela não podia deixar de admitir que havia lógica no que Bobby dissera. O Bentley era um carro que chamava muito a atenção.

As desculpas de Frankie para deixá-lo em Merroway eram das mais inconsistentes, mas ela tinha sido incapaz de pensar em qualquer coisa brilhante no calor do momento.

Escurecia quando o trem de Frankie, um trem extremamente ponderado e cauteloso, entrou na pequena estação de Chipping Somerton. Para Frankie, era como se já fosse meia-noite. O trem parecia ter passeado por horas e horas.

Estava começando a chover bem naquele momento, o que era uma exasperação adicional.

Frankie abotoou o casaco até o pescoço, deu uma última olhada na carta de Bobby sob a luz da estação, decorou as instruções e partiu.

As instruções eram muito fáceis de seguir. Frankie viu as luzes do vilarejo à frente e dobrou à esquerda, subindo por uma ruazinha íngreme. No topo dessa ruazinha, pegou a bifurcação da direita e dentro em pouco avistou o pequeno amontoado de casas que formava o vilarejo abaixo e um cinturão de pinheiros à frente. Por fim, chegou a um elegante portão de madeira e, acendendo um fósforo, leu nele a inscrição "Tudor Cottage".

Não havia ninguém por perto. Frankie levantou o trinco e entrou. Conseguiu distinguir a silhueta da casa por trás de um cinturão de pinheiros. Assumiu sua posição em meio às árvores, de onde obtinha uma boa visão da casa. Em seguida, com o coração um pouco acelerado, fez a melhor imitação que pôde do pio de uma coruja. Alguns minutos se passaram e nada aconteceu. Ela repetiu o som.

A porta do chalé se abriu, e ela viu um vulto com traje de chofer espiar cautelosamente para fora. Bobby! Ele chamou-a com um gesto e então recuou para dentro, deixando a porta entreaberta.

Frankie saiu de baixo das árvores e foi até a porta. Não havia luz alguma em nenhuma das janelas. Tudo se mostrava completamente escuro e silencioso.

Frankie ultrapassou cautelosamente o limiar, adentrando um vestíbulo escuro. Parou, espiando em volta.
– Bobby? – sussurrou.
O alerta lhe chegou pelo nariz. Onde ela sentira antes aquele cheiro – aquele odor poderoso e marcante?
Bem quando seu cérebro lhe respondeu "clorofórmio", braços fortes agarraram-na por trás. Frankie abriu a boca para gritar e sua boca foi tapada por um pano molhado. O cheiro enjoativo e doce encheu suas narinas.
Lutou desesperadamente, retorcendo-se, debatendo-se, esperneando. Mas foi tudo em vão. Apesar de seu bravo empenho, sentiu que sucumbia. Seus ouvidos latejaram, ela ficou sufocada. E então não sentiu mais nada...

CAPÍTULO 28
Na última hora

Quando Frankie voltou a si, a reação imediata foi deprimente. Não havia nada de romântico nos efeitos colaterais do clorofórmio. Ela estava deitada num piso de madeira extremamente duro, e seus pés e mãos estavam atados. Conseguiu rolar o corpo e sua cabeça quase colidiu violentamente com uma caixa de carvão arruinada. Vários acontecimentos aflitivos então se seguiram.

Alguns minutos depois Frankie foi capaz, se não de se sentar, ao menos de fazer algumas observações.

Bem perto de si, ouviu um leve gemido. Olhou em volta. Até onde conseguia distinguir, parecia estar numa espécie de sótão. A única luz provinha de uma claraboia no teto, e, naquele momento, a luminosidade era muito escassa. Dentro de poucos minutos, a escuridão seria total. Dava para ver alguns quadros quebrados encostados na parede, uma cama de ferro caindo aos pedaços, cadeiras quebradas e o balde de carvão já mencionado.

O gemido parecia ter vindo de um canto.

As cordas que amarravam Frankie não estavam muito apertadas. Permitiam movimentos mais ou menos rastejantes. Ela foi se arrastando como uma minhoca pelo piso empoeirado.

– Bobby! – exclamou.

Era Bobby mesmo, também com pés e mãos amarrados. Além disso, tinha uma mordaça em volta da boca. Esta ele quase conseguira soltar. Frankie tratou de socorrê-lo. Apesar de amarradas, suas mãos ainda podiam ser usadas em certa medida, e um último puxão vigoroso que ela deu com os dentes concluiu afinal o trabalho.

Meio rígido, Bobby conseguiu exclamar:
— Frankie!
— Que bom que estamos juntos — ela disse. — Mas parece de fato que nos fizeram de bobos.
— Acho — disse Bobby — que é o que chamam de uma "prisão justa".
— Como foi que pegaram você? — Frankie quis saber. — Foi depois que você escreveu aquela carta para mim?
— Que carta? Não escrevi carta nenhuma.
— Ah, entendo — Frankie retrucou com olhos arregalados. — Que idiota eu fui! E toda aquela história de não dizer nada para pessoa nenhuma.
— Ouça, Frankie, vou lhe contar o que aconteceu comigo e depois você segue o meu exemplo e conta o que aconteceu com você.
Ele descreveu suas aventuras na granja e a consequência sinistra.
— Voltei a mim neste buraco infernal — disse o jovem. — Havia comida e bebida numa bandeja. Eu estava com uma fome terrível e não me contive. Devo ter ingerido algum entorpecente, porque peguei no sono quase no mesmo instante. Que dia é hoje?
— Sexta-feira.
— E me pegaram no anoitecer de quarta! Que diabo, fiquei inconsciente o tempo todo. Agora me diga: o que aconteceu com você?
Frankie relatou suas aventuras, começando com a história que ouvira do sr. Spragge e seguindo até o ponto em que julgara ter reconhecido o vulto de Bobby no vão da porta.
— E então me cloroformizaram — ela finalizou. — E... ah, Bobby, acabei de vomitar dentro de um balde de carvão!
— Eu diria que isso foi muito engenhoso da sua parte — Bobby aprovou.
— Com as mãos amarradas e tudo mais? A questão é: o que vamos fazer agora? Ditamos as regras por bastante tempo, mas a situação se inverteu agora.
— Se ao menos eu tivesse falado da sua carta para Roger... — Frankie lamentou. — Cheguei a pensar nisso e vacilei... e então decidi fazer exatamente o que você pedia e não contar nada para ninguém.
— E o resultado é que ninguém sabe onde estamos — Bobby retrucou com gravidade. — Frankie, minha querida, receio ter metido você numa enrascada.
— Nós ficamos um pouco confiantes demais — Frankie falou num tom sombrio.
— A única coisa que eu não consigo entender é por que não arrebentaram as nossas cabeças de uma vez — Bobby ponderou. — Não acredito que Nicholson possa se preocupar com uma ninharia dessas.
— Ele tem um plano — Frankie disse com um ligeiro estremecimento.

– Bem, seria bom que nós tivéssemos um plano também. Precisamos sair dessa, Frankie. Como vamos fazer isso?

– Podemos gritar – ela respondeu.

– Si-im – Bobby retrucou. – Alguém poderia estar passando e nos escutar. No entanto, visto que Nicholson não amordaçou você, eu diria que as nossas chances nesse sentido são bem pequenas. As amarras das suas mãos estão mais frouxas do que as minhas. Vamos ver se eu consigo desamarrá-las com os dentes.

Os cinco minutos seguintes foram empregados num esforço que conferiu méritos ao dentista de Bobby.

– É extraordinário como essas coisas parecem fáceis nos livros – ele ofegou. – Acho que eu não estou fazendo diferença nenhuma.

– Está sim – disse Frankie. – Está ficando frouxo. Cuidado! Tem alguém vindo.

Ela rolou para longe de Bobby. Ouvia-se um som de alguém subindo uma escada – passos pesados e imponentes. Uma faixa de luz apareceu sob a porta. Seguiu-se o som de uma chave sendo girada na fechadura. A porta se abriu devagar.

– E como estão os meus dois bichinhos? – perguntou a voz do dr. Nicholson.

Ele trazia na mão uma vela e, embora estivesse usando um chapéu caído sobre os olhos e um pesado sobretudo com a gola virada para cima, sua voz o teria traído em qualquer lugar. Seus olhos brilhavam palidamente por trás das lentes grossas.

O homem sacudiu a cabeça jocosamente diante dos dois.

– Pouco condizente com a sua inteligência, minha jovem senhorita – ele disse –, ter caído na armadilha com tanta facilidade.

Nem Bobby nem Frankie esboçaram qualquer resposta. O domínio da situação pertencia tão obviamente a Nicholson que era difícil saber o que dizer.

Nicholson colocou a vela sobre uma cadeira.

– De todo modo – ele disse –, deixe-me ver se vocês estão bem acomodados.

Ele examinou os nós de Bobby, fez um gesto de aprovação com a cabeça e passou para Frankie. Então fez um gesto negativo com a cabeça.

– Como legitimamente costumavam dizer na minha juventude – ele comentou –, os dedos foram criados antes dos garfos... e os dentes eram usados antes dos dedos. Os dentes do seu amigo, eu percebo, entraram em ação.

Via-se num canto uma pesada cadeira de carvalho com espaldar quebrado. Nicholson ergueu Frankie para então depositá-la e amarrá-la com firmeza na cadeira.

– Espero que não esteja muito desconfortável... – ele disse. – Bem, não será por muito tempo.

Frankie recuperou a fala.

– O que é que o senhor vai fazer conosco? – ela quis saber.

Nicholson andou até a porta e apanhou sua vela.

– A senhorita me insinuou, Lady Frances, que eu gostava demais de acidentes. Talvez eu goste mesmo. Seja como for, vou arriscar mais um acidente ainda.

– Como assim? – Bobby reagiu.

– Devo lhes contar? Sim, acho que devo. Lady Frances Derwent, dirigindo seu carro, com seu chofer ao lado, entra numa curva por engano e pega uma estrada em desuso que leva para uma pedreira. O carro despenca no penhasco. Lady Frances e seu chofer morrem.

Houve uma breve pausa e então Bobby falou:

– Mas nós poderíamos sobreviver. Os planos dão errado de vez em quando. Um dos seus deu errado em Gales.

– Sua tolerância à morfina é sem dúvida impressionante, e, do nosso ponto de vista... lamentável – afirmou o dr. Nicholson. – Mas o senhor não precisa se inquietar por minha causa desta vez. O senhor e Lady Frances estarão mortos para valer quando seus corpos forem encontrados.

Bobby estremeceu a contragosto. Soara uma nota esquisita na voz de Nicholson – era o tom de um artista contemplando sua obra-prima.

"Ele está se divertindo com isso", Bobby pensou. "Realmente se divertindo."

Até onde conseguisse evitar, ele não iria dar outros motivos de divertimento para Nicholson. Falou com um tom de voz casual:

– O senhor está cometendo um equívoco... sobretudo em relação a Lady Frances.

– Sim – disse Frankie. – Naquela carta muito astuta que forjou, o senhor me pedia que não contasse nada para ninguém. Pois bem, eu fiz uma única exceção. Contei para Roger Bassington-ffrench. Ele sabe tudo a seu respeito. Se algo nos acontecer, ele saberá quem é o responsável. Seria melhor nos libertar e sumir do país o mais depressa possível.

Nicholson ficou calado por um momento. Então afirmou:

– Um belo blefe... mas vou pagar para ver.

Ele se virou na direção da porta.

– E quanto à sua esposa, seu animal? – Bobby exclamou. – Matou a sua esposa também?

– Moira ainda está viva – Nicholson informou. – Por quanto tempo vai permanecer nessa condição, isso eu realmente não sei. Depende das circunstâncias.

O médico lhes fez uma pequena reverência zombeteira.
— *Au revoir* — disse. — Levarei algumas horas para completar os meus preparativos. Vocês poderão ter o prazer de discutir o assunto. Não irei amordaçá-los a menos que se torne necessário. Entenderam? Quaisquer gritos por socorro, eu volto e resolvo a questão.

Ele saiu e trancou a porta.

— Não é verdade — disse Bobby. — Não pode ser verdade. Essas coisas não acontecem.

Mas não pôde evitar a sensação de que iriam acontecer — e com ele e Frankie.

— Nos livros, o resgate sempre aparece na última hora — disse Frankie, tentando ser otimista.

Mas ela não estava muito otimista. Na verdade, seu moral estava decididamente baixo.

— O negócio todo é tão impossível... — Bobby falou, como se estivesse argumentando com alguém. — Tão fantástico... O próprio Nicholson não me pareceu nem um pouco real. Seria bom se fosse possível um resgate de última hora, mas não consigo imaginar quem poderia nos resgatar.

— Se ao menos eu tivesse contado para Roger... — Frankie se lamuriou.

— Talvez, apesar de tudo, Nicholson acredite que você contou — Bobby sugeriu.

— Não... — disse Frankie. — Ele não engoliu nem um pouco a insinuação. O maldito sujeito é esperto demais.

— Foi esperto demais para nós — Bobby comentou num tom lúgubre. — Frankie, sabe o que mais me aborrece nesse negócio?

— Não. O quê?

— É que até mesmo agora, quando estamos prestes a ser varridos deste mundo, ainda não sabemos quem é Evans.

— Vamos perguntar para ele — disse Frankie. — Sabe... como uma dádiva, um último desejo. Ele não pode se recusar a nos contar. Concordo com você que simplesmente não posso morrer sem satisfazer a minha curiosidade.

Houve um silêncio, e então Bobby falou:

— Você acha que devemos gritar por socorro? Numa espécie de último recurso? É a única chance que nós temos.

— Ainda não — disse Frankie. — Em primeiro lugar, não acredito que alguém fosse nos escutar... caso contrário ele estaria se arriscando... e, em segundo lugar, eu sinto que não consigo suportar de modo algum ficar aqui esperando a morte sem poder conversar com alguém. Vamos deixar os gritos para o momento derradeiro. É... é tão confortador ter você para conversar... — sua voz fraquejou um pouco com as últimas palavras.

– Eu meti você numa enrascada medonha, Frankie.
– Ah, não faz mal. Você não teria conseguido me deixar de fora. Eu queria me envolver. Bobby, você acha que ele realmente vai dar cabo...? De nós, eu quero dizer?
– Receio muitíssimo que sim. Ele é incrivelmente eficiente.
– Bobby, você acredita agora que foi ele quem matou Henry Bassington-ffrench?
– Se fosse possível...
– É possível... com uma condição: *que Sylvia Bassington-ffrench esteja envolvida também.*
– Frankie!
– Eu sei. Também fiquei horrorizada quando a ideia me ocorreu. Mas isso se encaixa. Por que Sylvia se mostrou tão tapada em relação à morfina? Por que ela insistiu tão obstinadamente quando pedimos que mandasse o marido para outro lugar em vez da granja? E além disso ela estava na casa quando aquele tiro foi disparado...
– Ela mesma pode ter disparado aquele tiro.
– Ah, não, certamente que não.
– Sim, pode. E depois ter dado a chave do gabinete a Nicholson para que a colocasse no bolso de Henry.
– É tudo uma loucura – Frankie falou com uma voz desalentada. – É como olhar as coisas por um espelho distorcido. Todas as pessoas que pareciam totalmente boas são na verdade totalmente más... todas as pessoas simpáticas e comuns. Deveria existir alguma maneira de identificar criminosos... sobrancelhas ou orelhas ou algo assim.
– Meu Deus! – exclamou Bobby.
– O que foi?
– Frankie, não foi Nicholson quem esteve aqui há pouco.
– Você enlouqueceu? Quem foi então?
– Não sei... mas não foi Nicholson. O tempo todo eu senti que havia algo de errado, mas não sabia definir o quê, e falando em orelhas você me deu uma dica. Quando eu observei Nicholson pela janela duas noites atrás, as orelhas dele me chamaram bastante atenção... os lóbulos são colados às faces. Mas esse homem de hoje... suas orelhas não eram assim.
– Mas isso quer dizer o quê? – Frankie perguntou, perdida.
– Era um ator muito competente interpretando Nicholson.
– Mas por quê? E quem poderia ser?
– Bassington-ffrench – Bobby soprou. – *Roger Bassington-ffrench!* Descobrimos o homem certo no começo, e depois, como idiotas, acabamos nos perdendo atrás de pistas falsas.

– Bassington-ffrench – Frankie sussurrou. – Bobby, você está certo. Só pode ser ele. Bassington-ffrench foi a única testemunha quando eu provoquei Nicholson sobre os acidentes.
– Então está tudo acabado mesmo – disse Bobby. – Eu ainda tinha uma mínima esperança de que Roger Bassington-ffrench pudesse por algum milagre farejar o nosso paradeiro, mas a última esperança se desfez agora. Moira é uma prisioneira, você e eu estamos de mãos e pés amarrados. Ninguém mais tem a menor ideia de onde estamos. O jogo acabou, Frankie.
Quando terminava de falar, houve um ruído acima. No instante seguinte, com um estrondo terrível, um corpo pesado caiu pela claraboia.
Estava escuro demais para que enxergassem qualquer coisa.
– Que diabo... – Bobby começou.
Em meio a uma pilha de vidro estilhaçado, uma voz se manifestou.
– B-b-b-bobby – disse a voz.
– Não é possível! – Bobby exclamou. – É Badger!

CAPÍTULO 29

A história de Badger

Não havia um minuto a perder. Ruídos já soavam no andar de baixo.
– Rápido, Badger, seu maluco! – disse Bobby. – Tire uma das minhas botas! Não discuta, não pergunte nada! Arranque a bota de algum jeito. Jogue ali no meio e se arraste para baixo da cama. *Rápido*, eu estou dizendo!
Passos vinham subindo as escadas. A chave foi girada.
Nicholson – o pseudo-Nicholson – apareceu no vão da porta segurando uma vela.
Viu Frankie e Bobby como os deixara, mas no meio do piso havia um monte de vidro estilhaçado, e, no meio do vidro estilhaçado, uma bota!
O olhar espantado de Nicholson passou da bota para Bobby. O pé esquerdo de Bobby estava descalço.
– Muito inteligente, meu jovem amigo – falou secamente. – Extremamente acrobático.
Ele se aproximou de Bobby, examinou as cordas que o prendiam e firmou alguns nós adicionais. Olhou para ele com curiosidade.
– Gostaria de saber como conseguiu atirar essa bota na claraboia. Parece quase inacreditável. O senhor tem um pouco de Houdini, meu amigo.

Encarou os dois, olhou a claraboia quebrada e então saiu da sala, encolhendo os ombros.
— Rápido, Badger.
Badger rastejou para fora da cama. Tinha consigo um canivete e, com auxílio do instrumento, logo libertou os outros dois.
— Assim está melhor — Bobby falou, espreguiçando-se. — Puxa! Estou duro! Bem, Frankie, e quanto ao nosso amigo Nicholson?
— Você tem razão — disse Frankie. — É Roger Bassington-ffrench. Agora que eu *sei* que é Roger interpretando o papel de Nicholson, consigo *perceber* a interpretação. Mas o desempenho é ótimo, mesmo assim.
— Com voz, pincenê e tudo — Bobby falou.
— Fui colega de um B-b-b-bassington-ffrench em Oxford — disse Badger. — Ator m-m-m-magnífico. Só que não era f-f-flor que se cheire. Um n-n-n-negócio sujo de falsificar o nome do v-v-velho dele num cheque. O v-v-velho abafou o caso.
O mesmo pensamento surgiu nas mentes de Frankie e de Bobby. Badger, a quem os dois haviam julgado ser mais sensato não fazer confidências, poderia ter lhes dado informações valiosas muito antes!
— Falsificação... — Frankie falou, pensativa. — Aquela carta sua, Bobby, estava incrivelmente bem forjada. Onde será que ele viu a sua caligrafia?
— Se ele está mancomunado com os Cayman, então provavelmente viu a minha carta sobre o caso Evans.
A voz de Badger se elevou numa queixa:
— O que v-v-v-vamos fazer agora?
— Vamos assumir uma posição confortável atrás dessa porta — disse Bobby. — E, quando nosso amigo retornar, coisa que não vai acontecer ainda por um bom tempo, imagino, você e eu vamos pegá-lo pelas costas e lhe dar o maior susto de sua vida. Que tal, Badger? Você topa?
— Ah, sem dúvida!
— Quanto a você, Frankie, quando ouvir os passos dele, trate de voltar para sua cadeira. Ele a verá tão logo abrir a porta e vai entrar sem suspeitar de nada.
— Certo — disse Frankie. — E, assim que você e Badger derrubarem-no, eu entro na briga e mordo seus tornozelos ou algo assim.
— Esse é o verdadeiro espírito feminino — Bobby aprovou. — Pois bem, sentemos juntos aqui no chão e vamos ouvir tudo. Quero saber que milagre nos trouxe Badger por aquela claraboia.
— Bem, v-v-veja — disse Badger —, quando você p-p-par-tiu, eu me m-m-meti numa certa enrascada.

Ele fez uma pausa. Gradualmente, a história foi saindo: uma narrativa de passivos, credores e oficiais de justiça – uma catástrofe típica de Badger. Bobby partira sem deixar endereço, dizendo apenas que levaria o Bentley para Staverley. E assim Badger viera para Staverley.

– Achei que t-t-talvez você p-p-pudesse me emprestar cinco – ele explicou.

Bobby sentiu um aperto no coração. Para ajudar Badger em seu empreendimento ele viera para Londres, e então prontamente abandonara seu posto para dar uma de detetive com Frankie. E nem mesmo agora o fiel Badger proferira uma única palavra de censura.

Badger não queria colocar em perigo a misteriosa aventura de Bobby, mas era da sua opinião que um carro como o Bentley verde não seria difícil de encontrar num lugar do tamanho de Staverley.

Na verdade, havia topado com o carro antes de chegar a Staverley, pois o vira parado na frente de uma hospedaria – vazio.

– Então p-p-p-pensei – Badger prosseguiu – em lhe fazer uma pequena s-s-s-surpresa, sabe? Havia uns t-t-tapetes no b-b-banco de trás e ninguém por perto. Eu entrei e me c-c-cobri com eles. Achei que lhe daria o maior s-s-susto da sua vida.

O que de fato acontecera era que um chofer de libré verde saíra da hospedaria e que Badger, espiando de seu esconderijo, percebera com estupefação que aquele chofer não era Bobby. Teve uma impressão de que o rosto lhe era de algum modo familiar, mas não conseguiu identificar de onde conhecia o homem. O estranho entrou no carro e saiu dirigindo.

Badger estava em apuros. Não sabia o que fazer a seguir. Explicações e desculpas eram difíceis, e, de todo modo, ficava difícil explicar qualquer coisa para um sujeito que estava dirigindo um carro a cem quilômetros por hora. Badger resolveu ficar quieto e se esgueirar para fora quando o carro parasse.

Por fim o carro chegou a seu destino – Tudor Cottage. O chofer estacionou o Bentley na garagem, mas, saindo do carro, fechou as portas da garagem. Badger era agora um prisioneiro. Havia uma pequena janela num dos lados da garagem, e através desta, mais ou menos meia hora depois, Badger viu a chegada de Frankie, seu assobio e sua entrada na casa.

O negócio todo intrigou Badger profundamente. Ele começou a suspeitar que algo estava errado. De todo modo, decidiu que daria uma olhada nas imediações por conta própria para tentar descobrir o que era.

Com ajuda de algumas ferramentas que pegou aqui e ali na garagem, conseguiu arrombar a fechadura da garagem e saiu para fazer uma inspeção. As venezianas do térreo estavam todas fechadas, mas ele pensou que subindo no telhado talvez conseguisse dar uma olhada pelas janelas de cima. Chegar ao telhado não apresentou dificuldades. Havia um cano providencial subindo pela parede da garagem, e do telhado da garagem ao telhado do chalé a escalada era fácil. No decorrer de sua ronda, Badger havia se deparado com a claraboia. O peso de Badger e a gravidade haviam feito o resto.

Bobby respirou fundo quando a narrativa chegou ao fim.

– Mesmo assim – ele falou com reverência –, você é um milagre, um belo e magnífico milagre. Se não fosse você, Badger, meu rapaz, Frankie e eu seríamos dois pequenos cadáveres daqui a uma hora.

Ele fez a Badger um relato resumido de suas atividades com Frankie. Perto do final, se calou.

– Alguém está vindo! Assuma o seu posto, Frankie. Muito bem, é agora que a peça que vamos aplicar em Bassington-ffrench vai lhe dar o maior susto de sua vida.

Frankie se acomodou numa postura deprimida na cadeira quebrada. Badger e Bobby ficaram de prontidão atrás da porta.

Os passos subiram pela escada, um risco de luz de vela transpareceu por baixo da porta. A chave foi inserida na fechadura e girada, a porta se abriu. A luz da vela revelou Frankie prostrada em sua cadeira. O carcereiro transpôs o vão da porta.

Então, com alegria, Bobby e Badger saltaram.

Os procedimentos foram breves e decisivos. Tomado completamente de surpresa, o homem foi derrubado, e a vela, tendo voado para longe, foi apanhada por Frankie; alguns segundos depois, os três amigos contemplavam com malicioso prazer a figura dominada – fortemente amarrada com as mesmas cordas que antes haviam prendido dois deles.

– Boa noite, sr. Bassington-ffrench – disse Bobby (e, se a exultação em sua voz era um pouco rude, quem poderia culpá-lo?). – É uma bela noite para o funeral.

CAPÍTULO 30

Uma fuga

O homem no chão os encarava. Seu pincenê havia voado para longe, bem como seu chapéu. Já era inviável qualquer disfarce. Leves traços de maquiagem eram visíveis em volta das sobrancelhas, mas, afora isso, tratava-se do rosto afável e ligeiramente vago de Roger Bassington-ffrench.

Falava com sua voz agradável de tenor, no tom de um melodioso solilóquio.

– Muito interessante – ele disse. – Na verdade, eu sabia muito bem que um homem amarrado como o senhor estava não poderia ter arremessado uma bota naquela claraboia. No entanto, visto que a bota estava em meio ao vidro quebrado, interpretei-os como causa e efeito e presumi que, embora fosse impossível, o impossível ocorrera. Um vislumbre interessante das limitações do cérebro.

Como ninguém falou nada, Roger prosseguiu com a mesma voz de reflexão:

– Assim, afinal, vocês venceram a partida. Muitíssimo inesperado e extremamente lamentável. Achei que tinha passado a perna em vocês direitinho.

– E passou mesmo – disse Frankie. – Você forjou aquela carta de Bobby, não é mesmo?

– É um talento meu – Roger falou com modéstia.

– E Bobby?

Deitado de costas, com um sorriso afável no rosto, Roger parecia sentir um verdadeiro prazer em lhes fazer esclarecimentos.

– Eu sabia que ele iria à granja. Só precisei esperá-lo nos arbustos perto da trilha. Eu estava bem atrás dele quando ele bateu em retirada depois de cair desajeitadamente de uma árvore. Esperei o tumulto passar e então o acertei direitinho na nuca com um saco de areia. Só tive de carregá-lo até onde eu deixara meu carro, enfiá-lo no assento traseiro e trazê-lo para cá. Antes do amanhecer eu já estava em casa.

– E Moira? – Bobby quis saber. – Conseguiu atraí-la para algum lugar?

Roger deu uma risadinha. A pergunta pareceu diverti-lo.

– A falsificação é uma arte muito útil, meu caro Jones – ele afirmou.

– Seu animal – Bobby retrucou.

Frankie interveio. Ainda estava cheia de curiosidade, e o prisioneiro parecia estar num humor prestativo.

– Por que você fingiu ser o dr. Nicholson? – ela perguntou.

– Ora, por que será? – Roger pareceu repetir a pergunta para si. – Em parte, talvez, pela diversão de ver se eu conseguiria lograr vocês dois. Vocês se mostravam tão convencidos de que o pobre Nicholson estava envolvido até o pescoço... – ele riu e Frankie corou. – Só porque ele interrogou você um pouco sobre os detalhes do seu acidente... com seus modos pomposos. É uma mania irritante dele essa meticulosidade nos detalhes.

– E na verdade – Frankie falou devagar – ele era completamente inocente...

– Como uma criança no ventre da mãe – disse Roger. – Mas ele me fez um grande favor. Atraiu a minha atenção para aquele acidente seu. Isso e um outro incidente me fizeram perceber que você poderia não ser a jovenzinha inocente que parecia ser. E, além disso, eu estava ao seu lado quando você telefonou certa manhã, e ouvi a voz do seu chofer dizendo "Frankie". A minha audição é excelente. Sugeri acompanhá-la até Londres e você concordou... mas ficou muito aliviada quando mudei de ideia. Depois disso – ele fez uma pausa e, até onde conseguia, encolheu seus ombros amarrados –, foi muito divertido vê-los alvoroçados em função de Nicholson. Ele é um asno velho inofensivo, mas tem a exata aparência de um supercriminoso científico do cinema. Achei melhor manter a ilusão. Afinal de contas, nunca se sabe. Os melhores planos podem dar errado, como demonstra o meu atual apuro.

– Tem mais uma coisa que você *precisa* me contar – disse Frankie. – Eu quase fiquei louca de tanta curiosidade. Quem é Evans?

– Ah! – exclamou Bassington-ffrench. – Então vocês não sabem?

Ele riu – e voltou a rir.

– Isso é bastante divertido – disse. – Demonstra o quanto podemos ser tolos.

– Você se refere a nós? – perguntou Frankie.

– Não – disse Roger. – Nesse caso, estou me referindo a mim. Ora, já que não sabem quem é Evans, acho que não lhes contarei. Vou manter isso como meu segredinho particular.

A circunstância era curiosa. Eles haviam virado a mesa, mas, de alguma maneira, Bassington-ffrench lhes roubara o triunfo. Deitado no chão, amarrado e prisioneiro, era ele quem dominava a situação.

– E quais são os planos de vocês agora, posso perguntar? – ele falou.

Ninguém pensara em plano algum. Bobby, um tanto hesitante, murmurou qualquer coisa sobre a polícia.

– É o melhor a fazer mesmo – Roger comentou com jovialidade. – Liguem para eles e me entreguem. A acusação vai ser rapto, eu suponho. Não tenho como negar muito bem – e olhou para Frankie. – Alegarei uma culpa passional.

Frankie corou.

– E assassinato? – ela perguntou.

– Minha querida, vocês não têm nenhuma prova. Nenhuma em absoluto. Pensem bem e terão de concordar comigo.

– Badger – disse Bobby –, é melhor você ficar aqui, de olho nele. Vou descer e ligar para a polícia.

– É melhor você ter cuidado – Frankie falou. – Pode haver mais gente na casa.

– Ninguém além de mim – disse Roger. – Eu estava agindo sozinho.

– Não estou disposto a acreditar na sua palavra – Bobby retrucou rispidamente.

Ele se curvou e testou os nós.
— Sem perigo — afirmou. — Não tem como soltar. Melhor nós descermos juntos. Podemos trancar a porta.
— Quanta desconfiança, meu camarada — Roger falou. — Há uma pistola no meu bolso, se quiser. Talvez ela o faça se sentir mais feliz, e, na minha presente situação, certamente não me serve para nada.
Ignorando o tom zombeteiro do sujeito, Bobby se abaixou e apanhou a arma.
— Bondade sua mencionar isso — ele disse. — Se quer saber, ela me deixa mesmo mais feliz.
— Ótimo — disse Roger. — Está carregada.
Bobby pegou a vela e os três saíram em fila, deixando Roger deitado no chão. Bobby trancou a porta e colocou a chave no bolso. Segurava na mão a pistola.
— Vou na frente — ele disse. — Não podemos dar um passo em falso e estragar tudo agora.
— S-s-sujeito esquisito, não? — Badger comentou jogando a cabeça para trás, na direção do aposento que haviam deixado.
— O desgraçado sabe perder — disse Frankie.
Nem mesmo agora ela conseguia se libertar de todo do charme assombroso do jovem Roger Bassington-ffrench.
Um lance de escadas bastante fácil levava ao patamar principal. Tudo era silêncio. Bobby se debruçou sobre o corrimão. O telefone ficava no vestíbulo, embaixo.
— Melhor examinarmos os quartos aqui primeiro — ele disse. — Não seria nada bom se nos surpreendessem pelas costas.
Badger escancarou cada uma das portas. Dos quatro quartos, três estavam vazios. No último, uma figura delgada jazia estirada sobre uma cama.
— É Moira! — Frankie exclamou.
Os outros se precipitaram em volta da cama. Moira parecia estar morta de tão imóvel, a não ser pelo peito, que se movia quase imperceptivelmente para cima e para baixo.
— Ela está dormindo? — Bobby perguntou.
— Acho que foi drogada — Frankie disse.
Ela olhou em volta. Uma seringa hipodérmica repousava numa pequena bandeja esmaltada sobre uma mesa perto da janela. Havia também um pequeno fogareiro de álcool e uma espécie de agulha para injeção de morfina.
— Acho que ela vai ficar bem — disse Frankie. — Mas precisamos chamar um médico.
— Vamos descer e telefonar — falou Bobby.

Os três passaram para o vestíbulo abaixo. Frankie temia que os fios do telefone estivessem cortados, mas seus temores eram infundados. Os jovens contataram a delegacia de polícia com bastante facilidade, mas explicar a situação foi uma tarefa bem mais complicada. A polícia local se mostrou altamente inclinada a encarar aquele chamado como um trote.

Entretanto, deixaram-se convencer afinal, e Bobby recolocou o receptor no lugar com um suspiro. Ele explicara que também precisavam de um médico, e o policial prometera levar um consigo.

Dez minutos depois apareceu um carro com um inspetor, um policial e um homem idoso que tinha sua profissão estampada no rosto.

Bobby e Frankie os recepcionaram e, depois de explicar a situação mais uma vez de forma um tanto superficial, mostraram o caminho até o sótão. Bobby destrancou a porta – e então se deteve, estupefato. No meio do aposento havia um monte de cordas cortadas. Embaixo da claraboia quebrada via-se uma cadeira em cima da cama, que tinha sido arrastada até ficar sob a claraboia.

De Roger Bassington-ffrench não havia sinal.

Bobby, Badger e Frankie ficaram boquiabertos.

– Por falar em Houdini... – disse Bobby. – Por certo ele superou o próprio Houdini. Que diabo ele fez para conseguir cortar essas cordas?

– Ele devia ter uma faca no bolso – disse Frankie.

– Mas mesmo assim, como conseguiu pegar essa faca? As duas mãos estavam amarradas nas costas.

O inspetor tossiu. Todas as suas dúvidas anteriores haviam retornado. Sentia-se mais do que nunca inclinado a encarar o negócio todo como uma brincadeira.

Frankie e Bobby se viram contando uma longa história que soava mais impossível a cada minuto.

Quem os salvou foi o médico.

Sendo levado para o quarto onde Moira repousava, declarou de pronto que a jovem havia sido drogada com morfina ou algum preparado de ópio. Não considerou grave o estado dela, julgava que acordaria naturalmente dali a quatro ou cinco horas.

Sugeriu que a levassem o quanto antes para uma boa clínica nas redondezas.

Bobby e Frankie concordaram, sem saber o que mais poderia ser feito. Tendo informado seus nomes e endereços ao inspetor, que pareceu não acreditar nem um pouco nas informações de Frankie, receberam permissão para deixar Tudor Cottage e, com auxílio do inspetor, conseguiram ser hospedados no Seven Stars, no vilarejo.

Lá, ainda sentindo que eram encarados como criminosos, ficaram mais do que gratos quando puderam se recolher a seus quartos – um quarto de casal para Bobby e Badger e um minúsculo quartinho de solteiro para Frankie.

Alguns minutos depois, quando já estavam todos acomodados, houve uma batida na porta de Bobby.

Era Frankie.

– Pensei uma coisa – ela disse. – Se aquele inspetor idiota continuar achando que nós inventamos tudo isso, eu ainda tenho a prova de que fui cloroformizada.

– Você tem? Onde?

– No balde de carvão – Frankie respondeu com firmeza.

CAPÍTULO 31

Frankie faz uma pergunta

Exausta com todas as suas aventuras, Frankie dormiu até tarde na manhã seguinte. Eram dez e meia quando desceu até a salinha do café, onde Bobby a esperava.

– Oi, Frankie, eis você aqui afinal.

– Pare de ser tão incrivelmente bem disposto – Frankie desabou numa cadeira.

– O que você vai querer? Eles têm hadoques e ovos com bacon e presunto frio.

– Vou querer uma torrada e um chá fraco – Frankie falou para refreá-lo. – Qual é o problema com você?

– Deve ter sido a pancada com o saco de areia – Bobby respondeu. – Talvez tenha soltado alguns parafusos no meu cérebro. Eu me sinto cheio de força e vigor, com ideias brilhantes e uma ânsia de fazer coisas ousadas.

– Bem, por que não ousar? – Frankie retrucou num tom lânguido.

– Já ousei. Passei a última meia hora com o inspetor Hammond. Por enquanto, Frankie, precisamos deixar que pensem que foi só uma brincadeira.

– Ah, mas, Bobby...

– Eu disse *por enquanto*. Precisamos ir até o fim, Frankie. Estamos no lugar certo, só precisamos pôr mãos à obra. Não queremos Roger Bassington-ffrench preso por rapto. Queremos prendê-lo por assassinato.

– E vamos conseguir – Frankie falou com ânimo renovado.

— Assim é que se fala – Bobby aprovou. – Beba um pouco mais de chá.
— Como está Moira?
— Bem mal. Voltou a si com os nervos num estado dos mais lastimáveis. Petrificada de medo, ao que parece. Foi para Londres... para uma clínica em Queen's Gate. Disse que vai se sentir mais segura lá. Estava aterrorizada aqui.
— Ela nunca teve mesmo muita fibra – disse Frankie.
— Bem, qualquer um ficaria petrificado de medo com um assassino frio e bizarro como Roger Bassington-ffrench à solta nas redondezas.
— Não é *Moira* quem ele quer assassinar. Ele está atrás de nós.
— Ele deve estar ocupado demais, tentando salvar a própria pele, para se preocupar conosco no momento – Bobby falou. – Agora, Frankie, nós precisamos pôr mãos à obra. O início da história toda só pode ser a morte e o testamento de John Savage. Tem algo de errado nisso. Ou o testamento foi falsificado, ou então Savage foi assassinado ou algo assim.
— É bem provável que o testamento tenha sido forjado, se Roger Bassington-ffrench está envolvido – disse Frankie, pensativa. – A falsificação parece ser a especialidade dele.
— Pode ter sido falsificação *e* assassinato. Precisamos descobrir.
Frankie concordou com a cabeça.
— Fiz algumas anotações depois de conferir o testamento. As testemunhas foram Rose Chudleigh, cozinheira, e Albert Mere, jardineiro. Deve ser bem fácil encontrá-los. Depois temos os advogados que elaboraram o documento, Elford e Leigh, uma firma muito respeitável, de acordo com o sr. Spragge.
— Certo, vamos começar por aí. É melhor você pegar os advogados. Você vai arrancar deles mais do que eu conseguiria. Eu vou atrás de Rose Chudleigh e Albert Mere.
— E quanto a Badger?
— Badger nunca se levanta antes da hora do almoço... você não precisa se preocupar com ele.
— Precisamos endireitar os negócios dele uma hora dessas – disse Frankie. – Afinal, ele salvou a minha vida.
— Os negócios dele logo vão se entortar de novo – Bobby falou. – Ah, aliás, o que acha disto aqui?
Bobby submeteu ao exame dela um papelão sujo. Era uma fotografia.
— É o sr. Cayman – Frankie retrucou no mesmo instante. – Onde você achou isso?
— Foi ontem à noite. Caído atrás do telefone.
— Então parece ficar bem claro quem eram o sr. e a sra. Templeton. Espere um pouco...

Uma garçonete acabara de se aproximar com torradas. Frankie lhe exibiu a fotografia.
– Sabe quem é? – ela perguntou.
A garçonete analisou a fotografia com a cabeça caída para um lado.
– Ora, já vi esse cavalheiro... Mas não consigo lembrar direito. Ah, sim, é o homem que morava em Tudor Cottage... o sr. Templeton. Eles já foram embora... para algum lugar no exterior, eu acho.
– Que tipo de homem ele era? – Frankie perguntou.
– Eu realmente não saberia dizer. Eles não apareciam aqui com muita frequência... só em alguns finais de semana. Ele era visto bem pouco. A sra. Templeton era uma dama muito simpática. Mas não ficaram em Tudor Cottage por muito tempo... só uns seis meses... foi quando um cavalheiro muito rico morreu e deixou todo seu dinheiro para a sra. Templeton, e eles foram morar no exterior. Mas não chegaram a vender Tudor Cottage. Acho que às vezes o emprestam para algumas pessoas nos fins de semana. Mas acredito que, com todo aquele dinheiro, eles nunca vão querer voltar para morar ali.
– Eles tinham uma cozinheira chamada Rose Chudleigh, não tinham? – Frankie perguntou.
Mas a jovem não parecia ter interesse por cozinheiras. Herdar uma fortuna de um cavalheiro rico era o que de fato estimulava sua imaginação. Ela respondeu a Frankie que não saberia dizer com certeza e se retirou, levando consigo a travessa das torradas vazia.
– Tudo moleza – disse Frankie. – Os Cayman deixaram de aparecer por aqui, mas mantiveram o chalé para comodidade da quadrilha.
Os dois concordaram em dividir o trabalho, como Bobby sugerira.
Frankie saiu no Bentley, tendo tomado um banho de loja com algumas compras locais, e Bobby saiu à procura de Albert Mere, o jardineiro.
Encontraram-se na hora do almoço.
– E aí? – Bobby quis saber.
Frankie balançou a cabeça.
– A falsificação está fora de questão – ela falou com uma voz abatida. – Conversei por um longo tempo com o sr. Elford... ele é um velhinho adorável. Ficou sabendo dos nossos feitos de ontem à noite e estava louco por mais detalhes. Acho que não há muitos acontecimentos empolgantes por aqui. De todo modo, logo ele já estava comendo na minha mão. Então eu discorri sobre o caso Savage... fingi conhecer parentes de Savage e que eles haviam insinuado uma falsificação no testamento. Ouvindo isso, o meu velhinho querido ficou eriçado... absolutamente fora de questão! O assunto não fora tratado por cartas ou qualquer coisa desse tipo. Ele esteve em pessoa com o sr. Savage, e o sr. Savage insistiu que o testamento fosse redigido ali mesmo,

na mesma hora. O sr. Elford quis ir embora para elaborar o documento do modo mais apropriado... você sabe como eles procedem... páginas e mais páginas falando de coisa nenhuma...

— Não sei — disse Bobby. — Nunca fiz nenhum testamento.

— Eu já fiz... fiz dois. O segundo foi nesta manhã. Eu precisava de uma desculpa para procurar um advogado.

— Para quem você deixou o seu dinheiro?

— Para você.

— Foi um pouco impensado, não? Se Roger Bassington-ffrench conseguisse acabar com você, provavelmente eu seria enforcado pelo crime!

— Nem pensei nisso — Frankie falou. — Bem, como eu ia dizendo, o sr. Savage estava tão nervoso e exaltado que o sr. Elford redigiu o testamento ali mesmo, na mesma hora, e a criada e o jardineiro foram as testemunhas, e o sr. Elford levou o documento consigo por segurança.

— Parece que a falsificação cai por terra — Bobby concordou.

— Pois é. Você não pode considerar uma falsificação quando de fato viu o sujeito assinar o documento. Quanto à outra hipótese, assassinato, vai ser difícil descobrir algo nesse sentido agora. O médico que foi chamado morreu certo tempo depois. O sujeito que nós vimos ontem à noite é um médico novo... está trabalhando aqui faz cerca de dois meses.

— Parece que temos um número de mortes desastroso — disse Bobby.

— Por quê? Quem mais morreu?

— Albert Mere.

— Você acha que *todos* foram eliminados?

— Isso já seria morte por atacado. A morte de Albert Mere pode não ser tão duvidosa... o velhinho tinha 72 anos.

— Está certo — disse Frankie. — Eu admito "causas naturais" nesse caso. Alguma sorte com Rose Chudleigh?

— Sim. Depois que deixou os Templeton, ela foi trabalhar no norte da Inglaterra, mas voltou e se casou com um sujeito daqui, com o qual ela tinha saído, segundo se diz, por dezessete anos. Infelizmente, ela é meio tonta. Parece não se lembrar de nada sobre ninguém. Talvez você consiga tirar alguma coisa da mulher.

— Vou tentar — disse Frankie. — Sou meio boa com gente tonta. Onde está Badger, a propósito?

— Meu Deus! Eu tinha me esquecido completamente dele — Bobby retrucou.

Ele se levantou e saiu da sala, retornando alguns minutos depois.

— Ele ainda estava dormindo — explicou. — Já está se levantando. Parece que uma camareira o chamou quatro vezes sem obter resultado.

— Bem, é melhor irmos ver essa tonta — disse Frankie, botando-se de pé. — E depois eu *preciso* comprar uma escova de dente, uma camisola, uma esponja e outras necessidades da existência civilizada. Eu estava me sentindo num estado tão selvagem ontem que nem pensei em nada disso. Só arranquei o meu revestimento externo e desabei na cama.

— Pois é — disse Bobby —, eu também.

— Falemos com Rose Chudleigh — Frankie retrucou.

Rose Chudleigh, agora sra. Pratt, morava num pequeno chalé entulhado de mobília e cães de porcelana. A mulher em si tinha amplas proporções e aspecto bovino, com olhos de peixe e todos os indícios de adenoidite.

— Veja só, voltei — Bobby anunciou jovialmente.

A sra. Pratt respirou com dificuldade e olhou para os dois sem curiosidade.

— Ficamos muito interessados quando soubemos que a senhora já morou com a sra. Templeton — Frankie explicou.

— Sim, minha senhora — retrucou a mulher.

— Ela está morando no exterior agora, eu creio — Frankie prosseguiu, tentando dar a impressão de que era íntima da família.

— Ouvi falar — concordou a sra. Pratt.

— A senhora ficou com ela por um bom tempo, não ficou?

— Fiquei onde, minha senhora?

— Com a sra. Templeton por um bom tempo — repetiu Frankie, falando lenta e claramente.

— Eu não diria isso, minha senhora. Só dois meses.

— Ah! Achei que a senhora tivesse ficado com ela por mais tempo.

— Essa foi a Gladys, minha senhora. A copeira. Ela ficou lá seis meses.

— Então eram duas na casa?

— Isso mesmo. Ela era copeira, e eu era cozinheira.

— A senhora estava lá quando o sr. Savage morreu, não estava?

— Perdão, minha senhora?

— Estava lá quando o sr. Savage morreu?

— O sr. Templeton não morreu... pelo menos que eu saiba. Ele foi para o estrangeiro.

— Não o sr. Templeton, o sr. Savage — Bobby falou.

A sra. Pratt o encarou sem entender.

— O cavalheiro que deixou todo aquele dinheiro para ela — disse Frankie.

Uma subespécie de inteligência iluminou o rosto da sra. Pratt.

— Ah, sim, o cavalheiro do inquérito que fizeram.

— Isso mesmo — disse Frankie, encantada com seu sucesso. — Ele costumava ficar na casa com frequência, não é mesmo?

— Eu não saberia dizer, minha senhora. Eu mal tinha chegado, sabe... Gladys deve saber.

— Mas a senhora foi testemunha do testamento, não foi?

A sra. Pratt se mostrou atônita.

— A senhora o viu assinar um papel e teve de assiná-lo também.

Outra vez o lampejo de inteligência.

— Sim, minha senhora. Eu e Albert. Eu nunca tinha feito uma coisa dessas antes e não gostei. Disse a Gladys que não gostava de assinar papéis e pronto, e Gladys falou que não devia ter problema porque o sr. Elford estava lá, e ele era um ótimo cavalheiro, além de ser advogado.

— O que aconteceu exatamente? — Bobby perguntou.

— Perdão, senhor?

— Quem a chamou para assinar o testamento? — Frankie perguntou.

— Foi a patroa, senhor. Ela veio na cozinha e disse para eu ir lá fora chamar o Albert, e pediu para nós subirmos até o quarto de dormir principal (que ela tinha desocupado para o senhor... o cavalheiro... na noite anterior), e lá estava o cavalheiro sentado na cama... ele tinha voltado de Londres e ido direto se deitar... e o cavalheiro tinha cara de muito doente. Eu nunca tinha visto ele antes. Mas ele parecia uma coisa medonha, e o sr. Elford estava lá também e falou muito bonito e disse que não precisava ter medo de nada, era só eu assinar o meu nome junto da assinatura do cavalheiro, e eu assinei e coloquei "cozinheira" junto e o endereço, e Albert fez o mesmo e eu fui procurar a Gladys toda tremendo e falei que nunca tinha visto um cavalheiro com tanta cara de morte, e Gladys falou que na noite anterior ele parecia bem normal e que devia ter sido alguma coisa em Londres que lhe fizera mal. Ele tinha ido para Londres muito cedo, quando ninguém tinha se levantado ainda. E aí eu comentei que não gostava de escrever o meu nome em nenhum lugar, e Gladys falou que não tinha problema porque o sr. Elford estava lá.

— E o sr. Savage, o cavalheiro... morreu quando?

— Na manhã seguinte ele já tinha morrido, minha senhora. Ele se trancou em seu quarto naquela noite e não deixou ninguém chegar perto, e quando Gladys o chamou de manhã ele já estava todo duro na cama, com uma carta encostada de pé na cabeceira. "Para o juiz de instrução", estava escrito. Ah, Gladys levou um susto dos bons! E depois teve o inquérito e tudo mais. Uns dois meses depois a sra. Templeton me disse que estava indo morar no estrangeiro. Mas me arranjou um emprego muito bom no norte, com um grande salário, e me deu um presente bonito e tudo mais. Uma dama muito distinta, a sra. Templeton.

A sra. Pratt, a essa altura, já sentia grande prazer com sua própria loquacidade.

Frankie se levantou.

– Bem – ela disse. – Foi ótimo ouvir tudo isso – e tirou uma cédula de sua bolsa. – Permita-me lhe dar um... hã... um presentinho. Tomei tanto do seu tempo...

– Bem, obrigada pela bondade, minha senhora. Um bom dia para a senhora e para o seu marido.

Frankie corou e bateu em retirada com bastante rapidez. Bobby a seguiu alguns minutos depois. Parecia preocupado.

– Bem – ele disse. – Parece que conseguimos obter tudo que ela sabia.

– Sim – disse Frankie –, e tudo se conecta. Parece não haver dúvida de que Savage fez *mesmo* aquele testamento, e acho que seu medo do câncer decerto era genuíno. Eles não conseguiriam ter subornado um médico da Harley Street. Por certo só se aproveitaram do fato de ele ter feito aquele testamento e o eliminaram rapidamente antes que mudasse de ideia. Mas não consigo imaginar como é que nós ou qualquer pessoa poderemos provar que de fato acabaram com ele.

– Pois é. Podemos suspeitar que a sra. T. lhe deu "algo para fazê-lo dormir", mas não podemos provar. Bassington-ffrench pode ter falsificado a carta para o juiz de instrução, mas também não podemos provar isso ainda. Creio que a carta deve ter sido destruída faz tempo, depois de ter sido apresentada como prova no inquérito.

– Assim voltamos ao nosso velho problema: que raios Bassington-ffrench e companhia temem que a gente descubra?

– Nada lhe chama atenção como particularmente estranho?

– Não, acho que não... só uma única coisa: por que a sra. Templeton mandou chamar o jardineiro para testemunhar o testamento quando a copeira estava na casa? Por que não pediram à copeira?

– É estranho que você diga isso, Frankie – Bobby retrucou.

A voz do jovem soava tão esquisita que Frankie o olhou com surpresa.

– Por quê?

– Porque eu fiquei um pouco mais para perguntar à sra. Pratt o nome e o endereço de Gladys.

– E?

– *O nome da copeira era Evans!*

CAPÍTULO 32

Evans

Frankie se engasgou.

Bobby falou mais alto, empolgado:

– Entende? Você fez a mesma pergunta que Carstairs fez. *Por que não pediram à copeira? Por que não pediram a Evans?*

– Ah! Bobby, finalmente estamos chegando lá!

– A mesma coisa deve ter chamado a atenção de Carstairs. Decerto ele estava farejando alguma coisa, como nós, procurando algo suspeito... e esse ponto lhe pareceu estranho como nos pareceu também. Além disso, acho que ele veio a Gales por essa razão. Gladys Evans é um nome galês... Evans provavelmente era galesa. Carstairs foi até Marchbolt atrás dela. E alguém estava atrás de Carstairs, por isso ele nunca chegou até ela.

– Por que *não* pediram a Evans? – Frankie falou. – *Deve* haver uma razão. É uma questão tão bobinha... mas ao mesmo tempo é importante. Com duas empregadas dentro de casa, por que chamar o jardineiro?

– Talvez porque tanto Rose Chudleigh como Albert Mere fossem broncos, ao passo que Evans era mais astuta.

– Não pode ser só isso. O sr. Elford estava lá, e ele é um homem perspicaz. Ah, Bobby, o mistério todo está nesse ponto... eu sei que está. Se ao menos conseguíssemos chegar ao motivo. Evans... Por que Chudleigh e Mere, e não Evans?

De súbito ela parou e tapou os olhos com as mãos.

– Estou quase lá – ela disse. – Uma espécie de centelha. Vou chegar lá num minuto.

Frankie ficou imóvel por alguns momentos. Então tirou as mãos do rosto e olhou para o companheiro com uma centelha estranha nos olhos.

– Bobby – ela falou –, quando você se hospeda numa casa com duas empregadas, para qual delas você dá uma gorjeta?

– Para a copeira, é claro – Bobby respondeu com surpresa. – Você nunca dá gorjeta para uma cozinheira. Para começar, ela nunca é vista.

– Não, e ela nunca vê você. No máximo ela nos vê de relance quando ficamos por algum tempo. Mas uma copeira lhe serve o jantar e vai chamar você e lhe traz café.

– Onde você está querendo chegar, Frankie?

– Eles não podiam usar Evans como testemunha no testamento... *porque Evans saberia que não era o sr. Savage quem estava assinando aquele documento.*

– Santo Deus, Frankie, o que você quer dizer? Quem era então?
– Bassington-ffrench, é claro! Você não percebe que ele interpretou Savage? Aposto que foi Bassington-ffrench quem procurou aquele médico e fez aquele escândalo todo sobre estar com câncer. Então chamam o advogado, um estranho que não conhece o sr. Savage mas será capaz de jurar que viu o sr. Savage assinando aquele testamento e tem o testemunho de duas pessoas, uma das quais nunca o vira antes e a outra um velho que estava provavelmente quase cego e que provavelmente nunca vira Savage também. Você percebe agora?
– Mas onde estava o verdadeiro Savage esse tempo todo?
– Ah, ele apareceu mesmo na casa, e aí, eu suspeito, trataram de drogá-lo e coloca-lo no sótão, talvez, e o mantiveram lá por doze horas enquanto Bassington-ffrench fazia sua representação. Então foi deitado de volta na cama e lhe deram cloral, e Evans o encontrou morto de manhã.
– Meu Deus, acho que você acertou na mosca, Frankie. Mas como vamos provar?
– Sim... pois é... não sei. E se nós mostrássemos à Rose Chudleigh... quer dizer, à sra. Pratt... uma fotografia do verdadeiro Savage? Talvez ela fosse capaz de dizer: "Esse não foi o homem que assinou o testamento".
– Duvido – disse Bobby. – Ela é tonta demais.
– Escolhida por isso mesmo, imagino. Mas tem outra coisa. Um especialista por certo teria condições de detectar que a assinatura foi falsificada.
– Não descobriram antes.
– Por que ninguém chegou a levantar essa hipótese. Não parecia ter ocorrido nenhuma ocasião possível para que o testamento *pudesse* ter sido falsificado. Mas agora é diferente.
– Uma coisa nós precisamos fazer – Bobby falou. – Encontrar Evans. – Ela pode nos fazer algumas belas revelações. Lembre-se que ela ficou com os Templeton por seis meses.
Frankie gemeu.
– Isso vai dificultar ainda mais a nossa vida.
– Que tal o correio? – Bobby sugeriu.
Os dois estavam justamente passando pela agência. O aspecto era mais de um armazém do que de uma agência de correio.
Frankie entrou com ímpeto e iniciou a operação. Não havia ninguém no estabelecimento além da agente – uma jovem com um nariz bisbilhoteiro.
Frankie comprou uma cartela de selos de dois xelins, comentou sobre o tempo e então falou:
– Mas acho que aqui vocês devem ter um tempo melhor do que temos na minha região. Eu moro em Gales... Marchbolt. A senhorita não faz ideia de como chove por lá.

A jovem nariguda retrucou que ali eles também sofriam bastante com a chuva e que no último feriado bancário caíra uma água terrível.

– Tem uma pessoa em Marchbolt que é daqui. Talvez a senhorita saiba quem é. O nome dela é Evans, Gladys Evans.

A jovem não desconfiou de nada.

– Ora, é claro – retrucou. – Ela trabalhou de doméstica aqui. Em Tudor Cottage. Mas ela não é desta região. Ela era de Gales, e voltou para lá e se casou... seu nome agora é Roberts.

– Isso mesmo – Frankie retrucou. – A senhorita não poderia me dar o endereço dela? Fiquei com uma capa de chuva dela e esqueci de devolver. Se eu tivesse o endereço, poderia mandar pelo correio.

– Ora essa – a outra falou –, acho que posso sim. De vez em quando recebo um cartão-postal dela. Ela e o marido estão empregados juntos numa casa. Espere só um minuto.

Ela se afastou e remexeu num canto. Dentro em pouco voltou com um papelzinho na mão.

– Aqui está – disse, deslizando-o no balcão.

Bobby e Frankie o leram juntos. Era a última coisa no mundo que esperavam.

"*Sra. Roberts,*
Vicariato de Marchbolt,
Gales."

CAPÍTULO 33

Sensação no Orient Café

Nem Bobby nem Frankie tinham a menor noção de como haviam saído da agência sem entregar o jogo.

Do lado de fora, entreolharam-se e caíram numa gargalhada.

– No vicariato... esse tempo todo! – Bobby arquejou.

– E eu esquadrinhei 480 Evans – lamentou Frankie.

– *Agora* eu entendo por que Bassington-ffrench achou tão engraçado quando se deu conta que não sabíamos nem de longe quem era Evans!

– E é claro que era perigoso, no ponto de vista deles. Você e Evans estavam de fato sob o mesmo teto.

– Vamos! – Bobby falou. – Marchbolt é a próxima parada.

— Como se fosse o fim do arco-íris — disse Frankie. — De volta para o doce lar.

— Que diabo — Bobby retrucou —, precisamos fazer algo em relação a Badger. Você tem algum dinheiro, Frankie?

Frankie abriu a bolsa e tirou um punhado de notas.

— Dê isso para ele e lhe diga para fazer algum acordo com os credores e que o meu pai vai comprar a oficina e colocá-lo como gerente.

— Certo — disse Bobby. — O negócio é partirmos com rapidez.

— Por que tamanha pressa?

— Não sei... mas tenho um pressentimento de que alguma coisa pode acontecer.

— Que horror... Vamos rápido, então.

— Vou resolver com Badger. Você vai dando a partida no carro.

— Não vou conseguir comprar a escova de dente — disse Frankie.

Passados cinco minutos, os dois já disparavam na saída de Chipping Somerton. Bobby não teria motivo para reclamar de lentidão.

Mesmo assim, Frankie falou de súbito:

— Ouça, Bobby, essa velocidade não é suficiente.

O jovem olhou de relance o velocímetro, que registrava naquele momento 130 quilômetros por hora, e comentou com secura:

— Não sei o que mais podemos fazer.

— Podemos pegar um táxi aéreo — Frankie sugeriu. — Estamos só a uns dez quilômetros do Medeshot Aerodrome.

— Minha querida! — Bobby exclamou.

— Se fizermos isso, estaremos em casa daqui a duas horas.

— Então vamos lá — anuiu o rapaz.

A aventura toda estava começando a assumir o caráter fantástico de um sonho. Por que essa pressa alucinada de chegar a Marchbolt? Bobby não sabia. Suspeitava que Frankie também não soubesse. Era só um pressentimento.

No aeródromo, Frankie perguntou pelo sr. Donald King. Veio ao encontro deles um jovem desalinhado que se mostrou languidamente surpreso ao vê-la.

— Oi, Frankie — ele disse. — Faz séculos que não a vejo. O que você quer?

— Eu quero um táxi-aéreo — Frankie respondeu. — Vocês trabalham com isso aqui, não é?

— Ah, claro. Para onde você quer ir?

— Quero ir para casa depressa — disse Frankie.

O sr. Donald King ergueu as sobrancelhas.

— É só? — ele perguntou.

— Não exatamente — disse Frankie. — Mas é a ideia central.

— Ah, bem, podemos logo dar um jeito nisso.
— Eu lhe faço um cheque — disse Frankie.
Cinco minutos mais tarde os dois partiam.
— Frankie... — disse Bobby. — Por que estamos fazendo isso?
— Não faço a menor ideia — Frankie retrucou. — Mas sinto que precisamos. Você não sente?
— Por mais curioso que seja, sinto. Mas não sei por quê. Afinal de contas, a nossa sra. Roberts não vai fugir voando numa vassoura.
— Ela até poderia. Lembre-se, não sabemos o que Bassington-ffrench está tramando.
— É verdade — Bobby falou, pensativo.
Entardecia quando chegaram ao destino. O avião os deixou no parque, e, cinco minutos depois, Bobby e Frankie já dirigiam rumo a Marchbolt no Chrysler de Lord Marchington.
Estacionaram junto ao portão do vicariato, porque a entrada do vicariato não permitia manobras de carros grandiosos.
Descendo do Chrysler, correram pela entrada.
"Vou acordar a qualquer momento", Bobby pensou. "O que é que nós estamos fazendo? E por quê?"
Via-se um vulto esbelto de pé diante da porta. Frankie e Bobby a reconheceram no mesmo instante.
— Moira! — Frankie exclamou.
Moira se virou. Oscilava um pouco.
— Ah! Fico tão contente por vê-los! Não sei o que fazer.
— Mas o que foi que a trouxe até aqui?
— A mesma coisa que trouxe vocês, imagino.
— Descobriu quem é Evans? — Bobby perguntou.
Moira confirmou com a cabeça.
— Sim, é uma longa história...
— Vamos entrar — disse Bobby.
Mas Moira recuou.
— Não, não — ela falou às pressas. — Vamos conversar em outro lugar. Tem algo que preciso lhes contar... antes de entrarmos na casa. Não existe um café ou algum lugar para onde possamos ir?
— Está bem — disse Bobby, afastando-se a contragosto da porta. — Mas por que...
Moira bateu o pé.
— Vocês vão entender quando eu explicar. Ah, venham! Não podemos perder nem mesmo um minuto.

Os dois cederam à insistência da jovem. Mais ou menos no meio da rua principal ficava o Orient Café – um nome um tanto majestoso que não condizia com a decoração interior. Os três entraram em fila. Era um horário de movimento fraco – seis e meia da tarde.

Sentaram-se a uma mesinha de canto e Bobby pediu três cafés.

– Pois então? – ele falou.

– Espere até que ela traga o café – disse Moira.

A garçonete voltou e, apaticamente, depositou três xícaras de café morno na frente deles.

– Pois então – disse Bobby.

– Mal sei por onde começar – disse Moira. – Eu estava no trem, indo para Londres. Realmente uma coincidência das mais espantosas. Eu avancei pelo corredor e...

Ela se interrompeu.

Sua cadeira ficava de frente para a porta e ela se inclinou na direção dos dois com olhos arregalados.

– Ele deve ter me seguido – falou.

– Quem? – Frankie e Bobby exclamaram juntos.

– Bassington-ffrench – Moira sussurrou.

– Você o viu?

– Ele está lá fora. Eu o vi com uma mulher ruiva.

– A sra. Cayman! – Frankie exclamou.

Ela e Bobby pularam e correram até a porta. Houve um protesto de Moira, mas nenhum dos dois lhe deu atenção. Olharam para um lado e para o outro da rua, mas não viram nenhum sinal de Bassington-ffrench.

Moira juntou-se a eles.

– Ele foi embora? – ela perguntou com voz trêmula. – Ah, tenham cuidado, por favor! Ele é perigoso... terrivelmente perigoso!

– Ele não pode fazer nada contanto que fiquemos juntos – Bobby falou.

– Tente criar coragem, Moira – disse Frankie. – Não seja tão medrosa.

– Bem, de momento não podemos fazer nada – Bobby afirmou, conduzindo-as no retorno até a mesa. – Prossiga com o que você estava nos contando, Moira.

Ele pegou sua xícara de café. Frankie perdeu o equilíbrio e esbarrou em Bobby, e o café se derramou sobre a mesa.

– Sinto muito – disse Frankie.

Ela esticou o braço até a mesa adjacente, que estava posta para possíveis clientes. Havia sobre a mesa um galheteiro com dois frascos de vidro tampados contendo azeite e vinagre.

Seus próximos movimentos foram tão estranhos que chamaram a atenção de Bobby. Ela esvaziou o vidro de vinagre derramando seu conteúdo na bandejinha e começou a enchê-lo com o café de sua própria xícara.

– Ficou doida, Frankie? – Bobby perguntou. – Que diabo você está fazendo?

– Colhendo uma amostra desse café para que George Arbuthnot o analise – Frankie respondeu.

Ela se voltou para Moira.

– O jogo acabou, Moira! A coisa toda me ocorreu num piscar de olhos quando estávamos na porta instantes atrás. Eu vi o seu rosto quando bati no cotovelo de Bobby e o fiz derramar o café. Você colocou algo nas nossas xícaras quando nos fez correr até a porta para procurar Bassington-ffrench! O jogo acabou, *sra. Nicholson ou Templeton ou seja lá como você queira se chamar!*

– Templeton? – Bobby exclamou.

– Veja o rosto dela – Frankie exclamou. – Se ela negar, leve-a para o vicariato e veja se a sra. Roberts não vai identificá-la.

Bobby olhou de fato para Moira. Viu aquele rosto melancólico e fascinante transformado por uma ira demoníaca. A bela boca se abriu e derramou uma torrente de palavrões abomináveis e hediondos.

Ela enfiou a mão na bolsa.

Bobby ainda estava aturdido, mas agiu na fração de segundo necessária. Foi sua mão que empurrou a pistola para cima.

A bala passou logo acima da cabeça de Frankie e se cravou na parede do Orient Café.

Pela primeira vez na história uma das garçonetes do café demonstrou agilidade.

Com um grito alucinado, ela disparou pela rua gritando:

– Socorro! Assassinato! Polícia!

CAPÍTULO 34

Carta da América do Sul

Foi algumas semanas depois.

Frankie acabara de receber uma carta. O envelope trazia o selo de uma das menos conhecidas repúblicas da América do Sul.

Depois de lê-la, passou-a para Bobby.

O conteúdo era o seguinte:

Querida Frankie – Minhas sinceras congratulações! Você e seu jovem amigo da Marinha destroçaram os planos de toda uma vida. Eu tinha tudo tão bem encaminhado...
Será que você realmente gostaria de saber a história toda? A minha amiguinha já me incriminou tão completamente (rancor, eu receio – as mulheres são invariavelmente rancorosas!) que as minhas mais danosas confissões não me causarão nenhum prejuízo adicional. Além disso, estou iniciando uma nova vida. Roger Bassington-ffrench está morto.
Acho que sempre fui o que chamam de "mau elemento". Até mesmo em Oxford cometi um pequeno deslize. Estupidez, porque era inevitável que descobrissem. Meu velho não me deixou na pior. Mas me mandou às colônias.
Topei com Moira e seu bando pouco depois. Ela era uma criminosa autêntica, com quinze anos já tinha vasta experiência. Quando a conheci, a situação estava começando a ficar complicada para ela. A polícia americana estava em seu encalço.
Eu e ela gostávamos um do outro. Decidimos nos juntar, mas antes precisávamos levar a cabo alguns planos.
Para começar, ela se casou com Nicholson. Com isso, transferiu-se para um outro mundo, e a polícia perdeu-a de vista. Nicholson estava chegando à Inglaterra com o propósito de instalar uma clínica para doentes dos nervos. Procurava uma casa adequada e barata. Moira o fez escolher a granja.
Ela ainda estava trabalhando com sua quadrilha no negócio das drogas. Sem desconfiar de nada, Nicholson lhe foi muito útil. Sempre tive duas ambições. Eu queria ser o proprietário de Merroway e queria muito dinheiro. Um Bassington-ffrench desempenhou grande papel no reinado de Carlos II. Desde então a família definhou até a mediocridade. Eu me sentia capaz de desempenhar um grande papel outra vez. Mas precisava ter dinheiro.
Moira fez diversas viagens ao Canadá, para "ver sua gente". Nicholson a adorava e acreditava em tudo que ouvia dela. A maioria dos homens acreditava. Devido às complicações do negócio das drogas, ela viajava sob vários nomes diferentes. Viajava apresentando-se como sra. Templeton quando conheceu Savage. Sabia de tudo a respeito de Savage, de sua enorme fortuna, e foi com tudo para cima dele. Ele se deixou atrair, mas não o bastante para perder o bom senso.

Entretanto, arquitetamos um plano. Você conhece muito bem essa história. O homem que você conhece como Cayman representou o papel do marido insensível. Savage foi convencido a se hospedar em Tudor Cottage mais de uma vez. Na terceira vez, nossos planos foram colocados em ação. Não preciso entrar em maiores detalhes – você está inteirada. Nosso sucesso foi estrondoso. Moira pegou o dinheiro e partiu ostensivamente para o exterior – na verdade, voltou à granja em Staverley.
Nesse meio-tempo eu aperfeiçoava meus próprios planos. Henry e o pequeno Tommy precisavam ser tirados do caminho. Tive azar com Tommy. Dois ótimos acidentes deram errado. Eu não iria ficar brincando de acidentes com Henry. Ele passou a sofrer um bocado com dores reumáticas depois de um acidente numa caçada. Apresentei-lhe a morfina. Ele começou a tomá-la de boa-fé. Henry era uma criatura simples. Logo se viciou. Nosso plano era que ele se internasse na clínica para tratamento e lá ou "cometesse suicídio" ou tivesse uma overdose de morfina. Moira se encarregaria do assunto. Eu não iria me envolver de forma alguma.
E então Carstairs, aquele idiota, começou a se intrometer. Parece que Savage lhe escrevera do navio mencionando a sra. Templeton e inclusive mandando junto uma foto dela. Carstairs saiu numa expedição de caça pouco depois. Quando voltou das selvas e soube da morte e do testamento de Savage, mostrou-se francamente incrédulo. A história não lhe soava verdadeira. Tinha certeza de que Savage não estava com medo de morrer e tampouco acreditava que tivesse qualquer temor em relação a um câncer. Além disso, os termos do testamento lhe pareciam altamente atípicos. Savage era um homem de negócios durão, e, embora se mostrasse sempre disposto a ter um caso com uma mulher bonita, Carstairs não acreditava que ele fosse deixar uma vasta soma de dinheiro para ela e o resto à caridade. O lance da caridade foi ideia minha. Soava tão respeitável e acima de qualquer suspeita...
Carstairs veio para cá determinado a investigar a questão. Começou a escarafunchar aqui e ali.
E logo de saída tivemos um golpe de azar. Alguns amigos o trouxeram para almoçar e ele viu um retrato de Moira no piano, reconhecendo-a como a mulher da foto que Savage lhe mandara. Foi para Chipping Somerton e começou a escarafunchar por lá.
Moira e eu fomos ficando receosos – penso às vezes que desnecessariamente. Mas Carstairs era um camarada esperto.

Fui para Chipping Somerton atrás dele. Carstairs não conseguiu localizar a cozinheira – Rose Chudleigh. Ela tinha ido para o norte. Mas conseguiu localizar Evans, descobriu seu nome de casada e partiu para Marchbolt.
A coisa estava ficando séria. Se Evans identificasse a sra. Templeton e a sra. Nicholson como sendo a mesma pessoa, a situação se tornaria bastante difícil. Além disso, ela trabalhara na casa por algum tempo e nós não tínhamos certeza de quanta coisa poderia saber.
Decidi que Carstairs precisava ser suprimido. Ele estava se tornando um sério incômodo. O acaso veio em meu auxílio. Eu estava logo atrás dele quando a névoa subiu. Tratei de me aproximar furtivamente e um empurrão repentino resolveu a questão.
Mas eu ainda enfrentava um dilema. Não sabia que prova incriminadora ele poderia ter consigo. Entretanto, minha querida, seu jovem amigo da Marinha me fez um tremendo favor. Fiquei a sós com o corpo por um breve tempo – mais do que suficiente para o meu propósito. Carstairs tinha uma fotografia de Moira – obtida com os fotógrafos –, presumivelmente para identificação. Fiquei com a foto e com todos os documentos ou pertences que pudessem identificá-lo. Então plantei a fotografia de uma das integrantes da quadrilha.
Tudo correu bem. A pseudoirmã e o pseudocunhado apareceram e o identificaram. Tudo parecia estar resolvido de forma satisfatória. E aí seu amigo Bobby estragou tudo. Pelo jeito, Carstairs havia recobrado a consciência antes de morrer e acabara dizendo alguma coisa. Mencionara Evans – e Evans estava efetivamente trabalhando no vicariato.
Admito que estávamos ficando atrapalhados a essa altura. Perdemos um pouco a cabeça. Moira insistiu que ele precisava ser tirado do nosso caminho. Tentamos um plano que falhou. Então Moira falou que daria um jeito no caso. Foi para Marchbolt de carro. Aproveitou direitinho a oportunidade – colocou morfina na garrafa de cerveja enquanto ele dormia. Mas o jovem dos infernos não sucumbiu. Foi puro azar.
Como já lhe contei, foi o interrogatório de Nicholson que me levou a especular se você era o que parecia ser. Mas imagine o choque de Moira quando estava saindo furtivamente certa noite para me encontrar e se viu frente a frente com Bobby! Reconheceu o rapaz no mesmo instante – ela tivera muita sorte por tê-lo encontrado dormindo naquele dia. Não admira que tenha ficado tão assustada que quase desmaiou. Então se deu conta de que não era dela

que o jovem suspeitava e, recompondo-se, desempenhou seus dotes de atriz.
Foi até a hospedaria e lhe contou algumas mentiras. Ele engoliu tudo como um cordeirinho. Moira inventou que Alan Carstairs era um antigo amante e dramatizou seu medo de Nicholson. Ao mesmo tempo, fez o possível para que você se desiludisse das suspeitas em relação a mim. Eu fiz o mesmo com você e a depreciei como uma criatura fraca e indefesa – Moira, que tinha estômago para matar inúmeras pessoas com o maior sangue frio!
A situação era complicada. Já tínhamos o dinheiro. Estávamos progredindo bem no plano para eliminar Henry. Quanto a Tommy eu não tinha pressa. Poderia me dar ao luxo de esperar um pouco. Nicholson poderia ser exterminado tranquilamente quando chegasse a hora. Mas você e Bobby eram uma ameaça. Suas suspeitas estavam concentradas na granja.
Talvez você ache interessante saber que Henry não cometeu suicídio. Eu o matei! Quando conversava com você no jardim, percebi que não havia tempo a perder – entrei e tratei de resolver o problema de uma vez por todas.
O avião que passou naquele momento me deu a oportunidade. Entrei no gabinete, sentei-me ao lado de Henry, que estava escrevendo, e lhe disse: "Olhe aqui, meu velho". E atirei! O ruído do avião abafou o som. Então escrevi uma bela e comovente carta, limpei as minhas impressões digitais do revólver, apertei a mão de Henry em volta dela e deixei-a cair no chão. Coloquei a chave do gabinete no bolso de Henry e saí, trancando a porta pelo lado de fora com a chave da sala de jantar, que serve naquela fechadura.
Não vou entrar em detalhes sobre o excelente esquema do rojão na lareira, cronometrado para estourar quatro minutos depois.
Tudo correu magnificamente. Você e eu estávamos juntos no jardim e ouvimos o "tiro". Um suicídio perfeito! A única pessoa que se expôs a qualquer suspeita foi o pobre Nicholson. O idiota voltou para buscar uma bengala ou algo assim!
É claro que a conduta quixotesca de Bobby estava dificultando um pouco a vida de Moira. Então ela simplesmente foi para o chalé. Imaginamos que a explicação de Nicholson sobre a ausência da esposa não deixaria de lhes infundir suspeita.
Onde Moira realmente mostrou seu valor foi no chalé. Ela se deu conta, pelos ruídos no andar de cima, de que eu tinha sido derrubado, e rapidamente injetou em si uma grande dose de morfina

e se deitou na cama. Quando vocês três desceram para telefonar, Moira disparou até o sótão e me libertou das cordas. Então a morfina fez efeito, e, quando da chegada do médico, ela já estava genuinamente mergulhada num sono narcotizado.
Mas mesmo assim sua coragem já estava se esvaindo. Ela receava que vocês acabassem encontrando Evans e desvendassem a farsa do suicídio e do testamento de Savage. Além disso, temia que Carstairs tivesse escrito a Evans antes de ir para Marchbolt. Inventou que estava indo para uma casa de repouso em Londres. Em vez disso, correu para Marchbolt – e os encontrou diante da porta! Então, por iniciativa própria, decidiu eliminar vocês dois. Seus métodos foram muito grosseiros, mas creio que ela teria se safado. Duvido que aquela garçonete teria sido capaz de recordar grande coisa sobre a aparência da mulher que entrou com vocês. Moira teria voltado a Londres, ficando quietinha numa casa de repouso. Com você e Bobby fora do caminho, a história toda teria morrido. Mas você a desmascarou – e ela perdeu a cabeça. E depois, no julgamento, fez questão de revelar o meu envolvimento!
Talvez eu estivesse ficando um pouco cansado dela...
Mas não fazia ideia de que ela tinha percebido.
Entenda, ela ficara com o dinheiro – o meu dinheiro! Uma vez que me casasse com Moira, provavelmente eu me cansaria dela. Gosto de variedade.
Então aqui estou eu, iniciando uma vida nova...
E tudo por causa de você e de Bobby Jones, aquele jovem extremamente questionável...
Mas não tenho dúvida de que vou me sair bem!
Ou devo dizer "mal", não "bem"?
Não me endireitei ainda.
Só que, quando não há sucesso na primeira tentativa, você precisa insistir, insistir e insistir de novo.
Adeus, minha querida – ou talvez au revoir. Nunca se sabe, não é mesmo?

Seu afetuoso inimigo,
o audaz e pérfido vilão da história,
Roger Bassington-ffrench.

CAPÍTULO 35

Notícia do vicariato

Bobby devolveu a carta e Frankie a pegou com um suspiro.

– Ele é realmente uma pessoa extraordinária – disse a jovem.

– Você sempre teve uma queda por ele – Bobby falou com frieza.

– Ele tinha charme – Frankie retrucou. – Assim como Moira – acrescentou.

Bobby ficou vermelho.

– Foi muito esquisito que o tempo todo a chave do mistério tenha estado no vicariato – ele disse. – Você sabe, não é mesmo, Frankie, que Carstairs tinha de fato escrito para Evans... isto é, à sra. Roberts...

Frankie confirmou com a cabeça.

– Dizendo a ela que estava indo visitá-la e que queria informações a respeito da sra. Templeton, que era, ele tinha razões para crer, uma vigarista internacional perigosa e procurada pela polícia.

– E aí, quando empurram o sujeito no penhasco, ela não liga os fatos – Bobby falou com amargura.

– É porque o homem que despencou no penhasco era Pritchard – disse Frankie. – Essa identificação foi um truque muito inteligente. Se um homem chamado Pritchard foi empurrado, como *poderia* se tratar de um homem chamado Carstairs? É assim que funciona uma mente comum.

– O engraçado é que ela reconheceu Cayman – Bobby prosseguiu. – Ao menos ela o viu de relance quando Roberts o deixou entrar e lhe perguntou quem era. E ele disse que era o sr. Cayman e ela retrucou: "Que engraçado, ele é o retrato escarrado de um cavalheiro para quem eu trabalhava".

– Incrível – Frankie disse. – Até mesmo Bassington-ffrench se traiu uma ou duas vezes – continuou. – Mas eu, como uma idiota, não enxerguei nada.

– Ele se traiu?

– Sim, foi quando Sylvia disse que o retrato do jornal era muito parecido com Carstairs e ele comentou que na verdade a semelhança era pequena, demonstrando que tinha visto a cara do morto. E depois me falou que não tinha chegado a ver o rosto do morto.

– Como foi que você desmascarou Moira, Frankie?

– Acho que foi a descrição da sra. Templeton – Frankie respondeu com uma expressão sonhadora. – Todos disseram que ela era "uma dama muito simpática". Ora, isso não parecia condizer com aquela sra. Cayman. Nenhum empregado a descreveria como uma "uma dama simpática". E aí, quando chegamos ao vicariato e Moira estava lá, de repente me ocorreu: *e se Moira fosse a sra. Templeton?*

– Uma dedução brilhante da sua parte.

– Lamento muito por Sylvia – disse Frankie. – Com Moira envolvendo Roger nos crimes, tem ocorrido uma publicidade terrível para ela. Mas o sr. Nicholson lhe deu apoio, e eu não ficaria nem um pouco surpresa se os dois acabassem juntos.

– Tudo parece ter terminado da melhor forma – Bobby retrucou. – Badger está se saindo muito bem na oficina... graças ao seu pai... e também graças ao seu pai eu arranjei esse emprego maravilhoso.

– É mesmo um emprego maravilhoso?

– Administrar uma plantação de café no Quênia com um salário colossal? Eu diria que sim. É bem o tipo de trabalho com o qual eu costumava sonhar.

Ele fez uma pausa.

– As pessoas viajam um bocado para o Quênia – comentou num tom de insinuação.

– E um monte de gente mora lá – Frankie falou afetadamente.

– Ah! Frankie, você não iria... – ele corou, gaguejou e se recompôs. – V-v-você iria?

– Iria – Frankie respondeu. – Quer dizer, eu vou.

– Eu sempre quis ficar com você – Bobby falou com uma voz sufocada. – Eu vivia infeliz... quer dizer, sabendo que eu não tinha chance.

– Acho que é por isso que você foi tão grosseiro naquele dia no campo de golfe...

– Sim, eu estava me sentindo no fundo do poço.

– Hmm... – fez Frankie. – E Moira?

Bobby ficou sem jeito.

– O rosto dela meio que me fisgou – ele admitiu.

– É um rosto melhor do que o meu – Frankie afirmou generosamente.

– Não é... mas aquele rosto meio que me "fascinava". E depois, quando nós estávamos no sótão e você se mostrou tão destemida diante de tudo... bem, Moira foi se apagando aos poucos. Eu mal estava interessado no que acontecia com ela. Era *você*, só você. Você foi simplesmente esplêndida! Incrivelmente destemida!

– Por dentro eu não estava me sentindo destemida – disse Frankie. – Estava tremendo dos pés à cabeça. Mas eu queria que você me admirasse.

– E eu admirei você, querida. Admiro. Sempre admirei. Sempre vou admirar. Você tem certeza de que não vai detestar o Quênia?

– Vou adorar. Eu já estava farta da Inglaterra.

– Frankie...

– Bobby...

– Queiram entrar por aqui – disse o vigário, abrindo a porta e introduzindo um destacamento da Sociedade Dorcas.

Ele fechou a porta com precipitação e pediu desculpas.

– É o meu... hã... um dos meus filhos. Ele está... hã... noivo.

Uma integrante da Sociedade Dorcas comentou maliciosamente que parecia isso mesmo.

– Um bom rapaz – disse o vigário. – Por algum tempo foi meio inclinado a não levar a vida muito a sério. Mas nos últimos tempos melhorou bastante. Está indo para o exterior, vai administrar uma plantação de café no Quênia.

Uma integrante da Sociedade Dorcas falou para outra num sussurro:

– Você viu? Não era Lady Frances Derwent quem ele estava beijando?

Passada uma hora, a notícia já se espalhara por todos os cantos de Marchbolt.

É FÁCIL MATAR

Tradução de RODRIGO BREUNIG

*Dedicado a Rosalind e Susan,
as duas primeiras críticas deste livro*

CAPÍTULO 1

Uma companheira de viagem

A Inglaterra!
A Inglaterra depois de tantos anos!
Como ela lhe pareceria?
Luke Fitzwilliam fez a si mesmo essa pergunta enquanto ia descendo a passarela de desembarque rumo ao cais. A pergunta manteve-se viva no fundo de sua mente durante toda a espera no balcão alfandegário; voltou subitamente à tona quando ele se viu, afinal, sentado no trem de saída.

Uma coisa era estar na Inglaterra de licença. Dinheiro de sobra para esbanjar (pelo menos no começo!), velhos amigos para rever, encontros com outros camaradas na mesma situação – uma atmosfera despreocupada de "Bem, não vai ser por muito tempo. Posso muito bem me divertir! Logo viajo de volta".

Agora, porém, voltar estava fora de questão. Nunca mais aquelas noites quentes e sufocantes, nunca mais o ofuscar do sol e a beleza tropical de rica vegetação, nunca mais aquelas noites solitárias lendo e relendo velhos exemplares do *Times*.

Ali estava ele, aposentado com honra e uma pensão, dispondo de uma pequena soma em recursos próprios, um cavalheiro de vida ociosa, retornando em definitivo à Inglaterra. O que faria para passar o tempo?

A Inglaterra! A Inglaterra num dia de junho, com um céu cinzento e um vento intenso e cortante. A paisagem não era nem um pouco acolhedora num dia como aquele! Por Deus, as pessoas! Multidões de pessoas, todas elas com semblantes cinzentos como aquele céu – semblantes ansiosos e preocupados. As casas também, brotando em todos os cantos como cogumelos. Casinhas asquerosas! Casinhas revoltantes! Galinheiros de arquitetura grandiosa por todos os lados na paisagem rural!

Com esforço, Luke Fitzwilliam desviou os olhos do panorama que se descortinava pela janela do vagão e se concentrou num exame atento dos jornais que acabara de comprar: *Times*, *Daily Clarion* e *Punch*.

Começou com o *Daily Clarion*. O *Clarion* se dedicava por inteiro às corridas de Epsom.

Luke pensou: "Uma pena que não tenhamos chegado ontem. Não vejo um derby desde os meus dezenove anos".

Ele apostara num cavalo no sweepstake do clube e agora queria saber o que o colunista de turfe do *Clarion* pensava de suas chances. Constatou que o cavalo era desdenhosamente desacreditado numa frase:

"Entre os outros, Jujube II, Mark's Mile, Santony e Jerry Boy dificilmente têm condições de classificação. Um provável azarão é..."

Mas Luke não deu a menor atenção ao provável azarão. Seu olhar havia se deslocado para o quadro de apostas. Jujube II estava relacionado num modesto quarenta contra um.

Ele conferiu seu relógio. Quinze para as quatro. "Bem", pensou. "Agora já foi". E lamentou que não tivesse apostado em Clarigold, o segundo favorito.

Então abriu o *Times* e se deixou envolver por assuntos mais sérios.

Não ficou absorto por muito tempo, no entanto, pois um coronel de aspecto ferino, no canto oposto, mostrava-se tão raivoso com o que acabara de ler que precisava transmitir sua indignação ao companheiro de viagem. Uma boa meia hora se passou até que o coronel cansasse de dizer o que pensava sobre "esses malditos agitadores comunistas, senhor".

O coronel se aquietou, por fim, e pegou no sono de boca aberta. Pouco depois, o trem desacelerou e finalmente parou. Luke olhou pela janela. Eles haviam chegado a uma estação deserta com diversas plataformas. Ele avistou uma banca de livros um pouco adiante com um letreiro: RESULTADO DO DERBY. Luke abriu a porta, saltou do trem e correu em direção à banca. Um momento depois, contemplava fixamente, com um amplo sorriso, algumas linhas borradas na seção das notícias de última hora.

Resultado do Derby
JUJUBE II
MAZEPPA
CLARIGOLD

Luke sorria satisfeito. Cem libras para esbanjar! O bom e velho Jujube II, tão desdenhosamente desacreditado por todos os palpiteiros...

Ele dobrou o jornal, ainda sorrindo, e voltou-se para... encarar o vazio. Na empolgação da vitória de Jujube II, seu trem havia partido sem que ele percebesse.

– Quando foi que aquele maldito trem saiu? – perguntou para um carregador de aspecto sombrio.

Este último retrucou:
– Que trem? Não passou nenhum trem aqui desde o das 15h14.
– Havia um trem aqui agora mesmo. Eu saltei dele. O expresso do navio.
O carregador retrucou com austeridade:
– O expresso do navio não para em nenhum lugar até Londres.
– Mas parou – Luke garantiu-lhe. – Eu saltei dele.
– Nenhuma parada até Londres – repetiu o carregador, inabalável.
– O trem parou nesta exata plataforma e eu saltei dele, estou lhe dizendo.
Diante dos fatos, o carregador mudou de estratégia.
– O senhor não devia ter feito isso – afirmou em tom de censura. – Ele não para aqui.
– Mas parou.
– Isso foi por causa do sinal. Um sinal de espera. O trem não fez o que o senhor chama de "parar".
– Não sou tão bom como o senhor nessas distinções minuciosas – disse Luke. – A questão é: o que faço agora?
O carregador, um homem de raciocínio lento, repetiu em tom de censura:
– O senhor não devia ter descido.
– Vamos admitir que sim – falou Luke. – O mal está feito, não dá para voltar atrás... por mais que choremos amargamente, jamais traremos de volta o passado morto... Disse o corvo: "Nunca mais". Os dedos escrevem e, tendo escrito, avançam etc. etc. e assim por diante. Estou tentando chegar no seguinte: o que o senhor, um homem experiente a serviço da companhia ferroviária, aconselha que devo fazer agora?
– O senhor quer saber o que seria melhor fazer?
– Essa é a ideia – disse Luke. – Existem, eu presumo, trens que param, realmente fazem paradas oficiais aqui...
– Sim, senhor – o carregador retrucou. – É melhor o senhor seguir com o das 16h25.
– Se o das 16h25 vai para Londres, é este o meu trem – disse Luke.
Solucionada essa questão, Luke ficou perambulando pela plataforma. Uma enorme placa informava-lhe que se encontrava no entroncamento de Fenny Clayton rumo a Wychwood-under-Ashe. Nesse momento, um trem composto de um vagão, empurrado para trás por uma pequena e antiquada locomotiva, aproximou-se devagar, resfolegando, e se acomodou no seu modesto vão. Seis ou sete pessoas desceram e, atravessando uma passagem, vieram juntar-se a Luke em sua plataforma. O carregador sombrio voltou de

súbito à vida e começou a empurrar para lá e para cá um enorme carrinho com engradados e cestos; outro carregador juntou-se a ele e começou a chacoalhar latas de leite. Fenny Clayton voltou a si.

Por fim, com ar de imensa importância, chegou o trem de Londres. Os vagões de terceira classe estavam abarrotados; os de primeira eram apenas três e cada um transportava um viajante ou mais viajantes. Luke examinou cada um dos compartimentos. No primeiro, destinado a fumantes, havia um cavalheiro de aparência militar fumando um charuto. Luke sentia que já tivera uma dose suficiente de coronéis anglo-indianos naquele dia. Passou para o seguinte, onde havia uma jovem distinta de aspecto cansado, provavelmente uma babá, e um garotinho de aspecto vivaz com cerca de três anos. Luke seguiu em frente às pressas. A porta seguinte estava aberta, e no vagão havia uma passageira, uma senhora. A velhinha o fazia lembrar ligeiramente de uma de suas tias, tia Mildred, que com grande coragem lhe permitira cuidar de uma cobra d'água quando tinha dez anos. No âmbito das tias, Mildred tinha sido decididamente uma boa tia. Luke entrou na carruagem e sentou-se.

Depois de uns cinco minutos de intensa atividade por parte das latas de leite, dos carrinhos de bagagem e outros alvoroços, o trem afastou-se lentamente da estação. Luke desdobrou seu jornal e dedicou-se às notícias que poderiam interessar um homem que já tivesse lido seu jornal matinal.

Não esperava conseguir ler por muito tempo. Sendo um homem de muitas tias, tinha certeza de que a simpática velhinha no canto não pretendia viajar em silêncio até Londres.

Estava certo; uma janela precisava de ajuste, um guarda-chuva caíra no chão; e a velhinha começou a lhe contar como era bom aquele trem.

– Só uma hora e dez minutos. Isso é ótimo, sabe, é excelente. Bem melhor do que o da manhã, que leva uma hora e quarenta minutos.

Ela prosseguiu:

– É claro, quase todos pegam o da manhã. Quero dizer, nos dias em que o bilhete é mais barato é uma tolice pegar o da tarde. Eu queria ter viajado nesta manhã, mas Wonky Pooh desapareceu... é o meu gato, um gato persa, uma belezinha, só que ele anda com problema nos ouvidos... e, claro, eu não podia sair de casa enquanto ele não fosse encontrado!

Luke murmurou:

– Claro que não...

E deixou seus olhos voltarem ostensivamente ao jornal. Mas não adiantou. A enxurrada prosseguiu:

– Então eu simplesmente tirei o melhor da situação e optei por pegar o trem da tarde, de certo modo foi uma bênção, porque não é tão abarrotado... não que isso importe quando a gente está viajando de primeira classe. É claro, não costumo fazer isso. Quero dizer, eu consideraria isso uma *extravagância*, com todos os impostos e com os baixos salários... mas na verdade eu fiquei muito aborrecida porque, veja bem, estou indo à cidade com uma missão importantíssima, e queria elaborar exatamente o que iria dizer... bem silenciosamente, sabe...

Luke reprimiu um sorriso.

– E quando há pessoas viajando junto... bem, você não pode deixar de ser amigável... então achei que, só dessa vez, a despesa era *perfeitamente admissível*... embora eu considere de fato que hoje em dia o desperdício é tão grande, pois ninguém economiza ou pensa no futuro. É lamentável que tenham abolido as segundas classes... isso fazia justamente aquela pequena diferença...

– Claro – ela prosseguiu rapidamente, lançando um ágil olhar ao rosto bronzeado de Luke –, eu sei que soldados de licença precisam viajar em primeira classe. Quero dizer, por serem oficiais, é o que se espera...

Luke enfrentou o ataque curioso de um par de olhos brilhantes. Capitulou sem demora. No fim, ele sabia, não haveria como evitar.

– Eu não sou soldado – ele disse.

– Ah, sinto muito. Não era minha intenção... eu só pensei... o senhor está tão bronzeado... talvez estivesse vindo do Oriente de licença.

– Estou vindo do Oriente – Luke falou. – Mas não de licença.

Ele livrou-se de maiores investigações com uma declaração nua e crua:

– Sou policial.

– Da polícia? Ora, realmente, isso é muito interessante. O filho de uma querida amiga minha acabou de ingressar na polícia palestina.

– Mayang Straits – disse Luke, atalhando mais uma vez.

– Ah, minha nossa... muito interessante. Realmente, é uma coincidência e tanto... quero dizer, que o senhor esteja viajando neste vagão. Porque, veja bem, essa missão que está me levando à cidade... bem, na verdade estou indo à Scotland Yard.

– Não diga! – retrucou Luke.

Ele pensou consigo: "Será que a pilha dela vai acabar logo? Ou isso vai continuar o caminho todo até Londres?". Mas, na verdade, ele não se importava muito, porque sempre tivera muito apego por sua tia Mildred e se lembrava de como, certa vez, ela conseguira algum dinheiro em cima da hora. Além disso, havia uma qualidade bastante inglesa e acolhedora em velhinhas como aquela e sua tia Mildred. Não havia nada de remotamente parecido com elas em Mayang Straits. Podiam ser equiparadas ao pudim de ameixa no dia de Natal e ao jogo de críquete no campo e às amplas lareiras com lenha queimando. Típicas coisas que você apreciava um bocado quando não as tinha e vivia no outro lado do mundo. (Eram também as típicas coisas com as quais você ficava muito entediado quando tinha, mas, como já foi dito, Luke desembarcara na Inglaterra há três ou quatro horas.)

A velhinha continuava com alegria:

– Sim, eu queria ter ido à cidade nesta manhã, mas, como lhe contei, fiquei tão preocupada com Wonky Pooh... O senhor não acha que será tarde demais, acha? Quero dizer, não existem horários especiais de funcionamento na Scotland Yard...

– Não creio que eles fechem às quatro da tarde ou algo desse tipo – disse Luke.

– Não, é claro, eles nem poderiam fazer isso, certo? Isto é, alguém poderia querer denunciar um crime grave a qualquer momento, não é mesmo?

– Exato – Luke concordou.

A velhinha manteve-se em silêncio por alguns instantes. Parecia preocupada.

– Sempre considero que é melhor ir direto à nascente – falou afinal. – John Reed é um ótimo sujeito... ele é o nosso policial em Wychwood... um homem muito cortês e afável... mas não sinto, sabe, que ele seja a pessoa certa para lidar com qualquer coisa séria. Ele está muito acostumado a lidar com pessoas que beberam demais, ou que ultrapassam o limite de velocidade, ou que não ligam os faróis no escuro... ou com pessoas que não registraram seus cachorros... e talvez até mesmo com arrombamentos. Mas não acredito... tenho plena certeza de que ele não é a pessoa certa para lidar com *assassinato*!

As sobrancelhas de Luke se levantaram.

– Assassinato?

A velhinha confirmou com um gesto vigoroso da cabeça.

– Sim, assassinato. Posso ver que o senhor está surpreso. Eu mesma também fiquei, a princípio. Não conseguia realmente acreditar. Achei que devia estar imaginando coisas.

– Tem certeza de que não estava? – Luke perguntou com delicadeza.

– Não, não! – ela sacudiu a cabeça com segurança. – Eu poderia ter imaginado da primeira vez, mas não da segunda, ou da terceira, ou da quarta. Depois desse ponto, a gente *sabe*.

Luke falou:

– A senhorita quer dizer que ocorreram... hã... vários assassinatos?

A voz calma e suave respondeu:

– Receio que uma boa quantidade.

Ela continuou:

– Foi por isso que achei melhor ir direto à Scotland Yard e lhes contar a respeito. O *senhor* não acha que é o melhor a fazer?

Luke olhou para ela com certa dúvida e então afirmou:

— Ora, sim... acho que a senhora está mais do que certa.

E pensou consigo: "Eles saberão lidar com ela. Provavelmente, toda semana recebem meia dúzia de velhinhas que aparecem gaguejando sobre uma porção de assassinatos cometidos em seus pacatos vilarejos rurais! Pode ser até que exista um departamento especial para lidar com as queridinhas."

Luke enxergou em sua imaginação um superintendente paternal, ou um jovem inspetor bem-apessoado, murmurando com bastante tato: "Obrigado, minha senhora, eu lhe fico muito grato, posso garantir. Agora queira voltar e deixe tudo nas nossas mãos, não precisa mais se preocupar com isso."

Ele sorriu consigo, de leve, diante da imagem. Pensou: "De onde será que elas tiram essas ideias? Vidas mortalmente monótonas, suponho... uma ânsia não reconhecida por drama. Certas senhoras, pelo que já me contaram, imaginam que todo mundo está envenenando sua comida".

Luke foi despertado de tais meditações pela voz fina e suave que continuava:

— Sabe, eu me lembro de ter lido uma vez... acho que foi o caso Abercrombie... é claro que *ele* já tinha envenenado várias pessoas quando alguma suspeita foi levantada... O que eu estava dizendo? Ah, sim, alguém disse que havia um olhar... um olhar especial que ele lançava para uma pessoa qualquer... e então, bem pouco tempo depois, essa pessoa caía doente. Eu não acreditei quando li a respeito... mas é verdade!

— O que é verdade?

— O olhar especial que lançava...

Luke encarou-a fixamente. Ela tremia um pouco, e suas adoráveis bochechas rosadas haviam perdido um pouco da cor.

— Percebi primeiro com Amy Gibbs... e *ela* morreu. E depois foi Carter. E Tommy Pierce. Mas agora, ontem, foi o dr. Humbleby... e ele é um homem tão *bom*... um homem *realmente* bom. Carter, é claro, bebia, e Tommy Pierce era um garotinho terrivelmente atrevido e impertinente que intimidava os meninos pequenos, torcendo-lhes os braços e beliscando-os. Não me senti tão mal assim em função deles, mas o dr. Humbleby é diferente. Ele *precisa* ser salvo. E a coisa mais terrível é que, se eu o procurasse para lhe contar a respeito, ele não acreditaria em mim! Só daria risada! Tampouco John Reed acreditaria em mim. Mas na Scotland Yard vai ser diferente. Porque, naturalmente, lá eles estão *acostumados* com crimes!

Ela olhou pela janela.

— Ah, minha nossa, num minuto nós chegaremos.

A velhinha se alvoroçou um pouco, abrindo e fechando sua bolsa, recolhendo seu guarda-chuva.

– Obrigada... muito obrigada – dirigiu-se a Luke enquanto este pegava o seu guarda-chuva pela segunda vez. – Foi um tremendo *alívio* conversar com o senhor... muita gentileza da sua parte, posso lhe garantir... fico tão contente que o senhor pense que estou fazendo a coisa certa...

Luke retrucou gentilmente:

– Tenho certeza de que lhe darão um bom aconselhamento na Scotland Yard.

– Fico realmente muitíssimo grata – ela remexeu em sua bolsa. – Meu cartão... ah, minha nossa, só tenho um... preciso guardar este... para a Scotland Yard...

– É claro, é claro...

– Mas o meu nome é Pinkerton.

– Um nome muito adequado, srta. Pinkerton – disse Luke, sorrindo.

Vendo que a dama se mostrava um pouco desnorteada, ele acrescentou às pressas:

– Meu nome é Luke Fitzwilliam.

Com o trem se aproximando da plataforma, ele acrescentou:

– Posso lhe chamar um táxi?

– Ah, não, muito obrigada – a srta. Pinkerton pareceu ficar um tanto chocada com a ideia. – Vou pegar o metrô. Desse modo vou até Trafalgar Square e depois sigo a pé por Whitehall.

– Bem, boa sorte – disse Luke.

A srta. Pinkerton lhe deu um caloroso aperto de mão.

– Tão gentil da sua parte... – ela murmurou de novo. – Sabe, num primeiro momento cheguei a pensar que o senhor não acreditava em mim.

Luke teve a delicadeza de corar.

– Bem... – ele falou. – Tantos assassinatos! Meio difícil cometer assassinatos e se safar, não?

A srta. Pinkerton balançou a cabeça. Afirmou com ardor:

– Não, não, meu caro rapaz, é *aí* que você se engana. É muito fácil matar... contanto que ninguém suspeite de você. E, veja bem, a pessoa em questão é justamente a última pessoa de quem *qualquer um* suspeitaria!

– Bem, de qualquer forma, boa sorte – desejou Luke.

A srta. Pinkerton foi engolida pela multidão. Ele, por sua vez, partiu em busca de sua bagagem, pensando: "Um tantinho maluca? Não, acredito que não. Uma imaginação vívida, só isso. Espero que peguem leve, que não a desapontem demais. Velhinha bastante simpática".

CAPÍTULO 2

Obituário

I

Jimmy Lorrimer era um dos amigos mais antigos de Luke. Era obrigatório que Luke se hospedasse em sua casa tão logo pisasse em Londres. Foi com Jimmy que ele saiu pelas ruas, na noite de sua chegada, em busca de diversão. Foi o café de Jimmy que ele bebeu, com dor de cabeça, na manhã seguinte, e foi a voz de Jimmy que ficou sem resposta enquanto ele relia um parágrafo pequeno e insignificante no jornal matinal.

– Desculpe, Jimmy – ele disse, voltando a si com um sobressalto.
– No que você estava tão absorto? Na situação política?

Luke sorriu.

– Negativo. Não, é bem esquisito... uma velhinha com quem vim no trem para cá, ontem, foi atropelada.
– Provavelmente confiou demais num semáforo – disse Jimmy. – Como você sabe que é ela?
– É claro, pode não ser. Mas é o mesmo nome... Pinkerton... ela foi atropelada e morta por um carro enquanto atravessava Whitehall. O carro não parou.
– Negócio desagradável... – retrucou Jimmy.
– Sim, coitadinha... Lamento muito. Ela me fazia lembrar da minha tia Mildred.
– Quem quer que estivesse dirigindo aquele carro vai arcar com as consequências. É praticamente certo que vai responder por homicídio culposo. Vou lhe dizer uma coisa, fico morrendo de medo quando dirijo um carro hoje em dia.
– O que você tem em matéria de carro no momento?
– Um Ford V 8. Fique sabendo, meu garoto...

A conversa tornou-se excessivamente técnica.

Jimmy interrompeu-a para perguntar:

– Que diabos você está cantarolando?

Luke cantarolava consigo:

– *Larari, larari, a Mosca se casou com Bumble Bee.**

Ele se desculpou.

– É uma canção de ninar que ainda lembro da minha infância. Não entendo como foi parar na minha cabeça.

---

* Abelhão, vespa. (N.T.)

II

Foi mais de uma semana depois que Luke, passando despreocupadamente os olhos pela primeira página do *Times*, soltou uma exclamação sobressaltada.

– Não posso acreditar!

Jimmy Lorrimer levantou o rosto.

– Qual é o problema?

Luke não respondeu. Ele olhava fixamente para um nome na seção de anúncios.

Jimmy repetiu sua pergunta.

Luke ergueu a cabeça e encarou seu amigo. Sua expressão era tão singular que Jimmy ficou bastante desconcertado.

– O que há, Luke? Parece que você viu um fantasma.

O outro não respondeu por alguns instantes. Ele largou o jornal, andou até a janela e voltou. Jimmy o observava com crescente surpresa.

Luke desabou numa cadeira e se inclinou para frente.

– Jimmy, meu velho, você se lembra de quando mencionei uma velhinha com quem viajei para cá? No dia em que cheguei à Inglaterra?

– Aquela que você disse que o lembrava da sua tia Mildred? E depois foi atropelada por um carro?

– Essa mesma. Ouça, Jimmy. A senhorinha me veio com uma longa ladainha de que estava indo à Scotland Yard para denunciar vários assassinatos. Havia um assassino à solta em seu vilarejo, e o sujeito andava fazendo várias execuções, uma atrás da outra.

– Você não me contou que ela era maluca – disse Jimmy.

– Eu não achava que fosse.

– Ah, ora essa, meu velho, assassinatos em série...

Luke retrucou com impaciência:

– Não me pareceu que ela não batesse bem da cabeça. Achei que ela só estivesse se deixando levar pela imaginação, como acontece às vezes com as senhoras idosas.

– Bem, sim, creio que possa ter sido isso. Mas provavelmente ela também era um pouco desequilibrada, eu diria.

– Não importa o que *você* acha, Jimmy. Neste momento, *eu* estou contando para *você*, entende?

– Ah, perfeitamente... prossiga.

– Ela foi bastante minuciosa, mencionou o nome de uma ou duas vítimas e então explicou que o que realmente a deixava irrequieta era o fato de saber quem seria a próxima vítima.

– Sim? – Jimmy incentivou-o.

– Às vezes recordamos um nome por uma razão tola qualquer. O nome grudou na minha cabeça porque o liguei a uma canção de ninar que costumavam cantar para mim quando era pequeno. *Larari, larari, a Mosca se casou com Bumble Bee.*

– Muito intelectual, tenho certeza, mas aonde você quer chegar?

– Quero chegar, meu amigo, ao fato de que o nome do homem era Humbleby... dr. Humbleby. A velhinha disse que o dr. Humbleby seria o próximo a morrer e estava transtornada porque ele era "um homem tão bom". O nome grudou na minha cabeça por causa da canção.

– Pois bem? – disse Jimmy.

– Pois bem, dê uma olhada nisto.

Luke repassou-lhe o jornal, apontando com o dedo um registro na coluna das mortes.

HUMBLEBY. – *No dia 13 de junho, faleceu de modo repentino, em sua residência em Sandgate, Wychwood-under-Ashe,* JOHN EDWARD HUMBLEBY, *Doutor em Medicina, amado esposo de* JESSIE ROSE HUMBLEBY. *Enterro na sexta-feira. Sem flores, por solicitação.*

– Você percebe, Jimmy? O mesmo nome, o mesmo lugar, e ele é médico. O que você deduz disso?

Jimmy demorou alguns instantes para responder. Sua voz se mostrava séria quando falou afinal, um tanto em dúvida:

– Acho que é só uma coincidência absurdamente esquisita.

– Será que é, Jimmy? É? Será só isso?

Luke começou a andar para lá e para cá de novo.

– O que mais poderia ser? – Jimmy perguntou.

Luke voltou-se repentinamente.

– Digamos que cada palavra dita por aquela velhinha tagarela fosse *verdade*! Digamos que aquela história fantástica fosse simplesmente a verdade!

– Ah, ora essa, meu velho! Isso já seria um pouco forçado! Coisas assim não acontecem.

– E o que dizer do caso Abercrombie? Não supunham que ele já havia eliminado um bocado de gente?

– Mais do que chegou a vir à tona – disse Jimmy. – Um camarada meu tinha um primo que era o inspetor local. Fiquei sabendo algumas coisas por dele. Pegaram Abercrombie por fazer o veterinário local ingerir arsênico, aí exumaram sua esposa e ela estava cheia do troço, e é quase certo que o cunhado dele foi despachado da mesma maneira... e isso não era tudo, nem de longe. Esse camarada meu disse que a versão extraoficial dava

conta de que Abercrombie tinha eliminado pelos menos quinze pessoas em sua carreira. *Quinze!*
— Exato. Então essas coisas acontecem *sim*!
— É, mas não acontecem com frequência.
— Como é que você sabe? Pode ser que aconteçam com muito mais frequência do que você imagina.
— Eis que se manifesta o representante da polícia! Você não consegue esquecer que é policial, agora que se retirou à vida privada?
— Uma vez policial, sempre policial, eu acho — falou Luke. — Agora ouça, Jimmy, digamos que, antes que Abercrombie se tornasse temerário a ponto de esfregar seus assassinatos na cara da polícia, uma solteirona velha, bonachona e loquaz tivesse simplesmente adivinhado o que ele estava aprontando e revelado tudo às autoridades. Você acha que teriam lhe dado atenção?
Jimmy rangiu os dentes.
— Negativo!
— Exato. Teriam dito que ela tinha um parafuso a menos. Bem como *você* disse! Ou teriam dito: "Imaginação demais. Não tem mais o que fazer". Como *eu* disse! *E nós dois, Jimmy, teríamos nos equivocado.*
Lorrimer ponderou por alguns instantes e então perguntou:
— Qual é a situação exatamente, segundo lhe parece?
Luke respondeu devagar:
— O caso se configura da seguinte maneira: me contaram uma história... uma história improvável, mas não impossível. Uma evidência, a morte do dr. Humbleby, sustenta essa história. E há outro fato significativo. A srta. Pinkerton estava indo à Scotland Yard com essa história improvável dela. *Mas não chegou lá.* Foi atropelada e morta por um carro que não parou.
Jimmy contestou:
— Você não sabe se ela não chegou lá. Ela pode ter sido atropelada depois de sua visita, não antes.
— Pode ter sido, sim... mas não creio.
— Isso é pura suposição. O caso se resume ao seguinte: você acredita nisso... nesse melodrama.
Luke sacudiu a cabeça com rispidez.
— Não, não foi o que eu disse. Tudo o que estou dizendo é: o caso merece investigação.
— Ou seja, *você* vai visitar a Scotland Yard.
— Não, não cheguei a esse ponto ainda... ainda estou longe. Como você disse, a morte desse Humbleby pode ser uma mera coincidência.
— Então, se eu posso perguntar, qual é a ideia?
— A ideia é ir até o lugarejo e averiguar a questão.

– Então essa é a ideia, é?
– Você não concorda que essa é a única maneira sensata de resolver o problema?

Jimmy encarou-o fixamente antes de dizer:
– Você está levando *a sério* esse negócio, Luke?
– Sem sombra de dúvida.
– E se, no fim das contas, for tudo uma ilusão?
– Essa seria a melhor coisa que poderia acontecer.
– Sim, é claro... – Jimmy franziu o cenho. – Mas você não acha que seja, ou acha?
– Meu caro amigo, vou manter a mente aberta.

Jimmy ficou em silêncio por um minuto. Então falou:
– Você tem algum plano? Quero dizer, você vai precisar de algum *motivo* para aparecer de repente no lugar.
– Sim, suponho que vou precisar.
– Não tem nada para supor nesse caso. Você tem noção de como é uma cidadezinha rural na Inglaterra? Qualquer um se destaca como um alienígena!
– Terei de adotar um disfarce – Luke disse com um sorriso forçado. – O que você sugere? Artista? Complicado... não sei desenhar, muito menos pintar.
– Você poderia ser um artista moderno – Jimmy sugeriu. – Aí não teria importância...

Mas Luke estava concentrado no problema em questão.
– Um escritor? Por acaso escritores se hospedam em estalagens rurais bizarras para escrever? Poderiam se hospedar, suponho. Um pescador, talvez... mas vou precisar descobrir se existe um rio nas proximidades. Um inválido a quem prescreveram o ar do campo? Não sou talhado para o papel, e, de qualquer forma, todo mundo recorre a clínicas de repouso hoje em dia. Eu poderia estar procurando uma casa nas redondezas. Mas essa não é uma tática muito boa. Que maldição, Jimmy, tem de existir *algum* motivo plausível para um estranho cordial cair de paraquedas num vilarejo inglês...

Jimmy falou:
– Espere um segundo... me passe de novo esse jornal.

Pegando-o, ele passou superficialmente os olhos pela página e anunciou, triunfante:
– Era o que eu pensava! Luke, meu velho... para dizer em poucas palavras, vou dar um jeito para você. Tudo vai ser fácil como piscar os olhos!

Luke girou o corpo.
– O quê?

Jimmy continuava, com modesto orgulho:

— Achei que algo me soava familiar! Wychwood-under-Ashe. É claro! O lugar exato!

— Você tem, por acaso, um camarada que conheça o inspetor de lá?

— Não dessa vez. Melhor do que isso, meu amigo A natureza, como você sabe, me abençoou com muitas tias e primos, já que o meu pai foi integrante de uma família de treze filhos. Agora ouça o seguinte: *eu tenho um parente em Wychwood-under-Ashe.*

— Jimmy, você é simplesmente um fenômeno.

— É uma beleza, não é? – Jimmy falou com modéstia.

— Fale sobre ele.

— É ela. Seu nome é Bridget Conway. Durante os últimos dois anos ela foi secretária de Lord Whitfield.

— O sujeito que é dono daqueles desprezíveis jornaizinhos semanais?

— Isso mesmo. Um homenzinho bem desprezível também! Pomposo! Ele nasceu em Wychwood-under-Ashe e, sendo aquele tipo de esnobe que quer exibir a todos seu nascimento e sua estirpe, que se vangloria de ter feito sucesso por seu próprio esforço, voltou para o vilarejo natal, comprou a única mansão da vizinhança (que pertenceu originalmente à família de Bridget, aliás) e se ocupa em transformar a casa numa "propriedade modelo".

— E a sua prima é secretária dele?

— Ela foi – Jimmy respondeu em tom sombrio. – Agora ela subiu de posição! Está noiva dele!

— Ah! – retrucou Luke, um tanto desconcertado.

— Ele é um bom partido, é claro – disse Jimmy. – Nadando em dinheiro. Bridget levou um tombo e tanto por causa de certo sujeito... isso destruiu por inteiro qualquer ilusão romântica que ela tivesse. Eu me arrisco a dizer que agora ela vai colher belos frutos. Bridget provavelmente será firme com ele, e o sujeito vai comer na mão dela.

— E onde é que eu entro na história?

Jimmy retrucou prontamente:

— Você vai passar um tempo com eles... é melhor você ser outro primo. Bridget tem tantos que um a mais ou a menos não vai fazer diferença. Vou arranjar tudo direitinho com ela para você. Eu e Bridget sempre fomos camaradas. Agora, quanto ao seu motivo para estar lá... bruxaria, meu rapaz.

— Bruxaria?

— Folclore, superstições locais... todo esse tipo de coisa. Wychwood-under-Ashe tem uma reputação e tanto nesse aspecto. Um dos últimos lugares onde houve um Sabá de Bruxas. Bruxas ainda eram queimadas lá no século passado... há todos os tipos de tradições. Você está escrevendo um livro, entende? Correlacionando os costumes de Mayang Straits e o folclore inglês antigo... pontos semelhantes etc. Você sabe como é. Circule por lá com um caderno de anotações e entreviste o habitante mais antigo sobre as superstições e os costumes locais. Eles estão bem acostumados com esse tipo de coisa por lá, e, estando hospedado em Ashe Manor, você terá um salvo-conduto.

– E quanto a Lord Whitfield?

– Não vai desconfiar de nada. Ele é inculto e completamente ingênuo... efetivamente acredita nas coisas que lê em seus próprios jornais. De todo modo, Bridget vai preparar o terreno com ele. Com Bridget não há problema. Coloco a mão no fogo por ela.

Luke respirou fundo.

– Jimmy, meu amigo, parece que vai ser fácil. Você é um fenômeno. Se realmente puder preparar o terreno com a sua prima...

– Isso vai ser absolutamente tranquilo. Deixe comigo.

– Fico infinitamente grato a você.

Jimmy disse:

– Tudo o que peço é: se você está caçando um assassino homicida, quero estar presente no momento do abate!

Acrescentou bruscamente:

– O que foi?

Luke respondeu devagar:

– Só uma coisa que eu lembrei, algo que a velhinha me disse. Tinha dito para ela que era um pouco improvável cometer vários assassinatos e se safar, e ela respondeu que eu estava enganado... que era muito fácil matar...

Ele se calou e então prosseguiu devagar:

– Eu me pergunto se isso é verdade, Jimmy... Eu me pergunto se...

– O quê?

– *É fácil matar...*

CAPÍTULO 3

Bruxa sem vassoura

I

O sol brilhava quando Luke subiu e começou a percorrer a colina rumo à cidadezinha rural de Wychwood-under-Ashe. Ele havia comprado um Standard Swallow usado, parou por um instante no topo da colina e desligou o motor.

O dia de verão estava ensolarado e quente. Abaixo via-se o vilarejo, excentricamente intocado por desenvolvimentos recentes, repousando de modo pacífico e inocente sob o sol, formado principalmente de uma rua longa e dispersa que acompanhava por baixo o topo saliente de Ashe Ridge.

O lugarejo parecia singularmente remoto, estranhamente preservado. Luke pensou: "Provavelmente estou louco. Tudo isso é fantástico".

Será que de fato ele viera até ali para caçar um matador simplesmente por força de certas divagações de uma velhinha e um obituário lido ao acaso?

Ele sacudiu a cabeça.

– Certamente, coisas assim não acontecem – murmurou. – Ou... acontecem? Luke, meu garoto, cabe a você descobrir se é o imbecil mais crédulo do mundo ou se o seu faro de policial o levou a uma pista quente.

Luke ligou o motor, engatou a marcha e desceu suavemente a estrada serpenteante, assim entrando na rua principal.

Wychwood, como já foi dito, é formada especialmente por sua rua principal. Havia lojas, pequenas casas georgianas, empertigadas e aristocráticas com seus degraus esbranquiçados e aldravas reluzentes, havia chalés pitorescos com jardins de flores. Havia uma hospedaria, a Bells and Motley, um pouco recuada da rua principal. Havia um jardim público, um lago com patos e, dominando tudo, uma imponente casa georgiana que Luke julgou ser, a princípio, seu destino. Aproximando-se, contudo, constatou que havia uma enorme placa pintada anunciando ser aquele o prédio do Museu e da Biblioteca. Mais adiante havia um anacronismo: um grande edifício, branco e moderno, austero e contrastante com o jovial desordenamento do resto do lugar. Tratava-se, Luke deduziu, do clube de uma instituição de rapazes da cidadezinha.

Foi nesse ponto que Luke parou para perguntar sobre a direção que deveria seguir.

Foi informado que Ashe Manor ficava cerca de oitocentos metros mais em frente; ele veria os portões à direita.

Luke continuou seu trajeto. Encontrou os portões com facilidade, eram de um ferro forjado novo e elaborado. Ele entrou com o carro, vislumbrou tijolos vermelhos por entre as árvores e fez uma curva no caminho para topar, estupefato, com o pavoroso e incongruente monstro acastelado que saudou seus olhos.

Enquanto Luke contemplava aquele pesadelo, o sol se escondeu. Ele assimilou, de súbito, a sobrejacente ameaça de Ashe Ridge. Houve uma rajada de vento repentina e cortante, soprando para trás as folhas das árvores, e naquele momento, contornando um dos cantos da mansão acastelada, apareceu uma jovem.

A rajada súbita soprou-lhe os cabelos pretos para o alto da cabeça, e veio à mente de Luke um quadro que ele vira certa vez: "A Bruxa", de Nevinson. O rosto comprido, pálido e delicado, os cabelos pretos voando na direção das estrelas. Ele conseguia enxergar aquela jovem num cabo de vassoura, voando na direção da lua...

Ela veio direto ao encontro de Luke.

– O senhor deve ser Luke Fitzwilliam. Eu sou Bridget Conway.

Luke tomou a mão que lhe foi estendida. Conseguia vê-la, agora, tal como era – não num momento repentino de fantasia. Alta, esbelta, um semblante comprido e delicado com maçãs do rosto ligeiramente encovadas – irônicas sobrancelhas pretas – cabelos e olhos pretos. Era como uma delicada gravura, ele pensou – linda e pungente.

Ele acalentara uma imagem consciente em seus pensamentos durante a viagem de retorno à Inglaterra – a imagem de uma jovem inglesa corada e queimada de sol – acariciando o pescoço de um cavalo, agachando-se para extirpar as ervas daninhas de um canteiro, sentada e aquecendo as mãos junto à chama de uma fogueira. Tinha sido uma visão cálida e graciosa...

Agora, não sabia se gostava ou não de Bridget Conway, mas sabia que a imagem secreta oscilara e se desfizera; tornara-se tola e desprovida de sentido...

Ele disse:

– Como vai? Devo lhe pedir desculpas por me impor a vocês dessa maneira. Jimmy insistiu que a senhorita não se importaria.

– Ah, não nos importamos. Ficamos encantados.

Ela sorriu, um sorriso curvado que arrastou os cantos de sua boca comprida até o meio das bochechas.

– Jimmy e eu sempre ajudamos um ao outro. E, se o senhor está escrevendo um livro sobre folclore, este é um lugar esplêndido. Todos os tipos de lendas e locais pitorescos.

– Esplêndido – disse Luke.

Os dois caminharam juntos na direção da casa. Luke lançou-lhe mais um olhar furtivo. Identificou, agora, traços de uma residência em estilo Rainha Ana, recoberta e sufocada pela magnificência ornamentada. Recordou a menção de Jimmy de que a casa pertencera originalmente à família de Bridget. Isso, ele pensou sombriamente, tinha sido nos tempos despojados. Dirigindo olhares furtivos ao perfil da jovem, às belas mãos compridas, Luke ponderava.

Bridget tinha em torno de 28 ou 29 anos, ele supôs. E era inteligente. Era uma dessas pessoas sobre as quais você não sabe absolutamente nada, a menos que decidam que você pode saber...

O interior da casa era confortável e revelava bom gosto – o bom gosto de um decorador de primeira categoria. Bridget Conway o conduziu a um aposento com estantes de livros e poltronas confortáveis onde se via, perto da janela, uma mesa de chá junto à qual duas pessoas estavam sentadas.

Ela disse:

– Gordon, este é Luke, uma espécie de primo de um primo meu.

Lord Whitfield era um homem pequeno com uma cabeça semicareca. Seu rosto era redondo e inocente, com uma boca em biquinho e olhos que eram como groselhas cozidas. Trajava roupas campestres de aspecto desleixado que não caíam bem em seu corpo, no qual a barriga era o volume predominante.

Ele cumprimentou Luke de modo afável.

– Prazer em conhecê-lo... muito prazer. Acabou de voltar do Oriente, é isso mesmo? Lugar interessante. Escrevendo um livro, é o que Bridget me contou. Dizem que livros demais são escritos hoje em dia. Eu digo que não; há sempre lugar para um bom livro.

Bridget falou:

– Minha tia, sra. Anstruther.

Luke apertou a mão de uma mulher de meia-idade com um sorriso bastante tolo.

A sra. Anstruther, como Luke logo ficou sabendo, era devota de corpo e alma à jardinagem. Nunca falava sobre qualquer outra coisa, e sua mente ocupava-se o tempo todo em considerar se certa planta rara ficaria bem no local em que pretendia colocá-la.

Depois de retribuir a apresentação, declarou:

– Sabe, Gordon, o ponto ideal para um jardim de pedras seria logo depois do jardim de rosas, e aí você poderia ter o mais maravilhoso lago, onde o riacho avança por aquela depressão.

Lord Whitfield se recostou na cadeira, espreguiçando-se.

– Você trate de arranjar tudo isso com Bridget – ele falou com tranquilidade. – Plantas de pedra são tolice, creio eu... mas isso não tem importância.

Bridget disse:

– Plantas de pedra não são suficientemente grandiosas para você, Gordon.

Ela serviu um pouco de chá para Luke, e Lord Whitfield afirmou com placidez:

– Isso mesmo. Não agregam o que eu chamo de bom valor monetário. Flores minúsculas que você mal consegue enxergar. Eu gosto de uma bela exibição numa estufa, ou alguns belos canteiros de gerânios vermelhos.

A sra. Anstruther, dotada por excelência do dom de insistir em seu próprio tema sem se deixar perturbar por aquilo que qualquer pessoa dissesse, afirmou:

— Acredito que essas novas rosas se sairiam perfeitamente bem neste clima — e tratou de mergulhar em catálogos.

Lançando para trás na cadeira seu pequeno corpo atarracado, Lord Whitfield bebericou seu chá e examinou Luke com apreciação.

— Então o senhor escreve livros... — murmurou.

Sentindo-se ligeiramente nervoso, Luke estava prestes a prestar explicações quando percebeu que Lord Whitfield não queria, na verdade, quaisquer informações.

— Muitas vezes penso — declarou complacente — que eu mesmo gostaria de escrever um livro.

— Sim? — disse Luke.

— Eu *poderia*, note bem — retrucou Lord Whitfield. — E seria um livro muito interessante. Já topei com várias pessoas interessantes. O problema é que não tenho *tempo*. Sou um homem muito ocupado.

— É claro. O senhor só pode ser.

— O senhor não acreditaria na quantidade de coisas que eu carrego nas costas — falou Lord Whitfield. — Tenho interesse pessoal por cada uma das minhas publicações. Considero que sou responsável por moldar a mentalidade do público. Na semana que vem, milhões de pessoas estarão pensando e sentindo precisamente o que pretendi que elas sentissem e pensassem. Trata-se de um pensamento bastante solene. Acarreta responsabilidade. Bem, a responsabilidade não é um problema para mim. Ela não me assusta. Posso *aguentar* a responsabilidade.

Lord Whitfield inflou o peito, tentou encolher a barriga e lançou um olhar amável para Luke.

Bridget Conway falou em tom ameno:

— Você é um grande homem, Gordon. Beba um pouco mais de chá.

Lord Whitfield simplesmente retrucou:

— Eu *sou* um grande homem. Não, não quero mais chá.

Em seguida, descendo das alturas de seu Olimpo pessoal para o nível dos mortais mais ordinários, perguntou delicadamente a seu hóspede:

— Conhece alguém por esta parte do mundo?

Luke balançou a cabeça. Então, agindo por impulso e sentindo que o quanto antes se lançasse ao trabalho seria melhor, acrescentou:

— Pelo menos há um homem por aqui que eu prometi procurar... amigo de amigos meus. Um homem chamado Humbleby. Ele é médico.

— Ah! — Lord Whitfield empertigou-se com algum esforço em seu assento. — O dr. Humbleby? Uma lástima.

— O que é uma lástima?

— Morreu cerca de uma semana atrás — disse Lord Whitfield.

– Ah, minha nossa – falou Luke. – Lamento saber disso.

– Não pense que poderia ter gostado dele – disse Lord Whitfield. – Teimoso, bruto, um velho tolo e atrapalhado.

– Ou seja – interveio Bridget –, ele discordava de Gordon.

– Uma questão sobre o nosso fornecimento de água – falou Lord Whitfield. – Posso lhe garantir, sr. Fitzwilliam, que sou um homem devotado aos benefícios públicos. Meu coração bate pelo bem-estar desta cidadezinha. Nasci aqui. Sim, nasci aqui mesmo neste vilarejo...

Com desgosto, Luke percebeu que haviam abandonado o tópico do dr. Humbleby e retornado ao tópico de Lord Whitfield.

– Não tenho vergonha disso e não me importa que todos saibam – prosseguiu o cavalheiro. – Não tive nenhuma das vantagens naturais que vocês tiveram. Meu pai tinha uma oficina de botas... isso mesmo, uma mera oficina de botas. E eu trabalhei nessa oficina desde pequeno. Subi na vida por esforço próprio, Fitzwilliam... acreditei que escaparia do meu destino... e *escapei* do destino! Perseverança, trabalho duro e ajuda de Deus... foi assim que eu consegui! Foi assim que me tornei o que sou hoje.

Exaustivos detalhes a respeito da carreira de Lord Whitfield foram relatados para proveito de Luke, e o primeiro arrematou de maneira triunfal:

– E aqui estou eu, e o mundo inteiro pode ficar à vontade se quiser saber como cheguei aqui! Não tenho vergonha das minhas origens... não, senhor... voltei para cá, para onde nasci. O senhor sabe o que existe hoje onde ficava antigamente a oficina do meu pai? Um belo edifício construído e dotado por *mim*... instituto, clubes de moços, tudo moderno e da mais alta qualidade. Contratei o melhor arquiteto do país! Não posso negar que ele fez uma obra simples, sem enfeites... me parece um asilo ou uma prisão... mas dizem que ficou bom, então suponho que seja.

– Anime-se – disse Bridget. – Você fez o que quis nesta casa!

Lord Whitfield soltou uma risadinha de satisfação.

– Sim, tentaram passar por cima de mim aqui! Desenvolver o espírito original da construção. Não, eu falei, eu vou *morar* neste lugar e quero algo que *ostente* o meu dinheiro! Quando um arquiteto não queria fazer o que eu pedia, eu o chutava e contratava outro. O último sujeito que eu peguei entendeu exatamente as minhas ideias.

– Ele cedeu aos seus piores voos imaginativos – afirmou Bridget.

– Ela preferia que eu tivesse deixado a casa como era – disse Lord Whitfield, dando pancadinhas no braço da esposa. – Não adianta nada viver no passado, minha querida. Aqueles georgianos dos tempos antigos não sabiam grande coisa. Eu não queria uma casa normal de tijolos vermelhos. Sempre sonhei com um castelo... e agora tenho um!

Ele acrescentou:

– Sei que o meu gosto não é muito requintado, então dei carta branca para fazer o interior, e devo dizer que não se saíram mal... embora uma parte seja um pouco enfadonha.

– Bem – disse Luke –, é ótimo quando a gente sabe o que quer.

– E geralmente eu obtenho, também, o que quero – retrucou o outro com uma risadinha.

– Você quase não obteve o que queria no plano de abastecimento de água – Bridget lembrou-lhe.

– Ah, isso! – falou Lord Whitfield. – Humbleby era um tolo. Esses sujeitos idosos adoram ser teimosos. Não querem ouvir a voz da razão.

– O dr. Humbleby era um homem que falava totalmente sem rodeios, não? – Luke arriscou. – Ele deve ter feito uma boa quantidade de inimigos assim, eu imagino.

– N-não, não sei se eu diria isso – objetou Lord Whitfield, esfregando o nariz. – Hein, Bridget?

– Ele era muito popular com todo mundo, eu sempre achei – disse Bridget. – Só o encontrei quando veio examinar o meu tornozelo aquela vez, mas o achei muito querido.

– Sim, ele era bastante popular de modo geral – admitiu Lord Whitfield. – Mas conheço uma ou duas pessoas que já tinham perdido a paciência com ele. Teimosia mais uma vez.

– Uma ou duas pessoas que moram aqui?

Lord Whitfield assentiu com a cabeça.

– Há muitas rixas e panelinhas num lugar como este – afirmou.

– Sim, suponho que sim – disse Luke.

Ele hesitou, inseguro quanto ao passo seguinte.

– Que tipo de gente vive aqui? – indagou.

A pergunta era um tanto fraca, mas recebeu uma resposta instantânea.

– Remanescentes, na maioria – falou Bridget. – Filhas, irmãs e esposas de pastores. E também de médicos. Cerca de seis mulheres para cada homem.

– Mas existem *alguns* homens? – Luke arriscou.

– Ah, sim, temos o sr. Abbot, o advogado, e o jovem dr. Thomas, sócio do dr. Humbleby, e o sr. Wake, o pároco, e... quem mais temos, Gordon? Ah! O sr. Ellsworthy, o dono da loja de antiguidades, que é uma tremenda, tremenda doçura de pessoa. E o major Horton e seus buldogues.

– Há mais alguém que, se bem me lembro, meus amigos mencionaram que morava por aqui – disse Luke. – Segundo me falaram, era uma vovozinha querida, mas que falava demais.

Bridget riu.

– Isso descreve metade do vilarejo!
– Qual era o nome dela mesmo? Já sei. Pinkerton.
Lord Whitfield retrucou com uma risadinha áspera:
– Francamente, o senhor não tem a menor sorte! Ela está morta também. Foi atropelada outro dia em Londres. Morreu na hora.
– Vocês parecem enfrentar muitas mortes aqui – Luke comentou em tom ameno.
Lord Whitfield se conteve no mesmo instante.
– Nada disso. Um dos lugares mais saudáveis na Inglaterra. Acidentes não contam. Podem acontecer com qualquer um.
Mas Bridget Conway falou pensativa:
– Para falar a verdade, Gordon, nós *tivemos* várias mortes de um ano para cá. Estão sempre enterrando alguém...
– Bobagem, minha querida.
Luke perguntou:
– A morte do dr. Humbleby foi um acidente também?
Lord Whitfield sacudiu a cabeça.
– Não, não. Humbleby morreu de uma septicemia aguda. Típico de um médico. Arranhou o dedo num prego enferrujado, ou algo assim, não cuidou nem um pouco, e o dedo infeccionou. Em três dias ele estava morto.
– Os médicos são assim – disse Bridget. – E, é claro, correm um enorme risco de infecção, suponho, quando não tomam cuidado. Mas foi triste. A esposa ficou arrasada.
– A revolta contra os desígnios da providência não serve para nada – Lord Whitfield afirmou com tranquilidade.

II

– Mas foi mesmo um desígnio da providência? – Luke perguntou a si mesmo mais tarde, enquanto se vestia para o jantar. – Septicemia? Talvez. Uma morte muito repentina, de todo modo.

E ecoavam em sua cabeça as palavras que Bridget pronunciara em tom brando:

"*Nós tivemos várias mortes de um ano para cá.*"

CAPÍTULO 4

Luke dá partida

Luke havia elaborado seu plano de estratégia com algum cuidado e preparou-se para colocá-lo em ação sem maiores delongas quando desceu para o desjejum na manhã seguinte.

Não havia sinal da tia da jardinagem, mas Lord Whitfield comia rins e bebia café, e Bridget Conway, tendo terminado sua refeição, estava parada diante da janela, olhando para fora.

Passadas as trocas de "bom-dia", quando Luke já estava sentado com uma porção abundante de ovos e bacon no prato, ele começou:

– Preciso colocar as mãos à obra. Uma coisa difícil é induzir as pessoas a falar. O senhor sabe o que eu quero dizer... não pessoas como o senhor e... há... Bridget. (Ele se lembrou bem a tempo de não dizer "srta. Conway".) – Vocês me *contariam* qualquer coisa que soubessem... mas o problema é que não *saberiam* as coisas que eu quero saber, isto é, as superstições locais. Vocês mal acreditariam na quantidade de superstição que ainda perdura em regiões longínquas do mundo. Ora, existe um vilarejo em Devonshire... O pároco precisou remover alguns antigos menires de granito que se erguiam junto à igreja porque as pessoas insistiam em marchar ao redor delas, numa espécie de ritual ancestral, toda vez que ocorria uma morte. É extraordinário como persistem os velhos ritos pagãos.

– Ouso dizer que o senhor tem razão – falou Lord Whitfield. – Educação, é disso que as pessoas precisam. Já lhe contei que patrocinei uma excelente biblioteca aqui? Antigamente era a velha mansão senhorial, estavam vendendo a preço de banana... agora é uma das mais primorosas bibliotecas...

Luke reprimiu com firmeza a tendência da conversa de seguir na direção dos feitos de Lord Whitfield.

– Esplêndido – comentou com ardor. – Bom trabalho. O senhor evidentemente se deu conta do substrato ignorante de velho mundo que existe aqui. Sob o meu ponto de vista, claro, isso é justamente o que eu quero. Velhos costumes... histórias de velhas viúvas... indícios dos rituais antigos tais como...

Aqui se seguiu, quase literalmente, uma página de um livro que Luke lera para essa ocasião.

– As mortes são a linha mais promissora – finalizou. – Ritos e costumes funerários sempre sobrevivem por mais tempo do que os outros. Além disso, por alguma razão ou outra, os habitantes de vilarejos sempre gostam de falar sobre mortes.

– Adoram enterros – Bridget concordou da janela.

– Pensei em usar isso como ponto de partida – prosseguiu Luke. – Se eu puder obter uma lista de falecimentos recentes na paróquia, localizar os parentes e iniciar uma conversação, não há dúvida de que dentro em breve terei uma pista do que estou pesquisando. Com quem seria melhor eu pegar os dados? O pároco?

– O sr. Wake provavelmente se mostraria muito interessado – disse Bridget. – Ele é um amor de pessoa e metido a antiquário. Poderia lhe fornecer muito material, imagino.

Luke sentiu um receio momentâneo, durante o qual desejou que o pároco pudesse não ser um antiquário tão eficiente a ponto de expor suas próprias pretensões.

Em voz alta, falou com ardor:

– Ótimo. Vocês não devem fazer ideia, suponho, de pessoas que morreram neste último ano...

Bridget murmurou:

– Deixe-me ver. Carter, é claro. Ele era o senhorio do Seven Stars, aquela taverna repugnante perto do rio.

– Um bêbado baderneiro – disse Lord Whitfield. – Um desses socialistas bárbaros e insolentes, já foi tarde...

– E a sra. Rose, a lavadeira – prosseguiu Bridget. – E o pequeno Tommy Pierce... ele era um garotinho insuportável, digamos assim. Ah, claro, e aquela jovem, Amy-não-sei-o-quê.

Sua voz havia se alterado de leve ao pronunciar o último nome.

– Amy – repetiu Luke.

– Amy Gibbs. Trabalhou aqui como criada e depois passou a servir a srta. Waynflete. Houve um inquérito sobre ela.

– Por quê?

– A tolinha confundiu certos frascos no escuro – respondeu Lord Whitfield.

– Ingeriu o que pensava ser xarope, e era tintura de chapéu – explicou Bridget.

Luke ergueu as sobrancelhas.

– Que trágico...

Bridget falou:

– Houve certa suposição de que a jovem tinha feito aquilo de propósito. Alguma briga com um rapaz.

Ela falava devagar – de modo quase relutante.

Houve uma pausa. Luke sentiu instintivamente a presença de certo sentimento tácito pesando na atmosfera.

Ele pensou: "Amy Gibbs? Sim, esse foi um dos nomes que a srta. Pinkerton mencionou".

Ela também mencionara um garotinho – Tommy Alguma-Coisa – sobre o qual guardara evidentemente uma opinião desfavorável (isso, ao que parecia, era compartilhado por Bridget!). E, ele tinha quase certeza, o nome Carter também tinha sido citado.

Levantando-se, ele disse em tom brando:

– Falar desse jeito faz com que eu me sinta um tanto doentio... como se eu não passasse de um violador de sepulturas. Os costumes matrimoniais são interessantes também, mas bem mais difíceis de introduzir numa conversa sem intimidade.

– Eu diria que provavelmente sim – Bridget comentou, contorcendo de leve os lábios.

– Maledicência e mau-olhado, esse é outro assunto interessante – Luke continuou, com uma simulada ostentação de entusiasmo. – Vemos isso com frequência nesses lugares parados no tempo. Sabem de algum mexerico desse tipo por aqui?

Lord Whitfield sacudiu lentamente a cabeça. Bridget Conway disse:

– Seria improvável que coisas assim chegassem aos nossos ouvidos...

Luke se corrigiu quase antes de deixá-la terminar de falar:

– Não há dúvida, eu preciso circular entre as camadas sociais mais baixas para obter o que quero. Vou seguir para o vicariato primeiro e ver o que consigo obter por lá. Depois disso, talvez uma visita ao... Seven Stars, é isso? E quanto ao garotinho de hábitos desagradáveis? Ele deixou quaisquer parentes pesarosos?

– A sra. Pierce tem uma tabacaria e papelaria na High Street.

– Isso – afirmou Luke – é nada menos do que providencial. Bem, vou seguir o meu rumo.

Com um movimento ágil e gracioso, Bridget se afastou da janela.

– Eu acho – ela disse – que vou também, se não for incômodo.

– É claro que não.

Luke respondera com o maior entusiasmo possível, mas especulava se a jovem havia percebido que, por um breve momento, ele ficara desconcertado.

Teria sido mais fácil para ele lidar com um pároco idoso, metido a antiquário, sem o discernimento alerta de uma jovem inteligente a seu lado.

"Ah, ora", ele pensou consigo, "cabe a mim desempenhar o meu papel de maneira convincente."

Bridget perguntou:

– Você poderia esperar, Luke, enquanto eu troco de sapato?

Luke – o nome de batismo pronunciado com tamanha desenvoltura transmitiu-lhe uma sensação acalorada e esquisita. Entretanto, de que outro modo ela poderia tê-lo chamado? Uma vez que concordara com o esquema de Jimmy sobre o parentesco de primos, dificilmente poderia chamá-lo de sr. Fitzwilliam. Ele pensou de súbito e com desconforto: "O que ela pensa de tudo isso? Por Deus, o que deve pensar?".

Esquisito que isso não tivesse o preocupado de antemão. A prima de Jimmy havia sido apenas uma conveniente abstração – uma espécie de manequim. Ele mal tentara visualizá-la, tinha somente aceitado a proclamação do amigo de que "com Bridget não havia problema".

Luke a tinha imaginado – se é que havia chegado a pensar nela – como uma típica secretária, pequenina e loura – esperta o bastante para ter fisgado um homem rico.

Em vez disso, tratava-se de uma mulher enérgica, sagaz, dotada de uma inteligência lógica e penetrante, e Luke não fazia ideia do que ela pensava sobre ele. Luke pensou: "Ela não é uma pessoa fácil de enganar".

– Já estou pronta.

Bridget retornara tão silenciosamente que ele não ouvira sua aproximação. Não estava usando chapéu e não havia rede em seus cabelos. Assim que os dois saíram da casa, o vento, dobrando com força pelo canto do monstruoso castelo, arrebatou o cabelo preto da jovem e o fustigou em volta de seu rosto num frenesi repentino.

Ela falou, sorrindo:

– Você precisa de mim para lhe mostrar o caminho.

– É muita gentileza sua – ele respondeu com formalidade.

Luke especulou se havia somente imaginado um sorriso irônico, súbito e passageiro.

Contemplando as ameias atrás deles, falou com irritação:

– Que coisa abominável! Não havia ninguém que pudesse fazê-lo parar?

Bridget respondeu:

– A casa de um inglês é seu castelo... no caso de Gordon, literalmente! Ela adora esta casa.

Ciente de que o comentário era de mau gosto, mas incapaz de segurar a língua, ele disse:

– É o seu velho lar, não é? Você adora vê-lo do jeito que está agora?

Bridget então o encarou – com um olhar fixo, ligeiramente jocoso.

– Odeio destruir a imagem dramática que você está construindo – ela murmurou. – Mas, na verdade, saí daqui quando tinha dois anos e meio; assim, o conceito do "velho lar" não se aplica. Não consigo nem mesmo me lembrar deste lugar.

– Você tem razão. Me perdoe ser tão dramático.

Ela riu.

– A verdade – retrucou – raras vezes é romântica.

E houve um desdém brusco e amargo em sua voz que o sobressaltou. Um vermelho forte o enrubesceu por baixo da pele bronzeada; então ele se deu conta, subitamente, de que a amargura não o tinha como alvo. O desdém era dela; a amargura era dela. De modo sensato, Luke permaneceu calado. Mas especulava um bocado sobre Bridget Conway...

Dentro de cinco minutos os dois se viram chegando à igreja e ao vicariato adjacente. Encontraram o pároco em seu gabinete.

Alfred Wake era um velho pequeno e curvado, com olhos azuis muito meigos e um ar distraído, porém cortês. Pareceu satisfeito com a visita, mas também um pouco surpreso.

– O sr. Fitzwilliam está hospedado conosco em Ashe Manor – informou Bridget – e deseja consultar o senhor em função de um livro que está escrevendo.

O sr. Wake dirigiu seus olhos meigos e curiosos para o homem mais jovem, e Luke mergulhou em suas explicações.

Luke estava nervoso – duplamente nervoso; em primeiro lugar, porque aquele homem detinha, sem dúvida, um conhecimento de folclore, ritos e costumes supersticiosos bem mais profundo do que o conhecimento que alguém podia obter meramente estudando às pressas uma coleção aleatória de livros; em segundo lugar, estava nervoso porque Bridget Conway mantinha-se a seu lado, escutando.

Luke constatou com alívio que o interesse principal do sr. Wake consistia em relíquias romanas. Ele confessou delicadamente que sabia muito pouco de folclore medieval e bruxaria. Mencionou a existência de certos fatos na história de Wychwood e ofereceu-se para levar Luke a determinada área da colina na qual, segundo se dizia, haviam sido realizados Sabás de Bruxas, mas expressou seu pesar por não ter condições de colaborar com qualquer informação especial.

Muito aliviado, Luke manifestou algum desapontamento; então mergulhou em perguntas a respeito de superstições do leito de morte.

O sr. Wake sacudiu a cabeça com delicadeza.

– Receio ser a pessoa com menos conhecimentos nessa área. Os meus paroquianos teriam o cuidado de manter longe dos meus ouvidos qualquer coisa heterodoxa.

– É assim mesmo, claro.

– Mas não tenho dúvida, todavia, de que *exista* muita superstição ainda corrente. Essas comunidades de vilarejos são bastante retrógradas.

Luke mergulhou com ousadia:

– Andei pedindo à srta. Conway uma lista de todas as mortes recentes que conseguisse recordar. Achei que poderia obter algo dessa maneira. Creio que o senhor poderia me fornecer uma lista, de modo que eu pudesse escolher os mais promissores.

– Sim... sim... isso poderia ser arranjado. Giles, o nosso sacristão, bom sujeito, mas infelizmente surdo, poderia lhe ajudar nisso. Deixe-me ver agora... Houve uma boa quantidade... uma primavera traiçoeira e um inverno rigoroso por trás... e depois uma boa quantidade de acidentes... um período de azar como nunca se viu parece ter ocorrido.

– Às vezes – disse Luke –, um período de azar é atribuído à presença de uma pessoa em particular.

– Sim, sim. A velha história de Jonas. Mas não creio que tenham aparecido quaisquer estranhos por aqui... ninguém, isto é, que tenha se sobressaído de alguma maneira, e certamente nunca tomei conhecimento de qualquer rumor sobre tal sentimento... mas, a bem da verdade, como falei, talvez eu nunca chegasse a tomar conhecimento. Agora, deixe-me ver... recentemente nós tivemos o dr. Humbleby e a pobre Lavinia Pinkerton... um homem excelente, o dr. Humbleby...

Bridget interveio:

– O sr. Fitzwilliam conhece amigos dele.

– Conhece mesmo? Muito triste. Sua falta será muito sentida. Um homem com muitos amigos.

– Mas sem dúvida um homem com muitos inimigos também – disse Luke. – Só estou me baseando no que ouvi dos meus amigos – acrescentou às pressas.

O sr. Wake suspirou.

– Um homem que dizia o que pensava... e um homem que nem sempre demonstrava muito tato, digamos assim... – ele balançou a cabeça. – As pessoas se sentiam mesmo provocadas. Mas ele era venerado pela classe mais pobre.

Luke retrucou em tom despreocupado:

– Sabe, eu sempre senti que um dos fatos mais intragáveis que temos de encarar na vida é o fato de que toda morte que ocorre significa um ganho para alguém... e não me refiro apenas ao ganho financeiro.

O pároco assentiu com a cabeça pensativamente.

– Sei o que o senhor quer dizer, sim. Nós lemos num obituário que a perda de um homem é lamentada por todos, mas isso só poderá ser verdade raríssimas vezes, eu receio. No caso do dr. Humbleby, não há como negar que seu sócio, o dr. Thomas, terá sua posição bastante aprimorada.

– Como assim?

— Thomas, acredito, é um sujeito muito competente... o dr. Humbleby sempre dizia isso, mas ele não se saía muito bem por aqui. Ele era, creio eu, ofuscado por Humbleby, que era um homem de um magnetismo inquestionável. Thomas parecia um tanto incolor em contraste. Não impressionava seus pacientes nem um pouco. Acho que se preocupava com isso, também, e assim ficava pior... mais nervoso, sem saber o que dizer. Para falar a verdade, já percebi uma diferença espantosa. Mais desenvoltura... mais personalidade. Acho que ele sente uma autoconfiança renovada. Ele e Humbleby nem sempre concordavam, acredito. Thomas era um grande defensor de novos métodos de tratamento, e Humbleby preferia se aferrar às práticas antigas. Ocorreram choques entre os dois mais de uma vez... tanto nisso quando num assunto mais íntimo... mas, nesse ponto, não devo fazer comentários...

Bridget falou com clareza e suavidade:

— Mas acho que o sr. Fitzwilliam gostaria que o senhor fizesse comentários!

Luke disparou-lhe um olhar rápido e transtornado.

O sr. Wake sacudiu a cabeça, em dúvida, e então continuou, sorrindo um pouco, de maneira depreciativa.

— Receio que acabamos adquirindo um grande interesse pela intimidade dos vizinhos. Rose Humbleby é uma jovem muito bonita. Não admira que Geoffrey Thomas tenha se apaixonado. E, é claro, o ponto de vista de Humbleby também era bastante compreensível. A moça é jovem e, presa aqui, não tinha muitas oportunidades de conhecer outros homens.

— Ele se opôs? — Luke perguntou.

— Com todas as forças. Disse que eram jovens demais. E gente jovem se ressente de ouvir isso! Havia uma frieza muito marcante entre os dois homens. Mas devo dizer que o dr. Thomas, tenho certeza, ficou profundamente abalado com a morte inesperada de seu sócio.

— Septicemia, Lord Whitfield me contou.

— Sim... um mero arranhão de nada que infeccionou. Os médicos correm graves riscos no desempenho de sua profissão, sr. Fitzwilliam.

— Correm mesmo — disse Luke.

O sr. Wake teve um sobressalto repentino.

— Mas fui parar muito longe do assunto sobre o qual estávamos conversando — ele disse. — Sou um velho mexeriqueiro, receio. Estávamos discutindo a sobrevivência dos costumes mortuários pagãos e de mortes recentes. Houve Lavinia Pinkerton, uma das contribuintes mais generosas da nossa igreja. Depois houve aquela pobre jovem, Amy Gibbs... alguma coisa na sua área poderia ser descoberta aí, sr. Fitzwilliam... houve uma leve suspeita, perceba, de que podia ter sido um suicídio, e existem certos ritos sinistros relacionados a esse tipo de morte. Há uma tia... não é, receio, uma mulher muito respeitável e não tinha grande apego pela sobrinha... mas fala sem parar.

– Valiosa – disse Luke.

– Depois houve Tommy Pierce, ele chegou a pertencer ao nosso coro, um soprano magnífico, simplesmente angelical, mas não era um menino muito angelical em outros sentidos, receio. Tivemos de nos livrar dele, pois fazia com que os outros meninos se comportassem tão mal... Pobre garoto, receio que não gostassem muito dele em lugar algum. Foi dispensado do correio, onde havíamos arranjado um serviço de mensageiro. Tommy ficou no escritório do sr. Abbot por um tempo, mas lá também foi dispensado muito em breve... andou mexendo em certos documentos confidenciais, acredito. Depois ficou em Ashe Manor por um período, não é mesmo, srta. Conway?... como ajudante de jardineiro, e Lord Whitfield precisou despedi-lo por grosseira insolência. Lamentei tanto por sua mãe... uma criatura muito decente, muito trabalhadora. Com grande bondade, a srta. Waynflete arranjou um serviço ocasional como limpador de vidraças. Lord Whitfield se opôs a princípio, mas depois cedeu. Na verdade, foi uma tristeza que tenha cedido...

– Por quê?

– Porque o garoto morreu em função disso. Estava limpando as janelas mais altas da biblioteca (a velha mansão, o senhor sabe) e tentou fazer uma brincadeira tola, dançando no parapeito da janela ou algo desse tipo... perdeu o equilíbrio, ou ficou tonto, e caiu. Um fato lamentável! Ele não chegou a recobrar a consciência e morreu algumas horas depois de ter sido levado para o hospital.

– Alguém o viu cair? – Luke perguntou interessado.

– Não. Ele estava no lado do jardim, não na frente da casa. Calculam que o menino tenha ficado lá no chão por cerca de meia hora até que alguém o encontrou.

– Quem o encontrou?

– A srta. Pinkerton. O senhor se lembra, a dama que acabei de mencionar, que morreu desafortunadamente num acidente de trânsito outro dia. Pobre criatura, ela ficou terrivelmente perturbada. Uma experiência lamentável! Ela obtivera permissão para levar algumas mudas de plantas e encontrou o garoto estirado no chão, onde caíra.

– Deve ter sido um choque muito desagradável – Luke comentou pensativamente.

"Um choque maior", ele pensou consigo, "do que *o senhor* imagina."

– Uma vida jovem abreviada é algo muito triste – disse o velho, sacudindo a cabeça. – Os defeitos de Tommy podem ter se originado principalmente por um temperamento enérgico demais.

– Ele era um brigão insuportável – retrucou Bridget. – O senhor sabe que ele era, sr. Wake. Sempre atormentando gatos e cãezinhos de rua e beliscando outros garotinhos.

– Eu sei... eu sei – o sr. Wake balançou a cabeça com tristeza. – Mas veja bem, minha querida srta. Conway, às vezes a crueldade não é tão inata assim, devendo-se mais ao fato de que a imaginação tem um amadurecimento lento. É por isso que, se você conceber um homem adulto com a mentalidade de uma criança, perceberá que a brutalidade ardilosa de um lunático pode ser algo de que o próprio homem nem se dá conta. Uma deficiência no desenvolvimento em algum aspecto... isso, estou convencido, está na origem de grande parte da crueldade, da estúpida brutalidade que se propaga no mundo hoje. As pessoas precisam se libertar das coisas infantis...

Ele sacudiu a cabeça e fez um gesto com as mãos espalmadas.

Bridget afirmou com uma voz bruscamente áspera:

– Sim, o senhor tem razão. Sei o que está querendo dizer. Um homem que não passa de uma criança é a coisa mais assustadora do mundo...

Luke olhou para ela com curiosidade. Sentiu-se convicto de que a jovem estava pensando em uma pessoa específica, e, embora Lord Whitfield fosse extremamente infantil, não acreditava que estivesse pensando nele. Lord Whitfield era ligeiramente ridículo, mas não era nem um pouco assustador.

Luke Fitzwilliam gostaria muitíssimo de descobrir em que pessoa Bridget estava pensando.

CAPÍTULO 5

Visita a srta. Waynflete

O sr. Wake murmurou consigo mesmo mais alguns nomes:

– Deixe-me ver agora. A pobre sra. Rose, o velho Bell e aquela criança dos Elkin e Harry Carter. Perceba, não são todos da minha congregação. A sra. Rose e Carter eram dissidentes. E aquela onda de frio em março levou por fim o pobre Ben Stanbury... ele tinha 92 anos.

– Amy Gibbs morreu em abril – disse Bridget.

– Sim, pobre garota. Uma tristeza ter acontecido aquele engano...

Luke levantou o rosto para constatar que Bridget o observava. Ela baixou os olhos rapidamente. Ele pensou com algum aborrecimento: "Tem algo aqui que não estou captando. Algo a ver com essa moça, Amy Gibbs".

Quando os dois já tinham se despedido do pároco e se viram do lado de fora outra vez, ele perguntou:

– Quem e o que exatamente Amy Gibbs *era*?

Bridget levou alguns instantes para responder. Quando falou, Luke percebeu um leve constrangimento em sua voz.

– Amy foi uma das empregadas mais ineficientes que já vi na vida.

– Foi por isso que ela foi despedida?

– Não. Ela ficava fora de casa, fazendo coisas irresponsáveis com certo rapaz, até altas horas da noite. Gordon tem opiniões muito moralistas e antiquadas. O pecado, na visão dele, não toma forma antes das onze da noite; depois disso, no entanto, é desenfreado. Então ele advertiu a moça, e ela reagiu com impertinência!

Luke perguntou:

– Uma moça bonita?

– Muito bonita.

– É aquela que ingeriu tintura de chapéu por engano, achando que era xarope?

– Sim.

– Uma coisa meio estúpida de se fazer... – Luke arriscou.

– Muito estúpida.

– Ela era estúpida?

– Não, era uma garota bem esperta.

Luke olhou-a de relance. Estava intrigado. As respostas de Bridget eram dadas em um tom monótono, sem ênfase ou sequer muito interesse. Mas por trás do que a jovem dizia escondia-se, ele tinha convicção disso, algo não dito em palavras.

Naquele momento, Bridget parou para conversar com um homem alto que arrancou o chapéu e a cumprimentou com jovial entusiasmo. Bridget, após algumas palavras, apresentou Luke.

– Este é o meu primo, o sr. Fitzwilliam, que está hospedado em Manor. Ele está no vilarejo para escrever um livro. Este é o sr. Abbot.

Luke olhou para o sr. Abbot com certo interesse. Era o advogado que empregara Tommy Pierce.

Luke nutria um preconceito em certa medida ilógico contra os advogados em geral – com base no motivo de que inúmeros políticos eram recrutados em suas fileiras. Também o irritava o cauteloso hábito que esses profissionais tinham de jamais se comprometer. O sr. Abbot, no entanto, não era nem de longe um advogado convencional: não era magro nem delgado e tampouco taciturno. Era um homem grandalhão trajando um terno de tweed, com modos afáveis e uma efusividade cordial. Havia pequenos vincos nos cantos de seus olhos, e os olhos em si eram mais astutos do que poderia indicar uma primeira observação casual.

— Escrevendo um livro, é? Romance?

— Folclore — disse Bridget.

— O senhor veio ao lugar certo, então — falou o advogado. — Esta é uma região magnificamente interessante.

— Foi o que me deram a entender — disse Luke. — Ouso dizer que o senhor poderia me ajudar um pouco. Por certo deve topar com antigas escrituras curiosas... ou conhecer alguns costumes interessantes ainda mantidos.

— Bem, nesse aspecto eu não sei... talvez... talvez...

— Muita crença em fantasmas por aqui? — Luke perguntou.

— Quanto a isso, eu não saberia dizer... eu realmente não saberia dizer.

— Nenhuma casa mal-assombrada?

— Não... não tenho conhecimento de nada desse tipo.

— Existe a superstição sobre crianças, é claro — disse Luke. — Na morte de um menino... isto é, uma morte violenta... o menino sempre volta como assombração. Não no caso das meninas... interessante, isso.

— Muito — falou o sr. Abbot. — Nunca ouvi falar nisso antes.

Uma vez que Luke acabara de inventar tal superstição, não era de surpreender.

— Parece que há um menino aqui... Tommy alguma coisa... trabalhou no seu escritório. Tenho motivos para crer que, segundo pensam, *ele* voltou como assombração.

O rosto vermelho do sr. Abbot ficou ligeiramente roxo.

— Tommy Pierce? Um pestinha intrometido, bisbilhoteiro, que não prestava para nada.

— Os espíritos são sempre travessos, ao que parece. Cidadãos de bem, cumpridores da lei, raras vezes atormentam este mundo depois que o deixaram.

— Quem o viu? Que história é essa?

— Essas coisas são difíceis de definir — respondeu Luke. — As pessoas relutam em fazer uma declaração às claras. A história fica pairando no ar, por assim dizer.

— Sim... sim, creio que sim.

Luke mudou de assunto com destreza.

— A pessoa mais indicada para consultar é o médico local. Os médicos ouvem muita coisa dos pacientes mais pobres que atendem. Todas as espécies de superstições e encantamentos... provavelmente poções do amor e tudo mais.

— O senhor deve procurar o dr. Thomas. Thomas é um bom sujeito, totalmente atualizado. Diferente de como era o pobre dr. Humbleby.

– Ele era meio reacionário, não?
– Absolutamente teimoso... um obstinado da pior categoria.
– Vocês tiveram uma briga e tanto por causa do plano de abastecimento de água, não é? – Bridget perguntou.
Mais uma vez, um brilho arroxeado inundou o rosto de Abbot.
– Humbleby era uma muralha no caminho do progresso – comentou com rispidez. – Ele resistiu contra o plano! Foi bastante rude, também, no que falou. Não mediu palavras. Algumas das coisas que disse eram positivamente litigáveis.
Bridget murmurou:
– Mas advogados nunca recorrem à justiça, certo? Não são bobos.
Abbot começou a rir de maneira desenfreada. Sua raiva esfriou tão rapidamente quanto esquentara.
– Muito boa, srta. Bridget! E a senhorita não está muito longe da verdade. Nós, que estamos nesse meio, conhecemos bem demais a lei, ha, ha! Bem, preciso seguir em frente. Trate de me procurar se achar que posso lhe ajudar de alguma maneira, sr... hã...
– Fitzwilliam – disse Luke. – Obrigado, farei isso.
Enquanto os dois caminhavam, Bridget falou:
– O seu método, estou percebendo, é fazer afirmações e ver o que elas provocam.
– O meu método – Luke retrucou – não se atém estritamente à verdade, é isso que você está querendo dizer?
– Foi o que notei.
Com certo desconforto, Luke hesitou quanto ao que dizer a seguir. Antes que ele pudesse falar, no entanto, Bridget disse:
– Se você quiser saber mais a respeito de Amy Gibbs, posso levá-lo até alguém que lhe poderia ser útil.
– Quem é?
– Uma tal srta. Waynflete. Amy foi para lá depois de deixar Manor. Estava lá quando morreu.
– Ah, certo... – ele estava um pouco desconcertado. – Bem... muito obrigado.
– Ela mora logo ali.
Os dois estavam atravessando o jardim público do vilarejo. Inclinando a cabeça na direção da grande casa georgiana que Luke notara no dia anterior, Bridget disse:
– Essa é Wych Hall. É uma biblioteca agora.
Ao lado de Wych Hall havia uma casinha que mais parecia uma casa de bonecas em proporção. Os degraus eram de um branco estonteante, a aldrava refulgia e as cortinas da janela mostravam-se brancas e empertigadas.

Bridget empurrou o portão e avançou rumo aos degraus. Enquanto fazia isso, a porta da frente se abriu e uma senhora idosa apareceu.

Tratava-se, Luke pensou, de uma perfeita solteirona interiorana. Seu corpo magro trajava um conjunto impecável de casaco e saia de tweed, e ela usava uma blusa cinzenta de seda com um broche de quartzo-amarelo. Seu consciencioso chapéu de feltro se assentava harmoniosamente em sua cabeça bem-proporcionada. O rosto era agradável, e os olhos, por trás do pincenê, eram decididamente inteligentes. Ela fazia Luke lembrar as ágeis cabras pretas que costumamos ver na Grécia. Seus olhos transmitiam a dose certa de uma surpresa moderadamente curiosa.

– Bom dia, srta. Waynflete – disse Bridget. – Este é o sr. Fitzwilliam.

Luke fez uma reverência.

– Ele está escrevendo um livro... sobre mortes e os costumes dos vilarejos e coisas horripilantes em geral.

– Ah, minha nossa – falou a srta. Waynflete. – *Muitíssimo* interessante.

E ela lançou ao sr. Fitzwilliam um sorriso incentivador.

Veio à mente dele a srta. Pinkerton.

– Eu pensei – continuou Bridget (e de novo Luke notou aquele curioso tom monótono em sua voz) – que a senhorita poderia lhe contar algo sobre Amy.

– Ah – reagiu a srta. Waynflete. – Sobre Amy? Sim. Sobre Amy Gibbs.

Ele identificou um novo fator em sua expressão. A mulher parecia estar pensativamente avaliando seu visitante.

Então, como que tomando uma decisão, ela recuou para o vestíbulo.

– Queiram entrar – falou. – Posso sair mais tarde. Não, não – respondeu a um protesto de Luke. – Eu realmente não tinha nada de importante para fazer. Só umas comprinhas domésticas insignificantes.

A pequena sala de visitas era primorosamente aprumada e exalava um leve aroma de lavanda. Havia pastores e pastoras de porcelana de Dresden sobre a cornija da lareira, sorrindo com afetação e doçura. Havia aquarelas emolduradas, duas amostras de bordados e três tapeçarias. Havia fotografias que eram obviamente sobrinhos e sobrinhas, e boas mobílias – uma escrivaninha Chippendale, algumas mesinhas de madeira dourada – e um sofá vitoriano medonho e bastante desconfortável.

A srta. Waynflete ofereceu cadeiras às visitas e então falou, desculpando-se:

– Eu pessoalmente não fumo, de modo que não tenho cigarros, mas fumem, por favor, se quiserem.

Luke recusou, mas Bridget acendeu prontamente um cigarro.

Sentada muito ereta numa poltrona com braços entalhados, a srta. Waynflete analisou seu visitante por alguns instantes e, então, baixando seus olhos, como que satisfeita, falou:

– O que o senhor quer saber sobre Amy, aquela pobre jovem? A situação toda foi muito triste e me causou grande aflição. Um engano tão trágico...
– Não houve uma suspeita de... suicídio? – Luke perguntou.
A srta. Waynflete sacudiu a cabeça.
– Não, não, *nisso* eu não consigo acreditar nem por um segundo. Amy não era nem um pouco desse tipo.
– De que tipo ela era? – Luke perguntou sem rodeios. – Eu gostaria de ouvir a sua descrição da moça.
A srta. Waynflete disse:
– Bem, é claro, ela não era *nem um pouco* uma boa criada. Mas hoje em dia, francamente, a gente agradece aos céus quando consegue *alguém*. Ela era muito relaxada no serviço e estava sempre querendo sair. Bem, ela era jovem, e as moças *são* assim hoje em dia. Não parecem se dar conta de que o tempo delas é de seus empregadores.
Luke mostrou-se compreensivo, e a srta. Waynflete continuou desenvolvendo seu tema:
– Ela não era o tipo de moça que me agrada... bastante *atrevida*, se bem que, claro, eu não gostaria de criticá-la muito, agora que ela está morta. Parece uma coisa anticristã, se bem que, francamente, não acredito que exista uma razão lógica para suprimir a verdade.
Luke assentiu com a cabeça. Constatou que a srta. Waynflete era diferente da srta. Pinkerton no fato de ter uma mente mais lógica e melhor raciocínio.
– Ela gostava de ser admirada – prosseguiu a srta. Waynflete – e tinha uma tendência de se achar o máximo. O sr. Ellsworthy... ele é o dono da nova loja de antiguidades, mas na verdade é um cavalheiro... ele brinca um pouco de pintar aquarelas e tinha feito um ou dois esboços do rosto da jovem... e acho que isso acabou *subindo* à cabeça dela. Ela começou a querer brigar com o rapaz de quem estava noiva... Jim Harvey. Ele é mecânico na oficina e gostava muito dela.
A srta. Waynflete fez uma pausa e então prosseguiu:
– Nunca esquecerei aquela noite terrível. Amy andava se sentindo mal, uma tosse malvada, e uma coisa que outra (aquelas ridículas meias de seda baratas que elas fazem questão de usar, e os sapatos com solas que são praticamente de *papel*... é claro que elas pegam resfriados), e ela tinha ido ao médico naquela tarde.
Luke perguntou rapidamente:
– O dr. Humbleby ou o dr. Thomas?
– O dr. Thomas. E ele lhe deu o frasco de xarope para tosse que ela trouxe consigo. Algo bastante inofensivo, um xarope de amostra, creio eu.

Amy foi se deitar mais cedo, e deve ter sido por volta da uma da manhã que o ruído começou, uma espécie de grito sufocado, pavoroso. Eu me levantei e fui até o quarto dela, mas a porta estava trancada por dentro. Então chamei por ela, mas não obtive nenhuma resposta. A cozinheira estava comigo, ficamos ambas terrivelmente transtornadas. E aí fomos até a porta da frente, por sorte, Reed (o nosso policial) estava justamente passando em sua ronda, e nós o chamamos. Reed deu a volta por trás da casa e conseguiu escalar até o telhado da dependência, e, como a janela dela estava aberta, entrou com a maior facilidade por ali e destrancou a porta. Pobre coitada, foi horrível. Não puderam fazer nada por ela, e a pobre morreu no hospital algumas horas mais tarde.

– E foi... o quê? Tintura de chapéu?

– Sim. Envenenamento por ácido oxálico, segundo afirmaram. O frasco tinha mais ou menos o mesmo tamanho do de xarope para tosse. Este último estava no lavatório dela, e a tintura de chapéu estava junto à cama. Por certo ela pegou o frasco errado e o deixou ao alcance da mão no escuro, de modo que pudesse tomá-lo se passasse mal. Essa foi a teoria no inquérito.

A srta. Waynflete calou-se. Seus ágeis olhos de cabra se fixaram em Luke, e ele captou que havia um significado especial por trás daquele olhar. Teve a sensação de que a dama estava deixando de contar alguma parte da história – e uma sensação mais forte de que, por alguma razão, ela queria que ele se desse conta de tal fato.

Houve um silêncio – um silêncio longo e um tanto difícil. Luke sentia-se como um ator que não sabe sua deixa. Ele falou sem muita segurança:

– E a senhorita não acredita que tenha sido suicídio?

A srta. Waynflete respondeu de pronto:

– Certamente não. Se a moça tivesse decidido acabar com a própria vida, provavelmente teria comprado alguma coisa. Aquele era um frasco qualquer que decerto ela tinha consigo há anos. E, de todo modo, como eu lhe falei, ela não era *esse* tipo de moça.

– Então o que a senhorita acha? – Luke perguntou sem rodeios.

A srta. Waynflete respondeu:

– Acho que foi uma calamidade.

Ela fechou os lábios e olhou para Luke intensamente.

Justamente quando Luke começou a sentir que precisava desesperadamente tentar dizer algo de antemão, um ruído desviou as atenções. Houve um arranhar na porta e um miado choroso.

A srta. Waynflete se levantou num salto e foi abrir a porta, pela qual entrou um magnífico gato persa cor de laranja. Ele parou, olhou com desaprovação para o visitante e saltou para o braço da poltrona da srta. Waynflete.

A srta. Waynflete dirigiu ao gato uma voz amorosa:
— Ora, Wonky Pooh... Por onde andou o meu Wonky Pooh a manhã toda?
O nome parecia familiar. Onde Luke tinha ouvido algo a respeito de um gato persa chamado Wonky Pooh? Ele disse:
— É um gato muito bonito. A senhorita o tem há muito tempo?
A srta. Waynflete sacudiu a cabeça.
— Ah, não, ele era de uma velha amiga minha, a srta. Pinkerton. Ela foi atropelada por um desses automóveis horrendos, e eu não poderia ter deixado que Wonky Pooh ficasse com estranhos. Lavinia teria ficado muitíssimo aborrecida. Ela simplesmente o venerava... e ele é belíssimo, não é?
Luke contemplou o gato com grave admiração.
A srta. Waynflete falou:
— Tenha cuidado com as orelhas. Elas estão muito doloridas nos últimos tempos.
Luke acariciou o animal com cautela.
Bridget botou-se de pé, dizendo:
— Nós precisamos ir.
A srta. Waynflete apertou a mão de Luke.
— Talvez — ela disse — nos encontremos novamente em breve.
Luke falou com jovialidade:
— Espero que sim, tenho certeza.
Ele achou que a srta. Waynflete parecia estar confusa e um pouco desapontada. O olhar dela se transferiu para Bridget — uma olhadela rápida que continha um vestígio de interrogação. Luke sentiu que havia uma espécie de entendimento entre as duas mulheres do qual ele estava excluído. Ficou aborrecido, mas prometeu a si mesmo que, dentro em breve, iria investigar a fundo a questão.
A srta. Waynflete saiu com os dois. Luke ficou parado por alguns instantes no alto da escada, olhando com aprovação para o aspecto primoroso do jardim público e do lago com patos.
— Maravilhosamente preservado este lugar — ele disse.
O rosto da srta. Waynflete se iluminou.
— Sim, de fato — ela falou com avidez. — Na verdade, continua exatamente como eu me lembro dele dos tempos de criança. Nós morávamos em Wych Hall, sabe... Mas, quando a residência passou para o meu irmão, ele não quis morar lá. De fato, não tinha recursos para tanto, e a casa foi colocada à venda. Um construtor fizera uma oferta e queria, creio eu, "desenvolver a área", acho que essa foi a expressão. Por sorte, Lord Whitfield interveio, adquiriu a propriedade e salvou-a. Ele transformou a casa em biblioteca e

museu... na verdade, está praticamente intocada. Eu trabalho lá como bibliotecária duas vezes por semana... sem salário, *é claro*... e nem sei como expressar ao senhor o prazer que é estar naquela velha casa e saber que ela não será vandalizada. E realmente *é* um ambiente perfeito... O senhor precisa visitar o nosso pequeno museu qualquer dia, sr. Fitzwilliam. Algumas peças locais que estão em exibição são bem interessantes.

– Eu certamente farei questão de visitar o museu, srta. Waynflete.

– Lord Whitfield tem sido um grande benfeitor de Wychwood – falou a srta. Waynflete. – O que me deixa pesarosa é a existência de pessoas que são tristemente ingratas.

Seus lábios se apertaram. Luke, com discrição, não fez nenhuma pergunta. Ele voltou a se despedir.

Quando os dois já estavam do lado de fora do portão, Bridget perguntou:

– Você quer prosseguir nas suas pesquisas ou podemos ir para casa pelo caminho do rio? É um passeio bem agradável.

Luke respondeu rapidamente. Não estava com cabeça para maiores investigações tendo Bridget a seu lado, escutando. Ele disse:

– Vamos seguir pelo rio, sem dúvida.

Os dois foram caminhando por High Street. Uma das últimas casas tinha uma tabuleta com a palavra "Antiguidades" em letras douradas. Luke parou e espiou, por uma das janelas, o fresco interior.

– Um prato de cerâmica bem interessante ali – ele comentou. – Um ótimo presente para uma tia minha. Quanto será que estão pedindo por ele?

– Vamos entrar para ver?

– Você se importaria? Eu gosto de vasculhar essas lojas de antiguidades. Às vezes a gente consegue pegar uma bela pechincha.

– Duvido que aqui você consiga uma – Bridget falou com ironia. – Ellsworthy conhece o valor de sua mercadoria com tremenda precisão, eu diria.

A porta estava aberta. No vestíbulo havia cadeiras, canapés e aparadores sobre os quais se viam porcelanas e artigos de estanho. Dois recintos cheios de mercadorias se abriam de ambos os lados.

Luke entrou no recinto da esquerda e pegou o prato de cerâmica. Nesse momento se aproximou, vindo do fundo da sala, um vulto indistinto que estivera sentado a uma escrivaninha de estilo Rainha Ana.

– Ah! Cara srta. Conway, que prazer em vê-la.

– Bom dia, sr. Ellsworthy.

O sr. Ellsworthy era um jovem de uma elegância muito requintada, trajando uma combinação de cor entre o marrom e o avermelhado. Seu rosto era comprido e pálido, com uma boca feminina e longos cabelos pretos de artista; seu andar era um tanto amaneirado.

Luke foi apresentado, e o sr. Ellsworthy imediatamente transferiu suas atenções para ele.

– É uma antiga cerâmica trabalhada, peça inglesa genuína. Uma beleza, não? Adoro as minhas preciosidades, sabe, detesto vendê-las. Sempre foi o meu sonho morar no campo e ser dono de uma lojinha. Lugar maravilhoso, Wychwood... tem atmosfera, se o senhor entende o que quero dizer.

– O temperamento artístico – Bridget murmurou.

Ellsworthy voltou-se para ela com um gesto lampejante de suas mãos longas e brancas.

– Não use essa expressão terrível, srta. Conway. Não, não, eu imploro. Não venha me dizer que eu sou todo cheio de artes e ofícios, eu não suportaria isso. Realmente, realmente, veja bem, eu não vendo tweeds tecidos à mão e estanho batido. Sou um comerciante, nada mais, apenas um comerciante.

– Mas o senhor é de fato um artista, não é? – Luke perguntou. – Quero dizer, o senhor pinta aquarelas, não pinta?

– Ora, quem foi que lhe contou isso? – exclamou o sr. Ellsworthy, juntando as mãos num estalo. – Vejam só, este lugar é realmente maravilhoso demais, a gente simplesmente não conseguem guardar um segredo! É por isso que eu gosto daqui, é tão diferente daquele negócio desumano da cidade, o cuide-da-sua-vida-que-eu-cuido-da-minha! Fofoca e malícia e escândalo... tudo tão delicioso se a gente absorve com o espírito certo!

Luke limitou-se a responder à pergunta do sr. Ellsworthy e a não prestar atenção à última parte de seus comentários.

– A srta. Waynflete nos contou que o senhor fez diversos esboços de uma jovem... Amy Gibbs.

– Ah, Amy – disse o sr. Ellsworthy.

Ele deu um passo para trás, quase derrubando uma caneca de cerveja. Equilibrou-a cuidadosamente. Continuou:

– Fiz? Ah, sim, suponho que sim.

Sua pose parecia estar um pouco abalada.

– Ela era uma moça bonita – disse Bridget.

Ellsworthy já tinha recuperado seu autodomínio.

– Ah, a senhorita acha? – perguntou. – Muito vulgar, sempre achei. O senhor está interessado em cerâmica trabalhada – ele continuou, dirigindo-se a Luke –, eu tenho um par de pássaros de cerâmica... umas coisinhas maravilhosas.

Luke demonstrou um débil interesse pelos pássaros e então perguntou o preço do prato.

Ellsworthy citou uma quantia.

– Obrigado – disse Luke –, mas acho que não vou privar o senhor do prato, afinal.

– Fico sempre aliviado, sabe – disse Ellsworthy –, quando não faço uma venda. Tolice minha, não? Ouça só, eu o deixo levar o prato por um guinéu a menos. O senhor gosta do negócio, eu posso perceber... Isso faz toda a diferença. Afinal de contas, isto aqui *é* uma loja!

– Não, obrigado – disse Luke.

O sr. Ellsworthy acompanhou-os até a porta, gesticulando com as mãos no ar – mãos muito desagradáveis, Luke considerou – as palmas pareciam não tão brancas quanto levemente esverdeadas.

– Que figura bizarra esse sr. Ellsworthy – ele comentou com Bridget quando os dois já não podiam ser ouvidos.

– Uma mente bizarra e hábitos bizarros, eu diria – Bridget retrucou.

– Como ele veio parar num lugar como este?

– Acho que ele mexe com magia negra. Não exatamente missas negras, mas esse tipo de coisa. A reputação do vilarejo ajuda.

Luke falou, um tanto sem jeito:

– Santo Deus, acho que ele é o tipo de sujeito de que eu realmente preciso. Eu devia ter falado com ele sobre o assunto.

– Você acha? – Bridget perguntou. – Ele sabe muito sobre o tema.

Luke disse com certo constrangimento:

– Vou passar por aqui outro dia.

Bridget não respondeu. Eles já tinham saído do centro. A jovem tomou um desvio para seguir por uma trilha, e, dentro em pouco, os dois chegaram ao rio.

Ali passaram por um homem baixo com bigode espetado e olhos protuberantes. Ele tinha consigo três buldogues, com os quais gritava alternadamente.

– Nero, aqui! Nellie, largue isso. Solte, estou mandando. Augustus... *Augustus*, você vai ver...

Ele se interrompeu para tirar o chapéu a Bridget, olhou para Luke com o que era evidentemente uma ávida curiosidade e seguiu seu caminho, retomando suas ásperas admoestações.

– O major Horton e seus buldogues? – citou Luke.

– Na mosca.

– Já não vimos praticamente todas as pessoas relevantes de Wychwood nesta manhã?

– Praticamente.

– Eu me sinto bastante intruso – disse Luke. – Acho que um forasteiro num vilarejo inglês acaba se sobressaindo – acrescentou com pesar, lembrando-se dos comentários de Jimmy Lorrimer.

– O major Horton nunca consegue disfarçar muito bem sua curiosidade – disse Bridget. – Ele ficou encarando mesmo.

– Ele é o tipo de homem que a gente identificaria como um major em qualquer lugar – Luke afirmou em tom um tanto maldoso.

Bridget disse abruptamente:

– Vamos nos sentar um pouco na margem? Temos tempo de sobra.

Os dois se sentaram numa árvore caída que proporcionava um assento conveniente. Bridget continuou:

– Sim, o major Horton é bastante militar, tem modos de caserna. Você nem acreditaria que um ano atrás ele era o homem mais mandado pela mulher que já se viu!

– O quê? Aquele sujeito?

– Sim. Horton tinha como esposa a mulher mais desagradável que conheci. Ela era rica também e nunca tinha o menor escrúpulo em ressaltar o fato em público.

– Que vida infeliz... para Horton, quero dizer.

– Ele se comportava muito decentemente em relação a ela; sempre disciplinado, sempre cavalheiro. A mim, pessoalmente, me admira que o sujeito não vivesse em pé de guerra com a mulher.

– Ela não devia ser muito popular, eu deduzo.

– Ninguém gostava dela. Ela esnobava Gordon e me tratava com superioridade, agia de modo desagradável, em geral, aonde quer que fosse.

– Mas deduzo que a misericordiosa providência tenha lhe tirado a vida...

– Sim, cerca de um ano atrás. Gastrite aguda. Ela transformou num verdadeiro inferno a vida do marido, do dr. Thomas e de duas enfermeiras... mas acabou morrendo de vez. Os buldogues ficaram mais animados na mesma hora.

– Bichos inteligentes!

Houve um silêncio. Bridget arrancava indolentemente as pontas da relva comprida. Luke, olhando sem ver a outra margem do rio, franziu o cenho. Mais uma vez o importunou a qualidade surreal de sua missão. Quanto havia naquilo de factual, quanto havia de imaginação? Não seria prejudicial para qualquer um sair por aí analisando cada nova pessoa que encontrasse como um assassino em potencial? Havia algo de degradante nesse ponto de vista.

"Que vá tudo para o inferno!", Luke pensou. "Já fui policial por tempo demais!"

Ele foi despertado de seu devaneio com um choque. Manifestava-se a voz clara e fria de Bridget.

– Sr. Fitzwilliam – ela perguntou –, por que razão, precisamente, o senhor veio para cá?

CAPÍTULO 6

Tintura de chapéu

Luke estivera bem no meio do ato de levar um fósforo ao cigarro. O caráter inesperado da observação de Bridget paralisou momentaneamente sua mão. Ele permaneceu de todo imóvel por alguns segundos; o fósforo queimou até o fim e chamuscou seus dedos.

– Droga! – Luke exclamou enquanto largava o fósforo e sacudia vigorosamente a mão. – Queira me perdoar. Você me surpreendeu.

– Eu?

– Sim – ele suspirou. – Ah, bem, creio que qualquer pessoa dotada de verdadeira inteligência não deixaria de me desmascarar! Aquela história de eu escrever um livro sobre folclore não a enganou nem por um instante, suponho...

– Não depois que eu vi você...

– Até então você tinha acreditado?

– Sim.

– Mesmo assim, não era realmente uma boa história – Luke comentou em tom de crítica. – Quero dizer, qualquer homem poderia querer escrever um livro, mas a parte sobre vir para cá e me passar por primo... você deve ter farejado uma tramoia...

Bridget balançou a cabeça.

– Não. Eu tinha uma explicação para isso... quero dizer, achava que tinha. Presumi que você estivesse numa situação de penúria... muitos dos nossos amigos, meus e de Jimmy, estão nessa condição e achei que ele tivesse sugerido a farsa de sermos primos de modo que... bem, de modo que isso poupasse o seu amor-próprio.

– Mas, quando eu cheguei – disse Luke –, a minha aparência imediatamente sugeriu tamanha opulência que essa explicação ficou fora de questão?

A boca de Bridget se curvou em seu lento sorriso.

– Não, não – ela disse. – Não foi isso. Foi simplesmente que você não era o tipo certo de pessoa.

– Não tinha massa encefálica suficiente para escrever um livro? Não poupe os meus sentimentos. Prefiro saber.

– Você poderia escrever um livro, mas não esse *tipo* de livro... superstições antigas... enfurnando-se no passado... não esse tipo de coisa! Você não é o tipo de homem para quem o passado signifique grande coisa, talvez nem mesmo o futuro, só o presente, nada mais.

– Hmm... entendi – ele fez uma careta. – Que diabo, você me deixou nervoso desde que eu botei os pés aqui! Você parece tão abominavelmente inteligente...

– Sinto muito – Bridget falou com secura. – O que você esperava?

– Bem, na verdade, eu não tinha pensado a respeito.

Mas ela prosseguiu com calma:

– Uma criaturinha de nada, apenas com inteligência suficiente para se aproveitar das oportunidades e casar com o patrão?

Luke balbuciou um ruído ininteligível. Ela lhe dirigiu um olhar tranquilo e brincalhão.

– Eu entendo perfeitamente. Não há problema. Não estou aborrecida.

Luke optou pelo enfrentamento.

– Bem, talvez fosse algo que se aproximasse levemente disso. Mas não cheguei a pensar muito a respeito.

Ela falou devagar:

– Não, você não pensaria. Você não atravessa uma ponte antes de chegar a ela.

Luke estava desalentado.

– Ah, não tenho dúvida de que desempenhei o meu papel como um canastrão! Por acaso Lord Whitfield me desmascarou também?

– Não, não. Se você tivesse dito que viera para cá com o propósito de estudar besouros d'água e escrever uma monografia sobre eles, isso seria aceitável para Gordon. Ele tem uma mente lindamente ingênua.

– Mesmo assim, não fui nem um pouco convincente! Fiquei atrapalhado, de alguma forma.

– Eu dificultei a sua naturalidade – disse Bridget. – Pude perceber isso. Foi até divertido para mim, preciso confessar.

– Ah, como não seria? As mulheres com alguma inteligência costumam ser de um sangue-frio cruel.

Bridget murmurou:

– É preciso desfrutar dos prazeres da melhor maneira possível nesta vida!

Ela se calou por um minuto e então perguntou:

– Por que veio para cá, sr. Fitzwilliam?

Os dois haviam retornado ao questionamento original. Luke sentira que teriam de fechar o círculo. Nos últimos segundos, tentara tomar uma decisão. Agora levantou o rosto e enfrentou os olhos dela – olhos sagazes e inquisitivos que enfrentavam os dele com calma e firmeza. Havia neles uma gravidade que Luke não esperara encontrar.

– Seria melhor, acho eu – ele falou, refletindo –, não lhe contar mais mentiras.

– Bem melhor.

– Mas a verdade é embaraçosa. Diga, por acaso você pessoalmente formou alguma opinião... quero dizer, algo lhe ocorreu como motivo para eu estar aqui?

Ela confirmou com a cabeça de modo lento e pensativo.

– Qual é a sua intuição? Você poderia me dizer? Imagino que possa ajudar de alguma forma.

Bridget respondeu devagar:

– Eu tive a impressão de que você veio para cá em função da morte daquela moça, Amy Gibbs.

– É isso, então! Isso era o que eu via, o que eu sentia quando quer que o nome dela despontava! Eu *sabia* que havia algo. Então você acha que eu vim por causa disso?

– Não foi?

– De certa forma, sim.

Luke ficou em silêncio – franzindo a testa. A jovem a seu lado permaneceu igualmente silenciosa, sem se mexer; não disse nada para não perturbar a linha de raciocínio.

Ele tomou uma decisão.

– Eu vim até aqui para uma caçada ilusória, partindo de uma suposição fantástica e por certo completamente absurda e melodramática. Amy Gibbs faz parte dessa trama toda. Estou interessado em descobrir como foi exatamente que ela morreu.

– Sim, foi o que eu pensei.

– Mas que diabo... *por que* você pensou isso? O que há com a morte dela que... bem... despertou o seu interesse?

Bridget respondeu:

– Eu sempre achei, o tempo todo, que havia algo de errado naquela morte. Foi por isso que levei você para falar com a srta. Waynflete.

– Por quê?

– Porque ela também acha.

– Ah...

Luke fez um rápido raciocínio em retrospecto. Ele compreendeu, agora, as sugestões implícitas daquela solteirona inteligente.

– Ela pensa o mesmo que você, que existe algo de esquisito nessa morte?

Bridget assentiu com a cabeça.

– Por que razão exatamente?

– Para começar, a tintura de chapéu.

– Como assim, a tintura de chapéu?

— Bem, uns vinte anos atrás as pessoas *de fato* pintavam chapéus. Numa temporada você tinha um chapéu de palha cor-de-rosa, na temporada seguinte usava um frasco de tintura e o chapéu se tornava azul-escuro, depois, quem sabe, mais um frasco e um chapéu preto! Mas hoje em dia, os chapéus são baratos... um acessório espalhafatoso que você joga fora quando sai de moda.

— Mesmo no caso de jovens da classe de Amy Gibbs?

— Seria mais provável eu pintar um chapéu do que ela! A frugalidade já era. E tem outra coisa, era tintura de chapéu *vermelha*!

— E daí?

— E daí que Amy Gibbs tinha cabelo vermelho... ruivo!

— Você quer dizer que não combina?

Bridget confirmou com a cabeça.

— Uma mulher de cabelo ruivo não usaria um chapéu escarlate. É o tipo de coisa que um homem não perceberia, mas...

Luke interrompeu-a com uma expressão muito séria de concordância:

— Não... *um homem* não perceberia isso. Isso se encaixa... Tudo se encaixa.

Bridget disse:

— Jimmy tem alguns conhecidos na Scotland Yard. Você não é...

Luke retrucou com rapidez:

— Não sou um detetive oficial... e não sou um famoso investigador particular com aposentos em Baker Street. Sou exatamente o que Jimmy lhe contou que eu era: um policial aposentado que voltou do Oriente. Estou me intrometendo nesse negócio por causa de um fato esquisito que aconteceu no trem para Londres.

Luke fez um breve resumo de sua conversa com a srta. Pinkerton e dos acontecimentos subsequentes que haviam ocasionado sua ida para Wychwood.

— Então, veja bem, é fantástico! – ele concluiu. – Eu estou procurando certo homem... um assassino misterioso, aqui em Wychwood, provavelmente conhecido e respeitado. Se a srta. Pinkerton estava certa e você estiver certa e a senhorita sei-lá-o-nome estiver certa... esse homem matou Amy Gibbs.

Bridget disse:

— Compreendo.

— Poderia ter sido feito por alguém de fora, eu suponho?

— Sim, acho que sim – Bridget falou devagar. – Reed, o policial, escalou até a janela dela por meio da dependência. A janela estava aberta. Foi uma escalada complicada, mas um homem razoavelmente forte não encontraria qualquer dificuldade real.

– E, tendo feito isso, ele fez o quê?
– Substituiu o xarope para tosse por um frasco de tintura de chapéu.
– Na esperança de que ela fizesse exatamente o que fez: acordasse, bebesse... e que todos dissessem que ela havia cometido um engano ou se suicidara?
– Sim.
– E no inquérito não houve nenhuma suspeita do que costumam chamar nos livros de "crime de morte"?
– Não.
– Homens outra vez, eu suponho. A questão da tintura de chapéu não foi levantada?
– Não.
– Mas ocorreu a você?
– Sim.
– E à srta. Waynflete? Vocês conversaram a respeito?

Bridget sorriu de leve.

– Ah, não... não no sentido que você está pensando. Quero dizer, não falamos nada abertamente. Não sei realmente até onde a boa dama avançou em suas intuições. Eu diria que a princípio ela só ficou preocupada e aos poucos foi ficando mais. A srta. Waynflete é bastante inteligente, estudou em Girton ou quis estudar, e foi uma jovem à frente de seu tempo. Não tem essa mente embotada da maioria das pessoas daqui.

– A srta. Pinkerton tinha uma mente bastante complicada, eu imagino – disse Luke. – Foi por isso que, num primeiro momento, nem me passou pela cabeça que houvesse qualquer importância na história dela.

– Ela era bastante inteligente, sempre achei – disse Bridget. – A maioria dessas velhotas que falam coisas desconexas são afiadíssimas em certos sentidos. Você disse que ela mencionou outros nomes?

Luke assentiu.

– Sim. Um menininho... Era esse Tommy Pierce, me lembrei do nome assim que o ouvi. E tenho plena certeza de que o nome Carter apareceu também.

– Carter, Tommy Pierce, Amy Gibbs, o dr. Humbleby – Bridget falou pensativamente. – Como você disse, é quase fantástico demais para ser verdade! Quem no mundo poderia querer matar todas essas pessoas? Eram tão diferentes!

Luke perguntou:

– Você tem alguma ideia do motivo pelo qual alguém poderia querer eliminar Amy Gibbs?

Bridget sacudiu a cabeça.

– Não consigo imaginar.
– E o que dizer desse tal Carter? A propósito, como foi que ele morreu?
– Caiu no rio e se afogou. Estava voltando para casa, era uma noite enevoada, e ele estava completamente bêbado. Há uma passarela com corrimão de um só lado. Todo mundo deu como certo que ele perdeu o equilíbrio.
– Mas alguém *poderia* facilmente ter lhe dado um empurrão?
– Ah, é claro.
– E outra pessoa poderia, com a maior facilidade, ter dado um empurrão no pestinha Tommy quando ele estava limpando as janelas?
– Mais uma vez, sim.
– Portanto, tudo se resume ao fato de que é realmente bem fácil dar cabo de três pessoas sem que ninguém suspeite.
– A srta. Pinkerton suspeitou – salientou Bridget.
– Suspeitou mesmo, que Deus a tenha. *Ela* não se deixava perturbar por ideias de ser melodramática demais ou de estar imaginando coisas.
– Várias vezes ela me disse que o mundo era um lugar muito perverso.
– E você sorriu de modo tolerante, suponho...
– Com ar superior!
– Qualquer pessoa que conseguir acreditar em seis coisas impossíveis antes do café da manhã ganha esse jogo com vantagem.
Bridget concordou com a cabeça.
Luke disse:
– Imagino que não adiantaria nada eu perguntar se você tem algum palpite. Não há nenhum indivíduo em Wychwood que lhe provoque um calafrio na espinha ou que tenha estranhos olhos claros? Ou uma risada sinistra de maníaco?
– Todo mundo que já conheci em Wychwood me parece ser eminentemente sensato, respeitável e totalmente comum.
– Eu temia que você fosse dizer isso – Luke retrucou.
Bridget disse:
– Você acha que esse homem é definitivamente louco?
– Ah, eu diria que sim. Um lunático, sem dúvida, mas bastante sagaz. A última pessoa que você apontaria, provavelmente um pilar da sociedade, como um gerente de banco.
– O sr. Jones? Eu não consigo imaginá-lo cometendo assassinatos em série.
– Então é provável que ele seja o nosso homem.
– Poderia ser qualquer um – disse Bridget. – O açougueiro, o padeiro, o merceeiro, um lavrador, um trabalhador da manutenção de estradas ou o homem que entrega leite.

– Poderia ser... sim... mas acho que o âmbito é um pouco mais restrito do que isso.
– Por quê?
– A srta. Pinkerton falou sobre uma expressão em seus olhos quando ele estava avaliando sua próxima vítima. Pelo jeito de falar da velhinha, fiquei com uma impressão... é só uma impressão, note bem... de que o homem do qual falava era no mínimo alguém da classe social dela. É claro, posso estar enganado.
– Você provavelmente está mais do que certo! Essas *sutilezas* de conversação não podem ser documentadas em preto no branco, mas são aquelas típicas coisas sobre as quais uma pessoa não comete enganos.
– Sabe – disse Luke –, é um alívio ter você a par de tudo.
– Eu não vou atrapalhar a sua naturalidade, concordo. E vou poder ajudá-lo.
– A sua ajuda será inestimável. Você realmente pretende levar isso até o fim?
– É claro.
Luke falou com um ligeiro e repentino embaraço:
– E quanto a Lord Whitfield? Você acha que...
– Naturalmente, não vamos contar nada para Gordon! – Bridget exclamou.
– Você que dizer que ele não acreditaria?
– Ah, ele *acreditaria*! Gordon seria capaz de acreditar em qualquer coisa! Ele provavelmente ficaria empolgadíssimo e insistiria em mandar meia dúzia de seus jovens brilhantes para uma operação pente-fino na vizinhança! Ele simplesmente adoraria!
– Então podemos riscar essa ideia – Luke concordou.
– Sim, não podemos lhe permitir seus simples prazeres, eu receio.
Luke encarou-a. Ele parecia prestes a dizer alguma, mas em seguida mudou de ideia. Em vez disso, conferiu seu relógio.
– Sim – disse Bridget –, já deveríamos estar voltando para casa.
Ela se levantou. Havia um súbito constrangimento entre os dois, como se as palavras não ditas por Luke pairassem desconfortavelmente no ar.
Eles caminharam de volta em silêncio.

CAPÍTULO 7

Possibilidades

Luke estava sentado em seu quarto. Durante o almoço, enfrentara um interrogatório da sra. Anstruther sobre quais flores ele cultivara em seu jardim em Mayang Straits. Tinha sido instruído sobre as flores que teriam vicejado lá. Escutara também um prosseguimento da série "Palestras para jovens a respeito de mim mesmo", por Lord Whitfield. Agora se via misericordiosamente sozinho.

Ele pegou uma folha de papel e escreveu vários nomes em sequência. A lista era a seguinte:

Dr. Thomas.
Sr. Abbot.
Major Horton.
Sr. Ellsworthy.
Sr. Wake.
Sr. Jones.
O rapaz de Amy.
O açougueiro, o padeiro, o leiteiro, o carteiro etc.

Em seguida, pegou outra folha e anotou o título VÍTIMAS. Sob esse cabeçalho, escreveu:

Amy Gibbs: *Envenenada.*
Tommy Pierce: Empurrado de uma janela.
Harry Carter: Empurrado de uma passarela   *(bêbado? drogado?).*
Dr. Humbleby: Infecção generalizada.
Srta. Pinkerton: Atropelada por um carro.

Ele acrescentou:

Sra. Rose?
O velho Ben?

E depois de uma pausa:

Sra. Horton?

Ele examinou suas listas, fumou um pouco e então pegou o lápis mais uma vez.

Dr. Thomas: possíveis indícios contra ele.
Forte motivação no caso do dr. Humbleby. Tipo de morte conveniente – a saber, infecção generalizada. Amy Gibbs consultou-se com ele na tarde do dia em que morreu. (Alguma coisa entre eles? Chantagem?)
Tommy Pierce? Nenhuma ligação conhecida. (Sabia Tommy de alguma ligação entre ele e Amy Gibbs?)
Harry Carter? Nenhuma ligação conhecida.
O dr. Thomas estava ausente de Wychwood no dia em que a srta. Pinkerton foi a Londres?

Luke suspirou e começou uma nova página:

Sr. Abbot: possíveis indícios contra ele.
(Sinto que um advogado é definitivamente uma pessoa suspeita. Possivelmente preconceito.) Sua personalidade, vistosa, cordial etc., com certeza seria suspeita num livro – sempre suspeite de homens cordiais e sem cerimônias. Objeção: isto não é um livro, e sim a vida real.
Motivo para assassinar o dr. Humbleby: existia evidente antagonismo entre os dois. H. contrariou Abbot. Suficiente motivação para um cérebro demente.
Antagonismo poderia ter sido facilmente notado pela srta. Pinkerton.
Tommy Pierce? Este bisbilhotou os documentos de Abbot. Descobriu algo de que não deveria ter tomado conhecimento?
Harry Carter? Nenhuma ligação evidente.
Amy Gibbs? Nenhuma ligação conhecida. Tintura de chapéu totalmente condizente com a mentalidade de Abbot – uma mente antiquada. Abbot estava fora do vilarejo no dia em que a srta. Pinkerton foi morta?

Major Horton: possíveis indícios contra ele.
Nenhuma ligação conhecida com Amy Gibbs, Tommy Pierce ou Carter.
E quanto à sra. Horton? Morte tem todo jeito de que pode ter sido envenenamento por arsênico. Se fosse isso, outras mortes poderiam ser resultantes desta – chantagem? OBS: – Thomas foi o médico que atendeu-a. (Thomas é suspeito de novo.)

Sr. Ellsworthy: possíveis indícios contra ele.
Figura bizarra – mexe com magia negra. Pode ter o temperamento de um assassino com sede de sangue. Ligação com Amy Gibbs. Alguma ligação com Tommy Pierce? Carter? Nada conhecido. Humbleby? Poderia ter percebido a condição mental de Ellsworthy. Srta. Pinkerton? Ellsworthy estava fora de Wychwood quando a srta. Pinkerton foi morta?

Sr. Wake: possíveis indícios contra ele.
Muito improvável. Possível mania religiosa? Uma missão de matar? Clérigos velhos e pios prováveis concorrentes nos livros, mas (como antes) isto é a vida real.
Observação: Carter, Tommy, Amy todos de caráter definitivamente desagradável. Merecem ser exterminados por decreto divino?

Sr. Jones.
Dados – nenhum.

O rapaz de Amy.
Provavelmente todos os motivos para matar Amy – mas parece improvável em termos gerais.

Os et ceteras?
Não fique imaginando coisas.

Luke releu o que havia escrito.
Então balançou a cabeça.
Murmurou baixinho:
– ...o que é um absurdo! Como Euclides define bem as coisas!
Ele rasgou as listas e queimou-as.
Disse consigo mesmo:
– Esse trabalho não vai ser exatamente fácil.

CAPÍTULO 8

Dr. Thomas

O dr. Thomas recostou-se em sua cadeira e passou a mão comprida e delicada nos cabelos espessos e claros. Ele era um jovem de aparência enganosa. Embora tivesse mais de trinta anos, um olhar de relance, casual, teria lhe atribuído vinte e poucos, se não menos de vinte. Seu cabelo farto e um tanto indomável, sua expressão ligeiramente sobressaltada e sua tez de um rosa esbranquiçado lhe davam um aspecto irresistivelmente escolar. Por mais imaturo que pudesse parecer, no entanto, o diagnóstico que acabara de pronunciar sobre o joelho reumático de Luke estava quase precisamente de acordo com o que havia sido estabelecido por um eminente especialista de Harley Street apenas uma semana antes.

– Obrigado – disse Luke. – Bem, fico aliviado por saber que, na sua opinião, o tratamento elétrico vai resolver o problema. Não quero ficar aleijado na minha idade.

O dr. Thomas exibiu seu sorriso de menino.

– Ah, não creio que exista qualquer perigo disso, sr. Fitzwilliam.

– Bem, o senhor me tirou um peso da mente – disse Luke. – Eu estava pensando em recorrer a um especialista, mas tenho certeza de que já não é necessário agora.

O dr. Thomas sorriu novamente.

– Faça isso, se for para sossegar a sua mente. Afinal de contas, sempre é bom ouvir a opinião de um especialista.

– Não, não, eu tenho total confiança no senhor.

– Falando com franqueza, não há nenhuma complexidade no caso. Se o senhor seguir o meu conselho, tenho absoluta certeza de que não vai voltar a ter problemas.

– O senhor me tirou um peso enorme da mente, doutor. Achei que eu poderia estar com artrite, que logo estaria todo arruinado nas articulações e incapaz de me mover.

O dr. Thomas sacudiu a cabeça com um sorriso levemente indulgente. Luke continuou rapidamente:

– Os homens se apavoram para valer desse jeito. O senhor deve constatar isso, não? Sempre pensei que um médico de certa forma se sente um curandeiro, uma espécie de mágico, para a maioria de seus pacientes.

– O elemento fé aparece em grande medida.

– Pois é. "O médico disse" é uma observação sempre proferida com algo que se assemelha à reverência.

O dr. Thomas ergueu os ombros.

– Se os nossos pacientes apenas soubessem! – murmurou com humor. Então acrescentou:

– O senhor está escrevendo um livro sobre magia, não está, sr. Fitzwilliam?

– Ora, como foi que o senhor soube disso? – Luke perguntou, talvez com uma surpresa um pouco forçada.

O dr. Thomas pareceu achar graça.

– Ah, meu caro senhor, as novidades se espalham com muita rapidez num lugar como este. Temos tão pouco assunto para conversar...

– Provavelmente é exagerado também. O senhor ouvirá que estou invocando os espíritos do vilarejo e rivalizando com a Bruxa de Endor.

– Bem estranho que o senhor diga isso.

– Por quê?

– Bem, o rumor que anda circulando por aí é de que o senhor invocou o fantasma de Tommy Pierce.

– Pierce? Pierce? Não é o garotinho que caiu de uma janela?

– Sim.

– Ora, eu me pergunto como será que... é claro... eu comentei algo com o advogado... como é mesmo o nome dele?... Abbot.

– Sim, a história se originou com Abbot.

– Não me diga que eu transformei um advogado insensível num homem que acredita em fantasmas...

– E o senhor, então, acredita em fantasmas?

– O tom de sua voz sugere que o senhor não acredita, doutor. Não, eu não diria que efetivamente "acredito em fantasmas", falando de modo rude. Mas tenho conhecimento de fenômenos misteriosos em casos de morte violenta. Estou mais interessado nas diversas superstições relacionadas a mortes violentas de que um homem assassinado, por exemplo, não pode descansar em seu túmulo. E na interessante crença de que o sangue de um homem assassinado irá verter se ele for tocado por seu assassino. Eu me pergunto de onde surgiu algo assim.

– Muito curioso – disse Thomas. – Mas não creio que muitas pessoas se lembrem disso hoje em dia.

– Mais do que o senhor imagina. É lógico, não creio que vocês tenham muitos assassinatos por aqui, então é difícil julgar.

Luke sorria enquanto falava, seus olhos contemplando com aparente despreocupação o rosto do outro. Mas o dr. Thomas parecia imperturbável e retribuiu o sorriso.

– Não, não creio que tenhamos tido um assassinato por... ah, por muitos e muitos anos... certamente não no meu tempo.

– Não, este é um lugar pacato. Não induz a um assassinato. A menos que alguém tenha empurrado o pequeno Tommy não-sei-das-quantas pela janela.

Luke riu. Outra vez o dr. Thomas sorriu em resposta – um sorriso natural, cheio de jovialidade infantil.

– Muita gente teria gostado de torcer o pescoço daquele menino – ele disse. – Mas não creio que tenham de fato chegado ao ponto de jogá-lo por uma janela.

– Ele parece ter sido uma criança completamente insuportável; sua eliminação poderia ter sido considerada um dever público.

– É uma pena que não possamos aplicar essa teoria com razoável frequência.

– Sempre achei que alguns assassinatos em série seriam benéficos à comunidade – disse Luke. – Um chato do clube, por exemplo, deveria ser exterminado com um conhaque envenenado. Depois são aquelas mulheres que falam pelos cotovelos e arrasam queridíssimas amigas com suas línguas ferinas. Solteironas que atacam pelas costas. Teimosos inveterados que se opõem ao progresso. Se fossem aniquilados sem dor, que diferença isso faria para a vida social!

O sorriso do dr. Thomas alongou-se, mostrando seus dentes.

– Com efeito, o senhor defende o crime em grande escala?

– Eliminação judiciosa – Luke retrucou. – O senhor não concorda que seria benéfico?

– É claro, não há dúvida.

– Ah, mas o senhor não está falando sério – disse Luke. – Pois eu estou. Não tenho o respeito que os ingleses normalmente têm pela vida. Qualquer homem que fosse uma pedra no caminho do progresso deveria ser eliminado... é assim que eu vejo a questão!

Passando a mão pelo cabelo louro e curto, o dr. Thomas falou:

– Sim, mas quem poderá julgar a aptidão ou inaptidão de um homem?

– Essa é a dificuldade, sem dúvida – Luke admitiu.

– Os católicos considerariam que um agitador comunista não merece viver, o agitador comunista condenaria o padre à morte como fomentador de superstição, o médico eliminaria o homem doentio, o pacifista condenaria o soldado, e assim por diante.

– Precisaríamos ter um cientista como juiz – disse Luke. – Alguém com uma mente sem preconceitos, mas altamente especializada... um médico, por exemplo. A propósito, acho que o senhor mesmo seria um ótimo juiz, doutor.

– Da inaptidão para viver?

– Sim.

O dr. Thomas sacudiu a cabeça.

– O meu trabalho é tornar aptos os inaptos. Na maioria das vezes é um trabalho penoso, eu admito.

– Mas só para reforçar o meu argumento... – disse Luke. – Pegue um homem como o falecido Harry Carter...

O dr. Thomas falou bruscamente:
— Carter? O senhor se refere ao senhorio do Seven Stars?
— Sim, esse mesmo. Não o conheci pessoalmente, mas a minha prima, a srta. Conway, estava me falando sobre o sujeito. Parece ter sido um salafrário.
— Bem – disse o outro –, ele bebia, é verdade. Maltratava a esposa, intimidava a filha. Era brigão e insolente e já tivera altercações com a maioria das pessoas no vilarejo.
— Na verdade, então, o mundo é um lugar melhor sem ele?
— Todo mundo ficaria inclinado a dizer que sim, concordo.
— Na verdade, se alguém tivesse lhe dado um empurrão e o jogado no rio em vez de o sujeito mesmo ter generosamente escolhido cair por conta própria, essa pessoa teria contribuído para o bem público?
O dr. Thomas respondeu secamente:
— Esses métodos que o senhor defende... por acaso os colocou em prática em... Mayang Straits, foi o que disse?
Luke riu.
— Ah, não, comigo é teoria... nada de prática.
— Não, não creio que o senhor tenha o gene dos assassinos.
Luke perguntou:
— Por que não? Fui bastante franco quanto aos meus pontos de vista.
— Exato. Franco demais.
— O senhor quer dizer que, se eu fosse realmente o tipo de homem que faz justiça com as próprias mãos, eu não sairia por aí difundindo as minhas opiniões?
— Foi o que eu quis dizer.
— Mas poderia ser uma espécie de evangelho para mim. Eu poderia ser um fanático nesse assunto!
— Mesmo assim, seu senso de autoproteção atuaria.
— De fato, quando procurar um assassino, preste atenção no tipo de homem bom e gentil que-não-mataria-uma-mosca.
— Ligeiramente exagerado, talvez – disse o dr. Thomas –, mas não está longe da verdade.
Luke perguntou abruptamente:
— Diga-me, isso me interessa... o senhor já topou alguma vez com um homem que, no seu entender, poderia ser um assassino?
O dr. Thomas respondeu com rispidez:
— Realmente, que pergunta extraordinária!
— É mesmo? Afinal de contas, um médico deve topar com tantos personagens esquisitos. Teria melhores condições de reconhecer, por

exemplo, os sinais de mania homicida num estágio inicial, antes que sejam perceptíveis.

O dr. Thomas retrucou, um tanto irritado:

– O senhor nutre a típica ideia leiga de um maníaco homicida, um homem descontrolado com uma faca, um homem espumando pela boca. Deixe-me lhe dizer: um lunático homicida pode ser a pessoa mais difícil do mundo de se identificar. Segundo todas as aparências, ele pode ser exatamente como todas as outras pessoas, um homem, talvez, que se amedronte com facilidade... que pode nos dizer, talvez, que tem inimigos. Não mais do que isso. Um camarada perfeitamente tranquilo e inofensivo.

– É realmente assim?

– Claro que é. Um lunático homicida frequentemente mata (no entender dele) em legítima defesa. Mas, obviamente, muitos assassinos são pessoas comuns e sensatas como o senhor e eu.

– Doutor, o senhor está me alarmando! Imagine se o senhor acabar descobrindo, mais tarde, que eu tenho umas cinco ou seis belas e discretas mortes no meu currículo?

O dr. Thomas sorriu.

– Não creio que seja muito provável, sr. Fitzwilliam.

– Não? Vou retribuir o cumprimento. Também não acredito que o senhor tenha uns cinco ou seis assassinatos no seu currículo.

O dr. Thomas falou com jovialidade:

– O senhor não está levando em conta os meus fracassos profissionais.

Os dois homens riram.

Luke se levantou e então se despediu.

– Receio ter tomado demais o seu tempo – desculpou-se.

– Ah, não estou ocupado. Wychwood é um lugar bastante saudável. É um prazer poder conversar com alguém de fora.

– Eu estava especulando... – Luke começou e se interrompeu.

– Sim?

– A srta. Conway comentou, quando me mandou procurar o senhor, o quanto... bem, o quanto o senhor era um médico de primeira categoria. Eu estava especulando se o senhor não se sentia meio preso aqui. Não há muita oportunidade para uma pessoa de talento.

– Ah, a clínica geral é um bom começo. É uma experiência valiosa.

– Mas o senhor não ficaria satisfeito passando a vida inteira na mesma rotina. O seu falecido sócio, o dr. Humbleby, era um sujeito sem ambições, segundo fiquei sabendo, completamente satisfeito com sua clínica. Ele já estava aqui havia muitos anos, acredito...

– Praticamente uma vida toda.

– Era um homem confiável, mas antiquado, ouvi falar.

O dr. Thomas disse:

– Às vezes ele era difícil. Suspeitava muito das inovações, mas um bom exemplo de profissional da velha escola.

– Deixou uma filha muito bonita, segundo me contaram – Luke falou de maneira jocosa.

Ele teve o prazer de ver o rosto rosado do dr. Thomas ficar profundamente vermelho.

– Ah... hã... sim – ele disse.

Luke fitou-o com bondade. Ficou contente com a perspectiva de apagar o dr. Thomas de sua lista de pessoas suspeitas.

Este último recuperou sua cor natural e falou abruptamente:

– Nós falávamos de crimes há pouco, posso lhe emprestar um bom livro, visto que o senhor se mostra interessado pelo assunto! Tradução do alemão. *Inferioridade e crime*, de Kreuzhammer.

– Obrigado – disse Luke.

O dr. Thomas correu o dedo por uma estante e retirou o livro em questão.

– Aqui está. Algumas das teorias são um tanto espantosas e, é claro, são apenas teorias, mas são interessantes. A vida pregressa de Menzheld, por exemplo, o açougueiro de Frankfurt, como o chamavam, e o capítulo sobre Anna Helm, a pequena babá assassina, são na verdade extremamente interessantes.

– Ela matou cerca de uma dúzia de crianças a seu cuidado antes que as autoridades a pegassem, acredito – disse Luke.

O dr. Thomas concordou com a cabeça.

– Sim. Ela tinha uma personalidade afável, devotada às crianças e, aparentemente, sentia um genuíno desolamento a cada morte. A psicologia é impressionante.

– Impressionante é como essas pessoas conseguem se safar – disse Luke.

Ele estava passando pela porta agora. O dr. Thomas saíra junto.

– Não é impressionante, na verdade – afirmou o dr. Thomas. – É bem fácil, sabe...

– O quê?

– A pessoa se safar... – ele estava sorrindo mais uma vez, um sorriso infantil e encantador. – Se você tomar cuidado. Basta tomar cuidado... é só! Mas um homem esperto *é* extremamente cuidadoso para não escorregar. É tudo de que ele precisa.

O dr. Thomas sorriu e entrou em casa.

Luke ficou de pé nos degraus, sem desviar o olhar.

Havia algo de condescendente no sorriso do médico. Ao longo de toda a conversação, Luke sentira-se um homem de plena maturidade e sentira o dr. Thomas como um homem jovem e ingênuo.

Por um breve momento, pareceu-lhe que os papéis se invertiam. O sorriso do médico era o de um adulto que se divertia com a esperteza de uma criança.

CAPÍTULO 9

Sra. Pierce fala

Na pequena loja da High Street, Luke comprara cigarros e a edição de *Good Cheer*, o pequeno e empreendedor periódico que fornece para Lord Whitfield uma boa porção de sua substancial renda. Indo direto aos resultados do futebol, Luke, com um gemido, emitiu a informação de que fracassara na tentativa de ganhar 120 libras. A sra. Pierce sentiu-se chamada de imediato a expressar seu compadecimento, relatando semelhantes frustrações por parte do marido. Assim estabelecidas as relações amistosas, Luke não encontrou dificuldade para prolongar a conversa.

– O sr. Pierce tem grande interesse pelo futebol – disse a esposa. – A primeira coisa que ele procura no jornal é isso. Como disse, ele já teve inúmeros desapontamentos, mas a questão é que não dá para todos ganharem, e o que eu digo é que você não pode competir com a sorte.

Luke concordou calorosamente com tais afirmações e tratou de avançar, numa suave transição, para outra declaração profunda, dando conta de que os problemas nunca surgem sozinhos.

– Ah, pois é, senhor, disso eu sei *bem* – a sra. Pierce suspirou. – E quando uma mulher tem um marido e oito filhos... ou melhor, seis vivos e dois já enterrados... bem, ela sabe o que é um problema.

– Suponho que saiba... ah, sem dúvida – disse Luke. – A senhora disse que... hã... enterrou dois, é isso?

– E um deles não faz mais de um mês – a sra. Pierce afirmou com uma espécie de prazer melancólico.

– Minha nossa, que tristeza...

– Não foi só triste, senhor. Foi um choque... isso é que foi, um choque! Eu fiquei desolada, fiquei mesmo, quando me deram a notícia. Nunca imaginei que qualquer coisa desse tipo pudesse acontecer a Tommy, porque, dá para dizer, quando um menino só nos causa problema, não parece natural que ele seja levado. Agora, a minha Emma Jane, essa era uma doçura. "Você não vai poder criar a menina." Isso é o que falavam. "Ela é boa demais para viver." E era verdade, senhor. Deus sabe o que faz.

Luke mostrou-se compassivo e empenhou-se em reverter o assunto da santa Emma Jane para o não tão santo Tommy.

– O seu menino morreu recentemente? – ele perguntou. – Um acidente?

– Sim, foi um acidente, senhor. Limpando as janelas da velha Wych Hall, que agora é a biblioteca, e ele deve ter se desequilibrado e caído das janelas mais altas.

A sra. Pierce discorreu por algum tempo sobre todos os pormenores do acidente.

– Não houve uma história de que ele tinha sido visto dançando no parapeito da janela? – Luke perguntou despreocupadamente.

A sra. Pierce respondeu que meninos são sempre meninos – mas aquilo dera sem dúvida um susto no major, sendo ele um cavalheiro atarantado.

– O major Horton?

– Sim, o cavalheiro dos buldogues. Depois que aconteceu o acidente, ele mencionou por acaso que tinha visto o nosso Tommy se comportando de uma forma muito imprudente... e isso mostra mesmo que, se o menino tivesse se assustado de repente com alguma coisa, teria caído com a maior facilidade. Excesso de energia, senhor, esse era o problema de Tommy. Ele foi um martírio para mim de muitas maneiras – finalizou a sra. Pierce –, mas era só isso, excesso de energia... nada mais que excesso de energia... como pode acontecer com qualquer garoto. Não havia nenhuma maldade verdadeira nele, daria para dizer.

– Não, não... Tenho certeza de que não havia, mas às vezes, sabe, sra. Pierce... pessoas sóbrias de meia-idade têm dificuldade de recordar que algum dia já foram jovens também.

A sra. Pierce suspirou.

– São verdadeiras essas palavras, senhor. Não posso deixar de desejar que alguns cavalheiros, dos quais eu poderia dar o nome, mas não vou, acabem sentindo no coração o remorso de que foram duros demais com o garoto só por conta do excesso de energia dele.

– Tommy pregou algumas peças em seus patrões, não? – Luke perguntou com um sorriso indulgente.

A sra. Pierce respondeu de imediato:

– Era só brincadeira dele, senhor, nada mais. Tommy sempre foi bom em imitações. Ele nos fazia quase chorar de rir com o jeito como se requebrava fingindo ser o sr. Ellsworthy na loja de antiguidades... ou o velho sr. Hobbs, o sacristão... e estava imitando em Manor e os dois jardineiros assistentes estavam dando risada quando eis que ele apareceu, todo quieto, e na mesma hora colocou Tommy no olho da rua... e, naturalmente, isso era bem de se esperar, e algo mais do que correto, seu patrão não guardou ressentimento e mais adiante ajudou Tommy a conseguir outro emprego.

– Mas outras pessoas não foram tão magnânimas, não é mesmo? – Luke falou.

– Isso elas não foram mesmo, senhor. Sem ficar dando nomes. Nunca pensaríamos isso do sr. Abbot, tão agradável em seus modos e sempre com uma palavra carinhosa ou uma piada...

– Tommy se meteu numa encrenca com ele?

A sra. Pierce respondeu:

– Não é, tenho certeza, que o menino fizesse por mal... E, afinal de contas, se os documentos são particulares e não devem ser olhados, então não podiam ser deixados em cima da mesa... isso é o que eu acho.

– Ah, não há dúvida – disse Luke. – Documentos particulares, no escritório de um advogado, deveriam ser guardados no cofre.

– Tem razão, senhor. Isso é o que eu penso, e o sr. Pierce concorda comigo. Não é nem que Tommy tenha lido grande coisa do documento.

– O que era, um testamento? – Luke perguntou.

Ele julgou (provavelmente com razão) que uma pergunta sobre o teor do documento em questão pudesse fazer a sra. Pierce hesitar. Mas a pergunta direta obteve uma resposta instantânea.

– Não, não, senhor, nada desse tipo. Nada de realmente importante. Era só uma carta particular... de uma dama... e Tommy nem mesmo viu quem era essa dama. Tanta confusão por uma coisa de nada... isso é o que eu acho.

– O sr. Abbot deve ser o tipo de homem que se ofende com muita facilidade – disse Luke.

– Bem, parece mesmo que sim, não parece, senhor? Muito embora, como eu disse, ele seja uma pessoa tão agradável para conversar, sempre com uma piada ou uma palavra que nos anima. Mas a verdade, eu fiquei sabendo, é que ele era um homem difícil de enfrentar como inimigo, e ele e o dr. Humbleby já estavam chegando às vias de fato, como se costuma dizer, bem pouco antes de o pobre cavalheiro morrer. E não deve ter sido uma recordação agradável para o sr. Abbot. Porque, quando acontece uma morte, a gente não gosta de pensar que palavras ásperas foram ditas, sem nenhuma chance de voltar atrás.

Luke sacudiu a cabeça num gesto solene e murmurou:
– É bem verdade... é bem verdade.
Ele continuou:
– Um pouco de coincidência nesse ponto. Palavras ásperas com o dr. Humbleby, e o dr. Humbleby morreu... tratamento áspero com o seu Tommy, e o menino morreu! Eu diria que uma experiência dupla como essa tornaria o sr. Abbot mais cuidadoso com sua língua no futuro.
– Harry Carter, também, lá do Seven Stars – disse a sra. Pierce. – Palavras muito pesadas foram trocadas por eles apenas uma semana antes de o sr. Carter cair e se afogar... mas não podemos culpar o sr. Abbot por isso. O abuso foi todo da parte de Carter... ele foi até a casa do sr. Abbot, veja só, estando alcoolizado na ocasião, e ficou berrando com a voz mais alta do mundo na mais nojenta linguagem. Pobre sra. Carter, ela tinha que aguentar um bocado, e, é preciso reconhecer, a morte de Carter foi um alívio misericordioso.
– Ele deixou uma filha também, não deixou?
– Ah – reagiu a sra. Pierce –, não sou de ficar fazendo mexericos.
Isso era inesperado, mas promissor. Luke aguçou os ouvidos e esperou.
– Não vou dizer que fosse mais do que só falatório. Lucy Carter é uma jovem bonita, do modo dela, e, se não fosse pela diferença de classe, ouso dizer que ninguém teria dado importância. Mas que houve falatório, houve, e não dá para negar, especialmente depois que Carter foi direto à casa dele, gritando e praguejando.
Luke tentou assimilar as implicações daquele discurso um tanto confuso.
– O sr. Abbot parece ter certa queda por jovens belas – ele disse.
– É o que quase sempre acontece com os cavalheiros – disse a sra. Pierce. – Eles não têm nenhuma intenção, só uma palavra ou duas de passagem, mas a pequena nobreza é a pequena nobreza e, por consequência, isso chama atenção. É bem de se esperar num lugar tranquilo como este.
– É um lugar bastante encantador – disse Luke. – Tão intocado!
– É o que os artistas sempre dizem, mas acho que estamos um pouco atrasados. Ora, ninguém constrói nada digno de menção. Lá em Ashevale, por exemplo, eles construíram uma adorável série de casas, algumas com telhados verdes e com vidros coloridos nas janelas.
Luke estremeceu ligeiramente.
– Vocês têm um grandioso instituto – ele falou.
– Dizem que é um belo prédio – retrucou a sra. Pierce, sem grande entusiasmo. – É claro, Lord Whitfield fez muito pelo vilarejo. Ele tem boa intenção, todos nós sabemos disso.

– Mas a senhora não acha que seus esforços sejam de todo bem-sucedidos? – Luke perguntou jocosamente.

– Bem, é lógico, senhor, ele não é realmente da pequena nobreza... não é como a srta. Waynflete, por exemplo, ou a srta. Conway. Ora, o pai de Lord Whitfield tinha uma oficina de botas bem a poucos passos daqui. Minha mãe se lembra de Gordon Ragg atendendo na loja... se lembra tão bem quanto de qualquer outra coisa. Claro, agora ele é um lorde, e é um homem rico... mas nunca é a mesma coisa, não é mesmo, senhor?

– Evidentemente que não – Luke concordou.

– O senhor queira me perdoar por mencionar isso – disse a sra. Pierce. – Eu sei que o senhor está hospedado em Manor e que está escrevendo um livro. Mas o senhor é primo da srta. Conway, e essa é uma coisa bem diferente. Ficaremos muito contentes em tê-la de volta como soberana de Ashe Manor.

– De fato – disse Luke. – Tenho certeza de que ficarão.

Ele pagou os cigarros e o jornal com repentina precipitação.

Pensou consigo mesmo: "Impressões pessoais. É *preciso* deixá-las de fora! Diabo, eu estou aqui para pegar um criminoso. O que é que me importa com quem aquela bruxa de cabelos negros vai se casar ou não? Ela não entra na minha história...".

Ele caminhou lentamente pela rua. Com esforço, empurrou Bridget para o fundo de sua mente.

– Pois vejamos – disse consigo. – Abbot. Indícios contra Abbot. Eu o relacionei a três das vítimas. Ele teve uma briga com Humbleby, uma briga com Carter e uma briga com Tommy Pierce... e todos os três morreram. E quanto à jovem Amy Gibbs? O que era essa carta que o garoto endiabrado viu? Será que ele sabia de quem era? Ou não sabia? Pode ser que não tenha dito à mãe que sabia. Mas vamos supor que *soubesse*. Vamos supor que Abbot julgasse ser necessário calar-lhe a boca. Poderia ser! É tudo o que se pode dizer a respeito: poderia ser! Não é o suficiente.

Luke acelerou o passo, olhando ao redor com súbita exasperação.

– Este maldito vilarejo já está mexendo com os meus nervos. Tão risonho, tão pacífico, tão inocente, e o tempo todo se desenrolando essa louca série de assassinatos. Ou sou eu o louco? Será que Lavinia Pinkerton era louca? Afinal de contas, o caso todo *poderia* ser coincidência... sim, a morte de Humbleby e tudo mais...

Ele virou a cabeça para trás, contemplando a extensão da High Street – e foi tomado por uma estranha sensação de irrealidade.

Disse consigo mesmo:

– Essas coisas não acontecem...

Então ergueu os olhos na direção da longa linha carrancuda de Ashe Ridge – e no mesmo instante a irrealidade passou. Ashe Ridge era real – testemunhara coisas estranhas: feitiçaria, crueldade e esquecidos ritos malévolos ou desejos de violência...

Ele se sobressaltou. Dois vultos caminhavam ao longo do sopé da colina. Luke os reconheceu com facilidade – Bridget e Ellsworthy. O jovem gesticulava com suas mãos curiosas e desagradáveis. A cabeça estava inclinada para Bridget. Pareciam dois vultos saídos de um sonho. Tinha-se a impressão de que os pés dos dois não faziam nenhum ruído enquanto eles saltavam como gatos de uma relva para outra. Luke viu os cabelos pretos de Bridget flutuando no ar às costas dela, soprados pelo vento. Mais uma vez aquela estranha magia se apoderou dele.

– Enfeitiçado, é assim que eu estou, enfeitiçado – disse para si mesmo.

Luke parou, totalmente imóvel – um sentimento esquisito tomando conta dele.

Pensou consigo pesarosamente: "Quem poderá quebrar o feitiço? Não há ninguém".

CAPÍTULO 10

Rose Humbleby

Um ruído suave atrás de Luke fez com que ele girasse o corpo num movimento brusco. Estava ali parada uma jovem, uma jovem incrivelmente bonita com cabelos castanhos que se ondulavam em volta das orelhas e olhos azuis-escuros de aspecto bastante tímido. Ela corou um pouco, embaraçada, antes de começar a falar.

– Sr. Fitzwilliam, não? – perguntou.

– Sim. Eu...

– Eu sou Rose Humbleby. Bridget me disse que... que o senhor conhece algumas pessoas que conheceram meu pai.

Luke teve a delicadeza de corar ligeiramente sob sua pele bronzeada.

– Foi muito tempo atrás – afirmou de maneira um tanto desajeitada. – Meus amigos... hã... o conheceram na juventude, quando ele ainda não era casado.

– Ah, entendo.

Rose Humbleby parecia um pouco desapontada. Mas prosseguiu:

– O senhor está escrevendo um livro, não está?

– Sim. Ou melhor, estou fazendo anotações para um livro. Sobre superstições locais. Todo esse tipo de coisa.
– Entendo. Parece extremamente interessante.
– Provavelmente vai ser tão enfadonho quanto um lago parado.
– Ah, não, tenho certeza de que não vai ser.
Luke sorriu para ela. Pensou: "Nosso Thomas é um homem de sorte!".
– Existem pessoas – ele disse – que conseguem deixar insuportavelmente chato o mais interessante dos assuntos. Receio ser umas dessas pessoas.
– Ah, mas por que razão o senhor seria?
– Não sei. Mas a convicção está se fortalecendo em mim.
Rose Humbleby disse:
– O senhor poderia ser uma dessas pessoas que deixam os assuntos monótonos extremamente emocionantes!
– Já *esse* é um belo pensamento – disse Luke. – Agradeço-lhe por ele.
Rose Humbleby devolveu-lhe o sorriso. Então perguntou:
– O senhor acredita em... em superstições e tudo mais?
– Essa é uma pergunta difícil. Uma coisa não depende da outra, sabe... Você pode ter interesse por coisas nas quais não acredita.
– Sim, acho que sim – a jovem parecia em dúvida.
– A senhorita é supersticiosa?
– N-não... acho que não. Mas acredito que as coisas vêm em... em ondas.
– Ondas?
– Ondas de azar e de sorte. Quero dizer, eu sinto como se Wychwood estivesse, nos últimos tempos, sob um feitiço de... de infortúnio. O meu pai morrendo, e a srta. Pinkerton sendo atropelada, e aquele garotinho que caiu da janela. Eu... eu comecei a me sentir como se detestasse este lugar... como se eu *precisasse* fugir!
Sua respiração estava um pouco acelerada. Luke a encarava pensativo.
– Então você se sente assim?
– Ah! Eu sei que é bobagem. Acho que deve ser, na verdade, por causa da morte tão inesperada do meu pai... foi tão horrivelmente repentino! – ela estremeceu. – E depois a srta. Pinkerton. Ela disse...
A jovem se interrompeu.
– O que foi que ela disse? A srta. Pinkerton era uma velhinha encantadora, eu achava... bem parecida com uma tia que é muito especial para mim.
– Ah, o senhor a conheceu? – o rosto de Rose iluminou-se. – Eu gostava muito dela, e ela adorava o papai. Mas às vezes eu ficava pensando se ela não seria essa espécie de pessoa que os escoceses chamam de "enfeitiçada pela morte".
– Por quê?

– Porque... é tão esquisito... ela parecia estar muito amedrontada de que fosse acontecer alguma coisa com o papai. Ela quase me *prevenia*, sobretudo em relação a acidentes. E aí naquele dia, bem pouco antes de ir para Londres, o jeito dela era tão esquisito... absolutamente *fora de si*. Eu realmente acredito, sr. Fitzwilliam, que ela era uma dessas pessoas clarividentes. Acho que a srta. Pinkerton *sabia* que algo aconteceria com ela. E decerto sabia que algo aconteceria com o papai também. É... é um tanto assustador, esse tipo de coisa!

Rose Humbleby deu um passo na direção dele.

– Existem ocasiões em que uma pessoa pode prever o futuro – disse Luke. – Nem sempre é algo sobrenatural.

– Não, suponho que seja bem natural, na verdade, simplesmente uma capacidade que as outras pessoas não têm. Mesmo assim fico preocupada...

– A senhorita não deve se preocupar – Luke falou em um tom carinhoso. – Lembre-se, tudo isso já ficou para trás. Não adianta remexer o passado. Precisamos viver pensando no futuro.

– Eu sei. Mas há mais, sabe... – Rose hesitou. – Houve algo... em relação à sua prima.

– Minha prima? Bridget?

– Sim. A srta. Pinkerton estava preocupada com ela, de certa maneira. Ficava me fazendo perguntas o tempo todo. Acho que temia por ela... também.

Luke se virou de modo brusco, examinando a colina. Foi invadido por uma sensação irracional de medo. Bridget – sozinha com o homem cujas mãos apresentavam aquele matiz doentio de carne esverdeada, em decomposição! Fantasia – tudo fantasia! Ellsworthy não passava de um diletante inofensivo que brincava de ser dono de loja.

Como que lendo seus pensamentos, Rose perguntou:

– O senhor gosta do sr. Ellsworthy?

– Definitivamente, não.

– Geoffrey... o dr. Thomas, sabe... não gosta dele também.

– E a senhorita?

– Não, não... tenho pavor dele – Rose aproximou-se um pouco mais. – Há um falatório sobre ele. Contaram-me que organizou uma cerimônia sinistra na Campina das Bruxas... vários amigos dele vieram de Londres, uma gente sinistra, de aspecto assustador. E Tommy Pierce era uma espécie de assistente.

– Tommy Pierce? – Luke perguntou bruscamente.

– Sim. Ele usava sobrepeliz e uma batina vermelha.

– Quando foi isso?

– Ah, já faz algum tempo... Acho que foi em março.

– Tommy Pierce parece ter se metido em tudo o que acontecia neste vilarejo.

Rose disse:

– Ele era terrivelmente curioso. Sempre precisava saber o que estava se passando.

– Provavelmente já sabia demais no fim – Luke comentou de modo sombrio.

Rose aceitou tais palavras sem lhes captar o significado.

– Ele era um menino bastante detestável. Gostava de cortar asas de vespas e de importunar cachorros.

– O tipo de menino cujo falecimento dificilmente será lamentado!

– Pois é, acho que sim. Para sua mãe foi terrível, no entanto.

– Calculo que lhe restaram cinco anjinhos para consolá-la. Tem uma língua e tanto aquela mulher.

– Ela fala sem parar, não?

– Depois de comprar uns cigarros dela, sinto que conheço a história de vida de todos os moradores daqui!

Rose falou com pesar:

– Isso é o pior de um lugar como este. Todo mundo sabe tudo sobre todos os outros.

– Não, não... – Luke retrucou.

Rose olhou para ele intrigada.

Luke afirmou num tom significativo:

– Nenhum ser humano pode saber a verdade completa sobre outro ser humano.

O rosto de Rose ficou muito sério. Ela teve um leve tremor involuntário.

– Pois é – falou devagar. – Acho que isso é verdade.

– Nem mesmo sobre a pessoa mais próxima e mais querida – disse Luke.

– Nem mesmo... – ela se interrompeu. – Ah, suponho que o senhor tenha razão, mas gostaria que não ficasse dizendo coisas assustadoras como essas, sr. Fitzwilliam.

– Isso a deixa assustada?

Ela confirmou lentamente com a cabeça.

– Preciso ir agora. Se... se o senhor não tiver nada de melhor para fazer... quero dizer, se o senhor puder, venha nos visitar, por favor. Minha mãe gostaria de... gostaria de conhecê-lo, em função de o senhor conhecer amigos do papai de muito tempo atrás.

Rose afastou-se lentamente pela estrada. Sua cabeça pendia um pouco, como se algum peso de preocupação ou perplexidade a empurrasse para baixo.

Luke ficou parado, observando seu afastamento. Uma súbita onda de solicitude o arrebatou. Ele sentiu uma ânsia de defendê-la e protegê-la.

Do quê? Fazendo a si mesmo essa pergunta, Luke sacudiu a cabeça, com momentânea impaciência consigo mesmo. Era verdade que Rose Humbleby perdera o pai recentemente, mas ela tinha uma mãe e estava noiva de um jovem decididamente atraente que era de todo adequado para protegê-la. Então por que deveria ele, Luke Fitzwilliam, ser tomado por aquele complexo de proteção?

O bom e velho sentimentalismo vindo à tona de novo, pensou Luke. O macho protetor! Florescendo na era vitoriana, fortalecendo-se na eduardiana e ainda mostrando sinais de vida, a despeito do que o nosso amigo Lord Whitfield chamaria de correria violenta da vida moderna!

– Mesmo assim, gosto dessa moça – ele disse para si mesmo enquanto seguia caminhando na direção do vulto maciço de Ashe Ridge. Ela é boa demais para Thomas... um demônio frio e superior como aquele...

A memória do último sorriso do médico, à porta da rua, surgiu em sua mente. Decididamente convencido, aquele sorriso! Complacente!

O som de passos um pouco adiante despertou Luke de suas meditações ligeiramente irritantes. Ele levantou o rosto e viu o sr. Ellsworthy descendo a trilha pela encosta da colina. Os olhos de Ellsworthy estavam fixos no chão, e ele sorria consigo. Sua expressão provocou em Luke uma sensação ruim. Ellsworthy mais saltitava do que caminhava – como um homem que acompanhasse o ritmo de uma dancinha diabólica saída de seu cérebro. Seu sorriso era uma estranha e secreta contorção dos lábios, transmitia uma astúcia jubilosa que era definitivamente desagradável.

Luke havia parado, e Ellsworthy estava quase diante dele quando finalmente levantou o rosto. Seus olhos, maliciosos e profundos, fixaram-se nos do outro homem por um breve instante antes que se desse o reconhecimento. Então – ou foi o que pareceu a Luke – uma completa mudança se verificou no sujeito. Onde houvera um minuto antes a sugestão de um sátiro dançarino, via-se agora um jovem afeminado e pedante.

– Ah, sr. Fitzwilliam, bom dia.

– Bom dia – disse Luke. – O senhor esteve admirando as belezas da natureza?

As mãos longas e pálidas de Ellsworthy voaram pelo ar num gesto de reprovação.

– Ah, não, não... ah, minha nossa, não. Eu abomino a natureza. Uma meretriz grosseira, desprovida de imaginação. Sempre mantive a opinião de que não podemos desfrutar da vida até colocarmos a natureza em seu devido lugar.

— E de que forma o senhor propõe fazer isso?
— Existem maneiras! — exclamou o sr. Ellsworthy. — Num lugar como este, uma deliciosa localidade provinciana, existem certas diversões muitíssimo deleitáveis, bastando que a pessoa tenha o *gosto*... o faro. Eu aprecio a vida, sr. Fitzwilliam.
— Eu também — retrucou Luke.
— *Mens sana in corpore sano** — disse o sr. Ellsworthy; seu tom era delicadamente irônico. — Tenho certeza de que isso é *muito* verdadeiro no caso do senhor.
— Existem coisas piores — falou Luke.
— Meu caro companheiro! A sanidade é a mais inacreditável das chatices. É preciso ser louco... deliciosamente louco... pervertido... ligeiramente depravado... aí você vê a vida sob um ângulo novo e arrebatador.
— A janelinha do leproso — Luke sugeriu.
— Ah, ótimo... ótimo... muito espirituoso! Mas tem algo nisso, sabe... Um interessante ângulo de visão. Mas eu não devo retê-lo. O senhor está fazendo seu exercício... é preciso fazer exercício... no espírito das melhores escolas!
— Isso mesmo — Luke falou.

Após um ligeiro cumprimento com a cabeça, ele seguiu caminhando. Pensou: "Estou ficando imaginativo demais. O sujeito não passa de um imbecil, é só isso".

Contudo, uma inquietação indefinida logo fez com que Luke andasse mais depressa. Aquele bizarro, sagaz e triunfante sorriso que Ellsworthy estampara no rosto — seria somente imaginação da parte dele, da parte de Luke? E a subsequente impressão de que o sorriso tinha sido apagado, como que por ação de uma borracha, no momento em que o outro homem avistara Luke andando em sua direção — o que dizer disso?

E com crescente inquietação ele pensou: "Bridget? Será que ela está bem? Os dois vieram até aqui juntos, e o sujeito voltou sozinho".

Luke apressou o passo. O sol aparecera enquanto ele conversava com Rose Humbleby. Agora se escondera de novo. O céu estava nublado e ameaçador, e o vento soprava em pequenas rajadas repentinas e erráticas. Era como se ele tivesse saído da vida cotidiana e entrado naquele estranho mundo alternativo de encantamento, cuja existência impregnara sua mente desde a chegada em Wychwood.

Ele contornou uma elevação e se viu no campo aberto de grama verde que lhe tinha sido apontado lá de baixo e que era chamado, como sabia, de Campina das Bruxas. Era ali, segundo a tradição, que as bruxas realizavam suas folias na Noite de Santa Valburga e no Halloween.

---

* Citação latina: "uma mente sã em um corpo são". (N.T.)

E então Luke foi envolvido por uma rápida onda de alívio. Bridget encontrava-se lá. Estava sentada com as costas apoiadas numa rocha da encosta. Seu corpo estava inclinado, com a cabeça nas mãos.

Luke andou depressa na direção dela. A relva era alta e adorável, estranhamente verde e fresca.

Ele falou:

– Bridget?

Ela ergueu o rosto das mãos lentamente. Seu semblante o perturbou. Era como se a jovem estivesse retornando de um mundo longínquo, como se estivesse enfrentando alguma dificuldade para se ajustar ao mundo do aqui e agora.

Luke perguntou – de um modo bastante inadequado:

– Diga... você... você está bem, não está?

Passaram-se alguns instantes antes que ela respondesse – como se não tivesse voltado totalmente daquele mundo longínquo que a retivera. Luke sentiu que suas palavras tiveram de percorrer uma longa distância antes de alcançá-la.

Então ela disse:

– É claro que eu estou bem. Por que não estaria?

E agora sua voz se mostrava ríspida e quase hostil.

Luke rangeu os dentes.

– Que um raio me atinja se eu souber. De repente eu comecei a temer por você.

– Por quê?

– Sobretudo, eu acho, por causa dessa atmosfera melodramática em que eu estou vivendo no momento. Isso faz com que eu veja tudo completamente fora de proporção. Se eu perder você de vista por uma ou duas horas, ao natural já presumo que a próxima coisa que vou encontrar é o seu cadáver ensanguentado numa vala. Isso aconteceria numa peça ou num livro.

– As heroínas nunca são mortas – disse Bridget.

– Não, mas...

Luke se calou – bem a tempo.

– O que você ia dizer?

– Nada.

Ainda bem que ele havia se calado a tempo. Não se pode dizer com grande tranquilidade a uma jovem atraente: "Mas você não é a heroína".

Bridget prosseguiu:

– Elas são raptadas, aprisionadas, abandonadas em masmorras para morrer afogadas ou asfixiadas com gás... estão sempre em perigo, mas nunca morrem.

— E tampouco desaparecem — comentou Luke.
Ele continuou:
— Então esta é a Campina das Bruxas?
— Sim.
Luke encarou-a.
— Você só precisa de uma vassoura — falou com delicadeza.
— Obrigada. O sr. Ellsworthy disse exatamente a mesma coisa.
— Acabei de encontrá-lo — disse Luke.
— Você chegou a conversar com ele?
— Sim. Acho que ele tentou me irritar.
— E conseguiu?
— Seus métodos foram um tanto infantis.
Luke fez uma pausa e então prosseguiu bruscamente:
— É um camarada esquisito. Num momento a gente acha que ele é simplesmente um desastre... e aí, de repente, você fica imaginando se não seria um pouco mais do que isso.
Bridget levantou o rosto para encará-lo.
— Você sentiu isso também?
— Você concorda, então?
— Sim.
Luke esperou.
Bridget disse:
— Há algo esquisito em relação a ele. Estive pensando, sabe... Fiquei sem dormir ontem à noite, quebrando a cabeça. Em função de tudo o que está acontecendo. E me pareceu que se existisse um... um assassino à solta, *eu* deveria saber quem era! Quero dizer, vivendo aqui e tudo mais. Eu pensei, pensei e cheguei à seguinte conclusão: se *há* um assassino, ele definitivamente *só pode* ser louco.
Pensando no que o dr. Thomas dissera, Luke perguntou:
— Você não acha que um assassino possa ser tão mentalmente sadio quanto eu ou você?
— Não esse tipo de assassino. Do modo como eu vejo, esse assassino *só pode* ser louco. E isso, veja bem, acabou me levando direto a Ellsworthy. De todas as pessoas aqui, ele é o único que é definitivamente bizarro. Ele é bizarro, isso não se pode negar!
Luke retrucou, em dúvida:
— Tem muita gente dessa espécie, diletante, afetada... em geral, totalmente inofensiva.
— É. Mas acho que poderia ser um pouco mais do que isso. Ele tem umas mãos tão asquerosas...

– Você notou isso? Engraçado, eu também!
– Elas não são apenas brancas... são verdes!
– Elas dão mesmo essa impressão. Mesmo assim, você não pode condenar um homem como assassino só por causa da tonalidade da pele dele.
– Ah, sem dúvida. Nós precisamos é de provas.
– Provas! – Luke rosnou. – É justamente o que nos falta. O homem tem sido muito cauteloso. Um assassino *cauteloso*! Um lunático *cauteloso*!
– Tenho tentado ajudar – disse Bridget.
– Com Ellsworthy, você quer dizer?
– Sim. Achei que eu provavelmente conseguiria enfrentá-lo melhor do que você. Já dei um passo inicial.
– Conte-me.
– Bem, parece que ele tem uma espécie de pequena confraria... um bando de amigos asquerosos. Eles vêm para cá de tempos em tempos para uma celebração.
– Aquilo que costumam chamar de orgias inomináveis, é isso que você quer dizer?
– Se são inomináveis eu não sei, mas certamente são orgias. Na verdade, tudo isso parece ser bastante tolo e infantil.
– Imagino que ficam venerando o diabo e fazendo danças obscenas.
– Algo desse tipo. Aparentemente eles se divertem a valer.
– Nisso eu posso fazer uma contribuição – disse Luke. – Tommy Pierce tomou parte numa dessas cerimônias. Usava uma batina vermelha.
– Então ele sabia disso?
– Sim. E isso poderia explicar sua morte.
– Você quer dizer que ele andou falando a respeito?
– Sim... ou ele pode ter tentado uma chantagem discreta.

Bridget falou pensativamente:
– Eu sei que tudo isso é fantástico. No entanto, quando aplicado a Ellsworthy, não parece tão fantástico como seria com qualquer outra pessoa.
– Pois é, concordo... o caso se torna até concebível, em vez de ridiculamente surreal.
– Nós temos uma ligação com duas das vítimas – disse Bridget. – Tommy Pierce e Amy Gibbs.
– Onde entram na história o taberneiro e o dr. Humbleby?
– No momento, não entram.
– Não o taberneiro. Mas consigo imaginar um motivo para o extermínio do dr. Humbleby. Ele era médico e poderia ter percebido a condição anormal de Ellsworthy.
– Sim, isso é possível.

Então Bridget começou a rir.
— Eu interpretei o meu papel muito bem nesta manhã. Os meus dons mediúnicos são grandiosos, ao que parece, e, quando contei a ele sobre como uma das minhas tataravós escapou por pouco de ser queimada por bruxaria, a minha cotação subiu às alturas. Acho até que vou ser convidada para participar das orgias na próxima reunião dos Jogos Satânicos, quando quer que ocorra.

Luke disse:
— Bridget, pelo amor de Deus, tome cuidado.

Ela olhou para Luke, surpresa. Ele se levantou.
— Eu acabei de encontrar a filha do dr. Humbleby. Estávamos conversando sobre a srta. Pinkerton. A jovem Humbleby disse que a srta. Pinkerton estava preocupada com você.

Bridget, no ato de ficar de pé, permaneceu imóvel, como que congelada.
— Como é? A srta. Pinkerton... preocupada... *comigo*?
— Foi o que disse Rose Humbleby.
— Rose Humbleby disse isso?
— Sim.
— O que mais ela disse?
— Nada mais.
— Você tem certeza?
— Certeza absoluta.

Houve uma pausa e então Bridget disse:
— Sei.
— A srta. Pinkerton estava preocupada com Humbleby e *ele* morreu. Agora eu fico sabendo que ela estava preocupada com *você*...

Bridget riu. Ficou de pé e sacudiu a cabeça, de modo que seus longos cabelos negros ondularam no ar.
— Não se preocupe — ela disse. — O diabo toma conta dos seus.

CAPÍTULO 11

A vida doméstica do major Horton

Luke recostou-se na cadeira em frente à escrivaninha do gerente do banco.
— Bem, isso parece bastante satisfatório — ele disse. — Receio ter tomado demais o seu tempo.

O sr. Jones fez um gesto depreciativo com a mão. Seu rosto pequeno, moreno e gorducho exibia uma expressão alegre.

– Não, de modo algum, sr. Fitzwilliam. Este é um lugarejo pacato, sempre ficamos contentes quando vemos alguém de fora.

– É uma região fascinante – falou Luke. – Cheia de superstições.

O sr. Jones suspirou e disse que levava muito tempo para que a educação erradicasse as superstições. Luke observou que, a seu ver, a educação era superestimada hoje em dia, e o sr. Jones ficou ligeiramente chocado com a declaração.

– Lord Whitfield – ele disse – tem sido um benfeitor maravilhoso por aqui. Ele tem noção das desvantagens que sofreu quando menino e se determinou a garantir que os jovens de hoje disponham de melhores condições.

– As desvantagens da infância não o impediram de fazer uma enorme fortuna – comentou Luke.

– Não, decerto ele teve capacidade... grande capacidade.

– Ou sorte – retrucou Luke.

O sr. Jones parecia estar um tanto chocado.

– A sorte é a coisa que mais devemos levar em conta – Luke falou. – Pegue um assassino, por exemplo. Por que motivo um assassino bem-sucedido consegue se safar? É habilidade? Ou é pura sorte?

O sr. Jones admitiu que provavelmente era sorte.

Luke prosseguiu:

– Pegue um sujeito como esse tal Carter, o dono de uma das tavernas daqui. O sujeito provavelmente se embebedava em seis de cada sete noites... e aí, certa noite, acaba se lançando da passarela para dentro do rio. Sorte mais uma vez.

– Boa sorte para algumas pessoas – falou o gerente do banco.

– Como assim?

– Para sua mulher e filha.

– Ah, sim, é claro.

Um funcionário bateu e entrou, trazendo alguns papéis. Luke assinou duas vias e recebeu um talão de cheques. Levantou-se.

– Bem, fico contente que esteja tudo arrumado. Tive um bocado de sorte com o derby neste ano. O senhor teve?

O sr. Jones disse, sorrindo, que não era homem de apostar. Acrescentou que a sra. Jones tinha opiniões muito fortes a respeito das corridas de cavalo.

– Então, suponho, o senhor não foi ao derby?

– Não, não fui.

– Alguém daqui foi?

– O major Horton foi. Ele é um homem que não costuma perder uma corrida. E o sr. Abbot geralmente tira o dia de folga. Porém, ele não apostou no vencedor.

– Não creio que muita gente tenha apostado – Luke disse.

Ele partiu após a troca de despedidas. Acendeu um cigarro enquanto saía do banco. Deixando de lado a teoria da "pessoa menos provável", não via motivo para manter o sr. Jones em sua lista de suspeitos. O gerente do banco não demonstrara nenhuma reação interessante às perguntas com as quais Luke o testara. Parecia impossível imaginá-lo como um assassino. Além disso, ele não se ausentara no dia do derby. Por acaso, a visita de Luke não tinha sido desperdiçada: ele recebera duas pequenas informações. Tanto o major Horton quanto o sr. Abbot, o advogado, haviam estado fora de Wychwood no dia do derby. Qualquer um dos dois, portanto, poderia estar em Londres quando a srta. Pinkerton foi atropelada por um carro.

Luke, embora não suspeitasse do dr. Thomas, sentia que ficaria mais satisfeito se soubesse que este último estivera em Wychwood, envolvido com suas atividades profissionais naquele dia específico. Anotou mentalmente a necessidade de verificar esse ponto.

Depois havia Ellsworthy. Estivera Ellsworthy em Wychwood no dia do derby? Se estivera, a pressuposição de que ele era o assassino se enfraqueceria consideravelmente. Muito embora, Luke raciocinou, fosse possível que a morte da srta. Pinkerton tivesse sido apenas um acidente.

Mas ele rejeitou essa teoria. A morte da srta. Pinkerton era oportuna demais.

Luke entrou em seu carro, que estava estacionado junto ao meio-fio, e guiou até a oficina Pipwell, situada na extremidade da High Street.

Havia diversos pequenos problemas no funcionamento do carro que ele queria discutir. Um jovem mecânico bem-apessoado, de rosto sardento, escutou-o com expressão de entendimento. Os dois homens levantaram o capô e absorveram-se numa discussão técnica.

Uma voz chamou:

– Jim, venha aqui um minuto.

O mecânico de rosto sardento obedeceu.

Jim Harvey. Era isso mesmo. Jim Harvey, o rapaz de Amy Gibbs. Ele voltou pouco depois, desculpando-se, e a conversa se tornou técnica mais uma vez. Luke concordou em deixar o carro na oficina.

Quando estava prestes a sair, perguntou casualmente:

– Teve alguma sorte no derby este ano?

– Não, senhor. Apostei em Clarigold.

– Poucas pessoas devem ter apostado em Jujube II...

– É verdade, senhor. Não acredito que qualquer um dos jornais tenha sequer apostado em Jujube II como azarão.

Luke sacudiu a cabeça.
– Corrida de cavalo é um jogo incerto. Já viu algum derby?
– Não, senhor, bem que eu gostaria. Pedi um dia de folga neste ano. Havia uma passagem barata para Londres e seguindo até Epsom, mas o patrão nem quis ouvir falar. Nós estávamos com falta de pessoal, para dizer a verdade, e tínhamos muito serviço naquele dia.

Luke assentiu com a cabeça e despediu-se.

Jim Harvey estava riscado de sua lista. Aquele rapaz de rosto simpático não era um assassino secreto e não tinha sido ele quem atropelara Lavinia Pinkerton.

Luke foi para casa pelo caminho da margem do rio. Ali, como da vez anterior, encontrou o major Horton e seus cães. O major continuava com a mesma mania dos gritos apopléticos:

– Augusto!... Nelly! *Nelly*, aqui. Nero... Nero... *Nero*!

Mais uma vez, seus olhos protuberantes fixaram-se em Luke. Dessa vez, no entanto, houve mais do que apenas isso. O major Horton disse:

– Perdão. Sr. Fitzwilliam, não é isso?
– Sim.
– Sou Horton... Major Horton. Creio que vamos nos encontrar amanhã em Manor. Um jogo de tênis. A srta. Conway muito gentilmente me convidou. Ela é prima sua, não é mesmo?
– É.
– Era o que eu pensava. Logo reconheço um rosto novo por aqui, sabe...

Nesse momento as atenções de ambos foram desviadas: os três buldogues avançaram contra um vira-lata branco e comum.

– Augusto... Nero. Aqui, rapaz... venha, estou mandando.

Quando Augusto e Nero por fim obedeceram à ordem, relutantes, o major Horton retornou à conversa. Luke deu alguns tapinhas carinhosos em Nelly, que o contemplou com expressão emocionada.

– Bela cadela, não é? – falou o major. – Gosto de buldogues. Sempre os tive. Prefiro buldogues a qualquer outra raça. Eu moro bem perto daqui, venha tomar um drinque comigo.

Luke aceitou o convite, e os dois homens começaram a caminhar juntos enquanto o major entrava em maiores detalhes no assunto dos cães e sobre a inferioridade de todas as outras raças em relação àquela que ele preferia.

Luke tomou conhecimento dos prêmios que Nelly ganhara, da infame conduta de um juiz que concedera para Augusto uma mera menção honrosa e dos triunfos de Nero no palco de apresentação.

Por essa altura, os dois já tinham chegado ao portão do major Horton. Este abriu a porta da frente, que não estava trancada, e ambos entraram na casa. Introduzindo Luke numa sala pequena com leve odor de cachorro e estantes de livros nas paredes, o major Horton se ocupou com os drinques. Luke olhou em volta. Havia fotografias de cães, edições de *Field* e *Country Life* e um par de poltronas desgastadas. Taças de prata estavam dispostas ao longo das estantes. Havia uma pintura a óleo sobre a cornija da lareira.

– Minha esposa – disse o major, tirando os olhos do sifão e seguindo a direção do olhar de Luke. – Mulher notável. Muita personalidade no rosto dela, o senhor não concorda?

– Sim, é verdade – disse Luke, contemplando a falecida sra. Horton.

Ela estava retratada num vestido de cetim rosa, segurando uma braçada de lírios-do-vale. Seus cabelos castanhos estavam repartidos ao meio, e os lábios se mostravam apertados numa linha sinistra. Seus olhos, de um cinza frio, fitavam o espectador com uma expressão mal-humorada.

– Uma mulher notável – disse o major, estendendo um copo para Luke.
– Ela morreu há mais de um ano. Não fui mais o mesmo homem desde então.

– Não? – Luke retrucou, sem saber o que dizer.

– Sente-se – disse o major, indicando com a mão uma das poltronas de couro.

Ele, por sua vez, sentou-se na outra e, bebericando seu uísque com soda, continuou:

– Não, não fui mais o mesmo homem desde então.

– O senhor por certo sente falta dela – Luke comentou, um tanto sem jeito.

O major Horton sacudiu a cabeça de modo sombrio.

– Todo sujeito precisa de uma esposa que o estimule – ele falou. – Caso contrário, ele relaxa... sim, relaxa. Ele se entrega.

– Mas certamente...

– Meu rapaz, eu sei do que estou falando. Note bem, não estou dizendo que o casamento não seja uma dureza no início. Ele é. O sujeito diz consigo mesmo: que diabo, não sou mais dono do meu nariz! Mas ele acaba se domesticando. É tudo disciplina.

Luke considerou que a vida de casado do major Horton deveria ter sido mais parecida com uma campanha militar do que com um idílio de bem-aventurança doméstica.

– As mulheres são um tanto esquisitas – dizia o major. – Parece que às vezes que não há como satisfazê-las. Mas, por Deus, elas colocam um homem na linha.

Luke matinha um silêncio respeitoso.

– O senhor é casado? – indagou o Major.

– Não.

– Ah, bem, o senhor vai chegar lá. E note bem, meu rapaz, não há nada que se compare.

– É sempre animador ouvir alguém falar bem do casamento – disse Luke. – Especialmente nestes tempos em que as pessoas se divorciam com tanta facilidade.

– Ah! – exclamou o major. – Os jovens me deixam enojado. Nenhuma resistência... nenhuma perseverança. Não conseguem aguentar nada. Nenhuma *fortitude*!

Luke teve vontade de perguntar por que seria necessária essa excepcional fortitude, mas se controlou.

– Note bem – disse o major –, Lydia era uma mulher em mil... em mil! Todos aqui a respeitavam e admiravam.

– É mesmo?

– Ela não admitia nenhuma bobagem. Tinha um jeito de fixar os olhos numa pessoa... a pessoa murchava, simplesmente murchava. Algumas dessas garotas inexperientes que se autodenominam criadas hoje em dia... Elas acham que a gente aguenta qualquer tipo de insolência. Lydia logo as colocava no devido lugar! Veja só, num só ano nós tivemos quinze cozinheiras e copeiras. *Quinze*!

Luke sentiu que o fato dificilmente dava crédito à administração doméstica da sra. Horton, mas, visto que seu anfitrião parecia interpretá-lo de maneira diferente, limitou-se a murmurar um vago comentário qualquer.

– Se não prestassem, minha esposa se livrava delas sem pestanejar.

– Era sempre desse modo? – Luke perguntou.

– Bem, é claro que muitas delas nos abandonaram por conta própria. "Já vai tarde"... era isso o que Lydia costumava dizer!

– Uma mulher de fibra – comentou Luke. – Mas isso não era por vezes um tanto embaraçoso?

– Ah, eu não me importava de arregaçar as mangas e colocar as mãos à obra – disse Horton. – Sou um cozinheiro bem razoável e quero ver alguém fazer um fogo mais rápido do que eu. Nunca gostei muito de lavar louça, mas é algo que precisa ser feito, nunca se pode fugir disso.

Luke concordou que não se podia mesmo. Perguntou se a sra. Horton tinha sido boa nos trabalhos domésticos.

– Não sou o tipo de sujeito que se permite ser servido pela mulher – disse o major Horton. – E, de qualquer maneira, Lydia era delicada demais para fazer qualquer trabalho caseiro.

– Então ela não tinha uma saúde muito boa?

O major Horton sacudiu a cabeça.

– Ela tinha um ânimo maravilhoso. Não se abatia. Mas o que aquela mulher sofria! E nenhuma compaixão da parte dos médicos também. Os médicos são brutos insensíveis. Só conseguem entender a dor física pura e simples. Qualquer coisa fora do comum fica além da maioria deles. Humbleby, por exemplo, todos pareciam *pensar* que ele era um bom médico.

– O senhor não concorda?

– O homem era um ignorante total. Desconhecia as descobertas modernas. Duvido que alguma vez tenha ouvido falar de uma neurose! Entendia muito bem de sarampo, caxumba e ossos quebrados, eu suponho. Mas nada mais. Tive uma briga com ele. O sujeito não entendia nada do caso de Lydia. Falei isso diretamente para ele, e ele não gostou. Ficou ofendido e desistiu no mesmo instante. Disse que eu poderia chamar qualquer outro médico que quisesse. Depois disso, ficamos com Thomas.

– O senhor gostou mais dele?

– Sob todos o aspectos um homem muito mais esperto. Se alguém pudesse tê-la feito vencer sua última enfermidade, esse alguém seria Thomas. Para falar a verdade, ela estava melhorando, mas teve uma súbita recaída.

– Foi muito doloroso?

– Sim. Gastrite, dores fortíssimas... náuseas... e tudo mais. Como sofreu aquela pobre mulher! Ela foi uma mártir, se existiu alguma. E uma dupla de enfermeiras na casa tinham tanta compaixão quanto um par de relógios de pêndulo! "A paciente isso" e "a paciente aquilo"...

O major balançou a cabeça e secou seu copo.

– Não suporto enfermeiras. Tão convencidas! Lydia insistia que elas estavam tentando envenená-la. Isso não era verdade, é claro, os doentes costumam ter essa paranoia... muitas pessoas a têm, foi o que Thomas disse, mas havia um tantinho de verdade no fundo... aquelas mulheres não gostavam dela. Isso é o pior nas mulheres, sempre atacam seu próprio sexo.

– Suponho – disse Luke, sentindo que se estava expressando de modo confuso, mas sem saber como fazê-lo melhor – que a sra. Horton devia ter muitos amigos dedicados em Wychwood...

– As pessoas foram muito bondosas – retrucou o major, um tanto a contragosto. – Whitfield mandou uvas e pêssegos de sua estufa. E as velhas linguarudas costumavam aparecer para fazer companhia. Honoria Waynflete e Lavinia Pinkerton.

– A srta. Pinkerton vinha com frequência, é?

– Sim. Uma solteirona típica, mas uma pessoa bondosa! Estava muito preocupada com Lydia. Costumava ficar perguntando sobre a dieta e os remédios. Tudo com a melhor das intenções... mas era o que eu chamo de *alvoroço* excessivo.

Luke assentiu com a cabeça, compreensivo.

– Não suporto alvoroço – disse o major. – Mulheres demais neste lugar. Difícil conseguir uma partida de golfe decente.

– E aquele jovem da loja de antiguidades? – Luke perguntou.

O major bufou.

– Ele não joga golfe. Meio afeminado demais.

– Faz tempo que ele está em Wychwood?

– Cerca de dois anos. Sujeito asqueroso. Detesto esses camaradas ronronantes de cabelo comprido. O engraçado é que Lydia gostava dele. Não se pode confiar no julgamento das mulheres a respeito dos homens. Elas se apegam a certos salafrários inacreditáveis. Lydia chegou até mesmo a tomar uma panaceia dele, uma evidente charlatanice. Um líquido numa jarra de vidro púrpura cheia de signos do zodíaco! Supostamente seriam certas ervas apanhadas durante a lua cheia. Uma palhaçada total, mas as mulheres engolem essas bobagens... engolem literalmente, ainda por cima... ha, ha!

Sentindo que estava mudando de assunto de maneira um tanto brusca, mas julgando corretamente que o major Horton não se daria conta do fato, Luke perguntou:

– Que espécie de sujeito é Abbot, o advogado local? Bastante confiável nas questões legais? Preciso de aconselhamento jurídico sobre um assunto e pensei que poderia recorrer a ele.

– Dizem que ele é bastante sagaz – reconheceu o major Horton. – Eu não sei. Para falar a verdade, tive uma briga com ele. Não voltei a vê-lo desde que ele veio aqui fazer o testamento de Lydia pouco antes de sua morte. Na minha opinião, o homem é um mulherengo. Mas, é claro – acrescentou –, isso não prejudica sua capacidade como advogado.

– Não, é lógico que não – disse Luke. – Mas ele parece ser um tipo briguento. Parece ter entrado em conflito com inúmeras pessoas, segundo ouvi dizer.

– O problema dele é ser tão terrivelmente melindroso – disse o major Horton. – Ele parece pensar que é Deus Todo-poderoso e que qualquer um que discordar dele estará cometendo um crime de lesa-majestade. O senhor ouviu falar de sua briga com Humbleby?

– Eles tiveram uma briga, é?

– Uma briga de primeira categoria. Note bem, não é surpresa para mim, Humbleby era teimoso como uma mula! Mas é isso...

– A morte dele foi muito triste.

– A morte de Humbleby? Sim, creio que sim. Falta de um cuidado rotineiro. A infecção generalizada é uma coisa desgraçada de tão perigosa. Eu sempre coloco iodo quando me corto... coloco mesmo! Simples precaução. Humbleby, que era médico, não fazia nada desse tipo. Fica demonstrado.

Luke não tinha muita certeza quanto ao fato de que ficava demonstrado, mas deixou passar. Conferindo seu relógio, levantou-se.

O major Horton falou:

– Já está indo para o almoço? Certo. Pois bem, fiquei contente de ter trocado uma palavra com o senhor. Me faz bem conversar com um homem que já andou um pouco pelo mundo. Precisamos bater um papo outra hora. Onde o senhor atuava? Mayang Straits? Nunca estive lá. Ouvi dizer que o senhor está escrevendo um livro. Superstições e coisas desse tipo.

– Sim... eu...

O major prosseguiu, arrebatado:

– Posso lhe contar diversas coisas interessantes. Quando eu estava na Índia, meu rapaz...

Luke conseguiu escapar uns dez minutos mais tarde, depois de aguentar as costumeiras histórias de faquires, truques da corda e truques da mangueira, tão caras aos anglo-indianos aposentados.

Enquanto descia os degraus, saindo para o ar livre, escutou atrás de si a voz estridente do major, que berrava com Nero, e ficou maravilhado com o milagre da vida conjugal. O major Horton parecia sentir genuína saudade de uma esposa que, segundo todos os relatos, incluindo-se o dele mesmo, por certo havia quase pertencido à espécie dos tigres devoradores de homens.

Ou seria isso – Luke perguntou a si mesmo de repente – um blefe da mais extrema esperteza?

CAPÍTULO 12

Duelo

O tempo, durante a tarde da partida de tênis, mostrava-se afortunadamente aprazível. Lord Whitfield estava no mais cordial dos humores e representava o papel de anfitrião com enorme prazer. Fazia frequentes referências a sua origem humilde. Os jogadores eram oito ao todo – Lord Whitfield, Bridget, Luke, Rose Humbleby, sr. Abbot, dr. Thomas, major Horton e Hetty Jones, uma jovem que dava risinhos o tempo todo, filha do gerente do banco.

No segundo set da tarde, Luke formou dupla com Bridget contra Lord Whitfield e Rose Humbleby. Rose era boa jogadora, com uma boa direita, e disputava campeonatos interioranos. Ela compensava os defeitos de Lord Whitfield, e Bridget e Luke, nenhum dos dois particularmente talentosos, fizeram do jogo uma disputa bastante equilibrada. Estavam empatados em três games quando Luke teve um lampejo de errático brilhantismo; ele e Bridget avançaram para 5 a 3.

Foi então que ele observou: Lord Whitfield estava perdendo a compostura. Discutia por causa de uma bola que tocara na linha, declarava que um saque havia sido queimado – apesar da negação de Rose – e apresentava todas as características de uma criança impertinente. O ponto decidia o set, mas Bridget lançou uma bola fraca direto na rede e logo a seguir errou o segundo saque. Empate. A bola seguinte foi devolvida pelo meio da quadra e, quando Luke se preparava para rebatê-la, colidiu com sua parceira. Então Bridget errou outros dois saques em sequência e o game estava perdido.

Bridget desculpou-se:

– Sinto muito. Eu perdi a mão.

Isso parecia mais do que verdadeiro. As rebatidas de Bridget eram descontroladas, e ela parecia incapaz de fazer qualquer coisa certa. O set terminou com a vitória de Lord Whitfield e sua parceira num placar de 8 a 6.

Houve uma discussão momentânea quanto à composição do set seguinte. Por fim, Rose jogou novamente, com o sr. Abbot como parceiro, contra o dr. Thomas e a srta. Jones.

Lord Whitfield sentou-se, enxugando a testa e sorrindo de maneira complacente, com seu bom humor totalmente restituído. Começou a conversar com o major Horton sobre uma série de artigos sobre "Boa forma para os britânicos" que um de seus jornais estava promovendo.

Luke disse para Bridget:

– Me leve até a horta.

– Por que a horta?

– Eu adoro repolho.

– Ervilha não serve?

– Ervilha seria excelente.

Os dois se afastaram da quadra de tênis e passaram pelos muros da horta. Livre de jardineiros naquela tarde de sábado, o lugar parecia sossegado e indolente sob a luz do sol.

– Aqui estão as suas ervilhas – disse Bridget.

Luke não deu a menor atenção ao objetivo de sua visita. Perguntou:

– Por que diabos você lhes entregou o set?

As sobrancelhas Bridget se levantaram de leve.

– Sinto muito. Eu perdi a mão. O meu tênis é fraco.

– Não tão fraco assim! Aqueles seus erros de saque não enganariam uma criança! E aquelas bolas descontroladas... cada uma delas um quilômetro para fora!

Bridget retrucou com calma:

– Isso é porque eu sou uma péssima jogadora de tênis. Se eu fosse um pouco melhor, talvez pudesse errar de uma forma um pouco mais plausível! Mas, não sendo assim, se eu tentar fazer uma bola sair por pouco, ela sempre vai pegar na linha, e o trabalho todo ficará cada vez mais difícil.
– Ah, você admite, então?
– Elementar, meu caro Watson.
– E a razão?
– Igualmente óbvia, diria eu. Gordon não gosta de perder.
– E quanto a mim? Digamos que eu goste de ganhar...
– Receio, meu caro Luke, que isso não seja igualmente importante.
– Você poderia ser mais clara?
– Certamente, se é o que você quer. Não devemos entrar em desavença com o nosso ganha-pão. Gordon é o meu ganha-pão. Você não é.
Luke respirou fundo. E então explodiu:
– Que diabos você quer, se casando com esse homenzinho tolo? Por que está fazendo isso?
– Porque, como secretária dele, ganho seis libras por semana, e como esposa vou ter cem mil no meu nome, um porta-joias cheio de pérolas e diamantes, uma mesada magnífica e os diversos privilégios do matrimônio!
– Mas por deveres um tanto diferentes.
Bridget disse com frieza:
– *Precisamos* ter essas atitudes melodramáticas em relação a toda e qualquer coisa na vida? Se você está contemplando uma bela imagem de Gordon como marido amoroso, pode apagar essa ideia! Gordon, como você já devia ter percebido, é um menino que ainda não cresceu. Ele precisa de uma mãe, e não de uma esposa. Infelizmente, sua mãe morreu quando ele tinha quatro anos. O que Gordon quer é alguém por perto com quem possa se vangloriar, alguém que estimule sua autoconfiança e que tenha disposição para ouvir Lord Whitfield falando infinitamente sobre si mesmo!
– Você tem uma língua bem afiada, não?
Bridget replicou com rispidez:
– Eu não acredito em contos de fadas, se é isso o que você quer dizer! Sou uma jovem com certo grau de inteligência, uma beleza moderada e sem dinheiro algum. Pretendo ganhar minha vida honestamente. Meu emprego como esposa será praticamente idêntico ao meu emprego como secretária de Gordon. Depois de um ano, duvido que ele sequer se lembre de me dar um beijo de boa-noite. A única diferença está no salário.
Os dois se entreolharam. Ambos estavam pálidos de raiva. Bridget falou de forma zombeteira:

— Vá em frente. Você é bastante antiquado, não é, sr. Fitzwilliam? Não seria melhor desfiar os velhos clichês? Dizer que eu estou me vendendo por dinheiro? Essa é sempre boa, eu acho!

Luke disse:

— Você não passa de uma diabinha de sangue frio.

— Melhor do que ser uma tolinha de sangue quente.

— Será?

— É. Eu sei.

Luke reagiu com um sorriso de escárnio.

— O que você sabe?

— Eu sei o que é gostar de um homem! Você chegou a conhecer Johnnie Cornish? Fui noiva dele durante três anos. Ele era adorável... gostava terrivelmente de Johnnie... gostava tanto que até *doía*! Pois bem, ele me deu o fora e se casou com uma viúva gorducha, de sotaque nortista, queixo triplo e uma renda de trinta mil por ano! Esse tipo de coisa cura o romantismo de qualquer pessoa, você não acha?

Luke virou o rosto com um gemido brusco. Ele disse:

— Pode ser.

— Pois curou...

Houve uma pausa. O silêncio era pesado entre os dois. Bridget afinal o rompeu. Ela disse – mas com ligeira incerteza em seu tom:

— Espero que você reconheça que não tinha nenhum direito de falar comigo como falou. Você está hospedado na casa de Gordon, e isso é de um absurdo mau gosto!

Luke retomou a compostura.

— Isso também não é um tanto clichê? – ele perguntou com polidez.

Bridget corou.

— É verdade, de qualquer maneira!

— Não é! Eu tinha todo o direito.

— Bobagem!

Luke olhou para ela. Seu rosto exibia uma palidez esquisita, como um homem que estivesse sofrendo uma dor física. Ele disse:

— Eu *tenho* direito. Tenho direito de gostar de você... o que foi que você disse agora mesmo?... de gostar tanto que até dói!

Bridget recuou um passo. Ela falou:

— Você...

— Sim, engraçado, não é? O tipo da coisa que deveria lhe provocar uma boa risada! Eu vim aqui executar um trabalho e *você* apareceu por trás do canto daquela casa e... como posso dizer?... me enfeitiçou! É assim que me sinto. Você acabou de mencionar contos de fada. Eu fui parar num conto de fadas! Tenho a sensação de que, se você me apontasse o dedo e dissesse "Transforme-se num sapo", eu sairia dando pulos por aí com os olhos saltados.

Luke deu um passo na direção dela.

– Eu estou totalmente apaixonado por você, Bridget Conway. E, estando totalmente apaixonado, você não pode esperar que eu me sinta contente por vê-la se casar com um nobrezinho barrigudo e pomposo que fica fora de si quando não ganha no tênis...

– O que você sugere que eu faça?

– Eu sugiro que você se case comigo e não com ele! Mas, sem dúvida, essa sugestão só vai resultar numa tremenda gargalhada.

– A gargalhada é certamente ruidosa.

– Exato. Bem, agora sabemos onde estamos. Devemos retornar à quadra de tênis? Quem sabe dessa vez você consiga me arranjar um parceiro que possa jogar para ganhar!

– Francamente – Bridget falou com doçura –, acredito que você se irrita com derrotas tanto quanto Gordon!

Luke segurou-a repentinamente pelos ombros.

– Você tem uma língua diabólica, não tem, Bridget?

– Receio que você não goste muito de mim, Luke, por maior que seja essa sua paixão!

– Acho que não gosto nem um pouco de você.

Bridget retrucou, observando-o:

– Você queria se casar e sossegar quando voltou para casa, não é mesmo?

– Queria.

– Mas não com alguém como eu?

– Nunca pensei em alguém que fosse minimamente parecida com você.

– Não, você não pensaria... Conheço bem o seu tipo. Conheço exatamente.

– Você é tão esperta, minha cara Bridget...

– Uma jovem simpática, genuinamente inglesa, que adora o campo e gosta de cães... Você provavelmente a visualizou numa saia de tweed, mexendo num fogo de lenha com a ponta do sapato.

– A imagem me parece muitíssimo atraente.

– Tenho certeza de que parece. Devemos retornar à quadra de tênis? Você pode jogar com Rose Humbleby. Ela é tão boa que você pode ter certeza de que irá ganhar.

– Sendo um homem antiquado, preciso lhe conceder a última palavra.

Mais uma vez houve uma pausa. Então Luke tirou lentamente as mãos dos ombros de Bridget. Ambos hesitavam, como se algo ainda não dito permanecesse entre os dois.

Então Bridget se virou de modo abrupto e iniciou o caminho de volta. O set seguinte estava terminando naquele momento. Rose rejeitou jogar de novo.

– Joguei dois sets em sequência!

Bridget, no entanto, insistiu:

– Eu estou me sentindo cansada. Não quero jogar. Você e o sr. Fitzwilliam enfrentam a srta. Jones e o major Horton.

Mas Rose continuou protestando e, por fim, arranjou-se um quarteto masculino. Depois veio a hora do chá.

Lord Whitfield conversava com o dr. Thomas, descrevendo de forma pormenorizada e com grande presunção uma visita que havia feito recentemente ao laboratório de pesquisas Wellerman Kreutz.

– Eu queria verificar pessoalmente o rumo das últimas descobertas científicas – explicou com ardor. – Sou responsável por aquilo que os meus jornais publicam. Tenho plena noção disso. Esta é uma era científica. Precisamos fazer com que a ciência possa ser facilmente assimilada pelas massas.

– Um pequeno conhecimento sobre a ciência poderia ser uma coisa perigosa – disse o dr. Thomas, com um ligeiro encolher de ombros.

– A ciência no lar... essa deve ser a nossa meta – afirmou Lord Whitfield. – Gente com mentalidade científica...

– Com uma consciência do tubo de ensaio – Bridget disse com gravidade.

– Eu fiquei impressionado – prosseguiu Lord Whitfield. – O próprio Wellerman me levou para ver tudo, é claro. Pedi que ele me deixasse aos cuidados de um subalterno, mas ele insistiu.

– Naturalmente – disse Luke.

Lord Whitfield mostrou-se grato.

– E Wellerman explicou tudo com a maior clareza... a cultura... os soros... o princípio todo. Ele concordou em contribuir com o primeiro artigo da série.

A sra. Anstruther murmurou:

– Eles usam porquinhos-da-índia, creio eu... que crueldade... se bem que, é claro, seria bem pior se fossem cachorro... ou até mesmo gatos.

– Sujeitos que usam cachorros deveriam ser fuzilados – declarou asperamente o major Horton.

– Eu realmente acredito, Horton – disse o sr. Abbot – que você valoriza mais a vida canina do que a humana.

– Sem exceção! – exclamou o major. – Os cães nunca se voltam contra você como costumam fazer os seres humanos. Você nunca recebe uma palavra detestável de um cão.

– Só uma detestável mordida na sua perna – retrucou o sr. Abbot. – Hein, Horton?
– Os cães são bons avaliadores de caráter – disse o major Horton.
– Uma das suas feras quase me agarrou a perna semana passada. O que você me diz disso, Horton?
– O mesmo que acabei de dizer!
Bridget então se interpôs, diplomática:
– Que tal mais uma partida de tênis?
Mais dois sets foram disputados. Depois, quando Rose Humbleby se despedia, Luke apareceu ao lado dela.
– Vou levá-la para casa – ele falou. – E carregar a sua raquete. A senhorita não tem carro, tem?
– Não, mas a distância é curta.
– Me cairia bem uma caminhada.
Ele não disse mais nada, unicamente tomando-lhe a raquete e os calçados. Os dois avançaram pela entrada de carros sem falar. Então Rose mencionou uma ou duas questões triviais. Luke respondia de modo bastante sucinto, mas a jovem parecia não notar.
Enquanto passavam pelo portão da casa de Rose, o rosto de Luke desanuviou-se.
– Estou me sentindo melhor agora – ele comentou.
– O senhor estava se sentindo mal antes?
– Gentileza sua fingir que não notou. Porém, a senhorita exorcizou o temperamento emburrado de um grosseirão. Engraçado, eu sinto como se tivesse me livrado de uma nuvem escura e saído para o sol.
– E foi isso mesmo. Havia uma nuvem cobrindo o sol quando saímos de Manor e agora ela passou.
– Então é tanto no sentido literal quanto no figurado. Bem, bem... o mundo é um lugar bom, afinal de contas.
– É claro que é.
– Srta. Humbleby, posso ser impertinente?
– Tenho certeza de que o senhor jamais seria.
– Ah, não tenha tanta certeza disso. Eu queria dizer que, na minha opinião, o dr. Thomas é um homem de muita sorte.
Rose corou e sorriu. Ela perguntou:
– Então o senhor ficou sabendo?
– Era para ser um segredo? Lamento muito...
– Ah! Nada é secreto nesta cidadezinha – Rose disse com pesar.
– Então é verdade... Vocês estão noivos?
Rose confirmou com a cabeça.

– Só, pelo menos por enquanto, não vamos anunciar oficialmente. Compreenda, o papai era contra, e parece... bem... parece cruel divulgar isso aos quatro ventos quando ele mal acabou de morrer.

– Seu pai desaprovava?

– Bem, não é que *desaprovasse* exatamente. Ah, creio que de fato chegava a esse ponto.

Luke perguntou com gentileza:

– Ele achava que vocês eram jovens demais?

– Era isso o que ele dizia.

Luke retrucou agudamente:

– Mas a senhorita crê que havia algo além disso?

Rose inclinou a cabeça de modo lento e relutante.

– Sim... receio que a situação chegava ao ponto de que papai não... bem, realmente não *gostava* de Geoffrey.

– Havia um antagonismo entre os dois?

– Era o que parecia, às vezes... É claro, papai era um velhinho bastante preconceituoso.

– E suponho que fosse muito apegado à senhorita e não gostasse da ideia de perdê-la...

Rose concordou com a cabeça, mas restava um vestígio de reserva em sua postura.

– Era mais profundo do que isso? – Luke perguntou. – Ele decididamente não o queria como seu marido?

– Não. Veja bem, papai e Geoffrey são absolutamente tão diferentes e entravam em conflito em alguns pontos. Geoffrey era muito paciente, lidava bem com a situação... mas, sabendo que papai não gostava dele, ficava ainda mais reservado e tímido, de modo que papai, na verdade, nunca chegou a conhecê-lo realmente.

– Preconceitos são tão difíceis de combater... – Luke comentou.

– Era tão despropositado!

– O seu pai não dava nenhuma explicação?

– Não... Nem poderia! Quero dizer, naturalmente não havia nada que ele pudesse dizer contra Geoffrey, exceto que não gostava dele.

– *"Dr. Fell, não gosto de você, mas não sei explicar por quê."**

– Exato.

– Nenhum motivo plausível? Quero dizer, Geoffrey não bebe ou aposta em cavalos?

---

* No original, trecho de uma popular canção de ninar inglesa: "*I do not like thee, Dr. Fell, the reason why I cannot tell*". (N.T.)

— Não, não... Acho que Geoffrey nem mesmo sabe quem ganhou o derby.
— Que engraçado... — disse Luke. — Veja só, eu poderia jurar que vi o dr. Thomas em Epsom no dia do derby.

Por um momento, ele ficou apreensivo com a possibilidade de já ter mencionado que só havia chegado a Londres naquele dia. Mas Rose respondeu de pronto e sem a menor suspeita:

— O senhor acha que viu Geoffrey no derby? Não, não... ele nem poderia estar lá. Geoffrey esteve em Ashewold quase o dia todo, cuidando de um parto complicado.

— Que memória a senhorita tem!

Rose riu.

— Eu me lembro porque ele me contou que tinham apelidado o bebê de Jujube!

Luke assentiu com a cabeça, distraído.

— De qualquer maneira — falou Rose —, Geoffrey nunca frequenta corridas de cavalo. Ele morre de tédio.

Num tom diferente, ela acrescentou:

— O senhor não gostaria de... entrar? Acho que a minha mãe quer de conhecê-lo.

— Tem certeza?

Rose o conduziu a uma sala tomada por um lusco-fusco bastante triste. Havia uma mulher sentada em uma poltrona numa posição curiosamente encolhida.

— Mamãe, este é o sr. Fitzwilliam.

A sra. Humbleby teve um sobressalto e apertou a mão de Luke. Rose saiu da sala silenciosamente.

— Prazer em conhecê-lo, sr. Fitzwilliam. Alguns amigos seus conheceram o meu marido muitos anos atrás, segundo Rose me contou.

— Isso mesmo, sra. Humbleby.

Ele detestou ter de repetir à viúva aquela mentira, mas não havia outro jeito.

A sra. Humbleby disse:

— Gostaria que o senhor o tivesse conhecido. Ele era um ótimo homem e um grande médico. Curou muitas pessoas desenganadas só por força de sua personalidade.

Luke falou com gentileza:

— Já ouvi falar muito dele desde que cheguei aqui. Sei o quanto as pessoas o tinham em alta estima.

Ele não conseguia enxergar distintamente o rosto da sra. Humbleby. A voz dela se mostrava um tanto monótona, mas essa ausência de emoção em si parecia enfatizar o fato de que, na verdade, havia em seu íntimo uma emoção arduamente contida.

De uma forma bastante inesperada, ela comentou:

– Existe muita maldade neste mundo, sr. Fitzwilliam. O senhor tem noção disso?

Luke sentia-se um pouco surpreso.

– Sim, pode ser que seja assim.

Ela insistiu:

– Mas o senhor *tem noção* disso? Isso é importante. Existe muita maldade por aí... É preciso estar preparado para lutar contra ela! John estava. *Ele sabia.* Ele estava do lado certo!

Luke falou gentilmente:

– Tenho certeza de que estava.

– Ele sabia da maldade que havia *neste* lugar – retrucou a sra. Humbleby. – Ele sabia...

De súbito, ela rompeu em lágrimas.

Luke murmurou:

– Eu sinto muito... – e se interrompeu.

Do mesmo modo repentino com que se descontrolara, a sra. Humbleby se controlou.

– Queira me desculpar – disse.

Ela estendeu a mão, e Luke a segurou.

– Por favor, venha nos visitar enquanto estiver aqui – ela pediu. – Seria tão bom para Rose. Ela gosta tanto do senhor...

– E eu gosto dela. Faz muito tempo que não encontrava uma moça tão simpática quanto a sua filha, sra. Humbleby.

– Ela é muito boa para mim.

– O dr. Thomas é um homem de muita sorte.

– Sim – a sra. Humbleby deixou cair à mão, sua voz estava apática de novo. – Não sei... É tudo tão difícil...

Luke deixou-a parada na semiobscuridade, seus dedos se torcendo e se destorcendo com nervosismo.

Enquanto caminhava para casa, Luke pensava nos vários aspectos daquela conversa.

O dr. Thomas estivera ausente de Wychwood durante boa parte do dia do derby. Ele saíra de carro. Wychwood distava 55 quilômetros de Londres. Supostamente, Thomas estivera acompanhando um parto. Só se podia contar com a palavra dele. A questão, Luke imaginou, podia ser verificada. Seus pensamentos voltaram a se concentrar na sra. Humbleby.

Qual seria sua intenção na insistência com aquela frase, "Existe muita maldade por aí"?

Estaria ela somente nervosa e extenuada devido ao choque com a morte do marido? Ou haveria algo mais?

Será que ela sabia de alguma coisa? Alguma coisa de que o dr. Humbleby tomara conhecimento antes de morrer?

– Preciso levar isso adiante – Luke disse consigo mesmo. – Preciso ir em frente.

Resolutamente, desviou os pensamentos do duelo que travara com Bridget.

CAPÍTULO 13

Srta. Waynflete fala

Na manhã seguinte, Luke tomou uma decisão. Segundo sentia, ele avançara o máximo possível com interrogatórios indiretos. Era inevitável, mais cedo ou mais tarde, que se visse forçado a agir às claras. Sentia que havia chegado a hora de desistir daquela camuflagem de escritor e revelar que viera para Wychwood com um objetivo definido.

Para levar em frente seu plano, decidiu visitar Honoria Waynflete. Não apenas retivera uma impressão favorável daquela solteirona de meia-idade, com seu ar discreto e uma certa sagacidade no discernimento, como também supunha que ela pudesse ter informações que o ajudariam. Acreditava que ela lhe contara o que *sabia*. Queria induzi-la, agora, a lhe contar o que poderia ter *especulado*. Luke supunha que as especulações da srta. Waynflete poderiam se aproximar razoavelmente da verdade.

Ela a visitou imediatamente após a igreja.

A srta. Waynflete o recebeu de maneira trivial, não demonstrando a menor surpresa com a visita. Quando ela se sentou a seu lado, com as mãos empertigadamente cruzadas e com os olhos ágeis – tão parecidos com os de uma cabra dócil – fixos nele, Luke não teve nenhuma dificuldade em revelar o motivo da sua visita. Ele disse:

– Ouso dizer que já deve ter adivinhado, srta. Waynflete, que a razão da minha vinda para cá não é meramente escrever um livro sobre os costumes locais...

A srta. Waynflete inclinou a cabeça e continuou a escutar.

Luke ainda não tinha em mente revelar a história toda. A srta. Waynflete podia ser discreta – ela certamente lhe dava essa impressão –, mas Luke temia não poder contar muito com a hipótese de que ela resistisse à tentação de segredar uma história excitante a uma ou duas amigas íntimas e confiáveis. Sendo assim, optou por adotar um caminho intermediário.

– Estou aqui para investigar as circunstâncias da morte daquela pobre jovem, Amy Gibbs.

A srta. Waynflete perguntou:

– O senhor quer dizer que foi enviado pela polícia?

– Ah, não... eu não sou um detetive à paisana.

Ele acrescentou com uma inflexão ligeiramente irônica:

– Receio ser aquele personagem conhecido da ficção, o investigador particular.

– Entendo. Então foi Bridget Conway quem o trouxe para cá?

Luke hesitou por um momento. Então decidiu deixar passar assim. Sem entrar por inteiro na história da srta. Pinkerton, era difícil justificar sua presença. A srta. Waynflete continuava falando, com um traço de suave admiração na voz:

– Bridget é tão prática... tão eficiente! Receio que, se dependesse de *mim*, teria desconfiado do meu próprio julgamento... quero dizer, se você não tem absoluta certeza de algo, é tão difícil se comprometer com uma linha de ação.

– Mas a senhorita tem certeza, não tem?

A srta. Waynflete respondeu gravemente:

– Não, na verdade não, sr. Fitzwilliam. Não é uma situação sobre a qual a pessoa possa ter certeza! Quero dizer, *poderia* ser tudo imaginação. Vivendo sozinha, sem ninguém para consultar ou conversar, a pessoa pode ficar melodramática e imaginar coisas que não têm o menor fundamento em fatos.

Luke concordou com essa afirmação, reconhecendo sua veracidade, mas acrescentou com gentileza:

– Porém, no íntimo, a senhorita tem certeza?

Mesmo assim a srta. Waynflete demonstrou alguma relutância.

– Nós não estamos falando de coisas diferentes aqui, eu espero... – ela hesitou.

Luke sorriu.

– Gostaria que eu usasse palavras claras? Muito bem. A senhorita acha que Amy Gibbs foi assassinada?

Honoria Waynflete retraiu-se um pouco perante a crueza da linguagem. Falou:

— Não me sinto nem um pouco contente com a morte dela. Nem um pouco contente. O caso todo é profundamente insatisfatório na minha opinião.

Luke retrucou pacientemente:

— Mas a senhorita não acredita que tenha sido uma morte natural, certo?

— Não.

— Não acredita que tenha sido um acidente?

— Isso me parece muitíssimo improvável. Existem tantos...

Luke interrompeu-a:

— Não acredita que tenha sido suicídio?

— Certamente não.

— Então — Luke falou suavemente —, a senhorita acha *mesmo* que tenha sido assassinato?

A srta. Waynflete hesitou, engoliu em seco e corajosamente respondeu.

— Sim — ela disse. — Acho!

— Ótimo. Agora podemos prosseguir.

— Mas, na verdade, eu não tenho nenhuma evidência para fundamentar essa crença — explicou a srta. Waynflete aflita. — É pura e simplesmente uma *ideia*!

— Sem dúvida. Esta é uma conversa privada. Estamos apenas conversando sobre o que *pensamos* e o que *suspeitamos*. Nós *suspeitamos* que Amy Gibbs tenha sido assassinada. Quem nós *pensamos* que a matou?

A srta. Waynflete sacudiu a cabeça. Ela tinha uma expressão bastante perturbada.

Luke perguntou, observando-a:

— Alguém tinha motivo para assassiná-la?

A srta. Waynflete respondeu devagar:

— Ela teve uma briga, creio eu, com seu namorado, Jim Harvey, um jovem excelente, dos mais confiáveis. Sei que a gente lê nos jornais a respeito de rapazes que atacam suas namoradas e coisas horrorosas desse tipo, mas realmente não consigo acreditar que Jim pudesse fazer algo assim.

Luke concordou com a cabeça.

A srta. Waynflete prosseguiu:

— Além disso, não acredito que ele fosse agir dessa maneira. Escalar até a janela e substituir o frasco de xarope por um frasco com veneno. Quero dizer, isso não parece...

Luke veio em seu auxílio enquanto ela hesitava:

— Não é o jeito de agir de um amante raivoso? Eu concordo. Na minha opinião, podemos descartar Jim Harvey logo de cara. Amy foi morta (nós estamos concordando que ela *foi* morta) por alguém que queria tirá-la do caminho e que planejou o crime cuidadosamente, de modo que parecesse um acidente. Pois bem, a senhorita tem alguma ideia... alguma *intuição*, digamos assim... de quem poderia ser essa pessoa?

A srta. Waynflete respondeu:

– Não... realmente... eu não faço a menor ideia!

– Tem certeza?

– N-não... não mesmo.

Luke olhou-a pensativo. A negativa, ele sentia, não havia soado de todo verdadeira. Ele prosseguiu:

– Não sabe de nenhum motivo?

– Nenhum motivo em absoluto.

Essa resposta já tinha mais ênfase.

– Ela trabalhara em muitas casas em Wychwood?

– Ficou com os Horton durante um ano antes de trabalhar para Lord Whitfield.

Luke resumiu rapidamente:

– É assim, então, alguém queria tirar a jovem do caminho. Dos fatos conhecidos nós concluímos que, primeiro, foi um homem, e um homem de costumes antiquados (como fica demonstrado pelo detalhe da tintura de chapéu), e, em segundo lugar, que deve ter sido um homem razoavelmente atlético, pois é óbvio que deve ter escalado a dependência para chegar à janela da moça. A senhorita concorda com esses pontos?

– Totalmente – respondeu a srta. Waynflete.

– E se importaria se eu fosse lá para fazer uma tentativa?

– De modo algum. Acho que é uma ótima ideia.

Ela o levou para fora por uma porta lateral, contornando até o pátio. Luke conseguiu subir no telhado da dependência sem grande dificuldade. Dali, foi capaz de levantar facilmente o caixilho da janela da jovem e, com um pequeno esforço, pulou para dentro do quarto. Instantes depois, limpando as mãos com seu lenço, reencontrou a srta. Waynflete no caminho abaixo.

– Na verdade, é mais fácil do que parece – ele disse. – Você só precisa de certa habilidade, só isso. Não havia nenhum sinal no peitoril ou do lado de fora?

A srta. Waynflete balançou a cabeça.

– Acho que não. É claro, o policial subiu por ali.

– De modo que uma eventual marca teria sido tomada como sendo dele. Como policiais ajudam os criminosos! Bem, é isso!

A srta. Waynflete reconduziu-o ao interior da casa.

– Amy Gibbs tinha um sono pesado? – ele perguntou.

A srta. Waynflete respondeu com azedume:

— Era extremamente difícil fazer Amy se levantar de manhã. Às vezes eu precisava bater várias vezes e chamar até que ela respondesse. Mas para isso, sr. Fitzwilliam, existe um ditado: não há ninguém tão surdo quanto a pessoa que não quer ouvir!

— É verdade — Luke reconheceu. — Pois bem, srta. Waynflete, agora chegamos ao *motivo*. Começando com o mais óbvio: a senhorita acredita que pudesse haver algo entre o tal Ellsworthy e a jovem?

Ele acrescentou às pressas:

— Só estou pedindo a sua *opinião*. Somente isso.

— Se é uma questão de opinião, eu diria que sim.

Luke assentiu.

— Na sua opinião, Amy poderia estar chantageando-o?

— Mais uma vez, em matéria de opinião, eu diria que é bem possível.

— Por acaso a senhorita sabe se ela tinha algum dinheiro consigo no momento de sua morte?

A srta. Waynflete refletiu.

— Acho que não. Se ela tivesse qualquer quantia incomum, creio que teria tomado conhecimento.

— E ela não se metera em nenhuma extravagância incomum antes de morrer?

— Acredito que não.

— Isso prejudica bastante a teoria de chantagem. A vítima geralmente paga uma vez antes de decidir fazer algo mais extremo. Há outra teoria. A moça poderia *saber* de alguma coisa.

— Que tipo de coisa?

— Talvez ela tivesse conhecimento de algo que fosse perigoso para alguém aqui de Wychwood. Vamos estabelecer uma situação estritamente hipotética. Ela trabalhou em diversas casas. Vamos supor que tivesse tomado conhecimento de algo que pudesse causar um dano profissional, digamos, a alguém como o sr. Abbot.

— O sr. Abbot?

Luke retrucou rápido:

— Ou possivelmente uma negligência ou conduta pouco profissional por parte do dr. Thomas.

A srta. Waynflete começou:

— Mas certamente...

E então parou.

Luke prosseguiu:

– Amy Gibbs era doméstica na casa dos Horton, segundo a senhorita, quando a sra. Horton morreu.
Houve um momento de silêncio; então a srta. Waynflete disse:
– Poderia me dizer, sr. Fitzwilliam, por que deseja envolver os Horton nisso? A sra. Horton morreu faz mais de um ano.
– Sim, e a jovem Amy estava lá na ocasião.
– Entendo. O que os Horton têm a ver com isso?
– Não sei. Eu... só estava pensando. A sra. Horton morreu de gastrite aguda, certo?
– Sim.
– Sua morte foi inesperada?
A srta. Waynflete falou devagar:
– Para mim, foi. Veja, ela estava ficando bem melhor, parecia firme no caminho da recuperação... e então teve uma súbita recaída e morreu.
– O dr. Thomas ficou surpreso?
– Não sei. Creio que ficou.
– E as enfermeiras, o que disseram?
– Pela experiência que eu tenho – disse a srta. Waynflete –, enfermeiras de hospital nunca ficam surpresas quando um paciente qualquer piora subitamente! É a recuperação que as deixa surpresas.
– Mas a morte dela surpreendeu a senhorita? – Luke insistiu.
– Sim. Eu estive com ela no dia que antecedeu sua morte, e ela parecia bem melhor, conversando e parecendo bastante animada.
– O que ela pensava de sua própria enfermidade?
– Ela reclamava que as enfermeiras estavam tentando envená-la. Já havia despedido uma enfermeira, mas dizia que as outras duas não eram melhores.
– Suponho que a senhorita não tenha dado grande atenção a isso...
– Bem, não, achei que fazia parte de sua enfermidade. E ela era uma mulher muito desconfiada e, pode parecer maldade dizer isso, mas ela gostava de se fazer de *importante*. Nenhum médico jamais compreendia o seu caso... nunca era nada simples... precisava ser ou alguma doença muito obscura ou então alguém "estava tentando tirá-la do caminho".
Luke tentou entoar uma voz casual:
– A sra. Horton não suspeitava que o marido estivesse tentando matá-la.
– Ah, *não*, essa ideia nunca lhe ocorreu!
A srta. Waynflete ficou calada por um instante; então perguntou com calma:
– É isso o que o senhor acha?
Luke respondeu devagar:

— Outros maridos já fizeram isso antes e se safaram. A sra. Horton, segundo todos os relatos, era uma mulher de que qualquer homem teria desejado se livrar com a maior ânsia do mundo! E eu soube que ele herdou uma bela soma de dinheiro com a morte dela.
— Sim, herdou.
— O que *a senhorita* acha, srta. Waynflete?
— O senhor quer saber a minha opinião?
— Sim, somente a sua opinião.
A srta. Waynflete respondeu com calma e deliberação:
— Na minha opinião, o major Horton era totalmente dedicado à esposa e nunca teria sequer sonhado em fazer uma coisa dessas.
Luke encarou-a e recebeu em troca um olhar ameno, resoluto, que não vacilava.
— Bem — ele disse —, creio que tem razão. A senhorita provavelmente saberia se fosse o contrário.
A srta. Waynflete permitiu-se um sorriso.
— Nós, mulheres, somos boas observadoras. O senhor não acha?
— Da mais alta categoria. Será que a srta. Pinkerton teria concordado com a senhorita?
— Acho que nunca ouvi Lavinia expressar uma opinião.
— O que ela pensava sobre Amy Gibbs?
A srta. Waynflete franziu um pouco a testa, ponderando.
— É difícil dizer. Lavinia tinha uma ideia muito curiosa.
— Que ideia?
— Ela achava que alguma coisa esquisita estava se passando aqui em Wychwood.
— Ela achava, por exemplo, que alguém havia empurrado Tommy Pierce daquela janela?
A srta. Waynflete encarou-o fixamente, atônita.
— Como *soube* disso, sr. Fitzwilliam?
— Ela me contou. Não com essas palavras, mas me deu a ideia por alto.
A srta. Waynflete inclinou-se à frente, rosada de excitação.
— Quando foi isso, sr. Fitzwilliam?
Luke respondeu com calma:
— No dia em que foi morta. Nós viajamos juntos para Londres.
— O que foi que ela lhe contou exatamente?
— Contou-me que haviam ocorrido mortes demais em Wychwood. Mencionou Amy Gibbs, Tommy Pierce e aquele tal Carter. Também disse que o próximo a morrer seria o dr. Humbleby.
A srta. Waynflete assentiu com a cabeça devagar.

— Ela lhe contou quem era o responsável?
— Um homem com certa expressão no olhar — Luke respondeu de modo sombrio. — Um olhar inconfundível, segundo ela. Ela tinha visto essa expressão nos olhos do sujeito enquanto ele conversava com Humbleby. Por isso teve a certeza de que Humbleby seria o próximo.
— E ele foi — murmurou a srta. Waynflete. — Minha nossa. Minha nossa. Ela se recostou. Seus olhos exibiam uma expressão aflita.
— Quem era o homem? — Luke perguntou. — Ora essa, srta. Waynflete, a senhorita sabe. A senhorita *deve* saber!
— Eu não sei. Ela não me contou.
— Mas a senhorita pode tentar adivinhar — Luke falou com sutileza. — A senhorita tem uma ideia muito perspicaz de quem ela tinha em mente.

Relutante, a srta. Waynflete curvou a cabeça.
— Então me diga.
Mas a srta. Waynflete sacudiu a cabeça com vigor.
— Não, de modo algum. O senhor está pedindo que eu faça uma coisa que é altamente imprópria! Está me pedindo para *adivinhar* o que poderia, apenas *poderia*, note bem, estar no pensamento de uma amiga *que agora está morta*. Eu não poderia fazer uma acusação desse tipo!
— Não seria uma acusação... só uma opinião.
Mas a srta. Waynflete se mostrava inesperadamente firme.
— Não tenho nada em que possa me basear... nada em absoluto — ela disse. — Lavinia nunca chegou de fato a me *dizer* qualquer coisa. Posso *imaginar* que ela tivesse certa ideia... mas, veja bem, eu poderia estar completamente *errada*. E então eu poderia induzir o senhor a seguir um caminho errado, e talvez pudessem decorrer sérias consequências. Seria muito perverso e injusto da minha parte mencionar um *nome*. E eu posso estar totalmente, totalmente errada! Na verdade, provavelmente *estou* errada!
E a srta. Waynflete cerrou os lábios com força e fitou Luke com rígida determinação.

Luke sabia aceitar uma derrota quando se deparava com ela. Constatou que tinha contra si tanto o senso de retidão da srta. Waynflete quanto outra coisa, algo mais nebuloso, que ele não conseguia identificar ao certo.

Ele aceitou a derrota de bom grado e levantou-se para se despedir. Tinha uma resoluta intenção de voltar ao interrogatório mais tarde, mas não deixou escapar nenhum indício disso em seus modos.

— A senhorita deve agir como julgar correto, é claro — afirmou. — Obrigado pela ajuda que me deu.

A srta. Waynflete pareceu ficar um pouco menos segura quando acompanhou o visitante até a porta.

— Espero que o senhor não pense... — ela começou, então reformulou a frase. — Se houver qualquer outra coisa que eu puder fazer para ajudá-lo, por favor, por favor me diga.

— Eu direi. A senhorita não vai relatar para ninguém a nossa conversa, vai?

— É claro que não. Não direi uma única palavra para ninguém.

Luke esperava que isso fosse verdade.

— Mande lembranças minhas a Bridget — pediu a srta. Waynflete — Ela é uma moça tão bonita, não? E inteligente também. Eu... eu espero que ela seja feliz.

E, com o olhar interrogativo de Luke, acrescentou:

— Casada com Lord Whitfield, eu quero dizer. Uma diferença tão grande de idade...

— É verdade.

A srta. Waynflete suspirou.

— Sabe, eu fui noiva dele certa vez — ela falou inesperadamente.

Luke a encarou, atônito. Ela confirmava com a cabeça, sorrindo de um modo bastante triste.

— Muito tempo atrás. Ele era um rapaz tão promissor... Eu tinha o ajudado, sabe, a se educar. E sentia tanto orgulho de seu... seu ânimo... e da determinação que tinha de obter sucesso.

A srta. Waynflete suspirou outra vez.

— Os meus familiares, é claro, ficaram escandalizados. As distinções de classe, naquele tempo, eram muito rigorosas.

Depois de alguns instantes, ela acrescentou:

— Sempre acompanhei a carreira dele com grande interesse. Meus familiares, creio eu, estavam errados.

Em seguida, com um sorriso, ela se despediu com um gesto da cabeça e entrou em casa.

Luke tentou organizar seus pensamentos. Ele havia classificado a srta. Waynflete como definitivamente "idosa". Constatava, agora, que ela provavelmente ainda estava abaixo dos sessenta. Lord Whitfield por certo já tinha deixado bem para trás os cinquenta. Talvez ela fosse um ou dois anos mais velha do que ele, não mais.

E Lord Whitfield ia se casar com Bridget. Com Bridget, que tinha 28 anos. Com Bridget, que era jovem e cheia de vida...

— Ah, que droga — disse Luke. — Não posso continuar pensando nisso. O trabalho. Vamos em frente com o trabalho.

CAPÍTULO 14

As meditações de Luke

A sra. Church, tia de Amy Gibbs, era definitivamente uma mulher desagradável. Seu nariz afilado, o olhar esquivo e a língua afiada nauseavam Luke na mesma medida.

Ele adotou com a mulher uma postura seca e obteve um inesperado sucesso.

– O que a senhora precisa fazer – ele afirmou – é apenas responder às minhas perguntas da melhor maneira possível. Se esconder alguma coisa, ou adulterar a verdade, as consequências poderão ser extremamente sérias para a senhora.

– Sim, senhor. Eu entendo. Posso garantir que tenho a maior disposição para lhe contar tudo o que puder. Nunca me envolvi com a polícia...

– E nem quer se envolver – Luke terminou. – Bem, se fizer como eu lhe digo, não vai haver problema nesse sentido. Quero saber tudo sobre a sua falecida sobrinha... quem eram seus amigos... quanto dinheiro ela tinha... qualquer coisa que ela tenha dito que fosse fora do comum. Vamos começar com os amigos. Quem eram eles?

A sra. Church olhou para ele de soslaio, maliciosamente, com seu olhar oblíquo e desagradável.

– O senhor quer dizer os cavalheiros?

– Ela tinha alguma amiga?

– Bem... dificilmente... ninguém que se pudesse chamar de amiga, senhor. Havia, é claro, moças com as quais ela tinha trabalhado, mas Amy não andava muito com elas. Veja bem...

– Ela preferia o sexo oposto. Prossiga. Fale mais desse ponto.

– Era com o Jim Harvey da oficina que ela estava saindo, senhor. Ele era um rapaz dos mais confiáveis. "Você não podia ter se saído melhor", eu disse para ela diversas vezes...

Luke interveio:

– E os outros?

Ele ganhou mais uma vez aquele olhar malicioso.

– Acho que o senhor está pensando no cavalheiro que tem aquela loja de antiguidades... Eu mesma não gostava nada disso e lhe digo com franqueza, senhor! Sempre fui muito direita e não tolero comportamentos inadequados! Só que, do jeito como são essas moças hoje em dia, não adianta falar com elas. Fazem como querem. E muitas vezes acabam se arrependendo.

– Amy se arrependeu? – Luke perguntou sem rodeios.
– Não, senhor... isso eu acho que *não*.
– Ela foi se consultar com o dr. Thomas no dia de sua morte. Não foi por essa razão?
– Não, senhor. Tenho quase certeza de que não foi. Ah, eu sou capaz de jurar! Amy andava se sentindo mal, meio debilitada, mas era só uma tosse forte, um resfriado que ela tinha. Não era nada do tipo que o senhor está sugerindo, tenho certeza de que não era, senhor.
– Vou aceitar a sua palavra quanto a isso. Até onde as coisas haviam avançado entre ela e o sr. Ellsworthy?
A sra. Church fitou-o com malícia.
– Eu não saberia dizer com certeza, senhor. Amy não era de confidenciar as coisas.
Luke perguntou secamente:
– Mas os dois tinham ido longe?
A sra. Church respondeu, escorregadia:
– Aquele cavalheiro não tem uma reputação nada boa por aqui, senhor. Ele apronta toda espécie de coisa. E os amigos da cidade participam de inúmeras atividades esquisitas lá na Campina das Bruxas no meio da noite.
– Amy participava?
– Creio que ela participou de fato uma vez, senhor. Ficou a noite toda fora e seu patrão descobriu (ela trabalhava em Manor nessa época) e usou palavras bem duras com ela... ela retrucou na mesma moeda, e ele a despediu por causa disso, o que era totalmente de se esperar.
– Ela lhe contava o que acontecia nos lugares onde trabalhava?
A sra. Church sacudiu a cabeça.
– Não muito, ela se interessava mais por suas próprias ocupações.
– Ela esteve com o major e a sra. Horton por um tempo, não?
– Quase um ano, senhor.
– Por que ela saiu?
– Só para trabalhar em algo melhor. Havia uma vaga em Manor e, é claro, o salário lá era melhor.
Luke concordou com a cabeça.
– Ela estava com os Horton quando a sra. Horton morreu? – perguntou.
– Sim, senhor. Ela se queixava muito na época... com duas enfermeiras na casa, com todo um trabalho extra que as enfermeiras ocasionavam, as bandejas e uma coisa ou outra.
– Ela não esteve em nenhum momento com o sr. Abbot, o advogado?
– Não, senhor. Um casal trabalha para o sr. Abbot. Amy foi de fato vê-lo uma vez em seu escritório, mas eu não sei o motivo.

Luke registrou mentalmente aquele pequeno fato como algo que poderia ser relevante. No entanto, visto que a sra. Church claramente não sabia nada mais a respeito, não investiu no assunto.

– Havia quaisquer outros cavalheiros no vilarejo que fossem amigos dela?

– Ninguém que valha citar.

– Ora essa, sra. Church. Lembre-se, eu quero a verdade.

– Não era um cavalheiro, senhor, bem longe disso. Era degradante para Amy, era mesmo, e foi o que eu disse a ela.

– A senhora se importaria de falar com mais clareza, sra. Church?

– O senhor decerto já deve ter ouvido falar do Seven Stars, não? *Não é* um estabelecimento de classe, e o dono, Henry Carter, era um sujeito da pior classe, mais para lá do que para cá na maior parte do tempo.

– Amy era amiga dele?

– Ela deve ter dado uma volta com ele numa ou noutra ocasião. Não creio que tenha sido mais do que isso. Não creio mesmo.

Luke assentiu, pensativo, e mudou de assunto.

– A senhora conhecia um menino chamado Tommy Pierce?

– O quê? O filho da sra. Pierce? Lógico que eu conhecia. Sempre aprontando alguma travessura.

– Ele cruzava muito com Amy?

– Ah, não, senhor. Amy logo o mandava embora, com um puxão de orelha, se ele tentasse pregar uma de suas peças nela.

– Ela estava feliz com o trabalho na casa da srta. Waynflete?

– Ela achava um pouco maçante, senhor, e o pagamento não era grande coisa. Mas, é claro, depois do jeito como ela tinha sido dispensada de Ashe Manor, não era tão fácil arranjar outro emprego.

– Ela podia ter ido embora, suponho...

– Para Londres, o senhor quer dizer?

– Ou outra região no interior.

A sra. Church sacudiu a cabeça. Ela falou devagar:

– Amy não queria ir embora de Wychwood... não do jeito como as coisas andavam.

– Como assim, *do jeito que as coisas andavam*?

– Por causa de Jim e do cavalheiro da loja de antiguidades.

Luke assentiu pensativamente. A sra. Church continuou:

– A srta. Waynflete é uma dama muito simpática, mas muito exigente com os bronzes e as pratas, querendo que tudo seja espanado e que os colchões sejam virados. Amy não teria tolerado todo esse alvoroço se não estivesse se divertindo de outras maneiras.

– Posso imaginar – Luke retrucou com secura.
Ele repassou tudo em sua mente. Não encontrou mais nada para perguntar. Tinha razoável certeza de que extraíra da sra. Church tudo aquilo que ela sabia. Decidiu tentar um último ataque.
– Ouso dizer que a senhora pode adivinhar a razão de todas essas perguntas. As circunstâncias da morte de Amy são bastante misteriosas. Não estamos satisfeitos com a versão de que foi um acidente. Se não foi, a senhora percebe o que deve ter sido...
A sra. Church retrucou com uma espécie de deleite macabro:
– Assassinato!
– Isso mesmo. Pois bem, supondo-se que a sua sobrinha *tenha* mesmo sido vítima de um criminoso, quem a senhora julga ser o mais provável responsável pela morte dela?
A sra. Church limpou as mãos no avental.
– Posso apostar que haveria uma recompensa para quem colocasse a polícia na pista certa... – ela insinuou.
– Pode ser que sim – disse Luke.
– Eu não gostaria de afirmar com certeza... – a sra. Church passou uma língua faminta pelos lábios. – Mas o cavalheiro da loja de antiguidades é esquisito. O senhor deve se lembrar do caso Castor e de como encontraram pedacinhos daquela pobre moça pregados por todos os cantos no bangalô de praia do tal Castor e de como encontraram outras cinco ou seis moças que ele tinha despachado da mesma maneira. Talvez esse sr. Ellsworthy seja um homem desse tipo...
– Então essa é a sua ideia?
– Bem, poderia ser isso, não é mesmo?
Luke admitiu que poderia. Então perguntou:
– O sr. Ellsworthy estava fora do vilarejo na tarde do derby? Este é um ponto muito importante.
A sra. Church encarou-o fixamente.
– Dia do derby?
– Sim... Duas semanas antes da última quarta-feira.
Ela balançou a cabeça.
– Na verdade, isso eu não saberia dizer. Ele geralmente viajava às quartas-feiras... subia para Londres com muita frequência. Veja bem, quarta-feira é dia de fechar mais cedo.
– Ah – reagiu Luke. – Dia de fechar mais cedo.
Ele se despediu da sra. Church, ignorando as insinuações desta de que o tempo que ela lhe concedera tinha sido valioso e de que seria merecida, portanto, uma compensação financeira. Luke se viu nutrindo um

desgosto intenso pela sra. Church. Entretanto, a conversa que tivera com ela, apesar de não ter sido notavelmente esclarecedora, fornecera diversos pontos sugestivos.

Ele recapitulou tudo cuidadosamente.

Sim, tudo ainda se concentrava naquelas quatro pessoas: Thomas, Abbot, Horton e Ellsworthy. A atitude da srta. Waynflete parecia lhe provar isso.

A aflição da srta. Waynflete, sua relutância em mencionar um nome... Certamente isso significava – *só podia* significar – que a pessoa em questão era alguém importante em Wychwood, alguém a quem uma insinuação casual poderia definitivamente provocar injúria. Isso condizia, também, com a determinação da srta. Pinkerton em levar suas suspeitas ao centro de operações. A polícia local teria considerado ridícula sua teoria.

Não era o caso do açougueiro, do padeiro ou do leiteiro. Não era o caso de um simples mecânico de oficina. A pessoa em questão era do tipo contra quem uma acusação de assassinato seria fantástica e, mais do que isso, um grave problema.

Havia quatro candidatos possíveis. Dependia dele avaliar cuidadosamente mais uma vez os indícios contra cada um e chegar a uma conclusão.

Primeiro era preciso examinar a relutância da srta. Waynflete. Ela era uma pessoa conscienciosa e escrupulosa. Achava que sabia de quem a srta. Pinkerton suspeitara, mas tratava-se, como ela mesma salientava, de uma *suposição* da sua parte. Era possível que estivesse enganada.

Quem era a pessoa que a srta. Waynflete tinha em mente?

A srta. Waynflete receava que uma acusação sua pudesse prejudicar um homem inocente. Portanto, o objeto de sua suspeita *por certo* era um homem de alta posição, estimado e respeitado pela comunidade.

Portanto, Luke raciocinava, o sr. Ellsworthy ficava automaticamente excluído. Ele era praticamente um estranho em Wychwood – sua reputação local não era boa, era má. Luke não acreditava que, se o sr. Ellsworthy fosse a pessoa que a srta. Waynflete tinha em mente, ela pudesse ter tido qualquer objeção em mencioná-lo. Portanto, no que dizia respeito à srta. Waynflete, Ellsworthy podia ser riscado.

Agora, quanto aos outros, Luke acreditava que também podia eliminar o major Horton. A srta. Waynflete refutara com certo ardor a sugestão de que Horton pudesse ter envenenado a esposa. Se visse nele um suspeito dos crimes mais recentes, dificilmente teria se mostrado tão assertiva sobre sua inocência em relação à morte da sra. Horton.

Assim, restavam o dr. Thomas e o sr. Abbot. Ambos preenchiam os requisitos necessários. Eram homens de alta categoria profissional contra os quais nenhuma palavra escandalosa jamais havia sido proferida. Os dois eram, de modo geral, populares e estimados, e eram tidos como homens íntegros, da maior retidão.

Luke avançou para outro aspecto da questão. Poderia eliminar Ellsworthy e Horton? Sacudiu a cabeça no mesmo instante. Não era tão simples. A srta. Pinkerton *sabia* – realmente sabia – quem era o homem. Isso ficara provado primeiro por sua morte e, e em segundo lugar, pela morte do dr. Humbleby. Mas a srta. Pinkerton não havia chegado de fato a mencionar um *nome* a Honoria Waynflete. Portanto, ainda que a srta. Waynflete *julgasse* saber, poderia com muita facilidade estar errada. Muitas vezes *sabemos* o que as outras pessoas estão pensando, mas às vezes constatamos que afinal não sabíamos – e que havíamos cometido um tremendo engano!

Portanto, os quatros candidatos permaneciam em campo. A srta. Pinkerton estava morta e não poderia fornecer maior auxílio. A Luke cabia fazer o que já fizera antes, no dia seguinte a sua chegada em Wychwood: pesar as evidências e considerar as possibilidades.

Ele começou com Ellsworthy. À primeira vista, Ellsworthy era o ponto de partida mais provável.

"Vamos considerar da seguinte maneira", Luke pensou. "Suspeitemos de um de cada vez. Ellsworthy, por exemplo. Digamos que seja ele o matador! Por enquanto, vamos dar como praticamente certo que eu saiba disso. Agora consideremos as vítimas prováveis em ordem cronológica. Primeiro, a sra. Horton. Difícil imaginar o motivo que Ellsworthy teria para eliminar a sra. Horton. Mas houve um *meio*. Horton falara de certa infusão, de uma charlatanice que ela obtivera do sr. Ellsworthy e tomara. Um veneno como arsênico poderia ter sido ministrado desse modo. A questão é: por quê?

"Agora passemos às outras. Amy Gibbs. Por que Ellsworthy matou Amy Gibbs? Pela razão mais óbvia – ela estava se tornando um incômodo! Ameaçou quebrar uma promessa talvez? Ou será que participara de uma das orgias da meia-noite? Ameaçou falar? Lord Whitfield tem um bocado de influência em Wychwood e, de acordo com Bridget, é um homem da mais estrita moral. Ele poderia ter tomado medidas contra Ellsworthy caso este estivesse metido em algo particularmente obsceno. Então – Amy sai de cena. Não, creio eu, num assassinato sádico. O método empregado contraria isso.

"Quem vem em seguida? Carter. Por que Carter? Improvável que *ele* soubesse das orgias da meia-noite (ou Amy teria lhe contado?). Estaria sua bela filha envolvida? Estaria Ellsworthy tentando seduzi-la? (É preciso dar uma olhada em Lucy Carter.) Talvez ele tivesse simplesmente ofendido Ellsworthy, e Ellsworthy, a seu modo felino, tivesse se ressentido. Se já tivesse cometido um ou dois assassinatos, estaria suficientemente calejado para contemplar a ideia de matar por um motivo ínfimo.

"Agora Tommy Pierce. Por que Ellsworthy matou Tommy Pierce? Fácil. Tommy participara de algum dos rituais da meia-noite. Tommy ameaçou falar a respeito. Talvez Tommy *estivesse* falando a respeito. Cala-se a boca de Tommy.

"Dr. Humbleby. Por que Ellsworthy matou Humbleby? Este é o mais fácil de todos! Humbleby era médico e notara que o equilíbrio mental de Ellsworthy não era nada bom. Provavelmente estava se preparando para fazer algo a respeito. De modo que Humbleby estava condenado. Mas há um empecilho aqui. Como foi que Ellsworthy garantiu que o dr. Humbleby morresse de infecção generalizada? Ou Humbleby morreu de outra coisa? Seria o dedo infeccionado uma coincidência?

"Em último lugar, a srta. Pinkerton. Quarta-feira é dia de fechar mais cedo. Ellsworthy poderia ter ido à cidade naquele dia. Será que ele tem um carro? Nunca o vi andando num, mas isso não prova nada. Ellsworthy sabia que ela suspeitava dele e não correria nenhum risco de que a Scotland Yard acreditasse na história da velhinha. Talvez a Scotland Yard já soubesse de alguma coisa sobre ele?

"Eis os indícios contra Ellsworthy! Mas o que temos *a favor* dele? Bem, antes de mais nada, ele certamente não é o homem que a srta. Waynflete *achava* que a srta. Pinkerton tinha em mente. Além disso, ele não se encaixa... não muito bem... na minha vaga impressão. Quando ela estava falando, formei a imagem de um homem... e não era um homem parecido com Ellsworthy. A impressão que ela me deu era de um homem bastante normal... isto é, no aspecto exterior... o tipo de homem de quem ninguém suspeitaria. Ellsworthy é o tipo de homem do qual você *de fato* suspeitaria. Não, tenho mais a impressão de um homem como... o dr. Thomas.

"Thomas, agora. O que dizer de Thomas? Eu risquei seu nome da lista depois de ter conversado com ele. Sujeito simpático, despretensioso. Mas a questão toda sobre esse assassino – a menos que eu esteja completamente errado – é que ele seria um sujeito simpático e despretensioso. A última pessoa que você imaginaria ser um assassino! O que é exatamente aquilo que sentimos em relação ao dr. Thomas.

"Pois bem, agora repassemos tudo. Por que dr. Thomas matou Amy Gibbs? Na verdade, parece muitíssimo improvável que tenha feito isso! Mas Amy de fato foi se consultar com ele naquele dia, e ele *de fato* lhe deu aquele frasco de xarope. Vamos supor que fosse realmente ácido oxálico. Isso seria muito simples e engenhoso! Quem foi chamado quando ela foi encontrada envenenada? Humbleby ou Thomas? Se foi Thomas, ele poderia ter simplesmente levado no bolso um frasco velho de tintura de chapéu para deixá-lo discretamente sobre a mesa e recolher os dois frascos no maior descaramento de modo que fossem analisados! Algo assim poderia ser feito se você tivesse a frieza necessária!

"Tommy Pierce? Mais uma vez, não consigo enxergar um motivo justificável. Essa é a dificuldade com o nosso dr. Thomas – o *motivo*. Não há nem mesmo um motivo maluco! O mesmo em relação a Carter. Por que razão o dr. Thomas iria querer despachar Carter? Só podemos presumir que Amy, Tommy e o taverneiro soubessem de algo sobre o dr. Thomas que fosse insalubre saber. Ah! Suponhamos então que esse algo fosse *a morte da sra. Horton*. O dr. Thomas foi o responsável pelo tratamento dela. E ela morreu após uma recaída inesperada e repentina. Ele poderia ter armado isso com grande facilidade. E Amy Gibbs, lembremos, trabalhava na casa naquela ocasião. Ela pode ter visto ou escutado alguma coisa. Isso seria uma explicação quanto a *ela*. Tommy Pierce, sabemos por fonte fidedigna, era um menino particularmente intrometido. *Poderia* ter dado uma de espertinho. Não consigo encaixar Carter na história. Amy Gibbs lhe contou alguma coisa. Ele pode ter espalhado a informação em suas bebedeiras, e Thomas ter decidido silenciá-lo também. Tudo isso, é lógico, não passa de pura conjectura. Mas o que mais se pode fazer?

"Agora Humbleby. Ah! Finalmente chegamos a um assassinato perfeitamente plausível. Motivo adequado e meio ideal! Se o dr. Thomas não era capaz de provocar uma infecção generalizada em seu colega, ninguém mais seria! Ele podia voltar a infectar a ferida toda vez que refizesse o curativo. Eu gostaria que os assassinatos anteriores fossem um pouco mais plausíveis...

"A srta. Pinkerton? Ela é mais difícil, porém há um fato definitivo. O dr. Thomas não estava em Wychwood pelo menos durante boa parte do dia. Informou que estava cuidando de um parto. Pode ser, mas resta o fato de que ele se ausentou de Wychwood *num carro*.

"Mais alguma coisa? Sim, só mais uma coisa. O olhar que ele me dirigiu quando saí de sua casa outro dia. Superior, condescendente, o sorriso de um homem que tinha acabado de me levar na conversa e sabia disso."

Luke suspirou, sacudiu a cabeça e prosseguiu com seu raciocínio.

"Abbot? Ele também é o tipo certo de homem. Normal, abastado, respeitado, a última pessoa de quem se pensaria etc. É convencido, também, e confiante. Os assassinos geralmente o são! Eles têm a mais presunçosa vaidade! Sempre acham que vão se safar. Amy o visitou uma vez. Por quê? Para que queria consultá-lo? Para obter aconselhamento legal? Por quê? Ou seria uma questão pessoal? Temos a menção da "carta de uma dama" que Tommy viu. Seria essa carta de Amy Gibbs? Ou seria uma carta escrita pela sra. Horton – uma carta, talvez, que tivesse chegado às mãos de Amy? Que outra dama poderia escrever ao sr. Abbot sobre um assunto tão particular que o fizesse perder o controle quando a carta fosse vista inadvertidamente pelo menino no escritório? O que mais podemos pensar no tocante a Amy Gibbs? A tintura de chapéu? Sim, o toque antiquado do tipo certo... Homens como Abbot estão quase sempre atrasados no que diz respeito às novidades femininas. O mulherengo dos velhos tempos! Tommy Pierce? Óbvio, por causa da carta (realmente, deve ter sido uma carta muito incriminadora!). Carter? Bem, havia um problema com a filha de Carter. Abbot não aceitaria passar por um escândalo – um valentão imbecil e despudorado como Carter ousando ameaçá-lo! Ele, que já se safara de dois assassinatos engenhosos! Que desapareça o sr. Carter! Uma noite escura e um empurrão certeiro. Francamente, esse negócio de matar é quase fácil demais.

"Será que captei a mentalidade de Abbot? Acho que sim. Um olhar desagradável lançado ao rosto de uma velha senhora. A velhinha está com certas ideias a respeito dele... Depois, briga com Humbleby. O velho Humbleby ousando colocar-se contra Abbot, o brilhante advogado e assassino. O velho tolo – mal sabe o que o espera! *Ele* está em maus lençóis! Atrevendo-se a me intimidar!

"E depois – o quê? Topando com os olhos de Lavinia Pinkerton. E seus próprios olhos vacilam, demonstrando uma consciência de culpa. Ele, que se vangloriava de atuar despercebido, havia definitivamente despertado suspeitas. A srta. Pinkerton conhece seu segredo, sabe o que ele fez... Sim, mas não consegue *provar*. Mas vamos supor que ela saia por aí procurando provas... Vamos supor que fale... Vamos supor... Ele sabe sondar o temperamento de uma pessoa com grande astúcia – e adivinha o que ela vai fazer afinal. Se ela for à Scotland Yard com sua história, *pode ser* que acreditem nela, *pode ser* que comecem a fazer investigações. Algo bastante desesperador precisa ser feito. Será que Abbot tem um carro? Ou alugou um em Londres? De qualquer forma, estava fora daqui no dia do derby..."

Luke fez outra pausa. Estava tão mergulhado no espírito da coisa que lhe era difícil fazer a transição de um suspeito para outro. Teve de esperar alguns instantes antes de conseguir visualizar o major Horton como um assassino bem-sucedido.

"Horton matou a esposa. Comecemos por aí. Tinha sido provocado e lucrou consideravelmente com a morte dela. De modo a executar seu plano com sucesso, teve de representar o papel do marido dedicado. Tivera de manter a interpretação. Às vezes, digamos, ele exagera um pouco?

"Muito bem, um assassinato executado com sucesso. Quem morre a seguir? Amy Gibbs. Sim, perfeitamente crível. Amy estava na casa. Pode ter visto alguma coisa – o major ministrando uma reconfortante tigela de caldo de carne ou mingau. Pode não ter se dado conta do que significava o que ela tinha visto até algum tempo depois. O truque da tintura de chapéu é o tipo da coisa que ocorreria ao major – muito naturalmente um homem bastante masculino, com pouco conhecimento dos adornos frívolos das mulheres.

"Tudo tranquilamente viável no caso de Amy Gibbs.

"O bêbado Carter? A mesma hipótese anterior. Amy lhe contara alguma coisa. Outro assassinato descomplicado.

"Agora Tommy Pierce. Precisamos voltar a seu temperamento intrometido. Será que a carta no escritório de Abbot não poderia ter sido uma queixa da sra. Horton de que o marido estava tentando envenená-la? Trata-se apenas de uma suposição fantástica, mas *poderia* ser isso. De qualquer forma, o major percebe o fato de que Tommy é uma ameaça, e por isso Tommy junta-se a Amy e Carter. Tudo muito simples e descomplicado, de acordo com o manual. É fácil matar? Meu Deus, é!

"Mas agora chegamos a algo um tanto difícil: Humbleby! Motivo? Muito obscuro. Humbleby tratou a sra. Horton no início. Será que ficou intrigado com a doença? E Horton influenciou sua mulher a mudar para o médico mais jovem, menos desconfiado? Mas, se foi esse o caso, *o que tornou Humbleby perigoso tanto tempo depois*? Difícil, isso... O modo como ele morreu também. Um dedo infeccionado. Não parece combinar com o major.

"A srta. Pinkerton? Essa é perfeitamente possível. Ele tem um carro. Eu vi. E estava fora de Wychwood naquele dia, supostamente havia ido ao derby. Podia ser... sim. *Será* Horton um assassino de sangue frio? Será? Será? Como eu gostaria de saber..."

Luke olhou fixamente à frente. Sua testa se enrugava com os pensamentos.

"É um deles... Não *acho* que seja Ellsworthy... mas poderia ser! É o mais óbvio de todos! Thomas é fantasticamente improvável – se não fosse o *modo* como morreu o dr. Humbleby. Aquela infecção aponta definitivamente para um *médico* assassino! *Poderia* ser Abbot – não há tantas evidências contra ele como há contra os outros –, mas consigo *vê-lo* no papel de alguma forma... Sim – ele se encaixa melhor do que os outros. E *poderia* ser Horton! Atormentado pela esposa por anos a fio, sentindo sua insignificância – sim, poderia ser! Mas a srta. Waynflete não acredita que seja, e ela não é nenhuma tola – e conhece o lugar e as pessoas que vivem aqui...

"De quem ela de fato suspeita, Abbot ou Thomas? Deve ser um desses dois... Se eu atacasse a srta. Waynflete diretamente – "Qual dos dois é?" –, talvez arrancasse sua confissão.

"Mas, mesmo assim, ela poderia estar equivocada. Não há como provar que *ela* está certa – como a srta. Pinkerton se provou certa. Mais evidências – isso é o que quero. Se pudesse haver mais um caso – só mais um – então eu saberia..."

Ele parou sobressaltado.

– Meus Deus – falou baixinho. – O que eu estou pedindo é *mais um assassinato*...

CAPÍTULO 15

Conduta imprópria de um chofer

No bar do Seven Stars, Luke bebia sua caneca de cerveja e sentia-se constrangido. Meia dúzia de bucólicos pares de olhos acompanhavam fixamente cada um de seus movimentos, e a conversação suspendera-se quando ele havia entrado. Luke arriscou alguns comentários de interesse geral sobre as colheitas, a condição do tempo e apostas em futebol, mas em nenhum deles obteve qualquer resposta.

Restou-lhe o galanteio. Ele deduziu, corretamente, que a jovem atraente atrás do balcão, com seus cabelos negros e bochechas vermelhas, só podia ser Lucy Carter.

Seus avanços foram recebidos com espírito de amabilidade. Com as devidas risadinhas, a srta. Carter dizia "Não me venha com essa!", "Aposto que o senhor não pensa isso nem um pouco!", "Não é da sua conta!" – e outras réplicas assemelhadas. Mas a performance era claramente mecânica.

Luke, constatando que não haveria vantagem em ficar, terminou sua cerveja e partiu. Caminhou pela trilha até o ponto em que o rio era atravessado por uma passarela. Estava parado, contemplando esse panorama, quando uma voz trêmula disse atrás dele:

– Foi aí, senhor, foi aí que o velho Harry caiu.

Luke virou-se para topar com um dos seus companheiros de bar, um que havia se mostrado particularmente indiferente no tópico das colheitas, do tempo e das apostas. Agora, estava claro, ele se mostrava disposto a representar com prazer o papel de guia macabro.

– Caiu pra dentro da lama – disse o velho trabalhador. – Direto pra dentro da lama, ficou cravado de cabeça pra baixo.

– Esquisito que tenha caído aqui – Luke comentou.

— É que ele estava bêbado — retrucou com indulgência o camponês.
— Sim, mas ele já devia ter passado por aqui, bêbado, inúmeras vezes antes.
— Quase toda noite — disse o outro. — Sempre podre de bêbado, o Harry.
— Quem sabe alguém o empurrou — falou Luke, fazendo a sugestão de uma maneira casual.
— Podiam ter empurrado — concordou o camponês. — Mas não sei quem é que ia querer fazer isso — acrescentou.
— Ele podia ter feito alguns inimigos. Ele era bastante desaforado quando estava bêbado, não era?
— Ele tinha uma língua que vou te contar! Não media palavras, o Harry. Mas ninguém ia querer empurrar um homem bêbado.

Luke não refutou essa declaração. Era evidente que ele considerava barbaramente indigno tirar vantagem da condição embriagada de um homem. O camponês parecia um tanto chocado com a ideia.
— Bem — ele comentou vagamente —, foi um negócio triste.
— Nem tão triste pra patroa dele — disse o velho. — Ela e Lucy não têm motivo pra sentir tristeza com isso.
— Pode ser que existam outras pessoas que estejam contentes em tê-lo fora do caminho.

O velho mostrou-se vago quanto a isso.
— Talvez — ele disse. — Mas Harry não fazia nada por mal.

Com esse epitáfio para o falecido sr. Carter, os dois então se separaram.

Luke direcionou seus passos para o velho prédio de Wych Hall. A biblioteca oferecia seus serviços nas duas salas da frente. Luke avançou para os fundos por de uma porta sobre a qual se lia "Museu". Ali, passou de mostrador a mostrador, examinando as peças não muito animadoras que eram exibidas. Algumas cerâmicas e moedas romanas. Algumas curiosidades dos Mares do Sul, um cocar malaio. Vários deuses indianos "doados pelo major Horton" juntamente com um Buda de aspecto malévolo e um mostrador com colares egípcios de aspecto duvidoso.

Luke saiu de novo para o saguão de entrada. Não havia ninguém por perto. Ele subiu pessoalmente as escadas. Ali havia uma sala com revistas e jornais e outra sala cheia de livros de não ficção.

Luke subiu mais um andar. Aqui havia salas repletas de objetos que ele designou pessoalmente como trastes. Pássaros empalhados removidos do museu por terem sido atacados por traças, montes de revistas rasgadas e uma sala cujas estantes estavam tomadas por obras de ficção e livros infantis antiquados.

Luke se aproximou da janela. Devia ter sido ali que se sentara Tommy Pierce, talvez assobiando e ocasionalmente limpando uma vidraça quando escutava os passos de alguém.

Alguém havia entrado. Tommy demonstrara seu capricho – sentado meio para fora da janela e esfregando com gosto. E aí esse alguém viera para junto dele e, enquanto falava alguma coisa, dera-lhe um súbito e forte empurrão.

Luke voltou. Desceu as escadas e parou por alguns instantes no saguão. Ninguém o vira entrar. Ninguém o vira subir as escadas.

"*Qualquer um* teria conseguido!", pensou. "A coisa mais fácil do mundo."

Ouviu passos que vinham da direção do gabinete da biblioteca. Uma vez que era um homem inocente, sem nenhuma objeção quanto a ser visto, podia ficar onde estava. Se não quisesse ser visto, seria fácil recuar pela porta da sala do museu!

A srta. Waynflete saiu da biblioteca com uma pequena pilha de livros embaixo do braço. Estava botando suas luvas. Parecia muito feliz e ativa. Quando avistou Luke, seu rosto se iluminou e ela exclamou:

– Ah, sr. Fitzwilliam, esteve visitando nosso museu? Receio não haver grande coisa lá, na verdade. Lord Whitfield anda falando em nos arranjar algumas exibições realmente interessantes.

– É mesmo?

– Sim, alguma coisa moderna, sabe, atualizada. Como aquelas que podem ser vistas no Museu de Ciências de Londres. Ele sugere um modelo de avião e uma locomotiva, e algumas coisas químicas também.

– Talvez isso pudesse animar o ambiente.

– Sim, não creio que um museu deva lidar unicamente com o passado, e o senhor?

– Talvez não.

– Depois algumas mostras de alimentação também... calorias e vitaminas... e todo esse tipo de coisa. Lord Whitfield está tão entusiasmado com a Campanha de Boa Forma...

– Era o que ele estava dizendo outro dia.

– Essa é *a* tendência do momento, não? Lord Whitfield estava me contado sobre a visita que fez ao Instituto Wellerman... e como viu uma porção de germes, culturas e bactérias... fiquei toda estremecida. E me contou diversas coisas a respeito de mosquitos e doenças do sono, e algo sobre um verme de fígado que, receio eu, era um pouco complexo demais para *mim*.

– Era provavelmente complexo demais para Lord Whitfield – Luke retrucou com jovialidade. – Aposto que ele entendeu tudo errado! A senhorita tem uma mente bem mais afiada do que a dele, srta. Waynflete.

A srta. Waynflete falou serenamente:
— É muita gentileza da sua parte, sr. Fitzwilliam, mas receio que as mulheres nunca chegam a ter a profundidade de raciocínio que os homens têm.

Luke reprimiu o desejo de criticar desfavoravelmente as capacidades de raciocínio de Lord Whitfield. Em vez disso, falou:
— Eu de fato dei uma olhada no museu, mas depois subi para conferir as janelas.
— O senhor quer dizer onde Tommy... — a srta. Waynflete estremeceu. — É realmente horrível.
— Sim, não é um pensamento agradável. Passei cerca de uma hora com a sra. Church... a tia de Amy... Não é uma mulher agradável!
— Nem um pouco.
— Precisei adotar uma linha dura com ela — disse Luke. — Ela deve estar pensando que sou uma espécie de super policial.

Ele se interrompeu, notando uma súbita mudança de expressão no rosto da srta. Waynflete.
— Ah, sr. Fitzwilliam, o senhor acha que isso foi sensato?

Luke respondeu:
— Na verdade, não sei. Acho que era inevitável. A história de escrever um livro já estava se desgastando, já não consigo avançar muito nessa linha. As perguntas que eu precisava fazer iam direto ao ponto.

A srta. Fitzwilliam sacudiu a cabeça — a expressão perturbada permanecia em seu rosto.
— Num lugar como este, veja bem... tudo se espalha tão depressa...
— A senhorita está querendo dizer que todo mundo vai comentar "lá vai o detetive" quando eu passar pela rua? Não creio que agora isso realmente tenha importância. Na verdade, assim posso até conseguir mais.
— Não era nisso que eu estava pensando — a srta. Waynflete parecia sem fôlego. — O que eu quis dizer é que *ele* vai saber. *Ele* vai se dar conta de que o senhor está na pista do assassino.

Luke retrucou devagar:
— Suponho que sim.

A srta. Waynflete perguntou:
— Mas o senhor não percebe que isso é terrivelmente perigoso? *Terrivelmente!*
— A senhorita quer dizer... — Luke afinal entendeu aonde sua interlocutora queria chegar — ...a senhorita quer dizer que o matador vai querer dar cabo de *mim*?
— Sim.

É FÁCIL MATAR

– Engraçado – disse Luke. – Eu não tinha pensado nisso! Mas acho que a senhorita tem razão. Bem, essa talvez fosse a melhor coisa que pudesse acontecer.

A srta. Waynflete falou com ardor:

– Acho que o senhor não se deu conta de que ele... de que ele é um homem muito astuto. E cauteloso também! E, lembre-se, ele tem uma tremenda experiência... talvez mais do que *nós* imaginamos.

– Sim – Luke concordou pensativo. – Isso provavelmente é verdade.

A srta. Waynflete exclamou:

– Ah! Não gosto nada disso! Falando sério, eu me sinto totalmente *alarmada*!

Luke disse com delicadeza:

– A senhorita não precisa ficar assustada. Vou tomar o maior cuidado, posso lhe garantir. Veja bem, eu reduzi ao máximo as possibilidades. De qualquer forma, tenho uma ideia de quem pode ser o matador...

Ela levantou bruscamente o rosto.

Luke deu um passo na direção da dama. Baixou a voz num sussurro:

– Srta. Waynflete, se eu lhe perguntasse *qual de dois homens* a senhorita considera o mais provável, o dr. Thomas ou o sr. Abbot, *o que a senhorita me diria*?

– Ah! – exclamou a srta. Waynflete.

Sua mão passou no peito. Ela recuou um passo. Seus olhos enfrentaram os de Luke com uma expressão que o intrigou – revelavam impaciência e algo muito semelhante a isso que ele não conseguiu identificar ao certo. Ela falou:

– Não posso dizer nada.

Virou-se abruptamente, com um som curioso – meio suspiro, meio soluço.

Luke se resignou.

– A senhorita está indo para casa? – ele perguntou.

– Não. Eu ia levar estes livros para a sra. Humbleby. Fica no seu caminho de volta para Manor. Poderíamos ir juntos por parte do caminho.

– Isso será muito agradável – disse Luke.

Os dois desceram os degraus, viraram à esquerda e contornaram o jardim público.

Luke olhou para trás, contemplando as linhas imponentes da casa que haviam acabado de deixar.

– Deve ter sido uma casa adorável no tempo do seu pai – ele comentou.

A srta. Waynflete suspirou.

– Sim, fomos todos muito felizes lá. Fico tão contente que não tenha sido demolida. Tantas casas antigas estão desaparecendo...
– Pois é. Isso é uma tristeza.
– E as novas, realmente, não são nem de longe tão bem construídas.
– Duvido que resistam ao teste do tempo como as antigas.
– Mas, é claro – continuou a srta. Waynflete –, as novas *são* práticas, economizam muito trabalho e não têm aqueles corredores grandes e ventosos para limpar.

Luke concordou com a cabeça.

Quando chegaram ao portão da casa do dr. Humbleby, a srta. Waynflete hesitou e disse:

– Uma tarde tão linda... Se o senhor não se importar, acho que vou andar um pouco mais. O ar está uma delícia.

Um tanto surpreso, Luke polidamente expressou seu prazer. Aquela dificilmente era uma tarde que ele teria descrito como linda. Soprava um vento forte, revirando violentamente as folhas das árvores. Uma tempestade, ele pensou, podia desabar a qualquer minuto.

A srta. Waynflete, no entanto, agarrando seu chapéu com uma das mãos, seguiu caminhando a seu lado, dando todos os sinais de que se divertia e falando enquanto andava entre pequenos arquejos.

A viela que haviam tomado era um tanto deserta, visto que, da casa do dr. Humbleby até Ashe Manor, o trajeto mais curto não era pela estrada principal, mas por uma viela lateral que levava para um dos portões dos fundos da casa. Esse portão não era do mesmo ferro ornamentado, mas tinha dois belos pilares encimados por dois enormes abacaxis cor-de-rosa. Por que abacaxis, Luke não conseguira descobrir! Mas deduzia que, para Lord Whitfield, abacaxis significassem distinção e bom gosto.

Quando se aproximaram do portão, chegou-lhes um som de vozes exaltadas. No momento seguinte, avistaram Lord Whitfield confrontando um jovem com uniforme de chofer.

– Você está despedido! – Lord Whitfield gritava. – Ouviu? Está despedido!

– Se o senhor deixasse passar, meu patrão, só dessa vez...

– Não, não vou deixar passar! Saindo com o meu carro! *Meu* carro! E, o que é pior, você andou bebendo!... Sim, andou bebendo, não negue! Deixei claro que há três coisas que não tolero na minha propriedade: uma é embriaguez, outra é imoralidade e a última é insolência!

Embora o homem não estivesse de fato embriagado, bebera o suficiente para soltar a língua. Sua postura mudou.

– O senhor não tolera isso e o senhor não tolera aquilo, seu abutre velho! A *sua* propriedade! Pensa que ninguém sabe que o seu pai tinha uma oficina de botas aqui! A gente quase desmaia de tanto rir, isso mesmo, só de ver o senhor dando os seus passinhos por aí, todo orgulhoso, que nem um pavão! Quem é o senhor, eu gostaria de saber? Não é melhor do que eu, isso é que o senhor é!

Lord Whitfield ficou roxo.

– Como você se atreve a falar comigo desse jeito? Como se atreve?

O jovem deu um passo ameaçador em sua direção.

– Se o senhor não fosse um porquinho barrigudo desgraçado, eu lhe dava um murro na cara... isso mesmo, eu dava.

Lord Whitfield deu um passo para trás às pressas, tropeçou numa raiz e caiu sentado.

Luke aproximara-se.

– Suma daqui – ele falou com rispidez ao chofer.

Este último havia recobrado a razão. Parecia estar assustado.

– Sinto muito, senhor. Não sei o que me deu, eu juro.

– Uns dois copos a mais, eu diria – retrucou Luke, ajudando Lord Whitfield a ficar de pé.

– Eu sinto muito, meu patrão – gaguejou o homem.

– Você vai se arrepender disso, Rivers – exclamou Lord Whitfield, sua voz tremia com intensa emoção.

O homem hesitou por alguns instantes; em seguida, devagar, foi se afastando num andar bamboleante.

Lord Whitfield explodiu:

– Que insolência colossal! Comigo! Falando comigo desse jeito! Algo de muito sério vai acontecer com esse homem! Nenhum respeito, nenhuma noção adequada de sua posição na vida. Quando penso no que faço por essa gente... bons ordenados, todos os confortos, uma pensão quando se aposentam. A ingratidão, a infame ingratidão...

Ele se engasgou de tanta exaltação e então percebeu a presença da srta. Waynflete, que estava parada em silêncio ao lado.

– É você, Honoria? É profundamente desolador para mim que você tenha testemunhado uma cena tão vergonhosa. A linguagem daquele homem...

– Receio que ele estivesse fora de si, Lord Whitfield – disse a srta. Waynflete, empertigada.

– Ele estava era bêbado, isso sim... bêbado!

– Só um pouco alto – falou Luke.

– Sabem o que ele fez? – Lord Whitfield olhava de um para outro. – Saiu com o meu carro... *meu* carro! Achou que eu não voltaria tão cedo.

Bridget me levou para Lyne no carro pequeno. E aquele sujeito teve o descaramento de sair com uma moça... Lucy Carter, creio eu... no *meu* carro!
A srta. Waynflete disse com delicadeza:
– Uma atitude muito imprópria.
Lord Whitfield pareceu ficar um pouco consolado.
– Pois é, não foi?
– Mas tenho certeza de que ele vai se arrepender.
– Vou me certificar de que ele se arrependa.
– O senhor o despediu – salientou a srta. Waynflete.
Lord Whitfield balançou a cabeça.
– Vai acabar mal, esse sujeito – endireitou os ombros. – Entre conosco, Honoria, vamos tomar um copo de xerez.
– Obrigado, Lord Whitfield, mas preciso ir ao encontro da sra. Humbleby com estes livros... Boa noite, sr. Fitzwilliam. O senhor vai ficar *bem* agora.

Ela lhe acenou com a cabeça, sorrindo, e se afastou com passos enérgicos. Sua atitude lembrava tanto uma babá que entrega uma criança numa festa que Luke prendeu a respiração perante um pensamento repentino. Seria possível que a srta. Waynflete tivesse o acompanhado com o único propósito de protegê-lo? A ideia parecia ridícula, mas...

A voz de Lord Whitfield interrompeu sua meditação.
– Mulher muito competente, a nossa Honoria Waynflete.
– Muito, eu diria.
Lord Whitfield começou a caminhar na direção da casa. Movia-se com certa rigidez, esfregando cuidadosamente as nádegas.
De repente, soltou uma risadinha.
– Certa vez fui noivo de Honoria. Ela era uma moça bonita, não tão magricela como é hoje. Parece engraçado pensar nisso agora. Seus familiares eram os grã-finos deste vilarejo
– É mesmo?
Lord Whitfield ruminou:
– O velho coronel Waynflete comandava o espetáculo. Você precisava tirar o chapéu para ele com a maior reverência. O coronel era da velha escola e orgulhoso como Lúcifer.
Ele soltou mais uma risadinha.
– Honoria colocou uma bela lenha na fogueira quando anunciou que ia se casar comigo! Ela se autodenominava radical. Muito fervorosa. Era totalmente a favor de abolir as distinções de classe. Uma moça do tipo sério.
– E a família desfez o romance?
Lord Whitfield esfregou o nariz.

— Bem... não exatamente. Para falar a verdade, tivemos um desentendimento por causa de uma tolice. Um maldito passarinho que ela tinha, um desses canários infernais que ficam trinando sem parar; sempre os detestei... um acidente... pescoço torcido. Bem, não adianta ficar lembrando tudo isso agora. Vamos esquecer.

Ele sacudiu os ombros, como um homem que descarta uma lembrança desagradável.

Depois falou, um tanto espasmodicamente:

— Acho que ela nunca me perdoou. Bem, talvez isso seja natural...

— Acho que ela o perdoou sim – disse Luke.

Lord Whitfield se animou.

— Acha? Fico contente. Sabe, tenho muito respeito por Honoria. Mulher competente *e* uma verdadeira dama! Isso ainda conta, mesmo nos dias de hoje. Ela administra muito bem aquela biblioteca.

Lord Whitfield levantou o rosto e sua voz se alterou.

— Opa – ele disse. – Aí vem Bridget.

CAPÍTULO 16
O abacaxi

Luke sentiu uma contração nos músculos quando Bridget se aproximou.

Os dois não haviam conversado a sós desde o dia do jogo de tênis. Por acordo mútuo, estavam evitando um ao outro. Luke olhou-a de relance agora.

Ela parecia provocantemente calma, fria e indiferente.

Ela falou com despreocupação:

— Estava começando a imaginar que fim teria levado você, Gordon.

Lord Whitfield resmungou:

— Eu tive um desentendimento! Aquele sujeito, Rivers, teve a insolência de sair com o Rolls nesta tarde.

— Crime de lesa-majestade – disse Bridget.

— Não adianta fazer piada disso, Bridget. O negócio é sério. Ele saiu com uma moça.

— Acho que ele não teria sentido nenhum prazer em sair para dar uma volta sozinho!

Lord Whitfield estacou.

— Na minha propriedade, exijo um comportamento moral e decente.

– Não é propriamente imoral levar uma garota para dar uma volta num carro.
– É sim, quando é no *meu* carro.
– Isso é pior do que imoralidade! Configura praticamente uma blasfêmia! Mas você não pode simplesmente eliminar o impulso do sexo, Gordon. A lua está cheia, e o verão está no auge.
– Ora, não diga! – exclamou Luke.
Bridget lançou-lhe um olhar.
– Isso parece interessá-lo.
– Interessa mesmo.
Bridget voltou-se para Lord Whitfield.
– Três pessoas extraordinárias chegaram ao Bells and Motley. Primeira: um homem de calças curtas, óculos e uma adorável camisa de seda cor de ameixa! Segunda: uma mulher sem sobrancelhas, trajando uma túnica, meio quilo das mais variadas imitações de colares egípcios e sandálias. Terceira: um homem gordo num terno cor de alfazema e sapatos combinando. Suspeito que sejam amigos do nosso sr. Ellsworthy! Um colunista escreveu: "Um passarinho me contou que teremos festinha na Campina das Bruxas hoje à noite".
Lord Whitfield ficou roxo e exclamou:
– Não vou tolerar!
– Você não pode impedir, querido. A Campina das Bruxas é um local público.
– Não vou tolerar essa asneira descrente por aqui! Vou denunciar no *Scandals*.
Ele fez uma pausa e continuou:
– Lembre-me de anotar isso e encarregar Siddely da tarefa. Preciso ir à cidade amanhã.
– A campanha de Lord Whitfield contra a feitiçaria – disse Bridget em tom petulante. – Superstições medievais ainda multiplicam-se em pacato vilarejo.
Lord Whitfield encarou-a com um semblante franzido e intrigado; então se virou e entrou na casa.
Luke falou com jovialidade:
– Você precisa fazer o seu joguinho melhor do que isso, Bridget!
– Como assim?
– Seria uma pena se você perdesse o seu emprego! Aqueles cem mil não são seus ainda. Nem os diamantes e as pérolas. Se eu fosse você, esperaria passar a cerimônia do casamento para exercitar os dons sarcásticos.
Ela enfrentou com frieza o olhar de Luke.

— Você é tão atencioso, meu caro Luke. É bondade sua levar o meu futuro tão a sério!
— Bondade e consideração sempre foram os meus pontos fortes.
— Eu não tinha notado.
— Não? Você me surpreende.
Bridget arrancou uma folha de trepadeira e disse:
— O que você andou fazendo hoje?
— Bancando o detetive, como de costume.
— Algum resultado?
— Sim e não, como dizem os políticos. A propósito, vocês têm algumas ferramentas na casa?
— Creio que sim. Que tipo de ferramentas?
— Ah, quaisquer instrumentos pequenos e práticos. Quem sabe eu faço uma inspeção.
Dez minutos depois, Luke havia tirado da prateleira de um armário uma seleção do que queria.
— Este conjunto vai servir muito bem — ele disse, batendo no bolso onde guardara o material.
— Está pensando em arrombar algum lugar?
— Pode ser.
— Você está tão discreto sobre esse assunto.
— Bem, afinal de contas, a situação está repleta de dificuldades. Estou numa posição infernal. Depois do nosso pequeno confronto de sábado, acho que devia me manter bem longe daqui.
— Para se comportar como um perfeito cavalheiro, devia mesmo.
— Só que, como estou convencido de que estou na pista certa de um maníaco homicida, sou forçado a ficar. Se conseguir pensar em qualquer razão convincente para eu sair daqui e me alojar no Bells and Motley, pelo amor de Deus, fale!
Bridget sacudiu a cabeça.
— Isso não é plausível... sendo você meu primo e tudo mais. Além disso, a estalagem está cheia com os amigos do sr. Ellsworthy. Eles só dispõem de três quartos de hóspedes.
— Então me vejo forçado a ficar, por mais doloroso que isso possa ser para você.
Bridget sorriu-lhe com doçura.
— Nem um pouco. Sempre me agrada um escalpo a mais na minha coleção.
— Essa — disse Luke — foi uma tolice particularmente infame. O que admiro em você, Bridget, é que você não tem praticamente nenhum senso de bondade. Bem, bem... o amante rejeitado vai se trocar para o jantar.

A noite passou sem grandes acontecimentos. Luke caíra nas graças de Lord Whitfield ainda mais do que antes, pelo aparente interesse com o qual escutara o discurso noturno do outro.

Quando os dois entraram na sala de visitas, Bridget disse:

– Eles demoraram.

Luke retrucou:

– Lord Whitfield estava falando sobre algo tão interessante que o tempo passou como um relâmpago. Ele estava me contando como fundou seu primeiro jornal.

A sra. Anstruther disse:

– Essas novas árvores frutíferas em vasos são simplesmente maravilhosas. Você deveria tentar colocá-las no terraço, Gordon.

A conversa prosseguiu, então, num feitio normal.

Luke se retirou cedo.

No entanto, não se deitou. Tinha outros planos.

O relógio mal batera meia-noite quando ele desceu as escadas silenciosamente, calçando tênis, atravessou a biblioteca e saiu por uma janela.

O vento ainda soprava em rajadas violentas, intercaladas por breves calmarias. As nuvens disparavam de um lado a outro pelo céu, obliterando a lua, de modo que a escuridão se alternava com a luminosidade da lua.

Luke seguiu por um caminho tortuoso até o estabelecimento do sr. Ellsworthy. Constatou que tinha o caminho livre para uma pequena investigação. Sentia plena certeza de que o sr. Ellsworthy e seus amigos teriam saído juntos naquela data em particular. O início de verão, Luke achava, certamente seria marcado por alguma cerimônia ou outra. Enquanto ela estivesse em andamento, Luke teria uma boa oportunidade para fazer uma busca na casa do sr. Ellsworthy.

Ele pulou dois muros, deu a volta até os fundos da casa, tirou do bolso as diversas ferramentas e escolheu a mais apropriada. Uma janela da copa cedeu a seus esforços. Alguns minutos depois, Luke já empurrara a lingueta, levantara o caixilho e pulara para dentro.

Ele tinha uma lanterna no bolso. Usou-a com moderação – um breve jato de luz para enxergar o caminho e evitar que esbarrasse nas coisas.

Passados quinze minutos, certificara-se de que a casa estava vazia. O proprietário estava longe dali, envolvido em seus próprios afazeres.

Luke sorriu de satisfação e tratou de levar em frente sua tarefa.

Fez uma busca completa e minuciosa em todos os cantos e recantos disponíveis. Numa gaveta chaveada, sob dois ou três esboços inócuos de aquarelas, topou com alguns arroubos artísticos que o fizeram levantar as sobrancelhas e assobiar. A correspondência do sr. Ellsworthy não revelava nada, mas alguns dos seus livros – os que estavam enfiados na parte de trás de uma prateleira – recompensaram a inspeção.

Além destas, Luke colheu três informações escassas, mas sugestivas. A primeira era um rabisco a lápis num pequeno caderno de anotações: *"Acertar com Tommy Pierce"* – datada dois dias antes da morte do menino. A segunda era um esboço em *crayon* de Amy Gibbs com dois furiosos riscos vermelhos cruzados em cima do rosto. A terceira era um frasco de xarope. Nenhuma dessas pistas era de forma alguma conclusiva, mas, tomadas em conjunto, as informações podiam ser consideradas encorajadoras.

Luke mal acabara de deixar tudo em ordem, recolocando as coisas no devido lugar, quando repentinamente se retesou e desligou a lanterna.

Ele ouvira uma chave sendo introduzida na fechadura da porta lateral.

Atravessou a sala onde estava em direção à porta e ficou espiando por uma fresta. Esperava que Ellsworthy, se fosse mesmo ele, subisse diretamente para o andar de cima.

A porta lateral se abriu e Ellsworthy entrou, acendendo uma luz do vestíbulo.

Quando ele cruzou o vestíbulo, Luke viu seu rosto e prendeu a respiração.

Estava irreconhecível. Havia uma espuma nos lábios, os olhos se mostravam iluminados por uma estranha exultação ensandecida, ele saltitava pelo vestíbulo com rápidos passinhos de dança.

Mas o que fez Luke prender a respiração foi a visão das mãos de Ellsworthy. Estavam manchadas de um forte vermelho escuro – a cor de sangue coagulado...

Ele desapareceu escada acima. Um momento depois, a luz do vestíbulo se apagou.

Luke esperou mais um pouco; depois, com grande cautela, esgueirou-se pelo vestíbulo, avançou até a copa e saiu pela janela. Olhou a parte de cima da casa, mas tudo estava escuro e silencioso.

Ele respirou fundo.

"O sujeito é louco, sem dúvida!", pensou. "O que será que andou aprontando? Posso jurar que tinha sangue nas mãos!"

Ele circundou o vilarejo e voltou para Ashe Manor por um caminho indireto. Foi enquanto entrava na viela lateral que um repentino farfalhar de folhas o fez olha para trás.

– Quem está aí?

Um vulto grande, envolto numa capa escura, saiu da sombra de uma árvore. Parecia tão sinistro que Luke sentiu seu coração parar. Então ele reconheceu o rosto comprido e pálido sob o capuz.

– Bridget! Que susto você me deu!
Ela retrucou com rispidez:
– Onde você estava? Vi quando você saiu.
– E você me seguiu?
– Não. Você tinha ido muito longe, eu estava esperando você voltar.
– Foi uma tremenda tolice fazer isso – Luke resmungou.
Ela repetiu a pergunta com impaciência:
– Por onde você andava?
Luke respondeu alegremente:
– Invadindo a casa do nosso sr. Ellsworthy!
Bridget prendeu a respiração.
– Você... encontrou alguma coisa?
– Não sei. Fiquei conhecendo um pouco mais aquele sujeito imundo... seus gostos pornográficos e tudo mais. Há três coisas que poderiam ser sugestivas.
Bridget escutou com atenção enquanto ele relatava o resultado de sua busca.
– São evidências muito frágeis – ele terminou. – Porém, quando eu estava saindo, Ellsworthy voltou. E vou lhe dizer uma coisa: o homem é louco de pedra!
– Você acha mesmo?
– Eu vi o rosto dele... era espantoso! Só Deus sabe o que ele andou aprontando! O sujeito estava num delírio de excitação enlouquecida. E as mãos estavam manchadas, posso jurar, de *sangue*.
Bridget estremeceu.
– Que horrível... – ela murmurou.
Luke falou com irritação:
– Você não devia ter saído sozinha, Bridget. Foi uma completa loucura. Alguém poderia ter lhe dado uma paulada na cabeça.
Ela riu trêmula.
– O mesmo serve para você, meu querido.
– Eu sei me cuidar.
– Eu também sou ótima em me cuidar. Acho que você me chamaria de durona.
O vento soprou numa rajada cortante. Luke disse de súbito:
– Tire esse capuz.
– Por quê?
Com um movimento inesperado, Luke agarrou a capa de Bridget e arrancou-a. O vento apanhou o cabelo da jovem e o fez voar com força por

cima da cabeça. Ela o encarou fixamente, com a respiração acelerada. Luke falou:

– Você certamente fica incompleta sem uma vassoura, Bridget. Foi assim que a vi pela primeira vez.

Ele a fitou por mais alguns instantes e falou:

– Você não passa de uma diabinha cruel.

Com um suspiro acentuado e impaciente, jogou-lhe a capa de volta.

– Pronto... vista-se. Vamos para casa.

– Espere...

– Por quê?

Bridget se aproximou dele. Falou com uma voz baixa, quase sem fôlego:

– Porque tenho algo para lhe dizer... foi por isso, em parte, que esperei você aqui, fora de casa. Quero lhe dizer isso agora, antes de entrarmos na propriedade de Gordon.

– Pois bem?

Ela deu uma risada curta, um tanto amarga.

– Ah, é bastante simples. *Você venceu*, Luke. Isso é tudo!

Ele perguntou de modo brusco:

– O que você quer dizer com isso?

– Quero dizer que desisti da ideia de me tornar Lady Whitfield.

Luke deu um passo na direção dela.

– Isso é verdade? – indagou.

– Sim, Luke.

– Você quer se casar comigo?

– Quero.

– Por que você mudou de ideia?

– Eu não sei. Você me diz coisas tão monstruosas, mas parece que eu gosto.

Luke tomou-a nos braços e a beijou. Ele disse:

– Que mundo louco!

– Você está feliz, Luke?

– Não, particularmente.

– Acha que algum dia vai ser feliz comigo?

– Não sei. Vou correr esse risco.

– Sim, é o que eu sinto.

Luke entrelaçou o braço com o dela.

– Estamos sendo um tanto esquisitos em relação a tudo isso, meu bem. Vamos. Talvez pela manhã já estejamos normais.

– Sim, é bastante assustador o modo como as coisas acontecem conosco.

Ela olhou para baixo e o deteve com um puxão.
– Luke... Luke, *o que é isso?*
A lua saíra de trás das nuvens.
Luke olhou para o ponto em que os pés de Bridget tremiam junto a um vulto encolhido. Com uma exclamação assustada, soltou-se do braço dela e se ajoelhou. Do monte disforme, transferiu seu olhar para o pilar acima. O abacaxi desaparecera. Levantou-se afinal. Bridget, de pé, tapava a boca com as duas mãos.
Ele disse:
– É o chofer... Rivers. Está morto.
– Essa coisa monstruosa de pedra já faz algum tempo que estava solta, deve ter caído em cima dele com a ventania.
Luke balançou a cabeça.
– O vento não faria uma coisa dessas. Ah, alguém *quis* que parecesse, alguém *quis* que fosse, outro acidente! Mas é uma armação. *É o matador de novo...*
– Não, não, Luke!
– Vou lhe dizer uma coisa. Sabe o que senti na parte de trás da cabeça dele? Junto com a paste viscosa? *Grãos de areia.* E não tem areia por aqui. Bridget, alguém ficou esperando por ele e o golpeou quando estava passando pelo portão, voltando para o seu chalé. Então o deitou e empurrou esse abacaxi de pedra em cima.
Bridget disse com um fiapo de voz:
– Luke... tem sangue... nas suas mãos...
Luke retrucou em tom sombrio:
– Havia sangue nas mãos de mais alguém! Sabe o que eu estava pensando hoje à tarde? Que, se houvesse mais um crime, nós saberíamos com certeza. E agora *sabemos*! *Ellsworthy*! Ele saiu nesta noite e voltou com sangue nas mãos, dançando e saltitando, como um louco, embriagado com a expressão de um maníaco homicida...
Olhando para baixo, Bridget estremeceu e falou em voz baixa:
– Pobre Rivers...
Luke retrucou compassivamente:
– Sim, pobre sujeito. É um azar tremendo. Mas esse vai ser o último, Bridget! Agora que sabemos, vamos pegá-lo!
Ele a viu oscilar e, com dois passos, apanhou-a nos braços.
Bridget disse com uma vozinha infantil:
– Luke, estou com medo...
Ele falou:

– Está tudo acabado, querida. Está tudo acabado...
Ela murmurou:
– Seja bom comigo, por favor. Já me magoaram tanto...
Ele disse:
– Nós nos magoamos mutuamente. Não faremos mais isso.

CAPÍTULO 17

Lord Whitfield fala

O dr. Thomas fitou Luke do outro lado da escrivaninha, em seu consultório.
– Incrível – ele disse. – Incrível! Está falando *sério*, sr. Fitzwilliam?
– Absolutamente. Estou convencido de que Ellsworthy é um maníaco perigoso.
– Nunca dei atenção especial ao sujeito. Eu diria, no entanto, que ele é possivelmente um tipo anormal.
– Eu iria bem mais longe do que isso – Luke retrucou em tom sombrio.
– O senhor acredita que esse homem, Rivers, foi assassinado?
– Acredito. O senhor notou os grãos de areia no ferimento?
O dr. Thomas confirmou com a cabeça.
– Eu os procurei depois do seu depoimento. Sou obrigado a dizer que o senhor tinha razão.
– Isso deixa claro que o acidente foi forjado e que o homem foi morto ao ser golpeado com um saco de areia, não é mesmo? Ou, pelo menos, que foi deixado inconsciente dessa maneira.
– Não necessariamente.
– Como assim?
O dr. Thomas recostou-se na cadeira e uniu as pontas dos dedos.
– Vamos supor que esse homem, Rivers, tenha deitado num areal durante o dia. Existem diversos areais nesta região. Isso poderia explicar os grãos de areia no cabelo.
– Meu caro, estou lhe dizendo que ele foi assassinado!
– O senhor pode me dizer que ele foi – falou com secura o dr. Thomas –, mas isso não quer dizer que ele tenha sido.
Luke controlou sua exasperação.
– Suponho que o senhor não acredite numa única palavra do que estou lhe dizendo.
O dr. Thomas sorriu, um sorriso superior e benevolente.

— O senhor tem de admitir, sr. Fitzwilliam, que é uma história um tanto mirabolante. O senhor afirma que esse tal Ellsworthy matou uma empregada, um menino, um taberneiro bêbado, meu próprio sócio e por fim esse tal Rivers.

— O senhor não acredita?

O dr. Thomas encolheu os ombros.

— Tenho certo conhecimento do caso de Humbleby. Parece-me completamente fora de questão que Ellsworthy pudesse ter causado sua morte e vejo de fato que o senhor não tem nenhuma evidência que comprove que ele tenha feito isso.

— Não sei como ele conseguiu — Luke confessou —, mas tudo é condizente com a história da srta. Pinkerton.

— Mais uma vez, o senhor afirma que Ellsworthy a seguiu até Londres e atropelou-a com um carro. Outra vez, o senhor não tem prova alguma de que isso tenha ocorrido! É tudo... ora... fantasioso!

Luke retrucou com rispidez:

— Agora que me situei, será tarefa minha obter as provas. Vou a Londres amanhã para falar com um velho camarada meu. Vi no jornal, dois dias atrás, que ele foi promovido a comissário assistente da polícia. Ele me conhece, vai ouvir o que eu tenho a dizer. De uma coisa eu tenho certeza: ele vai investigar minuciosamente o caso.

O dr. Thomas afagou o queixo, pensativo.

— Bem, sem dúvida isso será bastante satisfatório. Se o senhor descobrir que estava errado...

Luke interrompeu-o:

— O senhor definitivamente não acredita numa única palavra?

— Em assassinatos em série? — o dr. Thomas ergueu as sobrancelhas. — Falando com a maior franqueza, sr. Fitzwilliam, não acredito. A história é fantástica demais.

— Fantástica, talvez. Mas faz sentido. O senhor precisa admitir que faz sentido. Uma vez que aceite a história da srta. Pinkerton como verdadeira.

O dr. Thomas estava sacudindo a cabeça. Um leve sorriso apareceu em seus lábios.

— Se o senhor conhecesse algumas dessas velhas donzelas tão bem quanto eu — ele murmurou.

Luke levantou-se, tentando controlar seu aborrecimento.

— De todo modo, o senhor tem um nome adequado — ele disse. — Um Thomas incrédulo, como se fosse o primeiro!

Thomas retrucou, bem-humorado:

– Apresente-me algumas provas, meu caro amigo. É tudo o que peço. Não apenas uma longa ladainha melodramática baseada em algo que uma velha senhora imaginou ter visto.
– Às vezes, aquilo que as velhas senhoras imaginam ter visto é verdadeiro. Minha tia Mildred certamente tinha intuição sobrenatural! O senhor tem tias, dr. Thomas?
– Bem... hã... não.
– Um erro! – Luke exclamou. – Todo homem deveria ter tias. Elas ilustram o triunfo da intuição sobre a lógica. É reservado às tias *saber* que o sr. A é um trapaceiro porque se parece com um mordomo desonesto que tiveram certa vez. Outras pessoas afirmam, com suficiente sensatez, que um homem respeitável como o sr. A não poderia ser um vigarista. As velhas senhoras sempre têm razão.
O dr. Thomas sorriu de forma superior mais uma vez.
Luke disse, com a exasperação subindo de novo às alturas:
– O senhor compreende que sou policial, certo? Não sou um completo amador.
O dr. Thomas sorriu e murmurou:
– Em Mayang Straits!
– Crime é crime até mesmo em Mayang Straits!
– Claro... claro.
Luke deixou o consultório do dr. Thomas num estado de irritação reprimida.
Encontrou Bridget, que perguntou:
– Pois bem, como você se saiu?
– Ele não acreditou em mim – Luke respondeu. – O que, pensando bem, não é nada surpreendente. É uma história mirabolante sem nenhuma prova. O dr. Thomas, com toda ênfase, *não* é o tipo de homem que acredita em seis coisas impossíveis antes do café da manhã!
– Será que alguém vai acreditar em você?
– Provavelmente não, mas, quando eu conseguir falar com o velho Billy Bones amanhã, as engrenagens vão começar a funcionar. Eles vão averiguar o nosso amigo de cabelo comprido, Ellsworthy, e fatalmente encontrarão alguma coisa.
Bridget perguntou pensativamente:
– Estamos agindo às claras demais, não estamos?
– Precisamos agir assim. Não podemos, simplesmente não podemos permitir qualquer outro assassinato.
Bridget estremeceu.
– Pelo amor de Deus, tenha cuidado, Luke.

– Eu estou sendo cuidadoso ao máximo. Não passe perto de portões encimados por abacaxis, evite a mata solitária quando cai a noite, fique de olho na comida e na bebida. Sei todas as tramoias.
– Tenho uma sensação horrível ao pensar que você é um homem marcado.
– Contanto que você não seja uma mulher marcada, meu bem.
– Talvez eu seja.
– Acho que não, mas não pretendo correr riscos! Estou tomando conta de você como um antiquado anjo da guarda.
– Adiantaria dizer algo à policia daqui?
Luke ponderou.
– Não, acho que não. Melhor ir direto à Scotland Yard.
Bridget murmurou:
– Foi o que a srta. Pinkerton pensou.
– Sim, mas *eu* vou estar de olho nos perigos.
Bridget disse:
– Já sei o que vou fazer amanhã. Vou arrastar Gordon à loja daquele animal e fazê-lo comprar coisas.
– E assim garantir que o nosso sr. Ellsworthy não prepare uma emboscada nos degraus de Whitehall?
– A ideia é essa.
Com ligeiro embaraço, Luke disse:
– Quanto a Whitfield...
Bridget falou rapidamente:
– Vamos deixar para quando você voltar amanhã. Aí passaremos tudo a limpo.
– Ele vai ficar enfurecido, você não acha?
– Bem... – Bridget considerou a questão. – Ele vai ficar aborrecido.
– Aborrecido? Céus! Você não está suavizando um pouco?
– Não. Porque, veja bem, Gordon não *gosta* se se sentir aborrecido. Ela fica perturbado!
Luke falou com seriedade:
– Eu me sinto um tanto desconfortável em relação a tudo isso.
Essa sensação predominava em sua mente quando ele se preparou, naquela noite, para ouvir pela vigésima vez Lord Whitfield discorrendo sobre o tema Lord Whitfield. Ele admitia: era um truque baixo ficar como hóspede na casa de um homem e lhe roubar a noiva. Ainda sentia, no entanto, que um pateta barrigudo, pomposo e cheio de pavoneios como Lord Whitfield nunca deveria ter sequer almejado ficar com Bridget!

Mas sua consciência o castigava tanto que ele ouviu tudo com uma dose extra de atenção e, por consequência, deixou em seu hospedeiro a mais favorável das impressões.

Lord Whitfield estava no auge do bom humor naquela noite. A morte de seu antigo chofer parecia tê-lo deixado antes eufórico do que deprimido.

– Eu lhe disse que aquele sujeito acabaria mal – ele se vangloriou, erguendo sob a luz um cálice de porto e o analisando com olhos semicerrados. – Eu não lhe disse isso ontem à noite?

– Disse mesmo, senhor.

– E, perceba, eu tinha razão! É incrível a frequência com que eu tenho razão!

– Isso deve ser esplêndido para o senhor – disse Luke.

– Tive uma vida maravilhosa... sim, uma vida maravilhosa! Meu caminho se abria, desimpedido e suave, à minha frente. Sempre tive grande fé e confiança na providência. Esse é o segredo, Fitzwilliam... esse é o segredo.

– É?

– Sou um homem religioso. Acredito no bem e no mal e na justiça eterna. Existe a justiça divina, Fitzwilliam, não tenho a menor dúvida!

– Eu também acredito na justiça – falou Luke.

Lord Whitfield, como de costume, não se mostrou interessado nas crenças das outras pessoas.

– Faça o bem por seu Criador, e o seu Criador fará o bem por você! Sempre fui um homem correto. Fiz doações para caridade e ganhei meu dinheiro de maneira honesta. Não devo gratidão a homem algum! Não dependo de ninguém. O senhor se lembra de como, na Bíblia, os patriarcas tornavam-se prósperos, ganhavam manadas e rebanhos, e seus inimigos eram destruídos?

Luke disfarçou um bocejo e disse:

– Sem dúvida... sem dúvida.

– É impressionante... absolutamente impressionante... – falou Lord Whitfield. – O modo como são aniquilados os inimigos de um homem justo! Veja o caso de ontem. Aquele sujeito me insulta, chega inclusive ao ponto de tentar erguer a mão contra mim. E o que acontece? Onde está ele hoje?

Ele fez uma pausa retórica e então respondeu a si mesmo com uma voz imponente:

– Morto! Aniquilado pela ira divina!

Arregalando um pouco os olhos, Luke comentou:

– Uma punição um tanto excessiva, talvez, para algumas palavras apressadas proferidas depois de um copo a mais.

Lord Whitfield sacudiu a cabeça.

– É sempre assim! A retaliação é rápida e terrível. E há um bom e autêntico histórico disso. Lembre-se das crianças que zombaram de Eliseu, de como os ursos apareceram e as devoraram. É assim que as coisas acontecem, Fitzwilliam.

– Eu sempre achei que essa vingança era um tanto desnecessária.

– Não, não. O senhor está vendo a história da maneira errada. Eliseu era um grande homem, um santo homem. Não se podia permitir que qualquer pessoa continuasse viva depois de zombar dele! Entendo isso por causa do meu próprio caso!

Luke encarou-o, intrigado.

Lord Whitfield baixou a voz.

– Eu mal acreditava no início. *Mas acontecia todas as vezes!* Meus inimigos e detratores eram abatidos e exterminados.

– Exterminados?

Lord Whitfield confirmou com um gesto suave e sorveu seu porto.

– Vez após vez. Um caso bem parecido com o de Eliseu... um menininho. Topei com ele nos jardins, era empregado meu na ocasião. O senhor sabe o que ele estava fazendo? Estava fazendo uma imitação de mim... de *mim*! *Zombando* de mim! Pavoneando-se para cima e para baixo diante de uma plateia. Gozando da minha cara na minha própria casa! *Sabe o que aconteceu a ele?* Nem dez dias depois, caiu de uma janela alta e morreu! Depois foi Carter, aquele badernerio, um bêbado e um homem de língua maligna. Veio até aqui e me insultou. O que aconteceu com ele? Uma semana depois, estava morto... afogado na lama. Houve uma empregada também. Levantou a voz e me chamou disso e daquilo. Sua punição logo veio. Bebeu veneno por engano! Eu poderia lhe contar um monte de outros casos. Humbleby ousou se opor a mim no plano de abastecimento de água. *Ele* morreu de infecção generalizada. Ah, isso vem acontecendo faz anos... A sra. Horton, por exemplo, foi abominavelmente rude comigo e não passou muito tempo até que *ela* faleceu.

Lord Whitfield fez uma pausa e, inclinando-se à frente, entregou o decantador de porto para Luke.

– Sim – ele disse –, todos morreram. Espantoso, não?

Luke encarou-o. Uma suspeita monstruosa, incrível, invadira sua mente! Com novos olhos ele encarou o homenzinho gordo sentado à cabeceira da mesa que assentia suavemente com a cabeça – cujos olhos claros e protuberantes fixavam-se nos de Luke com sorridente descaso.

Um lampejo de lembranças desconexas inundou rapidamente o pensamento de Luke. O major Horton dizendo: "Lord Whitfield foi muito bondoso. Mandou uvas e pêssegos de sua estufa". Tinha sido Lord Whitfield quem tão misericordiosamente permitira que Tommy Pierce fosse empregado na limpeza das janelas da biblioteca. Lord Whitfield discursando sobre sua visita ao Instituto Wellerman Kreutz com seus soros e culturas de germes bem pouco tempo antes da morte do dr. Humbleby. Tudo apontando nitidamente numa única direção, e ele, tolo que havia sido, sequer suspeitara...

Lord Whitfield ainda sorria. Um sorriso calmo e feliz. Ele assentiu suavemente com a cabeça para Luke.

– *Todos morrem* – disse Lord Whitfield.

CAPÍTULO 18

Conferência em Londres

Sir William Ossington, conhecido pelos parceiros dos velhos tempos como Billy Bones, fitava seu amigo com incredulidade.

– Você não teve crimes suficientes em Mayang? – ele perguntou em tom de queixa. – Será que precisa voltar para casa e fazer o nosso trabalho?

– Os crimes em Mayang não se davam em série – Luke respondeu. – O que eu estou enfrentando agora é um homem que cometeu no mínimo meia dúzia de assassinos, um atrás do outro, e se safou sem a menor sombra de suspeita!

Sir William suspirou.

– Isso acontece. Qual é a especialidade dele? Esposas?

– Não, ele não é desse tipo. Na verdade, ele ainda não se acha Deus, mas logo vai se achar.

– Louco?

– Ah, inquestionavelmente, eu diria.

– Mas é provável que ele não seja completamente louco. Há uma diferença, sabe...

– Eu diria que ele tem noção da natureza e das consequências de seus atos – afirmou Luke.

– Exato – disse Billy Bones.

– Bem, não percamos tempo com minúcias técnicas legais. Não chegamos nem perto desse estágio ainda. Talvez nunca cheguemos. O que eu quero de você, meu velho, são alguns fatos. Houve um acidente de rua ocorrido no dia do derby, entre cinco e seis da tarde. Uma senhora foi atropelada em Whitehall e o carro não parou. Seu nome era Lavinia Pinkerton. Quero que você desencave todos os fatos que puder sobre o caso.

Sir William suspirou.

– Logo consigo isso para você. Vinte minutos devem bastar.

Ele cumpriu com a palavra. Passado menos tempo do que isso, Luke já estava falando com o policial encarregado do assunto.

– Sim, senhor, eu me lembro dos detalhes. Tenho quase tudo anotado aqui – ele indicou a folha que Luke examinava. – Foi aberto um inquérito... O sr. Satcherverell foi o investigador. Culpa do motorista do carro.

– Conseguiram pegá-lo?

– Não, senhor.

– Qual era a marca do carro?

– É quase certo que foi um Rolls... um carro grande dirigido por um chofer. Todas as testemunhas foram unânimes nesse ponto. A maioria das pessoas reconhece de longe um Rolls.

– Não anotaram a placa?

– Não, infelizmente ninguém pensou em conferi-la. Alguém anotou FZX 4498, mas era um número errado, uma mulher a viu e mencionou isso para outra mulher, que o passou para mim. Não sei se a segunda o anotou errado, mas, de todo modo, não nos serviu de nada.

Luke perguntou de forma brusca:

– Como vocês souberam que o número estava errado?

O jovem oficial sorriu.

– FZX 4498 é o número do carro de Lord Whitfield. O carro estava estacionado diante de Boomington House no horário em questão, e o chofer estava tomando chá. Ele tinha um álibi perfeito, fora de cogitação que estivesse envolvido... e o carro não se afastou do prédio até 6h30, quando Lord Whitfield saiu.

– Entendo – disse Luke.

– É sempre assim, senhor – suspirou o homem. – Metade das testemunhas desaparece antes que um policial consiga chegar lá para registrar os pormenores.

Sir William concordou com a cabeça.

– Nós concluímos que provavelmente fosse um número parecido com FZX 4498, um número que começasse com dois quatros. Fizemos tudo ao nosso alcance, mas não conseguimos rastrear carro algum. Investigamos diversos números possíveis, mas todos nos deram relatos satisfatórios de suas atividades.

Sir William olhou para Luke interrogativamente.

Luke sacudiu a cabeça. Sir William falou:

– Obrigado, Bonner, é o bastante.

Quando o homem já tinha saído, Billy Bones olhou para o seu amigo com um semblante questionador.

– Que história é essa, Fitz?
Luke suspirou.
– Tudo fecha. Lavinia Pinkerton estava vindo para cá com o propósito de revelar tudo a respeito do assassino perverso para os entendidos da Scotland Yard. Não sei se vocês teriam lhe dado atenção, provavelmente não...
– Talvez déssemos – retrucou sir William. – Certas coisas de fato chegam a nós assim. Só boataria e fofoca, mas não negligenciamos esse tipo de informação, eu lhe garanto.
– Foi o que o assassino pensou. Ele não se arriscaria. Eliminou Lavinia Pinkerton e, embora uma mulher tenha sido suficientemente esperta ao anotar seu número, ninguém acreditou nela.
Billy Bones endireitou o corpo na cadeira.
– Você não está querendo dizer...
– Sim, estou. Aposto tudo o que você quiser que foi Lord Whitfield quem atropelou a velhinha. Não sei como conseguiu. O chofer estava fora de vista tomando chá. De algum jeito, eu suponho, ele saiu de fininho, vestindo casaco e quepe de chofer. Mas ele *fez isso*, Billy!
– Impossível!
– Nem um pouco. Tenho convicção de que Lord Whitfield já cometeu no mínimo sete assassinatos e provavelmente bem mais.
– Impossível! – sir William repetiu.
– Meu caro companheiro, ele praticamente se vangloriou disso diante de mim ontem à noite!
– Ele é louco, então?
– Ele é louco, sem dúvida, mas é ardiloso como um diabo. Você precisa agir com cautela. Não o deixe perceber que suspeitamos dele.
Billy Bones murmurou:
– Incrível...
Luke exclamou:
– Mas verdadeiro!
Ele pousou a mão no ombro do amigo.
– Ouça, Billy, meu velho, precisamos nos lançar ao trabalho. Os fatos são os seguintes.
Os dois tiveram uma conversa longa e séria.
No dia seguinte, Luke retornou para Wychwood – seguiu de carro no início da manhã. Poderia ter retornado na noite anterior, mas, naquelas circunstâncias, sentia um acentuado desgosto por dormir sob o teto de Lord Whitfield ou aceitar sua hospitalidade.
Enquanto atravessava Wychwood, parou o carro diante da casa da srta.

Waynflete. A criada que abriu a porta o encarou com espanto, mas o conduziu à pequena sala de jantar onde a srta. Waynflete tomava seu café da manhã.

Ela se levantou para recebê-lo com certa surpresa.

Luke não perdeu tempo.

– Queira me desculpar por aparecer a esta hora.

Ele olhou em volta. A criada saíra da sala, fechando a porta.

– Vou lhe fazer uma pergunta, srta. Waynflete. É uma pergunta bastante pessoal, mas creio que a senhorita vai me perdoar por fazê-la.

– Por favor, pergunte-me tudo o que quiser. Tenho plena certeza de que o senhor faz isso com uma boa razão.

– Obrigado.

Ele fez uma pausa.

– Quero saber exatamente por que motivo a senhorita rompeu o noivado com Lord Whitfield na sua juventude.

Ela não esperava por isso. Suas faces ficaram coradas, uma das mãos foi levada ao peito.

– Ele lhe contou alguma coisa?

Luke respondeu:

– Ele me contou que aconteceu algo com um pássaro... um pássaro cujo pescoço foi torcido...

– Ele disse isso? – a srta. Waynflete retrucou com uma voz perplexa. – *Admitiu* isso? É extraordinário!

– A senhorita poderia me contar?

– Sim, posso lhe contar. Mas peço que nunca fale disso com Gordon. Isso tudo é passado... está morto e enterrado... não quero que seja... remexido.

Ela exibia um olhar de súplica.

Luke assentiu.

– Só quero ficar inteirado – ele disse. – Não transmitirei a ninguém o que a senhorita me contar.

– Obrigada.

Ela havia retomado a compostura. Sua voz mostrava-se bastante firme quando prosseguiu:

– Foi assim: eu tinha um canarinho e gostava muito dele, talvez fosse um tanto tola em função disso... as mocinhas eram naquele tempo. Eram bastante afetadas em relação aos bichinhos de estimação. Devia ser irritante para um homem, tenho plena noção disso.

– Sim – Luke falou enquanto ela fazia uma pausa.

– Gordon tinha ciúmes do pássaro. Certo dia, disse muito irritado: "Acho que você prefere esse pássaro a mim". E eu, tola como eram as mocinhas naquele tempo, segurei o canário no dedo dizendo algo do tipo: "É claro que eu amo você, meu passarinho, mais do que o menino bobão! É claro que amo!". E então... ah, foi assustador... Gordon arrancou o pássaro da minha mão e lhe *torceu o pescoço*. Foi um choque tão grande. Nunca esquecerei! Seu rosto estava muito pálido.

– E assim a senhorita desfez o noivado? – Luke perguntou.

– Sim. Eu não conseguia sentir o mesmo depois daquilo. Veja bem, sr. Fitzwilliam... – ela hesitou. – Não foi só o ato em si, aquilo *poderia* ter sido feito num ataque de ciúme... Foi a sensação horrível que tive de que ele *sentira prazer fazendo aquilo*. Foi *isso* que me assustou.

– Já no passado distante – Luke murmurou. – Já naquele tempo...

Ela pousou a mão em seu braço.

– Sr. Fitzwilliam...

Luke enfrentou o apelo assustado de seus olhos com uma expressão séria e firme.

– Foi Lord Whitfield quem cometeu todos os assassinatos! – ele exclamou. – *A senhorita* sabia disso o tempo todo, não sabia?

Ela sacudiu a cabeça vigorosamente.

– Eu não *sabia*! Se eu *soubesse*, aí... aí, é claro, eu teria falado... Não, era só um *temor*.

– E a senhorita não quis me fazer uma insinuação?

Ela bateu as palmas das mãos, subitamente angustiada.

– Como poderia? Como poderia? Gostei dele no passado...

– Sim – Luke falou com delicadeza. – Eu entendo.

Ela se virou e remexeu em sua bolsa; um pequeno lenço com bordas de renda foi apertado em seus olhos por um momento. Então se voltou de novo para Luke com dignidade, compostura e olhos secos.

– Fico tão contente – ela disse – que Bridget tenha rompido seu noivado. Ela vai se casar agora com o senhor, não vai?

– Sim.

– Muito mais adequado – disse a srta. Waynflete, um tanto empertigada.

Luke não conseguiu evitar um ligeiro sorriso.

Mas o semblante da srta. Waynflete tornou-se sério e ansioso. Ela inclinou-se à frente e mais uma vez pousou a mão no braço de Luke.

– Mas tenha muito cuidado – ela disse. – Vocês dois precisam ter muito cuidado.

– A senhorita quer dizer... com Lord Whitfield?

– Sim. Seria melhor não lhe contar.

Luke franziu o cenho.

– Acho que nenhum de nós dois gostaria dessa ideia.

– Ah! Que importância isso tem? O senhor parece não compreender que ele é *louco... louco*. Não vai tolerar isso nem por um instante! Se acontecer alguma coisa com ela...
– Não vai acontecer nada com ela!
– Sim, eu sei... mas compreenda, por favor, que o senhor não é páreo para ele! Ele é terrivelmente ardiloso! Leve-a para longe o quanto antes, é a única esperança. Faça com que ela suma daqui! Seria melhor que vocês dois sumissem daqui!
Luke disse devagar:
– Seria bom que ela fosse. Eu ficarei.
– Eu receava que o senhor fosse dizer isso. Mas, de qualquer forma, *tire Bridget daqui*. Tem de ser *o quanto antes*!
– Eu acho que a senhorita tem razão.
– Eu sei que tenho razão! Tire Bridget daqui... *antes que seja tarde demais*.

CAPÍTULO 19

Noivado rompido

Bridget escutou o carro de Luke se aproximar. Ela saiu para encontrá-lo nos degraus. Falou sem preâmbulos:
– Eu contei para ele.
– O quê?
Luke estava desconcertado. Sua consternação foi tão evidente que Bridget percebeu.
– Luke... o que foi? Você parece bastante transtornado.
Ele disse devagar:
– Eu pensei que nós tínhamos combinado esperar até que eu voltasse.
– Eu sei, mas achei que era melhor resolver de uma vez. Ele estava fazendo planos... para o nosso casamento... nossa lua de mel... tudo isso! Eu simplesmente *precisava* lhe contar!
Ela acrescentou – com um toque de reprovação na voz:
– Era a única coisa decente a fazer.
Ele reconheceu que era.
– Do seu ponto de vista, sim. Ah, sim, isso eu entendo.
– Sob qualquer ponto de vista, eu diria!
Luke disse devagar:

– Há ocasiões em que uma pessoa não pode se permitir o luxo da... decência!
– Luke, o que você está *querendo* dizer?
Ele fez um gesto impaciente.
– Não posso lhe contar aqui e agora. Como foi que Whitfield reagiu?
Bridget respondeu devagar:
– Extraordinariamente bem. Extraordinariamente bem, na verdade. Eu me senti envergonhada. Acho, Luke, que subestimei Gordon só porque ele é um tanto pomposo e fútil. Na verdade, ele é um tanto... bem... um grande homenzinho!
Luke concordou com a cabeça.
– Sim, é possível que ele seja um grande homem de um jeito que não tínhamos imaginado. Ouça, Bridget, você precisa sair daqui o mais depressa possível.
– Naturalmente, vou fazer as minhas malas e partir hoje. Você poderia me levar de carro à cidade. Suponho que poderíamos ficar no Bells and Motley... isto é, se a trupe de Ellsworthy já tiver ido embora...
Luke balançou a cabeça.
– Não, seria melhor você voltar para Londres. Depois eu explico. Nesse meio-tempo, é melhor eu falar com Whitfield.
– Acho que é a coisa certa de se fazer. É tudo um tanto monstruoso, não? Eu me sinto uma interesseira repulsiva.
Luke sorriu para ela.
– Era uma transação bastante justa. Você teria jogado limpo com ele. De qualquer forma, não adianta lamentar por algo que está morto e enterrado! Vou entrar e falar com Whitfield agora.
Ele encontrou Lord Whitfield andando de um lado para outro na sala de visitas. O homem aparentemente estava calmo, havia inclusive um leve sorriso em seus lábios. Mas Luke notou que uma veia em sua têmpora latejava furiosamente.
Ele girou o corpo quando Luke entrou.
– Ah, eis que aparece Fitzwilliam!
Luke disse:
– Não adianta eu dizer que sinto muito por fazer o que fiz, seria hipocrisia demais! Admito que, do seu ponto de vista, me comportei mal, e bem pouca coisa tenho a dizer em minha defesa. Essas coisas acontecem.
Lord Whitfield retomou seus passos.
– De fato... de fato! – e fez um aceno com a mão.
Luke prosseguiu:

– Bridget e eu o tratamos vergonhosamente. Mas é isso! Nós gostamos um do outro e não há nada que se possa fazer a não ser lhe contar a verdade, esclarecer tudo.

Lord Whitfield parou. Olhou para Luke com seus olhos claros e protuberantes.

– Não – ele disse –, não há nada que vocês possam fazer a respeito!

Havia um tom curioso em sua voz. Ele ficou olhando para Luke, sacudindo suavemente a cabeça, como quem se compadece de alguém.

Luke perguntou com rispidez:

– Como assim?

– Não há nada que vocês possam fazer! – exclamou Lord Whitfield. – É tarde demais!

Luke deu um passo na direção dele.

– Explique o que o senhor está querendo dizer.

Lord Whitfield falou de modo inesperado:

– Pergunte a Honoria Waynflete. *Ela* vai entender. *Ela* sabe o que acontece. Falou sobre isso certa vez!

– O que ela entende?

Lord Whitfield respondeu:

– *O mal não fica sem castigo*. É preciso haver justiça. Lamento muito, porque gosto de Bridget. De certo modo, lamento muito por vocês dois.

Luke perguntou:

– O senhor está nos ameaçando?

Lord Whitfield pareceu ficar genuinamente chocado.

– Não, não, meu caro. *Eu* não tenho nenhum envolvimento emocional nisso! Quando dei a Bridget a honra de escolhê-la como minha esposa, ela aceitou certas responsabilidades. Agora, Bridget as repudia... *mas não se pode voltar atrás nessa vida*. Infringindo a lei, você tem de cumprir a penalidade...

Luke cerrou os punhos. Falou:

– O senhor quer dizer que algo vai acontecer a Bridget? Entenda uma coisa, Whitfield, *nada vai acontecer a Bridget...* nem a mim! Se tentar qualquer coisa desse tipo, é o seu fim. É melhor ter cuidado! Sei um bocado sobre o senhor!

– Não tem nada que ver comigo – retrucou Lord Whitfield. – Sou somente o instrumento de um Poder mais elevado. O que esse Poder decreta acontece!

– Vejo que o senhor acredita nisso – disse Luke.

– Porque é verdade! Qualquer pessoa que se posiciona contra mim recebe a penalidade. O senhor e Bridget não serão exceção.

Luke disse:

– É aí que o senhor se engana. Por mais longa que possa ser a fase de sorte, no fim ela falha. A sua está bem perto de falhar agora.

Lord Whitfield retrucou com delicadeza:

– Meu caro jovem, o senhor não sabe com quem está falando. Nada pode me atingir!

– Não pode? Veremos! É melhor cuidar onde pisa, Whitfield.

Uma onda de estremecimento percorreu o outro. Sua voz havia mudado quando falou.

– Fui muito paciente – afirmou Lord Whitfield. – Não abuse demais da minha paciência. Saia daqui.

– Vou sair – disse Luke. – Tão logo eu puder. Lembre-se: eu avisei.

Ele girou sobre os calcanhares e saiu rapidamente da sala. Correu escada acima. Encontrou Bridget em seu quarto, supervisionando a organização de suas roupas nas malas por uma criada.

– Vai ficar pronta logo?

– Em dez minutos.

Os olhos de Bridget faziam uma pergunta cuja formulação em palavras era impedida pela presença da criada.

Luke assentiu com um rápido movimento da cabeça.

Ele foi para seu quarto e enfiou suas coisas apressadamente na mala. Voltou dez minutos mais tarde, encontrando Bridget pronta para partir.

– Podemos ir agora?

– Estou pronta.

Enquanto desciam a escada, cruzaram com o mordomo, que subia.

– A srta. Waynflete deseja falar com a senhorita.

– A srta. Waynflete? Onde ela está?

– Na sala de visitas, com Lord Whitfield.

Bridget dirigiu-se diretamente à sala de visitas, com Luke logo atrás de si.

Lord Whitfield estava de pé junto à janela, conversando com a srta. Waynflete. Tinha uma faca na mão – uma lâmina fina e comprida.

– Acabamento perfeito – ele estava dizendo. – Um dos meus jovens trouxe de Marrocos, onde foi correspondente especial. É moura, claro, uma faca Riff.

Correu amorosamente um dedo pela lâmina.

– Como é afiada!

A srta. Waynflete falou com rispidez:

– Largue isso, Gordon, pelo amor de Deus!

Ele sorriu e a colocou sobre uma mesa, entre uma coleção de outras armas.

A srta. Waynflete perdera um pouco sua costumeira compostura. Parecia pálida e nervosa.
– Ah, eis você, Bridget, minha querida – ela disse.
Lord Whitfield soltou uma risadinha.
– Sim, eis Bridget. Aproveite o máximo a sua companhia, Honoria. Ela não vai ficar muito tempo conosco.
A srta. Waynflete perguntou rispidamente:
– O que você quer dizer?
– O que quero dizer? Quero dizer que ela está indo para Londres. Estou certo, não? Foi só o que quis dizer.
Ele olhou para todos em volta.
– Tenho uma novidade para você, Honoria – disse. – Bridget não vai se casar comigo, afinal de contas. Ela prefere o nosso Fitzwilliam aqui. Que coisa esquisita, a vida. Bem, vou deixá-los conversar à vontade.
Lord Whitfield saiu da sala, suas mãos tilintando moedas nos bolsos.
– Ah, minha nossa! – exclamou a srta. Waynflete. – Minha nossa...
A profunda angústia em sua voz era tão perceptível que Bridget ficou ligeiramente surpresa. Ela falou com desconforto:
– Eu sinto muito. Sinto muitíssimo, de verdade.
A srta. Waynflete disse:
– Ele está zangado, terrivelmente zangado... minha nossa, isso é terrível. O que nós vamos fazer?
Bridget encarou-a.
– Fazer? Como assim?
A srta. Waynflete retrucou, incluindo os dois em seu olhar de reprovação.
– Vocês não deviam ter lhe contado!
Bridget falou:
– Bobagem. O que mais poderíamos fazer?
– Vocês não deviam ter lhe contado *agora*. Deviam esperar até que tivessem ido embora de vez.
Bridget retrucou de modo brusco:
– Isso é uma questão de opinião. Acho que é melhor resolver os assuntos desagradáveis o mais depressa possível.
– Ah, minha querida, se a questão fosse apenas essa...
Ela se interrompeu. Então seus olhos fizeram uma pergunta para Luke. Luke sacudiu a cabeça. Seus lábios formaram as palavras "Ainda não".
A srta. Waynflete murmurou:
– Entendo.

Com ligeira exasperação, Bridget disse:
– Queria conversar sobre algo em particular, srta. Waynflete?
– Bem... sim. Para falar a verdade, vim sugerir a você que fosse me fazer uma pequena visita. Eu pensei que... hã... que você poderia considerar desconfortável permanecer aqui e que talvez precisasse de uns dias para... hã... bem, amadurecer os seus planos.
– Obrigada, srta. Waynflete, é muita gentileza de sua parte.
– Veja bem, você estaria totalmente segura comigo e...
– *Segura?*
A srta. Waynflete, um pouco aturdida, retrucou às pressas:
– Confortável... foi o que eu quis dizer... totalmente *confortável* comigo. Quero dizer, não é nem de longe tão *luxuoso* como aqui, naturalmente, mas a água quente *é* quente, e a minha criada, Emily, cozinha muito bem.
– Ah, tenho certeza de que seria adorável, srta. Waynflete – Bridget falou mecanicamente.
– Mas, é claro, se você está indo à cidade, isso será *muito* melhor...
Bridget disse devagar:
– É um pouco complicado. Minha tia saiu hoje cedo para uma exposição de flores. Ainda não tive oportunidade de lhe contar o que aconteceu. Deixarei um bilhete contando que fui para o apartamento.
– Você vai ficar no apartamento da sua tia em Londres?
– Sim. Não há ninguém lá. Mas posso fazer as refeições fora.
– Vai ficar sozinha naquele apartamento? Ah, minha nossa, eu não faria isso. Não ficaria lá *sozinha*.
– Ninguém me fará mal – Bridget retrucou impaciente. – Além disso, minha tia estará lá amanhã.
A srta. Waynflete sacudiu a cabeça com uma expressão preocupada.
Luke disse:
– É melhor ir para um hotel.
Bridget virou-se na direção dele.
– Por quê? Qual é o problema com vocês? Por que estão me tratando como se eu fosse uma criança?
– Não, não, minha querida – protestou a srta. Waynflete. – Nós só queremos que você tenha *cuidado*... só isso!
– Mas por quê? Por quê? O que *significa* isso tudo?
– Ouça, Bridget – disse Luke. – Quero ter uma conversa com você. Mas não posso falar aqui. Venha comigo no carro, nós vamos para um lugar sossegado.
Ele encarou a srta. Waynflete.

– Podemos ir até a sua casa daqui uma hora? Há diversas coisas que quero lhe falar.
– Por favor, venham. Eu os esperarei lá.
Luke colocou a mão no braço de Bridget. Agradeceu à srta. Waynflete com um gesto de cabeça. Disse:
– Nós pegaremos as malas mais tarde. Vamos.
Ele a conduziu para fora da sala e ao longo do vestíbulo até a porta da frente. Abriu a porta do carro. Bridget entrou. Luke deu a partida no motor e avançou rapidamente pela entrada. Soltou um suspiro de alívio enquanto passavam pelos portões de ferro.
– Graças a Deus eu tirei você de lá em segurança – falou.
– Você ficou completamente louco, Luke? Que história é essa de ficar guardando segredo, de "não posso lhe contar agora"?
Luke retrucou em um tom sombrio:
– Bem, é complicado explicar que um homem é um assassino quando você está sob o teto dele!

CAPÍTULO 20

Estamos nisso – juntos

Bridget ficou imóvel ao lado de Luke por alguns instantes. Ela disse:
– Gordon?
Luke confirmou com a cabeça.
– Gordon? *Gordon... um assassino?* Gordon *o* assassino? Nunca ouvi uma coisa tão ridícula em toda a minha vida!
– É assim que lhe parece?
– Sim, sem dúvida. Ora, Gordon não mataria nem mesmo uma mosca.
Luke disse em tom sombrio:
– Isso pode ser verdade. Não sei. Mas ele certamente matou um canário, e tenho plena convicção de que matou também várias pessoas.
– Meu querido Luke, eu simplesmente não consigo acreditar nisso!
– Eu sei – falou Luke. – Parece mesmo inacreditável. Ora, nunca imaginei que ele fosse um possível suspeito até anteontem à noite.
Bridget protestou:
– Mas eu sei tudo sobre Gordon! Sei *como* ele é! Na verdade, é um homenzinho doce, pomposo, sim, mas um tanto patético.
Luke sacudiu a cabeça.

– Você vai ter de rever suas ideias sobre ele, Bridget.

– Não adianta, Luke, eu simplesmente não consigo acreditar! O que foi que meteu essa ideia absurda na sua cabeça? Ora, dois dias atrás você tinha total certeza de que era Ellsworthy...

Luke retraiu-se ligeiramente.

– Eu sei. Eu sei. Você provavelmente acha que amanhã vou suspeitar de Thomas e que no dia seguinte estarei convencido de que é de Horton que estou atrás! Não sou tão desequilibrado assim. Admito que a ideia é completamente chocante num primeiro momento, mas, se você olhar um pouco mais de perto, vai ver que tudo se encaixa notavelmente bem. Não admira que a srta. Pinkerton não ousasse recorrer às autoridades locais. *Ela* sabia que ririam dela! A Scotland Yard era sua única esperança.

– Mas que motivos Gordon poderia ter para essa matança toda? Ah, isso tudo é tão *bobo*!

– Eu sei. Mas você não percebe que Whitfield tem uma opinião muito exagerada sobre si mesmo?

Bridget retrucou:

– Ele faz de conta que é notavelmente maravilhoso e importante. É só um complexo de inferioridade, coitado!

– Talvez isso esteja na raiz do problema. Não sei. Mas pense, Bridget, apenas *pense* por um minuto. Lembre-se de todas as expressões que você mesma usava falando dele, entre risadas: lesa-majestade etc. Você não percebe que o ego do sujeito é inflado na máxima proporção? E isso se une à religião. Minha querida garota, o sujeito é louco de pedra!

Bridget pensou por um minuto. Falou por fim:

– Ainda não consigo acreditar. Que prova você tem, Luke?

– Bem, tenho as próprias palavras dele. Ele me contou clara e distintamente, anteontem à noite, que qualquer pessoa que se opusesse a ele em qualquer sentido *sempre morria*.

– Continue.

– Não vou conseguir explicar direito a você, mas foi o jeito como ele falou. Muito calmo, complacente e... como posso dizer?... bastante *familiarizado* com a ideia! Sentado tranquilamente ali, sorrindo consigo mesmo. Foi sinistro e horrível, Bridget!

– Continue.

– Bem, aí ele tratou de listar pessoas que faleceram porque incorreram em seu soberano desgosto! E ouça isso, Bridget, *as pessoas que ele mencionou foram a sra. Horton, Amy Gibbs, Tommy Pierce, Harry Carter, Humbleby e aquele chofer, o tal Rivers.*

Bridget finalmente se abalou. Ficou muito pálida.
– Ele mencionou precisamente essas pessoas?
– Precisamente essas pessoas! *Agora* você acredita?
– Deus, acho que preciso acreditar. Quais foram os motivos dele?
– Horrivelmente triviais. Foi isso que deixou tudo tão assustador. A sra. Horton o esnobara, Tommy Pierce fizera imitações dele, provocando gargalhadas nos jardineiros, Harry Carter o insultara, Amy Gibbs fora grosseiramente impertinente, Humbleby se atrevera a contrariá-lo publicamente, Rivers o ameaçara diante de mim e da srta. Waynflete...

Bridget cobriu os olhos com as mãos.
– Horrível... Horrível demais... – ela murmurou.
– Eu sei. E há também uma evidência de fora. O carro que atropelou a srta. Pinkerton em Londres era um Rolls, *era a placa do carro de Lord Whitfield*.
– E isso define o caso – Bridget retrucou devagar.
– Sim. A polícia julgou que a mulher que informou o número por certo tinha cometido um engano. Engano, ora essa!
– É compreensível – disse Bridget. – Quando se trata de um homem rico e poderoso como Lord Whitfield, naturalmente a versão dele é a mais digna de crédito!
– Sim. É de se reconhecer a dificuldade da srta. Pinkerton.

Bridget falou pensativamente:
– Uma ou duas vezes ela me disse certas coisas um tanto esquisitas. Como se estivesse me advertindo. Não entendi nem um pouco na ocasião... Agora percebo!
– Tudo se encaixa – disse Luke. – É assim mesmo. A princípio a gente diz (como você disse): "Impossível!". E depois, uma vez que aceitamos a ideia, tudo se encaixa! As uvas que ele enviou à sra. Horton e ela pensou que as enfermeiras estavam tentando envenená-la! E aquela visita que ele fez ao Instituto Wellerman Kreutz, de um jeito ou de outro, Whitfield deve ter obtido alguma cultura de germes e infectado Humbleby.
– Não imagino como ele conseguiu fazer isso.
– Nem eu, *mas a conexão é evidente*. Não se pode negar.
– Não, como você diz, isso se *encaixa*. E, é claro, *ele* poderia fazer coisas que outras pessoas não poderiam! Quero dizer, ele estava acima de qualquer suspeita!
– Acho que a srta. Waynflete suspeitou. Ela mencionou aquela visita ao instituto. Inseriu-a na conversa casualmente, mas tinha certeza, creio, de que eu agiria com essa informação.
– Ela sabia, então, o tempo todo?

– Ela tinha uma forte suspeita. Acho que sentia um impedimento por ter sido apaixonada por ele no passado.

Bridget assentiu.

– Sim, isso explica tudo. Gordon me contou que os dois tinham sido noivos no passado.

– Veja bem, ela queria acreditar que não era ele. Mas foi ficando cada vez mais certa de que *tinha*. Tentou me dar pistas, mas não permitia fazer algo diretamente contra ele! As mulheres são criaturas estranhas! Acho que, de alguma forma, a srta. Waynflete ainda tem carinho por ele...

– Mesmo depois que ele deu o fora nela?

– *Ela* deu o fora *nele*. Foi uma história bastante feia.

Luke recontou o episódio. Bridget encarou-o fixamente.

– Gordon fez *isso*?

– Sim. Já naquele tempo, veja bem, ele não podia ser normal!

Bridget estremeceu e murmurou:

– Desde aquele tempo... por todo esses anos...

Luke disse:

– Ele pode ter se livrado de muitas pessoas que jamais saberemos! Ultimamente foi só a rápida sucessão de mortes que lançou atenção sobre ele! Como se tivesse ficado imprudente com o sucesso!

Bridget concordou com a cabeça. Ficou em silêncio por alguns instantes, pensando. Abruptamente perguntou:

– O que foi exatamente que a srta. Pinkerton disse a você no trem naquele dia? Como ela começou?

Luke ponderou em retrospecto.

– Ela contou que estava indo à Scotland Yard, mencionou o policial do vilarejo, disse que era um bom sujeito, mas incapaz de lidar com assassinato.

– Essa foi a primeira menção da palavra?

– Sim.

– Continue.

– Então ela disse: *"Posso ver que o senhor está surpreso. Eu mesma também fiquei, a princípio. Não conseguia realmente acreditar. Achei que devia estar imaginando coisas."*

– E depois?

– Eu perguntei se tinha certeza de que não estava imaginando coisas, quero dizer... e a velhinha respondeu muito placidamente: *"Não, não! Eu poderia ter imaginado da primeira vez, mas não da segunda, ou da terceira, ou da quarta. Depois desse ponto, a gente sabe."*

– Assombroso – Bridget comentou. – Continue.

– Então, é claro, tratei de contentá-la. Falei que tinha certeza de que ela estava fazendo a coisa certa. Fui incrédulo, como um legítimo são Tomé!

– Pois é. É muito fácil ser inteligente depois do acontecimento! Eu teria reagido da mesma maneira, sendo atenciosa e condescendente com a pobre velhinha! Como a conversa prosseguiu?

– Deixe-me ver... Ah, ela mencionou o caso Abercrombie, o envenenador galês, lembra? Disse que não havia realmente acreditado que existisse um olhar... um olhar especial... que ele dirigia para suas vítimas. Mas que agora ela acreditava, porque ela mesma tinha visto esse olhar.

– Quais foram suas palavras exatas?

Luke pensou, enrugando a testa.

– Ela falou com sua vozinha simpática e refinada: *"Eu não acreditei quando li a respeito... mas é verdade!"*. E eu perguntei: "O que é verdade?". E ela respondeu: *"O olhar especial que ele lançava."* E, por Deus, Bridget, o jeito como ela disse aquilo me *abalou*! A voz baixa, a expressão em seu rosto, como alguém que realmente tivesse visto uma coisa quase horrível demais para transmitir em palavras!

– Continue, Luke. Conte-me tudo.

– E então ela enumerou as vítimas, Amy Gibbs, Carter e Tommy Pierce, e disse que Tommy era um menino horrendo e que Carter bebia. Depois falou: *"Mas agora... ontem... foi o dr. Humbleby... e ele é um homem tão bom... um homem realmente bom."* E disse que, se procurasse Humbleby e lhe contasse, ele não acreditaria nela, apenas daria risada!

Bridget suspirou profundamente.

– Entendo – ela disse. – Entendo.

Luke olhou para ela.

– O que foi, Bridget? No que você está pensando?

– Em algo que a sra. Humbleby disse certa vez. Eu estava pensando... Não, não importa, continue. O que foi que ela lhe disse bem no final?

Luke repetiu as palavras em tom grave. Tais palavras o tinham deixado impressionado, jamais esqueceria.

– Eu havia dito que era difícil a pessoa se safar de vários assassinatos, e ela retrucou: *"Não, não, meu caro rapaz, é aí que você se engana. É muito fácil matar... contanto que ninguém suspeite de você. E, veja bem, a pessoa em questão é justamente a última pessoa de quem qualquer um suspeitaria..."*.

Ele ficou em silêncio. Bridget disse com um arrepio:

– Fácil matar? Terrivelmente fácil... essa é a verdade! Não admira que essas palavras tenham ficado gravadas na sua lembrança, Luke. Elas vão ficar gravadas na minha... para sempre! Um homem como Gordon Whitfield... Ah! Claro que é fácil!

– Não é tão fácil provar nesse caso – Luke falou.
– Você acha? Tenho a impressão de que posso ajudar.
– Bridget, eu proíbo você...
– Você não pode. Não podemos simplesmente nos acomodar e optar pelo jogo mais seguro. Estou nisso também, Luke. Pode ser perigoso... sim, admito isso... mas preciso desempenhar o meu papel.
– Bridget...
– Estou *nisso* também, Luke! Vou aceitar o convite da srta. Waynflete e ficar lá.
– Minha querida, eu imploro...
– É perigoso para nós dois. Eu sei disso. Mas estamos nisso, Luke... estamos nisso... juntos!

CAPÍTULO 21

"Por que caminhas de luvas pela grama?"

Depois dos momentos de tensão dentro do carro, o calmo interior da casa da srta. Waynflete era quase um anticlímax.

A srta. Waynflete reagiu com certa dúvida à aceitação de seu convite por parte de Bridget, mas apressando-se a reiterar sua oferta de hospitalidade com a demonstração de que suas dúvidas eram devidas a uma causa que nada tinha a ver com qualquer relutância em receber a jovem.

Luke disse:

– Realmente acredito que é a melhor solução, considerando-se a sua grande gentileza, srta. Waynflete. Eu ficarei no Bells and Motley. Prefiro ter Bridget ao alcance da vista do que em Londres. Afinal de contas, lembre-se do que aconteceu lá...

– O senhor quer dizer... Lavinia Pinkerton?

– Sim. Ouso dizer que qualquer pessoa deveria estar totalmente segura em meio à multidão de uma cidade, não é mesmo?

– O senhor quer dizer – retrucou a srta. Waynflete – que a segurança de uma pessoa depende principalmente do fato de ninguém desejar matá-la?

– Exato. Chegamos ao ponto de depender da boa vontade da civilização.

A srta. Waynflete assentiu com a cabeça pensativamente.

Bridget perguntou:

– Há quanto tempo a senhorita sabia que... que Gordon era o assassino, srta. Waynflete?

A srta. Waynflete suspirou.
— Essa é uma pergunta difícil de responder, minha querida. Acho que tinha certeza há um bom tempo, bem no íntimo... Mas fiz o máximo para não admitir essa crença! Veja bem, eu não *queria* acreditar e, por isso, tentei convencer a mim mesma que se tratava de uma ideia perversa e monstruosa da minha parte.

Luke perguntou sem rodeios:
— A senhorita nunca temeu por si mesma?
A srta. Waynflete ponderou.
— O senhor quer dizer que, se Gordon suspeitasse que eu sabia, teria encontrado meios para se livrar de *mim*?
— Sim.
A srta. Waynflete disse com delicadeza:
— Fui sensível, é claro, a essa possibilidade, mas tentei ser cuidadosa. Não creio que Gordon pudesse me considerar uma ameaça.
— Por quê?
A srta. Waynflete corou de leve.
— Acho que Gordon jamais acreditaria que eu pudesse lhe fazer algo que o colocasse em perigo.
Luke perguntou abruptamente:
— A senhorita chegou ao ponto de preveni-lo, não?
— Sim. Isto é, eu de fato insinuei a ele que era esquisito que toda pessoa que o desagradasse acabasse sofrendo um acidente pouco depois.
Bridget indagou:
— E o que foi que ele disse?
O rosto da srta. Waynflete foi tomado por uma expressão preocupada.
— Ele não teve a reação que eu esperava. Pareceu ficar... realmente, a coisa mais extraordinária!... pareceu ficar *satisfeito*. Ele disse: "Então você notou?". Ele quase *se pavoneou*, se é que posso usar essa expressão.
— Ele é louco — Luke comentou.
A srta. Waynflete concordou com avidez.
— Sim, de fato, não há outra explicação possível. Ele não é responsável por seus atos.
Ela colocou a mão no braço de Luke.
— Não vão... não vão *enforcá-lo*, vão, sr. Fitzwilliam?
— Não, não. Vão mandá-lo para Broadmoor,* imagino.
A srta. Waynflete suspirou e se recostou.
— Fico tão contente...

---

* Hospital psiquiátrico de alta segurança. (N.T.)

Seus olhos pousaram em Bridget, que contemplava o tapete com o cenho franzido.

Luke disse:

— Mas ainda estamos muito longe de tudo isso. Notifiquei as autoridades e posso afirmar o seguinte: eles estão dispostos a levar o caso a sério. Mas vocês precisam compreender que temos pouquíssimas provas para fundamentar os crimes.

— Nós vamos obter as provas — disse Bridget.

A srta. Waynflete olhou para ela. Havia certa característica em sua expressão que lembrava Luke de alguém ou de alguma coisa que ele vira não muito tempo antes. Ele tentou capturar essa lembrança esquiva, mas não conseguiu.

A srta. Waynflete falou em tom de dúvida:

— Você está confiante, minha querida. Bem, talvez tenha razão.

Luke disse:

— Bridget, vou de carro buscar as suas coisas em Manor.

Bridget retrucou de imediato:

— Eu vou também.

— Prefiro que você não vá.

— Sim, mas eu prefiro ir.

Luke exclamou com irritação:

— Não venha com essa história de defensora para cima de mim, Bridget! Eu me recuso a ser protegido por você.

A srta. Waynflete murmurou:

— Realmente acho, Bridget, que não haverá perigo algum... num carro... e à luz do dia.

Bridget deu uma risada ligeiramente envergonhada.

— Estou sendo um tanto idiota. Essa situação abala os nervos.

Luke perguntou:

— A srta. Waynflete me escoltou no caminho para casa numa noite recente. Ora essa, srta. Waynflete, admita! Foi isso mesmo, não foi?

Ela admitiu a escolta, sorrindo.

— É que o senhor não suspeitava de absolutamente nada! E, se Gordon Whitfield tivesse realmente percebido que o senhor estava aqui para investigar esse caso e não por qualquer outro motivo... bem, não era muito seguro. E aquela é uma viela muito deserta, *qualquer coisa* poderia ter acontecido!

— Bem, estou ciente do perigo agora, sem dúvida — Luke retrucou em tom sombrio. — Não serei apanhado desatento, posso lhe garantir.

A srta. Waynflete disse com ânsia:

– Lembre-se, ele é muito ardiloso. E muito mais esperto do que o senhor jamais imaginaria! De fato, uma mente das mais engenhosas.

– Estou prevenido.

– Os homens são corajosos... sabemos disso – falou a srta. Waynflete –, porém são mais facilmente *enganados* do que as mulheres.

– Isso é verdade – disse Bridget.

Luke perguntou:

– Falando sério, srta. Waynflete, realmente acha que corro algum perigo? A senhorita acha, em jargão cinematográfico, que Lord Whitfield realmente pretende me *pegar*?

A srta. Waynflete hesitou.

– Acredito que quem corre o maior perigo é Bridget. Ter sido rejeitado por *ela* é o supremo insulto! Creio que, *depois* de resolver a questão de Bridget, ele voltará suas atenções ao *senhor*. Mas acho que, sem a menor dúvida, Gordon tentará atacar Bridget *antes*.

Luke gemeu.

– Meu maior desejo é que você sumisse daqui... agora... o quanto antes, Bridget.

Bridget apertou os lábios.

– Eu não vou.

A srta. Waynflete suspirou.

– Você é uma criatura valente, Bridget. Admiro você.

– Você faria o mesmo no meu lugar.

– Bem, talvez.

Com a voz assumindo um tom encorpado, firme, Bridget falou:

– Luke e eu estamos juntos nisso.

Ela o acompanhou até a porta. Luke disse:

– Telefono para você do Bells and Motley, quando tiver saído ileso da cova do leão.

– Sim, faça isso.

– Meu bem, não fiquemos preocupados demais! Até os mais talentosos assassinos precisam de algum tempo para amadurecer seus planos! Eu diria que vamos ficar em total segurança durante um dia ou dois. O superintendente Battle chega de Londres hoje. Daí em diante, Whitfield estará sob observação.

– Na verdade, tudo está ótimo, e podemos parar com o melodrama.

Luke falou em tom grave, colocando a mão em seu ombro:

– Bridget, meu bem, você precisa me fazer o favor de não tomar nenhuma atitude *precipitada*!

– O mesmo vale para você, querido Luke.

Luke apertou o ombro dela, entrou no carro e partiu.

Bridget retornou à sala de estar. A srta. Waynflete alvoroçava-se de um lado a outro com seus brandos modos de solteirona.

– Minha querida, o seu quarto ainda não está *totalmente* pronto. Emily está cuidando disso. Sabe o que vou fazer? Vou trazer uma bela xícara de chá! É justamente disso que você precisa depois de todos esses incidentes perturbadores.

– É uma enorme gentileza sua, srta. Waynflete, mas eu realmente não quero tomar nada.

Bridget teria gostado era de um drinque forte, principalmente de gim, mas julgou corretamente que a perspectiva de um refresco desse tipo era nula. Ela tinha uma intensa aversão por chá, que geralmente lhe causava indigestão. A srta. Waynflete, entretanto, decidira que chá era o de que sua jovem hóspede necessitava. Saiu da sala num atropelo e reapareceu cerca de cinco minutos mais tarde, com um rosto radiante, carregando uma bandeja sobre a qual se viam duas delicadas xícaras de porcelana Dresden, cheias de uma bebida aromática e fumegante.

– Legítimo Lapsang Souchong – anunciou com orgulho a srta. Waynflete.

Bridget, que detestava o chá chinês ainda mais do que o indiano, exibiu um sorriso abatido.

Naquele momento, Emily, uma moça pequenina de aparência desajeitada, com adenoides pronunciadas, apareceu no vão da porta e disse:

– Bor favor, binha batroa... a fronha é bara ser a de franja?

A srta. Waynflete saiu apressadamente da sala, e Bridget aproveitou a trégua para jogar seu chá pela janela, deixando por muito pouco de escaldar Wonky Pooh, que estava no canteiro de flores abaixo.

Wonky Pooh aceitou suas desculpas, saltou para o peitoril da janela e começou a se enroscar de lá para cá nos ombros de Bridget, ronronando de modo afetado.

– Que bonitinho! – disse Bridget, passando a mão por seu dorso.

Wonky Pooh arqueou a cauda e ronronou com redobrado vigor.

– Gatinho querido – disse Bridget, fazendo cócegas em suas orelhas.

A srta. Waynflete retornou naquele instante.

– Minha nossa! – ela exclamou. – Wonky Pooh se *encantou* por você, não é mesmo? Geralmente ele é tão *arisco*! Cuidado com a orelha dele, minha querida, ele teve um problema de ouvido, ainda está muito dolorido.

A injunção chegou tarde demais. A mão de Bridget havia beliscado a orelha dolorida. Wonky Pooh lhe deu uma leve patada e se retirou, uma bola laranja de dignidade ofendida.

— Ah, minha nossa, ele arranhou você? — exclamou a srta. Waynflete.
— Não foi nada — respondeu Bridget, chupando um arranhão em diagonal no dorso da mão.
— Devo colocar um pouco de iodo?
— Ah, não, nem vale a pena. Não precisamos fazer alvoroço.

A srta. Waynflete pareceu um pouco desapontada. Sentindo que foi descortês, Bridget falou às pressas:
— Quanto tempo será que Luke vai demorar?
— Ora, minha querida, não se preocupe. Tenho certeza de que o sr. Fitzwilliam é plenamente capaz de cuidar de si mesmo.
— Ah, Luke é durão, sem dúvida!

O telefone tocou naquele instante. Bridget correu até o aparelho. Escutou-se a voz de Luke:
— Alô? É você, Bridget? Estou no Bells and Motley. Você pode esperar pelos seus pertences até depois do almoço? Porque Battle chegou aqui... você sabe a quem eu me refiro...
— O superintendente da Scotland Yard?
— Isso. E ele quer ter uma conversa comigo imediatamente.
— Por mim está bem. Traga as minhas coisas depois do almoço e me conte o que ele disse a respeito disso tudo.
— Certo. Até logo, meu bem.
— Até logo.

Bridget recolocou o fone no gancho e relatou a conversa à srta. Waynflete. Então bocejou. Uma sensação de fadiga sucedera-se à excitação.

A srta. Waynflete notou tal fato.
— Você está cansada, minha querida? Seria melhor você se deitar. Não, talvez isso seja ruim, pouco antes do almoço. Eu ia justamente levar algumas roupas velhas para uma mulher num chalé não muito longe daqui... É um passeio bem bonito pelo campo. Quem sabe você gostasse de ir comigo? Teremos tempo suficiente até o almoço.

Bridget concordou de bom grado.

As duas saíram pelos fundos. A srta. Waynflete usava um chapéu de palha — e havia colocado luvas, circunstância que Bridget achou engraçada. "Poderíamos estar passeando em Bond Street!", ela pensou consigo.

A srta. Waynflete discorreu afavelmente sobre diversos assuntos do vilarejo durante a caminhada. Elas atravessaram dois campos, cruzaram um caminho acidentado e então pegaram uma trilha que corria por um bosque irregular. O dia estava quente, e Bridget considerou agradável a sombra das árvores.

A srta. Waynflete sugeriu que se sentassem e descansassem por um minuto.
– O calor está realmente opressivo hoje, não acha? Deve haver uma *tempestade* à espreita!
Bridget concordou, um tanto sonolenta. Recostou-se numa inclinação do terreno – com olhos semicerrados – e certos versos de poesia vagaram por sua mente.

"*Ah, por que caminhas de luvas pela grama,*
Gorda e branca mulher a quem ninguém ama?"

Mas isso não estava preciso! A srta. Waynflete não era gorda. Bridget alterou as palavras de modo que servissem ao caso.

"*Ah, por que caminhas de luvas pela grama,*
Grisalha e magra mulher a quem ninguém ama?"

A srta. Waynflete interrompeu seus pensamentos.
– Você está bastante sonolenta, minha querida, não está?
Tais palavras foram ditas em tom gentil e corriqueiro, mas algo nelas fez com que Bridget abrisse os olhos num espasmo súbito.
A srta. Waynflete estava inclinada em sua direção. Seus olhos mostravam-se ávidos, sua língua passava delicadamente sobre os lábios. Repetiu a pergunta:
– Você está *bastante* sonolenta, não está?
Dessa vez não havia engano quanto ao efetivo significado do tom. Um lampejo passou pela mente de Bridget – um relâmpago de compreensão, sucedido por outro de desprezo por sua própria ignorância!
Ela suspeitara da verdade – mas não tinha sido mais do que uma vaga suspeita. Pretendera, atuando discreta e secretamente, certificar-se. Mas nem por um instante julgara que qualquer coisa pudesse ser feita contra ela. Havia, segundo pensava, ocultado completamente suas suspeitas. Tampouco jamais teria sonhado que qualquer coisa pudesse ser contemplada tão depressa. Idiota – mil vezes idiota!
E ela pensou de súbito: "O chá... havia algo no chá. *Ela não sabe que eu não tomei sequer um gole.* Esta é a minha chance! Preciso fingir! O que será que havia nele? Veneno? Ou só um sonífero? Ela imagina que estou ficando sonolenta... isso é evidente."
Deixou suas pálpebras caírem de novo. No que esperava ser a voz natural de uma pessoa quase adormecida, falou:
– Estou... terrivelmente... Que engraçado! Acho que nunca me senti tão sonolenta!

A srta. Waynflete assentiu suavemente com a cabeça.

Bridget ficou observando atentamente a mulher mais velha por entre as pálpebras quase fechadas. Pensou: "Sou páreo para ela, de qualquer forma! Meus músculos são bem fortes, e ela não passa de uma velhota magricela e frágil. Mas preciso fazê-la *falar*... é isso... fazê-la *falar*!".

A srta. Waynflete estava sorrindo. Não era um sorriso agradável. Era malicioso e não muito humano.

Bridget pensou: "Ela parece uma cabra. Deus! Como ela parece uma cabra! A cabra sempre foi um símbolo do mal! Agora entendo por quê! Eu estava certa... estava certa naquela minha ideia fantástica! *Não há fúria no inferno maior que a de uma mulher abandonada*... Foi esse o começo de tudo... está tudo nisso."

Ela murmurou – e dessa vez havia um toque efetivo de apreensão em sua voz:

– Eu não sei qual é o problema comigo... Eu me sinto esquisita... tão *absolutamente* esquisita!

A srta. Waynflete lançou um rápido olhar em volta. O lugar era completamente isolado. Ficava longe demais do vilarejo para que um grito pudesse ser ouvido. Não havia casa ou chalés por perto. Ela começou a remexer no pacote que carregava – o pacote que continha supostamente as roupas velhas. Aparentemente, era o que continha. O papel se abriu, revelando uma fofa malha de lã. E aquelas mãos enluvadas continuavam mexendo e remexendo.

"Ah, por que caminhas de luvas pela grama?"

Sim... por quê? Por que luvas?

É lógico! É lógico! A situação toda tão magnificamente planejada!

O agasalho caiu para o lado. Com muito cuidado, srta. Waynflete retirou a faca, segurando-a cuidadosamente para não apagar as impressões digitais que já estavam nela – onde os dedos curtos e rechonchudos de Lord Whitfield tinham segurado antes, naquele mesmo dia, na sala de visitas de Ashe Manor.

A faca moura com a lâmina afiada.

Bridget sentiu um leve enjoo. Ela precisava ganhar tempo e *precisava* fazer a mulher falar – essa mulher magra e grisalha a quem ninguém amava. Não devia ser difícil. Porque ela decerto queria falar, ah, desejava com todas as forças – e a única pessoa com quem jamais poderia fazê-lo era alguém como Bridget – uma pessoa prestes a ser silenciada para sempre.

Bridget perguntou – com uma voz débil e pastosa:

– O que é... essa... faca?

E então a srta. Waynflete riu.

Era uma risada horrível, suave, musical, refinada e de todo desumana. Ela disse:

– É para você, Bridget. Para você! Eu a detesto, sabe, faz um longo tempo.

Bridget retrucou:

– Porque eu ia me casar com Gordon Whitfield?

A srta. Waynflete confirmou com a cabeça.

– Você é inteligente. Você é muito inteligente! Esta, veja bem, vai ser a prova culminante contra ele. Você será encontrada aqui, com a garganta cortada e... a faca *dele*... e as impressões digitais *dele* na faca! Inteligente a maneira como pedi para vê-la nesta manhã! E então a enfiei na minha bolsa, envolta num lenço, enquanto vocês estavam no andar de cima. Tão fácil! Mas o negócio todo tem sido fácil. Eu mal consigo acreditar.

Bridget disse – ainda com a voz pastosa e abafada de uma pessoa fortemente entorpecida:

– Isso é... porque... a senhorita é... tão... terrivelmente... esperta...

A srta. Waynflete riu novamente. Falou com uma horrível espécie de orgulho.

– Sim, eu sempre fui inteligente, desde menina! Mas não me deixavam fazer nada... Eu tinha de ficar em casa, sem fazer nada. E aí Gordon era só um ordinário filho de sapateiro, mas ambicioso, eu sabia. Sabia que ele subiria na vida. E ele me deu o fora... *me deu o fora*! Tudo por causa daquele episódio ridículo com o pássaro!

Suas mãos fizeram um gesto estranho, como se estivessem torcendo alguma coisa.

Outra onda de náusea percorreu Bridget.

– Gordon Ragg ousando me dar o fora... *eu*, a filha do coronel Waynflete! Jurei que o faria pagar por aquilo! Eu costumava pensar nisso todos os dias. E aí fomos ficando cada vez mais pobres. A casa teve de ser vendida. *Ele* a comprou! Apareceu, todo condescendente, oferecendo *a mim* um emprego na minha própria casa. Como eu o detestei naquele momento! Mas nunca demonstrei meus sentimentos. Aprendíamos isso quando meninas, um treino dos mais valiosos. É nisso, eu sempre penso, que se revela o berço.

Ela ficou em silêncio por alguns instantes. Bridget a observava, mal se atrevendo a respirar, temerosa de que pudesse estancar a torrente de palavras.

A srta. Waynflete prosseguiu em tom suave:

– O tempo todo eu fiquei pensando e pensando. Em primeiro lugar, pensei apenas em matá-lo. Foi então que comecei a ler sobre criminologia, discretamente, na biblioteca. E de fato constatei que as minhas leituras me foram muitíssimo *úteis* mais de uma vez. A porta do quarto de Amy, por exemplo, virando a chave na fechadura pelo lado de fora com uma pinça, depois de trocar os frascos junto a sua cama. Como roncava, aquela moça, uma coisa das mais repugnantes!

Ela fez uma pausa.

– Deixe-me ver, onde eu estava?

O dom que Bridget cultivara e que havia encantado Lord Whitfield, o dom da ouvinte perfeita, colocou-a em boa situação agora. Honoria Waynflete podia ser uma maníaca homicida, mas era também algo bem mais comum do que isso. Era um ser humano que desejava falar de si. E Bridget tinha pleno preparo para lidar com essa categoria de pessoa.

Ela falou, transmitindo na voz o exato tom convidativo:

– A senhorita pretendia, a princípio, matá-lo...

– Sim, mas isso não me satisfez... simples demais. Tinha de ser algo melhor do que apenas matá-lo. E aí tive uma ideia. Simplesmente me ocorreu. Ele deveria sofrer as consequências por ter cometido um monte de crimes dos quais era completamente inocente. Ele deveria ser um assassino! *Ele* deveria ser enforcado pelos *meus* crimes! Ou então diriam que Gordon estava louco, e ele ficaria internado pelo resto da vida. Isso poderia ser melhor ainda.

Agora ela deu uma risadinha – uma risadinha horrível... Seus olhos brilhavam, encaravam com estranhas pupilas alongadas.

– Como eu lhe disse, li muitos livros sobre crimes. Escolhi minhas vítimas cuidadosamente, não deveria existir suspeitas no princípio. Sabe – sua voz se tornou mais profunda –, eu *gostei* de matar. Aquela mulher desagradável, Lydia Horton, era condescendente comigo, certa vez se referiu a mim como "velha solteirona". Fiquei contente quando Gordon brigou com ela. Dois coelhos com uma cajadada só, eu pensei! *Tão* divertido sentar ao lado de sua cama e colocar arsênico em seu chá para depois sair e contar à enfermeira como a sra. Horton se queixara do gosto amargo das uvas de Lord Whitfield! E a estúpida mulher nunca transmitiu isso a ninguém, o que foi uma tremenda pena. E os outros, então! Tão logo eu tomava conhecimento de que Gordon tinha sofrido um agravo de qualquer pessoa, era *tão* fácil arranjar um acidente! E ele foi um tolo tão grande... um tolo tão incrível! Eu o fiz acreditar que havia nele algo de muito especial! Que qualquer pessoa que se colocasse contra ele seria punida. Ele acreditou com a maior facilidade. Pobre Gordon, ele acreditaria em qualquer coisa. Tão ingênuo!

Bridget lembrou-se de quando disse a Luke desdenhosamente: "Gordon! Ele seria capaz de acreditar em qualquer coisa!".

Fácil! Como era fácil! O pobre pomposo e crédulo Gordon...
Mas ela precisava se inteirar mais! Fácil? Isso era fácil também! Ela fizera isso como secretária por anos a fio. Discretamente incentivava seus empregadores a falarem de si mesmos. E aquela mulher queria desesperadamente falar, vangloriar-se de sua própria esperteza.

Bridget murmurou:

– Mas como a senhorita conseguiu fazer tudo isso? Não entendo como *conseguiu*...

– Ah, foi *bem* fácil! Bastava um pouco de organização! Quando Amy foi despedida de Manor, empreguei-a no mesmo instante. Acho que a ideia da tintura de chapéu foi bastante astuta, e o fato de a porta estar trancada por *dentro* me dava total segurança. Mas, é lógico, eu sempre estive em segurança, porque não tinha nenhum *motivo*, e ninguém pode ser suspeito de assassinato quando não existe um motivo. Carter foi bem fácil também, ele estava cambaleando sem rumo na neblina, eu o alcancei na passarela e lhe dei um rápido empurrão. Sou realmente muito forte, sabe...

Ela fez uma pausa; a horrível e suave risadinha reapareceu.

– Tudo foi tão *divertido*! Nunca me esquecerei da cara de Tommy no momento em que o empurrei do parapeito da janela naquele dia. Ele não estava esperando por isso!

A srta. Waynflete inclinou-se na direção de Bridget de modo confidencial.

– As pessoas são realmente muito estúpidas, sabe... Eu nunca tinha percebido isso antes.

Bridget disse muito suavemente:

– Mas, por outro lado, a senhorita é de uma inteligência incomum.

– Sim... sim... talvez você tenha razão.

Bridget falou:

– O dr. Humbleby... esse deve ter sido mais difícil...

– Sim, realmente foi espantoso como deu certo. *Poderia* não ter funcionado, é claro. Mas Gordon andava contando a todos sobre sua visita ao laboratório Wellerman Kreutz, e achei que *poderia* dar um jeito de fazer com que as pessoas se lembrassem dessa visita e ligassem os pontos mais tarde. A orelha de Wonky Pooh estava realmente uma coisa nojenta, muita supuração. Dei um jeito de raspar a ponta da minha tesoura na mão do dr. Humbleby, então fiquei *muitíssimo* aflita e insisti em lhe fazer um curativo com bandagem. Ele não sabia que o curativo tinha sido contaminado com a orelha de Wonky Pooh. Claro, *poderia* não ter funcionado, era simplesmente um tiro no escuro. Fiquei deleitada quando funcionou, especialmente porque Wonky Pooh era o gato de Lavinia.

Seu rosto obscureceu-se.

– Lavinia Pinkerton! *Ela* adivinhou... Foi ela quem encontrou Tommy naquele dia. E então, quando Gordon e o dr. Humbleby tiveram aquela briga, ela me pegou olhando para Humbleby. Eu estava desprevenida. Estava justamente imaginando como ia fazer... E ela descobriu! Quando me virei, ela estava me observando e... eu me traí. Percebi que ela descobrira. Ela não podia provar nada, é claro. Sabia disso. Mas temi, mesmo assim, que alguém pudesse acreditar nela. Temi que pudessem acreditar nela na Scotland Yard. Tive certeza de que era para lá que ela estava indo naquele dia. Fui no mesmo trem e a segui. O negócio todo foi tão fácil... Lavinia estava numa ilha de pedestres, atravessando Whitehall. Fiquei bem atrás dela. Ela não me viu em nenhum momento. Um carro enorme vinha se aproximando e eu a empurrei com imenso vigor. Sou muito forte! Ela caiu bem na frente do carro. Eu disse à mulher ao meu lado que conseguira ver o número da placa e lhe dei o número do Rolls de Gordon, na esperança de que ela o informasse à polícia. Para minha sorte, o carro não parou. Suspeito que fosse um chofer num passeio perigoso, dando uma volta sem o conhecimento do patrão. Sim, tive sorte nisso. Sempre tenho sorte. Aquela cena outro dia com Rivers, e Luke Fitzwilliam de testemunha. Eu me diverti tanto conduzindo as investigações dele! Estranho como foi difícil fazê-lo suspeitar de Gordon. Mas depois da morte de Rivers ele certamente suspeitaria. Era certo! E agora... bem, isto aqui vai colocar um belo ponto final na história toda.

Ela se levantou e se aproximou de Bridget. Falou com suavidade:

– Gordon me deu o fora. Ele ia se casar com você. A minha vida toda foi uma decepção. Nunca tive nada... absolutamente nada...

"Ó grisalha e magra mulher a quem ninguém ama..."

A srta. Waynflete estava inclinada sobre ela, sorrindo, com olhos brilhantes e loucos... A faca cintilava...

Com toda a sua juventude e força, Bridget saltou. Como uma gata selvagem, atirou-se com ímpeto total sobre a outra mulher, dando-lhe um tranco, agarrando seu pulso direito.

Apanhada de surpresa, Honoria Waynflete caiu perante a investida. Mas então, após um instante de inércia, começou a lutar. Em matéria de força, não havia comparação entre as duas. Bridget era jovem e saudável, com músculos fortalecidos pelo esporte. Honoria Waynflete era uma criatura frágil, de compleição delgada.

Mas havia um fator que Bridget não havia levado em consideração. *Honoria Waynflete era louca.* Sua força era a força de uma mulher ensandecida.

Ela lutava diabolicamente, e sua força ensandecida era mais forte do que a sadia força muscular de Bridget. As duas oscilavam para lá e para cá, e Bridget continuava tentando arrancar a faca de Honoria Waynflete, e a mulher louca continuava segurando-a com firmeza.

E então, pouco a pouco, a força da ensandecida começou a prevalecer. Bridget começou a exclamar:

– Luke... Socorro... Socorro...

Mas não tinha nenhuma esperança de que o socorro viesse. Ela e Honoria Waynflete estavam sozinhas. Sozinhas num mundo morto. Num supremo esforço, Bridget torceu o pulso da outra para trás e por fim ouviu a faca cair.

No instante seguinte, as duas mãos de Honoria Waynflete haviam prendido seu pescoço num aperto maníaco, espremendo sua derradeira força vital. Bridget deu um último grito abafado...

CAPÍTULO 22

Sra. Humbleby fala

Luke ficou favoravelmente impressionado com a aparência do superintendente Battle. Tratava-se de um homem robusto, de aspecto sossegado, com um amplo rosto avermelhado e um bigode volumoso e elegante. Não transparecia ser exatamente uma pessoa brilhante à primeira vista, mas, olhando melhor, o observador atento notava que o superintendente Battle era incomumente astuto.

Luke não cometeu o erro de subestimá-lo. Havia encontrado homens do tipo de Battle antes. Sabia que era possível confiar neles e que invariavelmente obtinham resultados. Não poderia ter desejado um homem melhor como encarregado do caso.

Quando os dois ficaram sozinhos, Luke disse:

– O senhor é uma figura importante demais para vir cuidar de um caso como esse.

O superintendente Battle sorriu.

– Pode ser que acabe sendo um caso sério, sr. Fitzwilliam. Quando um homem como Lord Whitfield está envolvido, não queremos cometer nenhum erro.

– Eu agradeço. O senhor está sozinho?

– Não, não. Eu trouxe um sargento-detetive comigo. Ele está no outro estabelecimento, o Seven Stars, e sua tarefa é ficar de olho em Lord Whitfield.

– Certo.

Battle perguntou:

– Na sua opinião, sr. Fitzwilliam, não há qualquer dúvida? O senhor tem plena certeza quanto ao seu homem?

– Diante dos fatos, não me parece que seja possível qualquer teoria alternativa. O senhor quer que eu lhe passe os fatos?

– Obrigado, tomei conhecimento deles por intermédio de sir William.

– Bem, e o que *o senhor* acha? Suponho que lhe pareça extremamente improvável que um homem da posição de Lord Whitfield possa ser um criminoso homicida...

– Bem poucas coisas me parecem improváveis – retrucou o superintendente Battle. – Nada é impossível no crime. É o que sempre digo. Se o senhor me dissesse que uma adorável velhinha, um arcebispo, uma colegial fosse uma perigosa assassina, eu não diria que não. Eu examinaria o caso.

– Se o senhor tomou conhecimento dos fatos principais por intermédio de sir William, vou apenas lhe contar o que aconteceu nesta manhã – disse Luke.

Ele discorreu brevemente sobre os pontos principais de sua cena com Lord Whitfield. O superintendente Battle escutou com grande interesse e disse:

– O senhor falou que ele estava manuseando uma faca. Ele salientou algo específico em relação a essa faca, sr. Fitzwilliam? Estava fazendo um gesto de ameaça?

– Não abertamente. Ele testou o fio da lâmina de uma maneira bastante repugnante, com uma espécie de prazer estético que não me agradou. A srta. Waynflete sentiu a mesma coisa, creio eu.

– Essa é a dama sobre a qual o senhor me falou? Aquela que conheceu Lord Whitfield a vida toda e que chegou a ser sua noiva?

– Isso.

O superintendente Battle falou:

– Pode ficar tranquilo quanto à jovem, sr. Fitzwilliam. Vou destacar alguém para ficar de olho vivo em cima dela. Com isso, e com Jackson nos calcanhares de Lord Whitfield, por certo não haverá perigo de acontecer qualquer coisa.

– O senhor me deixa muito aliviado – disse Luke.

O superintendente Battle assentiu com a cabeça compassivamente.

– É desagradável a sua posição, sr. Fitzwilliam. Preocupando-se com a srta. Conway. Note bem, não espero que esse caso possa ser fácil. Lord Whitfield deve ser um homem muito sagaz. Provavelmente vai ficar na moita por um bom tempo. Isto é, a não ser que já tenha chegado ao último estágio.

– O que o senhor chama de último estágio?

– Uma espécie de egoísmo inflado em que o criminoso acredita que simplesmente não pode ser descoberto! Ele é esperto demais, e todos os outros são estúpidos demais! Aí, é claro, nós o pegamos!

Luke assentiu e se levantou.

– Bem – ele disse –, eu lhe desejo boa sorte. Permita-me ajudá-lo no que estiver ao meu alcance.

– Certamente.

– Não há nada que o senhor possa sugerir?

Battle revolveu a pergunta em sua mente.

– Acho que não. De momento, não. Só quero me inteirar sobre o que acontece por aqui. Talvez possamos trocar mais uma palavra no fim da tarde?

– Ótimo.

– Então já saberei melhor onde estamos.

Luke sentiu-se vagamente confortado e acalmado. Muitas pessoas sentiam-se assim depois de uma conversa com o superintendente Battle.

Ele conferiu seu relógio. Deveria ir ver Bridget antes do almoço?

Melhor não, pensou. A srta. Waynflete poderia sentir que devia convidá-lo para o almoço, e isso poderia desorganizar sua rotina doméstica. Damas de meia-idade, Luke sabia pela experiência com suas tias, eram passíveis de se alvoroçar com problemas na rotina doméstica. Ele especulou se a srta. Waynflete seria tia de alguém. Provavelmente sim.

Luke havia caminhado até a porta da hospedaria. Um vulto de preto, descendo às pressas a rua, parou de repente ao vê-lo.

– Sr. Fitzwilliam.

– Sra. Humbleby.

Luke foi ao encontro dela e apertou-lhe a mão.

Ela disse:

– Achei que o senhor tinha partido...

– Não, apenas mudei de alojamento. Estou ficando aqui agora.

– E Bridget? Ouvi dizer que tinha saído de Ashe Manor.

– Sim, ela saiu.

A sra. Humbleby suspirou.

– Fico tão contente... fico muito contente que ela tenha sumido de Wychwood.

– Ah, ela ainda está por aqui. Na verdade, está hospedada com a srta. Waynflete.

A sra. Humbleby deu um passo para trás. Seu rosto, Luke notou com surpresa, parecia extraordinariamente perturbado.
— Hospedada com Honoria Waynflete? Ah, mas *por quê?*
— A srta. Waynflete convidou-a, muito gentilmente, para ficar alguns dias com ela.
A sra. Humbleby estremeceu de leve. Aproximou-se de Luke e pousou a mão em seu braço.
— Sr. Fitzwilliam, sei que não tenho direito de dizer qualquer coisa... qualquer coisa em absoluto. Passei por um bocado de tristeza e pesar nos últimos tempos e... talvez... isso me faça ter ideias fantasiosas! Esses meus sentimentos podem ser apenas fantasias doentias.
Luke perguntou com delicadeza:
— Que sentimentos?
— Essa convicção que tenho do... do *mal!*
Ela olhou de maneira tímida para Luke. Vendo que ele apenas curvava gravemente a cabeça e não parecia questionar sua declaração, prosseguiu:
— *Tanta maldade...* esse é o pensamento que sempre me acompanha... maldade aqui em Wychwood. E aquela mulher está por trás de tudo. Eu tenho certeza disso!
Luke estava perplexo.
— Que mulher?
A sra. Humbleby respondeu:
— Honoria Waynflete é, eu tenho certeza, uma mulher muito perversa! Ah, vejo que o senhor não acredita em mim! Tampouco acreditavam em Lavinia Pinkerton. *Mas nós duas sentíamos isso.* Ela, creio, sabia mais do que eu... Lembre-se, sr. Fitzwilliam: quando uma mulher não está feliz, ela é capaz de fazer coisas terríveis.
Luke retrucou com delicadeza:
— Pode ser... sim.
A sra. Humbleby disse rapidamente:
— O senhor não acredita em mim? Bem, por que haveria de acreditar? Mas não consigo me esquecer do dia em que John chegou da casa dela com a mão enfaixada, embora ele tenha dito que era uma bobagem, apenas um arranhão.
Ela se virou.
— Até logo. Por favor, esqueça o que acabei de dizer. Eu... me sinto meio alterada por esses dias.
Luke ficou observando seu afastamento. Tentou imaginar por que a sra. Humbleby chamava Honoria Waynflete de mulher perversa. Teriam o

dr. Humbleby e Honoria Waynflete sido amigos, e a esposa do médico sentira ciúmes?

O que foi que ela dissera? "Tampouco acreditavam em Lavinia Pinkerton." Então Lavinia Pinkerton devia ter confidenciado algumas de suas suspeitas à sra. Humbleby.

Numa recordação impetuosa, vieram a Luke as imagens do vagão de trem e do rosto preocupado de uma simpática velhinha. Ele voltou a ouvir uma voz fervorosa dizendo: *"O olhar especial que lançava"*. E o modo como se transformara o próprio rosto dela, como se estivesse enxergando alguma coisa com muita clareza em sua mente. Por um momento passageiro, ele pensou, o rosto da velhota ficara completamente diferente, os lábios recuados dos dentes, um olhar esquisito, quase numa exultação maligna.

De repente ele pensou: *"Mas eu vi alguém olhando justamente dessa maneira... com essa mesma expressão... Bem recentemente... quando?* Nesta manhã! É claro! Quando a srta. Waynflete olhava para Bridget na sala de visitas em Ashe Manor."

E, subitamente, outra memória o assaltou. Uma de muitos anos antes. Sua tia Mildred dizendo "Sabe, meu querido, ela tinha um aspecto quase *estúpido!*", e, por um breve instante, seu próprio rosto sadio e sossegado assumira uma expressão imbecil e irracional...

Lavinia Pinkerton estivera falando sobre o olhar que vira no rosto de um homem – não, no rosto de uma *pessoa*. Seria possível que, apenas por um segundo, sua vívida imaginação tivesse *reproduzido esse olhar que ela vira – o olhar assassino lançado à próxima vítima?...*

Sem ter muita noção do que estava fazendo, Luke acelerou o passo na direção da casa da srta. Waynflete.

Uma voz em seu cérebro dizia repetidas vezes: "Não um *homem* – ela nunca mencionou um *homem* – você presumiu que fosse um homem porque estava pensando num homem – mas *ela* nunca afirmou isso... Ah, Deus, será que estou totalmente louco? Não é possível o que estou pensando... certamente não é *possível* – não faria sentido... Mas eu *preciso* encontrar Bridget. *Preciso* saber se ela está bem... Aqueles olhos... aqueles olhos esquisitos, claros, ambarinos. Ah, estou louco! Só posso estar louco! Whitfield é o criminoso! *Só pode* ser ele. Ele praticamente *disse* que é!".

E mesmo assim, como num pesadelo, ele via o rosto da srta. Pinkerton numa momentânea imitação de algo horrível e um tanto insano.

A criadinha raquítica abriu a porta para ele. Um pouco sobressaltada pela veemência de Luke, ela disse:

– A dama saiu. A srta. Waynflete me disse. Vou ver se a srta. Waynflete está.

Luke passou por ela com ímpeto, entrou na sala de visitas. Emily correu escada acima. Desceu sem fôlego.
– A patroa saiu também.
Luke agarrou-a pelo ombro.
– Por onde? Para onde elas foram?
Ela o encarava boquiaberta.
– Devem ter saído pelos fundos. Eu teria visto se elas tivessem saído pela frente, porque a cozinha dá para lá.

Emily o seguiu enquanto ele corria pela porta rumo ao minúsculo jardim e além do terreno. Havia um homem podando uma cerca viva. Luke dirigiu-se ao homem e lhe fez uma pergunta, esforçando-se para manter a voz normal.

O homem respondeu devagar:
– Duas damas? Sim. Já faz um tempo. Eu estava fazendo a minha refeição na sombra da cerca. Acho que nem me viram.
– *Por onde elas seguiram?*

Luke esforçava-se desesperadamente para falar com uma voz normal. No entanto, o outro arregalou os olhos enquanto respondia devagar:
– Passando esses campos... Por ali. Depois não sei pra onde.

Luke agradeceu e começou a correr. Sua forte sensação de urgência se intensificava. Ele *precisava* alcançá-las... *precisava*! Podia estar completamente louco. Segundo todas as probabilidades, as duas estariam apenas dando um passeio amigável, mas algo em seu íntimo clamava por pressa. Mais pressa!

Ele atravessou os dois campos e parou, hesitante, numa viela de terra. Por onde agora?

E então ouviu o grito – fraco, longínquo, mas inconfundível...
– *Luke, socorro...*
E de novo:
– *Luke...*

De modo infalível, ele mergulhou no bosque e correu na direção da qual viera o grito. Havia mais sons agora – pés sendo arrastados – arquejos – um grito baixo e gorgolejante.

Luke apareceu por entre as árvores a tempo de arrancar as mãos de uma mulher louca da garganta de sua vítima – e de segurá-la, enquanto ela se debatia, espumava, praguejava, até que por fim ela teve um estremecimento convulso e ficou rígida em seus braços.

CAPÍTULO 23

Novo começo

— Mas eu não entendo – disse Lord Whitfield. – Eu não entendo.
Ele se esforçava para manter a dignidade, mas, sob seu pomposo aspecto exterior, era evidente um aturdimento digno de pena. Lord Whitfield mal conseguia crer nas coisas extraordinárias que lhe contavam.
– É o seguinte, Lord Whitfield – Battle falou com paciência. – Para começar, há um toque de insanidade na família. Descobrimos isso agora. Muito comum nessas famílias antigas. Eu diria que ela tinha uma predisposição nesse sentido. Além disso, ela era uma dama ambiciosa... e frustrada. Primeiro em sua carreira, depois em seu relacionamento amoroso.
Battle tossiu.
– Acredito que foi *o senhor* quem deu o fora *nela*...
Lord Whitfield retrucou rigidamente:
– Não gosto da expressão "dar o fora".
O superintendente Battle corrigiu a frase:
– Foi o senhor quem terminou o noivado?
– Bem... sim.
– Conte-nos o motivo, Gordon – pediu Bridget.
Lord Whitfield ficou um tanto vermelho. Ele disse:
– Ah, muito bem, se é necessário... Honoria tinha um canário. Adorava aquele passarinho, que costumava pegar açúcar em seus lábios. Certo dia, em vez de pegar o açúcar, o canário a bicou violentamente. Ela ficou com raiva e agarrou o pássaro... e... torceu seu pescoço! Eu... eu não consegui voltar a sentir o mesmo depois daquilo. Falei a ela que achava que ambos havíamos cometido um engano.
Battle assentiu e falou:
– Isso foi o começo de tudo! Como ela disse à srta. Conway, dedicou seus pensamentos e sua indiscutível capacidade mental a um único propósito.
Lord Whitfield perguntou incrédulo:
– Fazer com que *eu* fosse condenado como assassino? Não posso acreditar nisso.
Bridget disse:
– É verdade, Gordon. Veja bem, você mesmo se surpreendia com a maneira extraordinária como todo mundo que o aborrecia era instantaneamente exterminado.
– Havia um motivo para isso.

— Honoria Waynflete era o motivo — disse Bridget. — Tente enfiar na sua cabeça, Gordon, que não foi a Providência que empurrou Tommy Pierce pela janela, e todos os demais. Foi Honoria.

Lord Whitfield sacudiu a cabeça.

— Tudo me parece absolutamente inacreditável! — exclamou.

Battle perguntou:

— O senhor disse que recebeu um recado telefônico nesta manhã...

— Sim... por volta do meio-dia; pedindo que eu fosse até Shaw Wood o quanto antes porque você, Bridget, tinha algo para me dizer. Eu não deveria ir de carro, mas a pé.

Battle confirmou com a cabeça.

— Exato. Esse seria o fim. A srta. Conway teria sido encontrada com a garganta cortada; ao lado dela, a *sua* faca com as *suas* impressões digitais! E o senhor teria sido visto pelas redondezas naquele horário! O senhor não teria como se defender. Qualquer júri do mundo o teria condenado.

— A mim? — retrucou Lord Whitfield, sobressaltado e aflito. — Alguém acreditaria numa coisa como essa sobre *mim*?

Bridget disse delicadamente:

— Eu não acreditei, Gordon. Nunca acreditei.

Lord Whitfield olhou para ela com frieza; então falou rigidamente:

— Em vista do meu caráter e da minha posição na região, não acredito que alguém teria, sequer por um momento, acreditado numa acusação tão monstruosa!

Ele saiu com dignidade, fechando a porta atrás de si.

Luke comentou:

— Ele nunca vai se dar conta de que estava realmente em perigo!

Então acrescentou:

— Vá em frente, Bridget, conte-me agora como você veio a suspeitar dessa tal Waynflete.

Bridget explicou:

— Foi quando você estava me contando que Gordon era o assassino. Eu não conseguia acreditar! Veja só, eu o conhecia tão *bem*... Tinha sido sua secretária por dois anos! Eu o conhecia por dentro e por fora! Sabia que ele era pomposo e trivial e completamente egocêntrico, mas sabia, também, que ele era uma pessoa bondosa, uma pessoa de bom coração num nível quase absurdo. Preocupava-se até em ter de matar uma vespa. Aquela história sobre ele ter matado o canário da srta. Waynflete estava *errada*. Ele simplesmente não podia ter feito algo assim. Gordon havia me contado certa vez que dera o fora nela. E agora você insistia que era o *contrário*. Bem, até *podia* ser! Seu orgulho podia tê-lo impedido de admitir que ela o largara. Mas não a história do canário! Gordon simplesmente não era uma pessoa assim! Ele nem mesmo caçava, porque testemunhar uma morte o fazia passar mal. Por isso eu simplesmente sabia que essa parte da história não era verdadeira. Mas, sendo assim, *a srta. Waynflete só podia ter mentido*. E era realmente, pensando bem, *uma mentira extraordinária*! E eu comecei a imaginar, de repente, se ela teria contado mais mentiras. Ela era uma mulher muito orgulhosa... qualquer pessoa percebia isso. Ter sido abandonada deve ter ferido terrivelmente seu orgulho. Provavelmente ela teria ficado com muita raiva de Lord Whitfield, com sentimentos vingativos... sobretudo, se ele aparecesse mais tarde riquíssimo, próspero e bem-sucedido. Eu pensei: "Sim, provavelmente ela gostaria de ajudar a imputar um crime a Gordon". E então surgiu nos meus pensamentos uma curiosa sensação rodopiante, e eu pensei... mas vamos supor que *tudo* o que a srta. Waynflete diz é mentira... e de repente percebi como seria fácil, para uma mulher como aquela, fazer um homem de bobo! E pensei: "É fantástico, mas vamos supor que tenha sido *ela* quem matou todas aquelas pessoas e meteu na cabeça de Gordon a ideia de que isso era uma espécie de castigo divino!". Seria muito fácil, para ela, fazê-lo acreditar nisso. Como eu tinha dito a você antes, Gordon seria capaz de acreditar em qualquer coisa! E eu pensei: "Ela *poderia* ter cometido todos esses assassinatos?". E percebi que poderia! Poderia ter dado um empurrão num homem bêbado... e empurrado um menino pela janela, e Amy Gibbs havia morrido em sua casa. A sra. Horton também... Honoria Waynflete costumava fazer-lhe companhia quando ela estava doente. O dr. Humbleby era mais difícil. Eu não sabia, então, que Wonky Pooh estava com a orelha infectada e que ela contaminara o curativo que havia colocado na mão do doutor. A morte da srta. Pinkerton era mais difícil ainda, porque eu não conseguia imaginar a srta. Waynflete num uniforme de chofer, dirigindo um Rolls. E, de repente, percebi que essa era a mais fácil de todas! Era o velho empurrão por trás... fácil de executar no meio de uma multidão. O carro não parou e ela viu uma nova oportunidade, contando para outra mulher que vira o número do carro, dando-lhe o número do Rolls de Lord Whitfield. É claro, tudo isso só aparecia muito confusamente na minha cabeça. Mas, se Gordon definitivamente *não* cometera os assassinatos... e eu sabia... sim, *sabia* que ele não os cometera... bem, quem os teria cometido? E a resposta parecia bem clara. *"Alguém que odeia Gordon!"* Quem odeia Gordon? Honoria Waynflete, é lógico. Recordei que a srta. Pinkerton havia definitivamente falado do assassino como *um homem*. Isso derrubava por inteiro a minha bela teoria, porque, a não ser que a srta. Pinkerton estivesse *certa, ela não teria sido assassinada*... Então fiz você repetir exatamente as palavras da srta. Pinkerton e logo descobri que ela não dissera de fato "homem" em nenhum momento. Então senti que estava definitivamente na pista certa! Decidi aceitar o convite da srta. Waynflete para ficar com ela e me determinei a descobrir a verdade.

— Sem dizer nada para mim? — Luke perguntou zangado.

— Mas, meu bem, você tinha tanta *certeza*... e eu não tinha nem um pingo de certeza! Era tudo vago e duvidoso. Mas eu nem sonhava que estivesse em perigo. Achei que teria tempo de sobra...

Ela estremeceu.

— Ah, Luke, foi horrível... Os olhos dela... E aquela risada, tenebrosa, polida, desumana...

Luke retrucou com um ligeiro estremecimento:

— Nunca me esquecerei de como cheguei lá no último segundo.

Ele se voltou para Battle.

— Como ela está agora?

— Teve um colapso mental — Battle respondeu. — É o que costuma ocorrer. Não conseguem enfrentar o choque de que não foram tão inteligentes quanto pensavam ser.

Luke comentou pesaroso:

— Bem, não sou grande coisa como policial! Não suspeitei de Honoria Waynflete em momento algum. O senhor teria se saído melhor, Battle.

— Pode ser que sim, senhor, e pode ser que não. Deve se lembrar de quando eu disse que nada é impossível no crime. Creio que cheguei a mencionar uma adorável velhinha.

— O senhor também mencionou um arcebispo e uma colegial! Devo deduzir que considera todas essas pessoas como criminosos em potencial?

O sorriso de Battle alargou-se de um canto a outro.

— Qualquer um pode ser um criminoso, senhor, foi o que eu quis dizer.

— Exceto Gordon — disse Bridget. — Luke, vamos ver onde ele está.

Encontraram Lord Whitfield em seu escritório, ocupado, fazendo anotações.

— Gordon — Bridget falou com uma voz baixinha e meiga —, por favor, agora que você já sabe de tudo, você nos perdoa?

Lord Whitfield olhou para ela com benevolência.

— Certamente, minha cara, certamente. Compreendi a verdade. Eu era um homem muito ocupado. Negligenciei você. A verdade nisso tudo é o que Kipling afirma tão sabiamente: "Viaja mais depressa quem viaja sozinho. Solitário pela vida é meu caminho".

Ele deu de ombros.

– Carrego uma grande responsabilidade. Devo carregá-la sozinho. Para mim, não pode haver nenhuma companhia, nenhum alívio para o fardo, devo atravessar a vida sozinho até entregar os pontos.

Bridget exclamou:

– Querido Gordon! Você é realmente uma doçura!

Lord Whitfield franziu o cenho.

– Não é questão de ser uma doçura. Vamos esquecer essa bobagem toda. Sou um homem ocupado.

– Eu sei que você é.

– Estou planejando uma série de artigos que será lançada o quanto antes. Crimes cometidos por mulheres ao longo dos séculos.

Bridget encarou-o com admiração.

– Gordon, acho que é uma ideia maravilhosa...

Lord Whitfield estufou o peito.

– Então, por favor, deixem-me sozinho agora. Não posso ser perturbado. Tenho muito trabalho pela frente.

Luke e Bridget saíram do aposento na ponta dos pés.

– Mas ele *é* realmente uma doçura! – falou Bridget.

– Bridget, eu acho que você gostava mesmo desse homem!

– Sabe de uma coisa, Luke? Acho que eu gostava.

Luke olhou pela janela.

– Vou ficar contente por ir embora de Wychwood. Não gosto deste lugar. Muita maldade por aqui, como a sra. Humbleby diria. Não gosto do jeito meditativo com que Ashe Ridge domina este vilarejo.

– Por falar em Ashe Ridge, e Ellsworthy?

Luke riu, um pouco envergonhado.

– Aquele sangue nas mãos dele?

– Sim.

– Aparentemente, eles haviam sacrificado um galo branco!

– Absolutamente repulsivo!

– Acho que algo desagradável vai acontecer ao nosso sr. Ellsworthy. Battle está planejando uma pequena surpresa.

Bridget disse:

– E o pobre major Horton nunca sequer tentou matar a esposa, e o sr. Abbot, suponho, apenas recebera uma carta comprometedora de certa dama, e o dr. Thomas é apenas um jovem médico simpático e despretensioso.

– Ele é um asno arrogante!

– Você diz isso com ciúme, porque ele vai se casar com Rose Humbleby.

– Ela é boa demais para ele.

– Eu sempre senti que você gostava mais daquela moça do que de mim!
– Querida, você não está sendo um tanto absurda?
– Não, na verdade não estou.
Bridget ficou em silêncio por alguns instantes e então perguntou:
– Luke, você gosta de mim agora?
Luke fez um movimento na direção dela, mas foi repelido.
– Eu disse "gosta", Luke... não "ama".
– Ah, entendi... Sim, eu *gosto* de você, Bridget, assim como a amo.
Bridget retrucou:
– Eu gosto de você, Luke...
Eles sorriram um para o outro – com certa timidez, como crianças que fizeram amizade numa festa.
Bridget falou:
– Gostar é mais importante do que amar. É o que dura. Quero que dure o que existe entre nós, Luke. Não quero que apenas nos apaixonemos e casemos e cansemos um do outro e depois desejemos nos casar com outra pessoa.
– Ah, meu amor, eu sei! Você quer a realidade. Eu também. O que existe entre nós vai durar para sempre, porque é fundado na realidade.
– Isso é verdade, Luke?
– É verdade, meu bem. É por isso, creio eu, que tinha medo de me apaixonar por você.
– Eu também tinha medo de me apaixonar por você.
– Você tem medo agora?
– Não.
Ele disse:
– Nós estivemos perto da morte por um longo tempo. Agora... isso acabou! Agora... vamos começar a viver...

SOBRE A AUTORA

AGATHA CHRISTIE (1890-1976) é a autora mais publicada de todos os tempos, superada apenas por Shakespeare e pela Bíblia. Em uma carreira que durou mais de cinquenta anos, escreveu 66 romances de mistério, 163 contos, dezenove peças, uma série de poemas, dois livros autobiográficos, além de seis romances sob o pseudônimo de Mary Westmacott. Dois dos personagens que criou, o engenhoso detetive belga Hercule Poirot e a irrepreensível e implacável Miss Jane Marple, tornaram-se mundialmente famosos. Os livros da autora venderam mais de dois bilhões de exemplares em inglês, e sua obra foi traduzida para mais de cinquenta línguas. Grande parte da sua produção literária foi adaptada com sucesso para o teatro, o cinema e a tevê. *A ratoeira*, de sua autoria, é a peça que mais tempo ficou em cartaz, desde sua estreia, em Londres, em 1952. A autora colecionou diversos prêmios ainda em vida, e sua obra conquistou uma imensa legião de fãs. Ela é a única escritora de mistério a alcançar também fama internacional como dramaturga e foi a primeira pessoa a ser homenageada com o Grandmaster Award, em 1954, concedido pela prestigiosa associação Mystery Writers of America. Em 1971, recebeu o título de Dama da Ordem do Império Britânico.

Agatha Mary Clarissa Miller nasceu em 15 de setembro de 1890 em Torquay, Inglaterra. Seu pai, Frederick, era um americano extrovertido que trabalhava como corretor da Bolsa, e sua mãe, Clara, era uma inglesa tímida. Agatha, a caçula de três irmãos, estudou basicamente em casa, com tutores. Também teve aulas de canto e piano, mas devido ao temperamento introvertido não seguiu carreira artística. O pai de Agatha morreu quando ela tinha onze anos, o que a aproximou da mãe, com quem fez várias viagens. A paixão por conhecer o mundo acompanharia a escritora até o final da vida.

Em 1912, Agatha conheceu Archibald Christie, seu primeiro esposo, um aviador. Eles se casaram na véspera do Natal de 1914 e tiveram uma única filha, Rosalind, em 1919. A carreira literária de Agatha – uma fã dos livros de suspense do escritor inglês Graham Greene – começou depois que sua irmã a desafiou a escrever um romance. Passaram-se alguns anos até que o primeiro livro da escritora fosse publicado. *O misterioso caso de Styles* (1920), escrito próximo ao fim da Primeira Guerra Mundial, teve uma boa acolhida da crítica. Nesse romance aconteceu a primeira aparição de Hercule Poirot, o detetive que estava destinado a se tornar o personagem mais popular da ficção policial desde Sherlock Holmes. Protagonista de 33 romances e mais de cinquenta contos da autora, o detetive belga foi o único personagem a ter o obituário publicado pelo *The New York Times*.

Em 1926, dois acontecimentos marcaram a vida de Agatha Christie: a sua mãe morreu, e Archie a deixou por outra mulher. É dessa época também um dos fatos mais nebulosos da biografia da autora: logo depois da separação, ela ficou desaparecida durante onze dias. Entre as hipóteses figuram um surto de amnésia, um choque nervoso e até uma grande jogada publicitária. Também em 1926, a autora escreveu sua obra-prima, *O assassinato de Roger Ackroyd*. Este foi seu primeiro livro a ser adaptado para o teatro – sob o nome *Álibi* – e a fazer um estrondoso sucesso nos teatros ingleses. Em 1927, Miss Marple estreou como personagem no conto "O Clube das Terças-Feiras".

Em uma de suas viagens ao Oriente Médio, Agatha conheceu o arqueólogo Max Mallowan, com quem se casou em 1930. A escritora passou a acompanhar o marido em expedições arqueológicas e nessas viagens colheu material para seus livros, muitas vezes ambientados em cenários exóticos. Após uma carreira de sucesso, Agatha Christie morreu em 12 de janeiro de 1976.

Agatha Christie

Mistérios dos anos 30
Mistérios dos anos 40
Mistérios dos anos 50
Mistérios dos anos 60
Miss Marple: todos os romances v. 1
Poirot: Quatro casos clássicos

Coleção L&PM POCKET

O homem do terno marrom
O segredo de Chimneys
O mistério dos sete relógios
O misterioso sr. Quin
O mistério Sittaford
O cão da morte
Por que não pediram a Evans?
O detetive Parker Pyne
É fácil matar
Hora Zero
E no final a morte
Um brinde de cianureto
Testemunha de acusação e outras histórias
A Casa Torta
Aventura em Bagdá
Um destino ignorado
A teia da aranha (com Charles Osborne)
Punição para a inocência
O Cavalo Amarelo
Noite sem fim
Passageiro para Frankfurt
A mina de ouro e outras histórias

Mistérios de Hercule Poirot

Os Quatro Grandes
O mistério do Trem Azul
A Casa do Penhasco
Treze à mesa
Assassinato no Expresso Oriente
Tragédia em três atos
Morte nas nuvens
Os crimes ABC
Morte na Mesopotâmia
Cartas na mesa
Assassinato no beco
Poirot perde uma cliente
Morte no Nilo
Encontro com a morte
O Natal de Poirot
Cipreste triste
Uma dose mortal
Morte na praia
A Mansão Hollow
Os trabalhos de Hércules
Seguindo a correnteza
A morte da sra. McGinty
Depois do funeral
Morte na rua Hickory
A extravagância do morto
Um gato entre os pombos
A aventura do pudim de Natal
A terceira moça
A noite das bruxas
Os elefantes não esquecem
Os primeiros casos de Poirot
Cai o pano
Poirot e o mistério da arca espanhola e outras histórias
Poirot sempre espera e outras histórias

Mistérios de Miss Marple

Assassinato na casa do pastor
Os treze problemas
Um corpo na biblioteca
A mão misteriosa
Convite para um homicídio
Um passe de mágica
Um punhado de centeio
Testemunha ocular do crime
A maldição do espelho
Mistério no Caribe
O caso do Hotel Bertram
Nêmesis
Um crime adormecido
Os últimos casos de Miss Marple

Mistérios de Tommy & Tuppence

Sócios no crime
M ou N?
Um pressentimento funesto
Portal do destino

Romances de Mary Westmacott

Entre dois amores
Retrato inacabado
Ausência na primavera
O conflito
Filha é filha
O fardo

Teatro

Akhenaton
Testemunha da acusação e outras peças
E não sobrou nenhum e outras peças

Memórias

Autobiografia

Impressão e acabamento
Imprensa da Fé